FANTASY

Buch

Die Aikha dringen über die Grenzen Wendars vor. Nur einer stellt sich ihnen entgegen: König Henrys Sohn Sanglant, den man den Prinzen der Hunde nennt. Doch ohne Unterstützung ist der Fortbestand des Reiches bedroht. Das ganze Land befindet sich im Aufruhr: Des Königs Schwester Sabella hat zur offenen Rebellion aufgerufen und sammelt mit Mitteln der Schwarzen Magie eine mächtige Armee, um ihren Bruder zu vertreiben. Das Schicksal des Königreiches ruht auf den Schultern zweier junger Waisen, Liath und Alain.

Autorin

Kate Elliott wurde als Alis A. Rasmussen geboren und hat unter beiden Namen mehrere Science-fiction-Romane geschrieben. Dies ist ihr erster großer Solo-Fantasy-Zyklus.

Bereits erschienen:

Kate Elliott: Sternenkrone 1:
Erben der Nacht (24742)
Kate Elliott: Sternenkrone 2:
Im Namen des Königs (24743)

In Kürze erscheint:

Kate Elliott: Sternenkrone 3:
Auf den Flügeln des Sturms (24744)

Von Kate Elliott zusammen mit Melanie Rawn & Jennifer Roberson sind bei Goldmann bereits erschienen:

Die Chronik des Goldenen Schlüssels 1:
Das Bildnis der Unsterblichkeit. Roman (24649)
Die Chronik des Goldenen Schlüssels 2:
Die Farben der Unendlichkeit. Roman (24792)
Die Chronik des Goldenen Schlüssels 3:
Zeit der Wiederkunft. Roman (24793)

Weitere Bände sind in Vorbereitung.

FANTASY

Kate Elliott

Im Namen des Königs

Sternenkrone 2

Aus dem Amerikanischen
von Susanne Gerold

GOLDMANN

Die amerikanische Originalausgabe erschien 1997
unter dem Titel »Crown of Stars 1. King's Dragon« (Part 2)
bei DAW Books, Inc., New York

Umwelthinweis:
Alle bedruckten Materialien dieses Taschenbuches
sind chlorfrei und umweltschonend.
Das Papier enthält Recycling-Anteile.

Deutsche Erstveröffentlichung 2/99

Umschlaggestaltung: Design Team München
Umschlagillustration: Agt. Schlück/Arena-Edwal
Satz: deutsch-türkischer fotosatz, Berlin
Druck: Elsnerdruck, Berlin
Verlagsnummer: 24743
Redaktion: Alexander Groß
V. B. · Herstellung: Peter Papenbrok
Printed in Germany
ISBN 3-442-24743-8

1 3 5 7 9 10 8 6 4 2

WENDAR UND VARRE
FRIEDLEBEN
GENT
VILLAMS
OLSATIA
WENDAR
SAONY
FESSE
OSNA
BURG LAVAS
VARINGIA
ARCONIA
AUTUN
AUSTRA
VARRE
OSTFALL
AVARIA
WAYLAND
WESTFALL
KARRONE
SALIA
AOSTA
DARRE

Ehemalige Herrscher und Herrscherinnen von Wendar und Varre

CONRADINA
Königin von Wendar
reg. 630–645
gest. 645

keine Kinder

Eberhard
gest. 663

verschiedene Generationen

Liutgard
Herzogin von Fesse

HENRY ⚭ Lucienna von Attomar
König von Wendar
reg. 645–664
gest. 664

Lucienna von Attomar
gest. 670

Kinder von Henry und Lucienna:

1. ARNULF ⚭ Blanche von Salia
König von Wendar
reg. 664–681
gest. 681

Blanche von Salia
gest. 680

2. Otto
gest. 670

3. Kunigunde
gest. 698

Kinder von Arnulf und Blanche

1. ARNULF ⚭ Berengaria von Varre
König von
Wendar
und Varre
reg. 681–710
gest. 710

Berengaria von Varre
gest. 683

⚭ Mathilda

2. Adelheid ⚭ Louis von Varre
gest. 679
keine Kinder

Kinder von Arnulf
und Berengaria

1. Sabella

Kinder von Arnulf
und Mathilda

1. HENRY
König von
Wendar und Varre
reg. 710 >

2. fünf
Geschwister

Kinder von Otto

1. Otto
gest. 705

Kinder:
1. Conrad der Ältere
gest. 716

Kinder:
1. Conrad der Schwarze,
Herzog von Wayland

I

Die Rundreise des Königs

1

Von Rosvita von Korvei, einer unbedeutenden Dienerin Unserer Herrin und Unseres Herrn, an Ihre Hoheit Königin Mathilda, mit den ergebensten Beteuerungen ihrer Verehrung sowie aufrichtigen Grüßen im Namen Unserer Herrin, deren namhafte Weisheit und einzigartiger Ruhm Euch, die barmherzige Königin und Mutter unseres glorreichen Königs Henry des Zweiten, erleuchten.

Der Zettel mit der Nachricht von ihrem Vater lag auf der nächsten Seite, verdeckte die Worte, die sie gestern geschrieben hatte, bevor sie unterbrochen worden war – erst von einem Boten aus dem Norden und dann von der Mitteilung, daß ein Streit unter den Vertrauten des Königs ausgebrochen war. Sie schob das Pergament in die Innentasche ihrer Tunika. Ihre Finger glitten über die weiche Seide ihrer goldenen Amtstracht, die von allen Geistlichen des Königs getragen wurde.

Sie fühlte sich außerordentlich gut an. *Wie alle weltlichen Genüsse etwas Angenehmes hatten,* erinnerte sie sich ironisch. Die goldene Amtstracht war das Symbol für den Dienst beim König und verdeckte das grobgewebte schwarze Gewand, das sie darunter trug – ein Hinweis darauf, daß sie ursprünglich aus dem Konvent Unserer Herrin von Korvei stammte.

Sie wandte sich wieder dem Buch zu.

Auf Euren ausdrücklichen Wunsch hin verfasse ich eine Niederschrift der Taten der Großen Fürsten und unternehme zusätzlich die Anstrengung, einige Worte zum Ursprung und Zustand des wendischen Volkes zu sagen, über das König Henry I. als erster regierte. Auf daß sich beim Lesen dieser Taten Euer Geist erfreuen möge, Ihr von Euren Sorgen befreit werdet und Euch in angenehmer Beschäftigung entspannt.

An dieser Stelle hatte sie gestern nachmittag aufgehört. Nach dem Lärm der vergangenen Nacht, der sich erst gelegt hatte, als König Henry das Fest verlassen hatte, schien es ihr geradezu wie eine Erleichterung, in die Stille des Skriptoriums zurückzukehren. Sie wandte sich der Wachstafel zu, auf der Sätze geschrieben, überarbeitet und durchgestrichen waren, tauchte die Feder in die Tinte und begann weiterzuschreiben.

Ich gestehe jedoch, daß ich mich nicht allen ihren Taten widmen kann, doch gebe ich sie kurz und ohne Abschweifungen wieder, damit sie meine Leserschaft nicht ermüden. Deshalb möge Eure Hoheit dieses kleine Buch lesen, in Angedenken an uns und unsere Pietät und Ergebenheit, mit der wir es verfaßten.

Hier endet das Vorwort von Das Erste Buch der Taten der Großen Fürsten.

Rosvita setzte sich bequemer hin. Ihr Rücken schmerzte. Als sie im Alter von zwanzig Jahren vom Konvent Korvei zur Königlichen Kapelle gekommen war, hatte es ihr nichts ausgemacht, bis spät in die Nacht aufzubleiben. Sie hatte, nur unterbrochen von den Gebeten, beim Kerzenlicht an den Abschriften alter Texte gearbeitet, hatte tatsächlich sogar selbst welche verfaßt, auch wenn sie dadurch ihren Mangel an Demut offenbarte. Doch nach zwanzig arbeitsreichen Jahren, zuerst im Dienste von Arnulf dem Jüngeren und jetzt von König Henry, war ihr Körper nicht mehr so belastbar.

Dennoch lächelte sie, während sie eine neue Seite vorbereitete. Wie hatte die alte Mutter Äbtissin doch immer gesagt: »Der Schmerz des Alters erinnert uns an die Weisheit, die wir durch unsere Prüfungen erlangt haben.« Mutter Otta von Korvei war damals eine energische alte Frau von über siebzig Jahren gewesen, die in ihrem ganzen Leben nicht einen Tag unter einer Krankheit zu leiden gehabt hatte.

Sie war die sanfteste, bewundernswerteste und weiseste Person, die Rosvita jemals kennengelernt hatte, und ihre Worte waren immer von einer angenehmen und angemessenen Demut durchdrungen gewesen. Mutter Otta lebte noch; sie näherte sich, so unglaublich es auch sein mochte, ihrem neunzigsten Geburtstag – ein Zeichen der Barmherzigkeit Unserer Herrin und Unseres Herrn, auch wenn sie inzwischen gebrechlich und beinahe blind war.

Zehn Jahre lang hatte Rosvita gearbeitet, Notizen herausgeschrieben, mit altgedienten Höflingen und Bischöfinnen gesprochen, alte Berichte in den Archiven derjenigen Klöster und Konvente studiert, in denen die Königliche Rundreise auf ihrer ewigen Wanderung haltgemacht hatte. Und jetzt hatte sie mit dem Schreiben begonnen. Sie hoffte, dieses Projekt noch vor dem Tod von Mutter Otta beenden zu können, damit es ihr noch jemand würde vorlesen können.

Hier beginnt Das Erste Buch der Taten der Großen Fürsten.

Nach zwanzig Jahren Arbeit im Skriptorium wußte Rosvita

nur zu gut, daß ab dem Augenblick, da sie mit dem Schreiben beginnen würde, Veränderungen nur noch unter großen Schwierigkeiten vorgenommen werden konnten. Zuviel Zeit brauchte es, eine ganze Seite oder, noch schlimmer, ein ganzes Kapitel abzuschreiben. Aber schließlich hatte sie die Reihenfolge der Kapitel festgelegt, und jetzt war es wirklich an der Zeit, nicht mehr länger nur zu planen, sondern mit der Niederschrift zu beginnen.

1. Zuerst werde ich etwas zur Herkunft und zum Zustand des wendischen Volkes sagen, wobei ich mich nur auf Gerüchte beziehe, da die Geschehnisse dieser Zeit zu weit zurück und im Dunkeln liegen, um die Wahrheit erkennen zu können.

Einige glauben, daß die Wendaner früher in den Nordländern lebten, aus denen jene sie nach Süden vertrieben, die wir Aikha nennen, die Drachenmenschen. Andere glauben, daß die Wendaner ursprünglich von Arethusa kamen und die Reste jenes Heeres sind, das Alexandros, der Sohn des Donners, führte; es war das Heer, das nach seiner endgültigen Niederlage von den Soldaten der dariyanischen Kaiserin Arku-aknia über die ganze Welt zerstreut wurde. Ich hörte diese Ansicht in meiner Jugend von einem alten Gelehrten. Die übrigen glauben gemeinhin, daß es sich bei den Wendanern um ein altes und edles Volk handelt, das den Hessi-Völkern bekannt war und von ihnen auch in ihren uralten Büchern beschrieben wurde – so, wie in Polyxenes Geschichte der Dariyaner.

Wir neigen dennoch zu der Überzeugung, daß das wendische Volk mit Schiffen in dieses Land kam und in jener Stadt landete, die als Hathelenga bekannt ist und westlich der Stadt Gent liegt. Die Eingeborenen, die damals dort lebten, die Ostravianer, griffen zu den Waffen. Doch die Wendaner kämpften kühn und tapfer und nahmen das Ufer ein.

Vom Eingang des Skriptoriums her erklang plötzlich Lärm. Geistliche und Mönche, die bisher in ihre Abschriften vertieft gewesen waren, fuhren zusammen und wandten die Köpfe, als die alte Geistliche Monica an der Spitze einer lauten, unruhigen Gruppe erschien. Aber es handelte sich nicht um einen Einfall wendischer Stämme, es war lediglich die lästige Ankunft der jüngsten Mitglieder der Königlichen Schule.

Rosvita seufzte und legte ihre Feder beiseite. Dann schalt sie sich für ihre Verärgerung und stand auf, um Monica zu helfen, ihre Schützlinge auf die noch leeren Bänke zu verteilen. Als sie wieder auf ihrer eigenen Bank Platz genommen hatte und einen sehnsüchtigen Blick auf das leere Pergament warf – in dem Wissen, daß sie in dieser Stunde nicht mehr würde arbeiten können –, ließ sich ein junger Mann neben ihr nieder.

»Ich bitte um Vergebung«, flüsterte er.

Es war der junge Berthold Villam. Er hatte ein einnehmendes Lächeln und gehörte zu den wenigen jungen Männern, die sich auch nicht im mindesten ihrer überaus charmanten Art bewußt waren. Tatsächlich mochte sie ihn von all den Kindern und Halbwüchsigen, die die Rundreise des Königs begleiteten, am liebsten. Er war im letzten Winter fünfzehn geworden und hatte, wie es üblich war, ein eigenes Gefolge erhalten. So war er eigentlich zu alt für die Schule, aber er liebte das Lernen, oder er war zumindest außerordentlich neugierig.

Er streckte bescheiden die Hand aus und berührte mit dem Zeigefinger vorsichtig das Pergament, auf dem die Tinte noch feucht war. »Ist das Eure *Geschichte*?«

Rosvita nickte. Auch andere Kinder, bemerkte sie, teilten die Bänke mit Geistlichen, die im Skriptorium gearbeitet hatten. Im letzten halben Jahr hatte sich die Anzahl der Kinder, die an der Königlichen Rundreise teilnahmen, verdoppelt. Allein das war ein Zeichen, daß das Königreich eine unruhige Zeit durchmachte.

Ihr Blick blieb an einem Mädchen hängen, das still und mit störrischer Miene auf der Bank neben Monica saß. Sie war das älteste Kind von Conrad dem Schwarzen, dem Herzog von Wayland, und erst kürzlich hier eingetroffen. Obwohl gerade acht Jahre alt, wußte sie sehr wohl, daß sie festgehalten wurde – um als Geisel für das gute Benehmen ihres Vaters zu garantieren.

»Nun, Kinder«, sagte die Geistliche. Die Arthritis hatte ihren Rücken gekrümmt, aber sie besaß noch immer eine beachtliche Ausstrahlung. Mit einem eindringlichen Blick brachte sie die Kinder zum Schweigen. Sie hob die Hand. »Hört alle her. Es sind so viele Tafeln da, daß ihr sie nur mit einer einzigen Person teilen müßt. Einige von den Jungen brauchen auch nur zuzuhören.«

Berthold zappelte unruhig hin und her; er spielte mit Rosvitas Griffel. Wie so vielen anderen jungen Männern war es auch ihm vorbestimmt, zu heiraten und den größten Teil seines Lebens damit zu verbringen, in den Krieg zu ziehen oder das Land seiner Frau zu verteidigen. Daher hatte er nicht gelernt zu schreiben, konnte aber lesen. Als er bemerkte, was er tat, senkte er beschämt den Kopf.

»Du kannst ihn ruhig benutzen«, sagte sie. Er lächelte sie an und malte eifrig ein »B« auf die Tafel.

»Hört zu«, sagte Monica. »Um die Arbeiten der Alten lesen zu können, müßt ihr Dariyanisch kennen, denn das ist die Sprache, in der im alten Dariyanischen Kaiserreich geschrieben und gesprochen wurde. Es steckt viel Wissen in den Werken aus der Zeit jenes großen Kaiserreiches. Doch am wichtigsten ist wohl folgende Erkenntnis: daß das alte Kaiserreich, das aus der *Verbindung* der Elfen und Menschen bestand, zum

Niedergang bestimmt war, weil seine Kaiser und Kaiserinnen nicht die Wahrheit von den Einigkeiten und der Gnade des Lichts in ihren Herzen trugen. Genau deshalb sprach der große Taillefer, als er im Jahr 600 das Kaiserreich wiedererrichtete, vom *Heiligen* Dariyanischen Kaiserreich.«

»Und niemand zweifelt an Taillefers Frömmigkeit«, murmelte Berthold, während er versuchte, ein »E« mit geraden Linien zu schreiben, »und trotzdem brach sein Kaiserreich zusammen, und kein König und keine Königin wurden seit Taillefer im Heiligen Dariyanischen Kaiserreich gekrönt. Wie läßt sich *das* erklären?«

»Eine gute Frage«, murmelte Rosvita, die plötzlich den Blick der Geistlichen auf sich spürte. Es war wirklich zu schade, daß der Junge heiraten mußte. Es wäre ein guter Historiker aus ihm geworden.

Monica hustete bedeutungsvoll und fuhr fort. Berthold seufzte und versuchte sich an einem »R«. Rosvita ließ ihre Blicke über die versammelten Kinder schweifen.

Es war üblich, daß die bedeutenden Persönlichkeiten des Reiches eines ihrer Kinder an der Königlichen Rundreise teilnehmen ließen. Einige, gewöhnlich jüngere Geschwister, wurden zu Geistlichen ausgebildet und traten nach einer bestimmten Zeit der Königlichen Kapelle und der Höheren Schule bei. Andere Kinder verbrachten hier nur ein bis zwei Jahre, um eine Vorstellung von dem sich ständig verändernden Hof zu erhalten, der unaufhörlich durch die von König Henry regierten Lande zog.

Wieder andere blieben möglicherweise noch länger, wenn die Loyalität ihrer Eltern in Frage stand. Obwohl niemand das Wort aussprach, handelte es sich bei diesen Kindern um Geiseln, wenn auch um sehr gut behandelte.

Das war natürlich bei Berthold nicht so. Sein Vater war

Markgraf Helmut Villam – einer der bevorzugten Berater des Königs und sein engster Vertrauter.

Von den großen Fürsten des Reiches standen gewöhnlich die vier Markgrafen dem König am loyalsten gegenüber. Und von allen Fürsten waren sie auch am dringendsten auf die Unterstützung des Königs angewiesen. Sie verwalteten die Marklande, also die östlichsten Gebiete Wendars, die immer wieder von den barbarischen Stämmen aus dem Osten gebrandschatzt und geplündert wurden, wenn sie auf der Suche nach Beute und Sklaven waren.

Von ihren Gebieten brachen die Missionare auf, um die Ungläubigen im Urwald zu bekehren. Unerschrockene Siedler ließen sich in ihren Gebieten nieder, bereit, die Angriffe der Stämme der Ungläubigen in Kauf zu nehmen, als Gegenleistung für das gute Land, das sie bestellen konnten, ohne einem anderen Herrn als allein dem König oder dem Fürsten verantwortlich zu sein.

Seit drei Jahren war es in den Grenzgebieten ruhig gewesen, und daher war es den Markgrafen – oder ihren Erben – möglich, jedes Jahr eine Zeitlang bei der Rundreise des Königs zu verbringen. In diesem Frühling rühmte sich die Rundreise nicht nur der Anwesenheit Villams, sondern auch der der ruhmreichen Judith, Markgräfin von Olsatia und Austra.

Sie hatte ihre Marklande in den fähigen Händen ihrer ältesten Tochter gelassen und war mit ihren zwei jüngsten Kindern an den Hof gekommen. Eins von ihnen, ein bleiches Mädchen von etwa vierzehn Jahren, saß mit einer unverschämten Miene da, als hätte die ältere Monica sich gerade in ein Monster mit Flügeln und Hörnern verwandelt.

Werinhar, der Markgraf von Westfall, hatte seinen jüngsten Bruder zum Hof gesandt. Dieser junge Mann war für die Kirche bestimmt und schrieb Monicas Rede gewissenhaft mit, wie es einem guten Geistlichen, der sich in der Ausbildung befand, entsprach.

Wie gewöhnlich kamen die größten Probleme von den Herzögen – den mächtigsten Fürsten des Reiches. Die drei Herzöge, deren Ländereien im alten Königreich von Wendar lagen, waren loyal: Saony, Fesse und Avaria. Sie alle hatten Mitglieder ihrer Familie – Kinder oder jüngere Geschwister – an den Hof geschickt; Rosvita hatte in den vergangenen zwanzig Jahren viele junge Menschen aus diesen Familien kommen und gehen sehen.

Doch die Herzogtümer von Varingia, Wayland und Arconia lagen im alten Königreich Varre, und die Loyalität ihrer Herzöge war weniger beständig – und zweifelhafter. Ganz vorn in der Klasse saß die Tochter von Herzog Conrad von Wayland und schrieb unter der strikten Aufsicht von Monica umständlich Buchstaben ab. Ein halbes Jahr zuvor war Tallia, die Tochter von Sabella und Berengar, mündig geworden und hatte die Rundreise des Königs verlassen, um nach Arconia zurückzukehren. Niemand hatte sich damals etwas dabei gedacht; es entsprach dem natürlichen Lauf der Dinge.

Doch vor zwei Monaten hatte Rodulf, der Herzog von Varingia, seinen jüngsten Sohn Erchanger von Henrys Seite zurückgerufen. Und jetzt hörten sie täglich neue Gerüchte von Sabellas Vorhaben, eine Rebellion gegen König Henry anzuzetteln.

Berthold grunzte amüsiert in sich hinein. »Ekkehard ist wieder eingeschlafen.«

»O Herrin«, murmelte Rosvita. Sie hatte zuerst nicht den Mut hinzuschauen. Als sie es dann doch tat, sah sie, daß der einzige Sohn von König Henry und Königin Sophia tatsächlich schlief, den Kopf auf den Arm gestützt, die Tunika so verzogen, daß der goldene Halsreif sichtbar wurde. Er schnarchte leise. Ekkehard war ein guter Junge, aber er neigte dazu, bis spät in die Nacht an den Banketten teilzunehmen und den Poeten und Musikanten zu lauschen, anstatt seine Buchstaben zu üben, was er eigentlich sollte.

Monica hatte glücklicherweise noch nicht bemerkt, daß der Junge schlief. Sie richtete ihre Aufmerksamkeit fast ausschließlich auf die Tochter von Herzog Conrad. Sie war ein schlankes Mädchen und hatte das Blut ihrer Großmutter geerbt: Sie war so dunkel wie die Kaufleute aus Jinna, und auf ihrer Haut glänzte wunderschön der Halsreif, der den direkten Abkömmlingen des Königs vorbehalten war.

Berthold, der Rosvitas Blick folgte, murmelte verschmitzt: »Sie wird außerordentlich hübsch aussehen, wenn sie älter ist.«

»Das gleiche sagte man von ihrer Großmutter, die trotz ihrer ungewöhnlichen Hautfarbe eine große Schönheit war. Doch auch der heilige Daisan lebte in jenen Ländern, die von den Jinna erobert wurden und jetzt von ihnen regiert werden. Wer also vermag zu sagen, daß er nicht ebenfalls so dunkelhäutig war wie sie?«

»›Denn es soll niemand angeklagt werden wegen der Körpergröße, der Haut- oder Augenfarbe oder einer körperlichen Behinderung‹«, zitierte Berthold.

»Still«, sagte Rosvita milde; sie hielt sich die Hand vor den Mund, um ein Lächeln zu verbergen.

»Junker Berthold«, sagte Monica. »Ich gehe davon aus, daß Ihr weiter meinen Worten folgen werdet oder Euch zurückzieht, damit die anderen ungestört weiterarbeiten können.«

Er nickte gehorsam. Monica unterrichtete noch eine Weile weiter, doch waren Rosvita die Worte so vertraut, daß sie in ihren Ohren wie ein monotones Summen klangen. Sie streckte sich verstohlen und rieb sich den Nacken. Berthold bemerkte es und grinste sie an, bevor er sich wieder daranmachte, seinen Namen zu Ende zu schreiben.

Plötzlich hörte Rosvita durch die geöffneten Fensterläden, durch die Licht auf ihren Tisch strömte, Stimmen vom Garten hereindringen. Die anderen Kinder und die Geistlichen konzentrierten sich auf ihre Arbeit oder das, was Monica erzählte; sie schienen es nicht zu bemerken. Aber Rosvita bemerkte es.

Heilige Herrin! Die Töchter des Königs stritten schon wieder.

»Ich habe *nur* gesagt, daß ich es für unklug halte, wenn du einem Mann wie ihm so viel Einfluß in deinem Rat gewährst.«

»Du bist nur eifersüchtig, weil er meine Anwesenheit deiner vorzog!«

»Das ist Unsinn. Ich bin lediglich um deinen Ruf besorgt. Es ist nur zu bekannt, daß er ein Scharlatan ist.«

»Das ist er nicht! Sie sind alle nur neidisch auf seine Weisheit!«

»Ich dachte, er hätte sie mit seiner Arroganz und seinem schrecklichen Benehmen alle verärgert.«

Rosvita seufzte und legte die Feder beiseite, wischte die Hände an einem Tuch ab und stand auf, während sie sich streckte. Berthold blickte verblüfft hoch; sie bedeutete ihm, sitzen zu bleiben. Monica gab ihr mit einem leichten Nicken zu verstehen, daß sie ihrem Vorhaben zustimmte; zweifellos wußte sie, weshalb Rosvita den Raum verlassen wollte.

Rosvita hastete den Gang des Skriptoriums entlang und durch die Sakristei, wo sie einen älteren Bruder aufschreckte, der die Amtstrachten in seiner Obhut hatte und eingeschlafen war, und kam gerade rechtzeitig in den Rosengarten, um die beiden Schwestern in ihrer vollen Pracht am Brunnen anzutreffen.

Beide waren äußerlich eine sehr merkwürdige Mischung ihrer Eltern. Sapientia war klein, dunkel und von schlichter Eleganz wie ihre Mutter, erinnerte aber ansonsten stark an ihren Vater – unter anderem durch die unglückselige Neigung zu erröten, wenn sie die Beherrschung verlor.

Theophanu war größer und hatte die schönere Figur, sie war kräftig und gut gebaut, doch sie besaß auch das unterkühlte Temperament ihrer Mutter. Die Höflinge hatten Sophias Verhalten als »östliche Schläue« bezeichnet und ihr niemals ganz getraut; dennoch hatten auch sie wie alle anderen getrauert und geweint, als sie zur letzten Ruhe gebettet wurde.

Denn sie wußten genau, daß die bisherige Ordnung am Hofe, die sich im Laufe der sechzehn Jahre währenden Herrschaft von Henry und Sophia herausgebildet hatte, umgeworfen werden und sich in Chaos verwandeln würde, falls Henry wieder heiraten sollte.

»Du bist nur wütend, weil Vater mich zur Markgräfin von Ostfall ernennen will und mir damit die Verwaltung dieser Gebiete überträgt. Du willst sie selbst haben!« Sapientias Teint konnte sich inzwischen mit den leuchtenden Rosen messen, die sich an der Steinmauer am Ende des privaten Gartens emporrankten, auch wenn ihr das Rosa nicht ganz so gut stand wie den Blumen.

In achtzehn Jahren hatte Rosvita nicht einmal erlebt, daß Theophanu die Beherrschung verloren hätte – nicht einmal als kleines Mädchen. Was für ein unnatürliches Mädchen sie doch war! Sie verfügte über ganz andere Mittel, ihre ältere Schwester wütend zu machen. »Ich nehme an, daß Vater meine Ländereien vergrößern wird, wenn er die Zeit für gekommen hält. Ich habe es niemals für klug gehalten, ihn um Pflichten zu bitten, die er mir nicht von sich aus auferlegte.«

Rosvita eilte zu ihnen. Angesichts dieser Beleidigung, die sie an das gestrige Donnerwetter erinnern mußte, stand die arme Sapientia kurz vor einem ihrer berüchtigten Wutausbrüche.

»Eure Gütigen Hoheiten«, sagte Rosvita genau in dem Augenblick, als Sapientia Luft holte. »Endlich habe ich Euch gefunden!« Die muntere Aussage tat die erwünschte Wirkung: Sapientia wurde einen Moment abgelenkt – und vergaß den Gedanken, den sie hatte aussprechen wollen.

Theophanu wölbte herausfordernd eine Augenbraue. »Ihr bringt Neuigkeiten?« fragte sie höflich, doch Rosvita wußte nur zu gut, daß sie die Prinzessin mit diesem durchsichtigen Trick nicht täuschen konnte.

Rosvita rief sich die Nachricht ihres Vaters in Erinnerung und dankte der Herrin für die Eingebung. »Es ist nur eine kleine Familienangelegenheit, nichts Wichtiges, aber mit großer Demut wage ich es, zu Euch darüber zu sprechen, Eure Hoheiten.«

»Ihr müßt Euch uns ganz anvertrauen«, sagte Sapientia, während sie zu ihr trat und ihre Hand nahm. »Wir tun alles, was in unserer Macht steht.«

Theophanu hob lediglich zustimmend eine Hand.

»Ich habe einen Bruder, Ivar, der gerade den Dienst aufgenommen hat. Er soll als Mönch in das Kloster bei Quedlingham eintreten, das von Mutter Scholastica geleitet wird. Ich hatte gehofft, daß Ihr mir und meiner Familie einen Gefallen tun und Eure Tante Scholastica bitten könntet, ihn in den ersten Tagen seines Aufenthaltes dort etwas im Auge zu behalten. Er ist sehr jung, vielleicht zwei oder drei Jahre jünger als Ihr, Eure Hoheit.« Sie nickte Theophanu zu. »Und ich entnehme dem Ton meines Vaters, daß es nicht Ivars Wunsch war, in den Dienst der Kirche zu treten.«

»Er ist ein jüngerer Sohn«, sagte Sapientia. »Was kann er sonst wünschen?«

»Ich kenne seine Wünsche nicht. Ich habe ihn erst zweimal gesehen. Als er geboren wurde, war ich bereits seit zehn Jahren von zu Hause fort, um als Novizin nach Korvei zu gehen. Er ist das Kind der zweiten Frau meines Vaters, einer Tochter der Gräfin von Hesbaye.«

»Ah, ja, sie hat drei Töchter von ihrem dritten Mann.« Sapientia ließ Rosvitas Hand los und schritt zu dem ausgetrockneten Brunnen. Vier steinerne Einhörner, die sich auf den Hinterbeinen aufbäumten, betrachteten sie ruhig; ihre Oberfläche war von den Spuren unzähliger Wassertröpfchen gesprenkelt – eine Erinnerung an die Fontänen, die einst aus ihren Mähnen und Hörnern gesprudelt waren. Die Winterstürme hatten den Springbrunnen zerstört, und er war noch nicht wieder repariert worden. Vater Bardo hatte sich höchst überschwenglich entschuldigt, als der König mit seinem Hof beim Hersford-Kloster angekommen war und feststellen mußte, daß das Herzstück im Garten außer Funktion war.

Es war ein warmer Tag für den Frühling, und es würde noch heißer werden. Rosvita spürte, wie die Hitze von den Mosaikfliesen aufstieg, die den Brunnen umgaben.

»Die Tochter, die jetzt die Gattin von Helmut Villam ist, hat letzte Nacht zu meinen Gunsten gesprochen«, fuhr Sapientia fort, dann lachte sie. »Es wird interessant sein zu sehen, wer vor dem eigenen Tod mehr Ehegatten begräbt, Helmut Villam oder die Gräfin von Hesbaye. Villam ist inzwischen bei seiner fünften Frau angelangt, oder nicht? Dagegen lebt der vierte Ehegatte der Gräfin noch. Sie wird ihn in den Krieg schicken müssen, wie sie es mit all den anderen getan hat.«

»Es ist geschmacklos von dir, so etwas zu sagen«, sagte Theophanu. »Es ist kein Wunder, daß Vater dich nicht auf die Rundreise schickt.«

Schlagartig erwachte Sapientia aus ihrer Versunkenheit am Brunnen, wirbelte herum, trat zwei Schritte auf ihre Schwester zu und versetzte ihr einen kräftigen Schlag.

»Herrin, bewahre mich«, murmelte Rosvita.

Theophanu lächelte weder siegesgewiß noch weinte sie vor Schmerz; ihr Gesicht war so unbewegt wie poliertes Holz. »Ihr Verlust sollte deiner Erheiterung nicht als Nahrung dienen.«

»Aber, aber«, sagte Rosvita und machte hastig ein paar Schritte, um sich zwischen die beiden jungen Frauen zu stellen. »Wir sollten nicht streiten und zuschlagen, wenn wir die Hitze der Leidenschaft in uns aufsteigen spüren. ›Es ist gut, erst zu *reden*‹, wie der heilige Daisan sagte, als seine Schüler von ihm wissen wollten, was sie tun sollten, wenn man sie fälschlicherweise der Zauberei beschuldigte.«

»›Denn die Wahrheit wird uns Freiheit geben‹«, beendete Theophanu.

Sapientia begann aus unterdrücktem Ärger laut zu schluchzen und flüchtete aus dem Garten. Eine Dienerin, die hinter einem Busch gewartet hatte, sprang auf und folgte ihr ins Innere des Hauses.

»Ich bin nicht sicher, ob es klug ist, Eure Schwester so zu behandeln.«

»Wenn sie erst nachdenken würde, bevor sie spricht –« Theophanu brach ab, wandte sich um und machte einige Schritte nach vorn, um den Mann zu begrüßen, der in diesem Augenblick auf den Hof getreten war. Wie die beiden jungen Frauen trug auch er einen goldenen Halsreif – Stränge aus massivem Gold, die zu einem Dreiviertelkreis verschlungen waren. Theophanu kniete nieder. »Vater.«

Er legte eine Hand auf ihren Kopf.

Auch Rosvita kniete sich hin. »Eure Hoheit.«

»Erhebt Euch, meine höchstgeschätzte Geistliche«, sagte der König. »Ich habe einen Auftrag für Euch, den durchzuführen ich allein Euch zutraue.«

Rosvita erhob sich und blickte König Henry an. Als junger

Mann war er, wie seine älteste Tochter, unbeherrscht gewesen; jetzt lag – wie eigentlich immer in diesen Tagen – ein ernster Ausdruck auf seinem Gesicht, der einen angenehmen Kontrast zu den hellen Silbersträhnen seines Haares bildete. »Ich bin Eure Dienerin, Majestät.« Sie konnte ein Lächeln nicht unterdrücken. »Euer Lob ehrt mich.«

»Nicht mehr, als es sollte, meine Freundin. Ihr werdet mich glücklich machen, hoffe ich, und diese Aufgabe sofort erfüllen.«

»Gewiß.«

»Vater Bardo sagte mir, daß es einen Einsiedler, einen heiligen Mönch gibt, der in einer Zelle in den Bergen oberhalb des Klosters lebt. Er ist alt und war, wie man mir sagte, einmal ein Gelehrter.«

Gegen ihren Willen schlug Rosvitas Herz schneller. Ein alter Mann, und noch dazu ein Gelehrter! Aus den Erzählungen solcher Menschen konnte man immer etwas Neues erfahren.

»Er soll sehr kundig in den Gesetzen von Kaiser Taillefer sein und Wissen über die Stiftsherren der damaligen Zeit besitzen – Wissen, das uns verlorengegangen ist. Aber er weigert sich, seine Meditation zu unterbrechen, sagt Vater Bardo.«

»Sollten wir ihn dann wirklich bitten, die Meditation zu unterbrechen, Majestät?«

»Es gibt ein paar Dinge, die ich über die Regelung der Nachfolge wissen muß.« Sein Tonfall konnte seine innere Erregung nicht ganz verbergen. Theophanu blickte ihren Vater scharf an, sagte aber nichts. »Doch was Euch betrifft, Rosvita, so sagt Vater Bardo, daß dieser Mönch von Eurem Vorhaben gehört hat, für meine gesegnete Mutter eine Geschichte des wendischen Volkes zusammenzutragen, und möglicherweise ist er deshalb bereit, mit Euch zu sprechen. Vielleicht überwiegt seine Neugier.« In seinen Worten schwang die typische Mißachtung eines weltlichen Herrn für die Angelegenheiten derjenigen mit, die sich der Kirche verschworen hatten.

Oder seine Meditationen über die Heiligen Arbeiten der Herrin und des Herrn haben seine Leidenschaft für das Lernen noch nicht ganz besänftigt. Aber Rosvita sprach diesen Gedanken nicht laut aus.

»Ihr denkt das gleiche«, sagte der König mit einem Lächeln.

»Das tue ich tatsächlich.«

»Dann müßt Ihr mir gegenüber offen sprechen, oder wie soll ich sonst aus Eurem weisen Rat Nutzen ziehen?«

Wieder mußte Rosvita lächeln. Sie hatte Henry immer schon gemocht, so sehr, wie man sich gestatten konnte, einen Erben und späteren König zu *mögen;* in den letzten Jahren jedoch, als er sie mehr und mehr in seinen Kreis gezogen hatte, hatte sie auch begonnen, ihn zu respektieren. »Dann muß ich Euch fragen, ob es etwas Bestimmtes gibt, das Ihr durch eine solche Unterredung zu erfahren hofft.«

Der König nahm die Hand von Theophanus Kopf und blickte sich um. Hinter einer Zypressenhecke sah Rosvita zwei Höflinge diskret warten: einer, der ältere, war Helmut Villam, der ständige Begleiter des Königs und sein engster Berater.

»Wo ist deine Schwester?« fragte Henry seine Tochter. »Man sagte mir, ihr wäret zusammen hierhergekommen.«

»Sie ist wieder hineingegangen.«

»Warte dann bitte bei Villam auf mich; ich möchte, daß du mit mir ausreitest.«

»In Ordnung, Vater.« Sie erhob sich und zog sich gehorsam zu den anderen zurück. Rosvita erhaschte einen Blick auf Berthold Villam. Augenscheinlich hatte er sich heimlich hinausgeschlichen und war ihr gefolgt, um herauszufinden, was los war. Die andere Person war die beeindruckende Judith,

Markgräfin von Olsatia und Austra. Hinter der Markgräfin standen einige Bedienstete.

Die Frühlingssonne, die heiß auf den von Steinmauern und Rosenhecken eingeschlossenen Garten herabbrannte, verschwand plötzlich hinter einer Wolke.

»Ihr wißt, was man hier leise munkelt«, sagte Henry. »Was keiner von ihnen laut aussprechen würde.«

Die Herzöge und Markgrafen, Grafen und Bischöfinnen und Geistlichen und Höflinge, die die Rundreise des Königs bevölkerten, sprachen gewöhnlich offen und unverblümt von den großen Ereignissen und den bevorstehenden Entscheidungen des Tages: Würde Henrys Schwester Sabella offen gegen ihn rebellieren? Würden die Aikha in diesem Sommer die Nordküste brandschatzen oder, wie Gerüchte behaupteten, mit einem Heer einmarschieren? Wie wollte die Skopos in Darre den Gerüchten begegnen, daß sich in der Kirche Ketzerei ausbreitete?

Über eine Sache schwiegen sie jedoch, oder sie sprachen nur in Andeutungen darüber, ohne das eigentliche Thema jemals direkt zu berühren. In der schrecklichen Auseinandersetzung am vergangenen Abend und auf dem angespannten Fest danach waren Blicke ausgetauscht und überall war geflüstert worden. Doch ein ganz bestimmter Name war niemals ausgesprochen worden; zumindest nicht hörbar laut genug.

»Sanglant«, sagte sie. Sie sprach das Wort salianisch aus: *Sahnglonnt.* »Und was sagen sie über Sanglant?«

»Sie sprechen nicht von Sanglant, sondern von Euch. Sie sagen, Eure Vernunft wird von Euren Gefühlen beeinträchtigt. Sie sagen, es ist Zeit, Sapientia auf die Nachfolge-Rundreise zu schicken, damit sie sich als würdig oder unwürdig erweisen kann, um von Euch zur Erbin ernannt zu werden. Und wenn nicht Sapientia, dann Theophanu.«

»Theophanu ist nicht so beliebt.«

»Im Grunde nicht, nein.«

»Und doch ist sie fähiger, Rosvita.«

»Es ist nicht an mir, so etwas zu entscheiden.«

»An wem ist es dann?« Er klang jetzt ungeduldig.

»Es ist an Euch, Majestät. Dies ist die Bürde, die Unsere Herrin und Unser Herr Euch als Herrscher auferlegt haben.«

Er wölbte eine Augenbraue, und einen kurzen Moment erkannte Rosvita, wie sehr Theophanu ihm ähnelte; sie besaß seinen Witz und seine Intelligenz, wenn auch nicht seine Gestik. Die Kirchenglocken begannen zu läuten und riefen die Mönche zum Gebet der Sext. Sie roch Kohle in der Luft und den stechenden Geruch von Fleisch, das über heißen Kohlen angebraten wurde, als Vorbereitung für das Fest am Abend. Nach einer längeren Pause sprach Henry wieder. »Was sagen sie über Sanglant?«

Es war wohl besser, ihm die Wahrheit zu sagen, die er bereits kannte, aber aus Gefühlsgründen nicht wahrhaben wollte. »Daß er ein Bastard ist, Majestät. Daß er kein richtiger Mensch ist. Daß sie seine guten Eigenschaften anerkennen; daß diese Eigenschaften – welche es auch sein mögen – aber niemals seine Geburt und das Blut seiner Mutter aufwiegen können.« Sie zögerte kurz. »Was sie auch nicht sollten.«

Er blickte verärgert drein, antwortete aber nicht sofort. Die Glocken verstummten wieder, und sie hörte die Roben der Mönche rascheln, als Nachzügler sich zur Kapelle innerhalb des Klosters aufmachten, um zu beten.

»Ich werde zur Messe gehen«, sagte er. »Aber Ihr werdet diesen Einsiedler trotzdem aufsuchen, Rosvita. Und Ihr werdet herausfinden, ob dieser heilige Mönch von einem früheren Fall weiß, bei dem ein Kind von einer Konkubine oder aus einer anderen nicht formellen Verbindung zum Erben ernannt wurde.«

Seine Stimme versiegte, noch während er die schicksalhaften Worte sprach. Nur sie hörte sie. Doch natürlich wußten alle, die an der Rundreise des Königs teilnahmen, ob Mann oder Frau, was ihn beschäftigte: daß sein ältestes Kind, der Bastard einer Aoi-Frau, die aus unbekannten Landen hergekommen war, um den jungen Henry auf der Nachfolge-Rundreise zu bezaubern, schon immer sein Lieblingskind gewesen war – und es auch jetzt noch war, obwohl er drei rechtmäßige Kinder von Königin Sophia hatte, die alle einen gesunden Verstand und Körper besaßen.

Sie erhaschte einen kurzen Blick auf sein Gesicht; eine uralte Sehnsucht stand darin, eine Leidenschaft, die niemals ausgelöscht, niemals erfüllt worden war. Doch sofort wich der Ausdruck der steinernen Maske, die der König gewöhnlich trug.

»Ich werde tun, was Ihr verlangt, Majestät«, sagte sie und verneigte sich angesichts des Unausweichlichen – obwohl sie fest davon überzeugt war, daß aus dieser Besessenheit nichts Gutes würde erwachsen können.

II
Die Drachen

1

Zehn Tage, nachdem sie Friedleben verlassen hatten, saß Liath auf einer alten Steinmauer und genoß die Frühlingssonne. Sie war nicht allzu müde; erlöst von Hugh hatte sie sich rasch erholt und ihre Kräfte wiedererlangt.

Sie nutzte diese kleine Pause, um die Anlage des Landsitzes von Stelesham zu betrachten: die Färbebottiche, die geschützt unter einem Anbau standen; den Hühnerstall; zwei große Kessel mit kochendem Wasser, vor denen drei Frauen standen, die die Wolle umrührten, während sie zusammenschrumpfte; Filzer, die in der Sonne arbeiteten; zwei Jungen, Helfer des Schmieds, die winzige Eisenringe zu einer Kette verarbeiteten; Felle, die zum Bearbeiten aufgespannt waren.

Auf dem großen, von einem Palisadenzaun geschützten Hof lagen noch die Überreste einer älteren Anlage. Die Adler hatten hier einen Vorposten errichtet, indem sie mit Hilfe der alten, bearbeiteten Steine einen Verteidigungsturm erbaut hatten. Die Besitzerin und ihre Verwandten lebten in einem Landhaus aus Holz, aus dem auch die Ställe waren. Nur das Skelett der einstigen Festung war noch übrig – gerade Linien im rechten Winkel zu den Äquinoktien und den Sonnenwenden, der Karte der Sonne. Sie konnte diese Knochen mit den Augen abtasten und hier und da Inschriften in altem Dariyanisch lesen, die von den Soldaten und Handwerkern, die vor langer Zeit diesen Ort bewohnt hatten, in den Stein gemeißelt worden waren.

Lucian liebt die rothaarige Frau.

Estephanos schuldet Julia acht Quiniones.

Alle sollen wissen, daß dieser Vorposten auf Befehl von Arki-kai Tangashuan errichtet wurde, unter der Schirmherrschaft der aufs höchste gepriesenen Kaiserin Thaissania, Die Mit Der Maske.

Liath kniete nieder und begann den Steinblock mit dieser letzten Inschrift von Erde zu säubern. Er befand sich gleich neben dem Wassertrog und war halb im Boden versunken. Wie viele Jahre mochte er hier schon liegen, hatte Pferde und Vieh auf sich herumtrampeln lassen, während er von Wind und Staub geschliffen und vom Regen getränkt wurde? Sie hustete, als der Wind Staub aufwirbelte und sie einen Mundvoll abbekam. Ihre Finger tasteten sich weiter, trafen auf feste Erde; die Inschrift führte noch weiter hinab, war halb im Boden eingegraben.

»›Die Mit Der Maske‹«, sagte Wulfhere hinter ihr. »Die ungläubige Kaiserin, der der heilige Daisan ohne Furcht begegnete, als er die Heilige Botschaft und die rettende Barmherzigkeit der Herrin und des Herrn der Einigkeiten verkündete.«

Überrascht schoß Liath in die Höhe; sie wurde unsicher. Wulfhere lächelte so breit, daß seine Zähne aufblitzten.

»Leugne nicht, daß du es lesen kannst, Kind. Sowohl dein Vater als auch deine Mutter sind von der Kirche erzogen worden, und du selbst konntest im Alter von gerade mal sechs Jahren die alten dariyanischen Texte lesen wie eine im Konvent erzogene Gelehrte.«

»Sicher nicht«, platzte sie heraus.

Sein Lächeln schien jetzt weniger gezwungen.

»Vielleicht nicht so gut wie eine Erwachsene, aber erstaunlich gut für ein Kind. Komm jetzt. Es gibt hier ein Waffenlager, und wir müssen passende Waffen für dich auswählen. Die Nichte von Meistrin Gisela ist schon dabei, die Borten an die neuen Umhänge für dich und Hanna zu nähen.«

Hanna war bereits am Turm und wog die Schwerter in der Hand. Sie ging unbeholfen mit den Waffen um. Sie waren zehn Tage geritten, und während dieser Zeit hatten Hathui und Manfred ihre Fähigkeiten im Umgang mit dem Schwert getestet – sie ließen bei beiden zu wünschen übrig.

»Adler sind keine Soldaten«, erklärte Hathui gerade Hanna, als Wulfhere und Liath vor der schweren, eisenbeschlagenen Tür ankamen, die zur runden Kammer im Erdgeschoß des Turms führte. »Aber ihr müßt euch gegen Banditen und Feinde des Königs verteidigen können. Ah! Was kannst du, Frau?«

»Ich kann Kühe melken, Butter und Käse herstellen«, schnaufte Hanna, »zwanzig Reisende beköstigen, Holz hacken, ein Feuer entfachen, Fleisch pökeln und räuchern, Flachs rötten und spinnen –«

Hathui lachte und ließ das Schwert sinken. Sie war kein bißchen erschöpft. »Genug! Genug!« Die beiden Frauen hatten miteinander gefochten und umkreisten sich noch immer, während Manfred mit einem Stab die herumstreunenden Kinder und Hunde und Hühner fernhielt, die den Hof bevölkerten. »Die Herrin ehrt die Kastellanin am Herdfeuer, denn ist sie für uns nicht selbst eine Kastellanin? Aber du führst das Schwert ungeschickt, Hanna. Manfred, gib ihr einen Speer.« Er gehorchte, und Hanna hatte gerade noch Zeit, Liath einen sehnsüchtigen Blick zuzuwerfen – als wollte sie sagen: »*Ich wünschte, du wärst hier, und ich könnte an der Tür stehen*« –, bevor sie ihm das Schwert reichte und den Speer entgegennahm.

»Er ist wie ein Stab.« Hanna suchte nach dem richtigen Griff an dem langen Schaft, bis der Speer angenehm in ihren Händen lag. Sie versuchte ein paar Schläge gegen einen Pfosten, der in der Mitte des Hofes in den Boden getrieben worden war. Zu Liaths Überraschung grinste Hanna plötzlich. »Thancmar und ich haben ein paarmal mit Stäben gekämpft. Als wir jünger waren, vertrieben wir uns damit die Zeit, wenn wir Schafe hüten mußten.«

Hathui blieb unbeeindruckt. »Du solltest mit dem Prahlen warten, bis du auf dem Rücken eines Pferdes mit einem Speer umgehen kannst. Ein abgeworfener Adler in schlechter Gesellschaft ist fast dasselbe wie ein toter Adler. Was die Schafe möglicherweise bewundert haben, wird dir hier nicht viel nützen.«

Hanna lachte nur. »Ich bin zehn anstrengende Tage lang geritten und habe nicht aufgegeben, obwohl die Herrin allein weiß, wie viele Blasen ich habe – und wo ich sie habe! Ich kann auch das lernen, bei Unserer Herrin.«

»Und du wirst auch den Umgang mit dem Schwert noch lernen müssen«, fuhr Hathui fort, als hätte Hanna nichts gesagt. Die Frau mit der Adlernase blickte noch immer mürrisch drein, auch wenn sich in ihren Mundwinkeln ein leichtes Lächeln versteckte.

»Komm herein«, sagte Wulfhere zu Liath.

Liath duckte sich unter dem Türsturz hindurch, der sehr

niedrig war, um als zusätzliche Abwehrmöglichkeit zu dienen. Sie mußte niesen. Sie wischte sich über die tränenden Augen und blinzelte, während Wulfhere eine Fackel anzündete und den hinteren, im Dunkel liegenden Teil der Kammer erforschte. Alles war ordentlich aufgeräumt: Säcke mit Zwiebeln und Karotten; Körbe mit Bohnen, Erbsen und Äpfeln; Krüge mit Öl; hölzerne Fässer mit in Schweineschmalz eingelegten Koteletts. Ein Teil war ranzig geworden. Hinter den Nahrungsvorräten lagen fünf Kisten, die mit Eisenhaspen verschlossen waren. Auf einer waren Einlegearbeiten mit Messinglöwen zu sehen. Diese öffnete Wulfhere. Die Scharniere waren gut geölt und öffneten sich, ohne zu quietschen.

Als Liath zu ihm gehen wollte, trat sie auf etwas, das unter ihrem Schuh zerplatzte; der widerlich süße Geruch einer faulenden Frucht stieg ihr in die Nase. Eine Fliege summte an ihrem Ohr.

»Hathui hat gesagt, daß du gut mit dem Messer umgehen kannst. Ich nehme an, du hast das während der Reisen mit deinem Vater gelernt. Ich glaube, hier ist ein altes Schwert, das noch immer seine Dienste tun kann. Es wurde in der Festung geborgen.«

»Welcher Festung?« fragte sie, dann begriff sie, was er meinte: diese Festung, die alte dariyanische Festung, die auf Befehl von Arki-kai Tangashuan siebenhundert Jahre zuvor erbaut worden war – nach den Kalendern zu schätzen, die sie kannte. Jetzt war sie freilich als Stelesham bekannt, ein kleiner Landsitz unter der Leitung der Freien Gisela und gleichzeitig ein offizieller Vorposten der Adler des Königs. Daher stand Stelesham unter dem Schutz des Königs und nicht unter dem des in dieser Gegend herrschenden Grafen.

Wulfhere hob ein Bündel auf und wickelte es langsam aus. »Es ist kürzer und stumpfer als die Schwerter, die wir gewohnt sind, aber vielleicht eignet es sich gut dazu, sich mit einem Schwert vertraut zu machen. Hathui erwähnte, daß du hervorragend ein Schlachtermesser schwingen kannst.«

Als er die letzte Stoffschicht beseitigt hatte, warf sie einen Blick in die Kiste und hielt den Atem an. Auf vergilbtem Linnen lag ein Kasten, und darin steckte ein Bogen, dessen Sehne nicht eingehängt war. Der Köcher war aus rotem Leder. In das Leder war das Bild eines Greifen mit ausgebreiteten Schwingen eingearbeitet. Die Kreatur hielt den Kopf eines Hirschs im Schnabel, doch die Enden seines Geweihs waren die Köpfe von Adlern, als würde der Hirsch sich, noch während er verschlungen wurde, in den Räuber verwandeln, der ihn getötet hatte.

»Darf ich?« fragte sie.

»Was siehst du dir an?« wollte Wulfhere wissen, aber sie hatte bereits in die Kiste gegriffen und den Köcher herausgezogen. »Oh«, sagte er. »Barbarische Arbeit. Sieh dir die Form des Bogens an.«

Der Bogen war ungewöhnlich gebogen, doch Liath kannte diese doppelt gekrümmten Bögen sehr gut. Sie drehte den Lederköcher um. Die andere Seite wurde von keinerlei Verzierung geschmückt, nur zehn Symbole waren wie Runen im Kreis in das Leder geprägt worden. »Sind das Buchstaben?« fragte sie. Wulfhere zuckte mit den Schultern. »Dieser Bogen ist genauso wie der, den mein Vater hatte. Er sagte, er kommt aus dem Osten. Pa hat immer behauptet, daß er eine größere Reichweite besitzt als die anderen und daß er sich merkwürdigerweise sehr wirkungsvoll von einem Pferderücken aus benutzen läßt. Er lehrte mich, ihn zu benutzen, denn wenn wir reisten –« Sie brach ab und blickte Wulfhere an, der noch immer auf dem Boden kniete; neben ihm auf dem Wachstuch lag ein Kurzschwert.

»Du bist gereist?« fragte er ruhig. »Du und Bernard, ihr seid lange umhergezogen und an keinem Ort geblieben, Liath.«

»Bis Friedleben«, sagte sie verbittert. Bis sie ihn gebeten hatte, nur noch einen Sommer zu bleiben, und dann noch einen, bis genau das eingetreten war, was Pa immer befürchtet hatte: Seine Feinde hatten ihn eingeholt. Warum sollte sie Wulfhere nicht die Wahrheit sagen? Er war nicht dagewesen, als man Pa umgebracht hatte. Es stand jetzt ohnehin in seiner Macht, wenn er ihr Schaden zufügen wollte. »Wir sind weggelaufen. Immerzu weggelaufen.«

»Wovor?«

Seine Ruhe ließ ihre fürchterliche Wut nur noch deutlicher werden – darauf, daß sie Pa verloren hatte, auf all die Jahre der Angst und des Versteckens, das am Ende nichts genützt hatte. »Vielleicht vor dir.«

Wulfhere grübelte einen Augenblick über ihre Worte nach, dann zuckte er mit den Schultern und erhob sich, mit beiden Händen das Schwert festhaltend. »Es hieß, daß Bernard, als er jung war, an ferne, exotische Orte wanderte. Er wurde zu den dunklen Landen geschickt, um denen, die in der Nacht leben, die Heilige Botschaft zu bringen, aber ich weiß nur wenig von diesen Reisen.«

»Pa war ein *Frater*?« Sie starrte ihn verblüfft an, den Mund vor Staunen geöffnet.

»Das hast du nicht gewußt, Kind?«

Sie schüttelte den Kopf.

»Was hast du denn geglaubt, woher er all sein Wissen hat? Kennst du seine Verwandten nicht?«

Wieder ein stummes Nein. Sie hatte sich gefragt, ob Wulfhere die Geschichte ihres Vaters kannte, sich aber nicht zu fragen getraut – es hätte ja sein können, daß er daraufhin *ihr* Fragen stellen würde –, und sie hatte nicht erwartet, daß er so bereitwillig Auskunft geben würde.

»Das Geschlecht, aus dem er stammt, war nicht mächtig, hat

seinen Ursprung aber in einer Familie, die zu der Zeit nach Osten gelangte, als Kaiser Taillefer sein Kaiserreich ausdehnen wollte, indem er Wendar unter seine Herrschaft brachte. Es war keine Schande für Taillefer, daß er versagte, denn die wendischen Stämme waren in jener Zeit gesetzlos und standen noch nicht im Lichte Gottes. Bernards Verwandte ließen sich in dem Gebiet nieder, das damals noch Urwald war – genau wie König Henry freie Frauen und Männer in das Land jenseits des Eldar schickt, um das Königreich nach Osten hin auszuweiten, also dorthin, wo jetzt noch immer barbarisches Land ist.«

»Ich habe Verwandte, die noch leben?« Seit sie sich erinnern konnte, war sie allein gewesen, zuerst in dem Haus mit ihrem Vater und ihrer Mutter, dann unterwegs auf der Straße mit ihrem Pa. Sie konnte sich gar nicht vorstellen, Verwandte zu haben, mit denen sie Bande des Blutes und der Verpflichtung verbanden.

»Die meisten aus diesem Geschlecht traten in den Dienst der Kirche, daher gab es nicht viele Kinder. In der Nachfolgekrise von Arnulf dem Älteren unterstützten sie, leider, den anderen Anwärter auf den Thron und verloren daher die königliche Gunst und einen nicht unbeträchtlichen Teil ihrer Ländereien. Aber es lebt noch eine Cousine von Bernard, auch wenn der Besitz, den sie verwaltet, traurig geschrumpft ist, wenn man ihn mit dem zu Zeiten ihrer Großmutter vergleicht. Sie hat einen Sohn, der mit den Drachen des Königs reitet; ich nehme an, wir werden ihn bald treffen. Ein anderer Sohn ist Mönch im Kloster St. Remigius. Und es gibt noch eine Tochter, die inzwischen sicherlich verheiratet ist.«

»Wo sind diese Ländereien? Woher weißt du das alles?« Und da war die Frage, die sie nicht stellen konnte: *Warum hatte Pa ihr niemals davon erzählt?*

»In der Nähe von Bodfeld. Ich weiß schon seit langem über

deine Geschichte Bescheid, Liath.« Die Art, wie er das sagte, so ernst und beinahe unbarmherzig, ließ sie erschaudern und einen Schritt zurücktreten. »Aber ich war deiner Mutter in einer anderen Sache ein verschworener Kamerad und bin ihr daher auf eine Weise verbunden, die du noch nicht verstehen kannst.«

»Auf welche Weise?« fragte sie. Eigentlich wollte sie nicht fragen, war aber unfähig, es nicht zu tun. Es gab noch so viel, was sie über ihre Eltern wissen mußte.

»Deine Mutter war eine von denen, die man Magi nennt. Und das bin ich, in einer schwächeren Weise, auch.«

»Dann –« Sie brachte kaum die Worte heraus, so tief saß der Kloß in ihrer Kehle. *Du bist taub gegenüber Magie, Liath,* hatte Pa immer behauptet. Aber sie hatte die Rose in das Holz gebrannt, ohne eine Flamme dafür zu benutzen. »Warum bist du dann bei den Adlern?«

»Eine gute Frage. Ich verpflichtete mich bei den Adlern, als ich etwa in deinem Alter war. Wenn du das Abzeichen der Adler einmal erhalten hast, kannst du sie nie wieder wirklich verlassen. Es ist dasselbe, wie bei den Männern und den wenigen Frauen, die in den Dienst der Drachen treten, wo es heißt, daß sie eher sterben, als daß sie sich vom Dienst zurückziehen. Und so ist es auch bei den Löwen, den Fußsoldaten des Königs, obwohl man von ihnen sagt, daß ein alter Löwe eher schlafend auf dem Feld getroffen wird, während seine Frau die Arbeit verwaltet.«

»Wie hast du dann meine Mutter und meinen Vater kennengelernt?«

»Unsere Pfade kreuzten sich. Was weißt du von Magie, Liath?«

»N-n-nichts.« Doch ihre Zunge stolperte verräterisch bei dem Wort.

»Du mußt mir vertrauen, Kind.«

»Wie kann ich dir trauen – oder überhaupt irgend jemandem?« Plötzlich brach es aus ihr heraus. Sie verstärkte den Griff um den Bogenkasten, spürte, wie das weiche Holz des Bogens gegen ihre Hüfte drückte. »Pa und ich sind all diese Jahre davongerannt, für nichts. Ich weiß nicht, wer ihn umgebracht hat. Du kannst es gewesen sein oder Leute, die für dich arbeiten. Es kann auch jemand anderer gewesen sein, möglicherweise Feinde von dir. Aber ich weiß es nicht! Pa hat mir nur das Wissen eines Gelehrten vermittelt. Er hat mir ziemlich wenig von der Welt beigebracht. Ich wußte nicht einmal, daß noch eine Cousine lebt, daß es ein Heim gibt, zu dem wir hätten fliehen können –« Sie brach ab, als sie Wulfheres Gesichtsausdruck sah, sein ironisches Lächeln, das sanfte Kopfschütteln.

»Als Bernard die Kirche verließ, wurde er von seiner Familie verstoßen. Er mußte aus schmachvollen Gründen gehen, weil er eine Frau liebte – deine Mutter, Anne.«

Ihre Wangen röteten sich, als sie an ihre eigene Schande dachte. »Viele in der Kirche behaupten, sich nur Unserer Herrin und Unserem Herrn hinzugeben, und halten sich doch nicht an ihren Schwur.« Sie mußte zur Seite schauen, dorthin, wo nur Schatten waren. Sie begann am ganzen Körper zu zittern, und ihre Hände wurden kalt. *Hugh.*

»Aber sie verlassen selten die Kirche. Wir alle hängen von der Gnade und der Barmherzigkeit Unserer Herrin und Unseres Herrn ab, davon, daß sie uns unsere Sünden vergeben. Ein Fehltritt mag verziehen werden, wenn man Buße tut. Doch Bernard kehrte der Kirche den Rücken. Soviel ich weiß, kam er mit dem Ketzerbund des Messers in Berührung und lernte dann Anne kennen. In den Augen seiner Familie hätte er ebensogut behaupten können, daß er die Lehren des heiligen Daisan und des Kreises der Einigkeit leugne.«

»Das ist nicht wahr!«

»Es gibt oft Gerüchte über die Mathematiki, die die Himmelssphären beobachten und ihre Bewegungen verzeichnen, ihren Einfluß auf unsere Erde. Es heißt, daß sie nicht Unserer Herrin huldigen, sondern den Daemonen der Luft, deren Wissen das unsere überwiegt und deren Sicht schärfer ist, die so alt sind wie die Schöpfung, geringer als die Engel und doch zu stolz, sich vor Unserer Herrin und Unserem Herrn zu verbeugen, um ihren Platz in der Kammer des Lichts einzunehmen.«

»Aber das trifft auf Pa nicht zu! Er hat nicht an so etwas geglaubt. Er war ein guter Mann. Er betete wie jeder andere Mensch auch.«

»Ich habe nicht gesagt, daß es stimmt. Ich habe nur wiedergegeben, was andere Leute oft über die glauben, die sich mit dem alten Wissen, mit Magie auskennen. Du würdest gut daran tun, dir das ebenfalls zu merken, Liath.«

»Das hat Pa auch immer gesagt«, murmelte sie. »Daß die Leute glauben, was sie glauben wollen, ob es die Wahrheit ist oder nicht.« Sie blinzelte ein paar Tränen weg, wischte sich mit dem Handrücken die Nase. »Aber ich bin taub gegenüber Magie, Wulfhere. Also spielt es keine Rolle, was ich weiß.«

»Tut es das wirklich nicht?« fragte er sanft.

»Seid ihr da drin noch nicht fertig?« rief Hathui von der Tür her. Sie blinzelte herein und richtete ihren Blick auf die brennende Fackel, die Wulfhere in einem Eisenständer abgestellt hatte. »Die arme Hanna ist fix und fertig und muß ihre blauen Flecken pflegen. Kannst du Liath zu mir rausschicken?«

Wulfhere setzte sich in Bewegung, das Kurzschwert in den Händen, und Liath folgte ihm nach draußen. Sie lehnte den Bogenkasten gegen die Steinmauer und nahm das Schwert in die Hand, prüfte die Balance der Waffe. Sie war schwer, aber nicht so schwer, daß sie nicht üben konnte, das Gewicht zu halten.

»Eine gute Waffe«, sagte Hathui, als sie näher kam und das Schwert untersuchte. »Zum Töten geschmiedet, nicht, um irgendeinen edlen Herrn zu zieren, der das Kämpfen lieber anderen überläßt.«

»Du bist nicht von elder Geburt, Hathui?« fragte Hanna. Sie stand an den Turm gelehnt und sah müde aus, wollte sich aber anscheinend auf keinen Fall hinsetzen.

Hathui schnaubte. »Hast du das gedacht? Meine Mutter war eine Freie, niemals einem Herrn verpflichtet. Sie, ihre Schwester und ihr Bruder sind vor vielen Jahren nach Osten gereist. Das war, als Arnulf der Jüngere jenen Leuten Land bot, die bereit waren, den Eldar zu überqueren und sich im Land der Ungläubigen anzusiedeln. Meine Tante ist inzwischen tot. Sie wurde von qumanischen Plünderern getötet. Aber meine Mutter und mein Onkel bearbeiten dort noch immer ihre Felder. Sie haben mehr Land bebaut als irgend jemand sonst in unserem Tal. Was ist das?« Geistesabwesend rieb sie über die Klinge, dort, wo sie in den Griff überging. Der Glanz ihres Schweißes auf der eisernen Klinge brachte für einen Augenblick die Buchstaben zum Vorschein.

»›Dieses gute Schwert ist der Freund von Lucian, Sohn von Livia‹«, las Liath laut, ohne nachzudenken. Hatte dieses Schwert dem gleichen Lucian gehört, der seine Liebe zu einer rothaarigen Frau in Stein gemeißelt hatte? Dann merkte sie, daß die anderen – außer Wulfhere – sie überrascht anblickten. Die drei Kinder, die zugesehen hatten, krochen jetzt näher heran und starrten die exotisch aussehende junge Frau an, die zwar nicht das Gewand einer Diakonissin trug, aber dennoch lesen konnte – und zwar solch alte Worte. Liath dachte sofort an das, was Wulfhere gesagt hatte: *Ich habe nur wiedergegeben, was andere Leute oft glauben.*

»Ich wußte nicht, daß du von der Kirche ausgebildet wurdest«, sagte Manfred. Die Enthüllung hatte ihn vollkommen verblüfft.

Hathui hustete plötzlich und machte sich daran, die Kinder zu verscheuchen. »Eine Kirchenausbildung wird nicht dein Leben retten, wenn die Ungläubigen angreifen.« Sie winkte Liath zu sich auf den Stallhof, den Meistrin Gisela beinahe genauso ordentlich und sauber hielt wie Meistrin Birta den Innenhof. »Merke dir, Mädchen«, fügte Hathui hinzu, möglicherweise mitfühlend, »daß eine in Ehren gehaltene Waffe die beste ist. Und jetzt geh gegen mich in Stellung. Ich werde dich angreifen.«

Hathui war schneller, kräftiger, größer und hatte bei weitem die größere Reichweite mit ihrem Breitschwert, doch nach ein paar Hieben verkündete sie zufrieden, daß Liath das Schwert im Laufe der Zeit tüchtig genug beherrschen würde, um sich verteidigen zu können. Liath atmete schwer; sie schwitzte, und ihr Hinterteil schmerzte von einem Schlag mit der flachen Seite von Hathuis Schwert.

»Manfred will ein paar Holzstäbe auf die Länge der Waffen stutzen, die ihr ausgewählt habt«, fügte Hathui hinzu, während Liath und Hanna sich einander verzweifelte Blicke zuwarfen, »und immer, wenn wir anhalten, um den Pferden etwas Ruhe zu gönnen, werden wir damit üben.«

Liath humpelte zur Mauer, scheuchte dabei Hühner mit den Füßen beiseite und reichte Hanna das Schwert, dann zog sie den Bogen aus dem Kasten. Die Hand am Griff, drehte sie den Bogen langsam um und untersuchte ihn. Sie konnte drei Schichten erkennen: eine Hauptschicht aus Holz, auf die am – ihr zugewandten – Bauch zwei Schichten aus Horn aufgeleimt waren, die zum Rücken hin in dünnen Streifen ausliefen. Der Rücken war purpurrot bemalt; viele dünne Risse störten den Glanz der Bemalung. An den Spitzen des Bogens saßen Bronzehütchen in der Form von Greifenköpfen. Die Schnäbel hielten jeweils ein Ende der Bogensehne. Der Bogen war noch vollkommen in Ordnung.

Sie fand eine seidene Bogensehne in dem Köcher. Sie leckte ihre Finger, zog dann die Sehne hindurch, um abstehende Fasern zu glätten. Schließlich klemmte sie den Bogen zwischen das rechte Knie und den linken Oberschenkel und hängte mit einem Ächzen die Sehne ein.

Sie zielte auf das Palisadentor und prüfte dabei die Spannung. Und plötzlich sah sie, daß in die innere Hornschicht der Länge nach winzige Salamander eingeritzt waren, verflochten wie ineinander verhakte Ringe. Ihre Augen waren blau gesprenkelt. Alte Buchstaben waren in sie hineingemalt. Sie waren so zu lesen, als würde Wasser den Bauch des Bogens hinabfließen:

Man nennt mich Herzsucherin.

Hathui war inzwischen zum Wassertrog gegangen, um sich Wasser über Haare und Gesicht zu schütten. Noch tropfnaß kehrte sie zurück und bedeutete Hanna, das gleiche zu tun, dann hielt sie inne, um den Bogen zu untersuchen, den Liath jetzt gesenkt hatte.

»Das ist ein qumanischer Köcher«, erklärte Hathui ohne Bewunderung. »Ich erkenne seine Machart. Wir haben den toten qumanischen Soldaten viele abgenommen. Dann haben wir die Farbe abgekratzt, die ganze merkwürdige Verzierung der Ungläubigen. Der Bogen muß ebenfalls ihr Machwerk sein. Ihre Bögen waren kürzer als unsere und nach hinten gekrümmt. Doch sie waren genauso tödlich. Und ihre Pfeile waren vergiftet, meistens jedenfalls. Wilde!« Sie spuckte auf den Boden.

Natürlich erinnerten die Buchstaben an die alte dariyanische Schrift, doch es gab feine Abweichungen zu den Zeichen, die an den Wänden des alten Forts in Stein gehauen oder in den Griff ihres neuen Schwerts geritzt waren. Und sie unterschieden sich auch von den Buchstaben, die in den zerknitterten Rollen standen, die sie in den Skriptorien der Klöster gesehen hatte, wo sie und Pa während ihrer Reisen Unterschlupf gefunden hatten.

Herzsucherin. Das Wort lag Liath auf der Zunge, aber sie konnte es nicht laut aussprechen. Niemand sonst schien die seltsam zarten Schnitzereien bemerkt zu haben. Der Rücken des Bogens war unverziert, abgesehen von der Farbe; nur auf der innenliegenden Krümmung, dem Bogenschützen zugewandt, sprach der Bogen. Also schwieg auch Liath. Denn wie hatte Pa immer gesagt: *»Vorschnell ausgesprochene Worte können als Waffe gegen dich verwendet werden«*, oder auch: *»Sei still, Liath! Deine Geheimnisse laut auszusprechen ist so, als würde ein Händler vor allen Leuten auf der Straße eine Truhe mit Juwelen öffnen und den Räubern so seinen Reichtum verkünden.«*

Wie *Das Buch der Geheimnisse.* Sie unterdrückte den Wunsch, einen Blick zu den Ställen zu werfen, wo ihr Reitzeug verstaut war. Sicher vermutete Wulfhere, daß sie das Buch mit sich herumtrug; er hatte es bei Hanna gesehen. Er hatte es niemals erwähnt, niemals Fragen darüber gestellt, und allein das schien Liath verdächtig.

»Woher stammt er?« fragte sie und deutete auf den Bogen.

»Ich habe diesen Bogen niemals zuvor gesehen«, sagte Wulfhere, »aber es sind fünf Jahre vergangen, seit ich das letzte Mal durch Stelesham geritten bin.«

»Ich war vor zwei Jahren hier«, sagte Hathui. »Ich erinnere mich an nichts. Was ist mit dir, Manfred?«

Er schüttelte den Kopf und streckte die Hand nach dem Bogen aus. Liath zögerte einen Augenblick, gab sich dann einen

Ruck und reichte ihm die Waffe. Er drehte den Bogen hin und her, untersuchte ihn, nahm einen Pfeil aus seinem eigenen Köcher und schoß ihn in Richtung des Palisadenzauns ab. Das dumpfe Geräusch, mit dem sich der Pfeil in einen Baumstamm bohrte, verscheuchte die Hühner und brachte die Hunde zum Bellen, die Kinder zum Schreien.

Er grunzte und sah zufrieden aus, während er Liath den Bogen zurückgab. Er äußerte sich nicht zu der Schnitzerei.

Meistrin Gisela kam aus dem Langhaus zu ihnen. Ihr Hofstaat – die Frauen ihres Anwesens – folgte. Liath hatte Männer und Jungen und andere Frauen im Dorf und auf den Feldern um Stelesham bei der Arbeit gesehen, als sie am Morgen hergeritten waren. Gisela war eine stämmige Frau; in ihren blauen Augen schimmerte der kühne Glanz von Autorität. Sie hielt einen Löffel in der Hand, von dem noch Fleischbrühe tropfte. Der Geruch ließ Liath das Wasser im Munde zusammenlaufen. Hinter ihr hantierten halberwachsene Mädchen mit Spindeln und waren damit beschäftigt, Flachs zu Garn zu spinnen.

»Ich hoffe, Meister Wulfhere«, sagte Gisela ernst, »daß Ihr damit nicht innerhalb dieser Mauern üben wollt. Ich habe nichts gegen Schwertübungen, aber Bogenschießen gehört nach draußen. Meine Hühner und diese Kinder sind mir sehr wichtig.«

»Ich bitte um Verzeihung, Meistrin«, sagte Wulfhere. Er deutete auf den Bogen und den Kasten. »Erinnert Ihr Euch, wann er nach Stelesham kam?«

Sie runzelte die Stirn. »Ich habe ihn noch nie gesehen, aber Ihr fragt besser den Schmied. Er weiß mehr darüber, welche Waffen hereinkommen und welche wieder mitgenommen werden.«

Daß Stelesham einen eigenen Schmied besaß, war ein deutliches Zeichen für das hohe Ansehen, das der Schutz des Königs dem Landsitz verlieh. Doch auch der Schmied, ein kleiner, kräftiger Mann, der von der jahrelangen Arbeit bei Feuer und Asche beinahe so dunkel war wie Liath, erkannte weder den Bogen noch den Bogenkasten, und er erinnerte sich auch nicht, wann oder wie die Waffe nach Stelesham gekommen war. Tatsächlich wußte das niemand, und Gisela scheuchte bald die Kinder zurück an ihre Arbeiten und die Frauen wieder zum Weben und Spinnen.

Sie hatte den Vorsitz, als das Mittagsmahl aus gebratenem Huhn, Lauch, Brot, Käse, Honigmet und Äpfeln eingenommen wurde. Als sie mit dem Essen fertig waren und alle auf das Wohl von St. Bonfilia getrunken hatten, deren Tag es war, erlaubte Gisela ihrer Nichte, einer gutaussehenden jungen Frau mit hellblonden Haaren, die zwei neuen Umhänge herzubringen.

»Es ist andallanische Wolle aus dem Pyrani-Gebirge, die letzten Winter gesponnen wurde«, sagte sie. »Die Wolle aus dieser Gegend ist besonders dick und warm. Der Gatte meiner Cousine brachte mir vier Beutel aus Medemelacha.«

»Medemelacha ist recht weit von hier«, sagte Wulfhere.

»Er fährt jedes Jahr mit dem Schiff dorthin«, erklärte Gisela nicht ohne Stolz. »Wir haben ein wohlhabendes Anwesen, genug, um den König zu versorgen, sollte seine Rundreise einmal hierhergelangen!«

»Seid vorsichtig mit dem, was Ihr Euch wünscht«, murmelte Hanna. »Ich kann nur ahnen, was es heißen muß, all die Leute zu ernähren, die mit dem König reisen.«

»Es ist sechs Jahre her, seit der König Gent besucht hat«, sagte Wulfhere ruhig. Ihn schien Meistrin Giselas Prahlerei nicht zu stören. »Und bei den gegenwärtigen Unruhen wird sich Euer Wunsch möglicherweise sogar erfüllen.«

Gisela nickte kurz angebunden. »Wie ich Euch bereits sagte,

kamen vor nicht einmal zwölf Tagen die Drachen hier vorbei. Aber sie waren in großer Eile, und ich konnte nicht mehr tun, als sie mit Proviant zu versorgen, während der Schmied ihre Waffen und ihr Reitgeschirr überprüfte. Dann waren sie schon wieder unterwegs.«

Während Gisela sprach, bemerkte Liath zu ihrer Überraschung, daß die Nichte rot wurde und das Kleiderbündel hochhob, um ihr Gesicht zu verbergen.

Meistrin Gisela gab einen glucksenden Ton von sich und schüttelte den Kopf. »Ah, ich hoffe, die Drachen können die Aikha vertreiben. Gent ist nur einen Dreitagesritt von hier entfernt, wenn es nicht geregnet hat. Der Gatte meiner Cousine reist durch Gent, die Veser hinunter bis zur nördlichen See, dann in westlicher Richtung die Küste von Wendar entlang, dann weiter südwestlich die Küste von Varre hinunter und sogar noch weiter nach Süden bis nach Salia, zu den Warenhäusern dort. Wenn die Aikha weiter plündern und brandschatzen oder wenn sie einmarschieren, wie sie es angeblich in diesem Frühling getan haben – dann …!« Sie riß verzweifelt die Hände empor, doch Liath vermutete, daß Meistrin Gisela es genoß, Zuhörer zu haben, die die wichtige Stellung ihrer Familie und ihre weitreichenden Beziehungen anerkannten. »Wie wollen wir auf dem Seeweg Handel mit dem entfernten Osten treiben, wenn die Flüsse in den Händen von Wilden liegen?«

»Ja, in der Tat. Eure Gastfreundschaft war sehr großzügig, Meistrin.« Wulfhere erhob sich, und Gisela folgte seinem Beispiel sofort. »Aber wir müssen jetzt aufbrechen.«

Auf diesen Befehl hin standen auch die anderen auf, traten vom Tisch zurück.

»Komm her, Kind«, sagte Gisela kurz angebunden. Die Nichte, immer noch errötend und zögernd, reichte Wulfhere die Umhänge. Er nahm sie entgegen und gab sie an Hanna und Liath weiter.

»Das ist eine wunderbare Arbeit!« sagte Hanna überrascht.

»Ich danke Euch«, erwiderte Gisela. »Ihr werdet im Laufe Eurer Reisen sicherlich erfahren, daß Stelesham berühmt für seine Webkunst ist. Ich habe in den Webräumen nur Frauen, die bei bester Gesundheit sind und dieses Handwerk besonders gut beherrschen. Die anderen verkaufe ich oder stecke sie zu den Männern aufs Feld. Und sobald die Töchter meiner Verwandten eine Begabung für diese Tätigkeit erkennen lassen, werden sie bis zu ihrer Hochzeit hier aufgezogen.«

Liath lächelte nur; sie strich über den dicken grauen Umhang. Er besaß einen scharlachroten Saum; eine Stoffbahn, die rot wie Blut und von oben bis unten mit goldenen Adlern bestickt war. Sie ging an Wulfhere vorbei und trat zu der Nichte.

»Ist das Eure Arbeit?« fragte sie. Das hübsche Mädchen nickte und errötete noch mehr. »Sie ist sehr schön. Ich werde immer an Euch denken, wenn ich den Umhang trage.«

Die Nichte lächelte zaghaft, dann sprach sie so leise, daß Liaht sie kaum verstehen konnte: »Ihr werdet die Drachen treffen?«

»Ich nehme es an.«

»Vielleicht könntet Ihr –« Sie brach ab und blickte beschämt drein, beendete den Satz dann in einem Murmeln. »Nein. Er wird nicht an mich denken.«

»Was sagtet Ihr?«

Doch die anderen waren bereits nach draußen gegangen, und Liath mußte ihnen folgen. Stalljungen hatten neue Pferde gesattelt. Hathui war bereits aufgestiegen; die Ungeduld, endlich weiterzukommen, stand ihr ins Gesicht geschrieben.

»Ich kann sehr gut reiten«, sagte Hanna gerade. »Aber ich mache mir Sorgen, daß Liath möglicherweise noch nicht kräftig genug ist.« Sie warf einen Blick zur Tür und sah, daß Liath herausgekommen war. »Du weißt, daß das stimmt!« fügte sie bissig hinzu.

»Ich bin stark genug.« Liath wollte auf keinen Fall in Stelesham bleiben, während die anderen nach Gent ritten. Sie wollte die Drachen sehen, die Soldaten, an deren Seite zu kämpfen Ivars großer Traum gewesen war – nicht, daß er jetzt jemals in Erfüllung gehen würde. Sie wollte den Sohn von Pas Cousine sehen. *Einen Verwandten.*

Und außerdem konnte sie Hanna oder Wulfhere sowieso nicht verlassen. Sie waren alles, was sie vor Hugh schützte. Wenn sie länger an einem Ort blieb, verletzbar wurde, würde Hugh sie einholen. Er würde es *wissen*.

»Ich glaube, Liath ist kräftig genug«, sagte Wulfhere sanft, »sie hat sich schneller erholt, als auch ich erwartet hätte. Also.« Er trat zu ihnen und gab ihnen mit einer Handbewegung zu verstehen, daß sie stillstehen sollten. Er verschloß den Umhang mit einer Bronzeschnalle auf Hannas Schulter und wiederholte den Vorgang dann bei Liath. Seine Bewegungen waren sicher und entschieden.

»An diesem Umhang erkennt man, daß ihr unter dem Schutz der Adler steht«, sagte er und bedeutete ihnen, aufzusteigen und sich zum Aufbruch bereit zu machen.

»Die Adler tragen auch das Siegel des Königs als Abzeichen«, sagte Hanna, die wie ihre Mutter dazu neigte, auf wichtige Einzelheiten hinzuweisen.

»Ihr habt euch noch nicht das Recht verdient, das Abzeichen zu tragen.« Er fuhr sich mit der Hand an den Hals, um das Messingabzeichen an seiner Tunika zu berühren. »Ihr müßt die Grundsätze lernen, die das Verhalten eines Adlers bestimmen. Und ihr müßt schwören, euch diesen Grundsätzen entsprechend zu verhalten.« Er hielt inne, warf Hathui und Manfred einen Blick zu. Beide trugen das Siegel, das in ein kreisrundes Abzeichen geprägt war. Aber obwohl sie jünger waren und offensichtlich noch nicht so lange im Dienst der Adler standen wie Wulfhere, sahen ihre Abzeichen nicht neu aus, nicht so wie Hannas und Liaths neue Umhänge.

Liath hörte die Leute auf den Feldern singen. Das Tor stand offen, und zwei Jungen zogen jetzt zwei quietschende und grunzende Schweine auf die kleine Hütte am anderen Ende des Anwesens zu, wo sie für das Abendessen geschlachtet werden sollten. Hathui konnte nicht mehr länger warten; sie drängte ihr Pferd vorwärts, durch das Tor hindurch nach draußen.

»Und schließlich«, sagte Wulfhere, »erhält man erst dann das Abzeichen der Adler, wenn man eine Kameradin oder einen Kameraden hat sterben sehen. Der Tod lauert immer und überall auf uns. Erst dann, wenn wir das begriffen haben und akzeptieren, diesen Preis für unseren Dienst und unseren König zu zahlen, sind wir wahre Adler.«

2

Etwas mehr als eine Woche, nachdem sie aus Stelesham aufgebrochen waren, ritten Liath und die anderen Adler in das westlich von Gent gelegene Tiefland, wo sie auf ein Heer von Flüchtlingen stießen. Sie reisten auf Wagen, zu Fuß, führten Maulesel und Kühe mit sich oder trugen Kisten mit Hühnern und Gänsen. Sie schleppten Kinder und Truhen, Säcke mit vertrockneten Rüben und Krüge, die in Körben aus Gerste und Roggen geschützt waren. Die alte Straße war übersät von Gepäckstücken derjenigen, denen es gelungen war, nicht nur das eigene Leben zu retten, sondern auch einen Teil ihres Hab und Guts mitzunehmen, als sie ihre Häuser hatten verlassen müssen. Der feuchte Boden verwandelte sich unter ihren Füßen rasch in Schlamm und Matsch. Immer wieder führten Trampelpfade von der Straße weg in den Wald, von den Flüchtlingen auf der Suche nach neuen Wegen eilig geschaffen.

Wulfhere erspähte einen Edelmann auf einem Pferd, der in eine feine Leinentunika gekleidet war und von zwei Wagen, fünf Bediensteten und zehn wertvollen Kühen begleitet wurde. Er verließ die anderen und ritt zu dem Edelmann. Ihre Unterhaltung war nur kurz, und der Herr und sein Gefolge eilten rasch weiter nach Westen. Als Wulfhere zurückkehrte, war seine Miene noch ernster als zuvor.

»Sind das die Bewohner von Gent?« fragte Liath, während sie zu den Leuten hinüberstarrte. Es waren zwar nicht gerade Horden, aber doch ein beständiger Strom von Menschen: Niemals zuvor hatte sie so viele Personen auf einmal umherziehen sehen. Wenn sie mit ihrem Pa gereist war, waren sie immer allein auf der Straße gewesen, abgesehen von den gelegentlichen Begegnungen mit einem Kaufmann, der mit zwei verschiedenen Städten Handel trieb, oder den Fratern, Geistlichen und Boten, die ihre Aufgaben für die Kirche oder den König erfüllten.

Bei dem Gedanken an die Frater erinnerte sie sich an Hugh, und sie schloß die Augen. Sie fühlte sich einen Augenblick lang richtig krank und mußte sich zusammenreißen, um sich nicht umzudrehen und nachzuschauen, ob er ihrer Fährte folgte. Irgendwie wußte er immer, wo sie war; sie spürte es.

»Nein, Kind. Es sind Bauern, von den Anwesen oder aus den Dörfern um Gent herum. Gent hat Mauern.« Wulfheres Stimme gab ihr das Gefühl von Sicherheit.

»Warum sind diese Leute dann nicht in die Stadt geflüchtet?«

Wulfhere schüttelte den Kopf. »Das weiß ich nicht. Aber ich

fürchte, daß sie es nicht getan haben, hat nichts Gutes für die zu bedeuten, die sich innerhalb der Mauern von Gent befinden.«

Sie ritten weiter, und einige der nach Westen marschierenden Leute riefen ihnen Fragen zu.

»Bringt Ihr Kunde vom König?«

»Was ist mit Gräfin Hildegard? Ist sie schon gekommen? Es heißt, daß sie ihre Verwandten zusammengerufen hat und die Stadt retten will.«

»Wann werden die Aikha wieder verschwinden? Wann kann ich auf meinen Hof zurück?«

»Kommt König Henry mit einem Heer?« Diese Frage stammte von einer alten Frau, deren Röcke mit Matsch bespritzt waren.

»Sind die Drachen nicht hier?« rief Wulfhere zurück.

»Es sind so wenig, und die Aikha sind so zahlreich.«

»Wie viele sind es?« fragte er, doch sie zog ihren Karren weiter, und ihre sechs Kinder rannten mit angstverzerrten Gesichtern hinter ihr her.

Als der Mittag vorüber war, sahen sie nur noch Nachzügler. Schließlich stießen sie auf eine Diakonissin, die sich wie eine gewöhnliche Frau auf den langen Marsch gemacht hatte; ihr weißer Umhang und der Überwurf waren bereits schlammverschmiert. Ihre Dienerinnen führten zwei Maultiere, von denen das eine den gewaltigen Silberkreis trug, der einst das Herdfeuer geschmückt hatte, und das andere das hastig zusammengefaltete, golddurchwirkte Altartuch sowie den Kelch und die heiligen Bücher, die sie aus der Kirche gerettet hatte, als sie geflüchtet war.

»Geht nicht weiter, ehrenwerte Leute«, sagte sie zu Wulfhere, während sie ihren Dienerinnen das Zeichen zum Haltmachen gab. »Kehrt um, solange Ihr noch in Sicherheit seid. Sagt dem König, daß Gent belagert wird.«

»Warum seid Ihr nicht nach Gent geflohen?« erkundigte sich Wulfhere.

»Sie brandschatzen die ganze Umgebung.« Angesichts eines solchen Unheils wirkte sie außerordentlich gelassen, fand Liath. »Sie sind überall, guter Bote. Gent ist von allen Seiten umzingelt. Ich kümmere mich normalerweise um die Menschen, die auf den Ländereien und Anwesen westlich von Gent leben, daher konnte ich fliehen, sobald ich sichergestellt hatte, daß alle meine Leute entkommen waren. Ich weiß nicht, wie es östlich der Stadt und am Fluß aussieht, abgesehen davon, daß seit zwanzig Tagen dichter Rauch aufsteigt, so als würden viele Feuer brennen.«

Hathui atmete tief ein und schnüffelte in der Luft. »Es sind frische und alte Feuer«, sagte sie. »Und Staub, als würde sich eine gewaltige Heerschar bewegen.« Sie drehte den Kopf nach Westen und schaute dann wieder zurück zum östlichen Horizont. »Seht ihr, welch unterschiedliche Farbe der Himmel und die Wolken haben?« Sie wandte sich an Liath und Hanna. »Merkt es euch und lernt daraus.« Sie zögerte einen Augenblick, holte Luft. »Da ist noch ein anderer Geruch, wie nach Luft, die zu lange eingesperrt war. Merkwürdig.«

Sie gab Manfred ein Zeichen. Der junge Mann ritt an der Diakonissin und ihren Bediensteten vorbei zu einer kleinen Anhöhe in etwa vierzig Meter Entfernung, von der aus er weiter nach Osten blicken konnte. Noch konnten sie den Turm der Kathedrale zwischen den Bäumen nicht sehen.

Liath nahm nur den schweren Geruch des Regens wahr, der aus dem Norden vom noch ein ganzes Stück entfernten Meer her drohte. Grauschwarze Wolken hingen dort tief über dem Land, während im Süden noch immer kleine Flecken blauen Himmels durch die Wolkendecke schimmerten.

»Der Sturm kommt von der See«, sagte die Diakonissin; sie

klopfte mit kleinen Schlägen den getrockneten Matsch aus dem Umhang und seufzte, als würde sie erst jetzt begreifen, wie sinnlos und überflüssig ein solches Unterfangen war. »Ich muß jetzt gehen, guter Mann. Ich trage einen Fingerknöchel von St. Perpetua bei mir. Eine solch heilige Reliquie darf auf keinen Fall den Wilden in die Hände fallen.«

»Dann geht«, erwiderte Wulfhere.

»Und geht Ihr mit meinem Segen.« Die Diakonissin segnete sie einzeln, bevor sie weiterzog. Ihre nervösen Dienerinnen atmeten erleichtert auf, als es endlich weiterging.

Wulfheres Stirnrunzeln hatte sich jetzt noch verstärkt, sofern das überhaupt möglich war. Sie waren kaum zweihundert Meter weiter geritten, als das Pferd von Manfred, der an der Spitze ritt, plötzlich scheute und einen Satz nach hinten machte. Während Manfred noch mit seinem Wallach kämpfte, zogen Wulfhere und Hathui schon ihre Schwerter. Jetzt rochen es auch die anderen Pferde und wichen zur Seite, die Ohren angelegt. Liath stemmte sich fester in die Steigbügel und schlang die Zügel locker um den Sattelknauf. Dann zog sie den Bogen aus dem Bogenkasten und legte einen Pfeil an die Sehne.

Vor dem östlichen Horizont wand sich die Straße um einen bewaldeten Hügel herum. Davor, in der breiten Kehre eines Flusses, der sich nach Osten auf die Veser zuwand, lagen mit jungem Roggen bewachsene Felder.

»Dort werden sie sein«, sagte Hathui mit einem Kopfnicken in Richtung des Hügels.

Etwas zu ruhig, dachte Liath.

»O Herrin, ich habe Angst«, flüsterte Hanna, während sie ihr Pferd neben Liath lenkte. Sie hatte den Speer aus der Schlinge gelöst und ließ den Schaft jetzt auf der rechten Stiefelspitze ruhen.

»Wir müssen hinaus auf die Felder«, sagte Wulfhere. »Im offenen Gelände können wir ihnen vielleicht entkommen.«

Sie wandten sich nach links und begannen die Felder zu überqueren. Der grüne Roggen bog sich unter den Pferdehufen und richtete sich anschließend wieder auf. Liath blickte immer wieder über die Schulter zu dem Hügel hinüber, die eine Hand an den Zügeln, in der anderen Pfeil und Bogen. Es begann leicht zu nieseln, und ihre Haare wurden naß, doch sie wagte es nicht, die Kapuze hochzuziehen – aus Angst, ihre Sicht damit zu sehr einzuschränken. Als der Wind sich drehte, roch sie sofort, was die Pferde so erschreckt hatte.

Es war ein trockener Geruch, so als ob etwas in der Hitze von Staub und Wind getrocknet worden wäre. Es roch wie Steine, die bis zum Bersten erhitzt worden waren, oder wie der Moschus aus der Höhle eines Drachen.

»Hoh!« rief Hathui.

Da! Aus der Baumgruppe lösten sich drei eisengraue Hunde – die größten und häßlichsten Hunde, die Liath jemals gesehen hatte. Fünf Aikha hetzten in großen Sätzen hinterher. Sie hielten Speere in den Händen – und plötzlich, als würden sie auf einen einzigen Gedanken hin handeln, warfen sie sie alle gleichzeitig. Die meisten von ihnen verschwanden harmlos im Roggenfeld, doch einer blieb direkt vor Hannas Pferd zitternd im Boden stecken, und das Tier bäumte sich auf. Hanna fiel aus dem Sattel und schlug hart auf dem Boden auf.

Sofort sprang Hathui vom Pferd.

»Liath!« brüllte Wulfhere. »Reite zur Stadt!«

Von hier aus, wo der Hügel nicht mehr die Sicht versperrte, konnte Liath den Turm der Kathedrale von Gent sehen, dessen grauer Stein sich zu den grauen Wolken emporreckte; dahinter, im Osten, standen dunkle Rauchfahnen in der Luft.

Hanna rappelte sich auf, dann entfuhr ihr ein Schrei, und sie hielt sich ihr Knie. Manfred war bereits mit gezogenem Schwert neben Hathui geritten, um die Aikha abzuwehren. Die Wesen hatten schon die Hälfte des Weges zurückgelegt. Die Hunde stürzten vorwärts, die Schnauzen weit vorgestreckt.

Ich kann nicht gehen.

Liath wußte es in diesem Augenblick, sie wußte, sie würde nicht gehen können, bis auch Hanna in Sicherheit war. Ohne Hanna …

»Ohne Hanna kann ich auch genausogut tot sein«, sagte sie laut. Hanna war der einzige Mensch, dem sie wirklich vertrauen konnte. »Mein einziger Schutz«, sagte sie, hob ihren Bogen, legte den Pfeil an und spannte.

Sie zielte auf einen der Hunde, starrte ihn so angestrengt an, daß sie ihn ganz deutlich sah. Speichel troff von seinen Lefzen. Er war ein wirklich gewaltiges Tier, mit großen Fängen, einem eingefallenen Bauch und langen, geschmeidigen Flanken.

Sie schoß.

Der Hund taumelte, heulte furchterregend. Seine zwei Gefährten prallten auf ihn, und zu Liaths Entsetzen begannen sie, ihre Fänge in sein Fleisch zu schlagen.

Diese Auseinandersetzung verlangsamte die Aikha, und sie hatte Zeit, einen neuen Pfeil an die Sehne zu legen und den Bogen erneut zu spannen. Sie zielte auf den vorneweg laufenden Aikha, visierte ihn über die Länge des Pfeils hinweg an und hatte einen kurzen Augenblick Zeit, seine schneeweiß leuchtenden, zu Zöpfen geflochtenen Haare zu betrachten. Sie schoß.

Der Aikha sackte wie ein Stein zu Boden, als sich ihr Pfeil in seine bronzefarbene Brust bohrte. War es eine Rüstung oder Haut? Erschreckt starrte sie ihr Opfer an, für einen Augenblick unfähig, sich zu bewegen. Ihre Hände tasteten blind nach dem Köcher, suchten einen weiteren Pfeil. Die anderen Aikha machten kurz bei ihrem toten Gefährten halt und stimmten ein schreckliches Geheul an. Doch dann sprangen sie wieder auf, erst einer, dann der zweite und schließlich auch der dritte, jagten auf Manfred zu. Der vierte Aikha kümmerte sich um die Hunde; er versuchte sie von dem noch zuckenden Körper zu vertreiben.

Ein weiteres Dutzend Aikha und vier Hunde drängten aus dem Wald. Ihre klagenden Laute und ihr hohes Gebell schmerzten in Liaths Ohren, ohne daß sie hätte sagen können, welches Geräusch von welchen Wesen stammte. Sie schossen vom Hügel herab auf die fünf Adler zu.

»Liath!« Wulfhere kam an ihre Seite. »Geh!« Er machte eine Geste mit der Hand, etwas Bedeutungsloses, das sie nicht verstand. Einen kurzen Augenblick spürte sie einen Impuls in ihrem Innern: *Ich sollte gehen. Ich muß nach Gent reiten.* Dann verscheuchte sie das Gefühl mit einem Achselzucken. Ihre Hände hatten bereits einen weiteren Pfeil herausgezogen. Sie legte ihn an die Sehne und spannte.

Auch dieser Aikha hatte das gleiche verblüffend weiße Haar, das wie Elfenbein aussah. Sein Körper war mit einem grellen Muster in Blau, Gelb und Weiß bemalt, und unter der Farbe gewahrte sie einen Hauch von Kupfer, als wäre seine Haut mit einer dünnen Metallschicht versehen. Sie schoß.

Der Aikha fiel zu Boden, den Pfeil in der Brust.

Die anderen drei hatten jetzt Manfred erreicht, der mit seinem Speer wild um sich schlug. Hathui schob Hanna auf ihr Pferd und griff nach den Zügeln ihres eigenen Reittieres. Immer mehr Speere regneten auf sie herab, und Hathui torkelte zurück, eine klaffende Wunde am linken Oberschenkel. Wulfhere drängte zu Manfred, um ihm zu Hilfe zu kommen. Hanna streckte die Hand nach Hathui aus, doch Hathui griff nach dem Sattelknauf ihres eigenen Pferdes und schwang sich hinauf.

Liath legte einen Pfeil an die Sehne und spannte. Da! Ein Aikha schwang eine Axt in die Richtung von Manfreds Rücken. Sie ließ den Pfeil von der Sehne schwirren.

Der Aikha taumelte und fiel zurück, die Axt rutschte aus seiner schlaffen Hand. Nur zwei waren noch übrig – abgesehen von dem Dutzend, das vom Hügel her auf sie zugerannt kam, und den mörderischen Hunden. Ein Hund sprang mit einem Riesensatz vor und versuchte sich in den Hinterbeinen von Manfreds Pferd zu verbeißen, und der Wallach trat wild um sich. Manfred griff nach dem Sattelknauf und verlor dabei beinahe seinen Speer.

Es ging alles viel zu schnell, als daß Liath etwas anderes hätte wahrnehmen können als ihre eigene Furcht, als die vollkommen unmenschlichen Gesichter, die langen Sätze, mit denen diese Wesen schneller rannten, als jeder Mensch es jemals tun konnte, die Hände, von denen weiße Krallen wie scharfe Knochen abstanden, und ihre merkwürdige Haut, die fast schon wie schuppiges Metall aussah.

Es ging viel zu schnell, um etwas anderes wahrzunehmen als die Erkenntnis, daß es viel zu viele Aikha und bei weitem zu wenig Adler waren. Sie legte noch einen Pfeil an, spannte den Bogen und schoß, doch ihre Hände zitterten so sehr, daß der Pfeil gut zehn Meter von dem Getümmel, in dessen Zentrum sich Manfred befand, in den Boden schlug. Sie hatte keine Zeit mehr; in vielleicht zwanzig Atemzügen würden die heranhetzenden Aikha den jungen Adler erreicht haben.

Ein Horn.

Klar und deutlich war es zu vernehmen. Wie ein Vorbote seines Klangs hörte der Nieselregen auf, und die Sonnenstrahlen brachen durch die Wolkendecke. Liath hörte Pferde.

Da! Sechs Reiter kamen um den Hügel herum; sie trugen Kettenpanzer und schwere Eisenhelme mit Messingrand, und ihre leuchtendgoldenen Überwürfe zierte ein bedrohlicher schwarzer Drache. Die beiden Aikha, die Manfred bedrängten, zogen sich zu ihren Kameraden zurück. Vom Hügel her erschollen laute, schrille Pfiffe. Liath zuckte zusammen und ließ beinahe ihren Bogen fallen. Einer der Hunde brach aus und raste auf den Hügel zu. Der andere zögerte, hielt dann auf die Reiter zu, die ihn fast schon beiläufig niederstachen.

Die Drachen galoppierten zu Wulfhere, der ihnen entgegengeritten war. Liath folgte als nächste, dann Hathui und Hanna. Manfred war noch auf dem Feld; er sah sich aufmerksam um.

»Adler!« rief der Reiter an der Spitze. Er behielt seinen Helm auf, und so konnte Liath hinter dem Nasen- und Wangenschutz nur blaue Augen, einen blonden Bart und eine grimmige Miene erkennen. »Die Pfiffe sind ein Zeichen, das Verstärkung ankündigt. Wir begleiten Euch in die Stadt.«

»Eine Diakonissin ist unterwegs nach Westen«, erklärte Wulfhere mit einer Handbewegung in die entsprechende Richtung. »Sie hat die Kirche erst verlassen, als alle ihre Leute in Sicherheit waren, und sich dann mit einer heiligen Reliquie aufgemacht. Sie benötigt Schutz.«

Der Drache nickte steif. »Wir werden sie so weit wie möglich nach Westen begleiten.«

»Was ist mit Gent?« erkundigte sich Wulfhere.

»Wir haben schon zweiundfünfzig Aikha-Schiffe gezählt, doch es sind noch mehr gekommen, seit wir hier eintrafen. Sie verlangen, daß Gent die Brücken niederreißt, damit sie nach Belieben entlang der Veser plündern können. Doch der Bürgermeister von Gent weigert sich.«

»Wird es eine Belagerung geben?«

»Gent wird bereits belagert. Die Schanzen säumen schon die Hälfte des östlichen Ufers.«

Wulfhere drehte sich im Sattel um. »Hathui, nimm Hanna und reite mit diesen Drachen. Ihr begleitet diese gute Diakonissin bis nach Stelesham, wo sie bleiben kann. Dann reitet ihr nach Süden und überbringt König Henry die traurigen Neuigkeiten.«

Blut trat aus der Wunde an Hathuis Bein. Sie preßte die Lippen vor Schmerz zu einer dünnen Linie zusammen und gab nur eine kurz angebundene Antwort. »In Ordnung.«

Und damit ritt sie davon, so daß Hanna nichts anderes übrigblieb, als ihr nach einem verzweifelten Blick auf Liath zu folgen. Jenseits des Feldes, im Schatten des Hügels, warteten die Aikha; wie in Stein gemeißelte Statuen standen sie da und starrten ihre Feinde an.

Der Drache nahm jetzt den Helm ab und führte eine Holzpfeife an die Lippen, die an einer Silberkette um seinen Nacken hing. Er blies kräftig auf der Pfeife. Liath hörte nichts, doch die Aikha-Hunde bellten stürmisch und konnten nur mit Fußtritten zum Schweigen gebracht werden. Der Drache blies erneut, und noch immer erklang kein Ton; dann steckte er die Pfeife zurück unter sein Panzerhemd und setzte den Helm wieder auf.

»Reitet nach Gent«, sagte er zu Wulfhere. »Reitet so schnell ihr könnt. Es werden noch mehr Aikha kommen, viel mehr, und zwar schon sehr bald. Und vergeßt niemals, daß ihre Hunde schlimmer sind als sie.« Er lenkte sein Pferd an Wulfhere und Liath vorbei und wandte sich mit seinen fünf Kameraden nach Westen, Hathui und Hanna hinterher. Jetzt lösten sich mehr als die Hälfte der am Hügel wartenden Aikha und hetzten in großen, aber lässigen Sätzen den beiden Adlern und ihrer Drachen-Eskorte hinterher, als wollten sie sie den ganzen

Weg bis zum bitteren Ende verfolgen. Hanna verlagerte ein letztes Mal ihr Gewicht und hob eine Hand, ließ sie jedoch rasch wieder sinken, als sie die Aikha hinter sich sah.

»Reitet sofort los! Manfred! Liath!« befahl Wulfhere barsch.

Liath gehorchte. Sie konnte es nicht einmal riskieren, einen kurzen Blick zurückzuwerfen. Ihr Magen hatte sich zu einem festen Knoten zusammengezogen und fühlte sich so schwer an wie ihr Herz. Sie hatte sich noch nicht einmal verabschieden können! Sie blinzelte, um ihre Tränen zurückzuhalten.

»Nichts zu sehen«, meinte Manfred. Er ließ seinen Blick über die Felder und das Wäldchen und die noch immer weit entfernten, bis auf die Grundmauern niedergebrannten Nebengebäude schweifen, die zwischen ihnen und der ersten Brücke, dem baumbestandenen Flußufer und den Mauern von Gent lagen.

Sie trieben die Pferde zu einem leichten Galopp. Unzählige Fragen gingen Liath durch den Kopf: Besaßen die Aikha keine anderen Waffen als Speere? Hatten sie keine Rüstungen? War vielleicht ihre Haut eine Art Rüstung? Wenn sie weder menschlich noch elfisch waren – was waren sie dann? Und zu welcher Brut zählten ihre Begleiter, die mehr vierbeinigen Teufeln als Hunden glichen? Warum verfolgten die Aikha sie nicht? Oh, Herrin, würden sie Hanna und die anderen womöglich einholen? Würde es Hanna gelingen, sich in Sicherheit zu bringen?

Es begann wieder zu regnen. Der nasse Boden setzte ihrem Pferd immer mehr zu, und sie mußten das Tempo drosseln. In der Hoffnung, daß es auf der Straße besser wäre, verließen sie die Felder. Dank des Umhangs blieb Liaths Rücken trocken, doch sie spürte bereits, wie ihr kalte Regentropfen vorn am Hals entlang und die Brust hinabrannen. Wurde auch Hanna vom Regen belästigt? Würden die Aikha sie einholen? Oder zögerten die wilden Bestien, sich mit den Drachen anzulegen – ganz, wie es am Hügel den Anschein gehabt hatte?

Wulfhere fluchte leise.

Sie folgte seinem Blick und schnappte nach Luft. Mindestens hundert Aikha kamen aus dem Norden auf sie zu; ihre Haare schimmerten in dem fremden, unerträglichen Weiß, hoben sich von den schweren grauen Wolken hinter ihnen ab. Sie waren mit Speeren und Äxten bewaffnet und trugen runde Schilde, auf denen sich furchterregende rote Schlangen vor gelbem, schwarzem oder gestreiftem Hintergrund kringelten. Ihre Hunde rannten ihnen wie eine ruhelose Mauer voran.

Es war nicht nötig, ihr Pferd anzutreiben. Es fand die Straße und galoppierte auf dem deutlich festeren Untergrund rasch auf die Brücke zu. Sie warf einen Blick über die Schulter zurück und sah, wie Manfred und Wulfhere gerade auf die Straße einbogen. Manfred hob seinen Speer und drehte ihn ein paarmal hin und her, damit sich das Adler-Banner entfalten konnte – es zeigte einen Adler mit ausgebreiteten Schwingen, im Schnabel einen Pfeil und in einer Kralle eine Schriftrolle. Doch die Aikha waren dem Fluß näher. Sie rasten bereits in gleichmäßigen, großen Sätzen dahin, verringerten rasch die Entfernung zwischen sich und ihren Opfern. Selbst Liath begriff, daß die Aikha die Brücke eher als die drei Adler erreichen würden. Sie zügelte ihr Pferd und drehte sich um, doch bei dem Hügel, der jetzt schon ein ganzes Stück hinter ihnen lag, hatte sich bereits eine andere Gruppe von Aikha versammelt – es waren weit mehr als zuvor. Manfred überholte sie und ritt weiter, scheinbar ohne einen Gedanken an das Schicksal zu verschwenden, dem sie hilflos ausgeliefert waren.

Jetzt hatte Wulfhere sie erreicht und gab ihrem Pferd einen Klaps. Sie schoß wieder vorwärts, folgte ihm. Aber wozu? *Im-*

merhin, dachte sie mit einiger Verbitterung, *werden die Adler Hanna vollständig aufnehmen, wenn sie überlebt – dieses Recht hat sie sich durch meinen Tod verdient.*

Wulfhere hatte sein Schwert in die Scheide gesteckt; jetzt zog er den linken Arm – die Hand zur Faust geballt – an die Brust und machte dann eine ausladende Handbewegung in Richtung der Aikha.

Ein funkelndes Licht blitzte auf, als würde man von einem dunklen Raum aus den Schein eines hellen Feuers sehen. Liath zwinkerte mit den Augen. Die Pferde wieherten erschreckt und stolperten; hilflos klammerte sie sich an ihren Wallach, der sich aufbäumte, bevor er sich beruhigte. Manfred hielt eine Hand schützend vor die Augen und wurde beinahe abgeworfen.

Die Aikha verlangsamten jetzt ihr Tempo ein wenig, wenn sie auch die großen Sprünge lediglich zugunsten eines immer noch stetigen Trotts aufgaben. Einen Augenblick später ertönte in der Ferne ein tiefes Grollen, gefolgt von einem scharfen Klatschen, das so laut dröhnte wie ein Donnerschlag.

»Beim Blute der Herrin«, fluchte Wulfhere. »Die Aikha wenden Zauberei an. Liath, du mußt unbedingt die Stadt erreichen, was auch immer mit uns geschehen mag. Du darfst keine Zeit verlieren. Falls du überlebst und ich tot sein sollte, mußt du zum Konvent von St. Valeria gehen und dich der Gnade der Konvent-Mutter ergeben. Sie wird dir Unterschlupf und Schutz gewähren.«

Die ersten Aikha hatten die Brücke bereits erreicht und versammelten sich dort, bildeten mit ihren Schilden einen Wall. Liath war noch zu weit entfernt, um die Mauern der Stadt genauer sehen zu können, um erkennen zu können, ob sich dort – als Hinweis, daß jemand ihre mißliche Lage bemerkt hatte – etwas rührte. Manfred machte sich bereit. Er wechselte einen raschen Blick mit Wulfhere, dann trieb er sein Pferd stürmisch an, preschte auf die Linie der Aikha zu.

»Hinterher!« schrie Wulfhere. »Und kümmere dich nicht um das, was du siehst.«

Aber sie sah gar nichts, spürte lediglich ein Kitzeln an ihrem Rücken und einen kalten Luftzug an ihren Wangen. Im Nu tauchten der Kopf und die Schultern von Manfred in ein Meer aus Tausenden von kleinen, flimmernden Feuerfliegen – doch der Anblick verblaßte vor dem Hintergrund der roten Schlangen. Mit erhobenen Speeren warteten die Aikha auf ihre Beute.

Sie sah die aus Stein und Holz errichtete Brücke hinter den Aikha, spürte den Luftwirbel dort, wo das Ufer steil zum Fluß abfiel. Die Mauern von Gent waren jetzt so nah, daß sie sogar Menschen auf der Brüstung ausmachen konnte.

Ohne jede Vorwarnung öffneten sich Gents Tore mit einem fürchterlichen Kreischen.

Drachen ritten aus der Stadt heraus.

Sie griffen in vollem Galopp an, die Lanzen gesenkt, geschützt hinter den tränenförmigen Schilden, die vom gleichen Grau waren wie die tiefhängenden Wolken, sich mit ihnen im steten Regen zu vermischen schienen. Die einzigen Farben kamen von den roten Schlangen auf den gelben Schilden der Aikha, von den goldenen Überwürfen der Drachen, die so hell schimmerten, als hätten Sonnenstrahlen die Wolkendecke durchbrochen, und von den Messingbeschlägen ihrer Helme, die wie Kriegsmasken wirkten.

Die Drachen schlugen mit solcher Kraft zu, daß Liath spürte, wie die Luft erzitterte. Einige preschten geradewegs durch die Reihen der Aikha und hielten genau auf die drei Adler zu. Sie kümmerten sich nicht um ihre Kameraden, die jetzt mit Schwertern und Äxten auf diejenigen Aikha eindrangen, die nicht im ersten Ansturm niedergeritten worden waren. Eine zweite Welle der Drachen traf auf die sich jetzt auflösende Aikha-Linie. Sie trugen keine Lanzen, sondern schlugen sofort mit Schwertern und schweren Streitäxten zu. Von den Ufern des Flusses strömten weitere Aikha herbei, und das Gewühl breitete sich jetzt von der Brücke herab aus und verteilte sich auf den Feldern zu beiden Seiten. Schwertergeklirr und dumpfe, klatschende Laute erfüllten die Luft. Hunde sprangen hoch, schnappten nach den Drachen und ihren Pferden.

Sechs Drachen kamen donnernd herangeprescht, formierten sich rasch zu einem beweglichen Keil.

»Hinter uns«, rief der Mann, der eindeutig ihr Anführer war. Juwelen glänzten auf der Schnalle, die seinen Umhang auf der rechten Schulter befestigte. Ein goldener Halsreif lag um seinen Nacken: das Zeichen, daß es sich um einen Angehörigen des königlichen Geschlechts handelte. Sein Blick fiel auf Liath.

Sie starrte zurück, obwohl sie von seinem Gesicht nicht viel mehr erkennen konnte als seine Augen, die so grün waren wie Jade. Sein Helm war, im Gegensatz zu denen der Soldaten, nicht mit Messing verziert, sondern mit Goldeinlegearbeiten in Gestalt eines Drachen; der Anblick war schrecklich und – zusammen mit den anderen Drachen in ihrem Eisen und Gold und Schwarz – zugleich auch wunderschön.

Dann bewegten sie sich wieder auf das Kampfgetümmel zu. Die beiden Soldaten vor ihr senkten die Lanzen, als Aikha auf die Straße sprangen, um sich ihnen in den Weg zu stellen, und ritten die Wilden einfach nieder. Ein Aikha stürmte mit hocherhobener Axt von der Seite her auf Wulfhere zu, der keinerlei Rüstung trug. Der Prinz lehnte sich zur Seite und versetzte der Kreatur einen so kräftigen Hieb, daß ihr Kopf vom Hals getrennt wurde. Doch mehr und mehr Aikha drängten heran, stürzten sich auf den Prinzen wie vom Honig angelockte Bienen oder beutehungrige wilde Hunde. Rundherum wogte der Kampf immer härter, und Liath kauerte sich zusammen, murmelte stumme Gebete. Manfred stach einen Aikha mit seinem Speer nieder, doch als ein anderer kam und die Pferde in dem Wirrwarr aus Körpern steckenblieben, verlor er seine Waffe, als der Aikha von der leicht erhöhten Straße zurück auf die Felder fiel.

Sie hatten die Brücke beinahe erreicht, doch noch immer strömten Aikha zusammen, kletterten sogar über die Steinstreben und formierten sich zu einer dicken lebenden Mauer.

Hunde brachen aus ihren Reihen hervor, um auf die Drachen und die in ihrer Mitte geschützten Adler loszugehen – grauenhafte Bestien, geifernd und wahnsinnig vor Wut und vollkommen furchtlos.

Einer sprang mit einem Riesensatz heran, prallte erst gegen Manfreds Pferd und kam dann direkt auf *sie* zu. In diesem Moment sah sie seine Augen. Glühende gelbe Augen.

Er war zu nah für einen Pfeilschuß. Er sprang.

Der Prinz drehte sich im Sattel halb um und streckte den Hund mit einem einzigen Hieb quer über den Rücken nieder. Das Tier brach zusammen, und Liaths Pferd machte einen Satz in dem Bestreben, sich zu befreien. So schnell. Zu schnell.

Aikha schwärmten von allen Seiten herbei, rückten näher, zogen die Schlinge enger.

Mit lautem Gebrüll kam eine neue Welle von Drachen von den Toren herbei, griff die Aikha von hinten an. Die Kreaturen gingen zu Boden, wurden niedergetrampelt oder von der Wucht des Angriffs beiseite geschoben. Als die Adler und ihre Eskorte sich näherten, öffneten die Drachen ihre bisherige Formation und verteilten sich auf beiden Seiten. Dröhnend trommelten die Pferdehufe über Stein; plötzlich ein schwacher

Ruck, und unter großem Geklapper ritten sie über die metalleingefaßte Zugbrücke in den Schutz der Mauern.

Das Prasseln des Regens hörte auf, setzte wieder ein, als sie unter dem Wachhaus hindurch auf einen offenen Platz ritten. Die Reste von Marktständen – einige halb verbrannt, andere in Unordnung, aber alle leer – standen in willkürlichen Reihen auf dem großen Platz.

Von weiter hinten erklang großes Wehklagen und Jammern, vermischte sich mit dem plötzlichen Donnern der Pferdehufe und dem Geschrei. Liath fühlte sich wie betäubt. Sie hörte keinen Befehl, sah nur, wie der Prinz sich von der Eskorte löste und durch die Tore zurück nach draußen ritt. Jetzt kehrten auch die anderen Drachen in den Schutz der Mauern zurück, immer vier nebeneinander. Schließlich wurden die Winden gedreht, und die Tore begannen sich zu schließen.

Sie bahnte sich ihren Weg zu einer Stelle, von der sie einen guten Blick hatte: Die Nachhut der Drachen focht jetzt auf der Brücke einen letzten Kampf, versuchte sich zurückzuziehen, während die Aikha sie bedrängten. Ein Soldat lag quer über seinem Pferd. Ein anderer hing schlaff über dem Nacken seines Reittieres. Doch so weit sie auch blickte, weder auf dem Stein- und Holzbogen der Brücke noch auf dem zertrampelten Feld sah sie einen goldenen Überwurf; kein Soldat war auf dem Schlachtfeld liegengeblieben. Die Hunde hatten begonnen, über die toten Aikha herzufallen.

Viele der Drachen rasten bereits die Stufen zur Brustwehr empor; die Stadtsoldaten ließen einen wahren Pfeilregen auf die Brücke niedergehen. Die Tore schlossen sich hinter dem letzten Reiter, dem Prinzen. Er trieb sein Pferd genau in dem Augenblick zum letzten Sprung an, als eine Wolke aus Speeren, die auf seinen Rücken gerichtet waren, hinter ihm den Himmel verdunkelte. Die Tore fielen mit einem kräftigen

Knall zu; von draußen erklang lautes Geheul und das Klatschen, mit dem die Speere gegen die eisenbeschlagenen Tore prallten. Jetzt war auch ein neues, knirschendes Geräusch zu hören: Die Männer von Gent zogen die Zugbrücke hoch.

Das Pferd des Prinzen stolperte, ging in die Knie und warf ihn ab, stolperte wieder und fiel zu Boden. Das Tier trat um sich, versuchte wieder aufzustehen. Der Prinz sprang auf die Beine, riß sich den Helm vom Kopf und schleuderte ihn zu Boden – es schien ihm gleichgültig, was mit der kostbaren Verzierung geschah. Er griff nach den Zügeln und drückte den Kopf des Tiers zu Boden, fluchte laut und lang. Vier seiner Männer rannten zu ihm und untersuchten das Pferd. Ein Speer steckte in seinem Bauch, war tief eingedrungen. Blut verteilte sich auf der festgetretenen Erde, vermischte sich mit dem Regen. Das Pferd zuckte kläglich, wurde dann ruhiger, während sich seine Flanken unter oberflächlichen Atemzügen hoben und senkten.

Liath hörte draußen noch ein paar Aikha aufheulen, die sich endlich zurückzogen. Die Männer auf der Brustwehr schleuderten ihnen höhnische Bemerkungen hinterher.

Die Hand des Prinzen glitt zum Gürtel. Er zog ein Messer und schnitt dem Pferd die Kehle durch. Das Blut spritzte über seine Füße, färbte seine Stiefel rot, doch immer noch kniete er – ganz still jetzt – neben dem Tier. Seine schwarzen Haare klebten naß an seinem Kopf. Seine Haut war merkwürdig glatt und bronzefarben, und das Gesicht verriet schon durch die außergewöhnlichen Konturen, daß seine Mutter nicht menschlich war.

Am merkwürdigsten aber war, daß er weder einen Bart noch die Spur eines Bartes hatte.

Er blickte auf, und seine Augen suchten und fanden einen Mann in einer kostbaren Tunika; vier Diener hielten einen weiten scharlachroten Umhang wie ein Dach über ihn, so daß er vor dem Regen geschützt war.

»Zerteilt und pökelt es«, sagte der Prinz, erhob sich und kehrte dem toten Tier den Rücken zu. Er hatte eine rauhe Stimme, in der die Autorität eines Mannes mitschwang, der Gehorsam erwartete. »Das heißt, wenn ich mir diesen Vorschlag erlauben darf, Bürgermeister.«

»Sollen wir etwa *Pferde*fleisch essen?« Der Mann schien seine Augen nicht dazu bringen zu können, einen Moment irgendwo zu verweilen – nicht auf dem Prinzen, nicht auf dem toten Pferd oder den Drachen, die langsam den Speer aus dem Tier zogen, und auch nicht auf dem letzten Schwall aus Blut und Eingeweiden.

»Wenn die Aikha uns wirklich belagern, wird es uns im Winter wie eine Delikatesse erscheinen.« Der Prinz sah Wulfhere, machte ihm ein Zeichen und ging davon. Ein Drache klaubte den Helm des Prinzen aus dem Matsch und eilte hinterher.

Wulfhere reichte Manfred rasch die Zügel seines Pferdes und folgte den beiden ohne ein weiteres Wort.

3

Liath stieg ab und folgte Manfred dicht auf den Fersen; sie zitterte jetzt, da die Anspannung des Kampfes vorüber war.

»Ich habe bisher noch nie einen Mann ohne Bart gesehen«, flüsterte sie. »Ich meine natürlich, einen anderen als einen Kirchenmann.«

Manfred strich sich mit einem Finger über den eigenen kurzgeschorenen Bart. »Die Aikha haben keine Bärte.«

Liath lachte nervös. Ihre Hände bebten, und sie glaubte, ihr Herz würde nie wieder aufhören, viel zu schnell zu schlagen. »Das habe ich nicht bemerkt. Glaubst du, daß Hanna und Hathui ihnen entkommen sind?«

Er zuckte mit den Schultern.

»Was tun wir jetzt?«

Sie führten die Pferde zu den Ställen, in denen auch die Tiere der Drachen untergebracht waren, rieben sie ab und gaben ihnen Hafer; diese Tätigkeiten ließen Liath etwas ruhiger werden. Sie warf sich das zusammengerollte Bettzeug und die Satteltaschen über die Schulter und folgte Manfred die steilen Treppen hinauf zu dem langen Dachboden über den Ställen, wo die Drachen Quartier bezogen hatten. Frisches Stroh bedeckte die Bodendielen, und Bettzeug lag ordentlich entlang der Wände. Der Geruch von Pferden und Ställen war zwar durchdringend, aber nicht übermächtig. Männer hielten sich hier auf, würfelten, schnitzten Holz, polierten das Zaumzeug oder ölten es ein, führten harmlose Gespräche. Sie blickten die zwei Adler neugierig an, machten aber keinerlei Anstalten, sich mit ihnen zu unterhalten.

War einer von ihnen ihr Verwandter? Liath musterte verstohlen die Gesichter, hielt Ausschau nach einem, der Ähnlichkeit mit Pa hatte.

Manfred führte sie ans Ende des langen, niedrigen Raums. Dort waren Fensterläden geöffnet, durch die das düstere Licht des Nachmittags hereinströmte. Der Regen war jetzt heftiger, doch hier oben auf dem Speicher war es so stickig wie im Hochsommer. Der Prinz und Wulfhere saßen sich auf Heuballen an einem Tisch gegenüber. Der Prinz hatte ein aus Elfenbein geschnitztes Schachspiel vor sich stehen; acht Kästchen längs und acht Kästchen quer. Er spielte mit den Figuren, während er sich mit Wulfhere unterhielt, nahm sie in die Hand und stellte sie auf neue Plätze: die acht Löwen, die Burgen, Adler, Drachen und – von den anderen geschützt – die Bischöfin und die Herrscherin.

Hinter dem Prinzen saß die einzige Frau, die außer Liath noch hier oben war; in ihrem Schoß lag sein Helm, den sie mit einem Tuch polierte. Sie trug den Umhang der Drachen, und ihre Arme waren muskulös, ihr Kinn war übersät mit kleinen weißen Narben, und die Nase sah aus, als wäre sie gebrochen gewesen und schief zusammengewachsen.

Manfred hockte sich hin; er machte sich auf eine lange Wartezeit gefaßt. Liath kniete sich neben ihn. Hin und wieder wurden ein paar feine Wassertröpfchen vom Regen draußen hereingeweht und benetzten ihr Gesicht. Das Stroh kitzelte an ihren Händen. Ihre Nase juckte.

»Ich bin überzeugt, daß die Stadt einer Belagerung standhalten kann. Doch meine Drachen allein können die Aikha nicht vertreiben, dazu gibt es einfach zu viele um Gent herum. Wir haben von Gräfin Hildegard noch keine Nachricht, ob sie oder ihr Bruder Dietrich uns mit einem Heer zu Hilfe kommen. Und jetzt erzählt Ihr mir, daß der König kein Heer schicken will.«

»Ich weiß nicht, was der König plant, Prinz Sanglant. Aber möglicherweise ist er gar nicht in der Lage, ein Heer zu schicken, selbst wenn er es wollte.«

Der Prinz nahm einen Drachen und stellte ihn zwischen zwei Burgen, als wollte er ihn gefangensetzen. Liath war dem Prinzen jetzt so nah, daß sie sein Kinn genauer betrachten konnte. Er hatte sich entweder gerade erst rasiert, oder es wuchs bei ihm einfach kein Bart. Doch wie konnte er dann wirklich ein Mann sein?

»Ich habe von den Gerüchten gehört, daß Prinzessin Sabella ihre Anhänger versammeln und gegen König Henry marschieren will. Dabei hat sie doch vor acht Jahren vor der Bischöfin von Mainni geschworen, den König niemals wieder mit falschen Forderungen zu belästigen.«

»Das hat sie in der Tat«, pflichtete Wulfhere ihm bei, »aber es heißt, daß die Bischöfin von Mainni jetzt zu ihren Vertrauten zählt. Und alle drei Herzöge von Varre wie auch fünf Grafen weigern sich, auf der Rundreise des Königs zu erscheinen.«

»Das sind tatsächlich schlimme Nachrichten, aber was soll ich den Menschen von Gent sagen? Wenn man ihnen genug Zeit läßt, zünden die Aikha die Brücken von Gent an und reißen sie nieder, und dann können sie ungestört die Veser hinauffahren, ohne daß wir etwas dagegen tun können. Und wenn sie weit genug flußaufwärts fahren, spielt es kaum noch eine Rolle, was die edle Sabella verlangt, denn dann steht das Kernland von Wendar auf dem Spiel.«

»Ihr würdet Eurem Vater also raten, dies als die größere Bedrohung in Betracht zu ziehen? Aber auch in anderen Jahren haben die Aikha ihre Raubzüge unternommen, Prinz Sanglant, und sie sind wieder abgezogen, zufrieden mit dem Gold und den Sklaven, die sie in ihren Schiffen mitnehmen konnten.«

Der Prinz schaute aus dem Fenster, obwohl nur der Regen und das Holzdach des Bürgermeister-Palastes zu sehen waren. In der Ferne konnte Liath Trommeln hören. »Es ist nicht wie ›in anderen Jahren‹. Dies ist nicht einfach nur ein Raubzug. Der Gesandte des Aikha-Generals hat bereits ein Angebot von Bürgermeister Werner ausgeschlagen, der ihm zehn Kisten Gold und einhundert Sklaven als Gegenleistung für ihren Rückzug angeboten hat.«

Wulfhere kicherte plötzlich. »Ich höre da zwei Dinge, die ich kaum glauben kann. Das eine ist, daß diese Stadt einen Bürgermeister hat. Das andere ist, daß die Aikha einen General haben. Es sind Banditen, nichts weiter. Möglicherweise wird jedes Schiff von einem Hauptmann angeführt – sofern wir dieses Pack mit einem solchen Begriff ehren wollen. Es ist eher wie bei den Tieren, wo die schlimmste und stärkste Bestie die anderen mit Hilfe ihrer Klauen und Fänge gefügig macht.«

Sanglant wandte den Kopf und sah Liath direkt an. Sie erschauderte und fühlte sich schrecklich unbehaglich; seine Augen leuchteten, und seine Gesichtszüge waren so seltsam und scharf geschnitten. Er musterte sie mit offensichtlicher Neugier so lang und eindringlich, daß sie die Blicke seiner Männer auf ihrem Rücken spürte, als wollten auch sie wissen, was ihren Hauptmann interessierte. Schließlich drehte sich sogar Wulfhere um und folgte seinem Blick, um zu sehen, was der Prinz anstarrte.

Niemals hatte Liath damit gerechnet, einen solchen Ausdruck in Wulfheres Gesicht zu sehen. Er war wütend.

Sanglant lächelte ihr jetzt zu, beinahe einladend. Sein Lächeln verströmte einen offenen, herzlichen Charme, der so überwältigend war, daß sie plötzlich errötete. Manfred murmelte etwas, das sie nicht verstehen konnte. Sanglant grunzte, er lachte beinahe – fast als würde er antworten. Dann zuckte er mit den Schultern und streckte sie, während er seine Aufmerksamkeit erneut Wulfhere zuwandte. Die Miene des älteren Mannes war jetzt wieder vollkommen ausdruckslos.

»Bürgermeister Werner ist ein interessanter Mann; er schätzt den Reichtum seiner Familie. Heißt es nicht, daß Unser Herr den Wert seiner irdischen Söhne am Grad der Großzügigkeit bemißt, mit der sie ihre Kameraden und die Armen bedenken? So würde es König Henry ausdrücken. Werners Mutter war vor ihm Bürgermeisterin dieser Stadt, und er war der einzig überlebende Sohn. Und wie es heißt, war er auch ihr Lieblingskind, denn natürlich hätte der Amtsstab an eine ihrer

Töchter – seine Halbschwestern – übergehen müssen.« Er sagte das mit einer Spur Bitterkeit, schien aber gleichzeitig über sich zu lachen. »Bisher hatten die Leute von Gent keinen Grund, mit seiner Führung unzufrieden zu sein und ihn zugunsten einer Frau hinauszuwerfen, deren Autorität, wie Ihr sagt, eher den Segen Unserer Herrin erhalten würde. Was das andere angeht –« Er streckte eine Hand aus, und die Frau reichte ihm den Helm, der jetzt hell leuchtete; das goldene Gesicht des Drachen schien wie ein kaltes Feuer auf der Oberfläche zu brennen. Während er sprach, inzwischen ernst geworden, ließ er seine Hände über den Helm gleiten, betastete die schmuckvolle, goldene Einlegearbeit mit langen dunklen Fingern.

»Da draußen ist etwas, das diese Aikha steuert. Ich spüre es. Es weiß von mir genauso wie ich von ihm, und wir sind dazu bestimmt, uns gegenseitig zu vernichten.«

»Glaubt Ihr, es ist menschlich?«

»Nein, das glaube ich nicht. Und wer sollte es besser wissen als ich, mein Freund? Habe ich nicht recht?«

Wulfhere neigte zustimmend den Kopf.

»Aber ob es nur ein Aikha ist, der sich von den anderen in bezug auf seinen Verstand und seine Fähigkeiten unterscheidet, oder ob es ein ganz anderes Wesen ist, kann ich nicht sagen. Ich führe jetzt seit acht Jahren Krieg für König Henry – seit ich mündig geworden und zum Hauptmann der Drachen ernannt worden bin. Wie es meinem Geburtsrecht entspricht, beweist damit das bisherige Kind, daß der jetzt erwachsene Mann den Thron von Wendar auch verdient hat.« Sein Ton war jetzt so kalt und scharf wie der Winterwind. »Doch bisher hatte ich gewöhnliche Kriege zu führen – Überfälle der qumanischen Reiterhorden, die Rebellion von Herzog Conrad, Prinzessin Sabellas Revolte.«

»Ihre *erste* Revolte«, sagte Wulfhere ruhig.

»Gerüchte machen noch keine Revolte«, erwiderte Sanglant ebenfalls ruhig, dann kam er einer Bemerkung von Wulfhere zuvor, indem er rasch die Hand hob. »Aber ich traue Eurem Urteil in dieser Angelegenheit, Wulfhere, wenn Ihr behauptet, daß sie wieder eine Rebellion gegen den König anzettelt. Ihr habt dem Thron von Wendar treu gedient. Zumindest habe ich das stets gehört.«

»Wie auch Ihr«, sagte Wulfhere und bleckte die Zähne. »Zumindest habe ich das stets gehört.«

Ein leichtes Zischen ertönte, als diejenigen Drachen überrascht einatmeten, die nah genug waren, um die Unterhaltung zu verfolgen. Doch Sanglant lächelte sein charmantestes Lächeln, warf eine Schachfigur – sie hatte die Form eines Königlichen Drachen – bis zu den Dachsparren empor und fing sie beim Herunterfallen in der Luft auf. Bei der Bewegung rutschte der Helm von seinem Schoß, doch die narbige Frau bekam ihn zu fassen, noch bevor er auf dem Boden aufschlug.

Der Prinz öffnete die Hand, und die Schachfigur kam zum Vorschein. Ihr Elfenbeinglanz, vom vielen Anfassen fettig geworden, verstärkte die bronzene Farbe seiner Haut. *Halb menschlich*, dachte Liath, um sich sogleich zu schämen: War nicht auch sie anders als die übrigen, so braungebrannt, wie ihre Haut immer war? Doch zumindest gegen Ende des Sommers waren auch manche Sklaven so braun wie sie – jene, die den ganzen Tag auf den Feldern gearbeitet und keinen Sonnenbrand bekommen hatten. Und Pa hatte ihr von einem Volk erzählt, das in einem Land ganz weit im Süden lebte, wo die Sonne heißer und heller als an anderen Orten schien. Die Menschen dort hatten sogar eine noch dunklere Haut als sie. Was war also besser: ein richtiger Mensch zu sein, aber ein Sklave oder Ungläubiger, oder ein halbmenschlicher Prinz, dem man niemals ganz trauen konnte?

Ich war schon einmal eine Sklavin. Sie verschränkte die Finger ineinander. Ein leichtes Prickeln lief ihren Rücken hinunter, als würde allein der Gedanke an diese Zeit bedeuten, daß Hugh sie beobachtete. *Er beobachtet mich.* So wie dieses *Wesen* da draußen bei den Aikha auf den Kampf mit Prinz Sanglant wartete, davon war Liath überzeugt, wartete auch Hugh, egal, wie weit sie sich von ihm auch entfernen mochte. Er wartete nur darauf, daß sie wieder in seine Reichweite kam.

Ich bin immer noch eine Sklavin, denn ich fürchte ihn. Tränen brannten in ihren Augen, und sie neigte den Kopf, damit niemand es sehen konnte. Manfred legte ihr kurz eine Hand auf das Bein, als wollte er sie beruhigen. Sie schluckte, riß sich zusammen und schaute wieder auf. Niemand schien ihren Fehltritt bemerkt zu haben.

»So wie diese Schachfigur«, sagte Sanglant, »existiere auch ich nur, um von der Hand eines anderen Mannes bewegt zu werden.«

Wulfhere lächelte dünn. Er wirkte plötzlich alt, als er die Figur aus der Hand des Prinzen nahm. »Ihr seid ziemlich weise für jemanden, der so jung ist, Sanglant.«

»Ihr schmeichelt mir. Ich bin schon zwanzig und vier Jahre alt, nach dem Kalender meines Volkes *väterlicherseits.*« Die Worte kamen scharf, beinahe trotzig.

»In den Ruinen des alten Kaiserreiches gilt ein anderer Kalender«, sagte Wulfhere, »einer, der die Zeit nach der Bewegung des leuchtenden Somorhas mißt, der gleichzeitig Abend- und Morgenstern ist, und nach dem Aufstieg der sieben Sterne, die die sieben Juwelen der Sternenkrone bilden. Ein Kind greift nach dieser Krone. Wer weiß, was geschehen wird, wenn die Sternenkrone die Himmelssphären krönt?«

Sanglant erhob sich steif – majestätisch wie ein König, der kurz davor war, ein Urteil zu verkünden. »Ich habe meine

Mutter nie kennengelernt, Wulfhere. Und sie ist mir auch nicht erschienen, weder irgendwann im Nebel noch in der Nacht oder in einer anderen Verzauberung, an die ich mich erinnern könnte. Sie hat mich verlassen, als ich noch keine zwei Monate alt war. Möglicherweise hatte sie ihre eigenen Gründe, oder es gab einen von ihrem Volk entwickelten Plan dafür, daß sie meinem Vater gestattete, mich zu zeugen, und daß sie mich anschließend verließ. Doch darüber weiß ich nichts, und ich kenne auch die Rolle nicht, die ich in diesen Plänen spiele. Tatsächlich gibt es in diesem Land kaum Spuren von den Verlorenen, obwohl ich gehört habe, daß sie in Alba in tiefen Wäldern umherwandern. Ihr habt das gleiche schon einmal zu mir gesagt oder zumindest Andeutungen gemacht, und ich bin es leid, bin Eure Anspielungen leid. Ich bin Soldat. Ich bin Hauptmann der Drachen des Königs, wie es mein Recht ist, wie es das Recht all jener war, die vor mir Hauptmann der Drachen waren – Conrad der Drache, Carl Wolfspelz, der linkshändige Arnulf. Sie alle waren Bastarde des regierenden Herrschers. In Ausübung dieses Dienstes habe ich blutbefleckte Felder hinter mir gelassen, um mich des Namens würdig zu erweisen, den meine Mutter mir bei der Geburt gab. Ich habe meine eigenen Männer sterben sehen, während sie darum kämpften, mich zu beschützen, die Interessen des Königs zu schützen. Ich habe die Feinde des Königs ohne Gnade getötet und keinen von denen verschont, die ich fand. Hört mich also: Ich diene dem König und niemandem sonst. Glaubt an Eure Pläne und Intrigen und an die geheimnisvollen Wirkungsweisen der Himmelssphären, wenn Ihr wollt. Aber laßt mich aus dem Spiel.«

Er griff nach seinem Helm, klemmte ihn unter den Arm und ging den Dachboden entlang und die Treppe hinunter. Nur zwei Drachen folgten ihm: die narbige Frau und ein blonder Mann, der leicht hinkte.

Als sie gegangen waren, war es so still, daß nur das Prasseln des Regens und das Klappern von Ochsenhufen auf der nassen Straße zu hören waren. Dann ertönte ein Rascheln und Scharren, als die Männer seufzend ausatmeten und sich wieder ihren eigenen Dingen zuwandten.

Wulfhere stellte die Schachfigur ab. Manfred erhob sich, klopfte sich das Stroh von der Kleidung und trat zu dem alten Adler, der sitzenblieb und eine Zeitlang schweigend aus dem Fenster starrte. Dann stand auch Wulfhere auf. Liath folgte ihnen mit gesenktem Kopf hinunter zu den Ställen. Sie hatte das Gefühl, als würde jeder Mann sie beobachten, während sie vorbeiging. Sie wartete darauf, Wulfhere nach ihrem Verwandten fragen zu können, aber nach Sanglants Anschuldigungen traute sie sich nicht.

Eigentlich traute sie sich im Augenblick überhaupt nicht, Wulfhere irgend etwas zu fragen – aus Angst, sich nicht beherrschen zu können und ihn wegen des alten Kalenders auszufragen, den er angesprochen hatte. Die Sternenkrone kannte sie; dabei handelte es sich um sieben helle Sterne, die gleich außerhalb der Konstellation schienen, die als das Kind bekannt war, das Zweite Haus im Zodiak, der Weltendrache, der die Himmelssphären zusammenhielt. Sie kannte viele der Namen, die die alten dariyanischen Mathematiki den Sternen gegeben hatten – andere Namen als jene, die inzwischen in Gebrauch waren. Aber daß die alten Dariyaner die Zeit mit einem Kalender gemessen hatten, der sich von dem gängigen unterschied … das hatte Pa ihr niemals erzählt, sofern er es überhaupt gewußt hatte.

Aber die Sterne bewegten sich nach einem festen Muster. Mit etwas Zeit, dem *Buch der Geheimnisse* und ein bißchen Papier, um die schwierigen Berechnungen durchzuführen, wäre sie in der Lage vorherzusagen, wann die Sternenkrone das nächste Mal »die Himmelssphären krönen« würde. Sie war nicht sicher, was Wulfhere mit diesem Satz gemeint hatte, aber sicherlich hatte es etwas damit zu tun, daß ein Stern den Zenit erreichte, jenen Punkt der Sphäre der Fixsterne, wo der Stern genau oberhalb der Betrachtenden zu sehen war.

Sie schwieg, während sie den anderen durch die Ställe folgte. Wie viele Tage war es her, seit sie zum letzten Mal den Himmel beobachtet hatte? Pa hatte immer gesagt, daß die Herrin den Himmel während des Frühjahrs mit Wolken verhüllte, damit man nicht vergaß, das Augenmerk auf die Aussaat zu richten. Wie viele Tage war es her, seit Wulfhere sie von Hugh befreit hatte? Einen Tag weniger als einen Monat.

Sie zitterte. Es war, als würde Hugh sprechen, gleich draußen vor den Mauern der unsichtbaren Stadt, die ihr Innerstes beschützte. So wie die Aikha Erdwälle gegen die Mauern von Gent aufgeschüttet hatten, belagerte auch er sie. Nur konnte sie kein Ende erkennen.

Dreißig Tage, seit du mir gestohlen wurdest.

»Alles in Ordnung?« fragte Wulfhere.

Sein Ton war so sanft, daß sie zusammenzuckte. Sie waren an einer Tür angekommen. Manfred war kurz davor, nach draußen zu gehen; er zögerte einen Moment, sah sie besorgt an. Er hatte freundliche blaue Augen und ein ernstes Gesicht, das weder hübsch noch häßlich war, sondern einfach nur zuverlässig und ruhig. Er war ein guter Kamerad.

»Es ist ein bißchen heiß.« Sie hängte sich den Umhang über einen Arm und verlagerte das Gewicht der Satteltaschen auf ihrer Schulter. Manfred trat hinaus in den Hof und rannte auf die Türen zu, die in den Palast des Bürgermeisters führten. Sie zog eine Ecke des Umhangs über den Kopf und wollte ihm folgen. Wulfhere hielt sie zurück.

»Es ist nicht nötig, die Sachen mitzunehmen«, sagte er. »Wir schlafen in den Ställen.«

Natürlich mußte sie sich umdrehen und zurückgehen. Sie traute sich nicht, ihm zu sagen, daß sie das Buch hatte. *Er weiß bereits, daß du wie eine Mathematiki ausgebildet wurdest*, redete sie sich ein, als sie weiterschlich, in der Hoffnung, daß niemand sie bemerken würde. Doch es war still in den Ställen. Die Drachen waren entweder oben und ruhten sich aus, oder sie hielten Wache oder waren in der Stadt. Doch was, wenn Wulfhere ihr das Buch wegnahm? Es gab nichts, was sie dagegen tun konnte, keine Möglichkeit, es zurückzubekommen.

Gleich neben ihren Pferden war ein leerer Stall, der reichlich mit Stroh ausgelegt war. Manfred und Wulfhere hatten hier ihre Sachen abgelegt, sie ordentlich verstaut, damit noch genug Platz zum Schlafen blieb. Sie hob etwas Stroh hoch und schob die Satteltaschen darunter. Zu offensichtlich. Sie konnte nicht anders, als in die Tasche hineinzufassen und über die kühle, weiche Maserung des Ledereinbands zu streichen, über die Buchstaben am Rücken. Sie tastete über die Buchstaben, las sie mit den Fingern und spürte das Pergament und die Papierblätter der drei Bücher innerhalb des Einbands wie die trockenen Flügel einer Motte.

»Was ist mit Storm und seiner Gruppe geschehen?« fragte jemand mit einer tiefen Stimme. »Sie sind von der Patrouille nicht mehr zurückgekehrt.«

»Hast du es nicht gehört? Sie sind vor den Toren geblieben, um die zwei verwundeten Adler und eine Diakonissin mit einer heiligen Reliquie in Sicherheit zu bringen.«

»Nein, das habe ich nicht gehört.« Es klang etwas gereizt. »Ich bin gerade erst gekommen. Im Gegensatz zu dir habe ich in diesem Gefecht ein paar Aikha zur Strecke gebracht und einige Zeit gebraucht, um meine Sachen zu reinigen.«

Der andere Mann schnaubte. »Du meinst wohl, du hast ein paar Schläge einstecken müssen. Ich bin so sauber wie ein Heiliger, und ganz sicher lasse ich mich heute mit dem Segen Unserer Herrin für meine Anstrengungen entschädigen, und zwar mit Unterstützung einer bereitwilligen Gehilfin.«

»Hah! Diese Genter Frauen sind so freundlich wie wilde Eber. Glaubst du, er stellt dem hübschen jungen Adler nach?«

Es dauerte einen Herzschlag, bis sie begriff, daß sie gemeint war.

»Was? Nach dem Streit mit dem alten Meister? Ich glaube nicht.«

»Wie kannst du da so sicher sein? Die junge Erbin von Villam pflückte er wie eine Blume, ohne sich eine einzige Schramme zu holen, und das, obwohl sie verlobt war und ihr Vater ihn zweimal ermahnt hatte.«

Im schwachen Licht, das durch die Stalltüren hereinfiel, sah sie die Schatten der beiden Männer nur undeutlich an der Wand.

»Nein, Junge, du kommst von außerhalb des Hofes und weißt nicht, wie das läuft. Was gesagt wird und was geschehen ist, sind zwei verschiedene Dinge. Die Erbin und der alte Villam wollten durchaus eine Heirat mit dem Prinzen, doch König Henry kann seinem Sohn niemals eine Heirat erlauben. Das würde den Jungen in den Augen der Öffentlichkeit zu seinem rechtmäßigen Erben machen, nicht wahr? Also wurden entsprechende Worte verlautbart, und es wurde eine Verlobung mit einer anderen Familie arrangiert, und das Mädchen bekam trotzdem, was sie wollte, und wie es heißt, obendrein noch ein Kind, das sie nach ihrer Heirat einem anderen Mann gebar.«

»Und der Prinz? Hat er gekriegt, was er wollte?«

»Wer weiß das schon?« erwiderte der andere Mann, der eine

höhere Stimme und mehr Zuversicht hatte. »Der Prinz tut, was ihm sein Vater, der König, sagt. Ich bezweifle, daß ihm *diese* Verbindung etwas ausgemacht hat.«

»Er *hat* sie angesehen«, prahlte der erste Sprecher. »Er hat den jungen Adler angesehen. Sie ist ein Blickfang, ganz warm und strahlend. Warum sollte er ihr nicht nachstellen? Es gefällt mir nicht, wie der alte Meister mit ihm gesprochen hat.«

»Mir auch nicht. Es gibt keinen besseren Mann als unseren Prinzen.«

Der andere zeigte mit einem verärgerten Grunzen seine Zustimmung.

»Aber da draußen gibt es eine Welt jenseits der Drachen, Junge, was von einem Grünschnabel wie dir nur zu gern vergessen wird. Und die Kämpfe in dieser Welt laufen nach Regeln ab, die weit komplizierter sind als die, die wir für unsere Kämpfe gegen König Henrys Feinde kennen müssen. Also höre gut zu, was ich dir jetzt sage. Versetze niemals einen Adler in Wut. Schlafe niemals mit einer Frau, wenn der Preis – in welcher Münze auch immer – höher ist als der Wert des Vergnügens. So. Als Gegenleistung für diese Ratschläge kannst du heute abend mein Zaumzeug einfetten, während ich draußen wilde Eber jage.«

»Ich soll dein Zaumzeug einfetten?«

Der andere Mann setzte sich in Bewegung. Liath drückte sich gegen die Mauer, die eine Hand noch auf dem Buch, während sie ganz fest an Schatten und Stille und Unsichtbarkeit dachte. Die zwei Drachen schritten an ihrer Nische vorbei, ohne sie zu bemerken; der jüngere beklagte sich noch immer.

Einen Augenblick später hörte sie Wulfhere ihren Namen rufen. Sie schob die Satteltaschen unter das Stroh und legte ihren Sattel und das Bettzeug darüber, dann eilte sie davon. Manfred war zurückgekehrt; sein Umhang war naß, aber der

Rest einigermaßen trocken. Er lächelte tatsächlich, als er sie sah. Sie spürte seinen Blick und war peinlich berührt, zupfte an ihren Haaren, die bestimmt noch voller Stroh waren. Wenn nur Hanna bei ihr wäre. Wenn sie nur sicher sein könnte, daß Hanna noch am Leben war.

»Da bist du ja«, sagte Wulfhere. »Bürgermeister Werner bittet uns, an seinem Bankett heute abend teilzunehmen. Er will uns damit Ehre erweisen – oder er hat einfach keine anderen, interessanteren Gäste, die er unterhalten kann.«

»Wird der Prinz auch dasein?«

Wulfhere wölbte die Brauen. »Ich nehme es an. Bürgermeister Werner wird es nicht wagen, ihn *nicht* einzuladen, selbst wenn sie sich nicht so gut verstehen. Sanglant liebt gutes Essen und Trinken zu sehr, um nicht zu kommen.«

Das Essen war wirklich gut, geradezu erstaunlich gut für eine Stadt, die belagert wurde. Es gab geschmortes Rindfleisch mit Kräutern, die Liath niemals zuvor gekostet hatte, Pastete, Apfelkuchen, zwei geröstete Schweine, Weißbrot und jede Menge Wein. Liath folgte Wulfheres Beispiel und trank nur wenig, vermischte den Wein mit Wasser. Der Prinz am anderen Ende des Tisches tat es Bürgermeister Werner gleich, der einen Becher nach dem anderen leerte.

Manfred blickte angewidert drein.

»Was ist los?« fragte sie im Flüsterton.

»Wenn der Winter kommt, müssen die Stadtbewohner hungern, weil uns jetzt so großzügige Mahlzeiten serviert werden.«

Es war der längste Satz, den sie jemals von ihm gehört hatte. »Sicher haben sie ihre eigenen Nahrungsvorräte.«

»Genug für eine Belagerung?«

»Glaubst du, daß die Aikha die Stadt so lange belagern werden? Sicher wird Gräfin Hildegard der Belagerung ein Ende bereiten.«

»Wenn dies in ihren Möglichkeiten liegt.«

Nach Liaths Einschätzung zog sich das Essen und Trinken fürchterlich in die Länge. Ein alter Mann trug Gedichte vor, von denen er offensichtlich glaubte, daß sie im Stil der alten Dariyaner wären; Liath hatte jedoch eine Abschrift von Virgilias *Heleniade* gelesen, und sie schauderte, als sie ihn hörte. Doch es gab auch Dichter, die eigene, bessere Lieder sangen; ihre Stücke handelten von den Helden vergangener Tage, wahren Episoden aus dem großen Epos *Das Gold der Hevellianer.* Musikanten spielten Melodien auf der Leier und der Zither. Es gab einen Jongleur und zwei Mädchen, die auf einem von zwei Männern gehaltenen Seil balancierten und Tricks vorführten.

Doch alles in allem war es heiß, voller Rauch, laut und langweilig.

Sie entschuldigte sich mit der Begründung, sich erleichtern zu müssen. Nachdem sie das getan hatte, verspürte sie kein Verlangen mehr zurückzukehren. Es hatte aufgehört zu regnen, die Wolkendecke war teilweise sogar aufgerissen, und so waren einzelne Sterne am Himmel zu sehen. Liath hielt sich im Schatten, sog die Nachtluft ein, genoß das Alleinsein. Abgesehen von dem gedämpften Lärm aus der großen Halle und dem entfernten Klang der Trommeln war es still. Vier Frauen gingen fröhlich lachend vorbei; sie waren unterwegs zur Küche und hatten Tabletts in die Hüften gestemmt.

»Ein Mann ist deshalb ein Mann, weil er einen Bart hat«, sagte eine.

»Aber Frater und Mönche haben keine Bärte.«

»Um sich mehr wie Frauen zu geben und so eher das Wohlwollen Unserer Herrin zu erlangen! Sie verpflichten ihren

Körper und ihre Ehre der Kirche, indem sie sich die Bärte scheren. Es ist das Zeichen ihres Dienstes.«

»Also meinst du, ein Mann, der keinen Bart hat und ein Kirchenmann ist, ist kein richtiger Mann, ja?«

»Nun, meine liebe Fastrada«, sagte eine, die bis jetzt geschwiegen hatte, »das mag wohl stimmen, aber ich spreche die Wahrheit, wenn ich sage, daß der Prinz ein Mann ist wie jeder andere. Zumindest kam er mir so vor.«

Die anderen lachten herzlich und verlangten mehr Einzelheiten, aber sie weigerte sich.

Liath schlich über den Hof; sie betete, daß niemand sie bemerken würde, und stahl sich zu den Ställen. Niemand hatte sich in der leeren Nische zu schaffen gemacht; alles war so, wie sie es verlassen hatte. Sie ging wieder nach draußen.

Der Palast des Bürgermeisters stand auf einer kleinen Anhöhe in der Nähe des östlichen Flußufers; er war von einem kleineren Palisadenzaun umgeben. Sie kletterte die Leiter empor, die zu dem schmalen Wehrgang führte, und wurde mit einem Blick auf die Stadt Gent überrascht, auf das östliche Ufer und das dunkle Band der Veser. Sie hatten zunehmenden Mond, und es stand bereits ein Viertelmond am Himmel; er verlieh der Nacht einen sanften Schimmer. Es waren keine Wachen da. Sie vermutete, sie stünden jetzt draußen auf den Stadtmauern. Im Osten sah sie die Feuer des Aikha-Lagers, das sich entlang der Veser in südliche und nördliche Richtung erstreckte, so weit das Auge reichte. Gent war dunkler; nur ein schwacher Lichtschimmer drang von der großen Halle herüber, und in der Ferne bewegten sich die Fackeln der Wachen, die ihre Runden auf der Stadtmauer und innerhalb der Stadt machten. Zwei dunkle Striche, einer im Osten, einer im Westen, unterbrachen das Band des Flusses: die zwei Brücken, die zu der breiten Insel führten, auf der die Stadt Gent lag.

Sie war allein.

Sie blickte zum Himmel hinauf, dachte an Wulfheres Worte. Der Sternenhaufen, der die Krone genannt wurde und an das Sternbild mit dem Namen das Kind grenzte, war zu Beginn des Jahres mit dem Frühlingsäquinoktium vom Himmel verschwunden. Der Löwe verblaßte. Jetzt beherrschten der Drache und die Schlange die Häuser der Nacht. Der Rote Planet – Jedu, der Engel des Krieges – leuchtete noch immer im Haus des Bogenschützen, des hellen Suchers. Doch schon bald – in sieben Tagen – würde der rote Jedu in das Haus des Einhorns eingehen: Ehrgeiz vereint mit Willenskraft. Das kündete von einer Zeit des Voranschreitens, denn Leute mit einem starken Willen konnten Kraft aus diesem Willen und ihrem ausgeprägten Ehrgeiz ziehen und dazu benutzen, in der Welt voranzukommen.

Doch Pa hatte ihr immer wieder eingeschärft, vorsichtig mit diesen astrologischen Aussagen zu sein, die für sich in Anspruch nahmen, aus den Positionen und Bewegungen der Planeten entlang den Sphären der Fixsterne die Zukunft vorhersagen zu können. Ja, es lag eine Macht in dem Wissen über die Himmelssphären, aber es war nicht diese. Sie hatte sich diese Dinge längst eingeprägt, ohne die Möglichkeit, sie anwenden zu können.

»Die Bewegungen der Wandelsterne in den Himmelssphären bieten den Magi und Mathematiki einen der Hinweise auf die Linien, aus denen sie die Macht aus den Himmelssphären zu sich herabziehen können, um sie auf der Erde zu nutzen. Mit den gleichen Mitteln können sie auch die Daemonen der oberen Sphären bestimmen; jene Daemonen, die dank ihres größeren Wissens über das Universum höchst empfänglich sind für eine bestimmte Ausrichtung der Himmelssphären auf Zwang oder Überzeugung.«

Leise Stimmen von unten rissen Liath aus ihrer Träumerei.

Sanfte Schritte erklangen, kamen die Leiter herauf. Sie zog sich in die Schatten zurück und schlang ihren Umhang fester um sich, als ob er ein Teil dieser Schatten wäre und auch sie dadurch zu einem Bestandteil der Nacht, der Stille und der Dunkelheit machte.

»Ich habe mir dieses Gespräch nicht ausgesucht«, meinte gerade die erste Stimme. Jemand war oben auf dem Wehrgang angekommen und blieb stehen, den Blick nach Osten gerichtet. Es war der Prinz. Sie erkannte ihn sofort an seiner Stimme, an seinem merkwürdig rauhen Ton, an seiner Haltung. Er war sehr groß und hatte breite Schultern, und er strahlte die Zuversicht eines Mannes aus, der mit Waffen umzugehen verstand.

Zu ihrer Überraschung war Wulfhere sein Begleiter. Trotz ihres vorhergegangenen Streits in den Unterkünften schienen sie sich jetzt herzlich miteinander zu unterhalten. »Aber es berührt Euch trotzdem. Ich habe mehr als einmal gehört, daß König Henry sich weigert, Sapientia auf die Nachfolge-Rundreise zu schicken, obwohl das ihr Recht ist, wenn er sie Theophanu vorzieht. Sie ist beinahe zwanzig Jahre alt.«

»Genauso alt wie König Henry, als er aufgrund seiner Zeugungsfähigkeit – deren Ergebnis ich bin – zum Erben ernannt wurde.« Sanglants Ton klang beinahe spöttisch.

»Dann müßt Ihr sprechen.«

»Es ist nicht an mir, in dieser Angelegenheit zu sprechen. König Henry hat seine Ratgeber. Er hat Kameraden, Männer und Frauen, die in seinem Alter sind und aufgrund eigener Geburtsrechte Ländereien und Güter besitzen.«

»Sicherlich können diese hohen Persönlichkeiten den König nicht beraten, ohne an ihren eigenen Vorteil zu denken.«

»Beraten wir denn nicht alle auf diese Weise, Wulfhere, immer eingedenk dessen, was für uns selbst am besten ist? Abgesehen von ganz wenigen Ausnahmen.«

»Und wer sind diese Ausnahmen Eurer Meinung nach, Prinz Sanglant?«

»Von all denen würde ich nur der Geistlichen, Rosvita von Korvei, trauen. Sie hat eine vornehme Haltung, die gut zu ihrer Umgänglichkeit und ihrer Gutmütigkeit paßt. Sie ist bescheiden und geduldig und sehr gebildet. All dies macht sie zu einer äußerst klugen Beraterin.«

Er machte eine leichte Bewegung zur Seite. Liath drückte sich stärker in die Schatten, spürte die runden Holzpfosten hart in ihrem Rücken. Der Mond und die Sterne verströmten jedoch nicht genug Licht, als daß er sie hätte sehen können.

Schließlich seufzte der Prinz. »Was wollt Ihr von mir, Wulfhere? Einige suchen meine Gunst. Andere sprechen schlecht von mir in der Hoffnung, daß mein Vater sich gegen mich wendet. Ihr deutet an, daß das Volk meiner Mutter fürchterliche Intrigen spinnt, und empfehlt mir, meinen Anteil daran vor meinem Vater und den übrigen zu verbergen. Aber ich bin nicht so belesen und so gebildet wie Ihr. Ich bin nicht in der Lage, mir aufgrund von Andeutungen, bruchstückhaften Satzfetzen und Phrasen in Sprachen, die ich nicht kenne, die Dinge zusammenzureimen. Es heißt, Ihr wäret in dem Jahr als Adler eingesetzt worden, als Arnulf der Ältere starb und Wendar und Varre dem jüngeren Arnulf und Königin Berengaria hinterließ. Doch es heißt auch, mein Freund, daß in dem Jahr, als Königin Berengaria im Wochenbett starb, Ihr ins Vertrauen jener gezogen wurdet, die heimlich und verborgen die Wege der Magie lernen, die verbotenen Künste. Und daß Ihr aus genau diesem Grund trotz all Eurer Weisheit und Eurer Erfahrung nicht zu den Vertrauten und Beratern von König Henry zählt.«

»Ein Adler dient dem Herrscher, indem er Botschaften und Bekanntmachungen überbringt und berichtet, was er gesehen hat. Es ist nicht seine Aufgabe zu beraten. Wir sind die Augen und Ohren, Prinz Sanglant, nichts weiter.«

»Und doch, so will *mir* scheinen, bringt Ihr zufällig einen wunderhübschen Adler in Euer Nest.« Er klang, als wollte er den älteren Mann provozieren.

Wulfhere antwortete nicht sofort. Die Trommeln, die unaufhörlich im Lager der Aikha geschlagen wurden, veränderten den Rhythmus, indem in der Mitte des Vierteltaktes ein neuer Zwischenschlag eingeführt wurde.

Wulfhere sprach so leichthin, daß die Worte wie ein Hammerschlag niedersausten. »Haltet Euch fern von ihr, Sanglant. Sie ist nicht für Euch bestimmt. Und Ihr seid auch nicht für den Thron Eures Vaters bestimmt.«

Sanglant lachte. »Erwartet wirklich jemand, daß ich so lange lebe? Ich bin immerhin Hauptmann der Drachen. Von allen Hauptleuten hat nur Conrad der Drache seinem König länger gedient als ich bislang.«

»Ihr könntet Einfluß auf König Henrys Entscheidung nehmen.«

»Kann ich das?«

Wulfhere schien absolut unfähig, jemals die Beherrschung zu verlieren, egal, wie sehr Sanglant auch versuchte, ihn wütend zu machen. »Es gibt keine einzige Menschenseele im Umfeld der Rundreise des Königs, die nicht erkennen kann, daß er Euch seinen drei rechtmäßigen Kindern vorzieht.«

»Ihr verlangt, daß ich eine Thronverzichtserklärung abgebe?«

»Ich bin nicht der einzige, der das wünscht. Wir müssen die Angelegenheiten des Königreichs bereinigen, bevor noch schlimmeres Unheil eintritt, denn der König und sein Hof sind nicht im reinen miteinander.«

Sanglant wandte Wulfhere den Rücken zu und beugte sich

noch weiter über die Brüstung, als wollte er einen Blick auf das Aikha-Lager werfen oder mit den Händen nach den Sternen greifen. Aber es hatte nicht den Anschein, als ob er fallen würde. »Ich weigere mich, wie ich es immer getan habe und immer tun werde. Ihr müßt mit dem König darüber sprechen. Ich bin nur der Drache des Königs, sein gehorsamer Sohn und Diener. Wie ich es immer gewesen bin.«

»Ist das Eure einzige Antwort?«

»Das ist meine einzige Antwort.«

Wulfhere verbeugte sich, obwohl Sanglant die Geste nicht sehen konnte. »Dann werde ich Euch Euren Meditationen überlassen.« Wenn er verärgert war, so verriet er dies weder durch seine Haltung noch durch seinen Tonfall.

»Wann reist Ihr ab?« fragte Sanglant.

»Meine Kameradin Hathui reitet in diesem Augenblick zum König, um ihm die Kunde von der Belagerung zu überbringen. Wir werden eine Zeitlang hierbleiben und sehen, was geschieht. Ich will wissen, ob ich dieses Wesen, von dem Ihr gesprochen habt, unter den Aikha ausfindig machen kann.«

»Ihr traut meinen Instinkten?«

»Ich wäre ein Narr, wenn ich es nicht täte.«

»Das ist ein großes Lob von Euch, Wulfhere.« Jetzt wirkten sie mehr als alles andere wie zwei Soldaten, die miteinander Kampfübungen abhielten.

»Genau so war es gemeint. Ich wünsche Euch eine gute Nacht.«

»Die werde ich ganz sicher haben.«

Die Absicht war eindeutig. Wulfhere drehte leicht seinen Kopf, als würde er einen Blick über die Brüstung werfen und hinab auf den Boden und das lange Dach des Bürgermeister-Palastes schauen. Liath verhielt sich weiterhin reglos, gab auch nicht das kleinste Geräusch von sich. Wulfhere bemerkte sie nicht. Er stieg die Leiter hinunter, und schon bald versiegte der leise Klang seiner Schritte.

Eine lange Stille trat ein, in der nur das von weither klingende Getrommel der Aikha zu hören war. Sie betete, daß auch Sanglant verschwinden möge.

Plötzlich sprach er mit tiefer Stimme in die Leere vor sich: »Ihr seid die ganze Zeit hiergewesen.«

Sie bewegte sich nicht, wagte nicht einmal zu atmen.

Er trat von der Brüstung zurück und schritt mit vollkommener Sicherheit den Wehrgang entlang zu den Schatten, in denen sie sich versteckt hielt. Da sie im Dunkeln gut sehen konnte, bemerkte sie auch, wie er eine Hand hob und sie zu sich winkte. Sie wagte nicht, sich zu widersetzen.

Sie stand auf und trat zu ihm, blieb sicherheitshalber eine Armeslänge vor ihm stehen. »Woher wußtet Ihr, daß ich da war?«

»Ich habe ein scharfes Gehör. Wißt Ihr denn nicht, was man vom Volk meiner Mutter sagt?« Sein Ton war verbittert, und sie begriff plötzlich, daß vieles von dem, was er zu Wulfhere gesagt hatte, einem tiefen Groll entsprang, den sie weder einordnen noch verstehen konnte. »Es heißt, daß es die Brut gefallener Engel ist, auch bekannt als die Daemonen der oberen Sphären, die sich mit menschlichen Frauen gepaart haben. Daß sie wie ihre häßlichen Väter die Gabe besitzen, die unausgesprochenen Wünsche eines menschlichen Herzens zu hören und es dann mit ihnen zu quälen.«

»Aber das ist nicht das, was der heilige Daisan lehrte«, entfuhr es ihr. Entgeistert stellte sie fest, wie unverblümt sie gesprochen hatte.

»Was hat der heilige Daisan denn gelehrt?« Sie wußte nicht, ob er aus aufrichtiger Neugier fragte oder ihr aus unbekannten Gründen ihren Willen ließ.

»Der Prinz ist ein Mann wie jeder andere«, hatte die Dienerin gesagt. Er machte einen Schritt auf sie zu, und wäre sie in der Lage dazu gewesen, sie hätte sich umgedreht und wäre davongelaufen. Aber sie konnte nicht.

Da sie nicht wußte, was sie anderes tun sollte, ergriff sie rasch das Wort. »Er lehrte, daß Elfen aus Feuer und Licht geboren wurden. Denn alle Dinge kamen aus den vier Elementen Feuer, Licht, Wind und Wasser. Nur wenn sich die Finsternis aus den Tiefen erhebt, wird das Universum mit dem Bösen befleckt. Wenn Elfen also mit der Finsternis befleckt sind, dann nur, weil es alle Dinge sind, die in der Welt existieren. Nur in der Kammer des Lichts wurde alle Finsternis von der wilden Wahrheit verbrannt, die im Blick Unserer Herrin und Unseres Herrn liegt.«

Dank ihrer Nachtsichtigkeit sah sie, wie er mehrmals mit den Augen zwinkerte; er war um Worte verlegen. Dann rührte er sich wieder und kam so nah heran, daß sie die Wärme seines Körpers spürte. »Aha. Ich soll mich also von Euch fernhalten, ja?« Er neigte sich herab, als wollte er sie küssen. Doch er besann sich eines Besseren und berührte statt dessen mit dem Finger seine eigenen Lippen, als wollte er sich und sie zum Schweigen verpflichten. »Wie schade, daß ich schon immer ein gehorsamer Sohn war.«

Er drehte sich um und ging, verschwand nach unten zum Hof, in die Nacht hinein. Sie war wieder allein.

Hugh. Hugh hatte sie gesehen. Hugh würde es wissen.

Oh, Herrin. Es war nicht Hugh, an den sie dachte. Es war Begierde. Sie schämte sich für die Regungen in ihrem Innern. Was war mit ihr nicht in Ordnung, daß sie nach all dem, was sie im Winter hatte erleiden müssen, ein solches Gefühl entwickeln konnte?

Im See ist eine Insel. Eine Stadt erhebt sich auf dieser Insel, umringt von sieben Mauern. Ganz oben steht ein Turm aus Stein. In dem Turm sind fünf Türen, jede von ihnen wurde mit dem gleichen Messingschlüssel verschlossen. Doch in der Tür, die sich nach Norden öffnet, liegt der Schatten einer verborgenen Tür, die in die Wildnis führt. Es ist jetzt hell und warm und einladend in dieser Wildnis, in dem unwegbaren Gelände, in das sie den Schlüssel geworfen hatte. Nur sie kann dort in Sicherheit umherwandeln.

Aber niemals ist es sicher.

Sie sank auf die Knie und barg den Kopf in den Händen. Sie durfte sich nicht in Versuchung führen lassen.

Der Sohn des Königs. Den Drachen verschworen und für sie tabu. Gefangen in den Intrigen des Hofes. Es war zu gefährlich, an einen solchen Mann auch nur zu denken – als könnte ein solcher Mann jemals mit einem ehrlichen Herzen an sie denken. Sie mußte solche Gedanken beiseite schieben.

Sie mußte sich verbergen, so gut sie konnte. Sie mußte vorsichtig sein, denn sie konnte niemandem trauen, niemandem außer Hanna, die jetzt nicht bei ihr war, vielleicht nicht einmal mehr lebte und ohnehin keine Macht in dieser Welt besaß.

»Oh, Herrin, beschütze mich, deine Tochter«, flüsterte sie. Doch so bitter ihre Scham auch war, sie konnte nicht aufhören, an den Prinzen zu denken. Die Begierde ist wie eine Flamme, eine brennende Fackel in der Nacht. Sie zieht eine Reisende in der Dunkelheit mit aller Kraft an.

Liath schloß die Augen. Vor ihrem geistigen Auge sah sie Fackeln entlang der Mauern, sah brennende Feuer am Ufer, als wären sie die Verführung, die sich in ihr Herz fraß. Hugh würde sie sehen – und er würde sie benutzen, um sie zu finden.

Sie löschte die Fackeln. In der Wildnis jenseits der Stadt, die es nur in ihrer Vorstellung gab, hörte die Sonne auf zu scheinen. Es war wie ein kühler Frühlingsabend, der beruhigend auf ihr erstarrtes Herz wirkte. Noch war sie in Sicherheit, konnte sich in Sicherheit bringen, indem sie nichts fühlte.

Auch wenn sie es nicht sehen konnte, erloschen am östlichen Ufer die Feuer; dabei regnete es nicht einmal. Und obwohl kein Wind ging, wurde ein Drittel der Fackeln auf den Mauern von Gent ausgeblasen.

III

Die Sünde des Stolzes

1

Feuer brennen, und in dem dichten Qualm hängt der ranzige Geruch nach menschlicher Furcht. Er hält inne, schmeckt mit herausgestreckter Zunge die Luft. In dem Geruch aus verbranntem Holz, toten Menschen, brennendem Stroh und dem von vielen Füßen aufgewirbelten Staub findet er den vertrauten, trockenen Moschusgeruch seiner eigenen Art – auch wenn darin nicht die pikante Würze seines eigenen Stammes, seines heimatlichen Ufers ist.

Hinter ihm wogt die See gegen eine entfernte Landspitze, rauscht weich gegen den Strand, wo die sauberen Holzboote liegen. Sie riechen nach Meerwasser und Krebsen und nach guter, starker Eiche, gemischt mit ein bißchen Esche und Weide.

Aus dem Wald hinter ihm dringen Rufe und donnernde Schläge an seine Ohren. Er stürzt sich in das nächste Dickicht.

Einige der Weichen, der Menschen, rennen vorbei; ihr Schrecken, ihre Qualen schmecken süß auf seiner in die Luft gestreckten Zungenspitze. Aber er läßt sie durch. Zwei von ihnen sind Kinder; sie werden von einer kräftigen Mutter getragen, deren Tränen nach dem Salz der See riechen. Er nimmt eine neue Schwäche in sich wahr, eine, die durch den Kontakt mit Elen, Sohn von Henri, heraufbeschworen wurde. Er denkt an AltMutter, die bereits den langsamen Marsch den Fjall hinauf begonnen hat, wo sie ihren Platz bei den WeisMüttern einnehmen wird. Sie spricht oft mit Verachtung von den weichen Müttern, denn die Jungen, die sie gebären, stehen den FelsenKindern an Stärke und Anzahl weit nach. Aber Elen hatte eine solche Mutter. So läßt er sie unbehelligt vorbeiziehen, bevor er aus dem Dickicht herauskriecht und sich an den Abstieg zu seinen Cousins macht.

Werden ihn die Cousins mit Frieden in ihren Herzen willkommen heißen? Oder werden sie ihre Hunde auf ihn hetzen?

Er verscheucht seine Zweifel mit einem Schulterzucken. Der Geruch der AltMutter haftet stark an ihm. Sie versprach ihm viel, bevor ihre Gelenke steif wurden, und sie das Messer der Entscheidung an die neue JungMutter weiterreichte. Selbst wenn es sich bei diesen Kriegern nicht wirklich um Cousins handelte, würden sie keinem etwas antun, der dieses Zeichen der Gunst aufweist. Und auch kein Hund, von welcher Meute auch immer, würde jemanden fressen, der mit dem Geruch einer AltMutter gezeichnet ist.

Dennoch trägt er diese neue Schwäche mit sich, als er durch den Wald hinabsteigt. Sie ruht ständig in ihm, aber er spürt auch den Holzkreis, der als körperliches Zeichen dieser Schwäche an seiner Brust hängt, eine greifbare Erinnerung. Andere Menschen begegnen ihm auf ihrer Flucht, doch er geht ihnen aus dem Weg. Diese neue Schwäche lehrte ihn eines:

Die Weichen sind natürlich keine richtigen Leute, aber eine Art Leute. Leute können reden. Das lehren die WeisMütter. Und das flüsterte man ihm damals zu, als er noch ein halbwüchsiges Junges war und sich in die Berge zu dem heiligen Platz gewagt hatte, um den sich die RaschTöchter kümmern. Er hatte wissen wollen, ob die WeisMütter zu ihm sprechen oder ihn für seine Anmaßung töten würden.

»Das Messer und die Zunge sind gleich starke Waffen.«

Die WeisMütter hatten zweimal gesprochen, und er erinnerte sich immer daran.

»Stelle dich deiner Schwäche, und du kannst sie in Stärke verwandeln.«

Er verläßt den Wald und tritt hinaus in ein Gelände, das von Wind und Gischt umwirbelt wird. Die Häuser der Weichen stehen jetzt alle in Flammen. Der Geruch der Feuer vermischt sich mit dem stechenden Geschmack nach Meer, Sand und Ufer. Die Hunde bellen, als sie ihn riechen. Ein aufmerksamer Wächter sieht ihn und stellt ihm pfeifend eine Frage. Er pfeift zurück, sieht das Zeichen, das ihm freien Durchgang gewährt. Mit neuer Zuversicht schreitet er hinunter zum Meer.

Alain erwachte zitternd und durchgefroren auf dem Boden. Er rührte sich nicht. Die schrecklichen Bilder aus seinem Traum hallten in seinem Kopf nach. Er schmeckte noch immer die See und die brennenden Feuer. Er hörte noch immer die Schreie der Kinder und das Stöhnen der Männer, die durch die Speere und Streitäxte der Aikha fielen. Er sah noch immer die gewaltigen Hunde, ihre eingefallenen Bäuche und die unermüdliche Wut, ihre gelben, blitzenden Augen. Sie keuchten in einem fort, die Zunge hing ihnen heraus, und Speichel – oder Schlimmeres – troff von ihren Lefzen.

Er zitterte und bewegte sich. Rage und Kummer drückten

sich von beiden Seiten gegen ihn. Ihre spürbare Gegenwart gab ihm das Gefühl von Sicherheit.

Im Unterschied zu den Fußsoldaten, die in Graf Lavastins Heereszug mitmarschierten, konnte er jetzt auf einem ordentlichen Bett schlafen: auf dem Teppich, der immer vor dem Eingang zum Zelt des Grafen ausgerollt wurde. Jede Nacht, wenn er den anderen Hunden Wasser gegeben und sie gefüttert und zum Schlafen zu ihrem Herrn geschickt hatte, legte Alain sich dort nieder. Obwohl es ein bißchen absurd war – er besaß zwar einen Speer und ein Messer, konnte aber weder mit dem einen noch mit dem anderen richtig umgehen –, sah er sich als jemanden, der den Grafen beschützte, obwohl zwei Soldaten pausenlos Wache standen. Doch niemand hatte ihn aufgefordert zu verschwinden. Vermutlich traute sich niemand, ihn dazu aufzufordern, denn immer waren die Hunde an seiner Seite, und Graf Lavastin schien sich für nichts anderes zu interessieren als dafür, Prinzessin Sabella zu helfen.

Rage jaulte auf und zuckte im Schlaf. Kummer schlief ruhiger, doch er pflegte bei der kleinsten Bewegung von Alain aufzuwachen. Und allein bei dem Gedanken mußte Alain einfach aufstehen.

Gestern waren Graf Lavastin und sein Heer auf Prinzessin Sabella gestoßen. Das beeindruckende Gefolge, das Alain beinahe zwei Monate zuvor auf Burg Lavas gesehen hatte, war jetzt zu einem großen Heer angeschwollen. Rodulf, der Herzog von Varingia, und eine Anzahl verschiedener Grafen und anderer Edelmänner hatten sich ebenfalls Sabella angeschlossen. Lavastins Ankunft mit hundertzwanzig weiteren Soldaten war eine gute Begründung für ein ausgiebiges Fest gewesen, das bis weit in die Nacht gedauert hatte. Alain hatte von dem Bier, das bei den gewöhnlichen Soldaten herumgereicht wurde, mehr getrunken, als ihm guttat. Jetzt hatte er Kopfschmerzen und einen säuerlichen Geschmack im Mund, der sich außerdem furchtbar trocken anfühlte. Und er mußte sich unbedingt erleichtern.

Eine der Wachen war eingeschlafen. Die andere gähnte gleichgültig, als Alain aufstand. Kummer wachte sofort auf, als Alain im spärlichen Schutz des Waldes verschwand, der kaum zwanzig Schritte hinter dem Lager begann. Der Hund folgte ihm leise jaulend.

Alain erleichterte sich. Der Mond war bereits untergegangen, aber eine dünne, rote Linie säumte den östlichen Horizont. Vom anderen Ende des Lagers hörte er die unterdrückten Geräusche der Geistlichen und Frater, die im ersten Morgengrauen die Messe der Laudes abhielten. Als er sich umdrehte, um den Wald wieder zu verlassen, schnappte Kummer mit der Schnauze nach Alains Handgelenk und zog ihn mit sich. Unterholz knackte unter Alains Füßen.

»Was ist das?« Ein rauhes Flüstern erklang tiefer aus dem Wald.

Kummer preßte sich so hart gegen Alain, daß dieser auf alle viere fiel. Jetzt verdeckten ihn die niedrigen Büsche zum Teil. Er blinzelte durch die Zweige hindurch und sah zwei Gestalten, die etwas Schweres schleppten. Sie mußten stehenbleiben und sich ausruhen.

»Still«, sagte die andere Stimme.

Alain war still. Kummer war still. Die beiden rätselhaften Männer waren still. Die Geistlichen und die Frater sangen, und ihre schwach vernehmbaren Stimmen vermischten sich in der kühlen Luft, während sich der schwarze Himmel in Grau verwandelte.

»Nichts«, meinte einer der Männer. »Wir sollten uns beeilen, bevor das Lager erwacht.« Er wuchtete das Etwas, das sie trugen, höher gegen seine Brust, und sie folgten dem Ausläufer des Waldes und marschierten auf das östliche Ende des Lagers zu.

Sie trugen einen Körper.

Alain war, als würde eine eiskalte Faust nach seinem Herzen greifen. Kummer leckte seine Hand, und gemeinsam schlichen sie den beiden Männern hinterher. Alain hielt immer eine Hand am Nacken des Hundes und schob, wie um sich selbst zu beruhigen, die andere Hand in die Tunika, berührte die Rose, die noch immer lebte, noch immer blühte. Das sanfte Stechen ihrer Dornen gab ihm Mut.

Er wußte nicht, ob es der Körper eines Mannes oder einer Frau war – und ob er lebendig oder tot war. Sie trugen ihn den ganzen Weg bis zum Rand des Lagers, wo die Küchenzelte errichtet waren, dann noch weiter am Vieh vorbei, bis zu jener Stelle, wo ein mit Tüchern verhängter Käfig stand – gut fünfzig Schritt von jedem Zelt und jedem Feuer entfernt. Ein Mann mit Kapuze, dessen Arme mit dicken Lederbändern umwickelt waren, erwartete sie.

Sie sprachen leise miteinander. Zuerst konnte Alain sie nicht verstehen; kein *Mensch* hätte sie verstehen können. Aber ein Aikha …

Alain richtete sich auf, beruhigte sich, bis er Kummers leises Keuchen hören konnte, jede Stimme einzeln vernahm – einige deutlich, andere abebbend, denn die Geistlichen sangen jetzt die letzten Kadenzen der Laudes. Er hörte Klauen an Holz scharren, Zweige in der Morgenbrise knacken, hörte sogar den Lehm zwischen seinen Fingern hindurchrieseln.

»… werden wohl keine Fragen gestellt werden.«

»Er ist vom Gut bei Autun. Das Land gehört der Bischöfin von Autun, und damit ist es Land des falschen Königs. Das sagt jedenfalls Bischöfin Antonia – und auch, daß die Leute des falschen Königs Freiwild sind.«

Der Wärter grunzte. »Solange wir keinen Ärger kriegen. Ihr müßt den ganzen Tag marschiert sein, wenn Ihr von den Ländereien bei Autun kommt. Lebt er noch?«

»Er scheint noch zu atmen. Ich habe ihm den Trank gegeben, genau so viel, wie Ihr gesagt habt. Er ist nicht einmal wach geworden oder hat mit den Augen gezwinkert. Wofür ist der Trank? Damit er besser schmeckt?«

In der Stimme des Wärters spiegelte sich Abscheu. »Es ist nicht nötig, ihn mehr als nötig leiden zu lassen.«

»Ihr habt Mitleid mit dem Mann des falschen Königs?«

»Ich tue meine Arbeit. Und jetzt tretet zurück.«

»Können wir nicht zusehen?«

Der Wärter grunzte. »Ihr könnt zusehen, soviel Ihr wollt. Aber Ihr werdet es bereuen.«

Irgend etwas in seiner Stimme veranlaßte die beiden, sich zurückzuziehen. Aber Alain wußte plötzlich, daß er dieses Mal nicht danebenstehen konnte, nicht schon wieder.

Er sprang auf. Kummer stieß ihn von hinten an, verfehlte ihn aber, und Alain brach aus dem Unterholz.

»Aufhören!« rief er.

Die beiden Männer packten ihn sofort; sie hielten ihm die Arme hinter dem Rücken fest. Er wehrte sich kurz, aber gemeinsam waren sie viel kräftiger als er. Ein Krachen ertönte aus dem Käfig, als hätte sich etwas gegen die Latten geworfen.

»Wir könnten den da in den Käfig werfen«, meinte einer der Männer. »Er ist frischer und jünger.«

Kummer schoß knurrend° zwischen den Bäumen hervor. Die beiden Männer ließen Alain schlagartig los und traten ein Stück zurück, während sie ihre langen Messer zogen.

»Das ist einer von Graf Lavastins Hunden«, sagte der Wärter nervös. »Ihr dürft ihnen kein Härchen krümmen.«

Kummer setzte sich hin und lehnte sich an Alains Beine.

»Tut das nicht«, bat Alain. »Es ist unbarmherzig. Es ist nicht richtig.«

Jetzt, aus der Nähe, erkannte Alain, daß der Wärter nur noch eine Hand hatte; die andere endete in einem Stumpf. Die Spuren von alten, tiefen Schnittwunden liefen über Stirn und Kiefer, und weißes Narbengewebe wucherte an der Stelle, wo einst das rechte Auge gewesen war. Ein bronzener Einigkeitskreis hing vor der Brust des Mannes. »Ich muß es füttern, Junge. Mit frischem Blut. Oder ziehst du es vor, dich selbst hineinzuwerfen?«

Alain erschauderte. Aber die Erinnerung an das verängstigte Jammern und Schluchzen von Simplizius war noch immer frisch in ihm. Es war *sein* Fehler gewesen. *Er* mußte dafür büßen. Er dachte plötzlich an Frater Agius und seine gefährlichen, ketzerischen Worte: daß der heilige Daisan sich selbst als Opfer angeboten hatte, um uns von unseren Sünden zu erlösen; daß wir uns durch ein Opfer würdig erweisen. Diese Erinnerung an die Eindringlichkeit, mit der Agius seine Rede und sein Gebet vorgetragen hatte, ließen Alain näher an den Käfig treten.

Kummer stieß Alain so hart von hinten an, daß er auf die Knie fiel. Der Hund packte ihn fest am Arm. Seine Zähne gruben sich so tief in Alains Fleisch, daß es schmerzte, auch wenn kein Blut floß. Die beiden Männer rückten mit erhobenen Messern näher. Kummer knurrte, ließ aber nicht los.

»Der hier scheint nicht deiner Meinung zu sein«, sagte der Wärter mit schroffer Erheiterung. Er beugte sich hinunter zu dem schlaffen Körper zu seinen Füßen und hakte die Ellenbogen unter die Armhöhlen des schlafenden Mannes. Der Wärter mochte nur noch eine Hand besitzen, trotzdem war er ein kräftiger Mann. Er zog den Körper mit Leichtigkeit – vielleicht sogar mit einer Art Zuneigung – zum Käfig und öffnete eine kleine, vergitterte Tür, die in der Breite und Höhe nicht größer war als die Schulterbreite eines großen Mannes.

»Laß mich los!« forderte Alain energisch. Er ignorierte den Schmerz, der durch seinen Arm fuhr, als er sich mit einem Ruck aus Kummers Griff befreite und nach vorn stürzte. Er würde diesen Mord verhindern. Er *mußte* ihn verhindern.

Der Wärter wirbelte zu ihm herum und riß vor Überraschung das Tuch zur Hälfte vom Käfig, so daß –

Den Männern hinter Alain entfuhren vor Furcht laute Schreie, dann schien ihnen die Stimme zu versagen.

Ein großes Auge richtete sich auf Alain – das einzige, das die Kreatur besaß. Das andere war eine Masse aus Verwesung, und Würmer tummelten sich in dem entzündeten Fleisch, krochen aus dem Eiter und wanden sich die schnabelähnliche Schnauze hinab. Der Blick der Kreatur traf Alain wie das Schwert Gottes.

Er war unfähig, sich zu rühren.

Aber er konnte seine Augen nicht abwenden. Seine Kehle war wie zugeschnürt vor Entsetzen. Vor Mitleid.

Es war eine kranke Kreatur, unabhängig davon, wie gewaltig sie auch erscheinen mochte. Sie besaß zwei Krallenfüße und zwei Flügel, die sich in der Mauser befanden – wie ein riesiger Vogel. Der Boden des Käfigs war mit Federn und Abfall übersät. Das Wesen hatte einen schlangenartigen Schwanz wie ein Drache und einen federlosen, geschuppten Kopf; die Schuppen glänzten wie Eisen, doch sie hatten auch einen Stich ins Gelblichgrüne, ein deutliches Zeichen, daß dieses Wesen nicht mehr gesund war. Schwerfällig wuchtete es seinen großen Körper durch den Käfig auf seine Mahlzeit zu.

Der Wärter schob den Körper hinein, doch der erschauderte plötzlich, und ein winziges Keuchen entrang sich dem bewußtlosen Mann – es war das Keuchen eines Menschen, der gerade aus einem Alptraum erwachte – oder in einen hineingeriet. Das Wesen grub seine Krallen in den Körper und zerrte ihn vollends in seinen Käfig hinein.

Der Wärter war barmherzig und warf das Tuch wieder über die Gitterstäbe. Alain hörte ein unterdrücktes Stöhnen, dann schmatzende Geräusche, als das Wesen gierig seine Mahlzeit verschlang. Der Bann, der vom Auge des *Guivre* ausgegangen war, lockerte sich. Alain fiel nach vorn, und sein Körper wurde von Krämpfen geschüttelt. Er begann zu weinen. Aber noch immer bewegte er sich nicht, obwohl er jetzt dazu in der Lage gewesen wäre. Zu schrecklich war das, was er gerade gesehen hatte.

Der Wärter verschloß die winzige Tür wieder und verriegelte sie. Mit seinem gesunden Auge blinzelte er Alain zu. »Du gehst am besten mit ihnen, Junge. Die Bischöfin will dich sehen.«

Bischöfin Antonia. Natürlich steckte sie hinter all dem. Frater Agius hatte sich geweigert, sich ihr entgegenzustellen. Jetzt schien es Alain, als bliebe auch ihm selbst keine andere Wahl, als genau das zu tun – oder mit Kummer ein dummes Gemetzel in Gang zu setzen, das er niemals gewinnen konnte.

Dieses Wissen verlieh ihm ein tiefes Gefühl von Frieden, als er weggeführt wurde. Kummer folgte ihm gehorsam auf dem Fuße.

Das Gefühl von Frieden, die Erleichterung bei dem Gedanken, sich in Gottes Hände zu begeben, verflüchtigte sich jedoch rasch wieder, als er im Vorzimmer des Zeltes wartete. Die Bischöfin hielt draußen die Andacht der Prim, die Feier zur Begrüßung des Sonnenaufgangs und des neuen Tages. Sämtliche Edelleute waren anwesend.

Dann kehrte Bischöfin Antonia zurück. Sie wirkte noch immer beeindruckend in ihrer weißen, goldgesäumten Tracht und hielt den Bischofsstab zuversichtlich in der rechten Hand, während sie den geflüsterten Worten eines ihrer Geistlichen lauschte. Ihre Antwort war kurz.

»Der wieder? Bruder Heribert, laßt Graf Lavastin benachrichtigen, daß der Junge die nächste Zeit in meinem Gefolge mitmarschieren wird. Lavastin wird keine Einwände erheben.«

Der Geistliche verschwand. Alain kniete draußen; er fühlte sich unbehaglich und hatte Angst, während er zusah, wie das Zelt abgebaut und in einem Wagen verstaut wurde. Kummer wich nicht von seiner Seite. Niemand sprach mit ihm, doch alle warfen ihm auffällig unauffällige Blicke zu. Zwei Wachen blieben bei ihm.

Als alles bereit war und die Edelleute ihre Pferde bestiegen, löste sich eine schwarze Gestalt von einer Wagenreihe, und Rage schoß zu Alain, nahm ihren Platz neben Kummer ein. Niemand versuchte, sie davon abzuhalten. Ihre Anwesenheit gab ihm auf eine Weise Kraft, wie es sonst nichts vermocht hätte.

Als der Heereszug sich in Bewegung setzte, schoben ihn zwei bewaffnete Männer vorwärts. Er ging. Was hätte er auch sonst tun können? Nicht zu wissen, was ihn erwartete, war wohl das Schlimmste von allem. Würde er bestraft werden? Hingerichtet? An das *Guivre* verfüttert? Er konnte sich nicht vorstellen, was Bischöfin Antonia mit ihm vorhatte.

Sie marschierten den ganzen Tag in gemächlichem Tempo, hielten gegen Mittag an, um die Pferde zu tränken. Sie durchquerten hügeliges Land, hauptsächlich Acker- und Weideland, mit kleinen Wäldchen auf den Hügeln und entlang der Reitwege. Das Gelände, durch das sie sich bewegten, war wie geschaffen für ihren Marsch: flache Furten, gute Weiden für das Vieh, das sie mit sich führten, und weit und breit keine Spur von irgendwelchen Verbündeten König Henrys.

Aber am späten Nachmittag liefen die Hügel in einem langgezogenen Abhang aus, der sich über dem Rhaune-Tal erhob. Von hier aus konnte Alain – durch den nachmittäglichen Dunst etwas verschwommen – den Steinturm der Kathedrale von Autun erkennen; der Turm war so weit entfernt, daß er aussah wie das Modell eines Steinmetzes. Sie hatten jetzt die Grenze des Landes erreicht, das vom Herzog von Varingia regiert wurde; dahinter lag das Herz des alten Königreiches Varre, auch bekannt als das Herzogtum Arconia. Und hinter dem Herzogtum Arconia lag Wendar.

Das Heer und der Troß machten halt und begannen sich auf die Nacht vorzubereiten. Alain wurde von seinen Wachen ins Innere des Zeltes geführt. Dort befahl ihm die Bischöfin, auf einem Stuhl Platz zu nehmen. Die Hunde folgten ihm ohne jeden Laut und machten es sich zu seinen Füßen bequem.

Sie überließ ihn der Aufsicht eines ihrer Geistlichen, ein junger Mann mit hellblauen Augen, den sie mit Willibrod anredete. Rote Male bedeckten seine Hände und seinen Nacken. Während er dasaß, schnitzte er Kreise der Einigkeit aus Holz und ritzte Buchstaben auf die Rückseite. Merkwürdigerweise band er auch Haarsträhnen und Blätter und etwas anderes, das aussah wie die Befiederung eines Pfeils, an die Rückseite; dann befestigte er jeden einzelnen Kreis auf einem Lederband. Anscheinend wollte er ein Halsband machen.

»Bist du ein Geistlicher in Ausbildung?« wollte der junge Willibrod wissen. »Du bist glatt rasiert, wie es bei einem Kirchenmann Pflicht ist.«

Alain errötete, was bei seiner hellen Haut leicht zu erkennen war. Es war ihm noch immer furchtbar peinlich, daß er nicht mehr Bartwuchs hatte als den hellen Flaum an seinem Kinn. Er hatte sich nicht rasiert, und doch schien der Geistliche, der ganz nah bei ihm saß, zu glauben, daß er rasiert wäre.

»Ich war einem Kloster versprochen«, brachte er schließlich stotternd hervor, »aber jetzt diene ich Graf Lavastin als Soldat.«

Der Geistliche zuckte mit den Schultern. »Es ist nicht ungewöhnlich, daß ein Mönch oder ein Geistlicher in der Armee eines Edelmannes dient, denn heißt es nicht, daß, während Unsere Herrin sich um das Herdfeuer kümmert, Unser Herr das Schwert schwingt?«

Bischöfin Antonia trat ein. Sie war von Bediensteten umgeben, die ihr einen Krug Wasser, eine Messingschüssel und weißes, weiches Linnen brachten, damit sie ihre Hände und das Gesicht erfrischen konnte. Andere bürsteteten Staub und Schmutz aus ihrer Kleidung, während eine Frau Antonias lange, silbrigweiße Haare flocht und anschließend ein Tuch aus weißem Linnen um ihren Kopf band. Auf das Tuch setzten zwei Geistliche ihren Hut – die Mitra, Zeichen ihres Ranges als Bischöfin. Die Mitra war groß und lief vorn und hinten spitz zu. Der steife, weiße Stoff war an den Rändern mit breiten Goldborten bestickt. Zwei Goldtroddeln hingen am hinteren Teil des Hutes bis zu ihren Füßen.

Eine Geistliche reichte Antonia den Bischofsstab, und sie wandte sich um, betrachtete ihr Gefolge mit einem freundlichen Lächeln, als wollte sie sich bei ihnen für ihre Dienste bedanken. Ihr Blick blieb schließlich bei Alain hängen. Er neigte rasch den Kopf, zu Tode erschrocken, daß er ihre Waschung beobachtet hatte. So konnte er ihren Gesichtsausdruck nicht sehen, sondern nur ihre Stimme hören, als sie sprach.

»Ich hatte vor einigen Tagen angeordnet, daß mir noch ein anderer gebracht wird. Ist er noch nicht eingetroffen?«

»Nein, Euer Gnaden.«

»Ich hoffe, er ist bis zur Komplet bei uns.« Sie klang sanft, sogar hoffnungsvoll, doch Alain erkannte jetzt den Unterton in ihrer Stimme. Trotz ihres freundlichen Aussehens und ihrer milden Stimme ließ sie Ungehorsam nicht gelten. Die Geistlichen zogen ab; andere nahmen ihren Platz ein, und zusammen marschierten sie hinaus, so daß die Bischöfin den Abendgesang – die Vesper – abhalten konnte.

Willibrod, dem weiterhin die Obhut über Alain aufgetragen war, gestattete ihm, niederzuknien und ebenfalls zu beten, als die Vesper in einem anderen Teil des Lagers gesungen wurde. Während des letzten Psalms erschienen zwei Soldaten am offenen Zelteingang. Sie führten Frater Agius mit sich, als wäre er ein Gefangener. Seine braunen Gewänder waren befleckt und mitgenommen von der Reise, und er hinkte. Alain war so überrascht, daß er mitten im Satz aufsprang.

Agius schüttelte seine Wachen ab. Er kniete sich sofort nieder, um die letzten Verse des Psalms zu beenden, und Alain, beschämt von der Frömmigkeit des Fraters, tat es ihm gleich.

»Ich dachte, Ihr wärt auf Burg Lavas geblieben«, flüsterte Alain, als das letzte *Halleluja* erklang. »Ich dachte, daß Ihr nicht mit Graf Lavastin reiten wolltet.«

»Das wollte ich auch nicht.« Agius erhob sich, warf einen Blick auf die Wachen und hinkte hinüber zu der Messingschüssel, um sich das Gesicht zu waschen – mit dem gleichen Wasser, das die Bischöfin benutzt hatte. Alain war gleichermaßen erstaunt und fasziniert von dieser Zurschaustellung irdischer Eitelkeit und Arroganz. Der Frater trocknete sich das Gesicht und die Hände mit dem gleichen weichen, weißen Linnen ab, das die Bischöfin benutzt hatte. »Es ist nicht meine Aufgabe in diesem Leben, mich an den weltlichen Streitigkeiten jener zu beteiligen, die vom Glanz der irdischen Macht und des Vergnügens verführt worden sind.«

»Warum seid Ihr dann hier?« wollte Alain wissen.

»Ich wurde gegen meinen Willen hierhergebracht.«

Agius nahm auf dem gepolsterten Stuhl Platz, von dem

selbst ein unwissender Bursche wie Alain, der den Umgang und das Leben der Edelleute nicht kannte, sofort wußte, daß er der Bischöfin vorbehalten war. Dieser Ausdruck offensichtlichen Trotzes ließ Alain erzittern. Seine Stimmung übertrug sich auf die Hunde, und sie wurden unruhig, schlugen mit den Schwänzen gegen den Boden und hoben lauschend die Köpfe.

»Ich bitte um Entschuldigung, Bruder«, sagte Willibrod nervös. Er begann, an den verschorften Wunden herumzuzupfen. »Das ist der Stuhl von Bischöfin Antonia. Es steht einem niedrigen Bruder nicht zu, darauf Platz zu nehmen –«

Mit einem harten Blick brachte Agius den armen Geistlichen zum Schweigen.

Durch die offene Tür hindurch sah Alain das Flackern von Fackeln. Bischöfin Antonia war zurückgekehrt.

2

»Ist es etwa angemessen«, fragte Bischöfin Antonia mit ihrer sanften Stimme, als die erstaunten Ausrufe ihrer Bediensteten verklungen waren, »daß sich ein einfacher Frater erdreistet, auf dem Platz einer Bischöfin zu sitzen, die von der Skopos höchstpersönlich geweiht wurde?«

»Unsere Herrin hat mein Herz bereits geprüft und es als unvollkommen erkannt. Es ist Ihre Barmherzigkeit und Ihre Vergebung, deren ich mich würdig erweisen möchte. Nicht die Eure.« Agius mußte außerordentlich wütend sein, wenn er so sprach.

»Ihr seid verärgert, mein Kind. Ist dies das Herz, mit dem Ihr Euch Unserer Herrin und Unserem Herrn zeigt?«

Der Frater schien von den Worten der Bischöfin nicht im geringsten beeindruckt. »Sie weiß, wie es in meinem Herzen aussieht.« Er stand auf; jetzt wirkte er längst nicht mehr wie ein einfacher Kirchenmann, der sich vor einer Bischöfin von hohem Rang rechtfertigen mußte, sondern wie ein Edelmann, den die Anmaßung eines Gefolgsmannes wütend gemacht hat. »*Ihr* tut das nicht.«

Entsetztes Gemurmel breitete sich unter den Bediensteten aus; Antonia brachte sie mit einer Geste zum Schweigen. »Wer spricht jetzt, Frater Agius? Der bescheidene Frater?« Ihre Stimme wurde plötzlich hart und anklagend. »Oder der stolze Sohn?«

Er zuckte leicht zusammen. »Ich werde für meinen Stolz büßen. Was wollt Ihr von mir, Euer Gnaden? Warum habt Ihr mich herbringen lassen? Ich diene der Welt nicht länger.«

»Dennoch lebt Ihr in der Welt. Wir können ihr nicht entrinnen, Frater Agius, auch wenn wir uns noch so sehr darum bemühen. Selbst Ihr habt nicht gelernt, Euren Willen ganz dem Unserer Herrin und Unseres Herrn zu unterwerfen. Ein Teil Eures Herzens fühlt sich noch zu Eurem alten Platz hingezogen, als Ihr daran gewöhnt wart, Euren eigenen Weg zu gehen.«

»Unsere Herrin wird über mich urteilen«, wiederholte er störrisch. »Was wollt Ihr von mir?«

Falls zuvor – etwa durch ein Stirnrunzeln oder eine etwas tiefere Falte – auch nur ein Hauch von Härte in ihrem Gesicht gelegen haben sollte, so löste sich diese jetzt in ein freundliches Lächeln auf, das durch die rosigen Wangen und die freundlichen blauen Augen noch verstärkt wurde. »Daß Ihr Euch mit Eurer Nichte trefft, natürlich.«

»Mit meiner *Nichte*!« Er brüllte das Wort beinahe heraus.

»Sie wird von der Bischöfin von Autun aufgezogen.« Ihre gelassene Miene blieb ungerührt von seiner Wut. »Wußtet Ihr das?«

»Natürlich wußte ich das!«

»Es geschah auf Euren Rat hin, nicht wahr?«

Er starrte sie an, ohne ein Wort zu sagen.

»Ihr werdet für die nächste Zeit hierbleiben.«

»Wollt Ihr mich als Geisel festhalten?«

Sie gab den anderen ein Zeichen. Sofort verließen alle Bediensteten und Gefolgsleute das Zelt, bis nur noch sie, Alain, die Hunde und Agius übrigblieben. Sie warf einen kurzen Blick auf die Hunde und stellte rasch fest, daß sie vor ihnen in Sicherheit war – oder vor Alain, der sie beherrschte. »Ich habe vor, eine Waffe aus Euch zu machen.«

»Ich bin nicht länger eine Waffe, die in weltlichen Angelegenheiten eingesetzt werden kann, Bischöfin Antonia. Als ich der Kirche den Eid schwor, schwor ich gleichzeitig, mich nicht länger mit den Angelegenheiten dieser Welt zu befassen.«

Sie lächelte sanft. »Wir werden sehen.« Sie nickte Alain gelassen zu und verließ das Zelt.

Agius folgte ihr, aber er wurde von den Wachen zurückgehalten. Einen Augenblick lang dachte Alain, er würde versuchen, mit Gewalt hindurchzukommen, und eine Auseinandersetzung provozieren. Doch unvermittelt ließ sich der Frater zum Gebet auf die Knie fallen, zuckte kurz zusammen, als sein verwundetes Bein den Boden berührte; offensichtlich war es seit Kummers Biß vor zwei Monaten immer noch nicht ganz verheilt. Es dauerte einige Zeit, bis Alain aus dem Gemurmel verständliche Worte heraushören konnte.

»Ich bin ein unwürdiger Sohn, o Herrin. Ich bitte darum, macht mich Eurer Gnade würdig. Urteilt nicht zu hart über mich, o Herrin. Gewährt Eurem Sünder Vergebung. Gewährt mir die Gelassenheit, die Demütigung zu ertragen und den Stolz beiseite zu schieben.«

Er fuhr so fort, und es hatte nicht den Anschein, als wolle er jemals wieder damit aufhören. Alain hörte, wie sich Stimmen zur kurzen Andacht der Komplet erhoben, und er kniete sich ebenfalls zum Gebet für den Sonnenuntergang nieder.

Bischöfin Antonia kehrte nach dem Ende der Andacht nicht zurück. Vermutlich nahm sie an der Feier teil. Willibrod brachte Brot, Käse und Wein für Alain und Agius; dann machte er sich mit einigen anderen Geistlichen wieder daran, Halsketten herzustellen. Der Frater rührte das Essen nicht an, doch Alain konnte ihn schließlich dazu bringen, wenigstens ein paar Schlucke von dem Wein zu nehmen.

Später kehrte Antonia zurück und ging zu ihrem Bett; um sie herum lagen die Bediensteten und Geistlichen auf Pritschen. Alain schlief schlecht; er hatte sich auf den Boden gekauert, die beiden Hunde dicht an sich gedrückt. Fragen rissen ihn immer wieder aus seinem unruhigen Schlaf. Was hatte die Nichte von Agius mit Prinzessin Sabellas Rebellion zu tun? Agius war schließlich nur ein einfacher Frater – auch wenn ein einfacher Frater es sicherlich niemals wagen würde, sich auf den Stuhl zu setzen, der einer heiligen Bischöfin vorbehalten war.

Jedesmal, wenn Alain wach wurde, hörte er Agius seine Gebete wispern.

Am Morgen erhielt Alain die Erlaubnis, unter Aufsicht der Wachen die Hunde laufen zu lassen. Als er zurückkehrte, sah er ein Gefolge aus vielen wohlgekleideten Männern und Frauen in vornehmen, mit Gold und Silberketten behängten Tuniken nahen. Er eilte zu Agius ins Zelt.

»Die Bischöfin kommt mit vielen anderen!« zischte er. »Es sind Edelleute bei ihr.«

Agius erhob sich; er zitterte etwas, richtete sich jedoch auf und stellte sich stolz in den Eingang – ganz und gar nicht wie ein bescheidener, demütiger Frater. Alain kniete nieder, rechts und links von den Hunden flankiert; er konnte vor solch edlen Herren und Damen nicht stehen. *Er* war nur der Sohn eines einfachen Händlers.

Das Licht draußen blendete ihn, aber noch viel mehr blendete ihn die kostbare Kleidung von Prinzessin Sabella und dem beleibten Mann, der sie begleitete: Rodulf, Herzog von Varingia. Im Gegensatz zu der vornehmen Kleidung der beiden – ihre Gewänder waren juwelenbesetzt und mit Gold- und Silberbändern gesäumt, und sie trugen wunderschöne, feingearbeitete goldene Ketten, Diademe und Ringe – wirkte Bischöfin Antonias Aufmachung geradezu bescheiden; ihre Kleider waren lediglich mit Goldfäden durchwirkt.

Rodulf lachte bellend und wandte sich an Bischöfin Antonia. »Heiliger Herr! Hättet Ihr mich nicht vorgewarnt, Euer Gnaden, ich hätte ihn in diesen Lumpen niemals wiedererkannt.« Er stapfte auf seinen dicken Beinen vorwärts. Er war breitschultrig und schwerfällig und hatte die roten Wangen eines Mannes, der mit Freuden aß und sich niemals um genügend Nahrung sorgen mußte. Er klopfte Frater Agius auf die Schulter, schüttelte ihn mit offensichtlicher Freude. »Was ist los, Junge? Hast du irgendeine Schande über dich gebracht? Oh, ich hörte, daß dein Vater und deine Mutter überaus wütend waren, als du dich gegen diese Heirat gewehrt hast und statt dessen in die Kirche eingetreten bist. Aber ich bin davon ausgegangen, daß du ein Presbyter sein würdest, daß man dich nach Darre, in diese verdammte heiße Stadt geschickt hätte, um der Skopos zu dienen. Was ist das?« Er griff mit einer fleischigen Hand nach der alten Robe und zerrte so heftig daran, daß Agius sich zusammenkrümmte, in der Hoffnung, der Stoff möge nicht reißen.

»Ich diene Unserer Herrin«, sagte Agius steif. »Ich habe

niemals etwas anderes gewollt.« Er zeigte keinerlei Ehrerbietung gegenüber Rodulf oder Prinzessin Sabella, die reglos hinter dem Herzog stand und ernst und gedankenvoll dreinblickte.

»Aber du bist hergekommen, um unsere Cousine zu unterstützen«, sagte Rodulf mit einem Nicken zu Sabella.

»Nein, das ist nicht wahr.«

Alain wagte nicht, auch nur den kleinen Finger zu rühren, aus Angst vor dem Ausbruch, der sicherlich als nächstes folgen würde.

Sabella schien das alles nicht zu berühren. Sie trat vor. »Ihr werdet unseren Zielen trotzdem dienen, Agius«, sagte sie mit ihrer ausdruckslosen Stimme. »Ich habe keine Zeit für eine Belagerung von Autun, und Bischöfin Constanze wird mir die Stadt nicht freiwillig übergeben. Ich kann aber auch nicht weitermarschieren, wenn mir die Soldaten – und die Feindschaft – von Autun im Nacken sitzen. Als Gegenleistung für die sichere Rückkehr Eurer Nichte werdet Ihr mir die Bischöfin von Autun als Geisel bringen, mit welchen Mitteln auch immer.«

Diese Drohung – denn eine solche war es – beeinflußte Agius nicht. Falls sich sein Aussehen überhaupt geändert hatte, blickte er jetzt noch zuversichtlicher drein. »Wenn Ihr nicht genug Unterstützung habt, um gegen König Henry zu marschieren, tut Ihr möglicherweise besser daran, Euch in Eure eigenen Lande zurückzuziehen und sie in einer Weise zu regieren, die angemessener ist als diese.«

Sabellas dünne Lippen kräuselten sich, aber es war kein richtiges Lächeln. Sie gab einer ihrer Dienerinnen ein Zeichen. Sofort betrat eine Dienerin in Begleitung eines Mädchens von etwa fünf oder sechs Sommern das Zelt. Das Mädchen war gut gewachsen, und mit ihren hellen, dünnen Haaren hätte sie Agius mit seinem dichten, dunklen Schopf kaum unähnlicher sein können. Auf ihrem Gesicht waren noch die Spuren von Tränen, und sie schrie laut auf, als sie Agius sah, riß sich von der Dienerin los und stürzte in seine Arme. »Onkel! Onkel! Sie haben meine Amme umgebracht!« Sie brach in Tränen aus.

Er hielt sie fest und versuchte sie mit leisen Worten zu trösten.

Als sie sich tatsächlich etwas beruhigt hatte, ergriff Sabella wieder das Wort. »Meine Späher sind auf Eure Nichte und ihr Gefolge gestoßen, als sie nach Autun unterwegs waren. Es gab ein Gefecht. Einige aus dem Gefolge Eurer Nichte weigerten sich, ohne Widerstand mitzukommen.«

»Was habt Ihr mit ihr vor?« wollte er wissen. »Sie ist für die Kirche bestimmt, wie Ihr wissen solltet.«

Rodulf zuckte zusammen; er spielte mit den Ringen an seinen Fingern. Ihm schien diese Unterhaltung unangenehm zu sein. Bischöfin Antonia strahlte alle Beteiligten freundlich an. Alain spürte ihren Blick auf sich, und er erschauderte, als würde eine Spinne seinen Rücken entlangkrabbeln. Rage knurrte, und er legte sanft eine Hand auf ihre Schnauze.

»Ich habe gar nichts mit ihr vor«, sagte Sabella. »Es sei denn, man zwingt mich dazu. Ich will Bischöfin Constanze.«

Agius war so blaß, daß seine dunklen Augen pechschwarz wirkten, als hätte er sich wie eine Hure geschminkt, um Männer anzulocken. Das Kind klammerte sich an ihn, verbarg das Gesicht in seinen Gewändern.

»Euch wird Constanze nicht verdächtigen, Agius«, fuhr Sabella fort. »Ihr seid zusammen aufgewachsen, und wenn ich mich recht entsinne, war sogar schon von einer Verlobung die Rede – bevor abgemacht wurde, daß sie in die Kirche eintrat und Ihr die Herzogin Liutgard heiraten solltet.« Sie berührte den Goldreif an ihrem Hals, dann senkte sie die Hand und öffnete sie mit nach außen gekehrter Handfläche. »Aber die Verlobung endete nicht damit, daß *Ihr* mit der jungen Herzogin vermählt wurdet, sondern Euer jüngerer Bruder. Ein freundlicher, großzügiger Mann, der junge Frederik. Auch ein guter Soldat. Leider. So viele starben in den Kriegen im Osten, die Henry unbedingt führen mußte, anstatt sich um das Land zu kümmern, das er bereits als seines beanspruchte. Nun denn.« Sie gab ihrer Dienerin ein Zeichen, und sie trat vor, um das Mädchen wieder in ihre Obhut zu nehmen.

Das Mädchen weinte wieder, klammerte sich an seinen Onkel. Er umarmte sie erst ganz fest, mit einem Ausdruck wilder Wut auf seinem Gesicht, in den sich jedoch allmählich Abscheu sich selbst gegenüber mischte, als er sie zwang, ihn loszulassen. Die Dienerin führte sie weg.

»Ich sehe, wir verstehen uns«, meinte Sabella zu Agius. Ohne ein weiteres Wort verließ sie das Zelt.

»Du mußt das verstehen«, sagte Rodulf plötzlich, »ich will keine weiteren wendischen Könige und Bischöfinnen auf meinem Land haben. Du hast von der Seite deines Vaters wendisches Blut in dir, so hast du für meine Einstellung möglicherweise wenig übrig, aber mir bedeutet es viel. Trotzdem gefallen mir *diese* Methoden nicht.«

»Das Leben vieler wird auf diese Weise verschont werden«, beruhigte Bischöfin Antonia ihn. »Und die Stadt Autun entgeht der Zerstörung durch einen Krieg. Sicherlich stimmen wir darin überein, daß Frieden besser ist als Krieg.«

»Krieg ist zumindest eine ehrenvolle Aufgabe«, murmelte Rodulf leise in sich hinein. »Verrat ist es nicht, selbst wenn er von einer Bischöfin abgesegnet wird.« Er ging hinaus.

»Wir brechen also morgen mittag auf«, sagte Bischöfin Antonia. »Ich begleite Euch.« Sie deutete auf das Zelt und die Einrichtung. »Macht es Euch bequem, wie es Euch beliebt.«

Als sie gegangen war, ließ man Alain und Agius eine Zeitlang in Ruhe, damit sie sich waschen konnten. Alain goß Wasser aus einem Krug in die schlichte Kupferschüssel, die für den Gebrauch der Bediensteten der Bischöfin bestimmt war. Er zog die Tunika aus und wusch sich Brust, Arme und Gesicht. Das Wasser war eiskalt.

Agius' tief in den Höhlen liegende Augen waren rot vor Erschöpfung. Er kniete nieder und faltete die Hände zum Gebet.

Alain verspürte schreckliches Mitleid für den Frater. Sicherlich war es nicht im Sinne der Herrin und des Herrn, daß sich ein Mensch so durch die Qualen der Selbstzweifel kasteite. War es nicht ihrer Gnade zu verdanken, daß die Menschen das Versprechen erhielten, von der Finsternis gereinigt zu werden?

Er nahm die Schüssel, trug sie zu Agius und kniete sich neben ihn. »Hier ist Wasser zum Waschen, Bruder.«

Agius verzog schmerzerfüllt das Gesicht. »Ich bin für immer von der Sünde befleckt«, preßte er zwischen zusammengebissenen Zähnen hervor, die Augen fest geschlossen.

Zum ersten Mal bemerkte Alain die Füße des Fraters, die jetzt nur noch zur Hälfte von seinem Gewand verdeckt waren. Sie waren nackt und voller alter, eitriger Wunden und frischer Verletzungen, zum Teil blut- und schmutzverkrustet. Jeder Schritt mußte schmerzen. Alain wünschte plötzlich, er könnte Agius jedes weitere Leid ersparen, denn er war so voll davon, daß sich das Elend in seinem Gesicht spiegelte. Er tauchte ein Stück Tuch in das Wasser und wusch sanft das Gesicht des Fraters.

»Ich bitte dich«, sagte Agius, ohne die Augen zu öffnen, »ich bin deines Mitgefühls nicht würdig.«

»Jede Seele ist des Mitgefühls würdig«, erwiderte Alain, von seinen Worten selbst überrascht. Er näßte das Tuch noch mehr und begann jetzt, vorsichtig die Füße des Fraters zu waschen. »Ist Güte nicht das, was wir unseren Schwestern und Brüdern freiwillig zukommen lassen sollen?« Er blickte auf. Zu seinem großen Entsetzen weinte Agius lautlos in sich hinein. Sofort warf Alain das feuchte Tuch beiseite. Es war voller Blut, Eiter und Schmutz. »Ich bitte um Vergebung. Ich wollte Euch keinen Schmerz zufügen.«

»Ich mache mir nichts aus körperlichem Schmerz. Er erinnert mich an meine Sünden. Oh, Herrin, in meinem Stolz hatte ich gedacht, ich hätte die Fäden abgeschnitten, die mich mit meinem Geschlecht und der Heimat verbanden. Aber dem war nicht so. Ich kann meine Zuneigung gegenüber meinem Bruder nicht vergessen. Ich kann ihn nicht weniger lieben, als ich Unsere Herrin liebe, selbst jetzt, da er tot und in ihrer Obhut ist. Und jetzt ist also seine Tochter in Gefahr, und ich werde benutzt, werde durch die Bedrohung ihres Lebens von denen gezwungen, die nach Macht in der Welt streben. In meinem Stolz dachte ich, ich hätte meine Geburt hinter mir gelassen. Jetzt erkenne ich, daß dem nicht so ist. Niemals wird es so sein, so lange ich durch eine alte Zuneigung gebunden bin. Doch dieses wahre Opfer, das darin besteht, mich von den Banden mit meiner Familie zu lösen und mich ganz Unserer Herrin hinzugeben, will ich nicht bringen.«

Alain, der nicht wußte, was er sonst tun sollte, fuhr fort, die Füße des Fraters zu waschen; er betupfte sie vorsichtig, bemüht, die frisch verheilten Wunden nicht aufzureißen. »Wer seid Ihr?« fragte er und befürchtete sogleich, möglicherweise anmaßend zu klingen.

Nach einer langen Pause antwortete Agius: »Ich bin der älteste Sohn von Burchard, dem Herzog von Avaria, und Ida, der Tochter des Herzogs von Provensalle.«

In Osna galt es als die Pflicht der ältesten Tochter, das Hab und Gut ihrer Mutter zu erben und ihre Arbeit und ihren Titel fortzuführen, während es die Pflicht des ältesten Sohnes war, sich gut zu verheiraten und dadurch das Netz, das die verschiedenen Haushalte miteinander verband, weiterzuspinnen. Nur jüngere Söhne wurden in die Kirche geschickt. Sicherlich erwarteten die großen Fürsten und Fürstinnen des Reiches von *ihren* Söhnen und Töchtern genau das gleiche.

»Kein Wunder, daß Eure Eltern wütend waren«, meinte Alain schließlich, als ihm die Bedeutung von Agius' rebellischem Verhalten mit voller Wucht zu Bewußtsein kam.

Der Frater stöhnte nur, dann lehnte er sich plötzlich zurück, fuhr sich durch die Haare und brachte sie in Unordnung. Er befingerte sein Kinn und rieb sich den Bart, der inzwischen dort wuchs.

»Was werdet Ihr tun?« fragte Alain.

»Ich werde die Tochter meines Bruders retten, in Erinnerung an die Liebe, die einst zwischen uns war. So wird sich die Anzahl meiner Sünden noch vermehren.«

»Aber Ihr sagtet doch, Ihr würdet ihnen nicht helfen ... und sie ist so jung.« Alains Gedanken schweiften ab. Das Mädchen war nur wenig jünger als Tante Bels jüngste Tochter, die niedliche, süße Agnes. »Welche Macht haben sie wirklich über Euch? Sicherlich würden sie nicht –«

»Sie *töten*?« Agius lächelte säuerlich. »Du bist ein guter Junge, Alain. Du hast noch nicht verstanden, zu was wir fähig sind – wir, die noch immer nach der Macht streben, die uns der *Feind* als Versuchung vor die Nase hält. Denn die Macht, die wir auf dieser Erde erringen könnten, ist nur eine leere Macht verglichen mit dem Opfer des heiligen Daisan und dem Versprechen der Kammer des Lichts. Aber wir alle sind von der Finsternis befleckt, und unsere Augen sind so vernebelt, daß wir nach Schatten greifen.« Er klatschte einmal gebieterisch in die Hände. »Geistlicher! Bringt mir ein Messer. Mit diesem Bart bin ich nicht würdig, mich einen guten Kirchenmann zu nennen.« Sein Gesicht war von Vezweiflung verzerrt, doch er bewegte sich mit der Sicherheit und Entschlossenheit eines Mannes, der sich schließlich mit seiner schrecklichen Bestimmung abgefunden hat.

3

Agius schritt neben Alain dahin, dem die Hunde folgten. Die Prozession wurde von Bischöfin Antonia auf ihrem weißen Maulesel angeführt; Bedienstete hielten die Zügel. Ein Geistlicher trug ein grünes Banner, auf dem das Symbol ihrer Stadt abgebildet war: ein schwarzer Turm am Zusammenfluß zweier Flüsse. Auf dem schwarzen Turm war mit goldenen Fäden ein Bischofsstab aufgestickt.

»Es wird soviel von Herzögen und Ländereien und Bischöfinnen und Bündnissen geredet«, gestand Alain. »Ich verstehe das alles gar nicht.«

Agius lächelte dünn. »Du verstehst auch nicht, warum sie mich als die Falle benutzen, mit der sie das weiße Reh fangen wollen?«

»Das weiße Reh?«

»Das ist der Name, den wir Constanze gaben.« Der Frater seufzte in leichter Verzweiflung, als Alain nickte und sich um einen Gesichtsausdruck bemühte, der vorgeben sollte, daß er verstanden hatte, was Agius ihm erzählte. »Constanze ist König Henrys Schwester, abgesehen von Brun die jüngste seiner Geschwister.«

»Aber warum sollte Prinzessin Sabella Euch Cousin nennen? Ihr tragt nicht den –« Alain fuhr mit den Fingern über die Rundung seines Nackens.

»Nur jene, die vom königlichen Geschlecht abstammen, haben Anspruch auf den goldenen Halsreif. Er ist das Zeichen ihres königlichen Blutes. Sowohl Sabella als auch ihr Ehemann Berengar dürfen den goldenen Reif tragen. Auch Herzogin Liutgard ist so geschmückt. Ich bin es nicht.«

»Aber warum sollte … und Ihr …? Wenn Ihr doch der Sohn eines Herzogs seid?« Wolken zogen jetzt von Osten auf. Es war kälter als noch am Morgen. Alain spürte den Boden unter seinen Schuhen. Die Straße würde matschig werden, wenn es regnete, aber wieviel Regen, wieviel Matsch würden nötig sein, um diesen Zug am Weitermarsch zu hindern? Doch er befand sich in Sabellas Heer, unter der Schirmherrschaft von Graf Lavastin. Sollte er nicht unterwürfig ihren Sieg herbeisehnen?

»Wie beim Lesen und Beten, so auch bei der Ordnung der Welt«, sagte Agius seufzend.

»Was?«

»Es scheint meine Bestimmung zu sein, dich zu unterrichten, Alain. Ich vertraue ganz der Weisheit Unserer Herrin, daß du dich klüger anstellst, wenn es um die große Wahrheit über das Opfer und die Erlösung ihres Sohnes geht – und nicht um das Schreiben. Also höre mir zu.«

Sie schritten eine einsame Straße entlang. Die Bauern und Freien, die Autun gegenüber loyal waren, hatten sich alle in der Stadt in Sicherheit gebracht, als Sabella und ihr Heer sich genähert hatten. Obwohl ihr Dach aus Wolken bestand und ihre Kammer aus den grünen Feldern, fühlte Alain sich zurückversetzt in die Zeit auf Burg Lavas, da er mit dem Frater gelernt hatte. Agius war kein angenehmer Lehrer; er verfuhr weitaus schonungsloser und ungeduldiger mit Fehlern, als daß er Irrtümer verzieh. Was *er* wußte, so war seine feste Überzeugung, das mußten auch andere wissen.

»Es gibt zehn große Fürsten im Königreich von Wendar und Varre. Sechs dieser Fürsten kennen wir als Herzöge. Vier sind Markgrafen, denn sie verwalten die Marken entlang der Grenze im Osten. Der Souverän nimmt den ersten Platz unter den Fürsten ein, er steht nicht abseits von ihnen. Nur mit Zustimmung der Fürsten und kraft der Stärke des Souveräns wird ein Prinz oder eine Prinzessin des königlichen Geschlechts als nächster Souverän von Wendar und Varre anerkannt.«

»Aber waren Wendar und Varre nicht einst getrennte Königreiche?«

»Ich verstehe nicht, was dein Vater sich dabei gedacht hat«, meinte Agius mit einiger Verzweiflung, »daß er dir keine ordentliche Bildung zukommen ließ.«

»Mein Vater brachte mir alles bei, was der Sohn eines Händlers wissen muß«, erwiderte Alain hitzig. Die ungerechtfertigte Kritik traf ihn. »Ich kann ein Schiff reparieren. Ich weiß etwas über das Segeln und das Navigieren. Ich kenne den Wert von vielen Münzen verschiedener Königreiche und Völker. Ich kann handeln.«

»Ich meinte nicht deinen Stiefvater.«

Alain vergaß seinen Groll sofort wieder; er war beunruhigt. »Ihr denkt hoffentlich nicht mehr, daß ich der Bastard von Graf Lavastin sein könnte?«

Agius machte eine beredte Geste zu den Hunden, die treu hinter Alain hertrotteten. Sie waren so sanft wie kleine Hundebabys – solange Alain oder der Graf bei ihnen waren. Agius wußte sehr gut, was sie tun würden, wenn sich ihnen jemand anderer näherte. »Aber das ist nicht von Bedeutung. Ich werde die Aufgabe erfüllen, dir mir von Unserer Herrin gestellt wurde. Paß auf.«

Sie erklommen eine Anhöhe. In der Ferne erspähte Alain Autun, den Turm der Kathedrale, die Stadtmauern und das schwache Schimmern der Rhaune, die sich durch üppige Kornfelder wand. Dann tauchte die Straße in einen Wald ein, und Bäume behinderten die Sicht.

»Ich werde dich nicht mit der Geschichte über den Aufstieg des Hauses Saony belästigen. Es ist eine lange und komplizierte Angelegenheit, die ich besser den Nonnen von Korvei überlasse, die seit vielen Jahren die Taten der großen Fürsten niederschreiben. Doch wissen mußt du, daß im Jahr 679, entsprechend der Chronik, der junge König Louis von Varre, bekannt als Louis das Kind, starb. Zwei Jahre später starb Arnulf der Ältere. Arnulf der Jüngere, sein Sohn, wurde König von Wendar und Varre. Welches Jahr haben wir jetzt, Alain?«

Welches *Jahr*? Es war Frühling. An diesem besonderen Tag war St. Casceil, wie in der Morgenandacht erwähnt worden war. Da man das Fest von St. Susannah noch nicht gefeiert hatte, konnte noch nicht Sormas sein, aber er konnte sich im Augenblick nicht erinnern, auf welchen Tag im Avril St. Casceil fiel.

Und erst die *Jahre*! Alain war nicht daran gewöhnt, sich die Jahre zu merken. Er durchforstete sein Gedächtnis, stolperte über ein Loch in der Straße und erinnerte sich plötzlich.

»Es ist das Jahr 728 seit der Verkündung der Botschaft.«

»Das ist richtig. Du weißt von dem Kampf zwischen Henry und Sabella, bei dem es darum geht, wer das Recht hat, auf dem Thron von Wendar und Varre zu sitzen.« Agius machte mit zusammengepreßten Lippen eine Geste in Richtung von Bischöfin Antonia. Sie hatte zu singen begonnen, und wie gewöhnlich fielen ihre Geistlichen mit ein. Es klang würdevoll. Alain konnte die Worte jedoch nicht verstehen, denn sie sangen dariyanisch.

Aber Agius murmelte geistesabwesend vor sich hin.

»›Diese vier Diakonissinnen waren Schätze,
Die ihre Rechtschaffenheit behielten,
Den Schlüssel zum Geheimnis.
Vier Türen öffneten sie uns,
Jede davon mit ihrem Schlüssel.
Ihnen gebühre der Ruhm, die weise wählten!‹«

»Ist das die Bedeutung der Worte?« wollte Alain wissen.

»Ja, aber wir dürfen uns jetzt von unserem Ziel nicht abbringen lassen. Schon bald werden wir die Mauern von Autun erreichen, und dann wird dein Unterricht ein Ende haben. Also. Wie heißt der König, und wer sind seine Geschwister?«

»König Henry, natürlich!« Alain zog sofort den Kopf ein, beschämt darüber, daß er so laut gesprochen hatte. In Sabellas Lager sprach niemand von Henry als dem König. »Und Prinzessin Sabella, sie ist seine ältere Schwester.«

»Seine Halbschwester«, berichtigte Agius. »Königin Berengaria von Varre war ihre Mutter. Als sie starb, heiratete Arnulf der Jüngere Mathilda von Karrone, die Henrys Mutter ist. Und dann?«

»Ich weiß nicht.«

»Dies sind die lebenden Kinder von Arnulf und Mathilda: Henry, Rotrudis, Richardis, bekannt als Scholastika, die Äbtissin des Klosters Quedlingham, Benedikt, Constanze, Brun. Aber Henry hat auch noch eine Halbschwester, ein Kind von Arnulf dem Jüngeren und einer Konkubine. Sie heißt Alberada und ist jetzt Bischöfin von Handelburg, das weit im Osten in den Marklanden liegt. Sie hat sich in den Streit zwischen Henry und Sabella bisher nicht eingemischt. Nun. Wer sind die sechs Herzöge?«

»Ich … ich weiß es nicht. Herzog Rodulf ist einer. Und wird Sabellas Mann Berengar nicht auch Herzog genannt?«

»Das ist er tatsächlich. Er ist der Herzog von Arconia, auch wenn natürlich Sabella als seine Frau das Land verwaltet. Rodulf ist Herzog von Varingia. Die Stadt Autun liegt genau an der Grenze zwischen Varingia, das von Rodulf und seiner Frau verwaltet wird, und Arconia, das von Sabella und Berengar verwaltet wird. Vielleicht wunderst du dich darüber, daß die Bischöfin von Autun ihre Sympathie der Sache Henrys schenkt, wo doch ihre Stadt mitten in dem von Prinzessin Sabella beherrschten Gebiet liegt!«

Alain nickte pflichtbewußt.

»Als Sabella vor acht Jahren zum ersten Mal gegen die Autorität ihres Bruders aufbegehrte, war die Bischöfin von Autun eine ihrer wichtigsten Stützen. Also entfernte Henry die Bischöfin von Autun und machte sie statt dessen zur Äbtissin eines kleinen, einsamen Frauenklosters. Dann überzeugte er die Skopos davon, auf ihren Platz seine junge Schwester Constanze zu setzen. Das weiße Reh. Natürlich unterstützt Constanze ihren Bruder Henry.«

»Was ist mit den vier anderen Herzögen?«

»Drei von ihnen unterstützen Henry. Henrys Schwester Rotrudis ist Herzogin von Saony und Attomar. Das Herzogtum von Saony ist der ursprüngliche Sitz der königlichen Familie. Bevor sie Könige wurden, waren sie Herzöge von Saony.«

»Wie sind sie dann Könige geworden?«

»Das mußt du ein anderes Mal lernen oder dir selbst anlesen. Jetzt paß auf.« Er blickte auf, als sie aus dem Schatten der Bäume ins Sonnenlicht traten. Ein langer Abstieg lag zu ihren Füßen. Schon bald würden sie sich der Stadtmauer bis auf Bogenschußweite genähert haben. Alain fragte sich, wie schnell sie von den Leuten innerhalb der Stadt bemerkt werden würden. »Burchard, Herzog von Avaria.«

»Er ist Euer Vater.«

»Ja.« Alain wollte noch mehr von ihm hören, aber Agius hatte das so kurz angebunden gesagt, daß er sich nicht traute, weitere Fragen dazu zu stellen. »Und die dritte ist Liutgard, Herzogin von Fesse, ebenfalls von königlichem Blut.«

»Die, mit der Ihr verlobt wart.«

»Ich sehe, du hast besser zugehört, als ich dachte.«

»Aber Euer Bruder heiratete sie statt dessen.«

Agius schaute rasch zur Seite, verbarg sein Gesicht. Alain dachte an das kleine Mädchen, das sich im Zelt von Bischöfin Antonia so fest an ihren Onkel geklammert hatte; sicher war die Verbindung von Agius zu seinem Bruder sehr stark – und so auch zu den Kindern seines Bruders.

Alain empfand plötzlich Sympathie für Agius' Trauer und seine ohnmächtige Wut angesichts der Gefangenschaft seiner Nichte, und so stellte er eine andere Frage. »Wer ist der sechste Herzog?«

Ein Zögern. Schließlich sprach Agius, den Blick abgewendet, die Augen auf den Boden gerichtet. »Conrad, Herzog von Wayland, genannt Conrad der Schwarze. Sabella behauptet, er unterstützt sie, aber er ist mit seinem Heer bislang noch nicht bei ihr aufgetaucht.«

»Und die Markgrafen?«

Agius hatte seine Fassung wiedererlangt. Er hob das glattrasierte Kinn – er hatte es am Morgen rasiert, wie es sich für einen der Kirche verschworenen Mann gehörte – und holte tief Luft, als wollte er sich stärken. »Der erste unter den Markgrafen ist Helmut Villam. Dann kommt Judith, Markgräfin von Olsatia und Austra und beinahe genauso mächtig. Werinhar, Markgraf von Westfall, ist der dritte.«

»Ihr sagtet, es wären vier.«

Ein Schatten huschte über Agius' Gesicht, wieder dieselbe nackte Trauer. Alain verstand sofort, daß dies etwas mit seinem geliebten Bruder zu tun haben mußte. »Die Markgräfin von Ostfall und ihre beiden Söhne starben vor drei Jahren in einer Schlacht gegen die Qumaner.«

»Ist – ist das nicht die Schlacht, in der Euer Bruder starb?« Es war eine bloße Vermutung, aber an dem scharfen Blick, den Agius ihm zuwarf, und an dem plötzlichen, grimmigen Schweigen des Fraters erkannte Alain, daß er recht hatte.

Sie schritten eine Weile still nebeneinander her. Die Bischöfin und ihre Geistlichen sangen noch immer; die Hymne aus dem Osten hatte ganz offensichtlich viele Strophen. Alain wollte Agius nicht wieder ansehen oder ihm weitere Fragen stellen, weder über Markgrafen noch über Strophen. Agius war so voller Pein, daß es Alain schmerzte, ihn so zu sehen.

Agius flüsterte wieder die wendischen Worte, zeitgleich mit den Stimmen der anderen.

»›Töchter Nisibias, tut es eurer Mutter gleich,
In ihre Mauern ließ sie eine von festem Glauben,
Die zu einem Schild für sie wurde!
So laßt auch in euch einen Glauben wachsen,
Auf daß er zum Schild für euer Leben wird.
Denn heilig sind die, die weise wählten.‹«

Als die Geistlichen die Hymne beendet hatten, verlangsamte die Bischöfin den Schritt ihres Maultiers, und die gesamte Prozession kam zum Stillstand. Antonia stieg ab.

Autun lag auf einem Hügel, der sich in die Weite des Rhaune-Tals erhob. Armselige Hütten und Buden standen vor den Stadtmauern, doch sie waren so leer wie die Felder, abgesehen von einem einzelnen Huhn. Antonias Gruppe war noch mehr als eine Bogenschußweite von der Stadtmauer entfernt, doch am großen Palisadentor, das den Haupteingang zur Stadt bildete, hatte sich eine Gruppe versammelt. Zwei Banner wehten im Wind, und als diese Gruppe die Straße entlang auf Bischöfin Antonia zukam, erkannte Alain die Zeichen auf den Bannern. Das eine erinnerte an das der Stadt Mainni: Es zeigte einen – in diesem Fall grauen – Turm, der von einem schwarzen Raben überragt wurde. Das andere Banner war so leuchtend golden, daß es die Sonne widerzuspiegeln schien; ein weißes Reh war darauf.

Agius trat neben Bischöfin Antonia. Er war unnatürlich bleich. Antonia sah vollkommen entspannt aus; auf ihrem Gesicht lag ein freundliches Lächeln, während sie die Gruppe von der Stadt erwartete.

Wie es sich für eine Königstochter gehörte, wurde die Bischöfin von Autun von einem beeindruckenden Gefolge begleitet. Ihre Geistlichen trugen Gewänder aus feinem, in einem satten, tiefen Burgunderrot gefärbten Linnen, und sie hielten zum Zeichen ihres Ranges jeweils ein Buch in den Händen. Alle hatten einen langen, bestickten Schal über ihre linke Schulter geworfen. Es waren vielleicht dreißig Geistliche in der Gruppe; niemals zuvor hatte Alain so viele Bücher an einem Ort gesehen. Tatsächlich hatte er niemals auch nur daran gedacht, daß es so viele Bücher auf der Welt geben könnte.

Auch Mönche und Nonnen begleiteten die Bischöfin. Sie trugen Rauchfässer – runde Gefäße aus gehämmertem Messing – mit brennendem Weihrauch; die Rauchfässer hingen an Ketten und schwangen zum Rhythmus des leisen Gesangs der Gruppe langsam vor und zurück. »Kyrie Eleison. Kyrie Eleison.« Herrin, erbarme dich. Herr, erbarme dich.

Die Bischöfin von Autun ritt auf einem weißen Maultier inmitten ihres Gefolges. Obwohl sie die Kleidung einer Bischöfin und die Mitra trug, konnte Alain in ihrem Nacken den goldenen Halsreif erkennen, der auf ihr königliches Blut hinwies. Sie war jung, ganz sicher jünger als Agius, aber ihr Gesicht war auf eine Weise ernst, die ihr eine weit über ihr Alter hinausreichende Standhaftigkeit und Weisheit verlieh. Ihre Haut sah blaß, aber gesund aus, und als sie abstieg, zu Fuß weiterging und dabei ihrer schwesterlichen Bischöfin zur Begrüßung die Hände entgegenstreckte, konnte Alain sehen, daß sie groß und gut gebaut war, genau wie ihre ältere Halbschwester Sabella. Sie hatte einen leichten Schritt und bewegte sich auf elegante Art. Alain verstand sofort, weshalb sie den Namen »das weiße Reh« erhalten hatte.

Sie nahm die Hände von Bischöfin Antonia in ihre, und sofort verstummte der Gesang ihres Gefolges. Stille senkte sich herab, die nur von dem Scharren der Tiere und dem Klirren des Geschirrs unterbrochen wurde.

»Ich grüße Euch, Schwester, und heiße Euch in meiner Stadt willkommen«, sagte Constanze. Sie besaß eine angenehm hohe Stimme, die voll und klar klang. Aber sie lächelte nicht. »Ich bin überrascht, Euch hier zu finden, so weit weg von Mainni und dem Herdfeuer, als dessen Wächterin Ihr geweiht wurdet.«

»Ich erwidere Euren Gruß, Schwester«, sagte Antonia beinahe noch freundlicher. »Ich komme im Frieden Unseres Herrn und Unserer Herrin.«

»Es sind noch andere bei Euch.« Constanze schaute die Straße entlang, auf der Antonia und die anderen gekommen waren.

Natürlich war die Straße leer. Sabellas Heer lagerte einige Reitstunden entfernt auf dem Gebiet des Herzogs von Varingia. Das allein war schon merkwürdig. Das Herzogtum von

Arconia blieb unter der Schirmherrschaft von Berengar und Sabella. Doch die Pflichten einer Bischöfin betrafen zwei Bereiche. Sie kümmerte sich um das geistige Wohlergehen ihrer Schützlinge und um das Herdfeuer der Kathedrale, das die Skopos in ihre Obhut gegeben hatte. Doch eine Bischöfin mußte auch in weltlichen Angelegenheiten befragt werden, so wie der König oder die Herzogin ein Wörtchen mitzureden hatten, wenn es darum ging, welche Edelfrau es am meisten verdiente, in den Stand einer Bischöfin erhoben zu werden, sollte ein solcher Platz durch Tod oder Ehrlosigkeit frei geworden sein. So war es das Recht der Bischöfin von Autun, zu Rate gezogen zu werden, wenn es um Angelegenheiten ging, die die Verwaltung des Herzogtums von Arconia betrafen – also desjenigen Teils von Wendar und Varre, für dessen Bewohner sie auf geistiger Ebene zu sorgen hatte. Vielleicht konnte sich Sabella nicht mit der gleichen Sicherheit auf die Treue der einfachen Menschen im Herzogtum ihres eigenen Mannes verlassen wie die junge Bischöfin Constanze, die von ihren Schützlingen zutiefst geliebt wurde.

»Ich fürchte, in Eurer Familie ist Unfriede ausgebrochen«, sagte Antonia; ihre Stimme klang gramgebeugt von der Bürde, die Überbringerin einer solch schlechten Botschaft sein zu müssen. »Ich bin als Vermittlerin gekommen. Ich bitte Euch, kommt mit mir und sprecht mit Sabella und Rodulf.«

»Es macht mich traurig, dies zu hören«, erwiderte Constanze, ohne erkennen zu lassen, ob Antonia ihr Neuigkeiten verraten hatte. »Doch ich fürchte die Feindseligkeit von Sabella, aus Gründen, die Ihr kennen müßtet, und ohnehin verabscheue ich es, mein Volk« – sie machte eine Handbewegung, die die friedlich in der Mittagssonne daliegende Stadt umfaßte – »ohne den Schutz meiner Führung und Anwesenheit allein zu lassen.«

Agius hatte sich bisher im Hintergrund gehalten, verborgen von Antonias Geistlichen. Jetzt trat er vor. Das trostlose Schwarz seines Gewandes hob sich kraß von der helleren Kleidung seiner weltlicheren Brüder ab.

Constanzes Miene hellte sich auf. Sie wirkte erfreut. »Agius! Ihr überrascht mich.« Sie ließ Antonias Hände los und ergriff statt dessen herzlich die seinen, als wäre er ihr Bruder. Die so offensichtlich zur Schau gestellte Vertrautheit überraschte Alain. »Ich hatte nicht erwartet, ausgerechnet *Euch* in solcher Gesellschaft zu sehen.«

Alain konnte nur mit Mühe den Abscheu aus Constanzes Tonfall heraushören, den sie für diese Gesellschaft empfinden mußte. Wenn Antonia es ebenfalls gehört hatte, ließ sie es sich jedenfalls nicht anmerken. Sie strahlte die beiden freundlich an, wie es eine ältere Verwandte nun einmal tun mochte, die die Wiedervereinigung zweier verfeindeter Geschwister billigte.

»Ich reise dorthin, wohin mein Weg mich führt«, sagte Agius. Er wirkte hin und her gerissen zwischen seiner offensichtlichen Freude, Bischöfin Constanze wiederzusehen, und dem Dilemma, das so bedrohlich über ihm schwebte wie das tödliche Schwert über dem Nacken der Verdammten. »Ich folge dem Pfad, den Unsere Herrin vor meinen Füßen ausbreitet.«

»Und dieser Pfad führte Euch in Sabellas Lager?« fragte Constanze. Alain konnte nicht erkennen, ob Sarkasmus in ihrer Stimme mitschwang.

»Weltliche Betrachtungen führten mich in Sabellas Lager, Euer Gnaden.«

»Ich dachte, Ihr hättet Euch in dem Augenblick von den weltlichen Betrachtungen abgewandt, Frater Agius, als Ihr Euch geweigert habt zu heiraten und statt dessen das braune Gewand anlegtet.«

Er lächelte grimmig. »Die Welt ist noch nicht fertig mit mir, Euer Gnaden. Leider.«

»So ist es anscheinend immer, wenn wir doch nichts anderes wollen, als uns ehrerbietig Gott zu widmen.« Constanze faltete die Hände und neigte leicht den Kopf, als wollte sie mit dieser Geste bekunden, daß sie sich Gottes Willen unterwarf. Dann hob sie den Kopf wieder und blickte Agius direkt an. »Aber Gott in seiner Güte gab den Menschen eine Freiheit, die der der Engel gleicht. Denn ist es nicht so, daß die Sonne und der Mond und selbst die Sterne so befestigt sind, daß sie sich nur auf ihrem vorgeschriebenen Pfad bewegen können? Doch das ist anders bei denen, die von menschlichen Müttern geboren werden. Daher muß unser Verhalten an dem der Engel gemessen werden. Ob ein Mensch sich durch sein Verhalten Lob oder Tadel verdient, ist allein ihm zuzuschreiben.« Sie wandte sich an Bischöfin Antonia. »Stimmt Ihr mir da nicht zu, Euer Gnaden?«

Alain begriff sofort, daß diese Bemerkung die Funktion eines Speeres hatte, der mit Widerhaken versehen war: Die Waffe sollte tief eindringen, ohne jede Hoffnung, schmerzlos wieder herausgezogen werden zu können.

Doch Bischöfin Antonia wurde von einer undurchdringlichen Rüstung geschützt. Sie nickte. »Es ist so, wie Ihr sagt, Euer Gnaden. So urteilen Unser Herr und Unsere Herrin über unsere Taten, über das, was wir tun und das, was wir ungeschehen lassen.«

Agius antwortete nicht.

Bischöfin Constanze brach die Stille. »Nun, da wir uns auf der Straße getroffen haben«, fuhr sie fort, »bitte ich Euch, mit mir zu meiner Halle zurückzukehren, wo meine Leute Euch mit einem guten Mahl und dem Autun-Wein unterhalten können, wie es Euch gebührt.«

Agius bewegte sich heftig. »Ich bin hier, um Euch zu bitten«, sagte er rasch, »uns zu Sabellas Lager zu begleiten, wie Bischöfin Antonia bereits erklärt hat.«

»Sicher wäre es unklug von mir, mich in Sabellas Macht zu begeben, auch wenn ich selbst keine persönlichen Feindseligkeiten gegenüber meiner Schwester hege.«

»Ich ganz allein übernehme die Verantwortung, sollte Euch irgendein Schaden zugefügt werden, Euer Gnaden.«

»Ihr versprecht mir freies Geleit, Agius?«

»Ich verspeche, Euch sicher in Eure Stadt zurückzubringen, Euer Gnaden.«

Sie war verwundert, auch wenn sie es zu verbergen versuchte. »Dann werde ich zustimmen und mitgehen«, sagte sie. »Der Friede ist besser als der Krieg, wie schon der heilige Daisan sagte.«

»Ich werde mit Euch gehen«, fügte Agius hinzu, »und Euch zu Eurer Halle begleiten, damit Ihr zusammensuchen könnt, was immer Ihr für Sabellas Lager braucht.«

»Dazu besteht keine Notwendigkeit.« Bischöfin Constanze zuckte mit den Schultern und bedeutete ihren Bediensteten, ihr das Maultier zu bringen. »Ich bin mit meinem Glauben gerüstet, Frater Agius, wie alle, die ihr Leben Unserem Herrn und Unserer Herrin geweiht haben. Und das Vertrauen meines Bruders in mich gibt mir Stärke – wie er sie durch mein Vertrauen in ihn erhält.«

»Dann sollten wir also gehen.« Doch Agius zögerte, als den Bischöfinnen auf ihre Reittiere geholfen wurde. Er trat vor und nahm die Zügel von Bischöfin Constanzes Maultier aus den Händen ihrer Dienerin. »Aber sagte der heilige Daisan nicht auch, daß wer abweist, was angeboten wird, nur zu häufig zu den Bedürftigen zählt? Es ist bereits nach Mittag, und wenn wir jetzt aufbrechen, werden wir und die anderen von

Bischöfin Antonias Gruppe den ganzen Tag nichts zu essen bekommen haben.«

Nicht einmal Alain mußte lange raten, wie Bischöfin Constanze auf diese Aussage reagieren würde; sie war hoch erfreut, daß sie ihre Gastfreundschaft anbieten konnte. Tante Bel hatte oft gesagt: »*Und so urteilt Unsere Herrin über uns aufgrund unserer Großzügigkeit bei Tisch.*« Tante Bel war so bekannt für ihre Neigung, Reisende zu verpflegen, daß weniger großherzige Bewohner von Osna manchmal Gäste an sie weiterreichten. Sie hatte noch nie jemanden abgewiesen.

»Dann müssen wir natürlich nach Autun zurückkehren und dort speisen«, erklärte Constanze mit sichtlichem Vergnügen.

Sie kehrten nach Autun zurück; Agius hielt noch immer die Zügel von Constanzes Maulesel. Es war die größte Stadt, die Alain bisher gesehen hatte. Sie besaß eine steinerne Stadtmauer und eine Kathedrale aus Stein und Holz und so viele dicht aneinandergedrängte Gebäude, daß Alain sich wunderte, wieso die Leute, die hier lebten, nicht erstickten. Sie passierten rasch das Tor und marschierten eine breite Allee entlang, die mit Holzhäusern gesäumt war; der Stil, in dem sie erbaut waren, unterschied sich nicht sehr von den Langhäusern seines Heimatdorfes. Die Mauern der Halle der Bischöfin erhoben sich bis zu einer Höhe von drei Mann. Er hatte kaum Zeit, vor Überraschung die Luft anzuhalten, da wurden sie auch schon in das beeindruckende Innere geführt.

Er durfte neben dem großen Herdfeuer Platz nehmen und Brot essen, das so weiß und weich war, daß es mehr an eine Wolke erinnerte als an das, was er unter Brot verstand – schwere Laibe mit dicken, dunklen Krusten. Er durfte auch von dem Käse so viel essen, wie er wollte; niemals hatte er besseren gegessen. Außerdem gab es für ihn die Reste von Geflügel und Fisch, die einfache Mittagsmahlzeit der Bischöfin. Unterdessen kauten Rage und Kummer auf Schinkenknochen, an denen noch ordentlich Fleisch und Fett glänzten. Vermutlich hatte der arme Simplizius in seinem ganzen armseligen Leben nicht so viel Fleisch gegessen, wie die Hunde im Laufe der nächsten Stunde verschlangen. Es war schrecklich, mit solchem Vergnügen hier zu sitzen und zu essen, während Simplizius nicht einmal den Frieden eines richtigen Grabes besaß.

Doch Alain konnte sich nicht zurückhalten. Selbst bei seinem Dienst am Tisch von Graf Lavastin während des Besuches von Prinzessin Sabella und ihrem Gefolge hatte er kein Festmahl gesehen, das von solch beiläufiger Eleganz gewesen wäre. Aber die Bischöfin war ja auch immerhin die Schwester des Königs, ein Mitglied des königlichen Geschlechts. Die dunklen Stämme und die mit Wandteppichen behängten Wände, die geschäftigen Geistlichen und das feine Linnen, das auch der niedrigste Diener trug, erinnerten ihn daran, wie klein doch so ein Ort wie Osna war. Sicherlich waren Tante Bel und sein Vater Henri geachtete und wohlhabende Freie, etwas, worauf sie und ihre Kinder immer stolz sein konnten. Bel hatte Kinder durch Krankheiten verloren, niemals jedoch wegen Unterernährung – im Gegensatz zu so vielen anderen Familien. Doch wie er da in der Halle saß, selbst in der mit Asche verschmutzten Ecke beim Herdfeuer, schien dieser Stolz gering, verglichen mit dem großen Prunk, der im Dienste der Fürsten und Fürstinnen abgehalten wurde.

Er hatte keine Ahnung, worüber die wichtigen Persönlichkeiten sprachen. Er aß zuviel, und sein Bauch tat weh von dem reichhaltigen Essen, an das er nicht gewöhnt war. Der lange Weg zurück zu Sabellas Lager schien eine Ewigkeit zu dauern. Jeder Schritt war wie ein Stich. Er lehnte sich abwechselnd gegen Rage und Kummer, um das Gleichgewicht zu halten. Die Bischöfinnen ritten nebeneinander; keine wollte der anderen den Stolz des ersten Platzes überlassen. Agius, der sich offensichtlich entschieden hatte, seine Rolle als einfacher Frater – und nicht als Sohn eines Herzogs – beizubehalten, führte wieder Constanzes Maultier am Zügel.

Alain hoffte, es zum Lager zu schaffen, ohne sich am Wegrand übergeben zu müssen.

Nach einer Stunde begann er sich tatsächlich besser zu fühlen, zumal es an diesem Tag weder übermäßig warm noch kalt und der Wind wie eine angenehme Berührung auf seiner Haut war. Von ihnen allen sah nur Agius immer schlimmer aus, je mehr sie sich Sabellas Lager näherten.

Kundschafter rannten voraus. Als die Gruppe das letzte Roggenfeld überquerte, bevor sich das Lager auf einem mit gelegentlichen Baumgruppen gesprenkelten Stück Weideland vor ihren Augen ausbreitete, kamen ihnen Soldaten und andere aus dem Lager entgegen, um einen Blick auf die königliche Bischöfin zu werfen. Antonia und Constanze bildeten ein eindrucksvolles Paar: eine Kombination aus fröhlichem Alter und ernster Jugend. Es war ein seltener Anblick, wie die beiden Bischöfinnen nebeneinander ritten, und Alain wünschte plötzlich sehnlichst, daß Simplizius noch leben würde, um dies sehen zu können, denn er hatte alles geliebt, was hell und strahlend aussah – selbst wenn er es nur aus größerer Entfernung hatte betrachten können. Doch Antonia hatte dem Jungen den Tod gebracht. Wie konnte sie mit einem solch sanften Antlitz reiten, als würde ihr Gewissen von nichts belastet werden?

Aber hatte nicht Agius von dem inneren Herzen gesprochen? Wie pflegte Tante Bel immer zu sagen: »*Ein sanftes Antlitz verrät eine ruhige Seele.*« Das hatte Alain immer geglaubt. Jetzt war er sich nicht mehr so sicher. Wie konnte ein Mensch Handel mit Blut und dunklen Geistern treiben und dadurch einem unschuldigen, schlichten Jungen den Tod bringen, ohne daß sich auch nur ein einziges Anzeichen dieser schrecklichen Sünde auf dem Gesicht spiegelte?

Prinzessin Sabella wartete vor dem großen Zelt, über dem ihr Banner wehte. Ihre Tochter Tallia stand neben ihr; sie wirkte blaß in ihrem weizenkornfarbenen Seidengewand und schien zu frösteln. Herzog Rodulf und Sabellas andere Anhänger standen neben oder hinter ihr; Graf Lavastin in ihrer Mitte wirkte hölzern, als wäre jedes Leben aus ihm gewichen. Sabella unterließ es, vorzutreten und ihre Halbschwester zu begrüßen; sie wartete, daß Constanze abstieg und ihrerseits auf *sie* zuging.

»Schwester«, sagte Constanze sanft, »ich bringe Grüße. Es ist meine tiefe Hoffnung, daß wir die Unruhen beilegen können, die unsere Familie zerrissen haben.«

Sabella unterließ es, Constanze ihre Hände anzubieten, eigentlich ein Zeichen der Freundlichkeit und der Sicherheit. Statt dessen trat sie einen Schritt zurück und gab ihren Soldaten ein Zeichen. Sie schwärmten aus und bildeten einen Kreis um die zwei Frauen und ihr Gefolge. Antonia stieg ab und gesellte sich zu Sabella. Tallia starrte Constanze ernst an, als wäre die junge Bischöfin eine Erscheinung. Agius sank auf ein Knie, den Kopf geneigt, immer noch die Zügel von Constanzes weißem Maultier in der Hand.

»Du bist jetzt in meiner Hand, Constanze«, sagte Sabella mit der ausdruckslosen Stimme, hinter der sie ihre Gefühle verbarg – sofern sie überhaupt welche hatte. »Du bist meine Geisel, die Sicherheit dafür, daß Henry sich gut benimmt und mir meinen rechtmäßigen Anspruch zugesteht.«

Wie ein Reh, das beim plötzlichen Anblick des Jägers zusammenzuckt, riß Constanze den Kopf hoch und schaute ihre Halbschwester aus weiten Augen an, als wollte sie Reißaus nehmen. Aber natürlich war sie bereits umzingelt. Sie ließ die Hände sinken und faltete sie vor dem Bauch. Diese Geste erlaubte es ihr, die Fassung wiederzuerlangen.

»Ich bin betrogen worden«, sprach sie mit lauter, fester Stimme. Sie blickte jetzt Agius an, der sein Gesicht langsam zu ihr emporhob; es war leichenblaß. »Ihr habt mir sicheres Geleit versprochen, Agius. *Cousin.*« Sie sprach das Wort mit Nachdruck und Wut aus; es war eine Waffe, die verwunden sollte.

Agius schwieg.

»Er hat Euch doch auch sicheres Geleit gegeben«, schaltete sich Antonia ein. »Er begleitete Euch zurück in die Stadt, wo wir unser Fasten gebrochen haben. Dann kamen wir hierher, aber er hatte seine Pflicht bereits erfüllt. Er hat Euch nur für *eine* Reise sicheres Geleit versprochen.«

Constanze blickte Antonia nicht einmal an. »Ihr habt mich getäuscht, Agius. Das werde ich nicht vergessen.«

»Das sollt Ihr auch gar nicht«, erwiderte er mit rauher Stimme. Aber er blickte über sie hinweg zu Sabella. Alain war erstaunt, als ihm plötzlich das unterschiedliche Alter der beiden Frauen bewußt wurde: Sabella war alt genug, um Constanzes Mutter sein zu können; und das wäre sie sicherlich auch gewesen, hätte sie sich damals, auf der Nachfolge-Rundreise vor so vielen Jahren, als fruchtbar erwiesen. Statt dessen war der Thron an ihr vorbeigegangen. Tallia, die späte Frucht ihrer Heirat, wirkte wie das zerbrechliche Ried, aus dem man den Stab schaffen würde, der ihr die Autorität einer herrschenden Königin verleihen würde.

»Also, Prinzessin Sabella«, meinte Agius schroff, »damit ist meine Rolle in dieser Angelegenheit wohl beendet. Gebt meine Nichte frei, und laßt uns gehen, wie Ihr versprochen habt.«

»Wie ich versprochen habe, werde ich Eure Nichte in die Obhut der Bischöfin von Autun entlassen, der ich jetzt den Platz zurückgebe, der ihr unrechtmäßig durch einen Beschluß meines Bruders Henry genommen wurde, mit Zustimmung meiner Schwester Constanze.« Sie machte ein Zeichen, und eine alte, gebrechliche Frau humpelte zu ihr. Sie trug die Kleidung einer Bischöfin und das Abzeichen der Stadt Autun.

»Du willst dich den Wünschen Henrys widersetzen?« fragte Constanze. »*Ich* bin die Bischöfin von Autun.«

»Und mit welchem Recht hat Henry *diese* Frau von ihrem Platz entfernt?« Sabellas Ton klang sanft, war aber unnachgiebig. »Helvissa erhielt vor zwanzig Jahren von der Skopos den Bischofsstab. Henrys weltliche Autorität kann nicht die geistige Autorität aushebeln, die die Skopos in diesen Angelegenheiten besitzt. Ich gebe Bischöfin Helvissa lediglich ihren rechtmäßigen Platz zurück.«

Doch bei einem Blick auf die Frau, deren Hände vom Alter zitterten, konnte Alain sich kaum vorstellen, daß sie etwas anderes als lediglich eine Schachfigur in Sabellas Plänen war.

»Sie ist jetzt Mutter eines Frauenklosters«, sagte Constanze, »keine Bischöfin mehr. *Ich* wurde an –«

»Du wirst der Kirche in Zukunft als Diakonissin dienen, Schwester. Deine Wahl zur Bischöfin kann wohl für ungültig erklärt werden. Als Diakonissin wirst du unter meiner Aufsicht bleiben.«

Constanze schnappte nach Luft. Sie blickte wütend drein, sagte aber nichts.

Eine Dienerin trat mit dem kleinen Mädchen, Agius' Nichte, vor. Das Mädchen hatte den Gesichtsausdruck eines in die Enge getriebenen Tieres, das nur noch auf den Todesstoß wartet. Sie sah ihren Onkel und beugte sich zu ihm wie Schilf in der Brise, aber sie machte keine Anstalten, zu ihm zu rennen. Es war, als würden unsichtbare Fesseln sie bei denen halten, die sie gefangenhielten. Tränen rannen über ihr Gesicht, doch sie gab kein Geräusch von sich, wenn auch ihr Kinn bebte. Ein schlanker Halsreif glänzte in ihrem Nacken.

»Das Kind wird in die Obhut der Bischöfin von Autun zurückkehren«, sagte Sabella. Sie klang zufrieden mit sich und den Früchten ihres Plans. »Aber Ihr werdet mich nicht verlassen, Frater Agius. Ich könnte Euch möglicherweise noch benötigen.«

»Dann bleibt meine Nichte in Eurer Obhut.« Seine Stimme klang ruhig, vielleicht zu ruhig. Alain hatte ihn niemals so unterwürfig erlebt. Agius warf einen Blick auf das Mädchen und wandte sich dann ab. Das Kind unterdrückte ein Schluchzen.

Constanze kniete sich plötzlich hin und streckte die Hände aus. »Komm her, Kind«, sagte sie, doch es war mehr ein Befehl als eine Bitte. Das Kind sah seinen Onkel an, und als der kaum merklich nickte, schritt sie zögernd zu Constanze, bis diese ihr die Hände auf die Schultern legte. »Dies ist Ermengard, Tochter von Herzogin Liutgard und ihres Ehegatten Frederik von Avaria. Sie ist für die Kirche bestimmt.« Erst jetzt warf Constanze wieder einen Blick zu Sabella. »Selbst unsere Streitigkeiten dürfen nicht dem Willen Unserer Herrin und Unseres Herrn im Wege stehen. Laß einen meiner Geistlichen sie nach Autun zurückbringen, wo sie in der Obhut meiner Kastellanin bleiben kann, einer Frau von guter Geburt und Bildung.«

Agius stand mit geballten Fäusten daneben, den Blick unangenehm eindringlich auf seine Nichte gerichtet. Die neue Bischöfin stolperte; sie mußte von einem Diener gestützt werden.

»Ich werde zustimmen«, sagte Sabella schließlich. »Constanze, ich übergebe dich Bischöfin Antonia. Also gut.« Sie wandte sich an Herzog Rodulf. »Wir marschieren. Autun wird sich den Wünschen der rechtmäßigen Bischöfin fügen. Trotzdem lassen wir eine Garnison hier, um uns der Loyalität der Stadt zu versichern.«

Alain erhaschte plötzlich einen Blick auf Sabellas Ehegatten, Berengar, der mit einem Diener auf dem Boden vor Sabellas großem Zelt saß. Die beiden Männer – der Edle und der Diener – spielten Schach. Berengar lachte mit großem Genuß, er wieherte beinahe vor Vergnügen, stieß die Figuren des Dieners um und erklärte sich zum Sieger. Tallia zuckte zusammen. Bischöfin Antonia legte der jungen Frau beruhigend eine Hand auf die Schulter.

Es war vorüber. Das kleine Mädchen, Ermengard, verschwand in Begleitung der neuen Bischöfin von Autun. Constanze wurde unter Bewachung weggeführt, obwohl sie sich geweigert hatte, ihr Bischöfingewand, die Mitra und den Schal abzugeben, und niemand war mutig genug gewesen, ihr diese Dinge mit Gewalt abzunehmen.

»Ihr habt mich betrogen, Sabella«, sagte Agius schließlich.

»Es überrascht mich, Euch das sagen zu hören«, erwiderte Sabella. »Schließlich versprachen wir beide sicheres Geleit, und wir erfüllten unsere Versprechen. Ich halte das nicht für Betrug.«

»Aber ich.«

»Denkt darüber nach, Cousin. Würde Constanze in Autun bleiben, würde es Krieg zwischen ihren Leuten und meinen geben. Was für ein besseres Urteil gibt es als das, durch das Zwietracht beseitigt wird und Friede einkehrt?«

»Was für ein besseres Urteil? Das Unserer Herrin, die in unsere Seelen blickt und beurteilt, was sie dort sieht.«

Sabella wölbte eine Braue, das ausgeprägteste Mienenspiel, das Alain jemals bei ihr gesehen hatte. »Ich bin so, wie Ihr mich seht, Frater Agius. Danach müßt Ihr über mich urteilen.

Ich nehme an, Ihr werdet Euch in die Obhut von Bischöfin Antonia fügen.«

»Ich werde mich fügen, weil ich keine andere Wahl habe.«

»Dann gehört er Euch, Euer Gnaden«, sagte sie zu Antonia.

»Und dieser auch«, fügte Antonia hinzu. Zu Alains Entsetzen wandte die weißhaarige Bischöfin ihren Blick jetzt *ihm* zu.

»Wer?« Sabellas Blick schweifte umher, und erst nach einer Weile sah sie ihn mit einigem Erstaunen bei den Hunden, als hätte sie ihn zuvor gar nicht richtig wahrgenommen. »Er ist der Hundewärter, nicht? Ich erkenne Lavastins Hunde.«

»Nicht nur ein Hundewärter, denke ich«, sagte Antonia. »Ich wäre Euch dankbar, wenn Ihr ihn mir überlaßt.«

Sabella zuckte mit den Schultern. Sie erkundigte sich nicht einmal bei Lavastin, der ohnehin nicht mehr redete, es sei denn, man sprach ihn direkt an, und auch dann sprach er nur mit jener ausdruckslosen Stimme, die Alain an Sabella erinnerte. »Er gehört Euch.« Sie wandte sich ab; Herzog Rodulf und die anderen folgten ihr dicht auf den Fersen. Auch Tallia ging mit ihnen, warf aber noch einmal einen Blick über die Schulter zurück. Einen kurzen Augenblick trafen sich ihre Blicke: Ihre Augen waren von einem hellen Graublau, wie die Morgendämmerung eines wolkenlosen Tages. Dann folgte sie ihrer Mutter in das große Zelt.

Alain zitterte. Er wagte nicht, Antonia anzusehen. Sabellas Gleichgültigkeit seinem Schicksal gegenüber erschreckte ihn. So einfach wurde er beiseite geschoben. Außerhalb von Lavastins Lager kannte ihn niemand, und niemand kümmerte sich darum, was mit ihm geschah. Was, wenn Antonia vermutete oder sogar wußte, daß er die Ermordung von Simplizius mitangesehen hatte?

»Komm mit, Alain«, sagte die Bischöfin gewohnt freundlich. »Du wirst heute bei dem Mahl bedienen.«

Er zitterte. Sie erinnerte sich sogar an seinen Namen.

»Frater Agius, ich hoffe, Ihr seid nicht zu stolz, um ebenfalls zu bedienen.«

»Ich werde tun, was Ihr von mir verlangt.«

Doch Alain spürte den furchtbaren Schmerz unter den demütigen Worten.

Zusammen wurden sie zum Fluß begleitet, wo sie sich in Ruhe waschen konnten. Agius' Gesicht war inzwischen so ausdruckslos, daß Alain sich ernsthafte Sorgen um ihn machte. Doch der Frater sagte nichts. Er kniete am Ufer nieder und betete lautlos, während Alain sein Gesicht und die Hände säuberte, dann zögernd die Tunika auszog und sich Brust und Rücken wusch. Schließlich zog er sich ganz aus, denn er wußte nicht, wann er wieder eine solche Möglichkeit erhalten würde. Er ging zur tiefsten Stelle im Fluß, wo das Wasser ihm bis zur Hüfte reichte, holte tief Luft und tauchte unter.

Hustend und spritzend kam er wieder hoch, umgeben von einer wirbelnden Masse aus Hunden. Sie schwammen um ihn herum, ihre Schwänze peitschten gegen seine Haut. Rage stieß ihn immer wieder mit der Schnauze an, und Kummer schwamm auf die andere Seite des Flusses hinüber und schüttelte sich dort mit solcher Kraft, daß Alain Spritzer abbekam.

Unerwartet spürte Alain Freude in sich aufsteigen. Er lachte. Hatten Rage und Kummer ihn nicht zu ihrem Kameraden gewählt? Es schien unmöglich, daß Bischöfin Antonia ihm etwas antun konnte, solange die beiden Hunde ihn beschützten.

Er watete wieder zum Ufer. Agius betete immer noch. Soweit Alain gesehen hatte, hatte er nicht einmal seine Hände von den Augen genommen.

»Wascht Euch«, sagte Alain schließlich. »Es geziemt Unserer Herrin, daß wir gereinigt vor ihr erscheinen.«

Er war nicht sicher, ob Agius die Worte gehört hatte, und so schüttelte er seine Kleider so gut aus, wie es ging, und wartete, bis seine Haut wieder trocken war. Dann zog er sich an. Die Wachen warteten bereits ungeduldig darauf, ihre Schützlinge in die Obhut der Bischöfin zurückbringen zu können.

»Du hast recht«, sagte Agius plötzlich. Er zog das Gewand aus. Darunter, direkt auf der Haut, trug er ein rauhes Hemd aus Leinen und Pferdehaaren. Doch Alain bemerkte sofort, daß sein Bein an der Stelle, wo Kummer ihn gebissen hatte, schmutzig, rot und geschwollen war. Bevor Alain auch nur ein einziges Wort herausbringen konnte, hatte Agius schon sein Hemd ausgezogen.

Es verschlug Alain den Atem. Selbst die Wachen tuschelten ehrfürchtig und erschrocken miteinander.

Der harte Stoff hatte Agius Haut vollkommen wund gescheuert. An einigen Stellen eiterten offene Wunden.

»Tut das nicht weh?« flüsterte Alain. Er spürte den Schmerz wie Feuer auf seiner eigenen Brust, auf seinem eigenen Rücken.

Agius warf sich der Länge nach auf den Boden und ballte die Hände zu Fäusten. »Es ist das, was ich verdiene. Ich betrog die eine für eine andere, nur um herauszufinden, daß ich selbst betrogen wurde. Oh, Herrin, ich wollte nur dem Kind helfen, für die Liebe, die mich mit Frederik verband.«

»Aber Ihr habt das Leben Eurer Nichte doch sicherlich gerettet, nicht wahr?«

»Gerettet wovor? Sie bleibt in Sabellas Gewahrsam, denn es ist ein Geschöpf von Sabella, das jetzt als Bischöfin auf dem Platz von Constanze sitzt. Ich kann das Mädchen nicht einmal an einen sicheren Ort bringen, zur Burg ihrer Mutter oder zur Rundreise des Königs. Ich bete darum, daß der König von diesen Taten nur zu bald erfährt, denn es wird ihn sehr wütend machen.« Er sprach jetzt langsamer, schien jedes Wort zu genießen. »Der Zorn des Königs kann grausam sein.« Ein leichtes Stöhnen entschlüpfte ihm, das Geräusch einer trauernden Person. »Oh, Herrin. Ihr werdet hart über mich urteilen, wie ich es verdient habe. Ich schwor, der Welt zu entsagen und in Euren Dienst zu treten, und doch verfolgt die Welt mich und gewährt mir keine Gnade von ihrer schweren Bürde. Vergebt mir meine Sünden. Möge der Glaube an das tiefe Wissen über das Opfer Eures Sohnes mir einen gewissen Frieden schenken.«

So fuhr er fort und widmete sich wieder seinen Gebeten. Die Wachen murmelten; sie lauschten und sahen zu.

Alain wußte nicht, was er tun sollte. Auf merkwürdige Weise erinnerte Agius ihn an das mitleiderregende *Guivre*: verwundet und leidend in einem Käfig, den andere geschaffen hatten. Doch das *Guivre* war für sich gesehen kein bemitleidenswertes Wesen; es hatte etwas Wildes und schrecklich Erhabenes, etwas, das es von den Belangen der Menschen trennte.

Nach einer Weile kamen die Hunde näher, stießen mit ihren Schnauzen an Agius ausgestreckten Körper. Der Frater reagierte nicht. Vielleicht hoffte er in diesem Augenblick, daß sie ihn in Stücke reißen würden und es dann mit ihm vorbei wäre. Doch statt dessen leckte Kummer die Wunde an seinem Bein, und Rage leckte die Verletzungen am Rücken.

Alain bemerkte, daß Agius still in sich hineinweinte. Er kniete nieder und flüsterte ihm beruhigende Worte zu, wie er es getan hatte, wenn Tante Bels jüngste Tochter Agnes aus einem fürchterlichen Alptraum erwacht war.

Schließlich gestattete Agius, daß Alain ihm beim Aufstehen half, ihn ins Wasser führte und wusch.

Aber in dieser Nacht aß Agius nicht und auch nicht am

nächsten Tag, als sie weitermarschierten und Autun hinter sich ließen. Erst am Abend gelang es Alain, ihn dazu zu bewegen, wenigstens ein Stück altes Brot zu essen, das sich kaum noch für einen Bettler geeignet hätte.

Da sie immerzu beobachtet wurden, kam auch dies sofort Bischöfin Antonia zu Ohren. Sie nahm Alain am nächsten Morgen beiseite und dankte ihm freundlich dafür, daß er sich um Frater Agius kümmerte.

»Auch wenn er der Ketzerei anhängt«, sagte sie sanft, »hoffe ich dennoch, ihn wieder zur Vernunft bringen und in die Kirche zurückführen zu können.«

Doch Alain fürchtete, wenn er in Agius' stilles, starres Gesicht blickte, daß der Frater sich eine andere, schreckliche Idee in den Kopf gesetzt hatte, daß er etwas Unüberlegtes, etwas Gefährliches vorhatte. Agius betete unaufhörlich, selbst beim Gehen. Bei jedem Halt sprach er zu einer immer größer werdenden Masse von Neugierigen von der Erlösung des heiligen Daisan, durch dessen Opfer wir von unseren Sünden erlöst werden.

IV

Der Hunger einer Maus

1

»Ruhen wir uns etwas aus«, meinte Rosvita zu ihrer Eskorte, als der Pfad aus dem Wald herausführte und auf den Grat stieß. Sie deutete auf einen Baumstamm, der so auf dem Boden lag, daß er wie eine Bank zu benutzen war. Von diesem einfachen, aber durchaus brauchbaren Sitz aus konnte man das Tal überblicken, das sich weiter unten erstreckte – die aus Gips und Holz errichteten Gebäude von Kloster Hersford, das große Gut und die verschiedenen Dörfer, die sich wie Reben am Hers entlangrankten.

Sie fragte sich einen Augenblick, ob ein Magnat wie Helmut Villam es womöglich für unter seiner Würde halten würde, auf einer solch bescheidenen Sitzgelegenheit Platz zu nehmen. Sie jedenfalls setzte sich hin, und nach einer Weile reichte er seinem Sohn die Zügel seines Pferdes und tat es ihr gleich.

Der rauhe Wind, der über den Kamm blies, trug den schwachen Klang von Hörnern zu ihnen. Weiter unten sahen sie den König und sein Gefolge aus einer kleinen Waldgruppe herauskommen; leuchtende Fahnen kündigten die Gruppe an.

Jetzt befand sich auch eine weiße Flagge mit einem roten Adler unter all den anderen – vertrauteren – Bannern. Herzogin Liutgard von Fesse war erst am Tag zuvor im Kloster eingetroffen. Hersford lag an der Grenze zwischen den Herzogtümern Saony und Fesse, und es entsprach dem Brauch, daß die herrschende Herzogin den König durch ihr Gebiet begleitete. Liutgard war schon sehr jung Herzogin geworden, und vielleicht war es ihre Jugend, die sie so strikt an den alten Formen festhalten ließ.

»Ich fürchte, Ihr habt die Jagd verpaßt«, meinte Rosvita. Welche Intrigen würden wohl während der heutigen Jagd gesponnen werden? Intrigen, deren Früchte – ob zum Guten oder zum Schlechten – erst in vielen Monaten geerntet würden.

Villam hustete; sein Gesicht war noch gerötet von der Anstrengung, die ihm der Marsch auf den Berg bereitet hatte. Da er ein großer und schwerer Mann war, hatte er das Pferd nicht geritten, sondern am Zügel geführt, um ihm den letzten, steilen Aufstieg zu erleichtern. »Es ist immer Jagd, Schwester Rosvita. Nur die Art der Beute ist unterschiedlich.«

»Glaubt Ihr, daß König Henry es ernst meint? Daß er wirklich sein unrechtmäßiges Kind über die anderen – rechtmäßigen – erheben will?«

Villam lächelte leicht spöttisch. »Ich bin kein unvoreingenommener Beobachter in dieser Sache. Wenn König Henry tatsächlich – gegen jede Tradition – Sanglant zu seinem Erben ernennt, müßte doch wohl *ich* ein direktes Interesse daran haben, Sanglants Erhebung voranzutreiben, oder nicht?«

»Wieso solltet Ihr?« fragte sie und überlegte sogleich, ob er jetzt wohl offen aussprach, wovon die meisten Leute überzeugt waren: daß er ruhig zugesehen hatte, als seine älteste Tochter, Waltharia, eine monatelange Affäre mit dem charmanten Sanglant gehabt hatte, die schließlich mit ihrer Schwangerschaft und der darauffolgenden Vermählung mit einem stämmigen, jungen Mann von edler Geburt und angenehmem Benehmen geendet hatte.

Doch Villams einzige Antwort bestand in einem wissenden Lächeln. Sein Sohn Berthold stand dicht genug bei ihnen, um ihre Unterhaltung verfolgen zu können, und er grunzte amüsiert. Etwas, das sie sich merken sollte, dachte Rosvita: Dieser Junge besaß nicht nur unbestrittene Fähigkeiten im Umgang mit den Waffen, sondern auch den ironischen Witz seines Vaters – und er strotzte nur so vor Liebenswürdigkeit.

»Ich denke«, sagte Villam plötzlich, »der König sollte sich zu einer Heirat entschließen. Königin Sophia ruht jetzt seit beinahe zwei Jahren in der Kammer des Lichts, und die Nonnen haben schon an zwei Bußtagen Gebete zu ihrem Andenken gesungen. Der König ist stark, aber es gereicht einem Mann immer zum Vorteil, sich mit einer Frau zu verheiraten, die ihm an Klugheit und Mut gleicht und seine Stärke noch erhöht.«

Rosvita warf einen flüchtigen Blick auf Berthold, der offensichtlich bemüht war, ein Lachen zu unterdrücken. Selbst unter den großen Fürsten war Villams Schwäche für gutgebaute junge Konkubinen bekannt, und so war es gut zu verfolgen, daß seine Kinder ihm mit Nachsicht begegneten, obwohl sie von diesem Fehler wußten. Sie seufzte. Seit König Henry sie mit diesem Auftrag betraut hatte, war ihr klar, daß sie mehr und mehr in die Intrigen hineingezogen werden würde, die eine ständige Begleiterscheinung der gewaltigen Kavalkade waren, die mit der Rundreise des Königs herumzog. Die Aussicht stimmte sie alles andere als froh.

Sie würde nur davon abgehalten werden, ihre *Geschichte* zu schreiben.

»Er muß eine wohlüberlegte Wahl treffen, wenn er noch einmal heiratet«, erwiderte sie, sich ins Unvermeidliche fügend.

»*Sobald* er wieder heiratet. Henry ist ein zu kluger Mann, um unverheiratet zu bleiben, und ich bin sicher, daß er sofort zugreifen wird, wenn sich eine aussichtsreiche Verbindung ergibt. Henry ist ein Mann wie jeder andere.« Villam strich sich über den grauen Bart, während er zusah, wie Hunde und Reiter in einem anderen Wäldchen verschwanden. Auf seinem Gesicht lag wieder das gewohnte freundliche Lächeln, doch auch eine gewisse Zurückhaltung, und sein Blick war in die Ferne gerichtet, als er das Wäldchen weiter unten betrachtete, die stummen Bäume, zwischen denen die Jagdgruppe verschwunden war. »Ein Mann wie jeder andere. Abgesehen davon, daß er nur den einen Bastard hat und keinen zweiten will. Niemand kann die Frömmigkeit des Königs in Frage stellen.«

»Allerdings nicht«, pflichtete sie ihm eilig bei. Das stimmte sicherlich.

»Aber es ist nicht Frömmigkeit, was *ihn* von diesem Weg abhält.«

»Ihr behauptet also, daß die Erinnerung und nicht die Frömmigkeit ihn davon abhält, eine Konkubine zu nehmen. Die Ereignisse, auf die Ihr Euch bezieht, geschahen, als ich noch als Novizin in Korvei war. Glaubt Ihr, er liebt die Frau noch immer?«

»Es ist keine *Frau*. Ich bin nicht sicher, ob ich es Liebe nennen würde. Verzauberung wohl eher. Ihr solltet wissen, Schwester Rosvita, daß sie sich aus dem Rest von uns nicht das geringste machte.« Wieder huschte ein spöttisches Grinsen über seine Lippen. »Und ich sage das nicht nur, weil ich ein eitler Mann bin und mich womöglich darüber ärgere, daß sie mein Interesse an ihr nicht erwiderte. Sicher, sie war wunderschön. Sie besaß aber auch eine Arroganz, die Kaiser Taillefers selbst würdig gewesen wäre, wenn er – wie sie – von den Himmeln herabgestiegen wäre und unter uns geweilt hätte. Wir waren Luft für sie. Ihre Gleichgültigkeit uns gegenüber war so umfassend, wie unsere gegenüber –« Er fuhr mit einer Hand über die glatte Oberfläche des Baumstamms, den Wind, Regen und Sonne längst von seiner Rinde befreit hatten. Er hob ein winziges Insekt auf, hielt es in ihre Richtung und ließ es über seine Fingerspitzen krabbeln. Dann schnippte er es beiläufig weg. Es verschwand im Gebüsch. »– diesen geringsten Geschöpfen Unseres Herrn und Unserer Herrin. Vielleicht war es doch nur die Eitelkeit eines Mannes, aber ich hatte immer das Gefühl, daß sie ihm keinerlei Zuneigung entgegenbrachte, daß sie nur etwas von Henry wollte. Ich habe niemals herausgefunden, was es war.«

»Nicht das Kind?«

»Wenn es das Kind gewesen wäre, warum hätte sie es dann zurücklassen sollen? Der Kleine war gerade erst zwei Monate alt. Nein.« Er schüttelte den Kopf. »Vielleicht wurde sie plötzlich von einem Wahn befallen, und das war alles. Vielleicht war auch gerade – wie bei den Tieren auf dem Feld – ihre Zeit, und Henry war nur der Bulle, der gerade greifbar war. Vielleicht denkt ihr Volk aber auch gar nicht so wie wir, und wir können daher nicht hoffen, ihre Handlungen und Ziele jemals zu verstehen. Oder aber, wie einige flüstern, es wirken im Hintergrund Mächte, von denen wir keine Ahnung haben.« Er zuckte mit den Schultern. »Sanglant ist stark und mutig, außerordentlich geschickt in der Kriegskunst, großherzig, loyal und stolz. Aber er ist immer noch ein Bastard, und er wird auch immer ein Bastard bleiben.«

»So sind wir also wieder bei dem angekommen, weswegen wir hier sind. Ich habe mich genug ausgeruht, Herzog. Wollen wir weitergehen?«

Er nickte zustimmend. Sein Sohn reichte ihm die Zügel seines Pferdes, und Rosvita nahm ihren Wanderstock wieder in die Hand. Man hatte ihr einen Maulesel angeboten, doch sie zog es vor, einen Eremiten von solcher Heiligkeit in der bescheidensten Weise aufzusuchen, die ihr möglich war – in der gleichen Weise, in der sich auch St. Thekla dem heiligen Daisan genähert hatte, als sie zum ersten Mal zu ihm gekommen war und darum gebeten hatte, seine Schülerin werden zu dürfen.

Sie gingen weiter. Tatsächlich hatte sie den Auftrag mehrere Tage aufgeschoben, in der Hoffnung, daß Henry seine Meinung ändern und sie nicht dorthin schicken würde. Aber er hatte seine Meinung nicht geändert. Sympathie für Bruder Bardos mißliche Lage hatte sie schließlich umgestimmt: So lang die Rundreise des Königs im Kloster Hersford blieb, mußte der Abt sie ernähren. Hersford war wohlhabend, aber nicht reich genug, um das Gefolge des Königs noch viel länger zu beherbergen.

Der breite Fußweg verengte sich bald zu einem schmalen, unkrautbewachsenen Pfad, der sich durch das Unterholz wand und immer wieder zwischen kleinen Baumgruppen hindurchführte. Sie mußten hintereinander gehen und wurden von zurückschnellenden Zweigen behindert. Rosvita, die als erste ging, entschuldigte sich mehr als einmal bei Villams Sohn für ihre Unachtsamkeit, wegen der ihm ein Zweig genau gegen den Kopf schnellte. Doch Berthold beklagte sich niemals. Es war ein ruhiger Tag, wenn auch schwül und drückend, voller Verheißung für einen schönen Sommer.

Entgegen Rosvitas Vermutung war die Bergspitze nicht von

dem gleichen, dichten Wald bedeckt, durch den sie aufgestiegen waren. Plötzlich führte der Pfad hinaus ins grelle Sonnenlicht auf ein ebenes Feld. Große, umgestürzte Steine lagen herum, und die einzeln stehenden jungen Bäume und das dichte Unterholz kennzeichneten diesen Platz als einen Ort, der ehemals bewohnt gewesen war. Jetzt lag er jedoch verlassen da, und der Wald eroberte sich immer mehr zurück, was ihm einst gehört hatte. Vier üppig mit Gras und Blumen bewachsene Erdwälle erhoben sich auf der Lichtung.

»Ich wußte gar nicht, daß die alten Dariyaner auch auf solch hohen Bergen gebaut haben«, sagte Villam. Er war offensichtlich überrascht, hier Ruinen vorzufinden.

Rosvita wagte sich weiter auf die Lichtung hinaus. Sie stieß gegen einen Stein, der im hohen Gras verborgen war. Der Steinblock war grau und verwittert. Früher hatte er Bilder oder Worte getragen, doch sie waren im Laufe der Zeit verblaßt. Flechten wuchsen in den Kerben und Spalten, so daß es ihr nicht möglich war zu entziffern, was die schon längst verblichenen Erbauer einst in den Stein gemeißelt hatten. Sie tastete den Monolithen mit den Händen ab, zupfte Gras beiseite. Der Steinblock war gewaltig, doppelt so groß wie sie, obwohl er jetzt der Länge nach auf dem Boden lag. Neben seiner Grundfläche war noch die Stelle zu sehen, an der er einst im Boden gesteckt hatte. Jetzt wuchs ein dichtes Gewirr aus Nesseln in dem Loch.

»Ich glaube nicht, daß es sich hier um eine dariyanische Ruine handelt«, sagte sie zu Villam, als er und sein Sohn zu ihr traten. »Seht, wie verwittert diese Inschriften oder Bilder sind. Diejenigen, die uns von den Dariyanern hinterlassen wurden, können wir gewöhnlich erkennen. Außerdem haben die Dariyaner ihre Festungen normalerweise rechteckig angelegt. Doch schaut Euch das an.«

Sie wandte sich um und ließ ihren Blick über die Lichtung schweifen. Auf den Steinblock bezogen, erhoben sich die vier Erdwälle jeweils in gleicher Entfernung und im gleichen Winkel. Die Anlage war von Wald umgeben – hohen Bäumen, die jede Sicht auf das dahinterliegende Land behinderten.

»Es sieht so aus, als hätten die anderen Steine im Kreis um diesen herumgestanden. Und alle waren umgeben von Erdwällen. Das ist nicht das Werk von Dariyanern.«

»Wessen Werk ist es dann?« fragte Villam. Er keuchte noch immer. »Riesen müssen diese Steine hier hochgeschleppt haben. Der Berg ist zu steil und zu hoch, als daß es Pferde gewesen sein könnten.«

»Und so groß, wie diese Bäume sind«, fügte Berthold hinzu, der ganz offensichtlich tief beeindruckt von den Ruinen war, »diente diese Anlage auch nicht als Festung. Man kann nichts von dem Land dahinter sehen.«

Rosvita betrachtete die Erdwälle und die Baumreihe. »Ich habe eine Idee.« Sie schlug mit ihrem Wanderstab das Unterholz beiseite und bahnte sich einen Weg über die Lichtung zu einem der Erdwälle. Berthold folgte ihr, während Villam zurückblieb. Er rang noch immer nach Luft. Die Soldaten hatten die Pferde zum Grasen beiseite geführt. Als sie weiterschritt und immer stärker die Gegenwart der alten Steine um sich herum spürte, ahnte sie plötzlich, daß die Soldaten sich vermutlich nicht recht trauten, den alten, zerfallenen Steinring zu betreten.

Denn genau das war er. Ein Ring der Riesen, wie manche derartige Ruinen auch nannten; elf Kronen hießen sie bei anderen. Einige behaupteten, sie wären die Zähne von Drachen, die eingeschlafen waren und sich im Sonnenlicht zu Stein verwandelt hatten. Und dann gab es welche, die behaupteten, daß andere Geschöpfe hier gelebt und gewohnt hätten, noch bevor die Aoi – die Verlorenen – Dariya dem Angriff des Bwrvolkes und ihrer menschlichen Verbündeten aus dem Osten überlassen und sich zurückgezogen hatten: Riesen wären es gewesen; oder die halbmenschliche Brut von Drachen; oder die Abkömmlinge von Engeln. Es hieß, daß die Kraft und das Wissen dieser Geschöpfe für die Menschheit für immer verloren wären; ebenso wie der Zusammenbruch des Dariyanischen Kaiserreiches etwa vierhundert Jahre zuvor die Menschen, die das Unheil überlebt hatten, nur mit Bruchstücken jenes Wissens und jener Weisheit zurückließ, die in dem großen Bündnis von Elfen und Menschen – dem Dariyanischen Kaiserreich – einst eine gewaltige Blüte erlebt hatten.

Mit Hilfe ihres Stockes kletterte Rosvita auf einen der steilen Erdwälle – auf den westlichsten, wie sie anhand der Position der Sonne und der Schatten erkannte. Ihre Gewänder störten beim Gehen, und immer wieder war sie unter gereizten Grunzlauten damit beschäftigt, sie daran zu hindern, sich um ihre Füße zu wickeln oder in den Büschen hängenzubleiben. Berthold folgte ihr nicht weiter hinauf. Statt dessen umrundete er den Erdwall, schlug gegen Steinbrocken und schob mit dem Griff seines Messers Gebüsch beiseite.

Schwer atmend und mit hochrotem Gesicht kam Rosvita oben an. Sie wirkte zufrieden. Tatsächlich konnte man von den Erdhügeln aus – wie sie vermutet hatte – über die Bäume hinwegsehen, auch wenn sie nicht bis ins Tal hinunterblicken konnte, sondern vielmehr auf andere Berge und den Himmel sah. Aber sie hatte von ihrem Platz aus einen guten Blick auf die Lichtung und konnte die Abdrücke sehen, die die umgefallenen Steine im dichten Unterholz hinterlassen hatten; sie schienen im Kreis angeordnet gewesen zu sein.

»Seht her!« rief Berthold plötzlich aufgeregt. Er stand unten an der Grundfläche des Walls auf der dem Steinkreis abgewandten Seite. Sie stieg vorsichtig wieder hinunter und kam gleichzeitig mit seinem Vater bei ihm an.

Der Junge hatte vor Aufregung rosige Wangen. »Ich habe schon zuvor alte Erdwälle gesehen. Auf den Gütern meiner Mutter, am Ufer des Auras, gibt es eine ganze Gruppe. Es gibt auch immer eine Öffnung, eine Art Durchgang. Und jetzt seht her. *Hier.*« Er hatte mit Hilfe eines kräftigen Stocks eine Steinplatte beiseite gestemmt. Rosvita kniete sich hin und blinzelte in die dunkle Öffnung, die so schwarz wie Tinte war. Es roch nach Luft, die lange Zeit eingesperrt gewesen war. Rosvita bebte und wich zur Seite. Jetzt nahm Berthold mit all der Begeisterung seiner Jugend ihren Platz ein und vergrößerte die Öffnung etwas.

»Hältst du das für klug?« fragte Villam plötzlich.

»Ich bin schon mal in einem anderen gewesen.« Berthold hatte seinen Oberkörper bereits in das Loch geschoben, so daß seine Stimme gedämpft klang. »Es war nichts weiter darin als eine einfache Kammer mit ein paar alten Knochen und zerbrochenen Töpfen. Und Dreck.«

Villam schlug den Kreis der Einigkeit über seiner Brust. »Ist das die Art, die Überreste der Toten zu achten?« fragte er. »Jedenfalls solltest du, wenn du dich schon mit solchen –« Er brach ab.

»Ach was!« widersprach Berthold empört und tauchte wieder auf. »Es ist zu dunkel, und wir haben keine Fackel. Selbst wenn ich da hineinklettern könnte, würde ich schon bald nichts mehr sehen, denn da vorn macht der Gang eine Biegung. Aber ich könnte morgen oder übermorgen wieder hierherkommen, zusammen mit einigen meiner Männer und Fackeln.« Er warf seinem Vater über die Schulter einen Blick zu und verzog den Mund zu einem süßlichen Grinsen. »Mit deiner Erlaubnis natürlich, Vater.«

»Um die Wesen darin zu stören, welche auch immer es sein mögen?« Villam war entsetzt.

Rosvita mußte ihm zustimmen; sie nickte. Man sollte das alte Grab, wenn es denn ein Grab war, besser in Ruhe lassen. Doch Berthold war vollkommen von der lebhaften Begeisterungsfähigkeit der Jugend erfüllt. Er war aufgeregt und wirkte hoch erfreut.

»Glaut Ihr das etwa?« fragte er. »Nein. Sollten hier alte Zauber gewirkt haben, haben sie sich sicher schon seit langem zur Ruhe begeben. Aber es könnte ein Schatz darin sein!«

»Sicher.« Villam wandte sich angesichts der Erregung seines Sohnes flehentlich an Rosvita. »Glaubt Ihr nicht auch, daß es besser wäre, die Toten in Ruhe und ungestört zu lassen, wenn sie uns nicht selbst zu sich rufen?«

»Ich weiß nicht viel über Zauberei, Herzog. Für die Studien der verbotenen Künste sind eher die Schwestern von St. Valeria bekannt. Wir von Korvei haben dagegen viel Zeit mit unseren Chroniken verbracht. Doch man sollte den Verdacht, daß Zauberei im Spiel ist, nie auf die leichte Schulter nehmen – mag es die der Lebenden oder die der Toten sein.«

Sie sprach ernst und feierlich, hoffte, Eindruck auf den jungen Mann zu machen, doch Berthold nickte nur gehorsam und ging davon, um die anderen Erdwälle zu erkunden.

Villam seufzte. »Er ist ein guter Junge. Aber zu neugierig, und ihm fehlt die Umsicht.«

»Wir werden Kloster Hersford schon bald verlassen, Herzog. Ich werde versuchen, ihn bis dahin im Auge zu behalten.«

»Ich danke Euch.«

Als sie dem jungen Mann nachsah, wie er durch das hohe Gras schritt, blieb ihr Blick am Waldrand hängen. Und da sah sie es, sah sie den Pfad. Es war nicht viel mehr als eine Lücke zwischen den Bäumen, aber sie paßte zu den wenigen Anweisungen, die Vater Bardo ihr gegeben hatte. *»Ihr müßt dem Pfad der Tiere folgen, der von der Spitze des Hügels ausgeht. Zumindest sagte man mir das.«* Vater Bardo hatte es also offensichtlich noch nicht einmal für nötig gehalten, das bekannteste heilige Mitglied seines eigenen Klosters auch nur ein einziges Mal zu besuchen. Doch Vater Bardo liebte die Bequemlichkeit sehr und schätzte es gar nicht, auf die luxuriösen Annehmlichkeiten des Klosters verzichten zu müssen.

Sei nicht so stolz, Rosvita, schalt sie sich, *sonst könnte man mit der gleichen Härte über dich urteilen, mit der du über andere urteilst.*

»Da ist unser Weg«, sagte sie und wandte sich dem Wald zu.

Doch als sie dem Erdwall mit dem kleinen, tiefschwarzen Loch den Rücken kehrte, kam es ihr vor, als würde sie beobachtet.

Sie wirbelte herum. Sofort verschwand der Eindruck von der Anwesenheit eines unsichtbaren Wesens. Jetzt war es wieder nichts weiter als ein zugewachsener Erdwall mit einem Durchgang, der von Steinplatten verdeckt war.

Villam hatte einen seltsamen Ausdruck im Gesicht. »Ich hatte gerade ein merkwürdiges Gefühl«, sagte er und schüttelte sich. »So als hätte sich etwas an mich geklammert und versucht herauszufinden, was ich bin – ähnlich wie ein blinder Mann, der nach dem greift, was vor ihm liegt, weil er es nur mit den Fingern sehen und erkennen kann.«

»Laßt uns diesen Ort verlassen«, meinte Rosvita.

»Ich hole meinen Sohn«, sagte er. »Wir treffen uns am Pfad.«

Er eilte davon. Vorsichtig wandte sie dem Erdwall wieder den Rücken zu. Erneut spürte sie diese unsichtbare Gegenwart, doch diesmal etwas gedämpfter, so als würde sie eine gewisse Entfernung einhalten. Doch sie benötigte ihre ganze Entschlossenheit, um auf den Pfad zuzugehen, ohne einen Blick über die Schulter zurückzuwerfen.

Sie traf Villam, Berthold und die Soldaten an dem Pfad, der kaum mehr war als eine etwas weniger dicht bewachsene Stelle im Unterholz. Er führte in den Wald hinein, doch es dauerte kaum mehr als einhundert Schritt den Abhang hinunter, da stießen sie schon auf ein Felsstück. Eine Quelle entsprang einer Spalte. Im Schutz der Bäume und der Felsen stand eine winzige Hütte. Die Außenwände waren frisch vergipst. Moos wuchs auf dem Dach und schien die Hütte in ein grünes Kleid zu hüllen.

Sie spürte den Wind, der durch die Bäume strich, hörte das Rauschen, mit dem die Zweige sich an den Felsen rieben, das Rascheln der kleinen Tiere, die beim Geräusch des Pferdegetrappels schnell davonhuschten, das Zwitschern der Vögel hoch oben in den Wipfeln der Bäume.

Auf der Lichtung mit den umgestürzten Steinen war es unnatürlich still gewesen; dort hatte es keine anderen Geräusche gegeben als die, die sie selbst verursacht hatten.

Hier war es ruhig, aber nicht lautlos. Villam und seine Männer hielten respektvoll Abstand, als Rosvita sich der Hütte näherte. Eine aus einem Baumstamm gehauene Bank stand davor, und die Tür bestand aus zusammengebundenen Ästen. Sie hatte keinen Riegel. Dafür war unten an der Tür eine kleine Öffnung von der Länge und Breite ihres Unterarms angebracht.

Sie kniete sich hin und sprach mit sanfter Stimme:

»Bruder Fidelis. Ich bin Rosvita von Korvei. Ich bin gekommen, um Euch um ein Gespräch zu bitten.«

Nichts. Keine Antwort, kein Geräusch drang aus der Hütte. Deren Proportionen waren so unglücklich, daß es Rosvita unvorstellbar erschien, wie sich ein Mensch hier jemals wohl fühlen könnte – an keiner Stelle konnte man aufrecht stehen, nirgendwo sich ausgestreckt hinlegen.

»Bruder Fidelis?«

Wieder nichts.

Sie fürchtete plötzlich, daß er tot sein könnte. Was nicht einmal so schrecklich gewesen wäre – vorausgesetzt, der alte Einsiedler wäre friedlich beim Meditieren gestorben und von den Engeln zur Kammer des Lichts emporgetragen worden. Sicherlich eine Enttäuschung für sie, denn sie hatte gehofft, eine ganze Menge von ihm erfahren zu können. Sie lächelte reuevoll, sich durchaus der Tatsache bewußt, daß ihr Hunger nach Wissen ihr Herz in Unruhe versetzte und dafür sorgte, daß sie sich der Betrachtung der Gnade Unserer Herrin und Unseres Herrn nicht immer so widmete, wie sie eigentlich sollte.

Immer noch kein Geräusch. Wenn nun dieses *Etwas* vom Erdwall ihn geholt hatte? Wenn hier auf dem Hügel irgendein *Etwas* lebte, ein altes *Etwas*, das Gesellschaft nicht gewohnt war und eifersüchtig darauf achtete, daß es ungestört blieb, alles hassend, was sich noch immer voller Vertrauen im hellen Tageslicht aufhielt?

Aber dann hörte sie ein schwaches Rascheln.

»Bruder Fidelis?«

Seine Stimme klang wie das Wispern der Blätter, die vom Wind über den Boden gewirbelt wurden. »Lest mir etwas aus Eurer neuen Arbeit vor, aus dieser Geschichte über das wendische Volk, an der Ihr gerade arbeitet, Schwester Rosvita.«

»Ich habe sie nicht bei mir«, erwiderte sie verblüfft auf seine Bitte.

»Ich bin beschämt über meine Neugier.« Sie hörte Erheiterung in seiner trockenen, ruhigen Stimme – und einen Hauch von salianischem Akzent in der Art, wie er wendische Wörter aussprach. »Aber es war schon immer so, daß mein Herz Frieden suchte, während mein Verstand noch ruhelos war.« Sie lächelte, und als hätte er dieses Lächeln gesehen, fuhr er fort: »Ich nehme an, Euch geht es genauso, Schwester. Aber sicherlich seid Ihr nicht gekommen, um meine Beichte zu hören.«

Dies überraschte sie sogar noch mehr. »Möchtet Ihr denn eine Beichte ablegen, Bruder? Natürlich höre ich Euch an, wenn Ihr über etwas sprechen wollt.«

»Ich bin voll der Sünde, wie wir alle, die auf der Erde wandeln. Ich war stets ein treuer Sohn der Kirche, und dennoch war mein Herz Unserer Herrin und Unserem Herrn nicht immer treu. Teufel erschienen mir und versuchten mich zu verführen.«

Die Tür aus zusammengebundenen Ästen starrte ihr entgegen, enthüllte nichts weiter als das glatte Kleid des im Laufe der Zeit abgenutzten Holzes. In diesem Augenblick wünschte sie sich nichts sehnlicher, als zu erfahren, in welcher Verkleidung die Teufel erschienen waren, die Bruder Fidelis in Versuchung geführt hatten. Er war so alt wie Mutter Otta, hatte bereits mehr als neun oder zehn Jahrzehnte hinter sich, wie man sich im Kloster Hersford erzählte. Aber es war nicht üblich, daß eine Frau einem Mönch die Beichte abnahm; dies wurde von einem männlichen Geistlichen oder von einem der Brüder übernommen. Die meisten Mönche wandten sich vollkommen von der Welt ab und damit auch von der Fürsorge der Diakonissinnen.

Bruder Fidelis, der irgendwo in der Hütte saß, hustete; ein kratzendes Geräusch, das sich um so schlimmer anhörte, weil es ihn viel Anstrengung zu kosten schien. »Wir sind uns sehr ähnlich, Ihr und ich«, meinte er schließlich, als er sich wieder beruhigt hatte. »Ich weiß, was Ihr denkt, denn ich würde das gleiche denken, wäre ich da draußen, und Ihr wärt hier drinnen. Ich habe jetzt seit vielen Jahren das Schweigegelübde auf mich genommen und mich in diese Hütte zurückgezogen, um den Ablenkungen der Welt zu entsagen. Doch ich fühle, daß meine Zeit auf dieser Erde sich dem Ende zuneigt. Daher will ich jetzt zu Euch sprechen und Eure Fragen beantworten.«

Sie hockte sich auf die Fersen und legte die Hände auf die Oberschenkel, während sie ihm Zeit ließ, Luft zu holen. »König Henry schickt mich. Er möchte wissen, ob Ihr irgend etwas über die Gesetze während der Herrschaft von Kaiser Taillefer wißt.«

»Ich wurde als Kind dem Kloster übergeben, das von St. Radegundis gegründet und geleitet wurde. Sie war die achte und letzte Frau sowie die spätere Witwe von Taillefer. Ich diente in diesem Kloster – zusammen mit anderen Brüdern – bis zu ihrem Tode, etwa fünfzig Jahre nach dem Ableben von Taillefer.« Hier versagte ihm die Stimme, und sie mußte sich vorbeugen und ihr Ohr an die Tür legen, um ihn zu verstehen. Sein angestrengtes Atmen war so geräuschvoll, daß es seine Worte übertönte. »Es war eine Zeit der Versuchung, und zu meinem ewigwährenden Kummer ergab ich mich ihr.« Rasselnd holte er Luft.

Ein langes Schweigen trat ein. Rosvita wartete geduldig. Hinter ihr stampften die Pferde auf. Ein Vogel tirilierte. Die Soldaten unterhielten sich leise miteinander. Nicht einmal Villam traute sich näher an die Hütte heran, um seinen Sohn besser im Auge zu behalten; Berthold ging ruhelos auf dem Gelände umher und suchte nach irgendeiner Möglichkeit, den Fels besteigen zu können.

»Nach dieser Zeit verließ ich das Kloster, um durch die Welt zu wandern. Mit meiner Stimme erklärte ich, daß ich mehr Beweise für die Wunder suchte, die von St. Radegundis geschmiedet worden waren – von ihr, die in ihrer barmherzigen Güte und in ihrer offenherzigen Großzügigkeit die beste und frommste von uns allen war. Doch in meinem Herzen suchte ich Wissen. Ich war neugierig. Ich war in meinem Innern nicht zu diesem Abstand fähig, den wir, die wir uns der Kirche verschworen haben, suchen sollen. Der Hunger nach Wissen verführte mich zu sehr. Am Ende bin ich hier gelandet, als ich zu schwach wurde, mehrere Stunden an einem Stück zu gehen. Schließlich ließ ich sogar das Kloster hinter mir und wurde hierhergeführt, um an diesem Hügel Abstand zu suchen und zu finden. Doch auch darin habe ich gefehlt.« Seine Stimme war sanft, die Worte klangen etwas undeutlich. »Es ist gut, daß Unsere Herrin und Unser Herr so barmherzig sind, denn ich bete darum, daß sie mir meine Schwäche vergeben mögen.«

»Ich bin überzeugt, daß sie das tun, Bruder«, sagte sie. Seine Lebensgeschichte berührte sie.

»Also, ich weiß einiges über die Gesetze aus Taillefers Zeit«, nahm er den Faden wieder auf. »Fragt, was immer Ihr wissen wollt.«

Sie zögerte einen kurzen Moment. Doch der König selbst hatte ihr diesen Auftrag gegeben, und obwohl sie eigentlich der Kirche diente, diente sie auch ihm. »König Henry möchte etwas über die Gesetze der Nachfolge wissen, die zur Zeit Taillefers bei den Salianern geherrscht haben.«

»Taillefers Einfluß war gewaltig. Aber er starb, ohne einen Erben benannt zu haben, wie Ihr sicher wißt, Schwester, denn auch Ihr habt wie Eure Schwestern in Korvei die alten Chroniken studiert. Und ohne einen Erben senkte sich schon bald – als sich die Anwärter auf den Thron zerstritten – Zwietracht auf sein großes Reich herab.«

»Er hatte Töchter.«

»Rechtmäßige Töchter, von denen drei in der Kirche waren. Doch nach der salianischen Tradition konnten nur Männer zum Herrscher ernannt werden, während ihre Frauen nur die Königin an seiner Seite waren, nichts weiter.«

»Und doch regieren Unsere Herrin und Unser Herr in der Kammer des Lichts gemeinsam.«

Sein Atem kam jetzt pfeifend, und sie lauschte, während er langsam wieder Kraft sammelte. »Hat der heilige Daisan nicht selbst gesagt, daß ›Völker in ihren Ländern Gesetze erlassen haben aufgrund der Freiheit, die ihnen von Gott gegeben wurde‹? Die Völker leben nicht in der gleichen Weise. So ist es auch bei den Salianern und den Wendanern.«

»So erinnert uns der heilige Daisan daran, daß wir nicht die Sklaven unseres Körpers sind.«

Er stieß ein leises Lachen aus, und sie mußte erneut warten, bis er wieder zu Atem gekommen war.

»Einige Chroniken behaupten«, fügte Rosvita hinzu, »daß Königin Radegundis schwanger war, als ihr Mann starb, und daß Taillefer dieses Kind zum Erben ernannt hätte – wäre es ein Junge gewesen. Doch niemand weiß, was aus dem Kind geworden ist, ob es eine Totgeburt war, ob es ermordet oder einfach nicht anerkannt wurde.«

»Radegundis hat nie von dem Kind gesprochen. Von all denen, die während Taillefers Herrschaft am Hof gewesen waren, blieb nur eine einzige Dienerin mit Namen Clothilde in den Jahren danach bei Radegundis im Kloster. Vielleicht kannte sie die Antwort auf das Geheimnis, aber auch sie hüllte sich in Schweigen. Ein Schweigen, das letztlich das Ende von Taillefers großem Reich herbeigeführt hat. Wenn ein Junge geboren und anerkannt worden wäre, hätte er sicherlich die Herrschaft antreten können. *Sofern* es Königin Radegundis gelungen wäre, genügend Verbündete unter den Edelleuten von Salia und Varre zu finden, um das Kind in den kommenden Jahren bis zur Mündigkeit aufzuziehen.«

Rosvita dachte an Sabella, die eine Revolte gegen Henry angezettelt hatte – und der war immerhin ein starker König. Allein die Vorstellung, um wieviel erbitterter die Edelleute kämpfen würden, wenn es um einen Thron ging, der von einem Kind gehalten wurde! Kein Kind war vor den Intrigen der großen Fürsten sicher; sie alle strebten nach Macht. Entsprechend den Chroniken war Radegundis sehr jung gewesen, als sie Taillefer geheiratet hatte, der sie mehr wegen ihrer Schönheit als wegen ihrer guten Familie ausgewählt hatte, denn mit fünfundsechzig Jahren konnte er sich seine Frau ganz nach Belieben aussuchen. Keine junge Königin ohne starke Familienbande konnte darauf hoffen, ihr Kind sicher in einer Welt großzuziehen, in der sich so viele Herzöge und Grafen gegen sie stellten.

»In Varre oder Wendar«, fuhr Fidelis fort, »hätte die einzige Tochter, die nicht der Kirche versprochen war, den Thron geerbt und bestiegen – unter der Voraussetzung, daß sie stark genug dazu gewesen wäre. Aber die Salianer zogen einen männlichen Bastard einer rechtmäßigen Tochter vor. Als ich im Kloster St. Radegundis war, las ich mit eigenen Augen Kapitularien aus jener Zeit. In ihnen wurde bestätigt, daß ein unrechtmäßiger Sohn berechtigt war, von seinem Vater zu erben. Und aus genau diesem Grund kämpften die Herzöge und Grafen von Salia und die männlichen Bastarde Taillefers – er hatte schließlich genauso viele Konkubinen wie Frauen gehabt – um das Kaiserreich und brachten ihm den Untergang.«

Das war genau die Nachricht, die König Henry hören wollte, dachte Rosvita bekümmert: *»Ein Gesetzestext, aus dem hervorgeht, daß ein unrechtmäßiger Sohn erbberechtigt war.«* Doch sie zögerte noch, denn Bruder Fidelis sprach auch von Untergang. »Dann könnte also in Salia tatsächlich ein Bastard den Thron erben und gekrönt werden?«

»Das ist sogar schon geschehen. Einer herrschte vier Jahre, bis er von dem Duc de Rossalia ermordet wurde, der als Unterhändler zu ihm gekommen war. Der Herzog wurde für seinen Verrat mit einem gerechten Urteil Unserer Herrin und Unseres Herrn bestraft: Seine Ländereien wurden zwanzig Jahre lang von den Aikha geplündert, bis kein Haus mehr stand und alle seine Leute geflohen waren. Doch der Thron wurde einem entfernten Cousin Taillefers übergeben, der weder rechtmäßig noch unrechtmäßig dem Geschlecht des Kaisers entstammte, und so verschwand es von der Erde.«

Rosvita seufzte tief. Vier Jahre. Das klang nicht besonders vielversprechend.

»Das ist nicht das, was Ihr hören wolltet?« fragte Bruder Fidelis. Sie spürte, daß er ihren Gesichtsausdruck sehen konnte, ja, daß er direkt in ihr Innerstes blicken konnte.

»Es spielt keine Rolle, was ich will, Bruder. Aber möglicherweise ist es genau diese Botschaft vom Untergang von Bastarden und des Reiches, die der König hören sollte.«

»Selbst ich hier in meiner Hütte habe von dem Bastard gehört, den eine Aoi-Frau Henry geschenkt hat. Die Vögel singen Lieder von dem Kind, und nachts, wenn ich in meine Meditationen versunken bin, erzählen die Daemonen der oberen Sphären einander flüsternd von der Entwicklung des Kindes zu einem Jungen und schließlich zu einem Mann, so daß ich es einfach hören muß.«

Scherzte er, oder meinte er es ernst? Sie wußte es nicht. Er ließ sich auch nicht näher darüber aus. Sein Atem ging pfeifend, ein schwaches Geräusch an dem stillen Nachmittag und so zerbrechlich wie das vertrocknete Stroh, das vom Rieddach auf die Erde gefallen war. Rosvita schmerzten die Knie. Ein Fuß war bereits eingeschlafen.

»Erzählt mir von Eurer Arbeit«, sagte er.

Sie spürte in seiner Stimme die gleiche Sehnsucht, die an ihr zehrte; eine beständige Neugier, wie der Hunger einer Maus, hartnäckig und nagend.

»Ich verfasse für König Henrys Mutter, Königin Mathilda, eine Geschichte der Wendaner. Sie lebt jetzt im Konvent Quedlingham, wo sie – wie ich annehme – Frieden gefunden hat und über ihren Sohn und die anderen Kinder wacht. Ein großer Teil dieser Abhandlung befaßt sich mit der Herrschaft des ersten Henry und der beiden Arnulfs, denn es ist den Anstrengungen dieser drei Männer zu verdanken, daß das wendische Volk sich zu jener Macht erhoben hat, die es jetzt darstellt.«

Sie dachte nach. Er wartete geduldig. Sie erinnerte sich an all die Mühen, die das Verfassen einer solchen Geschichte erforderte – eine Aufgabe, die sie regelrecht verfolgte und die gerade deshalb reizvoll war, weil sie eine Herausforderung darstellte. Und dieser Mann verstand sicherlich, was sie dazu trieb, verstand ihre Neugier, ihre Ängste, das Bedürfnis zu untersuchen und zu entdecken. »Es ist, als hätte ich einen großen Wald mit tief verschneiten Pfaden betreten. Niemand führte mich, als ich mir den Weg bahnte, und so manches Mal geriet ich auf Umwege, traf andere Male auf wichtige Spuren. Es gibt so viel, was Ihr mir erzählen könntet, Bruder Fidelis. So viel, von dem Ihr wissen müßt! So viel, das Ihr mit eigenen Augen gesehen oder zumindest von denen gehört haben müßt, die es gesehen haben!«

»Es ist nicht mehr viel Atem in mir.« Die Äußerung kam so leise, daß sie einen Augenblick glaubte, sie sich nur eingebildet zu haben. »Ihr müßt Nachsicht mit mir haben, Schwester. So wie ein Kind der Mutter beichtet, möchte ich jetzt gern Euch beichten.«

Sie spürte bittere Enttäuschung in sich aufsteigen. Aber sie konnte ihm die Bitte nicht abschlagen. »Ich bekleide das Amt der Diakonissin. Es steht in meiner Macht, Euch die Beichte abzunehmen.«

Er sprach jetzt sehr langsam, und jedes Wort klang angestrengt und wurde von pfeifenden Atemzügen begleitet. »Einmal habe ich gesündigt, sehr sogar, indem ich mit einer Frau schlief. Das war vor vielen Jahren, auch wenn ich noch immer voller Zuneigung an sie denke. Ich habe versucht, zufrieden zu sein. Ich habe versucht, den Hunger zu besänftigen, der an meinem Herzen nagt. Und so habe ich schließlich einen gewissen Frieden gefunden. Ich habe mich von der Welt abgewandt und gesehen, daß deren Versuchungen nichts bedeuten im Vergleich zu dem Versprechen der Kammer des Lichts.« Er hatte eine sehr angenehme Stimme, die eines Mannes, der seine eigenen Fehler einsieht und sie sich vergibt – nicht arrogant oder nachsichtig, sondern weise, weil er weiß, daß er so fehlerhaft ist wie alle Menschen. »Aber die Teufel belästigen mich noch immer. Nicht in der Verkleidung von Frauen, wie sie einigen meiner Brüder erscheinen. Auch nicht in der Verkleidung der Frau, an die ich mich noch so deutlich erinnere.« Jetzt hielt er inne. Es war schmerzhaft, ihn so atmen zu hören – jedes Ein- und Ausatmen war von einem deutlichen Rasseln begleitet. »Sie erscheinen in der Verkleidung von Gelehrten und Magi, locken mich mit ihrem Wissen, wenn ich … wenn ich nur bereit wäre, ihnen …«

Seine Stimme erstarb. Sie hörte seine Atemzüge, die jetzt so schwach waren, daß der Flügelschlag eines Schmetterlings sie übertönt hätte. Auf einmal wurde sie sich wieder der Welt um sie herum bewußt. Die Vögel trällerten noch immer. Sangen sie von den Taten Sanglants? Sie verstand ihre Sprache nicht. Berthold war inzwischen auf die Spitze der Felsnase geklettert und betrachtete mit sichtlichem Vergnügen das Land unter sich. Wie er so an der steil abfallenden Felskante stand – immer in Bewegung –, wirkte er beinahe wie ein Sinnbild für die Lebenskraft der Jugend. Villam hatte sich unterhalb der Felsnase aufgebaut und war sichtlich verärgert – oder zumindest besorgt –, aber er wagte nicht zu rufen, um den heiligen Mann nicht zu stören.

Es war heiß, obwohl die Sonne von Wolken verdeckt wurde. Rosvita war unter der Wollrobe längst der Schweiß ausgebrochen, der ihren Rücken hinabrann. Sie unterdrückte das Bedürfnis, sich den Nacken zu wischen. Jede Bewegung barg die Gefahr, die nächsten Worte von Bruder Fidelis zu übertönen.

Sie hörte, wie er sich in der winzigen Hütte schwach bewegte. »Wenn ich nur bereit wäre, Ihnen zu erzählen, was ich über das Geheimnis der Sieben Schläfer weiß. Aber ich habe geschworen, nie wieder darüber zu sprechen. Und doch …«

Sie wartete. Er sagte nichts mehr.

Von innen erklang ein Geräusch, als würde etwas über den Boden geschleift, etwas, das nicht so schwer wie ein Körper war, sondern leicht und dennoch fest. Ein Schatten legte sich über den Spalt in der Tür, dann kam ein Gegenstand zum Vorschein. Mit klopfendem Herzen nahm Rosvita ihn an sich.

Es war ein Buch.

Es war aufwendig gebunden und bestand aus zusammengehefteten Pergamentblättern, deren Seiten in einer klaren, eleganten Handschrift beschrieben waren.

»Daran habe ich all die vielen Jahren gearbeitet, die ich lieber in Meditationen über die Heilige Botschaft von Gott in Einigkeit hätte verbringen sollen. Ich überreiche es Euch, damit es meinen Geist nicht länger an diese Erde fesselt. Glückliche Reise, Schwester. Mögen Unsere Herrin und Unser Herr über Eure Bemühungen wachen. Und vergeßt nicht, was Ihr hier gelernt habt. Lebt wohl.«

Sie starrte auf das Buch. Auf dem Deckel waren die Worte *Die Lebensgeschichte von St. Radegundis* eingraviert.

Dann endlich wurden ihr seine letzten Worte bewußt. *Lebt wohl.*

»Bruder Fidelis?«

Die Sonne kam jetzt hinter den Wolken hervor und blendete sie einen Augenblick, so unerwartet hell war das Licht.

»Geht nun«, sagte er. Seine Stimme hallte in ihren Ohren. Die Worte hatten wie ein Befehl geklungen, kräftig und fest, ganz anders als die zerbrechliche Stimme, mit der sie die ganze Zeit durch die geschlossene Tür hindurch gesprochen hatte.

Sie erhob sich, das Buch fest in den Händen. »Lebt wohl, Bruder. Ich danke Euch. Ich werde Eure Worte fest in meinem Herzen verschließen.«

War es möglich, daß sie ihn lächeln hörte? Es mußte ihre Phantasie sein. Die Hütte vor ihr war klein und mitgenommen, so armselig wie ein Schuppen, den ein Bettler errichten mochte, um sich vor dem Regen zu schützen. Sie zog sich zurück, ohne der Hütte den Rücken zuzukehren, denn sie wollte nicht respektlos erscheinen. Sie stolperte.

Villam hielt sie am Arm fest. »Ist die Unterredung beendet?«

»Es ist vorbei.« Sie schaute zur Hütte. Es kam kein Lebenszeichen mehr von dort.

»Ich habe nichts gehört und nichts gesehen«, sagte Villam. »Abgesehen von meinem Sohn, der wie ein junges Eichhörnchen auf dem Felsen herumklettert, um sich den Schädel einzuschlagen.«

»Gehen wir«, sagte Rosvita. Sie traute sich nicht, von ihrer Unterredung mit dem Eremiten zu sprechen.

Villam akzeptierte ihre Zurückhaltung. Er gab seinen Männern ein Zeichen. Gemeinsam gingen sie den Pfad wieder zurück, machten dieses Mal aber einen Bogen um die Lichtung mit den gefallenen Steinen. Rosvita war zu sehr in Gedanken versunken, als daß sie die Lichtung bemerkt, geschweige denn lange über sie nachgedacht hätte – obwohl Berthold versuchte, zu einem der Erdwälle zu gelangen, und von seinem Vater daran gehindert werden mußte.

König Henry würde nicht gefallen, was Bruder Fidelis gesagt hatte – nicht, wenn er vorhatte, Sanglant als Erben zu benennen. Zu sagen, daß ein Bastard den Thron von Salia erben konnte, war schön und gut, aber nicht, wenn der Preis dafür Tod, Bürgerkrieg und die Auslöschung eines edlen Geschlechts sein könnte. Vielleicht würde Henry Vernunft annehmen. Er war ein guter Mann und ein guter König, und er hatte drei gesunde, rechtmäßige Kinder.

Aber eigentlich nagte etwas ganz anderes an ihr. Eine bestimmte Frage, die sie so quälte wie das krächzende Geräusch, das entstand, wenn eine Hand über eine Tür scharrte: Wer waren die Sieben Schläfer?

Während ihrer Studien, als sie sich auf die Arbeit an der Chronik vorbereitet hatte, war sie auf einige Hinweise auf die Sieben Schläfer gestoßen. Es war eine harmlose Geschichte, eine von vielen Erzählungen über die frühen Märtyrer; selbst Eusebe hatte sie kurz in ihrer *Kirchengeschichte* erwähnt.

In der Zeit der Daisaniten-Verfolgung während der Herrschaft des dariyanischen Kaisers Tianathano hatten sieben junge Leute in der heiligen Stadt Saïs Zuflucht in einer Höhle gesucht, um Kraft für das bevorstehende Märtyrium zu gewinnen; diese Höhle schloß sich auf wunderbare Weise über ihnen, und sie schliefen dort so lange, bis …

Bis was? Das hatte Rosvita niemals erfahren, und sie war auch nie auf die Idee gekommen nachzufragen. Wie sie in den zwanzig Jahren ihrer Studien in den alten Chroniken und bei der Befragung von Augenzeugen gelernt hatte, entsprachen nicht unbedingt alle Erzählungen der Wahrheit.

Doch etwas in der Art, wie Bruder Fidelis darüber gesprochen hatte, sein Zögern und seine Vermutung, daß es nichtmenschliche Geschöpfe waren, die ihn in seiner Einsamkeit störten und dazu drängten, von diesen »Sieben Schläfern« zu sprechen, brachte sie zu der Überzeugung, daß es mehr als nur eine Legende war.

»Ihr seid sehr ernst, Schwester Rosvita«, sagte Villam in dem verständlichen Bemühen, etwas von ihr zu erfahren.

»Ich muß nachdenken«, sagte sie. Daraufhin schwieg er, denn er war zu gut erzogen, um sie weiter zu bedrängen.

2

In dieser Nacht wurde das Fest zu Ehren von St. Susannah gefeiert, jener Heiligen, die besonders bei Schustern, Goldschmieden und Juwelieren beliebt war. Das königliche Gefolge besetzte sämtliche Gästehäuser des alten Klosters und die Hälfte der Dörfer im Umkreis von einer Wegstunde – abgesehen von all den Menschen, die in Zelten auf den umliegenden Weiden blieben. Angeblich hörte man den Kellermeister, dem die Aufsicht über die Nahrungsmittelverteilung oblag, darüber stöhnen, daß das Gefolge des Königs zu groß wäre und daß die Leute zu vernarrt in das Essen und den Wein wären.

Henry trat der Versammlung mit ernstem Gesicht entgegen. Nur Rosvita und Villam wußten, weshalb sie mit dem alten Einsiedler gesprochen hatte. Und nur Rosvita kannte den Inhalt des Gesprächs und Henrys Reaktion, als sie ihm alles erzählt hatte.

Er hatte lange Zeit nachgedacht, während sie still und geduldig neben ihm gewartet hatte. Obwohl Vater Bardo dem König sein eigenes Arbeitszimmer angeboten hatte, um es als Schlafraum und Empfangsraum zu nutzen, hatte Henry den Raum im oberen Stockwerk des größten Gästehauses gewählt. Das Zimmer war geräumig, aber ohne jeden Schmuck, und die Läden waren geöffnet, um die Frühlingsluft hereinzulassen.

Hier waren der König und sie eine kurze Zeit allein gewesen.

Abgesehen von formellen Anlässen kleidete sich Henry immer in der Art seines Volkes, wenn auch etwas kostbarer als die meisten anderen: eine knielange Tunika mit goldenem Saum, Beinkleider und – zu dieser Jahreszeit – weiche Lederstiefel, in die Adler, Löwen und Drachen geprägt waren, die drei Säulen, auf die sich seine Macht stützte. Die Adler waren seine Boten, die Löwen seine getreuen Fußsoldaten, und die Drachen waren seine schwere Reiterei, der ganze Stolz seines Heeres. Aber dies waren nur seine persönlichen Waffen.

Seine Macht als König von ganz Wendar und Varre beruhte auf der Unterordnung der großen Fürsten unter seine Oberherrschaft.

Sein schwarzer Ledergürtel war mit den in Gold gemalten Siegeln der sechs Herzogtümer geschmückt: ein Drache für Saony, ein Löwe für Avaria, ein Adler für Fesse, ein *Guivre* für Arconia, ein Hengst für Varingia, wo die Pferde gezüchtet wurden, und ein Falke für Wayland.

Er trug vier Goldringe, einen für jeden Markgrafen und die Markgräfin: Helmut Villam, Judith von Olsatia und Austra und Werinhar von Westfall. Die Markgräfin von Ostfall war inzwischen tot, und der Ring, den sie von Henry erhalten hatte, war auf dem Schlachtfeld verlorengegangen oder von Plünderen gestohlen worden, so daß sich jetzt irgendein qumanischer Edelmann damit schmücken mochte.

Ein fünfter Ring mit dem Siegel seiner Herrschaft hing an einer goldenen Kette um seinen Hals.

Eine Krone trug er nicht. Die lag zusammen mit seinem Staatsgewand, seinem Zepter und der Heiligen Lanze von St. Perpetua, der Herrin der Schlachten, in einer Eichentruhe, deren Holz mit Schnitzereien verziert war – in ewigem Kampf ineinander verschlungene Greifen und Drachen.

Er lauschte aufmerksam, als Rosvita von der Unterredung mit Bruder Fidelis berichtete. Er nahm sich Zeit zum Nachdenken, und sie wartete. In seiner Jugend war er impulsiver gewesen, hatte sofort gesagt, was er dachte. Doch jetzt, achtzehn Jahre nachdem er den Thron von Wendar und Varre bestiegen hatte, beherrschte er die Kunst des Abwartens.

»Aber Taillefer unterließ es, einen seiner unrechtmäßigen Söhne zum Erben zu ernennen«, erklärte er schließlich. »Ein Blick auf meine eigene Familie genügt. Man erklärte Sabella als unfähig zu herrschen, genauso wie man mich als unfähig erklärt hätte, wenn es mir nicht gelungen wäre, rechtzeitig das Gegenteil zu beweisen. In diesem Fall hätte mein Vater eine meiner Schwestern ernannt – oder meinen Bruder Benedikt. Aber als ich von der Nachfolge-Rundreise zurückkehrte, entschied er, mich den Herzögen und Markgrafen zur Bestätigung vorzustellen. Taillefer wählte jedoch gar kein Kind aus, weder einen Bastard noch sonst eines. Möglicherweise wäre alles anders gelaufen, wenn er das getan hätte.«

Als Rosvita ihn verließ, war sie kein bißchen klüger. Obwohl sie vorsichtig nachgefragt hatte, hatte sie keinerlei Hinweis darauf erhalten, was er tun würde. An diesem Abend beim Fest saßen seine Töchter Sapientia und Theophanu links und rechts von ihm. Sein noch sehr junger Sohn Ekkehard war überredet worden, zu singen und dazu die Laute zu spielen; das Kind hatte in der Tat eine süße Stimme. Wenn Henry sich entscheiden sollte, Ekkehard der Kirche zu übergeben, würde sich eine engelsgleiche Stimme im Gebet zum Himmel erheben.

Im Laufe des darauffolgenden Morgens kamen zwei Adler im Kloster an. Sie waren über und über staubbedeckt, müde und wirkten mitgenommen – und sie brachten schlimme Neuigkeiten.

»Gent wird belagert«, sagte die ältere der beiden, eine grimmige Frau, die mit dem linken Bein hinkte. Sie zögerte nicht, sich an König Henry direkt zu wenden. »Wir waren fünf Adler und sind nach Gent geritten, um den Wahrheitsgehalt dieser Gerüchte zu überprüfen. In Sichtweite der Stadt, aber noch außerhalb ihrer Mauern, wurden wir von den Aikha angegriffen. Ich wurde bei dem Angriff verletzt. Daher flohen meine Kameradin« – sie deutete auf die andere Frau, die jünger war, etwa im Alter von Berthold oder Theophanu – »und ich nach Westen, um Euch diese Botschaft zu überbringen, Eure Majestät. Einen Teil des Weges wurden wir von einigen Drachen begleitet. Sie brachten eine Diakonissin und eine heilige Reliquie an einen sicheren Ort. Die übrigen Drachen, darunter Prinz Sanglant, befinden sich weiterhin in der belagerten Stadt.«

»Haltet Ihr es für einen der üblichen Raubzüge?« fragte Henry ruhig.

Sie schüttelte den Kopf. »Nicht nach dem, was die Drachen erzählten, die mit uns ritten, Eure Majestät. Bei der letzten Zählung waren es zweiundfünfzig Aikha-Schiffe.«

Henry saß auf einer Bank im Innenhof mit dem Einhorn-Brunnen, umgeben von seinen Kameraden und Höflingen. Der letzte Satz rief Gemurmel hervor, das der König mit einer Handbewegung rasch zum Verstummen brachte. »Glaubt Ihr, daß sie eine Invasion planen?«

»Storm – der Kommandeur der Drachen, die uns begleiteten – sagte, die Aikha verlangen, daß die Brücken abgerissen werden, die Gent mit dem Flußufer im Osten und Westen verbinden. Auf diese Weise können sie das Land flußaufwärts nach Belieben plündern und brandschatzen.«

»Und wo befindet sich Kommandeur Storm jetzt?«

»Er ist in die Nähe von Gent zurückgekehrt. Er und seine Männer hoffen, den Aikha außerhalb der Mauern zusetzen zu können, um ihren Brüdern zu helfen.«

Henry warf einen Blick nach rechts, wo Helmut Villam stand. »Gent liegt innerhalb der Ländereien, die von Gräfin Hildegard verwaltet werden, nicht wahr?«

Villam nickte.

»Was ist mit ihren Streitkräften?« fragte der König.

»Ich weiß es nicht«, gestand der Adler. »Sie befinden sich nicht innerhalb der Stadt. Sicherlich ist sie inzwischen über die Belagerung in Kenntnis gesetzt worden.«

Der König machte eine Geste, und ein Diener brachte ein Glas Wein. Er nippte gedankenvoll daran. »Ihr sagtet, Ihr wart fünf Adler?«

Die Frau nickte. Ihre Begleiterin, ohnehin schon ziemlich blaß, begann jetzt regelrecht weiß zu werden; sie sah aus wie jemand, die zuviele schlaflose Nächte in fruchtloser Sorge verbracht hatte. Sie hatte jene helle Hautfarbe, die sie als Bewohnerin des Nordens auswies, helle, blaue Augen und struppiges, weizenblondes Haar, das zu zwei Zöpfen geflochten war. Der älteren Frau waren weder Ärger noch Kummer anzumerken. »Die anderen ritten weiter. Ich weiß nicht, ob sie sicher in die Stadt gelangten, aber ich nehme es an.«

»Ihr habt nicht gesehen, wie sie die Stadttore passierten?«

»Nein. Aber der Mann, mit dem ich ritt, Wulfhere, hat mich und meinen Kameraden Manfred auf vielfältige Weise an sich gebunden. Wäre er gestorben, hätte ich es erfahren, da bin ich mir ziemlich sicher.«

»Oh«, sagte Henry und wölbte eine Braue. »Wulfhere.«

Für Rosvita und die meisten anderen war ein Adler wie der andere. Die Kinder von Edelleuten erhielten ihr eigenes Gefolge, wenn sie mündig wurden, oder sie dienten, wenn die Umstände es verlangten, bei den Drachen. Der Dienst als Bote des Königs oder als Fußsoldat blieb den Kindern der Freien vorbehalten, die nicht von edler Geburt waren. Doch jeder Geistliche in der Kirche des Königs und in der Königlichen Schule kannte Wulfhere vom Sehen oder zumindest aus Erzählungen. Es gab keinen älteren Adler als ihn, und manchmal – wenn auch nicht sehr oft in diesen Tagen – flüsterte man, daß er so manches wußte, was das menschliche Wissen bei weitem übertraf. Er hatte während der Herrschaft von Arnulf dem Jüngeren hohes Ansehen genossen, wenngleich auch einige klagten, daß er zuviel Einfluß auf Arnulf gehabt hätte – besonders für einen Mann, der nicht in eine edle Familie hineingeboren worden war. Mit dem hohen Ansehen war es schon im Laufe des ersten Jahres nach Henrys Thronbesteigung vorbei gewesen. Wulfhere war aus der Gegenwart des Königs verbannt worden. Die Gründe kannte Rosvita nicht.

»Ja, Eure Majestät.« Die Frau hatte einen festen Blick, und sie hatte keine Angst, König Henry in die Augen zu schauen. »Ich bin stolz darauf, ihn *Präzeptor* nennen zu dürfen.« Unterweiser und Führer. Sie hatte das dariyanische Wort mit Bedacht gewählt. Rosvita ahnte, daß sie etwas wußte, zumindest Wulfheres Ruf am Hof kannte.

Henry verzog die Lippen. Rosvita kannte ihn nach all der Zeit gut genug, um zu wissen, daß er die direkte Art des jungen Adlers bewunderte. »Wie lange dient Ihr schon bei meinen Adlern, und wie ist Euer Name und Euer Geschlecht?«

»Ich diene seit sieben Jahren bei den Adlern, hauptsächlich in den Marklanden. Ich trat gleich, nachdem ich mündig wurde, bei ihnen ein. Ich bin Hathui, Tochter von Elseva, einer Freien aus Ostfall.«

»Und Euer Vater?«

»Mein Vater war Volusianus. Auch er wurde von freien Eltern geboren. Aber leider wurde er im Dienste König Arnulfs getötet, als er gegen die Redari kämpfte, Eure Majestät.«

Der König warf einen Blick zu Villam hinüber, der die junge Frau ebenfalls wohlwollend betrachtete. Rosvita erinnerte sich an den letzten Krieg gegen die Redari; er hatte im letzten Jahr von Arnulfs Herrschaft stattgefunden und war überwiegend in den Marken der Villams ausgetragen worden. Tatsächlich hatten sich die Ländereien der Villams nach der Kapitulation der Redari-Stammesleute und ihrer Bekehrung zum Glauben der Einigkeiten weiter ausgebreitet.

»Nach seinem Tod zählten meine Mutter, ihre Schwester und ihr Bruder zu denen, die mit Erlaubnis von König Arnulf in das Gebiet östlich des Eldar reisten, um Land in Besitz zu nehmen, ohne einem Grafen oder Herzog verantwortlich zu sein.«

»Sondern nur dem König.«

Sie nickte leicht zur Bestätigung seiner Worte. »Nur dem König«, wiederholte sie.

Henry hob seine linke Hand, das Zeichen, daß sie sich erheben sollte. »Ihr werdet mit meinem Hof reisen, Hathui, Tochter von Elseva, und mir dienen.« Diese Ehrenbezeugung ging an den anderen, die sich zweifellos fragten, wieviel Gunst der König dieser Gemeinen noch schenken wollte, nicht vorbei. Rosvita musterte die Höflinge. Wer würde sich als erster mit ihr anfreunden, wer als erster versuchen, ihren Fall herbeizuführen?

Hathui schien von dieser Gunstbezeigung völlig unberührt zu bleiben. »Und meine Kameradin Hanna, Tochter von Birtha und Hanal? Sie ist erst seit kurzem bei den Adlern und noch unerfahren, wenig ausgebildet und hat keine Familie in der Nähe.«

»Sie kann uns ebenfalls beitreten. Ihr könnt ihre Präzeptorin sein.«

Es kam Rosvita plötzlich so vor, als würde Henry die beiden Adler für etwas ganz anderes belohnen: dafür, daß sie ihm Nachricht von seinem Sohn gebracht hatten.

»Wir müssen daran denken, ein Heer aufzustellen«, sagte der König an Villam gewandt. »Wann können wir nach Gent aufbrechen?«

3

Nachdem sich ihr anfänglicher Schock gelegt hatte, fühlte sich Hanna eher unzufrieden als geehrt über ihre Erhebung zu jenen, die König Henry persönlich dienten.

Natürlich nicht wegen Henry. Er war genau so, wie sie sich in ihren Träumen immer einen König vorgestellt hatte: ernst, aber mit der Fähigkeit zu lachen; eine elegante Erscheinung ohne jene Eitelkeit, die Männer dazu verleitete, schöne Kleider und Juwelen nur zu tragen, um ihren Reichtum zur Schau zu stellen; liebenswürdig, ohne freundlich zu sein; unwillig, Unfähigkeit und Verzögerungen zu tolerieren.

Aber auch ein König konnte nicht viel tun, wenn es darum ging, sein gewaltiges Gefolge – die Rundreise des Königs – schnell von der Stelle zu bewegen, oder darum, in weit entfernten Landesteilen Truppen auszuheben: in den nordwestlichsten Gebieten des Herzogtums Saony, im Hochland weit im Süden Avarias und in den entfernten Marklanden im Osten.

Hanna, die von einer brüsken, praktisch veranlagten Schenkenwirtin aufgezogen worden war, sah erstaunt zu, wie langsam sich alles entwickelte, wie viele Streitigkeiten zwischen den Kastellaninnen und Edelleuten über Fragen des Status und der Ehre ausgetragen wurden – Fragen, deren Beantwortung für jene, die in Gent in der Falle saßen, keinerlei Unterschied machen würde, sollten die Aikha die Stadtmauern überwinden.

»Wenn das so weitergeht, werden sie tot sein, noch bevor wir dieses Kloster verlassen haben«, murmelte sie an jenem Abend Hathui zu, als sie wieder einmal erlebte, wie eine junge Edle vor dem König Entschuldigungen dafür vorbrachte, daß es lange dauern würde, bis sie Truppen ausheben könnte, und daß es noch viel länger dauern würde, bis diese bis nach Gent gelangt wären. Beim Segen der Herrin! Abgesehen davon, daß die ganze Angelegenheit Hanna wahnsinnig machte, war es auch noch langweilig. Sie unterdrückte ein Gähnen und spürte, daß Hathui ihr Gewicht verlagerte. »Was macht dein Bein?«

»Es geht«, erwiderte Hathui. »Kümmere dich um deine Pflichten. Wer ist das?«

»Was?«

»Wer spricht da gerade mit dem König?«

Hanna starrte die Frau an, aber sie konnte die Edlen nicht auseinanderhalten; in all den schön bestickten Kleidern und Tuniken und den goldgesäumten Beinkleidern, mit ihren schönen Halsketten und Ringen sahen sie sich zum Verwechseln ähnlich.

»Auch das gehört zu deinen Pflichten, Hanna«, sagte Hathui ernst. Sie klang beinahe wie Wulfhere. »Du mußt dir alle großen Häuser von Wendar und Varre einprägen, die Namen der Edelleute von den entsprechenden Geschlechtern lernen und dir merken, welche Verbindungen sie durch Heiraten, Familienbande und Eide eingegangen sind. Außerdem mußt du dir merken, wer wen mag und wer wen für welchen Vorteil heiraten will, welche Güter ohne Herrin sind und deshalb der Kirche oder dem König übergeben werden, der mit diesen Ländereien dann möglicherweise irgendeine Familie belohnt, die ihm einen wichtigen Dienst erwiesen hat.«

»O Herrin«, fluchte Hanna leise. »Das alles?«

»Und noch einiges mehr.« Aber Hathui grinste und nahm ihren Worten damit die Schärfe. »*Das* da ist Liutgard, die Herzogin von Fesse. Weil Fesse in der Mitte des Königreiches liegt, ist es ein langer Ritt von hier nach Gent, das ganz im Nordosten liegt. Also, das Herzogtum von Fesse grenzt an das von Arconia, welches von Henrys Halbschwester Sabella regiert wird. Sicher hast du von den Gerüchten gehört, daß Sabella eine Rebellion gegen den König plant?«

Hanna hatte allein in den letzten acht Stunden, seit sie und Hathui im Kloster Hersford eingetroffen waren, so viele Gerüchte gehört, daß sie es aufgegeben hatte, sie voneinander unterscheiden zu wollen. »Und? Welchen Unterschied macht das für Herzogin Liutgard?«

»Diesen: daß Liutgard keine Truppen nach Gent schicken will, denn die Stadt liegt viele Tagesmärsche weit im Nordosten, und ihr eigenes Land wird gerade von Sabella bedroht. Henry muß abwägen, welche Bedrohung größer ist: die von Gent oder die von Fesse.«

Hanna seufzte. »Wie kannst du das alles nur auseinanderhalten?«

»Das ist nur der Anfang.«

Hanna sah, daß Hathui über sie lachte, wenn auch nicht ohne Sympathie. »War es schwer für dich, als du zu den Adlern kamst? Hattest du auch das Gefühl, daß alles nur Namen ohne jede Bedeutung waren?«

Hathui zuckte mit den Schultern. »Wenn Wulfhere dein Präzeptor ist, gibst du niemals zu, daß du damit zu kämpfen hast. Aber um die Wahrheit zu sagen, es war sehr schwierig. Doch nach einiger Zeit konnte ich sie allmählich auseinanderhalten. Du kennst doch auch die Namen von allen Bewohnern von Friedleben, oder nicht? Und die von den Höfen und Hütten in der Umgebung?«

»Natürlich!«

»Nun, dann stell dir die Edelleute, die mit der Rundreise des Königs reisen, wie die Bewohner eines Dorfes vor. Einige bleiben immer im Dorf; andere kommen und gehen entsprechend den Pflichten, die sie auf ihren Gütern zu erfüllen haben. Wirklich, Hanna, sie unterscheiden sich nicht sehr von den gewöhnlichen Männern und Frauen. Ich habe herausgefunden, daß sie ihre Streitigkeiten haben, ihre geheimen Geliebten, ihre Verbündeten und ihre Unstimmigkeiten, genau wie das normale Volk. Sie schlafen und essen und beten und erleichtern sich. Ich glaube, wenn man einen von ihnen in die Kleidung eines Freien und einen hart arbeitenden Freien in eine elegante Tunika stecken würde, könnte man nicht wirklich erkennen, wer wer ist!«

»Hathui!«

Aber Hathui lächelte nur das stolze Lächeln der Markländerin und bedeutete Hanna, daß sie sich wieder dem widmen sollte, was rings um sie herum vorging.

Das tat Hanna auch. Aus irgendeinem Grund machte Hathuis schockierende Meinung es aber einfacher für sie, die Edlen auseinanderzuhalten. Die dünne, glänzende Lackschicht, die sie so eingeschüchtert hatte, war abgesplittert, durch Hathuis Bemerkungen für immer zerstört. Sie sah, daß der alte Berater – Markgraf Helmut Villam – gähnte, als Herzogin Liutgard versprach, sie würde am nächsten Tag bei Morgengrauen mit ihrem Gefolge aufbrechen. Aber es würde noch viele Wochen dauern, ehe sie ein Heer ausheben konnte, und noch länger, diese Streitmacht durch das Königreich marschieren zu lassen.

Der noch sehr junge Mann neben Villam – sein Sohn, wie es hieß, auch wenn Hanna sich nicht erinnern konnte, wie sein Name war oder ob sie ihn überhaupt schon gehört hatte – zappelte ungeduldig und wirkte ebenfalls, als wäre er am liebsten ganz woanders. Hannas Milchbruder Ivar hatte diesen Blick manchmal gehabt, wenn er einen neuen Streich im Sinn hatte oder sie zu einem seiner Streifzüge in den Wald überreden wollte. Ivar gehörte zu den Menschen, die entweder voller Energie waren oder düster und niedergeschlagen.

Wie mochte es Ivar jetzt gehen? Hatte er Kloster Quedlingham bereits erreicht und sein Leben als Mönch begonnen? Hanna hatte keine Ahnung von den Entfernungen im Königreich; sie wußte nicht, wo all die anderen Städte und Klöster lagen. Doch eines wußte sie genau: Ivar würde sich hinter Klostermauern nicht wohl fühlen. Er war dazu geschaffen, andauernd in irgendwelche Schwierigkeiten zu geraten.

Sie seufzte. Oh, Herrin. Es gab nichts, was sie für Ivar tun konnte, nicht jetzt. Sie hatte Liath Ivar vorgezogen, und jetzt hatte die Herrin sie von allen beiden getrennt, gerade so, als sollte sie für ihre Wahl bestraft werden.

Herzogin Liutgard beendete ihre Unterredung mit dem König und ging davon, um einer anderen Edlen Platz zu machen. Sie schien etwa im gleichen Alter wie Henry zu sein, und sie trug ihre Jahre mit großer Würde. Ihre Haare waren zu langen

Zöpfen geflochten und zurückgebunden; obwohl sie jetzt grau waren, konnte Hanna erkennen, daß sie einmal tiefbraun gewesen sein mußten.

Hathui beugte sich zu Hanna hinab, um ihr etwas ins Ohr zu flüstern. »Judith, Markgräfin von Olsatia und Austra.«

Die Markgräfin informierte Henry darüber, daß sie sofort zu ihren Gütern nach Austra aufbrechen und mindestens zweihundert Männer für den Marsch nach Gent zusammenbringen würde.

»Und vergeßt nicht, daß mein Sohn Hugh jetzt Abt von Fiersbarg ist. Ich bin sicher, wenn Ihr ihm eine Nachricht zukommen laßt, wird er ebenfalls ein Kontingent zu Eurer Unterstützung senden, Eure Majestät.«

Hugh! Hanna stockte der Atem. Sie hatte Hugh beinahe vergessen, doch beim Anblick dieser beeindruckenden Frau wurde sie wieder von Erinnerungen überwältigt. Judith war eine reife Frau mit nicht geringem Leibesumfang und würdevollem Auftreten. Sie hatte ein feingeschnittenes Gesicht, das noch kaum vom Alter gezeichnet war. Hanna konnte Hugh darin wiedererkennen: die gleichen, wenn auch etwas kantigeren Konturen, die hellen, tiefliegenden Augen, die hochmütige Miene. Aber die Haare der Markgräfin waren offensichtlich einmal dunkel gewesen, ganz im Gegensatz zu Hugh, der blond war. Stimmte es also, daß Hughs Vater ein Sklave aus Alba gewesen war, dessen Männer bekannt für ihr hübsches goldenes Haar waren?

»Sei keine Närrin«, schalt sie sich im stillen. Sofort fragte sie sich, wie es Liath wohl ergehen mochte. War sie sicher nach Gent gelangt? Ging es ihr gut? War sie verletzt? Tot? Dachte Hugh noch immer an Liath? Natürlich dachte er niemals an jemanden wie Hanna. Was, wenn er ein Kontingent von Soldaten nach Gent führte? Würde Wulfhere in der Lage sein, Liath vor Hugh zu schützen, obwohl er nicht wußte, was sich im Winter in Friedleben ereignet hatte?

Hathui berührte Hanna sanft am Ellenbogen; eine beruhigende Geste, obwohl sie sicher nicht ahnen konnte, was ihre Kameradin gerade dachte. Und Hanna hatte auch nicht das Bedürfnis, ihre Gefühle jemandem mitzuteilen – sie schämte sich viel zu sehr dafür. Immerhin wußte sie, wie gemein Hugh Liath behandelt hatte. Dies war nicht die Zeit für solchen Unsinn, wie ihre Mutter sagen würde. Sie riß sich zusammen und konzentrierte sich wieder auf die Geschehnisse vor ihr.

Später, als die Audienz vorüber war, wurde Hathui zum Arzt des Königs geschickt, während Hanna zum Gästehaus gehen sollte, wo die Kinder von Henry wohnten.

Hanna blieb im Türrahmen stehen, und die zwei dort postierten Wachen – den goldenen Überwürfen mit dem aufgestickten schwarzen Löwen nach Mitglieder von Henrys Fußtruppe – musterten sie neugierig.

Hanna interessierte sich mehr für die Kinder des Königs. Ekkehard war noch jung; er ging noch in die Königliche Schule und war nicht alt genug, um das Recht auf ein eigenes Gefolge zu haben und als Erwachsener in die Welt hinauszugehen. Jetzt saß er neben einer seiner Schwestern, die ihn auf der Laute begleitete. Er hatte eine wunderbare Stimme.

»Als die Schiffe vom Norden herunterkamen
und er das Gold in ihren Bäuchen glänzen sah,
sprang er ins Wasser,
obwohl es so kalt war wie das Herz seiner Mutter,
sprang er ins Wasser
und schwamm hinüber zu ihnen.
Mit seinem Schwert tötete er den Wächter.
Mit seinem Messer tötete er den Steuermann.

Und die Sklaven an den Rudern verbeugten sich vor ihm
und baten ihn, seine Geschichte zu erzählen.
Dies war sein Lied,
als er die Schiffe eroberte.

Die junge Frau, die ihn begleitete, war Theophanu. Obwohl sich der Hof des Königs bereits seit dem Morgen in ständigem Aufruhr befand, saß sie ruhig da und klimperte zu dem süßen Gesang ihres Bruders auf der Laute.

Die andere Schwester – klein und dunkel und vornehm – war Sapientia. Sie schritt auf und ab, auf und ab, wie ein gefangenes Tier. Hanna trat zögernd einen Schritt vor. Sapientia sah sie, wollte schon zu ihr eilen, als sie in Erinnerung an ihre Stellung stehenblieb. Sie winkte Hanna zu sich.

»Ihr habt eine Nachricht für mich, Adler?« verlangte sie zu wissen.

Ohne aus dem Rhythmus zu geraten, hob Theophanu kurz den Blick, um sich ein Bild dessen zu verschaffen, was da geschah, dann sah sie wieder auf die Laute. Ekkehard sang ungerührt weiter, er schien nichts bemerkt zu haben.

Hanna ließ sich auf ein Knie nieder. »Ja. König Henry beauftragt Euch, jetzt zu den Quartieren des Schmieds zu gehen.«

»Ha!« brachte Sapientia leise, aber erfreut hervor. Sie wandte sich um und machte ihren Dienerinnen, die in der Nähe des Feuers nähten, ein Zeichen. »Kommt!« sagte sie und verließ so geschwind den Raum, daß die Frauen ihre Nadelarbeit auf der Bank zurücklassen mußten und noch nicht einmal Zeit hatten, sich einen Umhang überzuwerfen, bevor sie ihr nachrannten.

Hanna zögerte. Ekkehard war jetzt mitten im Lied, das heißt eigentlich in einem Lied in dem Lied, in dem sich Sigisfrid auf die unglücklichen Rudersklaven bezog und zum ersten Mal von seiner verbotenen Liebe zu seiner Cousine Waltharia sprach, einer Liebe, die sie beide verdammen sollte. Ekkehard beherrschte das Heldenepos in der Tat auf erstaunliche Weise. Hanna hatte früher alte Barden, die in der Schenke übernachtet hatten, aus dem großen Epos singen hören, und wenn auch Ekkehards Darbietung noch deutlich jungenhaft war, so hatte sie dennoch etwas Überwältigendes.

Theophanu blickte jetzt auf und musterte Hanna. Der Blick der Prinzessin war direkt und vollkommen undeutbar. Hanna zog sich, plötzlich befangen, zurück und stieß sogleich gegen einen der Löwen.

Er beruhigte sie mit einem Grinsen. »Ich bitte um Vergebung, Adler«, sagte er. »Ihr seid mit dem anderen Adler heute morgen von Gent hergekommen, nicht wahr?«

»Ja.«

»Ihr seid neu bei den Adlern?«

Sie nickte. Sie traute ihm nicht ganz: Er war ein gutaussehender junger Mann, und die wenigen gutaussehenden Männer in Friedleben – wie ihr Bruder Thancmar – waren nach ihrer Erfahrung sehr von sich eingenommen.

Er öffnete die Tür, grinste seinen Kameraden an und folgte ihr nach draußen. »Wo schlaft Ihr heute nacht?« fragte er. Er hatte ein angenehmes Lächeln, ein freundliches Gesicht und schöne breite Schultern, doch Hanna verabscheute Männer, die zu sehr von sich überzeugt waren. *Alle, außer Hugh.* Sie schob den Gedanken beiseite.

»Bei den Adlern, nehme ich an«, erwiderte sie kühl. »Wo immer sie schlafen.«

Er dachte nach. Wie er so im Licht der Fackel im Eingang stand, machte er nicht den Eindruck, als hätte ihre Zurückweisung ihn entmutigt oder womöglich gar beleidigt. Tatsächlich war sie sich nicht einmal sicher, ob er ihre Worte als Zurückweisung verstanden hatte. »Nun, wenn wir nicht gemeinsam untergebracht werden«, sagte er rasch mit einem Blick über die Schulter zurück, »haben wir nicht viel Zeit, uns miteinander zu unterhalten, denn ich bin im Dienst. Ihr wart in Gent. Habt Ihr die Drachen gesehen?«

»Wir sahen eine Kompanie, aber ich war nicht innerhalb der Stadtmauern. Hathui und ich kehrten vorher um.«

»Wißt Ihr, ob eine Frau bei ihnen war?«

»Eine Frau? Bei den Drachen? Nicht, daß ich es bemerkt hätte.«

»Ah.« Er verzog enttäuscht das Gesicht. War sein Liebling bei den Drachen? Jetzt, da sie erkannte, daß sie ihn falsch eingeschätzt hatte, fand sie ihn recht attraktiv. »Meine Schwester ist bei den Drachen.«

»Eure *Schwester*?«

Er lachte offen heraus. »Ihr denkt, ein gewöhnlicher Junge wie ich kann keine Schwester bei den Drachen haben?«

Da sie genau das gedacht hatte, verzichtete sie auf eine Antwort.

»Es stimmt, daß die meisten von ihnen von Edelleuten abstammen. Gewöhnlich sind es Bastarde oder jüngere Söhne, die nicht der Kirche versprochen wurden. Aber meine Schwester wollte niemals etwas anderes als kämpfen. Sie weihte sich St. Andrea, als sie noch sehr jung war, noch vor ihrer ersten Blutung, und nichts konnte sie umstimmen. Sie wurde Mitglied bei den Löwen, das heißt, sie bearbeitete sie so lange, bis sie endlich dort aufgenommen wurde. Ich folgte ihr.«

Hanna erinnerte sich, wie ihr Bruder Karl sie angeschaut hatte, als sie als frischgebackener Adler aus Friedleben davongeritten war. Hatte dieser junge Mann seine Schwester auch so wegreiten sehen? War er ihr wegen dieser Bewunderung Jahre später gefolgt?

»Sie hat sich dort hervorgetan«, fuhr der Löwe fort, begierig darauf, einer neuen Zuhörerin von seiner Schwester erzählen zu können. »Das heißt, sie rettete das Banner der Drachen. Einige behaupten, sie rettete dem Prinzen das Leben, obwohl andere sagen, daß niemals ein Mann oder eine Frau so etwas tun kann. Sie sagen, seine Mutter belegte ihn mit einem Bann, als er noch ein Baby war, und deshalb kann er weder durch die Hände von Sterblichen noch auf ähnliche Weise umgebracht werden. Na gut. Ich behaupte, sie rettete ihm das Leben.«

»Ich habe sie nicht gesehen«, wiederholte Hanna. Es tat ihr leid, daß sie ihr nicht begegnet war. »Wie heißt sie?«

»Adela.« Dann führte er eine Hand zur Brust und verneigte sich leicht – eine höfische Geste, die er zweifellos den Edelleuten abgeschaut hatte. Ein Grübchen bildete sich auf seiner Wange, als er jetzt lächelte. »Und ich bin Karl.«

Sie lachte. »So heißt auch mein Bruder. Ich bin Hanna.«

»O Herrin. Das ist ein schlechtes Omen, daß Ihr mich als Bruder sehen könntet.« Und plötzlich erinnerte er sich daran, daß es Nacht war und daß er jung war und sie, nun ja, vielleicht auch hübsch, aber zumindest begehrenswert und eine Abwechslung zu all den bekannten, alten Gesichtern. Sie errötete und ärgerte sich darüber.

»Und was sagt Eure Schwester? Über den Prinzen?« fragte sie, um überhaupt etwas zu sagen.

Er schnaubte. »Nichts als Lob, was bei einer Frau ermüdend ist, wenn sie von einem Mann spricht. Sie ist ihm gegenüber so loyal wie ein treues Hündchen. So sind alle Drachen. Ich sehe das anders.« Er berührte sein Kinn mit zwei Fingern und strich nachdenklich über seinen schönen, hellen Bart. »Wie kann man ihn wirklich als Mann bezeichnen, wenn ihm kein Bart wächst?«

Da Hanna nicht wußte, was sie auf diese Frage antworten sollte, schwieg sie vorsichtshalber.

Die Tür zum Gästehaus öffnete sich. »Los, Karl! Du hast genug Zeit gehabt.« Sein Kamerad blinzelte in die Nacht, sah die beiden Gestalten und winkte. »Komm schon her. Du hast bei einem Adler keinen Erfolg, du weißt doch, wie sie sind.«

Karl warf ihr eine Kußhand zu und ging zurück auf seinen Posten.

»Herr, hab Erbarmen«, stöhnte sie und eilte zurück zu der Kammer, in der der König Hof hielt. Aber Henry war bereits zu Bett gegangen, zumindest erklärte das Hathui.

»Wo schlafen wir?«

»Hast du noch kein Angebot erhalten?« fragte Hathui und lachte, als Hanna sich verriet, indem sie errötete. Doch die ältere Frau wurde rasch wieder ernst. »Hör mir zu, Hanna. Da ist etwas, das du dir merken solltest. Wenn eine Frau nicht mehr reiten kann, weil sie schwanger ist, kann sie nicht länger ein Mitglied der Adler sein. ›Heirate niemals, es sei denn einen anderen Adler, der den gleichen Eid geschworen hat wie du.‹«

»Das ist ein harter Grundsatz.«

»Unser Dienst ist hart. Viele von uns sterben im Dienst des Königs. Ich sage nicht, daß du niemals einen Mann lieben oder nicht mit einem schlafen darfst. Aber triff eine solche Entscheidung nicht leichtfertig und niemals, wenn es nur um das Vergnügen einer einzigen Nacht geht. Einige Leute – meist alte Männer und Frauen – kennen sich mit dem Gebrauch von bestimmten Kräutern und Ölen aus –«

»Aber das ist Magie«, flüsterte Hanna. »Und noch dazu die der Ungläubigen.«

Hathui zuckte mit den Schultern. »Ich habe gesehen, wie eine Diakonissin mit Kräutern und Liedern aus dem Heiligen Buch Wunden heilte, also wenn das Magie ist, nehme ich an, daß einige in der Kirche nichts gegen ihren Gebrauch einzuwenden haben. Ich sage nur, Hanna, für den Fall, daß die Begierde zu stark wird, gibt es Möglichkeiten, eine Empfängnis zu verhindern – auch wenn sie nicht immer gelingen. Aber jedes Geschenk der Herrin ist gleichzeitig eine Bürde und ein Schatz. Das ist die Lektion, die sie uns lehrt: So wie Feuer wärmen und töten kann, kann auch dieses Gefühl, das wir süße Leidenschaft nennen, den Tod oder den Segen in Form eines gesunden Kindes bringen.« Sie lächelte ironisch. »Manchmal ist es einfacher, sich den Heiligen zu weihen, wie ich es tat. Als ich ein Adler wurde, besaß ich keine Unschuld mehr, die ich St. Perpetua hätte widmen können, daher bot ich ihr meine Keuschheit.«

»Du warst verheiratet, bevor du zu den Adlern kamst?«

Hathui schüttelte den Kopf; der eine Mundwinkel verzog sich nach unten, und sie zwinkerte mit den Augen, als wollte sie eine alte Erinnerung abschütteln. »Nein. Sie wurde mir von einem qumanischen Banditen geraubt. Und wenn ich ihm oder seinem Volk jemals wieder begegnen sollte, wird er bitter für das bezahlen, was er mir nahm.«

Hanna fiel die Kinnlade herunter.

»Du wirst noch Fliegen verschlucken«, sagte Hathui, die sich bereits wieder gefangen hatte.

»Es … es tut mir leid.«

Hathui schnaubte. »Was kann man von Barbaren schon erwarten? Außerdem habe ich keinen dauerhaften Schaden davongetragen. Meine Tante dagegen wurde bei dem Überfall getötet.«

»Aber … aber bedeutet das, daß ich niemals ein Kind haben kann?« Hanna bereitete diese Aussicht wenig Vergnügen. Sie hatte bisher noch nicht darüber nachgedacht. Sie war eine Frau und nicht in der Kirche. Natürlich würde sie Kinder haben.

»Natürlich bedeutet es nicht, daß du keine Kinder haben

kannst, wenn du welche willst. Aber du mußt entweder die Adler verlassen oder innerhalb der Adler heiraten. Ein Kind von einem anderen Adler wird akzeptiert. Ich habe drei solcher Kinder gesehen.«

»Hast du erlebt, daß eine Frau von den Adlern ausgestoßen wurde, weil sie ... nun, weil sie ein Kind bekam?«

»Ja, das habe ich.« Hathui berührte ihr Messingabzeichen und fuhr mit den Fingern über den eingravierten Adler. »Dies war ihr Abzeichen. Sie starb leider während der Geburt – und das Kind auch.«

Hanna machte das Kreiszeichen über der Brust. Tod oder Segen. Diese Worte schienen zutreffend zu sein. Es war etwas, das auch ihre Mutter gesagt haben könnte.

»Komm, Hanna. Gehen wir schlafen. Es wird morgen noch allerhand zu tun sein.« Hathui gab Hanna einen freundschaftlichen Kuß auf die Stirn und führte sie am Arm mit sich. »Wir holen unsere Decken. Wir können hier schlafen, neben dem Stuhl des Königs.«

»Neben dem Stuhl des Königs?« Dies war eine so große Ehrbezeugung, daß Hanna sich fragte, ob ihre Eltern jemals glauben würden, daß so etwas ihrer eigenen Tochter widerfahren war.

»Er selbst hat das gesagt. Er ist ein guter Herrscher, unser König, und ich bin stolz darauf, ihm dienen zu dürfen.«

Am Morgen, gleich nachdem die Messe der Terz – die Andacht zur dritten Stunde des Tages – gehalten worden war, traf ein anderer Adler ein. Er kam vom Westen und war am Ende seiner Kräfte, sein Pferd strauchelte vor Erschöpfung.

Stallburschen führten das Tier weg. Hathui nahm seine Hand und brachte ihn – Hanna dabei dicht hinter sich – zum König, der sich gerade mit Helmut Villam, der Markgräfin Judith und anderen Edlen beriet; sie erörterten noch ein letztes Mal die Pläne für den Marsch nach Gent. Henry unterbrach die Unterredung und erhob sich.

Der Adler warf sich auf die Knie. »Eure Majestät.« Er konnte kaum sprechen, so ausgetrocknet war seine Kehle.

»Bringt ihm etwas Met«, befahl der König, und sofort beeilte sich ein Diener, der Anordnung nachzukommen.

Der Mann stürzte hastig einen Becher des Honigweins hinunter, und allmählich erlangte er seine Stimme wieder. »Ich bitte um Vergebung, Eure Majestät«, entschuldigte er sich.

»Ihr habt Neuigkeiten?«

»Schreckliche Neuigkeiten, Eure Majestät.« Der Mann weinte beinahe. »Ich komme aus Autun. Ich bin vier Tage und fünf Nächte geritten und habe nur angehalten, um die Pferde zu wechseln.« Er schloß die Augen.

Die Anspannung im Zimmer wuchs ins Unerträgliche, als alle Anwesenden darauf warteten, daß er fortfuhr. Hanna versuchte sich verzweifelt in Erinnerung zu rufen, wo Autun lag, welche Bedeutung es hatte. War es nicht ein Bistum? Ja! Das war es: Henrys jüngere Schwester Constanze war die Bischöfin von Autun.

Indessen hatte der Adler seine Beherrschung zurückgewonnen und erzählte weiter. »Ich konnte mit Hilfe der Kastellanin von Bischöfin Constanze fliehen. Autun ist jetzt in den Händen von Prinzessin Sabella.«

Einige der Höflinge murmelten, verstummten jedoch unverzüglich, als der König die Hand hob. Henry wirkte, was nur zu verständlich war, sehr ernst. »Die Stadt ist gefallen?«

Der Adler seufzte. »Durch Verrat, Eure Majestät. Bischöfin Constanze ist eine Gefangene von Prinzessin Sabella und ihren Anhängern. Sabella hat Helvissa als Bischöfin von Autun eingesetzt.«

»Helvissa? Diejenige, die ich vor acht Jahren mit Zustimmung der anderen Bischöfinnen meines Reiches ihres Amtes enthob?«

»Genau die, Eure Majestät. Autun ergab sich kamplos, um die Sicherheit von Bischöfin Constanze nicht zu gefährden. Nicht eine Menschenseele in Autun betrachtet Helvissa als rechtmäßige Herrin. Aber das ist nicht alles. Sabella hat ein Heer, und Herzog Rodulf von Varingia marschiert mit ihr.«

Niemand rührte sich oder sagte etwas; alle warteten auf die Reaktion des Königs.

Alles, woran Hanna denken konnte, waren die schrecklichen Worte: *»Sabella hat ein Heer.«*

»Was ist mit Herzog Conrad von Wayland?« erkundigte sich der König scheinbar gelassen.

Hanna wußte nicht, wie sich Herzog Conrad von Wayland in die am Königshof versammelte Gruppe einfügte, doch alle anderen schienen die Bedeutung dieser Frage durchaus zu erkennen. Sie warteten. Villam wischte sich mit dem Handrücken über die Lippen. Herzogin Liutgard – die angesichts ihrer bevorstehenden Reise bereits Reitkleider trug – rang nervös die Hände.

Doch der Adler schüttelte nur den Kopf. Er sah vollkommen erschöpft aus. »Ich weiß nicht, ob er auf ihrer Seite marschiert oder nicht. Ich mußte mitten in der Nacht fliehen und weiß nur, daß Sabella nach Osten marschiert.«

Osten. Selbst Hanna wußte, was das bedeutete. Im Osten lag Wendar.

»Sie hat einen Eid geschworen«, sagte Henry beinahe noch sanfter. Wut stand in seinem Gesicht, und er wirkte so angespannt wie ein Löwe kurz vor dem Sprung, als er mit knapper Geste die Nächststehenden zu sich heranwinkte. Doch er ließ seinem Zorn keinen freien Lauf. »Wendar ist in Gefahr. Sabella stellt meine Autorität in Frage – eine Rebellion, die wir nicht einfach so hinnehmen können. Wir können nicht nach Gent marschieren.«

Die Worte trafen Hanna wie ein Faustschlag.

»O Herrin«, murmelte sie, und ihr Herz wurde schwer wie Blei. Was würde jetzt mit Liath geschehen?

4

»Wir können nicht nach Gent marschieren.«

Wieviel Anstrengung mochten König Henry diese Worte gekostet haben?

Rosvita sah Villam an, und ihre Blicke trafen sich, als hätte er gerade das gleiche gedacht. Henry besaß drei rechtmäßige Kinder. Das Wohl des Königreiches verlangte, daß er das Leben des vierten aufs Spiel setzte.

Henry preßte die Hände gegeneinander. Er starrte unendlich lange auf den schönen arethusanischen Teppich unter seinen Füßen; der Teppich hatte ein Muster aus kaiserlichem Purpur und Elfenbein – Blumen ranken sich um achtzackige Sterne. Das Stück war als Königin Sophias Morgengabe in die Hände von König Henry gelangt, denn nur sie durfte es – als Tochter eines Kaisers und Nichte des herrschenden arethusanischen Kaisers – wagen, auf der Farbe der Edlen zu wandeln. Einen Teil ihres Besitzes hatte Henry nach ihrem Tod entsprechend ihren Wünschen zurück nach Arethusa geschickt. Diesen Teppich hatte er behalten, möglicherweise gegen ihren Wunsch. Doch man sagte von Henry, daß er sich allein von allen herrschenden Königen für mächtig genug hielt, den Mantel des heiligen dariyanischen Kaisers zu tragen. Zwar hatten andere vor ihm bereits versucht, diesen Titel zu erlangen, der zum ersten Mal vom großen Taillefer benutzt worden war. Keinem war es gelungen. Das »neue«, von Taillefer wiederbelebte Kaiserreich hatte gerade einmal magere vierundzwanzig Jahre überdauert und war mit seinem Kaiser untergegangen. Niemals konnte ein König, dessen Reich sich einem Bürgerkrieg gegenübersah, darauf hoffen, zum Kaiser gekrönt zu werden – auch nicht mit Unterstützung der Skopos.

»Macht Euch bereit«, sagte König Henry schließlich. »Wir reiten bei Morgengrauen.«

Diesem Adler, der einen anstrengenden Ritt und große Gefahren hinter sich hatte, gewährte der König keine besondere Gunstbezeugung. Er wurde weggeschickt, um Speis und Trank entgegenzunehmen und sich etwas auszuruhen. Der König zog sich in sein Schlafgemach zurück. Die anderen kehrten zu ihren eigenen Leuten zurück, und schon bald befand sich das Gefolge des Königs in großem Aufruhr, als sich alle auf den Marsch vorbereiteten. Die Soldaten jener Edlen wie Liutgard und Judith, die eigentlich zu ihren Gütern hatten aufbrechen wollen, wurden kurzerhand in Henrys Heer eingereiht. Es war keine Zeit mehr, um auf weitentfernten Ländereien Truppen auszuheben.

Adler wurden ausgeschickt – zu Rotrudis, der Herzogin von Saony und Attomar, und Burchard, dem Herzog von Avaria. Andere ritten zu den Gütern geringerer Grafen und Edlen. Ein großer Vorrat an Korn und Gemüse verschwand aus den Klosterkellern und wanderte in die Wagen des Königs, Hühner und Gänse wurden in Käfige gesperrt, die wiederum auf Stapeln von Steckrüben, Bohnen und ganzen Körben mit Weizen, Gerste und Roggen thronten. Angesichts der schrecklichen Kunde von Sabellas Revolte klagte nicht einmal der Kellermeister, als auch das letzte Faß Bier aus dem klösterlichen Weinkeller die Rampe hinauf und in die Wagen gerollt wurde.

Kurz nach der Vesper – Rosvita verstaute gerade Notizen, Griffel und Pergament sowie Federn und Tinte in einer Truhe für die Reise – erschien Villam im Skriptorium. Er war vollkommen aufgewühlt und schien kurz davor, in Panik auszubrechen. So legte sie sofort das Buch beiseite und trat zu ihm.

»Mein Sohn ist verschwunden«, sagte er. »Habt Ihr ihn heute schon gesehen?«

Sie bekam ein schlechtes Gewissen. Es war so viel geschehen, daß sie ihr Versprechen, den Jungen im Auge zu behalten, ganz vergessen hatte. Aber sie hatte sofort einen Verdacht, wohin er gegangen sein könnte. »Ich habe ihn nicht gesehen. Aber möglicherweise wissen seine Gefolgsleute etwas?«

»Sechs von ihnen fehlen ebenfalls, alles junge Männer in seinem Alter. Es ist keiner von den älteren dabei. Die anderen sagen nichts.« Villam befürchtete das Schlimmste.

»Bringt sie zu mir.«

Grimmig, aber doch etwas ruhiger, ging Villam wieder. Sie packte zu Ende und übergab die Truhe der Obhut einer ihrer Dienerinnen. Sie traf die Männer vor dem Herdfeuer – dem einzigen Ort im ganzen Tal, der eine gewisse friedliche Ausstrahlung zu haben schien. Villam wurde von zwei Männern begleitet: Einer war weißhaarig und hatte den Blick eines treuen, kampferprobten Gefolgsmannes, während der andere kaum älter als sechzehn oder achtzehn Jahre sein konnte. Er hatte ein gerötetes Gesicht und ganz offensichtlich geweint.

Rosvita musterte die beiden eingehend. Den alten Mann schob sie in ihren Gedanken gleich beiseite. Er mußte der alte Präzeptor sein, der Mann, der vor vielen Jahren auserwählt worden war, um den Jungen an den Waffen auszubilden; seine Loyalität galt dem jungen Mann, den er erzogen hatte, und er würde sich auch durch Furcht nicht umstimmen lassen. Aber der Jüngere.

»Ihr werdet mich nicht anlügen?« verlangte sie von ihm. »Wer seid Ihr, Kind? Wer sind Eure Eltern?«

Stammelnd teilte er Namen und Geschlecht mit.

»Wo ist Berthold?«

Er verriet sich, indem er den alten Mann anblickte, der allerdings stur geradeaus starrte. Der Jüngere begann zu zittern, rang die Hände, biß sich auf die Unterlippe.

»Seht mir in die Augen, Kind, und schwört beim Namen Unserer Herrin und Unseres Herrn, daß Ihr es nicht wißt.«

Er begann wieder zu weinen.

Jetzt mischte sich der alte Waffenmeister ein, als wollte er dem jungen Mann die Schande angesichts des Dilemmas ersparen, das ihn erwartete – Rosvita anzulügen oder seinen Herrn zu verraten. »Der Junge weiß nichts von der Expedition. Ich habe Berthold davon abgeraten, aber er war fest entschlossen und ließ sich nicht umstimmen.«

»Ihr seid nicht mit ihm gegangen!« Villam hob die Faust, als wolle er sie mit aller Kraft auf das Herdfeuer niedersausen lassen; erst in letzter Sekunde erinnerte er sich daran, wo er war. Er schlug mit der Faust in die offene Handfläche. Draußen wurde es dunkel, und es war Rosvita beinahe unmöglich, die Gesichtszüge der Männer zu erkennen. Zwei Mönche betraten die Kapelle mit Fackeln in den Händen und begannen die Wandleuchter anzuzünden. Schon bald würde die Messe der Komplet gesungen werden, und die Mönche würden sich zum Schlafen niederlegen.

»So lautete sein Befehl, Herr. Ich bin ein gehorsamer Diener. Und tatsächlich befürchtete ich kein Unglück. Es sind nur alte Ruinen. Ich habe bereits mit eigenen Augen welche gesehen und nicht angenommen, daß von ihnen Gefahr drohen könnte. Ich habe dafür gesorgt, daß er sechs seiner besten Soldaten mitnahm, als er heute morgen nach der Prim aufbrach.«

»Und doch ist er noch nicht zurückgekehrt.«

Der alte Waffenmeister ließ den Kopf hängen. Selbst in dem flackernden Licht der Fackeln konnte sie deutlich die Schuldgefühle erkennen, die den Mann quälten, da er sich seine Fehleinschätzung eingestehen mußte. Sie standen ihm so deutlich im Gesicht, als hätte er die Worte laut ausgesprochen.

»Nehmt Fackeln, Spitzhacken und Schaufeln, was immer Ihr braucht, und macht Euch mit zehn meiner Soldaten und den restlichen Gefolgsleuten meines Sohnes auf die Suche. Und jetzt geht.«

Sie taten, was Villam befohlen hatte.

Rosvita nahm an der Andacht zur Komplet teil. Es war voll in der Kirche, denn nicht nur der König, sondern auch alle Edelleute, die das Recht auf einen Platz hatten, waren anwesend. Doch während hinterher alle anderen hinausströmten, blieb Villam zurück; er kniete sich auf den kalten Boden und faltete die Hände zum Gebet. So verharrte er die ganze Nacht.

Die Mönche sangen zu den Vigilien und dann, beim ersten Tageslicht, zur Laudes. Als König Henry zur Messe der Prim zurückkehrte, war er bereits marschbereit gekleidet und trug einen Kettenpanzer. Sapientia ging hinter ihm, ebenfalls in Reitkleidung. Sie hatte den Helm ihres Vaters unter dem Arm und trug das Abzeichen von St. Perpetua, der Herrin der Schlachten, auf ihrer rechten Schulter. Theophanu würde weiter hinten im Troß bleiben, hinter dem Heer bei Leuten wie Rosvita, die nicht kämpften.

Sobald die Andacht zur Prim vorüber und das letzte Gebet verklungen war, verließ Henry die Kirche und trat zu seinem bereits gesattelten Pferd. Der Tag war gerade erst angebrochen. Noch war keiner der Männer von der nächtlichen Expedition zu den Ruinen zurückgekehrt.

»Wir müssen aufbrechen«, erklärte König Henry.

Villam neigte den Kopf; er wußte, daß sein König recht hatte. Er spritzte sich Wasser ins Gesicht, um sich zu erfrischen, und machte sich mit den anderen auf den Weg.

An diesem Morgen kam das Heer nicht über die Kavalkade an Wagen und Vieh, die zur Königlichen Rundreise zählte, hinaus. Gegen Mittag wurden sie von einer Gruppe vom Kloster eingeholt.

Rosvita eilte zu ihnen, um die Neuigkeiten zu erfahren. Berthold war ein guter Junge, noch dazu einer mit vielversprechenden Aussichten. Sie fühlte sich verantwortlich für ihn. Sie hatte nicht auf ihn geachtet, wie sie es versprochen hatte.

Aber sie konnte keine Hoffnung auf dem Gesicht des alten Waffenmeisters erkennen, der als Sprecher vortrat.

»Es ist eine traurige Geschichte, Herr.« Seine Stimme klang fest, aber seine Augen verrieten seinen Kummer.

»Mein Sohn ist tot«, sagte Villam, als würde er, indem er die Worte aussprach, den Schmerz über den Verlust seines Lieblingssohnes rascher überwinden können, ihn in das betäubte Leid über einen Jahre zurückliegenden Verlust verwandeln. Besser das, als die nackte Trauer, die ihm das Herz zu zerreißen drohte.

Der Waffenmeister verbeugte sich. »Nein, Herr.« Aber seine Stimme klang nicht ermutigend. Er holte tief Luft, konnte einen Augenblick nicht fortfahren.

Rosvita zwängte sich zwischen der Menge hindurch. Die Leute machten ihr Platz, als sie zu Villam trat. Dankbar legte er eine Hand auf ihren Arm, wie um sich zu stützen. Jetzt kam auch König Henry von seinem Platz vorne an der Spitze des Heeres zu ihnen, und wieder machten die Menschen Platz.

»Ich habe etwas Merkwürdiges gesehen, das ich mir nicht erklären kann. Folgendes ist passiert.«

Es war St. Ambrose, der zweite Tag nach dem Fest von St.

Susannah und der dritte Tag im Monat Sormas. Es war ein klarer und schöner Sonnenaufgang gewesen, und auch jetzt sah es aus, als würde das Wetter so bleiben – was sicherlich ein Zeichen dafür war, daß der Herr und die Herrin dem Feldzug ihren Segen gaben. Rosvita bemerkte, daß sich das Wetter auch nicht änderte, als der Mann seine Geschichte erzählte; die dünne Wolkenschicht, die sich am nördlichen Horizont erstreckte, schien sich nicht weiter auszubreiten. Der Himmel blieb klar, die Sonne warm. Sie war sich nicht sicher, was das bedeutete. Doch wenn Zauberei im Spiel war, richtete sie sich in diesem Augenblick bestimmt nicht auf die hier Anwesenden.

»Es dauerte mehrere Stunden, bis wir den Hügel erklommen hatten«, erzählte der Waffenmeister. »Trotz des Mondlichts war es schwer, dem Pfad zu folgen, der sich immer wieder in verwirrender Weise durch das Gelände schlängelte, und wir verloren ihn mehrere Male. Schließlich kamen wir zu einer Baumgruppe aus hohen Nordlandkiefern, wie sie niemand von uns zuvor gesehen hatte. Im ersten Grau des Morgens erreichten wir ein Felsenstück, von dem wir nicht geahnt hatten, daß es über uns gewesen war, obwohl einer Eurer Soldaten, Herr, daran die Stelle wiedererkannte, wo der heilige Mann lebte, um zu meditieren. Zu unserer Verblüffung entdeckten wir, sobald es heller wurde und wir mehr als nur die Hand vor Augen sehen konnten, zwei Löwen oben auf dem Felsen. Als sie uns bemerkten, zogen sie sich zwischen die Felsen zurück, und wir verloren sie aus den Augen. Wir fürchteten um das Leben des alten Mannes und eilten zu seiner Hütte.«

Jetzt machte er den Einigkeitskreis vor seiner Brust und berührte sanft die Fingerknöchel mit dem Mund, als wollte er der Herrin einen Handkuß zuwerfen.

»Als ich die Tür berührte, fiel sie sofort zur Seite, und wir sahen, was dahinter war.« Er blinzelte plötzlich, als würde er in blendendes Licht schauen. »Es war ein Wunder! Der alte Mann saß aufrecht in dem winzigen Raum, ohne die Hüttenwände zu berühren. Es roch so frisch, als wären Blumen in der Hütte gewachsen, aber es war nichts darin außer ihm, dem dünnen Lendenschurz um seine Hüften und dem Erdboden. Und als wir eindrangen, um ihn mit einer leichten Berührung aufzuwecken, da er zu schlafen schien, fühlte er sich so kalt an wie Stein. Er war tot.« Die Stimme des Waffenmeisters bebte.

Rosvita neigte den Kopf und sprach ein stilles Gebet für den Toten. Sein Name würde auf die Gebetsliste gesetzt werden, die jedes Jahr an Penitir gesungen wurde. Doch sie konnte nicht recht um Bruder Fidelis trauern; er war schließlich zur Kammer des Lichts aufgestiegen. Und sie besaß noch immer etwas von ihm – das Buch, das er ihr gegeben hatte.

»Ich schickte zehn Männer auf die Suche nach den Ruinen, von denen Ihr gesprochen habt, Herr«, fuhr der Waffenmeister fort. »Ich blieb noch mit den anderen zurück, um dem heiligen Mann ein ordentliches Begräbnis zu geben. Ich kann es nicht erklären ... es war, als hätte eine fremde Macht über uns gewacht, denn als wir das Loch in den harten Boden gruben, erschienen die Löwen wieder auf dem Felsen über uns. Aber sie machten keinerlei Anstalten, sich uns zu nähern. Tatsächlich sah es so aus, als wollten sie uns nur beobachten, und als der heilige Mann in aller Würde zur letzten Ruhe gebettet worden war, verschwanden sie. Dann fanden wir den Pfad und erreichten kurz danach die Ruinen oben auf dem Hügel. Aber was für ein seltsamer Anblick erwartete uns da! Ihr sagtet, es wären Ruinen gewesen, aber es war nichts dergleichen! Vor unseren Augen erhob sich ein Steinkreis, und in der Mitte stand ein riesiger Stein.«

»Aufrecht?« wollte Villam wissen. Er stürzte sich beinahe auf den Erzähler.

»Aufrecht und in exakter Anordnung, mit Stürzen verbunden. Ich habe schon solche Ruinen gesehen, sie sind sicherlich das Werk von Riesen. Aber keine war so gut erhalten wie diese.«

»Unmöglich!« schrie Villam. »Noch vor drei Tagen waren sie in Stücke zerfallen!«

Der Waffenmeister neigte den Kopf, bis seine Stirn die gefalteten Hände berührte. Er verharrte einige Zeit in dieser Haltung, während König Henry beruhigend auf Villam einsprach.

»Wir waren zutiefst verwundert«, erzählte der Waffenmeister schließlich weiter. Seine Stimme war kaum mehr als ein Flüstern. »Die Erdwälle waren offen. Jeder hatte einen Eingang, der von Steinplatten eingerahmt war. Wir zündeten Fackeln an und gingen hinein, zwar etwas gebückt, aber die Wände waren so geschickt mit glatten Steinen verkleidet, daß sie mehr wie die Gänge einer Festung wirkten als die eines Grabes. Bei jedem Erdwall war es das gleiche. Wir betraten einen Gang, der geradewegs zu einer runden Kammer in der Mitte des Erdwalls führte, tief unter der Erde verborgen. In der Kammer war nichts. Keine anderen Gänge, keine Anzeichen von einem Grab oder den Knochen eines Riesen oder Opfern, kein Hinweis auf einen Schatz. Nichts. Nur ein einziger Fußabdruck im Staub. Und das hier.«

Er streckte die rechte Hand aus und öffnete sie, als würde sich eine Blüte der Sonne öffnen. In seiner Hand lag ein goldener Ring.

Villam stöhnte laut auf und riß dem alten Mann den Ring aus der Hand. Immer wieder drehte er ihn hin und her, aber seiner Miene nach zu urteilen gab es keinen Zweifel. »Es ist der Ring seiner Mutter«, flüsterte er. »Sie gab ihm den Ring auf dem Todesbett.«

Dann weinte er, und auch die anderen weinten, der Waffenmeister und die Gefolgsleute des jungen Berthold. Sie hatten gefehlt, indem sie ihren jungen Herrn nicht beschützt hatten. Henry, dem schnell die Tränen kamen, weinte ebenfalls – das gehörte sich auch so für einen König, der Mitleid mit dem Schmerz hatte, den andere erlitten. So weinte er in Ausübung seiner königlichen Tugend um ihretwillen.

Rosvita weinte nicht. Die Erzählung hatte sie überwältigt. Sie war zutiefst erstaunt, und ihre Gedanken überschlugen sich. Fremde Mächte waren hier am Werk. Wie konnten Steine von solcher Größe aufgerichtet und wieder an ihren alten Platz gestellt werden? Woher waren die Löwen gekommen, die die Männer gesehen hatten? Warum hatte Bruder Fidelis ihr das Buch gerade zu diesem Zeitpunkt gegeben, so als hätte er gewußt, daß sein Tod kurz bevorstand? Was hatte es mit den Sieben Schläfern auf sich, die er erwähnt hatte?

Was hatte Berthold veranlaßt, die Expedition ausgerechnet mit *sechs* jungen Gefährten zu unternehmen?

Rosvita glaubte nicht an Zufälle.

Schließlich brachte Villam seine Trauer unter Kontrolle, obwohl sie in den kommenden Monaten gewiß immer wieder über ihn hereinbrechen würde. Aber er hatte schließlich noch eine Verpflichtung gegenüber seinem König, und es galt einen Krieg zu führen.

Mit ernsten Gesichtern und schweren Herzen ritten sie nach Westen, Sabellas Heer entgegen.

V

Blutherz

1

Chaos herrschte auf den Straßen von Gent, und wäre nicht immer wieder ein feiner Nieselregen auf die Stadt niedergegangen, wäre sie sicherlich in wirbelnden Staubwolken versunken. Überall war Matsch und Dreck, aber niemand wagte, das kostbare Wasser zum Reinigen der Straßen zu benutzen. Die Brunnen lieferten zwar noch immer Wasser und würden wohl auch nicht versiegen, denn der Fluß umgab die Stadt an zwei Seiten. Trotzdem wollte niemand das Risiko einer Wasserknappheit eingehen. Zwar war es noch möglich, am Flußufer zu waschen, doch die Aikha besaßen primitive Bögen – und auch Pfeile mit Steinspitzen konnten töten.

Liath hatte in ihrem Leben schon viele Orte gesehen. Sie hatte in Darre, der Stadt der Skopos, gelebt und Dörfer besucht, die auf den Ruinen der großartigen alten Städte Sirraqusae und Kartiako errichtet worden waren. In der schönen, sauberen Jinna-Stadt Qurtubah hatte sie nahe beim Palast des Kalifen gewohnt, hatte Pairri, den Sitz der salianischen Könige gesehen. In einem Handelsort namens Medemelacha hatte sie ein Schiff bestiegen und war die Küste entlanggefahren, und sie hatte sich unter das stolze, geschäftige Volk der Kathedralen-Stadt Autun gemischt. Sie und Pa waren durch Dörfer gereist, die sich gerade von Hungersnöten erholten, hatten Städte vermieden, die mit einem roten Banner vor der Pest warnten. In kleinen und großen Kirchen hatten sie gebetet, unter anderem auch in jener großen Basilika, die St. Thekla geweiht war. In den acht Jahren, die sie mit ihrem Vater umhergereist war, hatte sie so viel gesehen, wie tausend Leute in ihrem ganzen Leben sehen mochten.

Niemals jedoch hatte sie so etwas gesehen wie Gent: eine wohlhabende Kathedralen-Stadt, in der sich jetzt, da Flüchtlinge vom Land innerhalb ihrer Mauern Schutz gesucht hatten, doppelt oder dreimal so viele Leute wie üblich drängten. Schrecken und Entsetzen waren zu täglichen Begleitern der Menschen geworden. Eine Belagerung war etwas Fürchterliches.

Und jetzt ging auch sie jeden Tag durch dieses Chaos.

Bürgermeister Werner war ein eitler Mann – verdorben von seiner Mutter und daran gewöhnt, seinen Willen zu bekommen. Begeistert packte er die Gelegenheit, einen Adler des Königs ganz zu seiner Verfügung zu haben, beim Schopfe. Bei den allabendlichen Festgelagen ließ er sich von Wulfhere Gesellschaft leisten. Werner war – nur zu Recht – außerordentlich beeindruckt von Wulfheres Alter, von seinem Wissen und dem Ruf, den er als ehemaliger bevorzugter Berater von König Arnulf dem Jüngeren genoß. An den Abenden konnte Wulfhere Liath also nicht mit Fragen über das Leben bedrängen, das sie mit ihrem Vater all die Jahre geführt hatte.

Liath hatte geschickt Werners Aufmerksamkeit auf sich gezogen und verbrachte seither die Tage damit, auf seine Befehle hin, Nachrichten hierhin und dorthin zu bringen – natürlich alles innerhalb der Stadtmauern. Die meisten dieser Nachrichten waren überflüssig, aber sie hatte etwas zu tun und war nicht in Wulfheres Nähe. Zwar hätte auch sie ihm gerne eine Menge Fragen gestellt, doch wie Pa immer gesagt hatte: »*Teste erst den Boden, bevor du in den Fluß springst.*« Sie war nicht so dumm zu glauben, daß sie Wulfhere überlisten könnte, und sie fühlte sich auch noch nicht dazu bereit, sich ihm zu stellen. So ging sie ihm aus dem Weg.

Der Stadt konnte sie nicht entgehen, wenn sie Nachrichten hin und her brachte. An diesem Tag schien es, als wäre ganz Gent von einem unterschwelligen Wahnsinn heimgesucht, der sich in Windeseile immer weiter ausbreitete. Als sie auf dem Weg zum Waffenlager war, um den täglichen Stand an neu geschmiedeten Schwertern und Speeren zu erfragen und herauszufinden, wie lange das Brennmaterial noch reichen würde, mußte sie sich regelrecht über die mit Holzbrettern versehenen Wege drängen, obwohl der rotgesäumte Umhang sie als Adler auswies. Die Straßen wimmelten nur so von Menschen, die zum Teil ihre ganze Habe auf dem Rücken trugen, als hätten sie keinen Unterschlupf für sich gefunden. Andere gestikulierten wild und schwangen an irgendwelchen Ecken, unter dem Schutz überhängender Hausdächer oder beim Nachhauseweg von einer Schenke laute Reden.

»Macht Platz!« rief sie und versuchte sich ihren Weg durch ein Knäuel von Menschen zu bahnen, die sich an einer Ecke des Marktplatzes versammelt hatten. »Ich bin ein Adler.«

»Verfluchte Adler!« rief einer von ihnen und hob drohend seinen Stock. »Ihr da oben im Palast kriegt genug zu essen!« Er sah mager aus und trug zerlumpte Kleidung, und er ging vom Hunger gebeugt. Doch Wut ernährt sich aus sich selbst. Sofort spürte Liath die feindseligen Blicke, mit denen seine Begleiter sie musterten. Einer fingerte an einem Messer herum.

»Komm schon, mein Freund.« Ein anderer Mann trat vor, ein stämmiger Handwerker mit schmutzigen Händen und grimmigem Gesicht. »Sie ist nur ein Adler, eine Botin des Königs. Sie ist nicht verantwortlich für die Fehler des Bürgermeisters. Laß sie gehen.«

Murrend machte der erste Mann Platz, und seine Kameraden folgten ihm grollend.

»Ich danke Euch«, sagte sie zu dem Handwerker.

»Ich würde an Eurer Stelle den Marktplatz meiden«, erwiderte der Mann. »Hier treffen sich eine ganze Menge verärgerter Leute. Da vorn ist eine andere Gasse. Geht jetzt, und wenn Ihr in den Palast zurückkehrt, berichtet dem Bürgermeister von mir, einem guten Bürger von Gent, daß er sich vor der inneren Bestie ebenso in acht nehmen sollte wie vor der äußeren, wenn er sie nicht ordentlich ernährt.«

»Das werde ich tun«, sagte sie, wenn seine Anspielung sie auch verwirrte. Erleichtert nahm sie den anderen Weg, mußte sich aber selbst hier an Flüchtlingen vorbeizwängen, die mit ihrem ganzen Hab und Gut – soviel sie eben tragen konnten – an Holzwänden lehnten; einige besaßen nicht einmal ein Stück Stoff, um ihre Köpfe vor dem Regen zu schützen. Säuglinge schrien. Kinder jammerten. Eine alte Frau hatte sich in einen schmutzverkrusteten Schal gewickelt, den nur noch der bestickte Rand als solchen kenntlich machte. Sie versuchte, Mehl und Wasser zu einem Teig zu verarbeiten und daraus über einem rauchendem Feuer dicht an einer Hauswand Pfannkuchen zu backen.

Oh, Herrin, dachte Liath. Wie leicht konnte hier ein Feuer ausbrechen, wenn es etwas trockener wäre. Vielleicht war es also das beste, wenn es regnete. Aber sie hatte ja auch ein Dach über dem Kopf.

»Ich bitte Euch, Adler!« Der Mann sprach sanft, seine Stimme war noch belegt von den Folgen einer Erkältung.

Überrascht blieb sie im Schatten eines Abfallhaufens stehen. Es stank. Am Rand des Haufens lagen die Knochen und Felle von Ratten herum; das Fleisch war bis zum letzten Bissen abgenagt worden. Es roch nach Urin und Fäkalien. Ein Mann in der groben Tunika eines Bauern trat jetzt aus den Schatten; Verzweiflung zeichnete sein schmales Gesicht, und Schleim tropfte aus seiner Nase. Sie wich erschrocken zurück.

»Ich bitte Euch«, wiederholte er. »Bringt mich zum Bürgermeister.«

»Das kann ich nicht. Ich überbringe nur Botschaften.«

»Bitte«, bettelte er. Dann versuchte er, ihre Hand zu ergreifen, sie zu sich zu ziehen. Sie machte einen Satz rückwärts, doch irgend etwas an ihm hielt sie davon ab wegzulaufen. »Bitte. Ihr müßt doch etwas tun können. Es ist meine Tochter.«

»Eure *Tochter?*«

»Sie ist krank und hat nicht genug zu essen. Hier. Seht selbst.«

Seine Tochter. Die Trauer über den Tod ihres Vaters drohte sie wieder zu ersticken, und Tränen traten ihr in die Augen. Betäubt folgte sie dem Mann in die winzige, mit Abfall übersäte Gasse zu einer übelriechenden Ecke, wo er ein Lager für seine Tochter errichtet hatte. Das Alter des Mädchens war schwer zu schätzen, etwa acht bis zehn Jahre. Sie hustete unaufhörlich im Halbschlaf, doch als sie die Schritte ihres Vaters hörte, streckte sie ihm kläglich die Arme entgegen.

»Pa?« flüsterte sie. »Pa, es tut so weh in meiner Brust. Es tut mir leid, Pa. Ich wollte so gern stark sein.« Dann sah sie Liath.

Ihre Augen weiteten sich, und sie bekam erneut einen Hustenanfall.

Der Mann kniete sich hin und streichelte sie, er tröstete sie, bis sie sich wieder beruhigte. Dann blickte er mit gequälter Miene Liath an. »Wir sind keine armen Leute, Adler. Ich war ein guter Bauer und bezahlte treu und redlich meine Abgaben an Gräfin Hildegard. Vor zwei Wintern verlor ich meine Frau an das Lungenfieber, und ein Kind, das sie noch nicht geboren hatte, starb mit ihr. Dieses Kind, meine Miriam, ist alles, was mir geblieben ist. Aber hier in Gent haben wir nichts und niemanden; keiner kann uns helfen. Und ich finde auch keine Arbeit. Bitte, helft uns, Adler. Auf dem Marktplatz sagen sie, daß der Bürgermeister jede Nacht Feste feiert, während wir hier draußen nichts zu essen haben. Ich fürchte, sie wird –« Er brach ab und vergrub das Gesicht in den Haaren des Mädchens.

Liath unterdrückte ein Schluchzen. Wieder traf sie mit voller Wucht die Erkenntnis: Pa war tot. Er war tot und würde niemals zurückkehren, niemals wieder neben ihr gehen, sie trösten, sie unterrichten. Egal, welche Fehler er auch begangen hatte – und es waren viele gewesen –, er hatte wie alle Menschen gegen die Finsternis gekämpft. Aber er hatte sein Bestes gegeben und war ein guter Mann gewesen, und immer – immer – hatte er sich um sie gekümmert. Tränen und Regentropfen vermischten sich auf ihrem Gesicht. Das Mädchen blickte sie ehrfürchtig an, der Mann mit einem Ausdruck verzweifelter Hoffnung.

»Warum geht Ihr nicht in die Kathedrale?« fragte sie. »Die Bischöfin hat vielen Flüchtlingen gestattet, im Mittelschiff ihr Lager aufzuschlagen, und sie versucht sicherlich auch, sie gut zu ernähren.«

»Ich habe es versucht«, sagte er, und die Hoffnung in seinen

Augen erlosch. »Aber es sind so viele von uns. Sie schickten uns weg, bevor wir auch nur die Treppenstufen erreichen konnten. Die Wachen des Bürgermeisters haben uns mit Stöcken vertrieben.«

Sie zog den Ring der Adler vom Finger und streckte die Hand aus. »Geht mit diesem Ring zum Palast«, sagte sie, und ihre Stimme bebte. »Bittet dort um Einlaß zu den Ställen. Sagt den Drachen, ich erwarte von ihnen, daß sie Euch eine Beschäftigung geben. Ihr könnt doch mit Pferden umgehen, oder nicht?«

Er schluckte. »Ich hatte Schafe und Ziegen und Hühner, aber niemals ein Pferd.«

»Dann also Hühner«, erwiderte sie leichthin. »Nehmt Eure Tochter. Dies wird Euch Einlaß verschaffen. Ihr müßt es tun, denn ich brauche den Ring und werde Ihn dort von Euch zurückbekommen.«

»Pa!« flüsterte das Mädchen. Dann hustete sie wieder.

Der Mann begann ihr so leidenschaftlich zu danken, daß sie befürchtete, andere könnten auf sie aufmerksam werden, selbst hier hinter dem Müllhaufen. Aber sie konnte nicht alle retten.

»Ich muß gehen«, sagte sie. »Ich habe eine Aufgabe zu erfüllen.« Dankbar floh sie in den Regen; den ganzen Weg zum Waffenlager und zurück weinte sie.

Werner hielt sie den Rest des Tages beschäftigt, und am Abend verlangte er zur Beruhigung seiner Sorgen nach einem üppigen Fest, nach dem ihr jedoch ganz und gar nicht der Sinn stand. Anschließend übernahm sie eine Nachtwache, und so legte sie sich erst kurz vor Morgengrauen hin, um in einen unruhigen Schlaf zu fallen. Im Laufe des Morgens wurde sie von einem besorgten Diener geweckt. Er bat sie, sofort mit zur Halle zu kommen.

»Adler!« Werner schritt in der Halle aufgeregt auf und ab. »Habt Ihr es gehört? Habt Ihr es gesehen?«

»Ich bitte um Verzeihung, Bürgermeister«, erwiderte sie. »Ich bin gerade erst aufgestanden. Ich hatte eine Wache –«

»Herrin und Herr! Wie weit sind wir gekommen!« Er riß die Hände hoch und rief nach einem Tablett, steckte sich eine süße Leckerei in den Mund, als könnte das seine Bedrängnis lindern. »Ich habe bereits Wulfhere und den anderen Adler zur Gerberei geschickt, also was soll ich jetzt tun? Was soll ich tun?«

Sie schaute zu, als er einen vorbeigehenden Diener schlug. Es schien seine Nerven zumindest so weit zu beruhigen, daß er wieder zusammenhängende Sätze sprechen konnte. »Eine Menschenmenge hat sich vor den Toren versammelt. Vor diesen Toren, als wäre *ich* ihr Feind! Was für eine Katastrophe!«

»Haben sie gesagt, was sie wollen, Bürgermeister?«

»Brot und Bohnen!« empörte er sich. »Brot und Bohnen! Die guten Bürger von Gent würden sich niemals so verhalten, wenn sie nicht unter dem schlechten Einfluß der Bauern stehen würden. Es ist sogar eine Diakonissin bei ihnen – stellt Euch das einmal vor! –, die sie mit Geschichten aufhetzt, daß in meiner Halle Feste gefeiert werden, während ihre Kinder sterben! Kein Kind stirbt innerhalb der Mauern von Gent. Dafür sorgt die Bischöfin. Sie nennen mich einen Vielfraß und behaupten, daß ich dem leiblichen Wohl fröne, während ihre Kinder sterben! Stellt Euch das vor! Könnt Ihr Euch das vorstellen?«

Sie schwieg und wartete, doch unglücklicherweise schien er eine Antwort von ihr zu erwarten. »Ich bin hier, um Euch zu dienen, Bürgermeister«, sagte sie vorsichtig.

»Jemand muß hinausgehen und sie beruhigen«, sagte Werner. Er beäugte sie mit einer Mischung aus Schläue und Zweifel.

»*Ihr* seid es, nach dem sie rufen, Bürgermeister«, entgegnete sie vorsichtig.

Werner strich nervös seine Tunika glatt und spielte mit den Fingern an dem weichen Ledergürtel. Auf der goldenen Schnalle prangten Lapislazuli-Steine. »Ich kann nicht ... es wäre zu gefährlich ...« Sein besorgter Blick fiel wieder auf Liath, und seine Miene hellte sich auf. »Adler, holt Prinz Sanglant. Er wird mich unterstützen. Immerhin –« Er drehte an den Ringen an seinen Fingern, eine Angewohnheit, die Liath schon oft bei ihm bemerkt hatte. Es waren außerordentlich schöne Ringe, einer mit winzigen Rubinen, einer mit einem Amethyst, einer mit einem eingelassenen Lapislazuli von außerordentlich intensivem Blau. Der vierte war ein dünner Reif aus so umwerfend fein verarbeitetem Cloisonné, daß Liath sich kaum vorstellen konnte, daß menschliche Finger ihn geschmiedet hatten. »Immerhin ist er hier, um Gent zu schützen, und wenn die Menge wütend oder rachsüchtig wird oder mich bedroht ...«

Sie nickte gehorsam und verließ die Halle. Draußen schien die Sonne. Sie stand im Schutz des großen Innenhofes, der auf der einen Seite durch den Palast und die große Halle begrenzt wurde, auf der zweiten von den Küchen und Nebengebäuden, auf der dritten von den Unterkünften der Wachen und den Ställen und auf der vierten von dem Palisadentor. Sie konnte die Menge hören, die sich auf der anderen Seite des Tors versammelt hatte. Die Leute redeten wild durcheinander, doch in ihren Stimmen schwangen die Wut und die Verzweiflung von Menschen mit, die nichts mehr zu verlieren hatten.

Werner konnte sich angesichts der Belagerung durch die Aikha einen Aufstand innerhalb der Mauern nicht leisten; schlagartig wurde Liath klar, was der Handwerker auf dem Marktplatz gemeint hatte, als er von der inneren Bestie gesprochen hatte. Sie glättete ihre Tunika und wickelte das Ende ihres Zopfes um einen Finger, dann verfluchte sie ihre Sorge um ihr Äußeres. Vielleicht stimmte es ja, daß Prinz Sanglant sie hin und wieder ansah, aber er sah jede halbwegs attraktive Frau an, die in seine Nähe kam. Liath bemerkte das nur, weil sie ihn beobachtete, obwohl sie sich bemühte, ihn nicht zu beobachten, wenn sie zur selben Zeit in der Halle waren oder sich im Hof oder bei den Ställen begegneten.

Aber es war nicht die Zeit, sich Gedanken über solch banale Dinge zu machen. Wie Pa immer gesagt hatte: »*Es macht keinen Sinn, über den Verlust eines losen Fadens nachzudenken, während das Schaf von den Wölfen gefressen wird.*«

Sie nahm all ihren Mut zusammen, schritt zu den Ställen und dann den langen, schlecht beleuchteten Gang entlang. Sie sah nirgendwo einen Hinweis auf den Mann und das Kind, denen sie hatte helfen wollen. Hinter den eigentlichen Ställen, aber noch innerhalb der Palasteinzäunung, befand sich ein Stallhof mit einem eigenen Tor. In diesem Hof pflegten sich die Drachen in der schönen Frühlingssonne zu entspannen, oder – was weit häufiger vorkam – sie übten mit Schwertern und Speeren. So wie jetzt.

Sie hielt an den Türen zum Innenhof inne, wischte sich den Staub von der Nase und versuchte nicht zu niesen. Zwei Männer trainierten mit Stöcken. Einige der jüngeren Männer hämmerten pflichtbewußt gegen einen massiven Holzpflock, der aufrecht im Boden steckte. Ein älterer Mann saß auf einer Bank und reparierte ein Paar weiche, lederne Armschoner, die so lange und gut eingeölt worden waren, daß sie in sattem Braun leuchteten. Sanglant lachte.

Sein Lachen war so klar und hell, daß die Luft davon zu erzittern schien. Sie fand ihn halb verborgen hinter einer Leine, die gespannt worden war, um in der Morgensonne die Wäsche zu trocknen. Er trat aus dem Schatten der Wäschestücke, den Kopf zurückgeworfen. Schweiß glänzte auf seiner Stirn. In der einen Hand hielt er ein in Tücher gehülltes Schwert, in der anderen den tropfenförmigen Schild mit dem schwarzen Drachen. Das Kettenhemd fehlte; er trug nur das wattierte Wams, das sonst unter der Rüstung verschwand. Hinter ihm folgten zwei andere Drachen – die Frau und ein junger Mann mit hellem Haar und einem blonden Bart –, die in der gleichen Weise gerüstet waren; sie hatten offensichtlich Schwertübungen durchgeführt.

Sanglant wischte sich den Schweiß vom Gesicht und wandte sich zu Liath um, die auf der anderen Seite des Hofes stand. Er hob die Hand. Sofort verharrten alle Drachen, drehten sich zu ihr um und starrten sie an. Sie unterdrückte den plötzlichen Impuls zu fliehen, reckte das Kinn und ging auf ihn zu.

»Bürgermeister Werner möchte, daß Ihr zu ihm kommt«, sagte sie mutig und mit klarer Stimme. »Eine Menschenmenge hat sich –«

»Ah, ja«, unterbrach sie der Prinz. »Ich habe mich schon gefragt, wann Bürgermeister Werner nach mir schicken würde. Es sind mehr geworden seit der Morgendämmerung.« Er wirkte eher erheitert als verärgert oder besorgt. Er reichte der Frau neben sich das Schwert und den Schild und erhielt statt dessen einen Speer. Er bedeutete Liath vorauszugehen. Niemand sonst kam mit, nur er. Sie spürte seine Blicke auf ihrem Rücken, als sie durch die Ställe zurückgingen.

»Ich habe Euch niemals diesen Bogen benutzen sehen«, sagte er. »Es ist ein qumanischer, nicht?«

»Ja.«

»Es ist ein merkwürdiges Muster – ein Hirsch, der bezwungen ist, dessen Geweih aber dennoch Greifen gebiert.«

Seine Bemerkung verblüffte sie, aber sie wagte nicht, langsamer zu gehen oder sich umzudrehen.

»Ihr habt unerhört strahlende, blaue Augen«, fügte er hinzu, als wäre es ihm gerade eingefallen. »Wie das Herz des Feuers. Oder wie der schöne Lapislazuli am Finger von Bürgermeister Werner.«

Ihre Wangen brannten. Sie wußte nicht, was sie sagen sollte.

Sie traten durch die Stalltüren auf den Hof und fanden Bürgermeister Werner mit einer Reihe von Palastwachen und Bediensteten; er wirkte vor Angst ganz klein.

»Öffnet das Tor«, sagte Sanglant, an Liath vorbeischreitend.

»Aber –!«

»Öffnet das Tor!«

Werner brachte es nicht über sich, den Befehl zu geben, ehe er sich nicht in den Schutz des Wehrgangs auf der Palisadenmauer zurückgezogen hatte, außer Reichweite der wütenden Horden, die möglicherweise gleich hereinschwärmen würden. Aber dort oben war er für die Leute unten sichtbar. Es waren in der Tat überwiegend Bauern und arme Leute, dürr und voller Verzweiflung – dieselbe Art von Menschen, an denen sich Liath gestern hatte vorbeidrängen müssen. Als sie den Bürgermeister erblickten, begannen sie zu rufen, einige voller Wut, andere bittend, wieder andere fluchend. Einer hielt ein kleines Kind hoch über dem Kopf, als wollte er den Bürgermeister – dessen rundes, gerötetes Gesicht eindeutig verriet, daß es ihm niemals an Essen mangelte – auf diese Weise zwingen, das hungrige Gesicht des Kindes anzusehen. Einige wenige hatten Stöcke oder Sensen in den Händen und fuchtelten wütend mit ihnen herum, während Werner sich vergeblich bemühte, ein paar besänftigende Worte herauszuquetschen; bei dem Lärm wäre er auch gar nicht gehört worden.

Das Tor öffnete sich. Sanglant schritt hinaus, den Speer in

der linken Hand, die rechte erhoben, ausgestreckt und leer. Er hatte keine Eskorte. Plötzlich wurde Liath nervös, zog ihren Bogen heraus und legte einen Pfeil an. Sie spannte ihn und zielte auf eine Stelle knapp neben dem Prinzen, so daß sie sofort schießen konnte, sollte ihn jemand angreifen.

Er warf einen Blick zu ihr hinauf, als hätte er das Geräusch der gegen die Bronzekappen reibenden Sehne vernommen. Er lächelte sie mit seinem charmanten Lächeln an, als würde ihre Sorge ihn amüsieren oder ihm schmeicheln, und einen Augenblick vergaß sie, wo sie war und was sie da tat. Dann schaute er wieder weg, blickte auf die Menge und hob den Speer. Die Leute wurden unruhig, und ihre Aufmerksamkeit richtete sich jetzt vom Bürgermeister auf Sanglant. Er trat mitten zwischen sie, offensichtlich ohne jede Spur von Angst. Da er einen halben Kopf größer war als alle anderen dort unten, war er leicht zu erkennen. Sie schufen eine Gasse, um ihn durchzulassen, und irgendwo fand er eine Kiste oder einen Steinblock, auf den er sich mit hoch über dem Kopf erhobenem Speer stellte. Mit einer Geste der rechten Hand bat er um Ruhe.

Zu Liaths Verwunderung beruhigte die Menge sich tatsächlich.

»Oje, oje«, murmelte Werner und wurde dann schlagartig still, als er begriff, daß die Menge nicht über Sanglant herfallen und ihn in Stücke reißen würde.

»Ihr müßt drei von Euch auswählen«, erklärte Sanglant ohne Vorrede. »Sie werden zum Bürgermeister gebracht, um mit ihm über Eure Klagen sprechen zu können. Wählt sie schnell und ohne zu streiten. Ihr anderen kehrt zurück in Eure Häuser oder dorthin, wo immer Ihr Euch aufhaltet. Ich werde die Bischöfin bitten zu vermitteln.« Er hielt inne.

Seine Stimme klang so rauh, daß Liath sich wunderte, wieso

sie so klar zu verstehen war. Doch sie klang immer so. Er bewegte sich leicht, und das Sonnenlicht ließ seinen goldenen Halsreif hell aufblitzen. Liath senkte den Bogen. Sie konnte sich nicht konzentrieren, nicht, wenn sie ihn ansah. Hatten nicht die Alten geschrieben, daß Begierde ein Fluch war? Ihre Hände bebten, und sie nahm den Pfeil von der Sehne. Der Prinz war nicht in Gefahr.

Aber sie war es möglicherweise.

»Ich möchte darauf hinweisen«, fuhr Sanglant fort, »daß Gent eine belagerte Stadt ist. Der Feind, der da draußen wartet, ist viel schlimmer als Euer Hunger, denn es gibt genug Vorräte in dieser Stadt, die ausreichen, wenn sie sinnvoll eingeteilt werden. Doch im Herzen unseres Feindes ist keine Barmherzigkeit – wenn er überhaupt ein Herz hat. Wir dürfen uns nicht gegenseitig bekämpfen, denn auf diesem Weg wartet auf uns alle nur der Tod. Ihr habt recht, wenn Ihr verlangt, daß Eure hungrigen Kinder zu essen haben, aber niemand darf ein Fest erwarten –«

»Der Bürgermeister feiert jede Nacht!« rief eine Frau mit schriller, aber deutlicher Stimme. Sie trug die Kleidung einer Diakonissin.

»Dann solltet Ihr, gute Diakonissin, vor ihn treten und ihm sagen, was Ihr denkt. Ihr seid die erste. Wählt zwei weitere.«

Seine brüsken Befehle brachten die Leute zur Ruhe. Schon begann sich die Menge aufzulösen. Nach einem kurzen Gemurmel traten zwei Männer mit der Diakonissin vor und folgten Sanglant in den Hof. Liath erkannte in einem den Handwerker, der ihr auf dem Marktplatz geholfen hatte. Das Tor schloß sich hinter ihnen; erst jetzt verließ Werner den Wehrgang. Als sie erst einmal in der großen Halle waren, wirkten die drei gewöhnlichen Leute unterwürfig, vielleicht sogar eingeschüchtert durch die Anwesenheit des Bürgermeisters oder

– was wahrscheinlicher war – durch die imposante Gestalt Sanglants.

»Adler«, sagte Werner, »sucht die Bischöfin und bringt sie zu mir. Ich meine natürlich, bittet sie darum, zu mir zu kommen.«

Sanglant rührte sich, und beinahe glaubte Liath, daß er ihr seine Begleitung anbieten wollte. Aber das tat er nicht. Statt dessen trat er mit einem Seufzer zu Werner und ließ sich auf einem Stuhl neben ihm nieder.

Oh, Närrin! Sie verfluchte sich, während sie davoneilte. Das Tor öffnete sich für sie, und dieses Mal machten die Leute sofort Platz, als sie vom Palast zur Kathedrale lief. Vielleicht hatte Pa ja recht gehabt; meistens hatte er das. »*Bist du so eitel?*« hatte er sie gefragt. Aber er hatte von Hugh gesprochen, und sie hatte recht gehabt, was Hugh betraf. Pa hatte niemals verstanden, was der Kirchenmann wirklich gewollt hatte.

Aber sie wollte jetzt nicht an Hugh denken. Sie wollte niemals wieder an Hugh denken.

Die Bischöfin von Gent vergeudete nicht viel Zeit; Liath wurde sofort mit der Nachricht zurückgeschickt, daß Werner sie innerhalb der nächsten Stunde erwarten könne und daß sich noch vor Einbruch der Nacht eine Lösung dieses Problems finden würde – und wenn sie sie erzwingen müßte.

Als Liath zur Halle zurückkehrte, hatten die Diakonissin und der Handwerker schon gesprochen. Jetzt ergötzte der dritte Vertreter, ein ältlicher Mann in einer guten, auf seinen Wohlstand verweisenden Leinentunika, den Bürgermeister, indem er sich ausschweifend über die Position der Sterne in den Himmelssphären ausließ und damit auch über das Schicksal, das sie für Gent im allgemeinen und für den Bürgermeister im besonderen bereithielten. Werner lauschte mit solch gespannter Aufmerksamkeit, daß er Liaths Rückkehr nicht bemerkte, oder zumindest deutete nichts darauf hin, daß er sie bemerkt hatte.

»Denn in den Schriften der Kirchenmütter und in den Berechnungen der Mathematiki von Babaharshan steht geschrieben«, intonierte der Mann in jenem klangvollen Tonfall, wie ihn nur die wirklich Dünkelhaften hervorbringen können, »daß der Eintritt von Mok in das Zeichen des Heilers – des elften Hauses im geringeren Kreis, dem Weltendrachen, der die Himmelssphären zusammenhält – eine Zeit der Heilung und Hoffnung verspricht, deren Strahlung noch verstärkt wird, wenn auch Jedu, der Engel des Krieges, in das gleiche Zeichen eintritt. Das wird schon recht bald geschehen, sehr bald sogar, denn dann wird der glühende Jedu aus dem Einhorn heraus- und in den Heiler hineintreten. So solltet Ihr Mut fassen und wissen, daß die Himmelssphären uns in dieser dunklen Stunde Hoffnung schenken, und Ihr solltet großzügig die Bürde jener erleichtern, die innerhalb Eurer schönen Stadt gefangen sind.«

»Oh, erspart uns diesen Unsinn«, stöhnte Liath leise auf. Sofort bereute sie, es gesagt zu haben. Sie hatte nicht an Sanglants scharfes Gehör gedacht.

Sanglant warf ihr einen Blick zu, sagte jedoch nichts.

»Sprecht weiter«, forderte Werner den Mann auf, der auch tatsächlich fortfuhr; offensichtlich nahm er nichts anderes wahr als die Aufmerksamkeit des Bürgermeisters.

»Ja, die Himmel geben uns Hoffnung. Ihr braucht kein Unheil zu fürchten, denn kein Komet entflammt den Himmel, und nur solch glühende Schwerter künden vom Untergang. Daher können wir alle feiern und Feste abhalten, denn unsere Rettung steht kurz bevor ...« – Werner blickte jetzt in der Tat viel fröhlicher drein –, »und wenn Gold in einem bestimmten Muster, das nur ich kenne, vor mir ausgelegt wird, kann ich auf eine Weise, die geheim bleiben muß, die exakte Stunde und den Tag unserer Befreiung bestimmen!«

»Ach!« stieß Werner leidenschaftlich hervor.

Oh, Herrin! Dieser Mann würde mehr Unheil anrichten als Gutes bewirken. Doch die Meinung eines Adlers zählte nicht. Aber die eines Prinzen. Sie mußte es riskieren. »Er ist ein Schwindler«, sagte sie leise.

Sofort hob Sanglant die Hand, und Ruhe kehrte ein. »Woher wißt Ihr all das über die Himmelssphären?« fragte er den alten Mann. »Wie können wir sicher sein, daß Ihr die Wahrheit sagt?«

Der Mann schlug sich mit der Hand gegen die Brust. »Edler Prinz, Ihr ehrt mich mit Eurer Aufmerksamkeit. Ich wurde an der Akademie von Diotima in Darre ausgebildet, im Schatten des Palastes der Skopos. In der Akademie lernten wir die Geheimnisse der Himmel aus den Schriften der Alten und außerdem, wie wir das Schicksal der Menschen und der Welt aus den Bewegungen der Sterne vorhersagen können.«

»Gegen einen Preis«, sagte Liath, »der gewöhnlich in *Gold* entrichtet wird.«

Entgeistert registrierte sie, daß sie laut gesprochen hatte. Aber was konnte sie dagegen tun? Bei all ihren Reisen hatte sich ihr Pa niemals als Astrologe oder Haruspex ausgegeben – als einer jener Männer und Frauen, die von sich behaupteten, das Schicksal von »Königen und anderen Menschen« bestimmen zu können. Schwindler allesamt, hatte Pa immer behauptet, obwohl er gebildet genug gewesen war und ihnen beiden ein gutes Leben hätte bescheren können, wenn auch er einer geworden wäre. Aber Pa respektierte das Wissen, das er besaß, und vielleicht fürchtete er es auch. Es war nichts, mit dem man allzu arglos umgehen sollte. In ihrem Innern loderte eine Flamme der Entrüstung bei dem Gedanken, daß das Wissen, für das er so bitter bezahlt hatte, von anderen lediglich als Handelsware betrachtet wurde – als eine Ware, die Leute wie dieser Scharlatan dazu benutzten, um leichtgläubigen, arglosen Menschen das Gold aus der Tasche zu ziehen.

Der alte Mann runzelte gebieterisch die Stirn, und er blickte sie an. »Es ist eine stolze Kunst, die ich ausübe, und auch wenn einige in der Kirche sie mißbilligen, wurde doch niemals der Bann über sie gesprochen –«

Die Diakonissin unterbrach ihn. »Beim Konzil von Narvone wurde das Erstellen von Horoskopen für unrechtmäßig erklärt. Nur Gott und die Engel dürfen Wissen über unser Schicksal besitzen.«

»Nun«, platzte er heraus, »ich erstelle natürlich keine Horoskope für einzelne Leute, aber ich besitze großes Wissen, und niemand soll es wagen, verächtlich über mich zu sprechen, denn ich kenne die Wege des Himmels. Ich habe das *Astronomicon* von Virgilia studiert und –«

Liath schnaubte. »Virgilia schrieb die *Heleniade*. Es war Manilius, der die fünf Bücher verfaßte, die *Astronomicon* genannt werden und auf die Ihr Euch zu beziehen scheint. Und die von Diotima von Mantinea gegründete Akademie befindet sich in Kellai, nicht in Darre.«

Sanglant hustete, aber nur, um ein Lachen zu verbergen.

Liath brach ab. Alle in der Halle starrten sie jetzt an, als hätte sie plötzlich begonnen, in einer fremden Sprache zu reden, wie die Schüler an Pentekoste, als sie mit der Heiligen Botschaft in Berührung gekommen waren.

Oh, Herrin! Sie hatte sich von ihrer Ungeduld verleiten lassen, von ihrer Ungeduld mit Dummköpfen und ihrer alten, schwelenden Wut über den Tod ihres Vaters. Sie hatte sich vor aller Augen verraten.

»Was …?« stammelte der Bürgermeister, den Mund weit

aufgerissen wie ein Fisch auf dem Trockenen. »Was? Ich verstehe nicht …«

»Ich bin außer mir!« sagte der Mann, der behauptete, ein Astrologe zu sein, und auch die Diakonissin trat vor und starrte voller Interesse – oder war es Überraschung? Oder Verdacht? – auf Liath.

»Bürgermeister«, sagte Sanglant mit so scharfer Stimme, daß jetzt alle ihn anblickten. »Ich benötige diesen Adler, um Botschaften zu jenen Männern bringen zu lassen, die entlang der Mauern aufgestellt sind. Ihr habt diese Angelegenheit unter Kontrolle, denke ich, und außerdem wird ja auch bald die Bischöfin eintreffen.«

Werner setzte zum Sprechen an.

»Gut«, sagte Sanglant. Er wandte sich an Liath. »Kommt.«

Sie folgte ihm nach draußen. Ihr Herz pochte heftig. Doch aus irgendeinem Grund hatte sie keine Angst, fühlte sich vielmehr erleichtert – sogar regelrecht in Hochstimmung versetzt.

Er blieb auf dem großen Innenhof stehen, mitten in der Sonne, und reckte die Schultern und den Nacken wie ein großes Tier nach einem siegreichen Kampf. Dann musterte er sie, doch weil sie sich schon längst verraten hatte, fürchtete sie sich nicht davor, ihm direkt in die Augen zu blicken.

»Ich habe natürlich die *Heleniade* gehört«, sagte er, »oder zumindest Teile aus ihr. Viele Poeten auf der Rundreise des Königs singen dieses Heldenepos zur Unterhaltung des Hofes, und natürlich habt auch Ihr in den letzten zehn Tagen den Poeten in Werners Palast sie vortragen hören.«

»Verhunzen, meint Ihr wohl eher.«

Er lächelte. »Vielleicht würdet Ihr sie gefälliger wiedergeben.«

Sie schüttelte wild den Kopf. »Ich bin weder eine Poetin noch eine Bardin und singe nicht in der Öffentlichkeit.«

»Nein, das seid Ihr nicht. Ihr seid etwas ganz anderes, glaube ich. Gibt es tatsächlich ein solches Buch wie dieses ... *Astronomicon?*«

»Ich habe davon gehört, es aber niemals gesehen. Es gibt einen Hinweis darauf in der *Ethymologie* von Isidora von Seviya, wo sie über –« Sie brach ab. Herr im Himmel! Wollte sie ihn *beeindrucken*?

»Ihr seid wirklich Wulfheres Adlatin, nicht wahr?«

»Ich weiß nicht, was Ihr damit meint.«

»Ich weiß es auch nicht«, sagte er scharf, runzelte die Stirn und wandte rasch den Blick von ihr ab. Es tat beinahe weh, wenn er wegsah; sie hatte nicht gewußt, wie sehr sein Blick sie erwärmte oder wie wichtig ihr seine Aufmerksamkeit war. Wie Brot für ein hungriges Kind.

Sie zuckte zusammen. War das nicht ein allzu treffender Vergleich? Sie war allein, und er war da –

Er war ganz und gar nicht wie die anderen.

Sanglant hob die Hand, und sie verkrampfte sich, aber nur, weil ein Teil von ihr wollte, daß er sie anfaßte, während sich gleichzeitig ein anderer Teil vor dem fürchtete, was seine Berührung – das eindeutige und unwiderrufliche Zeichen seines Interesses an ihr – entfesseln würde. Wie konnte sie nur so empfinden, nach all dem, was Hugh ihr angetan hatte?

Doch Sanglant versuchte nicht, sie anzufassen; er öffnete die Hand, und sie sah einen Ring der Adler. »Ein Mann brachte ihn gestern zu mir. Ich nehme an, er gehört Euch.«

Er wartete. Schließlich nahm sie ihn so vorsichtig aus seiner Hand, wie man nach einem Edelstein greifen würde, der inmitten einer zusammengeringelten Schlange lag. »Er gehört mir. Was ist mit dem Mann passiert?«

»Wir gaben ihm Unterkunft und Arbeit.« Seine Augen funkelten. Es war ihr unmöglich, in seinem Gesicht zu lesen.

»Seine Tochter habe ich zu unserem Heiler geschickt. Sie lebt vielleicht noch.«

»Ich danke Euch«, sagte sie leise. Der Ring war noch warm von seiner Haut.

»Laßt mich das machen«, sagte er, nahm den Ring aus ihrer Hand und steckte ihn auf ihren Finger. Er blickte über ihre Schulter, ließ sie schlagartig los und trat einen Schritt zurück. »Hier ist Euer Präzeptor.« Er nickte Wulfhere zu und gestattete sich ein kurzes, spöttisches Lächeln. »Sie gehört Euch«, sagte er zu Wulfhere. »Auch wenn Ihr vielleicht etwas besser auf sie aufpassen solltet.« Damit drehte er sich um und ging.

Wulfhere verschränkte seine Arme vor der Brust und sah sie stirnrunzelnd an. Sie drehte den Ring und errötete, sagte aber nichts. Der Gestank der Gerberei hing an seiner Kleidung. »Prinz Sanglant hat recht«, sagte er schließlich. »Ich sollte wirklich besser auf dich aufpassen.« Er winkte sie zu sich. »Komm.«

Sie wagte nicht, sich ihm zu widersetzen.

2

Wieder hielt Werner sie eine Weile auf, doch endlich saßen Liath und Wulfhere sich in der leeren Halle gegenüber, die ihnen mittlerweile als Schlafplatz und Lagerraum diente.

»Nun«, sagte Wulfhere in dem ruhigen Ton eines Mannes, der nicht vorhatte, irgendeine Meinungsverschiedenheit zu dulden, »seit fünfundzwanzig Tagen sind wir jetzt hier in Gent, und du gehst mir ständig aus dem Weg, abgesehen von den wenigen Malen, da ich deine Zeit in Anspruch nahm, um dich in deinen Pflichten als Adler zu unterweisen.«

»Bürgermeister Werner benötigt meine Dienste als Botin.«

»Bürgermeister Werner macht sich zuviele Gedanken über seine eigene Wichtigkeit und ist nur zu gern bereit, sie mit einem Adler des Königs, den er auf unnütze Botengänge schicken kann, noch zu unterstreichen. Es wäre sinnvoller, du würdest für die Drachen Nachrichten übermitteln … und für ihren Hauptmann.«

Sie errötete.

»Er ist ein Königssohn, Liath. Was für ihn alltäglich ist, ist für dich verheerend.« Beschämt errötete sie noch mehr. »Erinnere dich an die Grundsätze, die ich dich gelehrt habe, und begreife, daß du dich vollkommen an sie halten mußt, wenn du erst ein richtiger Adler bist.« Sie versuchte zu nicken, brachte aber kaum mehr zustande als einen schwachen Ruck mit dem Kopf. Dankenswerterweise wechselte er das Thema. »Wie auch immer, ich habe mich für heute abend vom Fest entschuldigt, das jetzt ohnehin etwas gemäßigter ausfallen wird, da die Bischöfin die Nahrungsmittel für die Stadt rationieren wird. Manfred wird Bürgermeister Werner Gesellschaft leisten – und *du* mir. Es ist an der Zeit, daß du die Arbeit der Magi kennenlernst, selbst wenn die Fähigkeit bei mir nur sehr schwach ausgeprägt ist.«

»Pa sagte, ich bin taub ihr gegenüber«, platzte sie heraus. Alles nur, um Zeit zu schinden.

»Taub gegenüber was?«

»Gegenüber der Magie.« Da, jetzt hatte sie es laut ausgesprochen.

»Also hat er dich tatsächlich in Magie unterrichtet. Du mußt mir vertrauen, Liath. Du kannst die Wahrheit nicht vor mir verbergen. Ich kenne deinen Hintergrund zu gut.«

Zumindest besser, wie es schien, als sie selbst ihn kannte. Sie zuckte mit den Schultern, versuchte lässig zu wirken, doch

Wulfhere hatte einen zu scharfen Blick. Sie konnte ihn nicht zum Narren halten. Und trotzdem …

Wulfhere wölbte eine Augenbraue, wartete, daß sie sprach.

Sie wischte sich ein paar Strohhalme von den Beinkleidern und verlagerte ihre Sitzposition. Sie war das viele Stroh inzwischen mehr als leid; es stach überall und kitzelte die ganze Nacht in ihrer Nase. Der Sattel hinter ihr bot sich als angenehme Rückenlehne an. Aber sie spürte das Buch, das unter dem Sattel in den Satteltaschen versteckt war. Konnte Wulfhere das Buch auch spüren? Wartete er nur auf den richtigen Augenblick?

»Was hast du vor?« fragte sie.

»Ich will versuchen, eine Vision von diesem Wesen zu sehen, das nach Sanglants Meinung die Belagerung der Aikha leitet – was immer es auch sein mag.« Er stand auf. Weil sie schon längst keine Wahl mehr hatte, erhob sie sich ebenfalls und folgte ihm hinaus.

Es dämmerte. Nach einem wunderbaren Sonnenaufgang hatte sich der Himmel im Laufe des Tages zugezogen, und jetzt war es ein trüber, bewölkter und feuchter Frühlingsabend. St. Melania, dachte Liath, benannt nach der Heiligen, die die Patriarchen von Kellai ermahnt hatte, als diese sich geweigert hatten, die Vorherrschaft der Herrin und des Herrn der Einigkeiten anzuerkennen. Es war auch der siebzehnte Tag des Monats Sormas. Weil Wolken den Himmel bedeckten, konnte sie sich nicht an den Sternen orientieren. Sie wagte es auch gar nicht, denn Wulfhere wußte bereits, daß ihr Vater und ihre Mutter die verbotenen Künste studiert hatten – und das war schlimm genug. Ihre voreilig gesprochenen Worte in Werners Halle hatten alles nur noch schlimmer gemacht.

An diesem Abend waren die Straßen so gut wie leer. Vielleicht hatte die Aufregung vom Morgen die Menschen erschöpft. Ihre Schritte wurden von den Geräuschen der Stadt verschluckt, die den Wechsel vom Tag zur Nacht begleiteten, den Übergang von eifriger Betriebsamkeit zu ruhelosem Schlaf, der stets von der Gegenwart der vor den Toren lauernden Aikha beeinträchtigt wurde. Auf den hölzernen Gehwegen, die sie vor dem Matsch der Straßen schützten, glänzte ein dünner Film aus Feuchtigkeit. Die Trommeln, die unaufhörlich aus dem Lager der Aikha herüberdröhnten, waren in dieser Nacht gedämpft – der Herrin sei Dank! –, wenn auch immer noch hörbar. Auch jetzt verfiel sie beim Gehen immer wieder in ihren Rhythmus; ab und zu hüpfte sie bewußt und versuchte ihre Schritte gegen den Trommelrhythmus zu setzen.

Wulfhere lächelte, und sie ließen den alten Marktplatz hinter sich, schritten um die schwer bewachte Königliche Münzanstalt herum. Der Wind drehte und trug jetzt den Gestank von den Gerbereien am westlichen Flußufer herbei. In den Lagerhäusern dort wurden noch den ganzen Abend Rüstungen und Waffen hergestellt – aus dem Eisen, Holz und Leder, das die Flüchtlinge vom Land auf ihren Karren mit in die Stadt gebracht hatten.

Er führte sie über den großen Platz und die Treppen zur Kathedrale hinauf. Ganz aus Stein, stand ihre Vorderseite wie ein Schild des Glaubens mitten in Gent. Sie glitten rasch hinein, denn die Türen hatten keine Schlösser.

Einige Flüchtlinge vom Land hatten sich im Mittelschiff ausgebreitet. Liath blieb zögernd im Eingang stehen; sie hörte das Rascheln der sich bewegenden Menschen, ihr Husten und Wispern. Aus Angst vor einem Brand war nach Einbruch der Dunkelheit kein Licht gestattet, selbst in diesem Steingebäude nicht. Dennoch konnte sie die Schatten von Laken erkennen, die die Leute als Wände und Dächer zwischen den Bänken errichtet hatten, um Familien voneinander zu trennen. Alle hatten sich zum Schlafen hingelegt. Wulfhere berührte sie am Arm, und sie folgte ihm schweigend zu den Stufen, die hinab zur Krypta führten.

Liath hatte nie Angst vor den Toten oder der Dunkelheit gehabt. Wie Pa immer gesagt hatte: »*Jene, die in der Kammer des Lichts ruhen, haben ihren Frieden; die anderen haben nicht die Macht, uns etwas anzutun.*« Sie schritten zuerst Stufen aus Holz und dann aus bloßer Erde hinab, und schon bald wurde es so dunkel, daß selbst sie mit ihren Salamanderaugen die Wände nicht mehr erkennen konnte und sich an ihnen entlangtasten mußte.

Wulfhere blieb stehen, und sie straffte sich, eine Hand auf seiner Schulter. Um sie herum war absolute Schwärze. Es roch nach Ton und Kalk, und es war feucht. Wie aus weiter Ferne hörte sie irgendwo Wasser heruntertröpfeln.

Das Geräusch, mit dem ein Tröpfchen beim Aufprall auf dem Stein in kleine Spritzer zerplatzte, zerrte an ihren Nerven. Es erinnerte sie an die Wassertropfen in der Kirchengruft, in die Schultheiß Liudolf sie nach der Ermordung ihres Vaters eingesperrt hatte. Auch dort war es dunkel gewesen, und sie war gefangengehalten worden. Bis Hugh kam.

Ein eiserner Reif aus Furcht legte sich um ihre Brust, und sie klammerte sich krampfhaft an Wulfheres Schulter, plötzlich zutiefst verängstigt. *Was, wenn Hugh irgendwo in diesen Schatten lauerte?*

»Befiehl Licht herbei«, sagte Wulfhere.

»Das kann ich nicht.«

»Suche in deinem Kopf nach der Erinnerung an Licht und rufe es herbei.«

Sie schüttelte den Kopf. Sie schwitzte jetzt, obwohl es kühl in dem Gewölbe war. Fremde Laute waren zu hören. Sie wußte, daß Hugh weit weg war, und doch hatte sie das Gefühl, als könnte er sie jeden Augenblick berühren.

Wulfhere fuhr fort, so ruhig wie immer. »Wenn ich mich recht entsinne, gibt es hier eine Fackel. Denk also an Flammen und entzünde sie.«

»Ich habe so etwas nicht gelernt!«

Ein Luftzug berührte ihren Nacken. Licht! Sie schloß die Augen, auch wenn es sie Überwindung kostete, obschon sie ohnehin nichts sehen konnte. Sie beschwor das Bild von Licht in ihrem Kopf, stellte sich die Kammer hell erleuchtet vor, dachte an das Sonnenlicht, das durch die Fenster ihres Gedankenturms strömte und die vier Türen des Turms beschien, die überallhin und nirgendwohin führten, und – wie mit Gold bestrichen – auch die fünfte Tür, die scheinbar unmöglich in der Mitte des Raums stand. *Licht*.

Aber es geschah nichts. Das Licht in dem erstarrten Turm war kalt wie ein Wintersturm; es brachte Helligkeit, schuf aber kein Leben. Eine Ranke, eine Spinnwebe, die sich irgendwo gelöst hatte, strich über ihren Nacken. Sie zuckte zusammen und schlug sie weg, doch da war nichts. Und doch war etwas hinter ihr, schlich sich etwas immerzu an sie heran.

Sie hielt es nicht länger aus. »*Besser, einen Schritt vorwärts zu machen*«, hatte Pa immer gesagt, »*als zurückzuschauen und nachzusehen, was sich anschleicht.*« Sie schob sich an Wulfhere vorbei, stolperte über eine Bodenfliese und hielt sich an der Wand fest. Ihre Hand traf auf den Griff einer Fackel. Sie riß sie an sich und wirbelte herum, hielt sie wie eine Waffe vor sich, doch da war nichts. Nichts, außer ihrer eigenen Furcht.

Und die entfachte ihre Wut. Welches Recht hatte Hugh, sie so zu quälen? Würde sie denn niemals frei von ihm sein? Seine Gegenwart war es, die ihr ständig im Nacken saß, und doch war da auch noch etwas anderes, etwas, das sie nicht benennen konnte, was sich all die Jahre an ihren Vater und sie angeschlichen hatte.

»Ich will in Ruhe gelassen werden!« rief sie. Die Steinwände der Krypta saugten ihre Stimme auf, verschluckten sie.

»Nun, Liath –« begann Wulfhere.

Ah, sie war jetzt schon so wild, daß ungezügelte Wut wie Feuer durch ihren Körper strömte. Die Fackel in ihrer Hand fing Feuer und brannte in einem starken, unheimlichen Licht. Sie zuckte zurück, blinzelte Tränen aus den Augen. Wulfhere sah blaß aus, doch als ihre Augen sich wieder an die Dunkelheit gewöhnt hatten, sah sie ihn lächeln.

»Das ist besser«, sagte er.

Liath war zutiefst erschrocken. Sie hatte Feuer beschworen, mit Mitteln, die sie selbst nicht kannte. Jetzt wußte Wulfhere, daß sie die Zauberei beherrschte.

Aber, wenn sie Feuer beschwören konnte, warum sollte sie dann *nicht* die Kunst der Zauberei erlernen? Warum sollte sie dann kein Magus und Mathematikus werden? War es nicht ihr Recht?

Wulfhere äußerte sich nicht dazu, daß die Fackel brannte, und er fragte sie auch nicht, wie sie es bewerkstelligt hatte. Er durchquerte die Krypta, und weil sie nicht allein in dieser Gruft sein wollte, folgte sie ihm. Unter dem breiten Steingewölbe, das die Krypta stützte, hielt er inne, um das berühmte Grab von Bischöfin Mariana zu betrachten, der Vorgängerin der gegenwärtigen Bischöfin. Zwischen ihrem Grab und der massiven Steinwand der Krypta lag noch ein anderes Grab. Es bestand aus weniger eindrucksvollem Granit, besaß dafür aber eine besser ausgearbeitete Grabinschrift.

Hier liegt Flodoard, Presbyter der Heiligen Kirche, Diener Unseres Herrn und Unserer Herrin, Führer und Unterweiser von Louis, König von Varre. Ergeben in Tat und demütig im

Geist, war er der Beste von uns. So ruht er hoch oben im Licht der Wahrheit.

Liath wurde sich plötzlich des gewaltigen Raumes hinter sich bewußt, des riesigen Bauches der Kathedrale, und der Monumente, die die Gräber jener Frauen und Männer markierten, die hier gedient hatten. *Der Beste von uns.* Sie verspürte einen inneren Frieden, hier zwischen den heiligen Toten. Möglicherweise war sie bei Wulfhere nicht in Sicherheit – und auch nicht bei irgendeinem anderen sterblichen Menschen –, aber ganz sicher waren diese Heiligen ihre Beschützer, denn sie beschützten all diejenigen, die den Glauben bewahrten.

»Ich habe jemanden sagen hören, daß in der Krypta der Kathedrale von Gent das Grab einer Heiligen verborgen wäre.« Wulfhere musterte die dunkle Höhle. Es herrschte vollkommene Stille. Sie konnte nicht das leiseste Geräusch von oben hören, obwohl mehrere hundert Flüchtlinge in der Kirche in unruhigem Schlaf lagen, mit ihren Gedanken immer bei den Belagerern. Die Gräber verschwammen in der Dunkelheit, ihre Entfernung war nur an den unterschiedlichen Graustufen abzuschätzen, die das Fackellicht hervorrief. Liath konnte die gegenüberliegenden Wände nicht erkennen, auch nicht die Öffnung, die zu den Stufen führte. Es war eine alte Kathedrale, deren Grundmauern angeblich in den letzten Jahren des alten Kaiserreiches von einem halbelfischen Prinz errichtet worden waren, der zum Glauben der Einigkeiten übergetreten war, als das Reich um ihn herum zusammenbrach.

Wulfhere ging noch weiter in die Krypta hinein, durch finstere Räume und über eine kurze Treppenflucht. Liath folgte ihm. Je tiefer sie kamen, desto frischer roch die Luft, in der auch die trockene Süße irgendeines Korns mitschwang. Sie mußte niesen.

»Aber es heißt auch«, fügte Wulfhere hinzu, »daß nur jene

dieses Grab jemals finden, die von großer Heiligkeit, großer Unschuld oder in großer Bedrängnis sind.«

»Wessen Grab ist es?« fragte Liath und ließ ihren Blick im Raum umherschweifen. Sie suchte in den Schatten nach einem kleinen, silbrigen Glanz, einer versteckten Steinkante. Doch sie sah nichts außer den Gräbern der Bischöfinnen und Presbyter, der heiligen Diakonissinnen und Bürgermeister und dem Grab einer Gräfin von Gent, die auf einem Bildnis mit einer Schriftrolle in der einen und einem Messer in der anderen Hand dargestellt war.

»Es ist St. Kristine von den Messern, die in den letzten Tagen des alten Kaiserreiches lieber unaussprechliche Torturen erlitt, als den Eindringlingen zu weichen. Es heißt, daß zwar ein Kaiserreich in Ungnade fallen kann, nicht aber sie.«

Doch sie fanden das Grab der Heiligen nicht.

Sie kehrten zu den Stufen zurück, die aus der Krypta herausführten, und gelangten in einen düsteren Gang, der sie wiederum in eine Nebenkapelle brachte. Hier fanden sie zwei Gräber, die so alt waren, daß ihre Inschriften beinahe ganz verblaßt waren, und eine schwarze Steinplatte, die im Schein der Fackel glänzte.

Liath kniete sich hin und fuhr mit der Hand über die Oberfläche. Sie fühlte sich noch glatter als Glas an. »Das ist Obsidian«, sagte sie. »Auch wenn einige behaupten, daß es gar kein Stein ist, sondern die Überreste von Drachenknochen, die dem Sonnenlicht ausgesetzt waren.«

Wulfhere kniete sich ihr gegenüber ebenfalls hin. »Durch dieses Medium werde ich sehen. Hat Bernard dir die Kunst des Sehens beigebracht?«

Sie schüttelte den Kopf. Sie hatte nie erlebt, daß ihr Pa etwas »gesehen« hätte, obwohl sie gelesen hatte, daß es möglich war, durch Medien – Wasser, Feuer und eine bestimmte Art von

Steinen – über weite Entfernungen hinweg zu sehen. »Ist es … ist es *richtig,* die verbotenen Künste auf heiligem Boden auszuüben? In einer Kirche?«

Er blickte ihr in die Augen und lächelte sanft. »Es ist notwendig, und Unser Herr und Unsere Herrin verbieten nicht, was notwendig ist. Zumindest haben die Kirchenälteren das beim Konzil von Kellai bestätigt. Die Kirche hat die Zauberei nicht verdammt, Liath, auch wenn sie beim Konzil von Narvone für jene, die sie außerhalb der Aufsicht der Kirche anwenden, eine Strafe anordnete.«

Was hatte Hugh gesagt? *»Ich bin überzeugt, daß es in der Kirche welche gibt, die es sich zur Aufgabe gemacht haben, die verbotenen Künste der Zauberei zu lernen. Ich habe nur noch niemanden von ihnen getroffen.«* »Aber sie werden die verbotenen Künste genannt«, flüsterte sie.

»Es ist wahr, die Kirche betrachtet jene mit Mißfallen, die nach den älteren Künsten streben – nach jenen also, die von den Ungläubigen ausgeübt wurden und uns durch ihre Schriften überliefert sind. Künste, die die Gewissenlosen dazu benutzen, um Macht auszuüben. Aber es wäre dumm zu leugnen, daß solche Künste und Kräfte in unserer Reichweite sind, oder wenn wir versuchen würden, sie als Ketzerei zu verdammen. Es wäre nicht nur unmöglich, sondern auch sehr gefährlich. So erklärte Skopos Mary Jehanna, die beim Konzil von Kellai den Vorsitz innehatte, in ihrer Weisheit als erste, daß die verbotenen Künste mit dem Ursprung der Kirche übereinstimmen. Dieses Urteil wurde vor einhundert Jahren beim Konzil von Narvone bestätigt – und tatsächlich ist der Konvent St. Valeria heutzutage bekannt für das Studium der verbotenen Künste.«

»Aber du bist nicht in der Kirche.«

»Ich erhielt einen Teil meiner Ausbildung an einer Klosterschule in Aosta. Ich wurde niemals der Kirche verpflichtet. Und jetzt paß auf.«

Er öffnete einen Lederbeutel an seinem Gürtel und holte ein Fläschchen heraus. Dann zog er Dolch und Schwert aus der Scheide und legte sie zur Seite. Er entstöpselte das Fläschchen und reichte es ihr. Sie schüttelte den Kopf, und er nahm einen kleinen Schluck und stellte die Flasche dann wieder ab.

Sie wartete. Es schien nicht gefährlich, ihm ihre drängende Neugier zu zeigen. Er wußte ohnehin, was ihre Eltern gewesen waren. Und hatte sie nicht das Feuer beschworen?

Er legte die Handflächen eine Schulterbreit voneinander entfernt auf den glänzenden schwarzen Stein. Eine lange Zeit starrte er einfach nur darauf. Es war so still in der Krypta, daß sie glaubte, das Geräusch des auf die Gräber herabsinkenden Staubs hören zu können und das bedächtige Knirschen der Steine, die sich tief in der Erde gegeneinanderschoben. Die Dunkelheit jenseits des flackernden Fackellichts beunruhigte sie nicht mehr; es gab hier lediglich Schatten und Stille und die körperlichen Überreste der Toten, deren Geist längst durch die sieben Sphären emporgestiegen war.

»Liath.«

Sie zuckte zusammen. Wulfhere starrte sie überrascht an.

Er hatte nichts gesagt.

Eine Frage lag in seinem Blick. Sie schüttelte den Kopf und entspannte sich wieder. »Ich bitte um Verzeihung«, sagte sie.

»Was war los?« fragte er. Entweder hatte er die Stimme nicht gehört, oder er war noch gerissener, als sie befürchtet hatte.

»Nichts.« Sie kniete sich wieder bequemer hin, die Fackel fest umklammert. Sie brannte mit unverminderter Stärke. »Mir ist eine Spinne über die Hand gekrabbelt.«

Ob er die Ausrede glaubte oder nicht – er akzeptierte sie jedenfalls. Er drehte die linke Handfläche nach oben, während der Handrücken noch auf dem Stein lag und die Finger sich leicht krümmten, als wollten sie eine Kugel umfassen. »Zauberei ist eine mentale Übung, keine körperliche. Es ist die Manipulation der uns umgebenden unsichtbaren Kräfte, die immer in Bewegung sind, auch wenn unsere fünf Sinne sie nicht wahrnehmen. Einige von den Menschen, die zu ihren Kenntnissen der verbotenen Künste stehen, benutzen körperliche Mittel – Anrufungen, Gesänge und Gegenstände, mit deren Hilfe sie ihren Geist konzentrieren und das hinter dem Gewöhnlichen verborgene Wissen hervorlocken können. Wir kennen diese Menschen unter verschiedenen Namen, je nach den Elementen, die sie zu manipulieren versuchen. Die Tempestari wollen das Wetter beherrschen; die Haroli versuchen, die Daemonen der oberen Sphären herunterzuholen, die über beinahe ebensoviel Wissen verfügen wie die Engel. Die Sortelegi betreiben Wahrsagerei, und dann gibt es noch die Auguren, alte Weise, die sich noch gut an die alten Götter erinnern können und sich noch nicht mit ganzem Herzen Unserer Herrin und Unserem Herrn zugewandt haben. Sie nutzen den Flug und die Schreie der Vögel für ihre Voraussagen. Selbst unter den Ungebildeten gibt es Leute, die sich durch verschiedene Mittel und komplizierte falsche Auslegung einige Fähigkeiten in der Magie erworben haben.«

Er hielt inne, als wartete er auf eine Bemerkung von ihr.

Auf der Grabplatte links von ihr war die Diakonissin und Bischöfin Caesaria abgebildet, mit bischöflicher Mitra und entsprechenden Gewändern. Sie hielt einen Schild hoch, der eine Heilige zeigte: Die Frau trug jeweils ein Messer in den ausgestreckten Händen, außerdem steckte eines als Zeichen ihres Märtyrertums bis zum Heft in ihrer Brust. Die Heilige war St. Kristine.

»Aber die Kirche verurteilt einige Magi«, sagte Liath, »und sie wacht mißtrauisch über alle, die sich ihr nicht verschworen haben.«

»Das ist wohl wahr. Die Kirche billigt es nicht, daß jemand ohne ihre Führung solche Kräfte sucht. Es wird immer Leute geben, die diese Künste nur für ihre eigenen Ziele oder zum Schaden anderer benutzen. Wir nennen sie Malefiki. Am schlimmsten sind jene, die sich mit Hilfe von Blut und Opferritualen mit den Teufeln verbinden. Aber auch andere sind verdächtig, hauptsächlich jene, die wir als Mathematiki kennen, denn das Studium der Himmel geht auf die Babaharshan-Magi zurück, und die Kirche schaut mit Mißfallen auf alles, was von den Ungläubigen kommt.«

Und was ist mit jenen, die einen Namen sagen und in weiter Ferne erklingen lassen können? Es war nicht das erste Mal, daß Liath diese Stimme gehört hatte, die ihren Namen gerufen hatte. Aber offensichtlich stammte die Stimme von einem oder einer Magus oder von einem Geschöpf nichtmenschlichen Ursprungs, einem Engel oder Daemon. Möglicherweise auch von einem Engel im Dienste des Feindes. Sie zitterte.

Wulfhere legte kurz seine Hand auf ihr Knie, versuchte sie zu beruhigen. »Du bist bei mir in Sicherheit, Liath.«

Sie schwieg. Sie glaubte ihm nicht. Er betrachtete sie schweigend. Plötzlich ruhiger geworden, musterte sie ihn genauer: seine ernste Miene; den strengen Glanz in seinen Augen, die dennoch etwas Freundliches hatten; die Altersflecken auf seiner Haut; Haare und Bart, die längst mehr grau als braun waren.

Sie glaubte ja gar nicht, daß Wulfhere ihr persönlich schaden wollte. Aber sie mißtraute seinen wirklichen Zielen. Sie vermutete, daß er etwas anderes von ihr wollte – etwas, das er ihr bewußt vorenthielt. »*Traue niemandem.*« Selbst wenn er es gut mit ihr meinte, wie konnte er sie vor dem Schicksal bewahren, das auch Pa ereilt hatte? Wie konnte er sie gegen eine Macht verteidigen, die einen Mann hatte töten können, ohne eine Tür oder ein Fenster zu öffnen, ohne auf dem Körper auch nur eine einzige Spur zu hinterlassen? Wie konnte *sie* sich schützen?

Wulfhere legte seine Hand wieder auf den Stein. »Aber wenn der Geist die richtige Ausbildung erfahren hat, ist keiner dieser Wege notwendig oder auch nur empfehlenswert. Mit welchen Mitteln konzentrieren und üben die Magi ihre Gedanken?«

»Mit Hilfe der Leiter.«

Er nickte. »›Die Leiter, über die die Magi emporsteigen.‹ Kannst du es aufsagen?«

Sie hatte sich, während sie Hughs Sklavin gewesen war, so anstrengen müssen, nicht an diese Dinge zu denken, daß es sie einige Zeit kostete, zurück in ihren Gedankenturm zu gehen, die Tore und die Ebenen der großen Stadt zu kennzeichnen, in der sie ihr gesamtes Wissen aufbewahrte.

»Es gibt sieben Sprossen auf der Leiter, die den sieben Sphären der Himmel entsprechen. Die erste ist die Rose des Heilens. Dann kommt das Schwert der Stärke. Der Becher des grenzenlosen Wassers. Der Ring aus Feuer, uns auch bekannt als der Kreis der Einigkeit, das Symbol Unserer Herrin und Unseres Herrn, die zusammen den Gott der Einigkeiten bilden. Der Thron der Tugend. Das Zepter der Weisheit. Und die Krone des Lichts, auch bekannt als Wahrheit.«

Wulfhere nickte. »Dies sind die Werkzeuge, die die Magi benutzen. Folge mir mit deinem geistigen Auge. Durch den Ring aus Feuer sehen wir vielleicht einen anderen Ort.« Er vergrößerte den Abstand zwischen seinen Händen und starrte gebannt auf den schwarzen Stein.

Liath spürte, wie sein Schweigen eine neue, höhere Stufe erreichte, als würde er sich von ihr entfernen, obwohl er sich natürlich kein bißchen von der Stelle bewegte. Aber sie hatte niemals gelernt, den Ring des Feuers in ihren eigenen Gedanken entstehen zu lassen; Pa hatte ihr außer dem Schwert der Stärke keine mentalen Übungen beigebracht. Sie starrte auf den Stein unter Wulfheres Händen; die eine Handfläche war nach oben, die andere nach unten gerichtet. Sie verstärkte den Griff um die Fackel. Selbst die Luft schien jetzt dichter zu werden. Wulfhere atmete zwischen zusammengebissenen Zähnen hindurch. Seine Pupillen weiteten sich und verengten sich dann, wie unter dem Einfluß von grellem Licht, auf die Größe eines Stecknadelkopfes.

Sie sah nichts als schwarzen Stein.

»Was siehst du?« flüsterte er, als kosteten ihn die Worte große Anstrengung.

»Nichts.«

Er schüttelte abrupt den Kopf, und seine Pupillen weiteten sich wieder. Er schien etwas zu suchen. »Auch ich sehe nichts«, murmelte er. »Lagerfeuer, Zelte, Schiffe und eine Art von Dunkelheit in der Mitte ihres Lagers.« Er schloß die Augen, nahm dann die Hände vom Stein und schüttelte sich wie ein Hund, der von der Leine gelassen wird. Er blickte Liath an. »Dieser Zauber ist gegen meine Sicht geschützt! Ich fürchte, das ist ein schlechtes Zeichen. Meine Kräfte sind nicht sehr stark, aber als Adler beherrsche ich ein paar Dinge. Die Kunst des Sehens ist eines davon. Du hast auch nichts gesehen?«

»Ich habe nichts gesehen.« Aber sie begriff, daß ihr »nichts« nicht das gleiche war wie seins. Sie hatte wirklich *nichts* gesehen. Pa hatte ganz recht gehabt; sie war taub gegenüber Magie.

Aber wie hatte sie dann die Fackel entzünden können?

Wulfhere runzelte die Stirn. »Ich habe niemals gehört, daß

Aikha die Kunst der Magi beherrschen oder daß sie in den verbotenen Künsten geübt wären, ja auch nur von ihnen wissen. Schließlich sind es immer noch Wilde. Aber ich zweifle nicht länger an der Richtigkeit von Sanglants Verdacht. Da ist *etwas* bei ihnen, das eine große Macht kontrolliert. Das könnte auch erklären –« Er fuhr mit der Hand über den Obsidian. »Seltsam.«

»Was könnte es erklären?«

Doch jetzt war ein anderer Ton in seiner Stimme. »Still«, befahl er. Er zeichnete mit einem Finger einen imaginären Ring auf die Oberfläche des Steins und ließ die Hände dann wieder schulterbreit auseinander auf der Grabplatte ruhen, die eine mit der Handfläche nach oben, die andere nach unten. Er starrte die schwarze Fläche an, eindringlich, konzentriert. Sie sah nichts, aber sie spürte einen Luftzug, als würden Flügel über ihre Wangen streichen.

»Ein Adler!« stieß er atemlos hervor. »Ein Adler auf der Flucht, er stürzt zu Boden.« Er sprang auf. »Komm, Liath. Wir müssen zurückgehen. Ich weiß nicht, was das bedeutet.« Hastig sammelte er seine Waffen vom Boden auf, und sie eilten zurück zu den Stufen, die aus der Krypta führten. Als Liath die Fackel in den Wandhalter steckte, erlosch die Flamme in dem Augenblick, da sie ihre Hand zurückzog, und sie waren von Finsternis umgeben. Wulfhere brummte; er klang überrascht, sagte jedoch nichts. Sie tasteten sich die Stufen empor und hasteten aus der Kathedrale.

Es war dunkel, der Himmel noch immer bewölkt, aber nach der Schwärze in der Krypta lastete die Nacht längst nicht mehr so schwer auf ihr. Die Trommeln der Aikha dröhnten jetzt lauter; gewöhnlich erreichten sie gegen Mitternacht ihren Höhepunkt.

Als sie zum Palast des Bürgermeisters zurückeilten, rief

Liath sich Wulfheres Satzfetzen in Erinnerung. »Du hast gesagt, daß die Gegenwart eines Zauberers eine Erklärung sein könnte.«

»Ah ja.« Er dachte nach, während ihre Schritte laut und abgehackt über die Bretter des hölzernen Weges dröhnten. »Als wir nach Gent ritten, habe ich eine Beschwörung ausgesprochen, um das Vordringen der Aikha zu verzögern, die hinter uns her waren. Es war nichts weiter als eine Illusion. Meine Fähigkeiten sind nicht groß, und ich beherrsche nur einige Arten des Sehens. Ich habe dich gewarnt, nicht auf das zu achten, was du gesehen hast.«

Die Flucht nach Gent war ihr noch gut im Gedächtnis, so lebhaft wie eine in schillernden Farben frisch bemalte Wand. Was er jedoch gesagt hatte, ließ sie schlagartig begreifen, was sie beinahe vergessen hatte, weil es damals keinen Sinn ergeben hatte.

Ein funkelndes Licht blitzte auf, als würde man von einem dunklen Raum aus den Schein eines hellen Feuers sehen. Ihr Pferd hatte sie beinahe abgeworfen, und Manfred hatte seine Augen mit einer Hand bedeckt, als habe er sich vor einer noch drastischeren Vision schützen wollen.

Ein Kitzeln an ihrem Rücken. Kleine, flimmernde Feuerfliegen.

Aber mehr hatte sie nicht gesehen. Entweder waren Wulfheres Fähigkeiten wirklich nur sehr gering, oder …

»Ich wußte, daß Zauberei im Spiel sein mußte«, fuhr er fort. »Jetzt erkenne ich, daß sie noch mächtiger ist, als ich vermutete. Es ist eine Sache, meine Täuschung aufzulösen, aber eine ganz andere, meine Vision zu verschleiern.«

… oder sie hatte nur einen schwachen Schimmer von seiner Magie gesehen – oder überhaupt nicht *seine* Magie, sondern einen Hauch des Zaubers, der die Aikha davor geschützt hatte.

»Dir ist gerade etwas eingefallen«, sagte Wulfhere.

»Nein. Nichts.« Bis sie das Rästel nicht selbst verstand, würde sie ihm nichts davon mitteilen. Es würde ihm nur Macht über sie verleihen, noch mehr Macht, als er ohnehin schon hatte. »Nur etwas, das Pa immer sagte: ›Wissen zu meistern, heißt soviel, wie Macht daraus zu ziehen.‹«

»Wahre Worte«, bestätigte Wulfhere.

Vor ihnen schälte sich der Palisadenzaun des Palastes aus der Dunkelheit. Sie hörte sofort das Gewirr der vielen durcheinanderredenden Stimmen.

Waren es wahre Worte? Als Pa gesagt hatte: *»Traue niemandem«* – hatte er damit auch *sich* gemeint? Sie war taub gegenüber Magie, und doch hatte er angefangen, sie in die Künste der Magi einzuweihen. Sie war taub gegen Magie, und dennoch besaß sie irgendeine Macht; zweimal hatte sie sich manifestiert, einmal, als sie die Rose des Heilens in den Tisch in Hughs Arbeitszimmer gebrannt hatte, und in dieser Nacht in der Krypta, als sie die Fackel entzündet hatte.

»Ist das alles, woran du gedacht hast?« fragte er.

Sie blieb stumm.

»Habe ich irgend etwas getan, was dir Schaden zugefügt haben könnte?« fragte er sanft, wenn auch ein wenig anklagend. »Habe ich jemals versucht, dir zu schaden?«

»Du hast mich nach Gent gebracht!« Aber sie sagte das mit einem ironischen Lächeln, in der Hoffnung, ihn ablenken zu können.

Sie traten durch das Holztor auf den Hof des Bürgermeister-Palastes. Der gepflasterte Boden war in Fackellicht getaucht, und Rauch und Flammen hüllten die Menschen in gelben Dunst. Sie hatten sich in Scharen versammelt. Es waren andere Leute, auch viel weniger als am Morgen, und sie verhielten sich ganz anders.

»Leider«, murmelte er. Dann packte er sie am Ellenbogen, zog sie mit finsterer Miene hinter sich her und schob rücksichtslos Drachen und reiche Kaufleute und die Bediensteten des Bürgermeisters beiseite, damit er zusammen mit Liath in die Mitte der Menge gelangen konnte.

Dort fanden sie den Bürgermeister, Manfred und Prinz Sanglant – und einen Adler. Er war auf unvorstellbare Weise zugerichtet worden, sein Umhang war zerrissen, der Kopf mit blutverschmierten, schmutzigen Tüchern umwickelt. Der eine Arm hing schlaff herab, während sein Pferd neben ihm im Sterben lag.

Er blickte auf, sah Wulfhere aus der Menge treten und versuchte aufzustehen, taumelte aber sofort. Manfred stützte ihn.

»Bringt einen Heiler her«, befahl Prinz Sanglant seinen Drachen. »Und eine Trage und Wein.« Seine nächsten Gehilfen, die narbenübersäte Frau und der hinkende Mann, eilten davon.

Bürgermeister Werners Gesicht wirkte im Schein des Fackellichts aschfahl. Aber es war nicht nur das Licht, sondern auch sein Ausdruck. Er sah aus wie ein Mann, der sein eigenes Grab gesehen hat.

»Lege dich hin, mein Sohn.« Wulfhere kniete sich neben den Adler und bettete den Kopf des Schwerverletzten auf Manfreds zusammengerollten Umhang. »Was bringst du für Neuigkeiten?«

Liath rückte näher. Blut näßte die Tunika des Adlers, und sein Atem kam keuchend und unregelmäßig. Das zerbrochene Ende eines Pfeils ragte aus seiner Brust. Sie schnappte nach Luft und trat unwillkürlich einen Schritt vor; doch im gleichen Augenblick riß jemand sie an der Schulter zurück.

Bevor sie auch nur den Blick hob, wußte sie, daß es der Prinz gewesen war, der sie daran gehindert hatte, weiter vorzutreten.

Seine Hand schien selbst durch die Kleidung auf ihrer Schulter zu brennen – obwohl sie wußte, daß sie seine Gegenwart nur aus Scham über ihre Begierde so deutlich wahrnahm. Sie riskierte einen Blick in sein Gesicht, denn alles andere wäre feige gewesen. Als sich ihre Blicke trafen, war er derjenige, der wegschaute. Er ließ sie los und trat sogar einen halben Schritt beiseite. Sie hatte plötzlich das unangenehme Gefühl, daß ihre Gegenwart ihn beunruhigte.

Der Adler hustete und spuckte Blut. O Herr, der Pfeil hatte die Lunge getroffen. Es war nur eine Frage der Zeit.

»Schlechte Nachrichten.« Sein Atem kam immer abgehackter. Die Haut färbte sich tiefrot, als er versuchte zu sprechen. »Gräfin Hildegard. Auf dem Weg nach Gent. Viele Truppen. Hinterhalt. Ich entkam –«

»Er kam vor weniger als einer Stunde durch das Osttor«, sagte Sanglant. »Diese Leute brachten ihn her.« Er machte eine ausschweifende Bewegung mit der Hand, die die Menge einschloß. Die meisten hatten sich aufgrund der auffordernden Blicke und des Nachdrucks der Drachen zurückgezogen, so daß die übrigen mehr Platz hatten. »Obwohl er wesentlich schneller hier angelangt wäre, wenn sie in ihren Betten geblieben und nicht auf die Straßen geschwärmt wären.«

»Was ist mit Gräfin Hildegard?« fragte Wulfhere.

Der Mann hustete wieder, dieses Mal spuckte er kleine Klumpen aus Blut, und als er sprach, mußte Liath sich etwas hinabbeugen, um ihn verstehen zu können. »Ich weiß es nicht. Vielleicht konnte sie entkommen. Unser Herr –«

Er wurde von Krämpfen geschüttelt. Liath stürzte vor und half Manfred, die Schultern herunterzudrücken, während Wulfhere und Sanglant sich jeweils auf ein Bein lehnten. Wie aus weiter Ferne hörten sie die Klagerufe von Bürgermeister Werner, das Schluchzen und Rufen der Leute.

Der Adler erschlaffte. Liath lehnte sich zurück, schaute auf und stellte fest, daß Sanglant sie anstarrte, die Hände noch auf dem linken Bein des Mannes. Einen langen Atemzug verharrte der Prinz in dieser Position. Wulfhere fluchte leise, beugte sich vor und legte das Ohr an die Brust des verletzten Mannes.

»Nicht nötig«, sagte Sanglant, ohne den Blick von Liath zu wenden. »Er hat aufgehört zu atmen. Es ist kein Puls mehr zu spüren. Er ist tot.« Das seltsame Kratzen in seiner rauhen Stimme verlieh seiner Trauer eine Wahrhaftigkeit, die sich in seinem Gesicht nicht spiegelte; nicht daß er zufrieden war, das nicht, nein, aber der Tod konnte ihn nicht länger überraschen oder betrüben.

Sie schaute rechtzeitig weg, um zu sehen, wie Manfred dem Toten die Augen schloß. Wulfhere blieb eine Weile über dem Körper gebeugt, das Gesicht verborgen. Schließlich richtete er sich auf.

»Er ist tot.« Er hockte sich auf die Fersen, während Bürgermeister Werner hinter ihm reichlich Tränen vergoß – wenn auch nicht, wie Liath vermutete, um den toten Mann, sondern um den Verlust der Hoffnung.

Sanglant hob die Hand. Die Drachen trieben die Umstehenden aus dem Hof. »Dies ist nicht die Zeit für Tränen«, sagte der Prinz, stand auf und wandte sich an den Bürgermeister. »Er war ein mutiger Mann, und ihm gebührt die Ehre, daß wir angesichts der Neuigkeiten, deren Übermittlung er mit dem Leben bezahlte, nicht den Mut verlieren. Es ist immer noch möglich, daß Gräfin Hildegard es geschafft hat.«

»Und wenn nicht?«

»Wenn nicht«, erwiderte der Prinz, »wenn ihre Streitmacht vollständig aufgerieben worden ist, werden wir die Nahrungsmittel noch härter rationieren und uns auf eine lange Belagerung vorbereiten. Wir haben ausreichend Wasser. Es besteht noch immer Hoffnung, daß Wulfheres Kameraden König Henry erreichen. Einige meiner Männer halten sich weiterhin vor den Mauern der Stadt auf, und sie werden den Aikha solange zusetzen, bis wir uns entweder befreien können oder eine andere Streitmacht zu uns stößt.«

Schließlich rührte sich Wulfhere, aber nur, um dem toten Adler das Messingabzeichen vom Halskragen abzunehmen. Es war feucht von Blut und Speichel. Er wischte es an den Fetzen seines Umhangs ab. Dann erhob er sich, und auch Manfred und Liath standen auf. Wulfhere streckte die Hand aus, öffnete sie, und das Abzeichen blinkte im Fackellicht.

»Welche Grundsätze bestimmen das Verhalten eines Adlers, Liath?«

Sie waren einfach genug, und sie mußte nicht lange überlegen. »Diene dem König und sonst niemandem. Sprich nur die Wahrheit über das, was du siehst und hörst, aber mit den Feinden des Königs sprich gar nicht. Laß kein Hindernis deiner Pflicht dem König gegenüber im Wege stehen, kein Wetter, keine Schlacht, kein Vergnügen, keine Pest. Stelle die Pflicht gegenüber deiner Familie an die zweite Stelle und verheirate dich nie, es sei denn mit einem anderen Adler, der den gleichen Eid geschworen hat wie du.«

Sie konnte nicht anders. Sie mußte Sanglant ansehen, der sich wieder umgedreht hatte, um sie oder Wulfhere zu beobachten – so genau konnte sie es nicht erkennen. Sein Blick war fest und beeindruckend, aber er gab kein Geräusch von sich und stand vollkommen reglos.

Doch als sie Atem holte, um fortzufahren, sah sie, daß auch Manfred sie beobachtete. Ein merkwürdiger Ausdruck lag auf seinem Gesicht, als wollte er sehen, was sie tun, wie sie sich verhalten würde. War sie blind gewesen? War seine Zuneigung ihr gegenüber mehr gewesen als die zwischen Kameraden? Sie verscheuchte den Gedanken mit einem Anflug von Ungeduld; so etwas zu denken war eitel, nichts weiter. Daß Hugh nur sie und sonst keine Frau in Friedleben begehrt hatte, bedeutete nicht, daß jeder Mann sie begehrte.

Manfred lächelte sie traurig an. Sie erwiderte das Lächeln und fuhr fort.

»Hilf einem in Not geratenen Adler, und beschütze deine Kameraden vor denen, die ihnen Schaden zufügen wollen. Und schließlich, bewahre deinen Glauben an Unsere Herrin und Unseren Herrn.«

»Schwörst du, diese Grundsätze zu befolgen?« fragte Wulfhere.

Es war jetzt still, da der größte Teil der Menge verjagt worden war. Der Bürgermeister hatte aufgehört zu jammern. Er kauerte hinter Sanglant, umgeben von Dienern mit ernsten Gesichtern und zum Gebet gefalteten Händen. Fackeln loderten, und als der Wind sich drehte, roch sie bitteren, stechenden Rauch. Die Aikha-Trommeln aus dem Osten klangen jetzt lauter.

»Ich schwöre«, sagte sie ruhig; sie wußte, um was es hier ging.

Manfred kniete nieder und bedeckte das blutige Gesicht des Adlers mit den zerfetzten Überresten seines Umhangs. Wulfhere beugte sich über die Leiche hinweg zu Liath, das Abzeichen hoch erhoben. Doch Sanglant trat dazwischen, schob seine Hand zwischen die beiden.

»Als Vertreter des Königs ist das mein Recht«, sagte er.

Wulfhere zögerte einen Augenblick. Doch welche Wahl hatte er schon? Er reichte dem Prinzen das Abzeichen. Und Sanglant befestigte es an Liaths Tunika, legte seine Hände an ihren Nacken. Seine Mundwinkel waren leicht nach oben gezogen, aber Liath war sich nicht sicher, ob er damit ein Lächeln andeuten wollte. Sie wußte nur, daß sie errötete. Er hielt seinen Blick auf die scharfe Nadel gerichtet, während er sie am Stoff ihrer Tunika befestigte. Doch als er fertig war, ließ er seine Hände noch einen Augenblick länger liegen. Ihre Blicke trafen sich, und während er Manfred und Wulfhere und all den anderen den Rücken zukehrte, formte er drei Worte mit den Lippen, die außer ihr niemand vernehmen konnte:

»›*Verheiratet Euch nie.*‹«

Dann drehte er sich um und ging davon, schon bald verschluckt von der Dunkelheit, die sich jenseits der Fackeln ausbreitete. Sie sah ihm nach, dann senkte sie befangen den Blick. Schließlich blieb er bei dem toten Adler hängen. Sie berührte das Abzeichen an ihrem Hals. Das Metall war kühl und noch immer etwas feucht.

»Jetzt bist du wirklich ein Adler«, sagte Wulfhere sanft und nicht ohne Befriedigung.

3

Liath erwachte in der Morgendämmerung; ihre Glieder waren ganz steif, und sie zitterte. Es war kälter als in der Nacht zuvor, und wie sie beim Anziehen der Wolltunika bemerkte, war auch das Licht anders. Sie warf sich den Umhang über den Arm und ging nach draußen.

Die Wolken hatten sich verzogen, und vom Wehrgang aus sah sie die kalt glitzernde Sonnenscheibe. Sie strahlte hell, verströmte aber die Aura eines langen Winters, einer letzten Erinnerung an Schnee, Eis und Kälte. Sie trat von einem Fuß auf den anderen und rieb sich die Arme. Sie wollte sich diesen Tag nicht durch Erinnerungen an Hugh verderben lassen; immerhin war es ihr erster Tag als rechtmäßiger Adler. Sie berührte das Messingabzeichen an ihrem Hals. Sicher beschützte es sie vor ihm. Sicher würde nicht einmal ein edler Bastard sie drängen, jenen Eid zu brechen, der sie jetzt an den Dienst gegenüber dem König band. Zumindest redete sie sich das ein. Und es war ein zu klarer, zu schöner Morgen, als daß er mit ihren Ängsten befleckt sein sollte.

Dichter Nebel, den die Sonne noch nicht aufgelöst hatte, hüllte das Ufer im Osten ein. Das Lager der Aikha war nicht zu erkennen, lediglich eine Ahnung von Erdwällen und dunklen Gestalten, die durch die weiße Nebelschicht glitten. Im Westen hingen Wolken am Himmel. Liath befeuchtete einen Finger, hob ihn hoch. Der Wind wehte aus östlicher Richtung; also waren es diese Wolken im Westen gewesen, die am Tag zuvor Gent eingehüllt hatten. Sie lächelte schwach; Hathui würde über ihre tiefgründige Beobachtung nur verächtlich schnauben und betonen, daß sie eines Kindes würdig gewesen wäre.

Der Gedanke an Hathui führte unweigerlich auch zu Hanna. Wo mochte sie jetzt sein? War sie den Aikha entkommen? War sie in Sicherheit? Hatte sie den König gefunden, und marschierte er bereits los, den Ring der Belagerer zu sprengen? Sie vermißte Hanna so sehr. Die schneidende Kälte machte es noch schlimmer, denn Kälte erinnerte sie immer an Hugh – an jene Nacht, in der sie im Schweinestall gelegen und beschlossen hatte, nicht zu sterben, als das Licht von Hughs Laterne auf sie zugeschwankt war – Hugh, der sie schließlich doch ins Haus geholt hatte –.

Es war nicht gut, bei diesen Erinnerungen zu verweilen. »*Es ist sinnlos, nur an das zu denken, was dich beunruhigt*«, hatte Pa immer gesagt. Aber Pa war ein Meister darin gewesen, den Ärger zu ignorieren, der ihn verfolgt hatte – mochten es nun seine Schulden gewesen sein oder das, was ihn schließlich aufgespürt und getötet hatte. Sie wischte sich mit dem Handrücken eine Träne aus den Augen, klatschte kräftig in die Hände und rieb sie kräftig aneinander, damit sie warm wurden.

»Liath!«

Sie fuhr herum. Unten im Hof stand Wulfhere und winkte sie zu sich herab. Sie kletterte die Leiter hinunter und lief zu ihm.

»Ich muß den Toten für die Beerdigung vorbereiten«, sagte er. »Doch in der Eile habe ich letzte Nacht die Flasche in der Krypta vergessen.«

Sie nickte. »Ich hole sie dir.«

»Danach kommst du wieder zu mir«, sagte er. »Wir begraben unseren Kameraden nach der Terz.«

Die Stadt war an diesem Tag ungewöhnlich unruhig für diese Uhrzeit. Die Leute liefen in den Straßen herum, als wären sie alle auf der Suche nach verlorenen Verwandten. Das Hämmern in den Schmieden sorgte für eine ständige Geräuschkulisse, und in einem unaufhörlichen Strom wanderten Männer und Frauen mit Gepäck auf dem Rücken – Metall, Leder, alles, was sich irgendwie in Waffen verwandeln ließ – zu den Lagerhäusern, wo die Waffenkammern errichtet worden waren. Aber es waren überhaupt keine Kinder auf der Straße, wie Liath bemerkte.

Sie erreichte die Kathedrale gerade rechtzeitig, um noch den letzten Psalm der Prim zu hören.

»Gott, Unsere Herrin und Unser Herr haben gesprochen und die Welt von Sonnenaufgang bis Sonnenuntergang beschworen.«

Sie eilte die Stufen hinauf und trat durch die geöffneten Türen. In der Kathedrale drängten sich Flüchtlinge, Stadtbewohner, der Bürgermeister und sein Gefolge. Vorn auf einem

Ehrenplatz kniete Prinz Sanglant in einem Kettenhemd und der Kriegstunika; sein blauschwarzes Haar und das Gold in seinem Nacken zog ihren Blick geradezu unwiderstehlich an. Neben ihm knieten etwa fünfzig Drachen, allesamt zur Schlacht gerüstet, die Helme unter dem Arm. Die Bischöfin stand hinter dem Herdfeuer vor ihrem goldenen Stuhl und hatte die Arme erhoben; sie entließ die Versammlung mit dem letzten Vers des Psalms.

»›Unser Herr kommt und wird nicht schweigen:
Feuer umgibt ihn, hüllt ihn ein.
Unsere Herrin ruft den Himmel herab
zum Urteil über die Menschen.
Denkt gut daran, ihr, die ihr Gott vergeßt,
oder ihr werdet in Stücke gerissen werden,
und niemand wird euch erretten.‹«

Alle knieten nieder. Liath war im Seitenschiff hinter der Menge und sprach zusammen mit den anderen das letzte Kyrie.

Herr, erbarme dich. Herrin, erbarme dich.

Dann, als das letzte Gebet zögernd in der Luft verklang und die Versammlung darauf wartete, von der Bischöfin entlassen zu werden, erhob sich Liath und glitt an der Wand entlang zu der düsteren Ecke des Vestibüls, wo eine schwere Holztür den Weg zur Krypta verschloß. Die Tür quietschte beim Öffnen. Liath blickte sich um, doch das Gemurmel der Leute, die sich jetzt erhoben und darauf warteten, ob die Bischöfin oder der Bürgermeister zu der Nachricht des letzten Abends etwas sagen würden, übertönte den Lärm. Sie ließ die Tür hinter sich einen Spalt offen und ging hinunter.

Ein schwacher Lichtstrahl markierte die Tür hinter ihr,

wurde auf der ersten Steinkante reflektiert und beleuchtete Wassertropfen, die sich in einem zarten Spinnennetz verfangen hatten. Die Treppe machte eine Biegung, und sie verlor die Tür aus dem Blick, obwohl noch ein schwacher Lichtschimmer zu sehen war. Sie bewegte sich so lautlos wie möglich, um die Ruhe der Toten nicht zu stören. Ein jäher Schreck fuhr ihr in die Glieder, als sie auf dem Boden ankam, obwohl sie noch eine weitere Stufe erwartet hatte. Sie schnappte einen Augenblick nach Luft.

Seltsamerweise ging von dem Türspalt oben noch immer ein schwacher, aber beständiger Schimmer aus – gerade genug, daß sie die Hand vor ihren Augen sehen konnte. In der vorherigen Nacht dagegen – aber natürlich, es war ja bereits Abend gewesen, als sie und Wulfhere hinuntergegangen waren; deshalb hatten sie im völligen Dunkel gestanden. Plötzlich hörte sie ein Geräusch oben auf den Stufen. Sie erstarrte und lauschte.

Schritte näherten sich. Sie klangen schwer und waren begleitet von einem leichten Klimpern, als würden viele kleine Kettenglieder klirren, von Stoff etwas gedämpft. Die blassen Schatten der Gräber schienen sie in der Düsternis anzustarren. Aber sie hatte keinerlei Angst, stellte sie überrascht fest. Tatsächlich hatte sie ihn sogar erwartet – ohne auch nur zu wissen, wieso.

»Liath«, sagte er. Sie konnte nicht viel mehr als die Umrisse seiner Gestalt erkennen, konnte nur den Luftzug spüren, als er fünf Stufen über ihr stehenblieb. Mit seinem durch das Kettenhemd noch wuchtigeren Körper versperrte er den Durchgang.

»Ihr habt die Tür quietschen hören«, sagte sie, »obwohl der Lärm der Menschen dort oben doch viel lauter ist.«

»Weil der Lärm der Menschen viel lauter ist«, verbesserte

er. Sie spürte, wie er lächelte – oder vielleicht wünschte sie auch nur, daß er lächelte. Jetzt kam er auch die letzten Stufen herunter. Er stolperte ebenfalls auf dem Boden, den er nicht so rasch erwartet hatte. »Verflucht, ist es hier dunkel! Wie könnt Ihr nur irgend etwas sehen? Was macht Ihr überhaupt hier unten?«

»Ich hole etwas, das liegengeblieben ist.«

»Eure Antwort ist Wulfheres würdig. Ich bin nicht Euer Feind, Liath.«

»Nein«, sagte sie. Ihre Stimme bebte. »Das habe ich auch niemals von Euch gedacht.«

Seine Hand tastete umher, fand ihre Schulter; er war wie ein Blinder, der sich an Geräuschen orientiert. Es hallte merkwürdig in der Krypta, und selbst die schwachen, harmonischen Laute seines Kettenhemdes, das bei der kleinsten Bewegung klirrte und klimperte, wurden von der gewaltigen Höhle, die nur aus Stein und Luft bestand, verzerrt.

»Wer seid Ihr?« fragte er. »Wer ist Eure Familie?«

»Ich bin die Tochter von Anne und Bernard. Ich weiß nichts vom Geschlecht meiner Mutter, nur daß sie eine Freigeborene war. Wulfhere kannte sie. Ich nehme an, daß er mehr über sie weiß, als er mir mitteilen möchte.«

Er kicherte – ein sanftes Geräusch, als würde er ausatmen. »Wulfhere ist kein Mann, der Vertraulichkeiten austauscht. Das hat mein Vater zumindest immer behauptet. Aber ich habe nicht erwartet, daß er Euch genauso behandelt wie uns übrige.«

Die Berührung seiner Hand auf ihrer Schulter verwirrte sie, doch andererseits wollte sie auch nicht, daß er sie wieder wegnahm. »Wieso? Wieso sagt Ihr das?«

»Er mag Euch. Vielleicht sollte ich auch sagen, daß er Euch zu beschützen scheint.«

»Vielleicht tut er das. Ich weiß es nicht.«

»Oh. Und die Familie Eures Vaters?«

»Ich weiß nur wenig über sie, abgesehen davon, daß sie sich während der Herrschaft von Taillefer in Wendar niederließ. Es gibt noch eine Cousine, die Ländereien in der Nähe von Bodfeld besitzt, aber ich habe sie niemals getroffen. Einer ihrer Söhne ist bei den Drachen.«

Er nahm die Hand von ihrer Schulter, und sie bedauerte den Verlust der Berührung. Er verlagerte unruhig sein Gewicht, und sie konnte trotz der Dunkelheit sehen, daß er den Kopf erst zurückwarf und dann zur Seite neigte, als würde er lauschen. Sie hörte nichts weiter als das Gewicht des Steins über ihr – eine Schwere, die für sie mehr Geräusch als Gefühl war.

»Bodfeld«, murmelte er. »Das könnte Storm sein. Aber er ist draußen und kann nicht zu uns hereingelangen.«

»Dann habe ich ihn getroffen!« Sie dachte nach, rief sich den Drachen in Erinnerung, der den Trupp beim ersten Angriff der Aikha geführt hatte. Aber alles, was sie von dem Mann gesehen hatte, waren seine blauen Augen gewesen, sein blonder Bart und eine grimmige Miene. Einen ähnlichen Gesichtsausdruck mußte Sanglant jetzt – dem Ton seiner Stimme nach zu urteilen – haben.

»Er ist ein guter Soldat.«

Das Lob für ihren Verwandten freute sie, auch wenn er es sehr sachlich aussprach, ohne jeden Hinweis darauf, ob er ihr damit schmeicheln wollte.

»Warum seid Ihr mir gefolgt?« fragte sie kühn.

Statt einer Antwort ließ er sich auf der vorletzten Stufe nieder. Es war eine unerwartete und seltsame Geste; jetzt war er nicht mehr größer als sie, sondern reichte ihr nur noch bis zur Brust. Das ließ ihn weniger beeindruckend wirken, was möglicherweise auch seine Absicht gewesen war.

»Ein gutes Geschlecht, wenn auch keines der ganz vornehmen«, sagte er. »Das erklärt Euren Mangel an Ehrerbietung.«

Beschämt errötete sie. »Ich bitte um Vergebung, *mein Herr*. Mein Vater schärfte mir immer ein, daß wir einem stolzen Geschlecht entstammen und uns vor niemandem als dem König verbeugen müßten.«

Er lachte leise auf. Offensichtlich war er nicht im mindesten beleidigt.

»Ihr habt meine Frage nicht beantwortet. Warum seid Ihr mir gefolgt?«

Er schüttelte den Kopf, weigerte sich zu antworten. Vielleicht wußte er es aber auch nicht.

Aber sie wußte es. Sie hatte keine Angst vor Sanglant. Seine Zurückhaltung ärgerte sie, machte sie reizbar. Die Dunkelheit, der Stein und die Erde verbargen sie hier sicherlich vor den Blicken derjenigen, die sie beobachten mochten. Nur auf den kalten Gräbern glänzte ein schwacher, phosphoreszierender Schimmer, aber die heiligen Schwestern und Brüder der Kirche waren an Sünde gewöhnt, oder nicht? Predigten sie nicht Vergebung? War es nicht gestattet, wenigstens einmal dem Drängen des Herzens nachzugeben?

Liath hatte ganz vergessen, daß sie ein Herz besaß. Es jetzt wiederzuentdecken schmerzte wie eine offene Wunde, in die Salz gestreut wurde. Sanglant rührte sich nicht. Sie konnte seine Gesichtszüge nicht erkennen. Gold glänzte schwach in seinem Nacken – der gedrehte Reif aus Gold, das Emblem seiner königlichen Herkunft. Sie konnte die Umrisse des schwarzen Drachen auf seinem Waffenrock erkennen, als wäre er aus Fäden aus Mondlicht und taubenetzten Spinnenfäden gewebt.

Stimmte es, daß er keinen Bart hatte, wie eine Frau? Spontan hob sie eine Hand, um sein Gesicht zu berühren. Sie zuckte beinahe zurück bei dem Gedanken an Hughs unrasiertes Gesicht, doch Sanglants Haut war ganz anders: Sie war kräftig, von Wind und Wetter gegerbt, und die Kinnriemen seines Helmes hatten die Haut gereizt.

Und er war bartlos. Seine Haut war so weich, als hätte er sich erst eine Stunde zuvor rasiert.

Ihr Herz schlug heftig. Hughs Schatten war überwältigend, aber er war in diesem Augenblick weit weg, sehr weit weg.

»Sanglant!« flüsterte sie. Sie fragte sich, ob sie den Mut haben würde und –

Und was?

Er nahm ihre Hand in seine – die in einem Handschuh aus weichem Leder steckte – und zog sie von seinem Gesicht fort. »Diese Straße wage ich nicht entlangzuschreiten«, sagte er leise, aber bestimmt. Er ließ ihre Hand los.

Betäubt ließ sie sie herabfallen.

»Es tut mir leid«, fügte er hinzu, und es klang, als meinte er das auch so.

Oh, Herrin. Sie war verärgert und beschämt, und eine ganze Reihe anderer Gefühle tobten in ihr – Gefühle, die sie nicht voneinander unterscheiden konnte. Sanglant war ein berüchtigter Frauenheld; alle sagten das. Warum stieß er *sie* zurück?

Sanglant bewegte sich unruhig. Das war ihre Strafe. Sie konnte Hugh beinahe lachen hören, sein leises, arrogantes Lachen. *Du gehörst mir, Liath. Du bist für keinen anderen bestimmt.* Tränen traten ihr in die Augen. Es war eine Lehre für sie: Für immer sollte sie in ihrem Turm eingesperrt bleiben. Sie durfte sich nicht – konnte sich nicht – der Verführung hingeben. Niemals würde es ihr gestattet sein. Sie war bereits hoffnungslos befleckt.

»Ich muß gehen«, sagte er plötzlich. Das rauhe Kratzen in seiner Stimme brachte sie für einen kurzen Augenblick auf den Gedanken, daß es ihm leid tat zu gehen; aber seine Stimme hatte immer diesen Klang. Er stand auf, und sein Kettenhemd klirrte. »Wir bereiten uns auf einen Ausfall vor, falls wir etwas von Gräfin Hildegard oder ihren Leuten sehen sollten.«

»Warum habt Ihr das gesagt, letzte Nacht?« Der Ärger ließ sie die Tränen besiegen – der Ärger über die Zurückweisung durch Sanglant, über Hugh, der auf eine bestimmte Weise noch immer Macht über sie hatte, über Wulfheres Halbwahrheiten, über den Tod von Pa. »Warum?«

»Was habe ich denn gesagt?«

»Ihr habt es nicht vergessen.«

Er machte eine schroffe Bewegung, und sie begriff plötzlich, daß er es *nicht* vergessen hatte und daß er mit seinem Körper ebenso sprach wie mit Worten. »Verheiratet Euch nicht, Liath«, sagte er harsch. »Seid wie ich durch das Schicksal gebunden, das andere für Euch bestimmt haben. Auf diese Weise werdet Ihr in Sicherheit bleiben.« Aber die Worte galten nicht ihr allein. Gleichzeitig verspottete er mit ihnen sich selbst.

»*Werde* ich in Sicherheit bleiben? Vor wem oder was? Wovor seid Ihr in Sicherheit, Sanglant?«

Er lächelte spöttisch.

Wie konnte sie ihn lächeln sehen? Es war viel zu dunkel.

Aber es war nicht vollkommen dunkel. Sein Gesicht und die Vorderseite seines Körpers wurden von einem schwachen, weißen Licht beleuchtet, wie gedämpftes Sternenlicht. Der schwarze Drache blinkte im Licht, als Sanglant ein paar Schritte machte, an ihr vorbei ins Gewölbe ging. Seine Augen weiteten sich vor Entsetzen. Er hob eine Hand, stand wie erstarrt da, vollkommen erstaunt.

Liath wandte sich um. Genau hinter ihr, so nah, daß sie den Luftzug bei der Bewegung spürte, kniete Sanglant.

Sie stand neben den Gräbern, als wäre sie gerade der Erde

selbst entstiegen. Sie trug ein langes Linnengewand, das in einer Art geschnitten war, wie Liath es bisher nur in einem Mausoleum und auf in Stein gemeißelten Reliefs gesehen hatte. Ihr Gesicht war so blaß wie der Mond, die Augen so blau wie die Tiefen des Feuers. Ihre langen Haare, die in demselben unirdischen Licht golden schimmerten, reichten ihr bis zu den Knien. Ihre Füße waren nackt, und sie schwebte, ohne den Boden der Krypta zu berühren. In jeder Hand hielt sie ein Messer; beide schimmerten, als wären die Klingen aus brennendem Glas.

Und sie blutete – an den Händen, den Füßen, der Brust. Ein Messer steckte bis zum Heft in ihrem Herz, und aus der Wunde sickerte Blut, lief wie kleine Tränenrinnsale ihr Gewand hinab. Auch die Tränen, die sie vergoß, waren aus Blut.

Aber der Blick, mit dem sie Liath und Sanglant ansah, war geprägt von dem ruhigen Ernst einer Frau, die jenseits von Schmerz und Leiden war. Sie winkte sie zu sich.

Zögernd, die Hände durch den Stoff ihrer Kleidung um den Einigkeitskreis an ihrem Hals gekrampft, trat Liath ein paar Schritte vor. Sanglant folgte. Sie hörte ihn leise ein Gebet sprechen.

Sie sprach kein Wort, zog sich nur noch weiter in die Dunkelheit des Gewölbes zurück, in das Gewirr aus Kammern, wo die Diakonissinnen und die Laienbrüder und -schwestern begraben waren – weniger bekannt und weniger geehrt.

Ein schlichter Grabstein lag flach auf der Erde. Er trug keine Inschrift, kein Zeichen; ein graufleckiger Pilz bedeckte ihn zur Hälfte, war in einem Muster gewachsen, das ein Rätsel für sich gewesen wäre, wäre die Beleuchtung besser gewesen. Doch das Licht, mit dessen Hilfe sich die Heilige aus der Dunkelheit schälte – denn was sonst als eine Heilige konnte sie sein? –, genügte, um die Höhle zu sehen, die hinter dem einfachen Grabstein lag. Es war eine Senkgrube, die sich in Stufen verwandelte, die weiter und immer weiter hinab und in noch größere Dunkelheit führten.

Sanglant kniete neben dem Grab. Liath wagte sich vor, folgte der Heiligen, die die Stufen hinabstieg. *Ihr* Licht entfernte sich von ihnen und versickerte hinter einer Biegung in den Katakomben. Liath setzte ihren Fuß auf die oberste Stufe.

»Geht nicht weiter«, sagte Sanglant plötzlich. »Die Luft riecht frisch und nach Hafer.«

Sie hielt inne, schaute ihn über die Schulter an. Das unirdische Licht versiegte bereits, als würde eine Kerze verlöschen.

»Der Boden im Flußtal und im Osten von Gent ist fruchtbar genug, um Weizen und Roggen zu tragen«, fügte er ungeduldig hinzu. »Nur auf den Hügeln im Westen bauen die Leute Hafer an. Dieser Tunnel muß weit von der Stadt wegführen.«

»Aber sie hat uns gerufen –«

Stimmen erklangen von oben, begleitet von dem Klirren der Kettenhemden und dem Stampfen schwerer Schuhe. Fackellicht strömte in die Kammer, schickte Lichtstrahlen über Stein, Grab und Boden. Liath hielt sich schützend eine Hand vor die Augen.

»Herr! Prinz Sanglant!«

Er drehte sich um, als der erste Drache ihn gefunden hatte.

»Prinz Sanglant!« Es war die narbenbedeckte Frau. Sie schaute erst ihn an, dann Liath, die immer noch halb auf der Stufe stand, dann wieder den Prinzen.

Er sprach schnell und laut, während die anderen näher kamen. »Wir sind einer Vision von St. Kristine gefolgt. Sie führte uns hierher.«

Einige schlugen das Kreiszeichen vor der Brust. Niemand machte Anstalten zu lachen oder Witze zu reißen, nicht einmal darüber, daß sie den Prinzen an einem solchen Ort mit einer attraktiven jungen Frau vorfanden.

»Der Nebel am östlichen Ufer hat sich aufgelöst«, fuhr die Frau fort. Auch sie trug eine Rüstung und wirkte durch ihre außerordentliche Größe und die breiten Schultern genauso kampffähig wie ihre Kameraden. »Die Wache hat Berittene gesichtet, die das Banner von Gräfin Hildegard tragen. Sie flüchten vor einer Horde Aikha in Richtung Gent.«

Sanglant warf Liath einen kurzen Blick zu. Er war kein Mann, der seine Gefühle offen zeigte; an seinem Gesicht war nichts abzulesen. Aber er hob die Hand und berührte ihre Wange mit einem Finger – ein unbewußtes Echo des Augenblicks, da sie ihn auf diese Weise angefaßt hatte. Schnell nahm er seine Hand wieder weg, als er begriff, was er tat. Dann eilte er an der Spitze seiner Drachen hinaus. Ihre schweren Schritte und das Klirren ihrer Kettenhemden dröhnten wie Donnerhall durch die Krypta, schmerzten in Liaths Ohren. Ohne auf sie zu warten, marschierten die Drachen davon.

Sie blieb zurück, aber das Licht erstarb – sowohl das der Fackel als auch der blasse Schimmer, den die Heilige verströmt hatte. Die Finsternis wurde nur von dem schwachen Streifen Sonnenlicht gemindert, der durch Staub und Dunkelheit hierherdrang. Ein Luftzug strich weich wie eine Feder über ihr Gesicht, erhob sich sanft vom Boden der Katakomben. Es roch nach frischer Erde und Getreide, obwohl es aus dieser Entfernung eigentlich unmöglich war, den Geruch von Hafer von dem der Erde, der Hügel und der frischen Luft zu unterscheiden.

Die Heilige war in das schwarze Geheimnis entschwunden, das jenseits der Stufen lag. Liath hatte nicht gewagt, ihr zu folgen, so gerne sie es auch getan hätte. Möglicherweise verstand sie Sanglant in diesem kurzen Augenblick. *Diese Straße wage ich nicht entlangzuschreiten.* Aber der Schmerz wurde dadurch nicht weniger.

Sie schüttelte sich und trat aus dem Senkloch heraus. Sie tastete sich zurück durch das große Gewölbe, fand die Obsidian-Platte und die kleine Flasche, die verloren und vergessen am Grabstein von Bischöfin Caesaria lehnte. Liath entstöpselte sie und nahm einen Schluck. Die Flüssigkeit schmeckte ziemlich bitter, und ihre Augen brannten, aber der Trank hatte auch etwas Anregendes. Gestärkt kletterte sie wieder zurück nach oben in die Welt der Lebenden.

Wie Sanglant bezweifelte auch sie keinen Augenblick, daß ihnen dort unten St. Kristine von den Messern erschienen war. Aber die drängendsten Fragen blieben unbeantwortet: Warum ihnen? Und warum gerade jetzt?

Sie kam rechtzeitig bei den Stufen der Kathedrale an, um Sanglant sein Pferd besteigen zu sehen. Die Frau reichte ihm den Helm, aber bevor er ihn aufsetzte, schaute er noch einmal zu den geöffneten Türen herüber. Ihre Blicke trafen sich über den Köpfen der Leute, die sich inzwischen zahlreich versammelt hatten; die Straßen hallten wider vom Lärm der Menschen, die vor Angst und Hoffnung vollkommen hysterisch waren.

Er lächelte nicht, starrte sie nur an. Dann sagte jemand etwas zu ihm, und seine Aufmerksamkeit wurde abgelenkt. Er stülpte den Helm über den Kopf, und eine Veränderung ging mit ihm vor: Jetzt war er nicht länger Prinz Sanglant, sondern der Hauptmann der Drachen des Königs.

Ihre goldenen Überwürfe strahlten so hell wie Sonnenlicht, besonders seiner, auf dem der schwarze Drache mit Silberfäden aufgestickt war. Mit ihren eisernen, mit Messing besetzten Helmen wirkten sie tatsächlich so furchterregend, wie es ihrem Ruf entsprach: wild und unbarmherzig. Daß sein Helm auch noch mit einem feingearbeiteten goldenen Drachen verziert war, vergrößerte nur eindrucksvoll den Kontrast zu der bedrohlichen, gewaltigen Stärke, die er ausstrahlte.

Der Prinz befestigte den tropfenförmigen Schild an einem Arm, führte die Hand an das Heft des Schwertes und ritt los. Die übrigen Drachen – insgesamt etwa einhundert – folgten ihm die Hauptstraße hinunter bis zum östlichen Tor, wo sie sich mit jenen Kameraden vereinigen würden, die noch Wache hielten oder sich noch zum Kampf rüsteten.

Sie rannte zurück zum Palast des Bürgermeisters. Die Leute auf den Straßen bildeten eine Gasse und ließen sie hindurch, als sie ihren scharlachrot gesäumten Umhang und das Adlerabzeichen sahen.

Wulfhere wartete, schritt in der Kapelle, in der der tote Adler aufgebahrt worden war, ungeduldig auf und ab. Der Leichnam war jetzt in weißes Linnen gekleidet, das Gesicht angemessen mit einem Tuch verdeckt; er lag, wie es sich gehörte, zu Füßen des Herdfeuers.

»Liath!«

Sie händigte Wulfhere das Fläschchen aus. Er steckte es, ohne es wirklich zu bemerken, zwischen Gürtel und Tunika. »Ich habe Manfred schon zum Osttor geschickt, damit er den Drachen als Auge dient. Geh zu ihm. Sollten sie hinausreiten, mußt du alles genau beobachten und mir davon berichten. Ich habe bereits ein Pferd satteln lassen.«

Alles geschah so schnell. Sie holte Bogen, Köcher und Schwert; alles lag bereit. Dann eilte sie hinaus auf den Hof, wo tatsächlich ein Pferd wartete – ein brauner, kräftiger Wallach, der Bürgermeister Werner gehörte. Er war sehr groß, was ihr jetzt mehr nutzte als das Adlerabzeichen. Die Straßen waren voller Menschen, und noch immer strömten die Leute aus ihren Häusern, als sich die Nachricht von Gräfin Hildegards Ankunft verbreitete.

Doch je näher sie dem Osttor kam, desto weniger dicht war die Menge; trotz der furchterregenden Macht, die die Drachen darstellten, verhielten sich die Bewohner der belagerten Stadt vorsichtig. Eine Straße verlief parallel zum Flußufer. Hier fand sie eine Gruppe von Jungen, die alt genug waren, um sich nützlich machen zu können, und jung genug, um keine Furcht zu empfinden. Sie waren ganz vernarrt in die Drachen. Einem von ihnen, einem schlaksigen Burschen mit schmalem Gesicht und flinkem Blick, reichte sie die Zügel ihres Pferdes. Von dem Aussichtspunkt aus konnte sie die Reihen der Drachen sehen, die sich in Zehnerreihen auf dem offenen Platz vor dem Tor versammelt hatten – insgesamt über zweihundert.

Die Jungen, die in der Stadt aufgewachsen waren, zeigten ihr eine Leiter, die zum Wehrgang auf der Stadtmauer führte. Die Stadtwachen waren überrascht, als sie oben ankam und angestrengt auf das östliche Ufer starrte.

Der Nebel hatte sich inzwischen gelichtet – zumindest zum größten Teil. Dort draußen, wo sonst fruchtbarer Ackerboden war, brodelte jetzt das Land vor Bewegung, als würden Fliegen über einer Leiche schwirren. Die Streitkräfte der Aikha hatten sich dort versammelt. Von ihrem erhöhten Standpunkt aus hatte sie eine gute Sicht auf das Gelände, und nach den ersten Minuten, da sie nichts als flirrendes Gewimmel erkennen konnte, begann sie das Bild zu durchschauen, das sich wie ein Mosaik aus beweglichen Steinen langsam zusammensetzte.

Da draußen waren die Streitkräfte der Aikha, ja; sie ließen kaum einen Zentimeter Boden frei. Niemals hatte Liath so viele Geschöpfe an einem Platz gesehen, noch dazu alle in Bewegung. Das grünweiße Banner kennzeichnete die Überreste von Gräfin Hildegards Truppe; unruhig wogte die dichtgedrängte Masse aus Reitern hin und her, verstärkt von einer unordentlichen Formation aus Fußsoldaten. Wer nicht Schritt halten konnte, wurde von der Masse der Aikha dicht hinter ihnen eingehüllt, verschluckt und vernichtet. Die Aikha machten sich daran, die Truppe der Gräfin einzukreisen. Nur ein schmaler Streifen Land war nicht von den Aikha besetzt: die Straße, die zum Fluß und zur östlichen Brücke von Gent führte.

Es war ein Wettlauf. Liath konnte sich nicht vorstellen, wie die Gräfin und ihre letzten Soldaten die Brücke rechtzeitig erreichen sollten – wenn sich nicht die Drachen geradewegs in den Rachen des Aikha-Heeres stürzten.

Dieser Gedanke traf sie mit solcher Wucht, als hätte ihr jemand an einem heißen Tag kaltes Wasser über den Kopf geschüttet. Ihr Verstand klärte sich, doch gleichzeitig verschleierte sich ihre Sicht, und sie schloß die Augen und rieb sie mit den Knöcheln. Dann öffnete sie sie wieder.

Voller Entsetzen starrte sie jetzt auf eine völlig andere Szenerie, die sich ihr auf den Feldern jenseits des Flusses darbot.

Ja, da war ein grünweißes Banner mit einem Wappen, das vermutlich dem von Gräfin Hildegards Land und Familie entsprach. Aber es waren keine menschlichen Gefolgsleute dabei, keine begleitenden Reiter, keine verzweifelt kämpfenden Fußsoldaten. Statt dessen war das Banner umgeben von den schneeweiß leuchtenden Schädeln von etwa eintausend Aikha-Kriegern, die in wüstem Tempo über den dünnen Wegstreifen auf die Brücke aus Holz und Stein zurasten. Auf die Brücke zu, die nach Gent führte.

Was sie bisher gesehen hatte, war eine Illusion gewesen.

Was sie bisher gesehen hatte, war das gewesen, was alle gesehen hatten, die Stadtwachen auf der Mauer, die Drachen, die von den Pferden abgestiegen waren und Posten oberhalb des Tores bezogen hatten, um dem Prinzen zu berichten und den besten Augenblick für den Ausfall zu bestimmen. Was sie sahen, war eine Vision, die durch einen fürchterlichen, einen mächtigen Zauber herbeigeführt worden war, erschaffen durch Fähigkeiten, die sie nicht kannte. Und sie war die einzige, die den Zauber durchschaute und die Wahrheit sah.

»*Du bist taub gegenüber Magie*«, hatte Pa immer gesagt.

Oder irgendwie dagegen geschützt.

Der Gedanke traf sie mit solcher Wucht, daß sie sich einen schrecklichen Augenblick lang weder rühren noch einen einzigen Gedanken fassen konnte.

Aber sie mußte denken. Sie konnte nur ahnen, was mit Gräfin Hildegard und ihren Soldaten geschehen war. Vermutlich war ihr Heer vollkommen vernichtet worden, und man hatte den Händen ihres letzten sterbenden Gefolgsmannes das Banner entrissen, um mit dessen Hilfe die Täuschung vollenden und die Drachen in den Tod locken zu können.

Und sie war die einzige, die sie aufhalten konnte.

4

Vor Eile rutschte Liath die Leiter regelrecht herunter. Splitter drangen in ihre linke Hand, aber der Schmerz spornte sie nur noch mehr an. Die Jungen bei ihrem Pferd blickten verblüfft hinterher, als sie zu den Drachen im Hof rannte, deren Aufmerksamkeit ganz auf die Wachen auf dem Tor gerichtet war.

»Laßt mich durch!« schrie sie. »Ich muß zum Prinzen.«

Sie ließen sie ohne Einwände durch. Sanglant saß in der ersten Reihe auf seinem Pferd und beriet sich mit anderen: einer älteren Stadtwache, einem Drachen, der neben seinem Pferd stand, und seiner Kameradin, der narbenübersäten Frau.

Sanglant sah Liath; vielleicht hatte er auch ihre Stimme gehört. Mit einer Geste brachte er den gerade sprechenden Stadtsoldaten zum Schweigen.

»Aber Prinz Sanglant!« protestierte der Mann, der Sanglants Absicht gänzlich mißverstand. »Es sind zu viele! Jetzt einen Ausfall zu machen wäre unklug. Wenn Gräfin Hildegard es bis hierher schafft, öffnen wir die Tore und lassen sie herein.« Dann bemerkte er Liath und verstummte.

»Das dürft Ihr nicht!« schrie Liath. Sie nahm einem Drachen die Zügel von Sanglants Pferd aus der Hand, als könnte sie so die Entscheidung des Prinzen beeinflussen. »Das da draußen ist nicht Gräfin Hildegard. Es ist nur eine Illusion. Da ist Magie –«

Sanglant sprang sofort vom Pferd. Ohne auf sie oder irgend jemanden sonst zu warten, stürmte er zum Wehrgang hinauf, um durch den Ausguck über dem Tor auf das Gelände hinauszuschauen. Liath stürmte hinter ihm her. Oben auf dem Wehrgang stand Manfred mit zwei Drachen und einer Gruppe von Stadtwachen. Er forderte die anderen mit knapper Geste auf, zur Seite zu treten, als der Prinz erschien. Liath eilte zu Manfred; sicher würde zumindest er ihr glauben, wenn die anderen es schon nicht sehen konnten. Gebannt standen sie hinter einer Holzwand, die mit wassergetränkten Tierhäuten überdacht war, und starrten zum fernen Ufer hinüber.

Jetzt sah sie es ganz deutlich. Es mußten mehr als tausend Aikha sein, vielleicht auch zweitausend, jedenfalls deutlich mehr, als Gent Verteidiger besaß. Die Barbaren kamen unaufhörlich näher, in ihrer Mitte die Kriegsbeute – das Banner. Gewaltige Hunde rasten, die Schnauzen in den Wind haltend, neben ihnen her. Reihe um Reihe aus blauen und gelben Schilden mit dem bedrohlichen Wappen der roten Schlange, mit den dunklen Umrissen ihrer kampfbereiten Waffen, rückte näher. Ihre schneeweißen Haare glänzten im Sonnenlicht, als der Nebel am Ufer sich lichtete. Wie konnte jemand dies für das Heer von Gräfin Hildegard halten? Die Aikha schrien sich

Worte zu, die sie nicht verstand, die in ihren Ohren aber wie höhnische Bemerkungen klangen. Die Hunde schienen sich ohne große Mühe fortzubewegen, was vielleicht noch schlimmer war. Der Fluß strömte friedlich dahin. Die Trommeln schlugen im Takt zu den rasenden Schritten.

Sie kamen näher und näher. Liath konnte die Einzelheiten auf dem grünweißen Banner erkennen: ein Eber auf einem weißen Feld. Sie sah die schlanken Körper der Hunde, ihre heraushängenden Zungen. Die Aikha waren jetzt so nah, daß die erste Reihe beinahe die Brücke erreicht hatte und dem Prinzen noch etwa zwanzig Atemzüge bis zu einer Entscheidung blieben.

»Seht Ihr es denn nicht?« schrie sie.

Sanglant blinzelte.

»Manfred!« Sie schüttelte Manfred kräftig am Arm. »Es ist nicht Gräfin Hildegard! Es sind nur Aikha! Sieh genauer hin. Du bist ein Adler. Du mußt es sehen können!«

»Da!« rief Sanglant. »In der vierten Reihe. Ich erkenne Gräfin Hildegard und ihren Bruder.« Er zog sich von der Mauer zurück.

Die erste Aikha-Reihe mit dem Banner erreichte die Brücke. Ihre Schritte hallten auf der Konstruktion aus Holz und Stein wider wie das dumpfe Stampfen der Verdammnis. Ein schriller Schrei erhob sich jäh aus den ersten Reihen der Aikha, als hätten sie den Geruch der Beute aufgenommen. Als hätten sie Sanglants Drachenhelm auf dem Wehrgang entdeckt und wüßten, daß er auf sie wartete.

»Die Aikha haben sie fast!« schrie Manfred und riß sich von Liath los. Es war nur ein kurzer Blick, den er ihr zuwarf, als wollte er sagen, daß es ihm leid tat.

Sanglant musterte Liath eindringlich. Er schwankte; es war deutlich zu sehen. Nur zu gerne wollte er ihr Glauben schenken. Doch dann blickte er wieder zurück. Aikha und Hunde heulten jetzt um die Wette. Der Lärm betäubte Liath beinahe. Die Gesichter der anderen wurden leichenblaß vor Entsetzen. Liath konnte sich nicht länger vorstellen, was sie sahen, was sie zu sehen glaubten. Sie wußte nur, daß das Aikha-Heer beinahe bei ihnen war.

»Öffnet das Tor!« befahl Sanglant.

Sie griff nach seinem Arm, als er sich an ihr vorbeidrängte. Die Drachen neben ihm machten fluchend einen Satz auf sie zu. Die großen Räder quietschten bereits, und die Flügel des Tores setzten sich langsam in Bewegung.

»Schließt das Tor!« brüllte sie, aber niemand achtete darauf. Die Drachen auf dem Hof unten öffneten eine Gasse, um für die Gräfin und ihr Gefolge Platz zu machen. »Es ist eine Illusion! Ein Trick!«

Alles, was sie von Sanglants Gesicht sehen konnte, war der Blick seiner jadegrünen Augen, der sie zu durchbohren schien. Er schüttelte den Kopf. Dann war er weg, die Stufen hinunter.

Das Tor öffnete sich unter lautem Quietschen noch weiter, die Flügel bewegten sich schneller. Im Gegenzug wurden auch die Aikha immer schneller.

»Manfred!« schrie sie, packte seinen Umhang und schüttelte ihn. »*Siehst* du es denn nicht? Du mußt mir vertrauen, Manfred!«

Doch es war zu spät.

Das Tor stand offen. Das Banner von Gräfin Hildegard passierte den letzten Mast und die Brücke und befand sich dann auf festem Boden. Es waren Aikha, die jetzt durch das offene Tor nach Gent hereinströmten. Sanglant hing noch mitten auf der Leiter; er konnte weder sein Pferd noch seine Männer erreichen.

Auf dem Platz unter ihm brach das Chaos aus. Das Geheul

der Angreifer wurde so schrill und laut, daß es in den Ohren schmerzte. Manfred keuchte laut auf und schob Liath auf dem Wehrgang vor sich her.

»Lauf! Lauf so weit auf der Mauer entlang, bis du in Sicherheit bist. Finde Wulfhere!«

Sie stolperte, fiel auf die Knie, und ein Pfeil traf eine Stadtwache hinter ihr. Der Mann stöhnte, aber mehr vor Überraschung als vor Schmerz, und sank langsam zu Boden. Er griff nach dem Pfeil in seiner Brust und fiel vornüber auf die Kante des Wehrgangs, dann, während sie vergeblich versuchte, ihn festzuhalten, stürzte er nach unten. Er landete auf zwei Aikha, die gerade auf einen Drachen einhackten, der von seinen Kameraden abgeschnitten worden war. Unter dem Gewicht der Wache gingen sie zu Boden, doch immer mehr strömten herbei, so unaufhaltsam wie das Wasser bei Flut. Dann entdeckten die Hunde den Leichnam; einige rasten weiter, andere machten sich an ihm zu schaffen. Liath würgte, sie wurde von einem Schwindel erfaßt.

Eine Hand in einem Kettenhandschuh riß sie wieder in die Höhe. Sie prallte hart gegen einen Überwurf – darauf ein schwarzer, mit Silber genähter Drache.

Es war Sanglant. Er sagte kein Wort, zerrte sie aber so schnell hinter sich her, daß ihre Füße beinahe den Kontakt zum Boden verloren. Es blieb ihr nicht einmal mehr Zeit, sich umzublicken und nachzusehen, was aus Manfred wurde. Angst verspürte sie nicht; dazu war sie viel zu betäubt. Sie fühlte sich wie gelähmt.

Zwei Pfeile hatten sich in die Kettenglieder auf Sanglants Rücken gebohrt und ragten zitternd hervor. Einer löste sich und fiel zu Boden. Stadtwachen knieten nieder und schossen Pfeile auf die Brücke, wo sich immer mehr Aikha vom östlichen Ufer kommend versammelten. Doch auf dem Platz hinter dem Tor herrschte ein zu großes Durcheinander, als daß man auf die Aikha hätte zielen können, ohne die Verteidiger Gents zu gefährden.

Die Verteidiger waren zahlenmäßig hoffnungslos unterlegen. Es dauerte nicht lange, und die Drachen wurden von der Wucht des unerwarteten Angriffs, dem bloßen Gewicht der Anzahl und der Wildheit der Angreifer zurückgedrängt. Die Aikha kämpften erbarmungslos, ohne jede Gnade. Das war aber auch das einzige, was sie in dem wild wogenden Kampf erkennen konnte – ohne jedes System bemühten sich die eisenbehelmten Drachen verzweifelt, die Reihen wiederherzustellen.

Wie aus weiter Ferne hörte sie das Quietschen der Räder, die das Tor bewegten. Dann Schreie. Dann stieg ihr Rauch in die Nase.

Pfeile donnerten im Stakkato in das Holz direkt neben ihr, scharf und endgültig wie ein plötzliches Gewitter aus Trommelschlägen. Sanglant stöhnte und fluchte und blieb stehen. Sie wandte sich um. Ein Pfeil ragte aus seinem linken Bein, gleich oberhalb des Knies. Noch während sie hinsah – als gehorchte die Zeit hier anderen Gesetzen –, schoß Blut in einem kleinen Schwall aus der Wunde, sickerte durch das Leder, wurde von einem zweiten und einem dritten gefolgt, floß in einer roten Spur das Knie hinab. Das Blut war so rot wie ihr eigenes, wie das eines jeden Menschen.

Es verschlug ihr den Atem, und sie begann zu würgen.

»Brecht ihn ab.« Sanglant ließ sie los.

Gehorsam griff sie nach dem Pfeil, preßte eine Hand gegen sein Bein, umklammerte mit der anderen das befiederte Ende darüber. Es war blau, bemerkte sie: Die Federn waren so hart wie Metall, gruben sich in ihre Haut. Der Schaft war kräftig. Irgendwann zerbrach er in zwei Teile, und sie warf das Ende weg.

Er griff nach ihrem Arm und zerrte sie weiter mit sich.

»Prinz Sanglant!« Eine Stadtwache rief von einem geschützten Ausguck, der in die Wand gebaut worden war. Sanglant zog sie dorthin, und der weißbärtige Soldat öffnete eine Luke und deutete auf eine Falltür darunter.

»Hierher, Prinz«, sagte er. Liath war völlig außer Atem. Seltsam fasziniert von der schlichten, gewöhnlichen Webart seines braunen Umhangs, starrte sie den Mann an. Der Umhang war an einer Schulter mit einem Stück Material befestigt, das farblich nicht zu dem Rest paßte, als wäre es nicht zur gleichen Zeit gefärbt worden.

Sanglant lehnte sich keuchend gegen die geschlossene Tür; für einen kurzen Augenblick waren sie vor dem Pfeilhagel in Sicherheit. Liath hörte die Kampfgeräusche, das Klirren von Schwertern gegen Kettenhemden und eiseneingefaßte Schilde. Ein schwaches Hornsignal erhob sich immer wieder wie eine Fanfare, weckte die Bewohner von Gent.

Sanglant drängte von der Tür weg und trat zu einer Scharte. Er hatte Liath noch immer nicht losgelassen, und so war sie gezwungen, ihm zu folgen. Der Bogenschütze dort rückte rasch zur Seite. Gemeinsam starrten sie durch den schmalen Schlitz auf das östliche Ufer des Flusses.

Die Scharte war so ausgerichtet, daß man genau die Stelle im Blick hatte, wo die Brücke das östliche Ufer berührte. Aikha strömten weiter über die Brücke, doch noch während sie zusahen, verlangsamte sich die Flut – behindert durch das halbgeschlossene Tor, durch den Widerstand der Stadt, den schmalen Weg.

Doch wenn sie auch langsamer wurden, drängten sie noch immer unaufhörlich vorwärts, laut klagend und heulend wie wilde Bestien.

Am östlichen Ufer verhüllten Nebelschwaden Teile der Felder, ein von Dunst umgebener Schatten lag auf dem Land.

Aber es war weder Nebel noch Dunst. Irgend etwas stimmte nicht: Vielleicht war es eine Bewegung, die Art, wie ihr Blick sich abwenden wollte. Es war ein Zauber. Sie zwang sich, es anzusehen, in der *festen* Überzeugung, daß es nicht Schatten und Nebel waren, sondern der Versuch, etwas zu verbergen.

Der Nebel löste sich auf – oder vielmehr: Er verschwand aus ihrem Blick, wurde zu vier Gestalten. Zwei von ihnen waren Aikha-Krieger, bemalt und ausstaffiert wie die anderen, die runden Schilde mit der roten Schlange beiläufig gegen die Beine gelehnt, zweischneidige Äxte wie Kinder in den Armbeugen haltend. Zwischen den beiden Kriegern stand ein Aikha, der sich von den übrigen abhob; er war auffallend dünn und offensichtlich nackt, trug lediglich einen zerrissenen Lendenschurz und einen goldenen Gürtel. In den Händen hielt er eine kleine, hölzerne Truhe. Ein Lederbeutel hing an seinem Gürtel.

Doch neben diesen dreien stand noch ein vierter. Dieser unterschied sich allein kraft seiner Gestalt von den anderen, aufgrund einer unbestimmbaren Eigenschaft, die Liath nicht benennen konnte, die sie noch nicht erkannt hatte. Es war ihr unmöglich, den Blick von ihm abzuwenden; er war riesig, und sein Gesicht, seine Arme und die Brust hatten einen solch schuppigen Glanz, als wäre er in lebendige Bronze gehüllt. Er trug keine Tunika – nichts bedeckte seine Brust, nicht einmal die grellen Farben, die von seinen Kriegern bevorzugt wurden. Nur mehrere Ketten hingen um seinen Hals: zusammengebundene Perlen, Muscheln und Knöchelchen, gemischt mit Goldketten und solchen, die aussahen, als wären sie aus Gold- und Silbermünzen, die Löcher in der Mitte hatten und auf dünnen Metallfäden aufgereiht waren. Seine steifen Hosen waren aus einem atemberaubend blauen Stoff und mit einer Schärpe aus glänzendem Goldstoff gegürtet, die in feinen Falten bis auf die Knie fiel. Goldene Armbänder, wie ineinander verschlungene Schlangen, schmückten seine dicken Arme. Die Haare glänzten elfenbeinweiß im Sonnenlicht; sie waren zu einem einzigen Zopf geflochten, der ihm bis zu den Knien reichte.

Sanglant neben ihr atmete vernehmlich durch die Zähne.

»Da!« sagte Liath. »Seht Ihr ihn?«

»Ja, ich sehe ihn.« Er schüttelte den Kopf, als wollte er ein störendes Insekt verscheuchen. »Er ist derjenige, den ich die ganze Zeit gespürt habe. Er ist diese Macht.«

»Er ist der Zauberer.« Auch sie spürte seine Macht.

Sanglant beugte sich etwas über die Brüstung der Scharte und starrte plötzlich angestrengt auf den weitentfernten Aikha. Seine Lippen bewegten sich. »Sag mir deinen Namen«, flüsterte er.

Der Aikha-Zauberer rührte sich und drehte den Kopf so plötzlich in ihre Richtung, daß Liath erschauderte. Es war, als hätte er es gehört. Er sah sich suchend um, konzentrierte seinen Blick rasch in ihre Richtung und blickte *sie beide* an, obwohl er sie sicherlich nicht wirklich sehen konnte, denn die hölzernen Wände des Ausgucks verbargen sie. Er konnte nicht wissen, daß der Prinz ihn von hier aus beobachtete.

Doch wieso eigentlich nicht, wenn er ein so mächtiger Zauberer war?

Im nächsten Augenblick meinte sie zu sehen, daß er eine Antwort sprach, aber sie konnte die Silben nicht erraten, und ganz sicher konnte sie ihn bei dem Lärm der in der Stadt tobenden Schlacht nicht verstehen.

»Blutherz«, sagte Sanglant mit leiser Stimme und starrte in dessen Richtung, als würden die beiden sich beobachten, ihre Kräfte messen. »Wir werden uns treffen, du und ich.«

Am Ufer des Flusses schwoll die Flut der Aikha weiter an.

Das Knäuel, das sich auf der Brücke auf die Stadt zuschob, teilte sich jetzt, und Liath riß ihren Blick von dem Aikha-Zauberer los. Das Tor wurde weiter aufgerissen, und noch mehr Aikha strömten in die Stadt.

Sanglant trat abrupt von der Scharte zurück und wandte sich an Liath. »Geht zur Kathedrale. Rettet so viele wie möglich.« Die Stadtwache wartete nervös und angespannt an der Falltür.

»Wohin geht Ihr?«

Es war eine dumme Frage. Sie wußte die Antwort, noch bevor Sanglant die Worte aussprach, doch er sagte sie trotzdem.

»Meine Drachen brauchen mich. Wir werden versuchen, die Aikha so lange wie möglich aufzuhalten.« Er hob die Hand und berührte ihre Wange – so wie sie ihn berührt hatte, in der Stille der Krypta.

Dann nahm er den Schild, hob das Schwert und verschwand durch die Tür, noch bevor sie reagieren konnte. Sie eilte ihm nach, zurück auf den Wehrgang auf der Mauer, und kam gerade noch rechtzeitig, um zu sehen, wie er eine Leiter hinabkletterte. Dann war er weg, rannte mitten hinein in das Chaos, das um das Tor herum wütete, während sich die Schlacht immer mehr ausweitete, immer weiter hinein in die Straßen von Gent. Ein durchdringender Schrei ertönte, und immer wieder und wieder erklang sein Name. Bevor die Stadtwache sie packen konnte, sah sie noch, wie sich die hoffnungslos unterlegenen Drachen zusammenschlossen und zu Pferd und zu Fuß ihrem einsamen Prinzen folgten, der den Eindruck erweckte, als wollte er sich ganz allein dem Ansturm der Aikha stellen.

Eine Hand berührte ihre Schulter und zog sie im gleichen Moment von der Tür weg, als sich ein Pfeil in das Holz bohrte. Ein Brandpfeil. Der Qualm ließ ihre Augen tränen; Flammen leckten am Holz. Der bärtige Mann schlug die Tür zu, doch sie hörte weiter Pfeile dagegenklatschen, wie ein Echo der Trommeln, die unaufhörlich im Aikha-Lager dröhnten.

»Hierher«, drängte er. »Zwei Stockwerke tiefer ist ein Tunnel. Er führt von hier direkt zum Palast des Bürgermeisters. Dort stoßt Ihr auf einen größeren, gerade verlaufenden Tunnel. Biegt niemals in einen anderen Gang ab, denn diese führen nur zu anderen Posten auf dem Wehrgang. Ich bete darum, daß die Aikha noch keinen eingenommen haben und in die Tunnel eingedrungen sind.«

Sie kletterte die Leiter hinunter, ohne sich umzuschauen. Der Mann folgte nicht. Die erste Leiter endete auf einem kleinen Absatz, der sich in der Wand befand und so winzig war, daß sie kaum zu atmen wagte. Sie fand die andere Leiter und kletterte weiter hinab, zwölf Sprossen insgesamt, bis zu einem Tunnel mit Wänden aus gebrannten Ziegeln. Er war kaum breiter als ihre Schultern. Sie zögerte, griff kurz nach dem Bogen, zog aber statt dessen ihr Schwert. Ihre Finger strichen über die in das Heft gravierten Worte: »Dieses gute Schwert ist der Freund von Lucian.«

»Ich bitte dich«, flüsterte sie, »sei auch mir ein guter Freund.«

Sie ging vorsichtig weiter, denn es war dunkel, und nicht weit über ihr hörte sie verzerrt den Lärm der Schlacht; er hallte hin und her, vor und zurück, gerade so, als würde ein Teppich aus Lauten gewoben. Mochten die Götter dafür sorgen, daß dieser Teppich nicht den Untergang Gents bedeutete!

Der schmale Nebengang mündete in einen größeren Tunnel, einen, in dem zwei Menschen nebeneinander gehen konnten – aber auch nicht mehr. Hinter ihr – dort, wo sie die Mauer vermutete – sah sie den flackernden Schein von Feuer, roch den scharfen Geruch von Rauch. Ihre Augen hatten sich bereits der Dunkelheit angepaßt. Vor ihr war es dunkler und stiller.

Sie hörte ein Grunzen hinter sich und das dumpfe Geräusch, mit dem jemand auf dem Boden des Tunnels aufprallte. Sie wirbelte herum und sah das verräterische Schimmern von weißem Haar. Was sollte sie tun?

Sie war im Vorteil. Sie rannte los, und gerade, als der Aikha sich mit einem Ruck umdrehte, stach sie ihm in die Magenkuhle. Sie spürte den Widerstand seiner Haut, als wäre sie mit Metall überzogen. Aber Lucians Schwert war wirklich gut. Vielleicht hatten die Dariyaner Geheimnisse der Metallurgie gekannt, die den Schmieden inzwischen abhanden gekommen waren. Vielleicht war die Haut der Aikha auch gar nicht so fest, wie es den Anschein hatte. Die Klinge drang tief ein und durchbohrte die Kreatur.

Der Aikha heulte auf und schlug mit den scharfen Krallen nach ihr. Sie sprang nach hinten und versetzte ihm einen Hieb ins Gesicht; er ging zu Boden. Der Gestank war grauenhaft. Über ihr loderte Feuer, und sie hörte immer und immer wieder einen Mann aufschreien. Ah! Ah! Ah! Aus weiterer Entfernung hörte sie – durch Rauch und trampelnde Schritte, Schreie und die ganze, wirre Kakophonie einer Schlacht hindurch, die langsam und brutal verloren wurde – einen schärferen Ruf: »Zum Prinzen! Zum Prinzen!«

Sie sprang von dem Aikha weg. Er zuckte, und sie flüchtete weiter durch den Tunnel. Wenn ihr jemand folgte, bemerkte sie es nicht. Sie war zu sehr damit beschäftigt weiterzulaufen. Zu beschäftigt auch mit ihren Gedanken, als sie sich erinnerte.

Er hatte ihre Wange berührt. Bedeutete sie ihm etwas? Sicherlich würde er getötet werden. Und welche Rolle spielte es jetzt schon noch? Es waren nicht genug Soldaten zur Verteidigung in Gent – jetzt, wo die Aikha das Tor überwunden hatten. Es würden auch niemals genug sein, wenn sie wirklich einen Zauberer als Anführer hatten – selbst, wenn die Beschwörung von Illusionen seine einzige Gabe sein sollte. Illusionen heraufzubeschwören war eine mächtige Waffe in den Händen derer, die sie nach Belieben einzusetzen bereit waren.

»Rettet so viele wie möglich.« Das hatte Sanglant gesagt. Sicherlich war ihnen die Heilige deshalb erschienen. Heilige waren, wie die Engel und die Daemonen der oberen Sphären, nicht an die Welt der Zeit gebunden: Sie konnten die Zukunft sehen.

Sie passierte einige Nebengänge, und alles, was sie hörte, waren Kampfgeräusche und Schreie, alles, was sie roch, waren Blut und Rauch.

Der Tunnel führte zu den Unterkünften der Soldaten, in den Raum mit dem Zaumzeug. Sie kletterte eine schmale Leiter hoch, bis ihr Kopf gegen eine Falltür stieß, die sie mit großer Mühe von unten aufstemmte und sich dabei die Knöchel an den Eisenbändern aufschürfte, mit denen die Tür eingefaßt war.

Die Unterkünfte waren vollkommen leer; nur das schwache Trommeln und der Klang der Hornfanfaren waren zu hören. Der Geruch und die Geräusche der Schlacht rückten immer näher. Alle Drachen waren weg. *Weg.* Und nur zu bald auch tot. Sie hatte keine Kraft zum Weinen. Sie mußte Wulfhere warnen. Sie mußte so viele Leute wie möglich durch die Katakomben hinausführen, bevor die Stadt fiel. Sie zweifelte nicht länger daran, daß das Schicksal Gents besiegelt war.

Doch an der Tür der Unterkunft blieb sie stehen. Sie zögerte und drehte sich um, starrte auf die leeren Ställe, roch das Stroh, von dem ein Teil trocken war, ein anderer feucht von Urin und Dung. Diese Unterkünfte würden sehr gut brennen.

Sie rannte zu dem Stall zurück, in dem sie geschlafen hatte.

Manfreds Sattel lehnte an dem Pfosten, an dem er den ganzen letzten Monat gelehnt hatte. Seine Gegenwart hatte etwas Anklagendes. Was war mit ihrem Kameraden geschehen? Lebte er noch? Hatte sie auch nur einen Gedanken an ihn verschwendet, seit das Tor geöffnet worden war? Aber sie hatte keine Zeit; sie sollte nicht einmal hier sein. Jeder Augenblick zählte, bedeutete für einen anderen Menschen Leben – oder Tod.

Aber sie mußte das Buch haben. Sie hob ihren eigenen Sattel hoch, griff nach den Satteltaschen und warf sie sich über die Schulter. Dann rannte sie zurück, lief über den jetzt verwaisten Hof. Es war viel zu ruhig im Palast des Bürgermeisters.

»Liath!«

Wulfhere stand auf dem Wehrgang der Palisade. Er sprang regelrecht die Leiter herunter, so eilig hatte er es, zu ihr zu kommen.

»Es ist hoffnungslos!« schrie sie. »Die Aikha haben das Tor gestürmt. Alle müssen sich bewaffnen und kämpfen oder zur Kathedrale gehen.«

»Aber wie –?«

»Eine Illusion.« Sie erinnerte sich plötzlich an das seltsame Erlebnis auf der Stadtmauer. Eines Tages mochte es wichtig sein, daß mehr Leute als sie und Sanglant den Namen kannten. »Er nennt sich Blutherz.«

Wulfhere nickte einmal kurz. »Dann geh, Liath. Lauf! Wenn du es schaffst, mußt du den König benachrichtigen.«

Sie nahm sich nicht die Zeit, ihn zu fragen, was er tun würde. Sie hatte keine. Vom östlichen Teil der Stadt stiegen bereits dicke Rauschschwaden auf, schwer, schwarz und furchterregend, und bei den Häusern, die nah genug standen, konnte man sehen, daß Flammen an den Dächern leckten. Vielleicht war die gesamte Wachmannschaft des Bürgermeisters bereits zum Osttor geeilt.

Als sie durch den Torbogen trat und die Hauptstraße Gents entlanglief, fand sie sich im totalen Chaos wieder. Auf den Straßen herrschte dichtes Gedränge, alle waren voller Angst. Die Hälfte schien auf das westliche Tor zuzulaufen. Einige wenige versuchten zum Osttor zu gelangen, bewaffnet mit Messern, Stöcken, Schaufeln und Beilen – einfach allem, was sich irgendwie als Waffe benutzen ließ. Aber es waren nicht viele. Ein Großteil der Bewohner Gents hatte alles vergessen und versank in kopfloser Panik.

Liath schob und drängte sich mit Hilfe ihrer Ellenbogen durch die Menge. Am Anfang versuchte sie noch – alle drei Schritte – »Zur Kathedrale!« zu rufen, aber es war sinnlos. Bei all dem Geschrei, dem Gebrüll der Esel, dem Gegacker der Hühner und Gejammer der Kinder, dem Prasseln des Feuers und dem Getrampel unzähliger Füße auf Holzplanken und Stein war ihre Stimme unmöglich zu hören – alle rannten wie wild durcheinander, überallhin und nirgends.

Aber sie hätte sich keine Sorgen machen müssen. Sich an der Palastpalisade entlang zu schieben, den großen Platz zu überqueren und die breiten Stufen zur einladenden Fassade der Kathedrale zu erreichen, schien der leichteste Teil ihres Weges zu sein.

Die Kathedrale war bis zum Bersten gefüllt.

Die Leute drängten sich auf den Stufen, schoben sich hinein, schrien und flehten, hoben ihre Kinder über ihre Köpfe, damit wenigstens ihnen Zuflucht im Innern gewährt würde, wenn schon nicht ihnen selbst.

»Aus dem Weg!« rief Liath, obwohl der Lärm ihre Worte verschluckte. Sie zog ihr Schwert und schlug mit dem Griff auf die Leute ein. Als sie sich umdrehten, verärgert oder schluchzend, machten sie ihr jedoch nach einem Blick auf das Abzeichen der Adler Platz.

Auf diese Weise erklomm sie, wenn auch langsam, die Stufen. Drinnen war es, wenn das überhaupt möglich war, noch voller. Sie konnte sich kaum vorstellen, wie die vielen Leute noch Luft bekommen konnten, die sich bis zum Herdfeuer, dem heiligen, sicheren Hafen, gedrängt hatten. Sicher würden nicht einmal Bestien wie die Aikha diesen heiligen Ort des Gottes der Einigkeiten entweihen.

Sie stanken nach Angst und Schweiß. Es war unmöglich, absolut unmöglich, sich vorzustellen, wie sie durch diese Menge zum Herdfeuer gelangen sollte, wo sie die Bischöfin vorzufinden hoffte. Sie steckte ihr Schwert zurück in die Scheide.

Und dann hörte sie erstaunlicherweise eine Veränderung in dem Lärm der Masse. Als würde ein dämpfendes Tuch ganz langsam über die Leute gezogen, nahm das wortlose Stöhnen und Rufen und Weinen Form und Fluß an. Eine Hymne breitete sich langsam aus, kroch von vorne nach hinten.

»Hebt mich hoch!« befahl Liath.

Fast zu ihrem Erstaunen taten das auch zwei Männer, packten fest ihre Beine und wuchteten sie hoch. Dort, am Herdfeuer, stand die Bischöfin, die Arme gen Himmel gerichtet, während sie die Menge dazu brachte, einen Psalm zu singen.

»Du, der du im Schutze des Lichtes wohnst.
Du, der du sagst: ›Der Herr ist meine sichere Zuflucht,
die Herrin die Feste, der ich vertraue.‹
Er wird dich unter seine Fittiche nehmen.
Sie wird dir Sicherheit zwischen ihren Flügeln gewähren.
Du mußt den Pfeil nicht fürchten, der bei Nacht fliegt,
oder den Speer, der bei Tag zustößt.
Tausende mögen an deiner Seite fallen,
Zehntausende direkt neben dir,
aber du wirst von allem unberührt bleiben.«

Liath sang mit ihnen. Als der Psalm mit einem ernsten *Kyrie* beendet wurde, kehrte die Bischöfin die Handflächen nach außen, und die Leute beruhigten sich, damit alle zuhören konnten. Nur das abgehackte Schluchzen der erschreckten Kinder störte noch die Ruhe.

»Betet, laßt Ruhe einkehren«, rief die Bischöfin.

In diesem Augenblick, als sich Stille herabsenkte und die Geräusche des fauchenden Feuers, der Schlacht und des Trommelns durch die Wände und die geöffnete Tür sickerten, ohne daß sich bereits die Panik der Leute draußen auf diesen flüchtigen Frieden ausgedehnt hatte, erhob Liath ihre Stimme. Sie lenkte die Aufmerksamkeit in genau der Weise auf sich, von der ihr Vater immer abgeraten hatte.

»Falle niemals auf. Tue dich niemals hervor. Erhebe niemals deine Stimme.«

»Bischöfin, ich bitte Euch, hört mich an. Ich bin ein Adler des Königs!«

Die Männer, die sie hielten, schwankten etwas, und sie mußten aufpassen, um nicht das Gleichgewicht zu verlieren. Sie hielt sich mit den Händen an ihren Schultern fest. Alle in der Kathedrale wandten ihr den Kopf zu; Furcht stand in ihren bleichen Gesichtern. Die Bischöfin ließ die Hände sinken und bedeutete ihr fortzufahren.

»Euer Gnaden, bitte glaubt meinen Worten. Ich habe ein Zeichen gesehen. Mir ist St. Kristine erschienen –« Liaths Stimme versagte. Sie sah, daß sie die Aufmerksamkeit, das Vertrauen der Leute verlor. »Prinz Sanglant ist St. Kristine von den Messern erschienen! Es war eine echte Vision. Es gibt Katakomben unter der Kathedrale, einen Tunnel, der nach Westen führt. Auf diesem Weg –«

Zu mehr reichte die Zeit nicht.

Ein Schrei erscholl von den Leuten draußen.

»Die Drachen! Die Drachen sind zusammengebrochen!«

Liath preßte sich genau in dem Moment die Hände auf die Ohren, als sie dem Griff der beiden Männer entglitt. Sie fiel, aber die Leute standen viel zu dicht gedrängt, als daß sie sich hätte verletzen können. Selbst während sie drängten, sich Panik ausbreitete und alle versuchten, in die eine oder andere Richtung zu laufen, konnte sich niemand mehr als einen halben Schritt nach links oder rechts bewegen.

Im nächsten Augenblick dröhnte ein Hornsignal durch den Raum, wurde von den steinernen Wänden als Echo zurückgeworfen, betäubte sie und die anderen. Immerhin brachte es die Menge lange genug zum Schweigen, daß die Bischöfin gehört werden konnte.

»Ich sage Euch!« schrie sie mit kraftvoller Stimme. »Ich sage Euch, mein Volk, daß ich nicht eher von diesem Herdfeuer weichen werde, als bis alle in Sicherheit oder die Aikha zurückgeschlagen sind. Daher müssen alle, die dazu in der Lage sind, eine Waffe ergreifen und kämpfen, um diese Stadt, um unsere Stadt zu retten. Im Namen Unserer Herrin und Unseres Herrn, im Namen von St. Kristine, die uns nicht vergessen hat, obwohl sie an diesem heiligen Ort gelitten und den Tod gefunden hat.«

Sie schöpfte Atem, aber ihre Stimme war so mächtig, die Erwartung der versammelten Leute so groß, daß niemand sprach oder die Pause mit Rufen füllte.

»So ist St. Kristine also dem Prinzen erschienen – ihm, der in genau diesem Augenblick kämpft, um uns Leid und Erniedrigung zu ersparen. Dies ist mein Wort, und Ihr, meine Schützlinge, sollt gehorchen. Kinder und jene, die Kinder stillen, sollen diesem Adler in die Krypta folgen, in geordneter Reihenfolge. Bringt die Kinder zusammen, denn sie und die heiligen Reliquien dieses Herdfeuers sind der Schatz unserer Stadt. Wir müssen sie retten, sofern es dem Willen Unserer Herrin und Unseres Herrn und der Heiligen entspricht, die über uns wachen. Die älteren Kinder sollen sich um die jüngeren kümmern, die Gebrechlichen mit mir am Herdfeuer warten. Vertrauen wir auf Gott. Herr, erbarme dich. Herrin, erbarme dich.«

Ihre Diakonissinnen brachten Fackeln. Die Menge machte Liath den Weg frei, und sie nahm eine der Fackeln und begann die Leute hinab in die Krypta zu führen. Als sie die Stufen hinunterstieg, versiegten der Lärm und die Unruhe rasch, verstummten unter dem Mantel des Todes und der bleichen Gräber der heiligen Toten. Die Fackel brannte kräftig, und Hitze wehte ihr ins Gesicht, stach in ihre Augen.

Sie stand eine Weile da, während die Diakonissinnen die heiligen Reliquien von St. Kristine herbrachten und die Stufen sich mit leise weinenden Kindern füllten. Sie spürte sie wie ein schweres Gewicht hinter sich: Alles hing jetzt von ihr ab.

»Rettet so viele wie möglich«, hatte Sanglant gesagt. Und dann hörte sie andere Rufe: *»Die Drachen sind zusammengebrochen.«*

Sie hatte keine Ahnung, wo sich das Grab der Heiligen befand. Alles sah jetzt ganz anders aus. Die Krypta öffnete sich vor ihr in rätselhaftem Schweigen, unwillig, ihre Geheimnisse preiszugeben.

Dann, auf eine bloße Laune hin, kniete sie dort nieder, wo sie und Sanglant erst vor so kurzer Zeit über den Boden geschritten waren. Sie blickte sich um, und – dort!

Etwa zwei Schritte entfernt sah sie einen Flecken von getrocknetem Blut auf dem Boden.

Sie folgte der Spur, die die blutende Heilige hinterlassen hatte, und wurde zu dem Senkloch geführt, zu den Stufen, die sich in der Schwärze darunter befanden. Die Krypta füllte sich rasch hinter ihr. Die Diakonissinnen flüsterten ängstlich miteinander. Ein kleines Kind schluchzte und wurde zum Schweigen gebracht.

Vom Kampf in den Straßen war nichts mehr zu hören. Sie wußte nicht, ob Sanglant noch lebte; sie hatte keine Ahnung, was mit Wulfhere und Manfred geschehen war.

Aber sie konnte zumindest hoffen, daß Hanna der Todesfalle von Gent lebend entronnen war. Es schien ihr jetzt wie eine Ironie des Schicksals, daß Hanna, die gezwungen gewesen war zu fliehen, den sichereren Weg gewählt hatte, auch wenn es damals ganz anders ausgesehen hatte.

Sie durfte nicht länger zögern. Was dort in der dunklen Erde auch liegen mochte, es konnte nicht schlimmer sein als das Schicksal, das jene erwartete, die sich dem Angriff der Aikha entgegenstellten. Sie nahm einen tiefen Atemzug und begann die Stufen hinunterzusteigen.

Sie zählte sie beim Gehen, sich immer des Gedränges der Flüchtlinge hinter sich bewußt, auch wenn sie sich niemals umdrehte, um sie anzusehen, ihnen zu helfen, sie vor dem Stolpern zu bewahren. Sie mußte diesen unbekannten Pfad gehen. Sie zählte siebenundachtzig Stufen; das Zählen machte ihr Mut weiterzugehen, und sie sprach die einzelnen Zahlen laut aus, damit die Schwärze um sie herum nicht so durchdringend war. Die Luft schien stillzustehen, roch nach Moder und Erde. Sie tastete sich mit den Händen an der Wand entlang, und ein- oder zweimal hatte sie das Gefühl, als hätten ihre Finger Würmer oder andere feuchte Geschöpfe berührt, die nur in der Nacht lebten. Aber sie hatte keine Zeit zusammenzuzucken. Sie mußte weiter.

Die Stufen endeten, und der Boden wurde eben. Der Gang machte jetzt eine scharfe Biegung und wurde so breit, daß sie mit ausgestreckten Armen hätte hindurchgehen können. Hier hielt sie einen Augenblick an, dieses eine Mal nur. Die Fackel beleuchtete die rauhen Steinwände und die niedrige Felsendecke. Auch der Boden bestand aus Fels, und kleine Steinchen und Sandkörner knirschten unter ihren Stiefeln. Aber er war ziemlich glatt, als wäre hier einst ein Strom geflossen oder als wären viele Leute hin- und hergegangen und hätten ihn im Laufe der Jahre mit ihren Schritten abgeschliffen.

Sie konnte nicht weit sehen, aber sie spürte, daß die Luft jetzt nicht mehr den Gestank von Rauch, Krieg und Tod mit sich trug. Sie roch Hafer in dem kleinen Windhauch, der von den entfernten Bergen zu ihr wehte. Das machte ihr Mut. Die Diakonissinnen hinter ihr rückten näher, und die Holztruhe mit den Reliquien der Heiligen prallte gegen ihren Rücken. Hinter sich hörte sie ein Kind mit hoher, bebender Stimme sagen: »Es ist so dunkel hier. Wo ist meine Mama?«

Sie ging weiter in die Dunkelheit. Sie führte sie, zählte weiter, bis es lächerlich war, weiter als eintausend und zweitausend und noch darüber hinaus zu zählen. Der Tunnel verlief schnurgerade, wie ein Pfeil, der auf sein Ziel zuflog.

Sie weinte jetzt, weinte schlichte, aufrichtige Tränen, stille Tränen. Sie konnte es sich nicht leisten zu schluchzen. Sie konnte es sich nicht leisten, sich vom Kummer überwältigen zu lassen. Sie hörte die anderen hinter sich, hörte die Kinder zaghaft jammern, hörte die ganz Kleinen – die nicht begriffen, was mit ihnen geschah – hilflos weinen. Die Diakonissinnen murmelten leise im Rhythmus ihrer Schritte, sprachen die Worte des Psalms, den sie in der Kathedrale gesungen hatten:

»›Denn ihren Engeln hat sie befohlen,
dich zu bewachen, wohin immer du gehst,
dich emporzuheben mit ihren Händen.‹«

Und weiter ging es, immer weiter. Weg von der dem Untergang geweihten Stadt Gent. So wenige würden gerettet werden.

»Wir werden versuchen, sie so lange wie möglich aufzuhalten.« Seine letzten Worte.

Er war nicht für sie bestimmt, natürlich nicht. Es war dumm, eine Vernarrtheit, aber gewiß nicht Liebe, denn Liebe gründete auf gleichem Blut oder gemeinsamer Arbeit oder Kameradschaft, nicht jedoch auf einem Blick oder den zufälligen Irrwegen hartnäckiger und aufdringlicher Begierde. Er war niemals für sie bestimmt gewesen. Es war nicht nur der Unterschied ihrer Herkunft; sie glaubte, was Pa erzählt hatte – daß sie sich nur vor dem König verbeugen mußte. Sie waren Freigeborene und stammten aus einem alten Geschlecht, das hatte Pa immer betont, obwohl er ihr niemals mehr als nur diese wenigen Informationen gegeben hatte. Dieses Geschlecht hatte Ländereien als Gegenleistung dafür erhalten, daß es – wie die Familie von Hathui – ohne den Schutz eines Grafen oder Herzogs in die östlichen Marklande gezogen war, verantwortlich nur gegenüber dem König.

Nein, es war mehr als das – und vollkommen anders.

»Seid wie ich durch das Schicksal gebunden, das andere für Euch bestimmt haben.« Das hatte Sanglant gesagt. War es nicht die Pflicht des Hauptmanns der Drachen, im Dienst für seinen König zu sterben? Und war es nicht ihre Pflicht zu leben, wenn es ihr gelang?

War sie nicht bereits durch andere Rätsel gebunden? Durch das Rätsel um Pas Tod, den Tod ihrer Mutter acht Jahre zuvor, das Schatzhaus, das Geheimnis, das sie in ihrer Satteltasche und in sich trug? *Das* sie umgab? Sie war zur Sklavin eines anderen Mannes geworden, weil dieser zu besitzen wünschte, was in ihr verborgen war. Sie war jetzt und für immer gezeichnet von dieser Zeit der Erniedrigung, so wie sie von Pas Tod und dem Rätsel der geheimnisvollen Feder gezeichnet worden war, die sie neben seiner Leiche gefunden hatte. Taub gegenüber Magie – oder vor ihr geschützt. Auf jeden Fall gebunden an sie, was immer es auch war.

Es gibt Bestimmungen, denen kann man nicht entrinnen.

So schritt sie weiter und ließ Gent hinter sich zurück. Sie spürte nichts, nicht wirklich. Sie konnte es sich nicht leisten, daß Kummer sie lähmte, und während der langen Monate mit Hugh hatte sie gelernt, starke Gefühle zu unterdrücken, sie fest hinter einer Tür zu verschließen.

Aber sie gestattete sich zu weinen. Sie weinte um Sanglant und das, was niemals sein konnte. Sie weinte um Pa, um ihre Mutter, um Wulfhere und Manfred, um den toten Adler, dessen Abzeichen sie geerbt hatte. Um all diese Seelen weinte sie, um die tapfere Bischöfin, die mit ihren Schützlingen sterben würde. Liath hatte den Aikha-Zauberer gesehen, der sich Blutherz nannte. Sie glaubte nicht, daß er Barmherzigkeit walten lassen oder die Heiligkeit des Herdfeuers achten würde. Warum sollte er auch? Er lebte nicht im Glauben an den Kreis der Einigkeiten. Er hatte Gräfin Hildegard getötet und dann ihr Banner als Teil eines hinterhältigen Plans benutzt. Er wollte Sanglant aus Gründen, die sie nicht ergründen konnte. Aber er und Sanglant hatten sich schon in einer Art von Duell gegenübergestanden, noch bevor sie sich auch nur gesehen hatten.

Ihre Fackel brannte kräftig; sie verlosch nicht und verbrauchte sich auch nicht. Sie hielt sie wie ein Leuchtfeuer vor sich; es war der einzige Lichtblick, der ihr geblieben war.

Nicht der einzige. Sie mußte daran glauben, daß Hanna noch am Leben war. Sie würde Hanna wiederfinden.

Sie berührte unwillkürlich das Abzeichen, tastete über den

erhabenen Adler auf dem Messing. Hanna war ihr ein und alles, abgesehen von den Adlern. Sie war jetzt gewiß auch eine von ihnen. Was ihr sicherlich eine Art Schutz gewährte.

So marschierte sie weiter. Der Tunnel nahm und nahm kein Ende. Sie wußte nicht, ob hinter ihr jemand zusammengebrochen war. Sie ging voraus, ohne sich auch nur ein einziges Mal umzudrehen.

5

Als die Aikha die Tore im Osten überrannt hatten, war es kurz nach der Morgendämmerung gewesen. Gegen Mittag trat Liath blinzelnd, halb geblendet und erschöpft aus dem engen Schlund einer Höhle in das grelle Licht eines schönen Frühlingstages.

Hinter ihr stolperten die Flüchtlinge ins Freie; sie taumelten etwas nach dem steilen, einige hundert Schritte hohen Aufstieg. Der Tunnel selbst war lang gewesen und beschwerlich vor lauter Angst. Liath hatte befürchtet, daß der letzte Aufstieg über die in Fels gehauenen Stufen zuviel sein würde für die Kleinsten und Schwächsten von ihnen, daß sie die anderen hinter ihnen zu lange aufhalten könnten.

Sie kamen so langsam. Zuerst erschienen die Diakonissinnen mit den heiligen Reliquien der Kathedrale. Dann kam eine lange Reihe von Kindern; die jüngeren wurden von älteren getragen, Säuglinge lagen in den Armen ihrer Mütter. Es folgten Mütter in allen Stadien der Schwangerschaft, darunter auch eine, bei der bereits die Wehen eingesetzt hatten. Hier und da erschienen auch andere Leute – ein Schmied mit Hammer und Zangen, dessen Fähigkeiten zu wertvoll waren, um sie in einem hoffnungslosen Kampf zu verschwenden, zwei schlaksige Mädchen, die als Akrobatinnen in Bürgermeister Werners Palast aufgetreten waren, der ältliche Barde, der die *Heleniade* so übel zugerichtet und bei den vielen Festen in der großen Halle seine eigenen grauenhaften Nachahmungen alter dariyanischer Verse vorgetragen hatte.

Viel zu langsam. Eine zwölfköpfige Gruppe erschien, dann folgte so lange niemand, daß Liath tief Luft holte und betete, daß es nicht das Ende des Flüchtlingsstroms sein möge. Doch dann stolperten wieder welche aus der Öffnung, Krumme und Lahme, ein Kind, das zusammengebrochen war und nicht mehr selbst gehen konnte. Das Tröpfeln verwandelte sich rasch wieder in einen gleichmäßigen Strom, als jene, die sich hinter den Langsameren befunden hatten, jetzt herauseilten und sich auf dem Hügel verteilten.

Liath konnte die Trauer der anderen nicht ertragen. Ihre eigene war schon schlimm genug. Sie entfernte sich von der Höhle, die von Büschen und Bäumen halb verdeckt an der Seite eines großen, vorspringenden Hügelrückens lag.

Es war genau so, wie Sanglant gesagt hatte. Ein Haferfeld zog sich über den Hügel.

Baumstümpfe säumten das reifende Korn, das auf der anderen Seite von wildem Land begrenzt wurde. Zwei Hütten lagen im Schatten der Bäume. Während noch ihr Blick darauf ruhte, kam ein Mann hinter der nächststehenden hervor und starrte sie an. Dann rannte er heftig mit den Armen rudernd auf die Diakonissinnen zu. Alle redeten auf einmal. Liath trat vorsichtig näher, dann erinnerte sie sich, daß sie als Adler des Königs jedes Recht hatte, ihre Unterhaltung zu verfolgen.

»– aber ... aber das ist ein Wunder!« rief der Mann, die Hände gegen die Wangen gepreßt. »Die Höhle verengt sich, sie endet nach hundert Schritten vor einer Felswand. Wir haben uns hin und wieder darin versteckt, wenn Aikha-Späher in der Nähe waren. Ein Trupp Drachen suchte vor fünf Nächten dort Unterschlupf. Aber ich habe niemals Stufen gesehen oder einen Tunnel, der nach Osten führt!«

Obwohl der Himmel klar war, ertönte jetzt tiefes Grollen wie ein entferntes Donnern. Liath eilte auf den Kamm, unter dem die Höhle verborgen lag. Von hier aus fiel der Berg steil nach unten zur Flußebene ab, die sich in östlicher Richtung bis zu einem grellen Himmel erstreckte, ein Muster aus Grün und Gold und kleinen Flecken in der Farbe der Erde. Sie konnte den Fluß sehen, der sich wie ein dunkles Band durch die Ebene wand. Der Himmel war so klar, daß die Sonnenstrahlen das Blau im Zenit zum größten Teil ausgelaugt hatten und das Land in grelles Licht tauchten. Aus der Ferne wirkte Gent wie eine Spielzeugstadt aus winzigen Bauklötzchen.

Arnulfs Stadt, wie manche sie nannten, denn hier hatte König Arnulf der Ältere seine Kinder mit den letzten Erben von Varre verheiratet.

Die Stadt stand in Flammen. Liath starrte lange Zeit hinüber. Rauch befleckte den Horizont, stieg in Streifen gen Himmel. An diesem Tag ging so wenig Wind, daß der Qualm sich senkrecht in die Höhe erhob und ihre Sicht behinderte. Die Stadt lag natürlich zu weit entfernt, als daß sie Gebäude hätte erkennen können – nicht einmal der Turm der Kathedrale war sichtbar.

Auf der Ebene bewegte sich etwas, winzig wie Insekten. Die Aikha kamen, um sich über die herzumachen, die zu fliehen versuchten. Sie schüttelte den Kopf. Sie fühlte sich wie betäubt und dann plötzlich niedergedrückt vom Gewicht tiefer Trauer. Wie sehr sie sich auch bemühte, sie konnte sie nicht mehr verdrängen.

Sie überließ ihren Platz drei kleinen Jungen, die hinter ihr hergeklettert waren. Sie blickten und deuteten nach unten, und einer starrte sie mit offenem Mund an. Sein schmales Gesicht kam ihr vertraut vor, aber sie konnte ihn nicht einordnen. Vielleicht hatte er als Diener im Palast des Bürgermeisters gearbeitet.

»Ich habe das Pferd verloren«, sagte er und brach in Tränen aus.

Sie floh. Sie hatte keine Antwort für ihn, für niemanden von ihnen. Als sie zurückkletterte, vorsichtig bestrebt, sicheren Tritt auf dem losen Geröll und den verschlungenen Wurzeln zu finden, traten noch immer neue Flüchtlinge aus der Öffnung der Höhle. Kinder und noch mehr Kinder; ein dunkelhaariges, molliges Kind – es war unmöglich zu sagen, ob Junge oder Mädchen – in den Armen eines hellhaarigen Mädchens, das bei weitem nicht kräftig genug schien, eine solche Last tragen zu können; jetzt auch ein paar ältere Leute, von denen einige Bündel mit kostbaren Habseligkeiten auf ihren Schultern trugen, während andere nur sich selbst hatten retten können. Einige fielen auf die Knie und dankten Gott für diese Rettung, andere sanken einfach zu Boden und mußten weggetragen werden, um den Weg für weitere Flüchtlinge freizumachen.

Aber sie kamen so langsam. So wenige würden entkommen. Sicherlich waren die Drachen inzwischen vollständig aufgerieben. Sie rechnete jeden Augenblick damit, daß der Flüchtlingsstrom abreißen würde, daß Aikha hervorpreschen und mit Äxten und tödlichen Speeren ein Gemetzel anrichten würden.

»Da! Da sind Wagen!« schrie einer der Jungen auf dem Kamm.

»Sie tragen die Farben des Bürgermeisters!« rief ein anderer.

Liath rannte mit dem Bauern zu der Stelle in der Nähe seines Hofes, wo die Straße – wenn man sie denn eine nennen konnte – endete. Einige mutige Diakonissinnen schlossen sich ihnen an, aber der Rest blieb bei dem Feld, als könnten die Höhle und die Erinnerung an die Barmherzigkeit der Heiligen ihnen Schutz gewähren. Liath nahm ihren Bogen zur Hand und versteckte sich hinter einem Baum. Der Bauer holte sich eine Mistgabel.

Aber sie benötigten keine Waffen, nicht dieses Mal. Die Wagen gehörten tatsächlich Bürgermeister Werner. Sie ruckelten und schwankten über die beiden Fahrspuren, die als Straße dienten. Auf einem der Wagen saß der Bürgermeister höchstpersönlich mit geröteten Wangen und tränenverschmiertem Gesicht, und neben ihm …

»Wulfhere!« Liath sprang hinter dem Baum hervor und rannte los, hüpfte – nein, tanzte – beinahe neben dem Wagen her, der den letzten Teil des Weges hin und her geschüttelt wurde, bis er schließlich neben den beiden armseligen Hütten des Bauern stehenblieb.

Wulfhere schwang sich vom Kutschbock, betrachtete sie eingehend, dann winkte er den Bauern herbei. »Zeigt der Dienerschaft, wo sie ein Feuer machen können. Etwas abseits von den anderen.«

»Damit die Aikha auf uns aufmerksam werden?« protestierte der Mann.

Wulfhere machte eine ungeduldige Bewegung mit der Hand. »Sie haben heute bessere Beute gefunden als die armseligen Reste, die sie hier ergattern könnten.« Der Bauer zog sich gehorsam zurück.

»Ich habe Gent gesehen«, sagte Liath. Sie konnte ihre Augen nicht von Wulfhere abwenden. Sie konnte nicht glauben, daß er lebte. »Die Stadt brennt.«

»Sie brannte bereits, als wir sie verließen.«

»Wie bist du rausgekommen?« Sie blickte sich um, hoffte einen Blick zu erhaschen, von …

Aber es waren keine Drachen bei ihnen, nur Bedienstete vom Palast; etwa dreißig waren neben den zehn Wagen hermarschiert. Eine hellhaarige, hübsche Frau lenkte den letzten Wagen heran und begann mit grimmigem Gesicht die Pferde abzureiben. Liath erkannte sie: Es war die Dienerin, die – wie alle wußten – eine Affäre mit dem Prinzen gehabt hatte. Würde sie um ihren Geliebten trauern? Oder war sie nur froh, am Leben zu sein?

Ein Mann trat zu ihr, um ihr zu helfen; im Wagen lag ein kleines Mädchen und unternahm den schwachen Versuch, den Kopf zu heben und sich umzuschauen. Es war das Paar, das sie von der Straße aufgelesen hatte, der Vater mit seiner kranken Tochter.

Flüchtlinge schwärmten jetzt vom Tunnel herbei, bildeten einen Kreis um den Bürgermeister und überschütteten ihn mit Fragen, Bitten und Forderungen. »Wo ist mein Mann? Wißt Ihr, was mit meiner Mutter geschehen ist? Hat jemand meinen Bruder gesehen? Was ist mit der Münzanstalt? Mein Vater stand dort Wache. Lebt die Bischöfin noch?«

Und so weiter und so weiter. Wie ein Feigling, dachte Liath voller Bitterkeit, hatte sich der Bürgermeister selbst gerettet, statt bei der Verteidigung seiner Stadt zu sterben. Diese Pflicht hatte er Prinz Sanglant und den Drachen überlassen.

»Meine lieben Leute«, schrie er und wischte sich Tränen von den Wangen. Wie sehr sie seine Stimme zu hassen gelernt hatte, so voller Dünkel, wie sie war, so voller Spuren des quengelnden, verhätschelten Sohnes, der er einst gewesen war. »Bitte, gewährt mir Ruhe. Wir dürfen keine Zeit verlieren. Wir müssen schon bald aufbrechen. Es wird viele Tage dauern, bis wir Stelesham erreicht haben, und die meisten von uns sind schwach oder klein. Wir haben die Vorratslager des Palastes geleert. Das muß für die Reise genügen. Hört mir zu!« Jetzt endlich beruhigten sich die aufgeregten Flüchtlinge, und sie kamen näher, während immer noch Menschen – einzeln oder in Zweierreihen – aus der Höhle drängten.

»Die älteren Kinder sollen sich um die jüngeren kümmern, und wir sollten die Kinder in Gruppen aufteilen, damit es kein Durcheinander gibt und niemand zurückbleibt. Diejenigen, die kräftig genug sind, müssen Nahrungsmittel auf dem Rücken tragen, damit in den Wagen Platz für die ist, die nicht gehen können. Wir werden jetzt Brot verteilen. In einer Stunde brechen wir auf. Wir können es nicht wagen, länger zu warten.«

Damit drehte er sich um und gab seinen Bediensteten Anweisungen. Die hübsche Dienerin zog das schwere Tuch zurück, das die Nahrungsmittel in ihrem Wagen abgedeckt hatte, und begann mit der Wirksamkeit langjähriger Erfahrung Brot zu verteilen, wieder unterstützt von dem Vater des kranken Kindes. Diakonissinnen teilten die Kinder in Zehnergruppen ein, die jeweils von einem Erwachsenen geführt wurden. Eine Frau schluchzte leise; sie stillte ihr Baby, während ein anderes Kind an ihrem Rockzipfel hing. Eine der schlanken Akrobatinnen trat vorsichtig zu der Frau und reichte ihr und ihrem Kind Brot. Aus der Höhle stolperten noch immer Flüchtlinge ins grelle Mittagslicht. Jetzt standen jedoch Diener und Dienerinnen bereit und führten sie zu einem Platz, wo sie etwas zu essen bekamen und sich bis zur nächsten Etappe ihrer Reise ausruhen konnten. Inzwischen kam auf fünf Flüchtlinge ein Mann oder eine Frau mit Verletzungen oder versengter Kleidung; insgesamt waren etwa achthundert Menschen auf dem Haferfeld. Nach dem Stand der Sonne zu urteilen hatte sie die Höhle etwa eine Stunde zuvor verlassen. Würden die Drachen niemals kommen?

Natürlich würden sie nicht kommen. Prinz Sanglant würde die Stadt nicht verlassen, bevor nicht der letzte Mensch in Sicherheit oder tot war.

»Liath.« Wulfhere winkte sie zu sich. Sie folgte ihm hinter die Hütte, wo der Bauer ein Feuer auf einem Herd im Freien entfacht hatte. Es loderte auf – ein Gitter aus Stöcken, das zusammenbrach, als die unterste Sprosse zu Asche verbrannte. Der Bauer legte weitere Holzscheite ins Feuer und zog sich dann auf ein Zeichen von Wulfhere zurück, ließ die beiden allein.

»Wir müssen sehen ...« sagte Wulfhere.

»Wie konntest du entkommen?« fragte sie. »Sind auch andere ...? Wo ist Manfred?«

Er schüttelte den Kopf. Zum ersten Mal sah sie, wie er den Mund anspannte, den tiefen Schmerz verbarg. »Wir haben die Vorräte in die Wagen geladen und sind durch das Westtor geflüchtet. Auch andere verließen die Stadt durch dieses Tor, doch viele starben durch die Hände der Aikha. Einige mögen entkommen sein. Wir machten uns jedoch erst später auf, als der Kampf vom Osttor bereits auf die halbe Stadt übergegriffen hatte. So hatten wir weniger Schwierigkeiten wegzukommen. Wir verloren nur einen Wagen, und das auch nur, weil die Achse brach. Und wir trafen Dachen –«

»Drachen!«

Mit einer brüsken Handbewegung brachte er sie zum Schweigen. »Du wirst dich an sie erinnern. Es waren die, die uns gerettet haben, als wir vor einem Monat nach Gent ritten.«

»Storm«, murmelte sie. Ihr Cousin, wenn die Erzählung stimmte.

»Sie überrannten eine Kompanie Aikha und befreiten uns.«

»Und dann?« wollte sie wissen.

Er runzelte die Stirn, zuckte beinahe zusammen, als könne er es nicht ertragen, sich daran zu erinnern. »Dann ritten sie durch das Westtor in die Stadt, um sich ihren Kameraden anzuschließen.«

Liath schloß die Augen.

»Hör zu«, sagte Wulfhere. »Wir können uns den Luxus der Trauer jetzt nicht leisten, Liath. Wir müssen mit den Augen der Adler sehen. Das ist unsere Pflicht.«

»Durch Feuer und Stein?« fragte sie flüsternd.

»Nicht jeder Adler besitzt diese Fähigkeiten, das ist wahr. Und jetzt paß auf.« Er schloß die Augen und hob die Hände schulterbreit, die Handteller dem Feuer zugewandt.

»Aber es ist wahr«, unterbrach sie ihn. Er mußte es verstehen. »Ich kann auf diese Weise nicht sehen. In der Krypta sah ich nichts – nicht, weil da ein Schatten war, sondern weil ich nur den Stein sah. Und die Aikha – sie *haben* einen Zauberer, und er ist ein Aikha, nicht irgendein anderes Geschöpf.« Die Erinnerung tat weh, zu frisch waren noch die Bilder, wie Sanglant den Anführer der Aikha gesehen und seinen Namen genannt hatte. »So wurde das Tor geöffnet. Er schuf eine Illusion. Es gab überhaupt keine Truppen von Gräfin Hildegard.«

Wulfhere öffnete die Augen und starrte sie an. »Erzähl weiter.«

»Es war eine Illusion. Alle sahen das Banner, die Gräfin und ihre Leute. Alle. Nur ich nicht. *Ich konnte durch die Illusion hindurchsehen.*«

»Was sagst du da?«

»Ich sage, daß ich taub gegenüber Magie bin, wie Pa immer behauptet hat. Oder vor ihr geschützt. Ich weiß nicht, was es ist.« Sie verfluchte sich sofort innerlich, daß sie ihm dies gestanden hatte. Aber sie war so glücklich, ihn zu sehen. Sicher bedeutete diese Freude, daß sie ihm vertrauen oder zumindest teilweise vertrauen konnte. Er hatte sie vor Hugh gerettet. Er hatte sie unablässig mit Freundlichkeit und Wohlwollen behandelt. Und sie hatte begonnen ihn zu mögen, wie sie jetzt merkte. Spontan legte sie die Hand auf das warme Leder ihrer Satteltaschen, spürte das darin versteckte Buch. Sie wartete.

Wulfhere blickte aufrichtig verblüfft drein. »Blutherz«, sagte er. »Eine Illusion. Ich verstehe jetzt. Das tat ich vorher nicht. Ich habe mich gewundert, weshalb ich keinen von Gräfin Hildegards Soldaten in der Stadt gesehen habe, nicht einen einzigen Überlebenden ihrer Streitmacht. Ich habe mich gefragt, wie das Tor durchbrochen werden konnte. Denn auch ich habe es gesehen, Liath. Ich sah das Banner, sah ihr Gefolge, das von den Aikha gejagt wurde. Von der Palisade am Bürgermeisterpalast sah ich sie die Brücke erreichen, und dann waren sie verschwunden. Und doch behauptest du, *du hättest* die Illusion durchschaut.«

»Das habe ich.«

»Ich kann weder dir noch mir erklären, was da geschehen ist. Paß auf, Liath. Sage mir, was du siehst.« Er hob erneut die Hände und schloß die Augen; dann, nach einem Augenblick, öffnete er sie wieder und starrte ins Feuer.

Gelborangefarbene Feuerzungen fuhren in die Luft. Liath starrte sie angestrengt an. Sie errichtete in ihrer Vorstellung einen Kreis aus Feuer in der Luft – den Ring des Feuers, die vierte Stufe auf der Leiter der Weisen. Durch diesen betrachtete sie das Feuer.

Sie sah nichts als das Lecken und Züngeln der Flammen. Und doch, hatte sie nicht bereits einmal Salamander gesehen, deren blaue Augen in der Herdkohle blinzelten? Hatte sie nicht einmal Schmetterlinge gesehen, die ihr Vater im Sommer im

Garten herbeigerufen hatte? Früher einmal, vor vielen Jahren, bevor ihre Mutter gestorben war, hatte sie Magie gesehen. *Bevor ihre Mutter gestorben war.* Dann hatte sich alles geändert.

Pa hat mich beschützt.

Er hatte sein Leben hingegeben, um sie zu beschützen. Um sie zu verstecken.

Geister brennen in der Luft, mit Flügeln aus Flammen, die Augen funkelnd wie Messerschneiden. Hinter ihnen erhebt sich eine Wand aus Feuer in der schwarzen Nacht, doch das ist nichts, vor dem man Angst haben müßte. Tritt man hindurch, liegt eine neue Welt dahinter. In weiter Ferne ertönt eine Trommel wie ein Herzschlag, und das Pfeifen einer Flöte erhebt sich in die Lüfte, vom Wind getragen wie ein Vogel.

Flügel ließen sich auf dem Dachvorsprung nieder. Eine Wolke aus weißem Schnee wehte durch den Rauchabzug. Glocken im Wind.

»Wo ist sie?« fragte die Glockenstimme.

»Nirgendwo, wo ihr sie finden könnt«, antwortete Pa.

Das Feuer loderte höher, wuchs an, umhüllte die Holzscheite, bis es wie ein Sturm brannte. Und in den Flammen sah sie den Kampf, sah sie die Stufen der Kathedrale und die letzte, zerfetzte Linie der Drachen; nur wenige waren es noch. Ihre leblos daliegenden Pferde und Kameraden kennzeichneten bereits den Weg, auf dem sie sich immer weiter zurückzogen. Hunde – jene, die nicht in den Kampf verwickelt waren – nährten sich gefräßig an den Gefallenen. Liath erschauderte; Übelkeit stieg in ihr auf.

Ein kleines Häuflein von Stadtsoldaten kämpfte verzweifelt an der Münzanstalt, bevor sie schließlich überwältigt wurden. Hinter ihnen brannten die Palisade des Palastes und das Holzdach der großen Halle lichterloh, tauchten das letzte Schlachtfeld in schreckliche Helligkeit.

Die Aikha marschierten stampfend auf die Drachen zu, und ihre Äxte hämmerten immer wieder auf die tropfenförmigen Schilde ein; rote Schlangen preßten sich gegen Drachen, schoben sie allein durch ihr zahlenmäßiges Übergewicht immer weiter die Stufen hinauf und auf die Türen zu.

Da! Sie erkannte Sanglant, der hinkend und blutend als letzter Mann des Keils die volle Wucht des Angriffs abfing und mit zwei Schwertern um sich schlug, während er langsam mit den anderen über die Stufen zurückwich. Rechts von ihm war die narbengesichtige Frau; sie hatte sich das zerfetzte Drachenbanner um die Schultern geschlungen, und ihr Speer war immer in Bewegung. Links war Storm, dessen blaue Augen grimmig dreinblickten, als er erst einen Aikha und dann einen weiteren niederschlug. Manfred stand auf der Schwelle zur Kathedrale und starrte auf die sich ihm darbietende Schlacht; er *sah*, wie es seine Pflicht war.

Doch ein Drache nach dem anderen fiel. Gent brannte, und die Straßen waren leergefegt bis auf Aikha, die herumschlichen und in Türeingängen schnüffelten und plünderten. Leer, bis auf die Toten. Bis auf die Hunde.

Ein Wagen war auf den Platz vor der Kathedrale gerollt worden; von oben ließ Blutherz, umgeben von seiner heulenden Truppe und einem Pack sklavischer Hunde, seinen Blick über die Ruinen und das letzte Häufchen Drachen schweifen. Er sprang herunter und hielt einen Speer in den gewaltigen Händen, rannte damit die Stufen hoch, immer zwei auf einmal nehmend. Seine Soldaten folgten ihm, die Münder zu Schreien weit aufgerissen, die Liath nur sehen, nicht hören konnte. Nur der nackte, alte, männliche Aikha blieb hinten im Wagen, doch selbst er grinste, und Edelsteine funkelten im widerspiegelnden Schein der Flammen in seinen Zähnen.

Der Angriff von Blutherz traf die letzten Drachen mit

voller Wucht. Sie waren nur noch so wenige, zudem bereits verwundet und erschöpft, und die Hälfte ging sofort zu Boden, wurde von dem Ansturm zermalmt. Storm verschwand unter einem Hagel aus Axthieben. Die narbengesichtige Frau wurde zur Seite geschleudert und vom Gewicht der gewaltigen Hunde zu Boden gerissen. Die Drachen riefen den Namen ihres Prinzen, aber ihre feste Formation war aufgebrochen, sie wurden voneinander getrennt. Einige blieben an der Tür, andere wurden die Stufen wieder hinabgedrängt und dort eingeschlossen, und Sanglant schlug in der Mitte wie ein Verrückter nach allen Seiten um sich, als er sich den Weg zu Blutherz bahnte.

Der Schlag, der ihn besiegte, kam von hinten.

Umgeben, flankiert, eingeschlossen. Ein schreiender Aikha war in die Bresche gesprungen, die sich hinter dem Prinzen geöffnet hatte. Die Kreatur schlug zu. Sanglant stolperte nach vorn und brach zusammen, so schnell, wie ein Felsbrocken in die Tiefe stürzt. Er schlug hart auf und blieb mit ausgebreiteten Gliedmaßen zu Füßen von Blutherz liegen.

Die Drachen waren weg, ausgelöscht, als hätten sie niemals existiert. Blutherz starrte auf den Prinzen. Er beugte sich hinab und zerrte ihm den Helm vom Kopf, entblößte sein Gesicht. Er schob eine Hand unter den Goldreif und riß ihn ab; seine weißen Klauen hinterließen Spuren in Sanglants Gesicht und Nacken. Blut sickerte aus den Wunden.

Blutherz hielt den goldenen Reif wie eine Trophäe in die Luft, warf seinen Kopf in den Nacken und heulte triumphierend auf.

Liath erschauderte. Sie konnte es nicht hören und konnte es doch hören – als würde es vom Wind getragen, die Reihen der Flüchtlinge entlang, die durch den Tunnel geflohen waren. Als würde es sie direkt ins Herz treffen.

Aber sie konnte den Blick nicht abwenden.

Blutherz ließ den Reif nur sinken, weil er die Hunde zurückdrängen mußte. Er schlug kräftig um sich, benutzte den Schaft und die Spitze seines Speeres, und verjagte sie knurrend und fluchend von seiner Prämie: Sanglant. Die Hunde duckten sich schließlich und setzten sich auf die Hinterpfoten; ihre Augen brannten gelb vor Wut, die Zungen hingen heraus, die Lefzen waren voller Speichel und Blut. Der größte knurrte den Aikha-Anführer zähnefletschend an, und der schlug ihm mit der bloßen Faust hart auf den Kopf; seine eigenen Krallen, die von den Knöcheln abstanden, schlitzten die Wange des Hundes auf. Das Tier jaulte auf und unterwarf sich. Die anderen wandten dem Prinzen ihre häßlichen Köpfe zu und starrten ihn hungrig an, rührten sich aber nicht. Noch nicht.

Bald. Schon bald würde er ihnen gehören.

Liath beugte sich näher zum Feuer hinab, als könnte sie hineingreifen und den Körper in Sicherheit bringen, ihn vor dieser Erniedrigung retten. Die Hitze ließ ihre Tränen trocknen, ohne ihren Schmerz auszulöschen. Liath konnte nicht ändern, was sie gesehen hatte, wovon sie Zeugin geworden war.

Blutherz schüttelte sich und wirbelte herum, als hätte er die Gegenwart eines Feindes hinter sich gespürt. Sein Blick schweifte in die Ferne. Alles veränderte sich; das Feuer vor ihr flackerte. Sie blinzelte, und er blickte *sie* an.

»Wer bist du?« fragte er. Sein Blick war durch das Feuer hindurch auf sie gerichtet, obwohl das eigentlich unmöglich war. »Dein Spionieren stört. Verschwinde!«

Er spuckte aus. Sie zuckte zurück und starrte auf das Feuer, das brüllte, krachte und fraß, das Steingebäude in mattroter Hitze und weißblauem Flammenglühen verschlang, so daß ihr der dicke, ölige Qualm in die Nase stieg. Sie hörte Pferde vorbeigaloppieren, hörte Rufe in der Ferne, schwache Hörnerrufe im Wind. Aber dies waren nicht die Gebäude, die sie zuvor gesehen hatte. Dies waren nicht die Gebäude von Gent.

Eine Gestalt drehte sich um und sah sie an, eine männliche Gestalt mit einer bronzenen Brustplatte und einer Lanze mit Silberspitze. »Liathano«, sagte er.

Doch durch ihn hindurch sieht sie ein Tor, er selbst ist das Tor, wie Sterne, die durch eine Gaze aus zartem Leinen sichtbar werden. Trommeln ertönen wie ein Herzschlag, und eine Flöte erhebt sich in der Luft wie das Aufsteigen und Absinken von Wellen. Sie sieht durch die Flammen hindurch, starrt durch das Feuer, aber ein anderes Feuer, nicht ihr eigenes.

Dort auf dem flachen Stein sitzt ein Mann – möglicherweise kein Mann, denn seine Gesichtszüge sind exotisch und anders als die von allen Männern, die Liath bisher gesehen hat. Abgesehen von einer gewissen Ähnlichkeit mit Sanglant, dessen bronzene Hautfarbe er hat, die gleichen hohen Wangenknochen, das bartlose Gesicht. Er ist in einen seltsamen, langen Lendenschurz aus Perlen gekleidet, der so raffiniert gearbeitet ist, daß das Muster der Perlen Vögel und Blätter in einer engen Umarmung wiedergibt. Lederne, mit grünen und goldenen Federn, winzigen Muscheln, goldenen Perlen und polierten Steinen bedeckte Schützer umschließen seine Unterarme und Unterschenkel. Ein mit weißen Muscheln besetzter, mit einer Jadebrosche an seiner rechten Schulter befestigter Umhang fällt bis zur Taille herab. Auf seinem bloßen Oberschenkel flicht er Fasern – möglicherweise Flachs – zu einem Seil zusammen.

Er starrt hoch, verblüfft, und sieht sie an, ohne sie wirklich zu bemerken. Hinter ihm bewegt sich eine andere Gestalt, aber sie ist zu weit weg, um sie richtig sehen zu können.

»Liath.«

Sie machte einen Satz zurück – und fand sich plötzlich am

Feuer wieder, mit hitzeversengtem Gesicht in die Flammen und auf Wulfhere starrend. Tränen liefen ihm über die Wangen, zumindest ein paar. Er starrte eine Zeitlang in die Flammen, dann wandte er seinen Blick ab.

»Liath.« Er hatte so leise geflüstert, daß sie ihn kaum gehört hatte.

Sie blinzelte verwirrt. Wer hatte am Ende ihren Namen gesprochen, sie aus der Vision gerissen?

»Das waren die Verlorenen, Liath.«

»Wer war was?« Aber die Welt machte keinen Sinn für sie, die Finger an ihrer Hand machten keinen Sinn für sie, das Knistern des Feuers, das Rauschen des Windes.

O Herrin. Sanglant war tot.

Wulfhere schüttelte sich am ganzen Körper wie ein Hund – oder ein Wolf – und stand abrupt auf. »Wir können dieses Geheimnis jetzt nicht lösen«, sagte er. »Komm, Liath. Unsere erste Pflicht gilt dem König, und er muß davon in Kenntnis gesetzt werden.«

»Wovon?« Es war schon schwer genug, allein diese Frage zu formulieren. Sie konnte sich nicht bewegen. Sie konnte sich nicht einmal erinnern, wie es war, sich zu bewegen.

»Vom Fall der Stadt Gent. Vom Tod seines Sohnes.«

Der Tod seines Sohnes.

»An die Hunde verfüttert«, murmelte Wulfhere. Er schnitt eine Grimasse, als würde man ihm gerade einen Pfeil aus dem Oberschenkel reißen.

Liath fiel auf die Knie und faltete die Hände vor der Brust. »O Herrin«, flüsterte sie. »Höre mein Versprechen. Niemals werde ich einen anderen Mann lieben als ihn.«

»Leichtsinnige Worte«, erklärte Wulfhere scharf. »Komm, Liath.«

»Sichere Worte«, entgegnete sie bitter, »jetzt, da er tot ist.

Und ich werde dem Schicksal folgen, das andere für mich bestimmt haben.«

»Wie wir alle es tun«, sagte er ruhig.

Sie ließen das Feuer brennen und kehrten zum Haferfeld zurück, wo sich die Flüchtlinge in Reihen aufstellten und zum Abmarsch bereit machten.

»Ist so viel Zeit vergangen?« fragte Liath verwundert. Sie sah, daß ungefähr weitere hundert Flüchtlinge angekommen waren, und noch immer tauchten vereinzelt welche aus dem Tunnel auf, verängstigt, zitternd und weinend. Doch diese hatten Gent Stunden zuvor verlassen. Sie konnten nicht wissen, was gerade geschehen war, was sie und Wulfhere gesehen hatten. »Wie lange haben wir in das Feuer gesehen?«

Wulfhere antwortete nicht. Er war gegangen, um von Bürgermeister Werner zwei Pferde für die Adler zu fordern. Liath verfolgte den Streit nicht; sie starrte auf die Höhle, aus der immer noch Leute ins Sonnenlicht traten, blinzelnd, weinend, furchtsam, erleichtert. Wie viele würden noch kommen? Würde Manfred bei ihnen sein, oder war er getötet worden? Hatte die Bischöfin überlebt?

»Liath!« Wulfhere klang ungeduldig und verärgert. »Komm!«

Die Pferde wurden ihnen gebracht. Werner geiferte vor Zorn, aber er hatte keine andere Wahl, als sie ihnen zu überlassen. Liath nahm die Zügel eines Wallachs und stieg auf.

»Was ist mit Manfred?« fragte sie und schaute über die Schulter zurück auf die Reihe von Wagen, auf die Gruppen von Flüchtlingen, die jetzt marschbereit zusammenstanden. Sie starrte hoffnungsvoll, hoffnungslos, auf den Eingang der Höhle.

»Wir können nicht länger warten«, sagte Wulfhere. Er drängte sein Pferd vorwärts, auf die alte Straße zu.

Der erste Wagen setzte sich mit einem Ruck in Bewegung, nach Westen auf Stelesham zu, wo sie in Sicherheit sein würden. Die Flüchtlinge begannen loszumarschieren; sie murmelten, seufzten und schluchzten vor Trauer; eine Stimme schien nicht aufhören zu können, ihr Leid zu beklagen. Liath zögerte noch, starrte zurück.

Sie blinzelte. Vielleicht täuschte sie sich, aber für einen Augenblick glaubte sie, sie hätte eine Gestalt auf dem Kamm des Hügels oberhalb der Höhle gesehen: die Gestalt einer Frau, die in ein Kleid von alter Machart gehüllt war. Sie war verwundet, konnte aber noch stehen, als könnten die Verletzungen ihr nichts anhaben. Die Schutzheilige von Gent wachte noch immer über ihre Herde.

Sie neigte leicht den Kopf. Vielleicht täuschte sie sich, aber sie glaubte, gerade den Ruf des letzten Menschen gehört zu haben, der aus der Höhle kletterte: »Der Tunnel ist zu! Er ist verschlossen, als hätte er nie existiert!«

»Liath!« Wulfhere war schon zwischen den Bäumen. Wagen rollten hinter ihm die Straße entlang.

Liath folgte Wulfhere auf dem alten Pfad, der in den Wald hinein- und von Gent wegführte. Schon bald hatten sie den langen Treck aus Flüchtlingen weit hinter sich gelassen.

VI
Der Schatten des *Guivre*

1

Sabellas Armee schlug ihr Lager im Elmark-Tal auf, dem östlichsten Teil der Ländereien, die ihr Mann geerbt hatte. Hier hatte sich fünfzig Jahre zuvor das Schicksal des Königreichs Varre entschieden, das seither von wendischen Königen und Königinnen regiert wurde. Im Hochland hinter dem Tal lagen die Grenzdörfer des Herzogtums Fesse, das dem wendischen Königshaus gegenüber absolut loyal war.

Bei Abenddämmerung traf die Kunde ein, daß König Henry mit seinem Heer in der Stadt Kessal angekommen und somit noch etwa einen Tagesmarsch von der Grenze – und Sabellas Lager – entfernt war. An diesem Abend schritten die Geistlichen von Bischöfin Antonia durch das Lager und verteilten Amulette an die Soldaten. Alain begleitete die beiden Kirchenmänner, an deren Gegenwart er sich inzwischen gewöhnt hatte; er schlief, aß, ging und betete mit Willibrod und Heribert.

Und natürlich mit Aigus. Doch die Gesellschaft von Agius war so ähnlich wie das Hemd, das er trug: Alain nahm an, daß das beständige unangenehme Reiben auf der Haut gut für die Seele war und die Erhebung zu frommeren Gedanken förderte, doch für sich selbst zog er es vor, nicht andauernd wund gescheuert zu werden.

Zweifellos offenbarte sein Versagen in diesem Bereich seinen Mangel an wahrer Frömmigkeit. Doch andererseits sah er bei einem Blick auf Agius einen Menschen, der nichts weiter als die Verbindung mit Gott anstrebte. Alain bewunderte die Inbrunst von Agius' Hingabe. Er selbst war – trotz der besonderen Umstände – erstaunt und erfreut darüber, endlich etwas von der großen Welt sehen zu können. Er betete zu dem Herrn und der Herrin, daß sie ihm seinen Wunsch vergeben würden, die Welt kennenzulernen, bevor er sich ihrem Dienst voll und ganz verschrieb.

»Was ist das?« fragte Agius, als Alain und die Geistlichen spät am Abend in das Zelt von Bischöfin Antonia zurückkehrten. Agius betete lieber unter den aufmerksamen Blicken der Wachen, als daß er mit Antonias Geistlichen – die er verachtete – durch das Lager streifte. Vielleicht wollte er auch den Eindruck aufrechterhalten, daß er ein Gefangener war, eine Geisel. So konnte niemand auf den Gedanken kommen, er würde freiwillig an Sabellas Rebellion teilnehmen. »Ist das ein Amulett?«

Willibrod stammelte etwas Unverständliches und kratzte sich an seinen Malen.

Heribert, der sich niemals von Agius' höherer Stellung einschüchtern ließ, hielt ihm das Amulett ungeduldig entgegen. »Es ist ein Schutz. Nehmt es.«

Agius wölbte hochmütig eine Braue. »Magie? Beschäftigt sich Bischöfin Antonia jetzt nicht mehr nur mit Verrat, sondern auch noch mit Magie?«

Willibrod kicherte nervös.

Heribert ließ das Amulett in Agius' Hand gleiten und wandte sich ab. »Es ist schon spät, Bruder«, meinte er zu Willibrod. »Wir müssen beten und uns zum Schlafen niederlegen.«

Das Bett von Bischöfin Antonia blieb leer: Sie beriet sich noch mit Sabella und den anderen Edlen. Vor dem Zelt gähnte eine Wache. Rage und Kummer verzogen sich in ihre Lieblingsecke, wo sie sich in der für Hunde typischen Manier mehrere Male um sich selbst drehten, bevor sie sich niederließen. Agius starrte auf das Amulett, betastete es, drehte es hin und her.

Alain hockte sich neben dem Frater auf die Fersen. »Glaubt Ihr, daß es Magie ist?« flüsterte er.

Agius zuckte mit den Achseln. »Ich habe keine Ahnung von Magie – oder zumindest nicht mehr als du, wie ich annehme.«

Alain trug selbst eines der Amulette an einer Kordel um den Hals. Er zeigte es Agius und verglich es mit dem, das der Frater hatte. Es war ein kleiner Kreis aus Holz, unschuldig genug, denn es schien der Kreis der Einigkeit zu sein, jener Schmuck also, den sich alle Menschen gerne umhängten. Doch auf der Rückseite waren Buchstaben eingeritzt, die Alain nicht kannte, und in die Kordel waren eine Haarsträhne, ein dünner, zarter Federkiel und ein einzelnes, verwelktes Holunderblatt eingeflochten.

»In unserem Dorf lebt eine alte Frau, die die Sprache der Vögel versteht«, sagte Alain. »Und einmal kam ein Mann nach Osna und behauptete, er könnte unser Schicksal vorhersehen, indem er sich die Karten der Himmelssphären von dem Heiligentag ansieht, an dem wir geboren wurden. Aber er wollte Geld für seine Vorhersagen, und daher nannte Diakonissin Miria ihn einen Betrüger und jagte ihn aus dem Dorf.«

Agius runzelte die Stirn angesichts der Buchstaben auf der Rückseite des Kreises. »Ich kenne diese Worte nicht«, sagte er. »Und ich habe auch nicht vor, unsere Geistlichen zu fragen, was sie bedeuten, selbst wenn sie es wüßten.« Er schaute auf, begegnete Alains Blick. Ein strenger Ausdruck lag auf seinem Gesicht, und Alain wußte sofort, an was er dachte: an die Nacht, als Antonia Simplizius geopfert hatte, als die Geister gekommen waren, herbeigerufen vom Geruch des Blutes. In jener Nacht hatte Graf Lavastin sich von einem entschlossenen, klugen Mann in eine Marionette verwandelt, die nach den Fäden tanzte, die andere in der Hand hielten.

»Bischöfin Antonia muß vorhaben, Magie zu benutzen«, flüsterte Alain mit einem Blick auf die Geistlichen. Sie beteten und schienen die Unterhaltung der Gefangenen nicht zu verfolgen. »Sie hat sie bereits früher eingesetzt.«

»Aber zu welchem Zweck?« murmelte Agius. »Und auf welche Weise? Als ich als kleiner Junge an der Rundreise des Königs teilnahm, gab es in der Königlichen Schule ein paar, die es wissen oder zumindest ahnen könnten. Der uneheliche Sohn von Markgräfin Judith zum Beispiel. Er war immer sehr interessiert an allem, was die Kirche ihn nicht lehren wollte. Aber die verbotenen Künste haben mich niemals interessiert. Ich hatte bereits die verlorenen Worte des heiligen Daisan und die unterdrückte Aussage seiner Schülerin St. Thekla entdeckt –«

Er brach ab und stand auf. Kummer hob den Kopf und knurrte leise und tief in der Kehle. Alain sprang genau im gleichen Moment auf, als die Bischöfin mit ihrem Gefolge ins Zelt rauschte. Regentropfen glänzten auf ihren Gewändern, blitzten im Licht der Fackeln. In ihrem Schlepptau wehte feuchte Luft ins Zelt. In der Ferne hörte Alain Betrunkene derbe Lieder grölen. Sabella hatte kürzlich ihren letzten Galan zugunsten eines jüngeren, besser aussehenden Mannes hinausgeworfen – eines freigeborenen Soldaten, der zu Herzog Rodulfs Wachen gehörte. Und vor fünf Tagen hatte es eine handfeste, wenn auch kurze Auseinandersetzung zwischen den beiden Männern gegeben, bei der der abgelegte Mann eine schlechte Figur gemacht hatte. Seither war der Hinausgeworfene die Zielscheibe von Spott und Hohn.

»Heribert«, befahl die Bischöfin. Der junge Geistliche gehorchte sofort und kniete vor ihr nieder. »Sorgt dafür, daß ein Bett dort in der Ecke aufgestellt wird, wo unsere anderen Gäste schlafen.« Sie nannte Agius und Alain grundsätzlich immer nur Gäste. »Und dann geht und bringt sie her. Wir müssen Platz schaffen. Es sind noch mehr gekommen, um sich Sabellas Heer anzuschließen. ›So werden sich alle Menschen im Hause der Rechtschaffenheit versammeln.‹«

»›Ladet nicht alle in Euer Haus‹«, entgegnete Agius. »›Unehrlichkeit kennt viele Verkleidungen.‹«

Antonia warf dem Frater einen mitleidigen Blick zu, als wäre er ein Junge, der alt genug ist, die Ziegen zu hüten, sich aber immer noch in die Hosen macht. Dann blickte sie Alain freundlich an. Kummer knurrte. Alain legte die Hand auf die Schnauze des Tiers und brachte es zum Schweigen. »Komm, Kind«, sagte die Bischöfin, die Feindseligkeit des Hundes ignorierend. »Wir wollen uns unterhalten, während meine Dienerinnen mich für die Nacht vorbereiten.«

Willibrod brachte Alain einen Stuhl und baute sich besorgt hinter ihm auf, während die Dienerinnen sich daranmachten, der Bischöfin zu helfen. Sie nahmen ihr die Mitra und ihr Amtsgewand ab, falteten es vorsichtig zusammen und legten es dann in eine reich mit Schnitzereien verzierte, bemalte Truhe, die am Fußende des Bettes stand. Unter ihrem Ornat trug die Bischöfin ein Gewand aus feiner, weißer Seide. Sie setzte sich hin, und eine Dienerin löste die geflochtenen Haare und kämmte sie, während sie mit einem goldenen, edelsteinbesetzten Kreis der Einigkeiten spielte. Alain betrachtete abwechselnd seine und ihre Hände.

»Fährst du abends mit den Übungen fort?« fragte sie.

»Ja, das tue ich, Euer Gnaden.«

»Lies mir vor.« Sie nahm ein Buch vom Bett, das so wunderschön in einen Umschlag aus geschnitztem Elfenbein gebunden war, daß er zunächst Angst hatte, es zu berühren, als sie es öffnete und ihm reichte. Sie nickte zur Bestätigung, daß er es ruhig nehmen sollte.

Behutsam nahm er das Buch in die Hände. Zuerst starrte er die aufgeschlagene Seite einfach nur an. Sie zeigte ein wunderschönes Bild – sieben Schüler, die ihre Hände gen Himmel erhoben hatten und das Pentekoste-Wunder feierten. Die Verzierungen waren in goldener Tinte ausgeführt, und der große Anfangsbuchstabe, der den Text einleitete, beherbergte innerhalb seiner dicken, schwarzen Umrandung unzählige winzige Eulen, die auf einem schmalen Weisheitsbaum hockten; jede einzelne hielt eine Pergamentrolle oder einen Stift in der Hand, und sie alle waren atemberaubend und außerordentlich fein dargestellt. Niemals zuvor hatte er etwas so Kostbares in den Händen gehalten.

»Lies, Kind«, wiederholte die Bischöfin.

Stockend begann er zu lesen: »So geschah es also, daß sieben mal sieben Tage nach Translatus Thekla die Stimme des heiligen Daisan hörte, und ihre Sehfähigkeit war wiederhergestellt. Er zeigte sich ihr und ihren Gefährten und bewies somit, daß er am Leben war. Er sprach sieben Stunden mit ihr, lehrte sie über den Gott der Einigkeiten und die Kammer des Lichts.«

Mit klopfendem Herzen hielt er inne und holte hastig ein paarmal tief Luft. Das Lesen fiel ihm schon schwer genug, wenn Agius ihn beobachtete, aber unter Antonias musternden

Blicken wurde er fürchterlich nervös. Agius hatte sich niedergekniet, wie er es immer tat, wenn jemand aus dem Buch der Heiligen Botschaft las.

»Du hast Fortschritte gemacht«, sagte Antonia. »Aber du bist noch immer weit davon entfernt, fließend zu lesen.«

Er schickte ein stummes Dankesgebet an die Herrin und den Herrn. Es stimmte, er konnte die Sprache der Kirche – Dariyanisch – entziffern, aber die Wahrheit war, daß es bei jedem anderen als diesem Buch unmöglich gewesen wäre. Doch diese Geschichte hatte er so oft in der Kirche von Osna gehört, wenn Diakonissin Miria laut aus der Heiligen Botschaft vorgelesen oder die Erzählung in liebevollen Einzelheiten aus dem Gedächtnis wiedergegeben hatte, daß er immer wußte, was als nächstes kam, auch wenn er ein Wort einmal nicht kannte.

»Und der heilige Daisan erzählte ihnen: ›Ihr werdet Macht erhalten, wenn ein Engel mit der Göttlichen Botschaft, dem Heiligen Wort Gottes, zu Euch kommt. Ihr werdet Zeugnis über mich ablegen, in Saïs, in ganz Dariya und auch in Arbahia, bis hin zum Ende der Welt.‹

Als er dies gesagt hatte, wurde er vor ihren Augen emporgehoben, und eine Wolke entzog ihn ihren Blicken.

Dann kehrten sie von dem Hügel namens Olivassia nach Saïs zurück, das nicht weit entfernt lag, nicht weiter, als eine Reise am Himmelstag. Als sie in der Stadt ankamen, gingen sie zu dem Haus, in dem sie wohnten: Thekla und Peter, Matthias und Thomas, Lucia, Marianna und Johanna. Sie beteten unaufhörlich miteinander.

Dann kam der Tag, der Pentekoste genannt wird, der fünfzigste Tag nach der Ekstasis und dem Translatus des heiligen Daisan in die Himmel. Als sie an diesem Tag zusammen waren, erscholl plötzlich ein Lärm vom Himmel, wie von einem starken Wind, der das Haus füllte. Und Zungen wie Flammen aus Feuer erschienen ihnen.«

Antonia seufzte und nickte, als würde die Erzählung sie tief berühren. »Und also sprachen die Schüler in den Sprachen der verschiedenen Völker«, sagte sie, »selbst in jenen, die sie nicht kannten. Und so enthüllte der heilige Daisan, daß das Heilige Wort und die Botschaft des Lichts für alle Völker bestimmt waren.«

»Auch für die Aikha?« fragte Alain. »Oder die Verlorenen? Oder die Kobolde, die im Harenz-Gebirge leben?«

»Selbst sie«, erwiderte die Bischöfin feierlich. »Denn es ist nicht unsere Aufgabe, darüber zu urteilen, wer die Kammer des Lichts betreten darf und wer nicht.«

Alain dachte an Fünfter Bruder. Er dachte daran, wie er dem Aikha-Prinzen die Geschichte von der Ekstasis und von Daisans Translatus in die Himmel erzählt hatte. Doch der Prinz verstand kein Wendisch. Und doch ... die Geschichte hatte den Prinzen dazu verleitet, mit Alain zu sprechen, womit er nicht nur verraten hatte, daß er sprechen konnte, sondern auch, daß er intelligent genug war, es zu wollen. Die Geschichte hatte den Prinzen, auch wenn er ein Wilder war, dazu gebracht, mit ihm eine Art Freundschaft zu schließen.

Ein Diener brachte einen Krug mit dampfendem Wasser. Die Dienerin goß es in die schöne Keramikschüssel und befeuchtete ein Tuch, mit dem sie vorsichtig das Gesicht der Bischöfin reinigte; dann betupfte sie es mit Lavendelöl.

»Fahr fort«, sagte Antonia. Sie hielt die Augen weiter geschlossen, als die Dienerin das Tuch wieder wegnahm. »Lies weiter, Kind.«

Er schluckte und blickte Agius an, doch der Frater hatte seine Stirn auf die gefalteten Hände gelegt und starrte auf den Teppich. Alain leckte sich nervös über die Lippen und fuhr fort:

»Jetzt lebten in Saïs Leute von jedem Volk, das unter dem Himmel existiert, und wegen dieses Wunders versammelten sich viele Menschen, und sie alle waren erstaunt und verblüfft.

Thekla stand mit den anderen sechs auf und wandte sich an sie: ›Dies ist es, wovon der Prophet gesprochen hat. So sagt der Gott der Einigkeiten: Dies wird in den nächsten Tagen geschehen: Wir werden über alle einen Teil der Heiligen Botschaft verströmen. Eure Frauen werden Visionen haben und Eure Männer Träume. Ja, selbst den Sklaven wird ein Teil unseres Wortes zuteil werden, und sie werden Prophezeiungen machen. Und wir werden Omen am Himmel über uns und unten auf der Erde erscheinen lassen – Blut und Feuer und Sturm. Die Sonne wird sich verdunkeln, und der Mond wird bluten. Ruft die Herrin mit ihrem Namen an, Mutter des Lebens, und ruft den Herrn mit seinem Namen an, Vater des Lebens, und Ihr werdet gerettet und zur Kammer des Lichts emporgehoben.‹ Und die anderen Schüler klatschten in die Hände und erhoben ihre Stimmen in liebendem Gebet, um ihre Worte zu bestätigen.«

Ein Geistlicher trat zu ihnen und flüsterte Antonia etwas ins Ohr. Sie lächelte freundlich und machte eine Handbewegung, dann stand sie auf. »Wir haben heute abend einen neuen Gast in unserem Zelt«, sagte sie. Als sie sich umdrehte, öffnete sich der Eingang, und Heribert – begleitet von zwei Wachen – führte Constanze ins Zelt. Hinter ihm folgten Diener; sie trugen eine Holzpritsche und eine Matratze herein.

Seit einigen Tagen trug Constanze ihre Amtsgewänder nicht mehr. Alain wußte nicht, ob sie sie freiwillig abgegeben oder ob man sie ihr einfach genommen hatte. Ihr Gesicht jedenfalls trug keinerlei Spuren von körperlicher Mißhandlung.

»Meine gesegnete Schwester«, sagte Antonia, während sie vortrat. Constanze streckte eine Hand aus, als erwarte sie einen Handkuß, doch Antonia drückte die Hand nur herzlich, wie bei einer lieben Verwandten. Es war Constanze nicht anzumerken, ob diese Unverschämtheit sie wütend machte. Immerhin hatte Sabella ihr das Amt als Bischöfin entzogen, und so stand Bischöfin Antonia in der Kirchenhierarchie jetzt über ihr, vielleicht sogar auch in der Welt. Selbst in ihrer bischöflichen Amtstracht hatte Constanze den Goldreif getragen, der ihre königliche Abstammung kennzeichnete; sie trug ihn auch jetzt zu den einfachen Gewändern einer Diakonissin.

»Es tut mir leid«, fuhr Antonia fort, »Euch diesen Verlust an Bequemlichkeit zumuten zu müssen. Aber Ihr wart in dem anderen Zelt allein mit Euren Bediensteten, und inzwischen ist der Cousin von Herzog Conrad, der Sohn der Schwester seines Vaters, mit zwanzig berittenen Männern und fünfzig Fußsoldaten eingetroffen.«

»Und was ist mit Conrad?« fragte Constanze kühl. »Ist er nicht erschienen, um Sabella zu unterstützen? Vielleicht denkt er gar nicht daran, seine Hilfe einer unrechtmäßigen Rebellin zu gewähren.« Eine ihrer Dienerinnen brachte ihr einen Stuhl, und sie ließ sich nieder. Sie schien Agius' Anwesenheit noch nicht bemerkt zu haben, zumindest schenkte sie ihm keinen einzigen Blick, und auch er schaute nicht von seinem Gebet auf. Aber seine Schultern waren auf eine Weise angespannt, als wollte sein Körper verraten, was seine Augen und Lippen verdrängten: irgendeine Reaktion auf die Gegenwart der Frau, die er betrogen hatte.

»Herzog Conrad ist nicht gekommen. Es heißt, seine Frau Eadgifu steht sieben Tage vor ihrer Niederkunft.«

»Das wird dann ihr viertes Kind sein«, sagte Constanze. Wenn sie nervös oder verärgert war, zeigte sie es nur anhand der langsamen Bewegung, mit der die rechte Hand über die linke strich. »Aber das ist lediglich eine Ausrede, Euer Gnaden.

Eadgifu hat Verwandte bei sich; es besteht keine Notwendigkeit, daß ihr Ehemann in dieser Zeit an ihrer Seite weilt. Macht Euch nichts vor. Wenn Herzog Conrad noch nicht an Sabellas Seite geeilt ist, dann weil er es nicht will.«

»Er ist auch noch nicht an Henrys Seite geeilt.«

Constanze lächelte schwach. »Conrad ist nicht ganz frei von eigenen Ambitionen. Abgesehen von meiner Familie ist er der einzige andere Abkömmling des ersten Henry. Sollten die Kinder von Arnulf dem Jüngeren sich in einem Krieg über das Recht auf den Thron gegenseitig auslöschen, wird es sein Anspruch sein, der übrigbleibt.«

»Vergeßt Ihr nicht den Anspruch, den Herzogin Liutgard anmelden könnte?«

»Es ist wahr, daß sie von königlichem Blut ist, immerhin ist sie die Urgroßnichte von Königin Conradina. Aber als ihr Großvater seinen Anspruch auf den Thron aufgab und statt dessen Henry unterstützte, entsagte er ihm für alle Zeiten. Nein. Liutgards Loyalität ist gesichert.« Hier sah sie – wie gegen ihren eigenen Willen – Agius an, und er blickte kurz auf, begegnete ihrem Blick und zuckte zusammen.

»Wie lautet also Euer Rat?« fragte Antonia. Sie benutzte die Ehrenbezeichnung, die einer Bischöfin zustand – »Euer Gnaden« –, absichtlich nicht; Constanze war nicht länger die Bischöfin von Autun, zumindest solange die Stadt unter Sabellas Kontrolle war.

»Ich rate zum Frieden«, sagte Constanze. »Was alle tun sollten, die ihren Dienst dem Herrn und der Herrin widmen.«

Antonia machte ihren Dienerinnen ein Zeichen, und sie brachten Kopfkissen und eine Federdecke. »Es ist spät«, sagte die Bischöfin. »Wir marschieren morgen früh los.«

»Wenn Ihr die Grenze nach Wendar überschreitet, ist das ein deutliches Zeichen für Eure Mißachtung der Herrschaft meines Bruders«, sagte Constanze. »Zusätzlich zu allem anderen, was in den letzten Monaten geschehen ist.«

»So wird es sein«, erwiderte Antonia mit ihrem freundlichen Lächeln, als übte sie Geduld gegenüber einer begriffsstutzigen Schülerin. »Henry wartet in Kessal, wenn es stimmt, was unsere Kundschafter herausgefunden haben. Dort werden wir aufeinandertreffen. Und jetzt laßt uns beten. Danach werden wir uns zur Ruhe begeben.«

Sie kniete nieder, und ihre Dienerinnen und die Geistlichen taten es ihr gleich. Constanze zögerte, doch dann kniete auch sie sich hin und stimmte in das Gebet ein – mit dem ganzen Stolz und der vornehmen Haltung einer Frau, die sich von Widrigkeiten nicht unterkriegen ließ.

In dieser Nacht träumte Alain.

Das leichte Schaukeln des Bootes wiegt ihn hin und her, aber er schläft nicht. Es sind zwanzig Gefangene an Bord, die zu Sklaven gemacht werden sollen. Sie kauern nah beieinander im Rumpf des Bootes, weinen und stöhnen und schlafen den Schlaf jener, die die Hoffnung aufgegeben haben. Seine Cousins haben nur die Starken mitgenommen, die Jungen, die ihnen eine Handvoll Jahre oder noch mehr dienen können, bevor sie dem Winter oder dem Jagdtrieb der Hunde zum Opfer fallen. Einige werden sogar Nachkommen gebären, aber die Kinder der Weichen sind schwach und zerbrechlich, nicht zum Überleben geeignet. Wie sie sich überhaupt so stark in den südlichen Ländern haben verbreiten können, ist ihm ein Rätsel, das er nicht beantworten kann – und er wagt auch nicht, die WeisMütter danach zu befragen, denn sie sorgen sich nicht um das Schicksal der Ungläubigen. Aber hatte Elen Henrisson nicht von einem Gott und einem Glauben gesprochen? Er berührt den Kreis, der an seiner Brust hängt. Er ist kalt.

Wellen klatschen gegen den Rumpf, und die Ruder quietschen in einem gleichmäßigen Rhythmus in den Dollen, während das Langschiff die See durchpflügt. Diese Musik hat er sein ganzes Leben gehört, und ihre Melodie ist ihm so vertraut wie das Atmen. Diese Nacht eignet sich gut für eine Reise auf der nördlichen See.

Er steht am Bug und sieht zu, wie Nebel über dem Wasser aufsteigt. Er betrachtet die Sterne, die Augen der uralten Mütter, deren Körper schließlich vom Wind fort- und hochgetragen wurden in das Tal des schwarzen Eises, dem Fjall der Himmel. Der Mond, das Herz von AltMann, verteilt sein Licht über dem Wasser.

Einst hatte auch er einen Platz an den Rudern gehabt. Doch das war, bevor sein Vater das Geheimnis der Macht des Zauberers stahl und, indem er diese Macht an seinen eigenen Körper band, seinen Stamm und seinen Wurf aus den endlosen Rudelkämpfen heraushob und ihnen zur Überlegenheit verhalf.

Einst mühte er sich zusammen mit den anderen ab, aber das war, bevor sein Vater Löcher in seine Zähne bohrte und sie mit Edelsteinen füllte, um seine Überlegenheit allen deutlich zu machen. Jetzt ist er ein Anführer, genau wie seine Nestbrüder.

Dieses Schiff gehört nicht seinem Heimatstamm, aber er ist von der Weisheit der WeisMütter gezeichnet, und sein Vater ist ein großer Zauberer und der Häuptling der Stämme des westlichen Ufers. Daher haben diese Cousins ihn als ihren Anführer anerkannt. Natürlich hatte er Erster Bruder und den Leithund seiner Hundemeute töten müssen, aber das ist bei jedem Wurf, bei jedem Stamm so: Nur ein einziges Männchen kann anführen. Die anderen müssen dem Sieger ihre Kehle darbieten oder sterben.

Wählen die Weichen ihre Anführer auch auf diese Weise?

Sind sie deshalb schwach, weil sie es nicht tun? Er versteht sie nicht, und er versteht auch nicht, weshalb Elen ihn freigelassen hat. Barmherzigkcit hat keinen Platz im grausamen Norden. Wie AltMutter einst sagte – die FelsenKinder wären schon längst ausgestorben, wenn sie sich den Luxus der Barmherzigkeit gegönnt hätten.

Der Wind trägt den Geruch des Ufers in seine Nase. Eine der Sklavinnen schluchzt unaufhörlich; ein klagender, nervenzerreißender Laut. Früher hätte er seine Hunde auf sie gehetzt und ihr von ihnen die Kehle herausreißen lassen. Jetzt hält ihn die Erinnerung an Elen zurück. Er wird es aushalten. Er wird die Klagen der Schwachen erdulden.

Fürs erste.

Der Geruch von Frischwasser berührt seine Lippen. Er leckt daran, plötzlich durstig geworden, aber er will seinem Bedürfnis noch nicht nachgeben. Zu schnell nachzugeben heißt, Schwäche entstehen zu lassen. Hinter ihm knurren die Hunde, als hätten sie seine Gedanken gelesen.

Er wendet seinen Kopf und knurrt sie ebenfalls an. Sie gehorchen, akzeptieren seine Überlegenheit.

Fürs erste.

Er riecht einen Hain aus Esche und den stillen, weisen Geruch von Eiche. Sie passieren einen Wald, während sie weiter nach Osten reisen. Nach Osten, wo sein Vater jagt.

Die Ruder tauchen ins Wasser, sinken gleichmäßig und tief ein. Der Wind schlägt ihnen entgegen, und Salz spritzt auf seine Lippen. Vom Ufer riecht er Holzkohle, und er wirft den Kopf zurück und schnüffelt, streckt seine Zunge in die Luft.

Alain erwachte. Er war sofort hellwach, was geradezu unheimlich war, denn er hatte die Augen kaum geöffnet, da hatten sie sich schon an die Dunkelheit angepaßt. Rage schlief. Kummer jaulte leise, rührte sich jedoch nicht. Die Laken hinter Kummer, wo Agius schlief, waren leer.

Im Schimmer der Kohlenpfanne sah Alain eine dunkle Gestalt neben der Pritsche knien, auf der Constanze schlief. Sein Herz klopfte. Wollte jemand sie ermorden?

Beinahe wäre er aufgesprungen. Aber er hatte in dieser Nacht ein scharfes Gehör. Er hörte ihren Atem, hörte das trockene Reiben von Haut an Haut, als sie sich an den Händen hielten, hörte sie miteinander flüstern, so leise wie das Gemurmel der Daemonen in der Nacht.

»Frederik hatte etwas mit Sabellas erster Rebellion zu tun. Warum sollte ich dir jetzt trauen, nach allem, was du getan hast, und bei all dem, was ich über deinen Bruder weiß?« Doch der Sinn ihrer Worte paßte so gar nicht zu ihrem Tonfall und erst recht nicht zu der Art, wie sie Agius' Hände festhielt – mehr wie eine Geliebte als wie eine strenge Bischöfin.

»Er war unzufrieden. Und er war jung. Als er mündig wurde, gab mein Vater ihm ein Gefolge, aber keinerlei Pflichten. Er neigte zu voreiligem Handeln und war voller Tatendrang. Du weißt, daß es stimmt. Als die Rebellion dann fehlschlug, wurde er bestraft und mit Liutgard verheiratet.«

»Nennst du das eine Strafe? Eine Heirat mit Liutgard?« Sie lachte beinahe.

»Oh, Herrin. Für mich wäre es eine gewesen.« Er verschluckte sich bei den Worten, so viel Gefühl schwang in ihnen mit.

»Still, Agius.« Sie bewegte sich, und Alain glaubte zu sehen, daß sie einen Finger an die Lippen des Fraters legte, und zwar in höchst intimer Weise.

Alain errötete und schaute weg. Aus irgendeinem Grund dachte er an Witti, an ihre Schultern und den weiten Ausschnitt, in den sie ihn hatte sehen lassen, an jenem Mittsommernachtstag, als er ihr zu den Ruinen gefolgt war. Er hatte niemals eine Frau so berührt.

»Du mußt Gott lieben, Agius«, murmelte Constanze. »Nicht die Welt und jene, die darin leben. Bischöfin Antonia erzählte mir, daß du etwas mit Ketzerei zu tun hast. Ich habe keinen Grund, ihr zu vertrauen, daher überlasse ich es dir, dich gegenüber einer solch niederträchtigen Anklage zu verteidigen.«

»Ich kann nicht. Ich will auch nicht. Nachdem du der Kirche versprochen wurdest, statt ...« Er stockte. »... statt der Heirat, schwor ich, nicht eher zu ruhen, als –«

»Du hast geschworen, du würdest dich an deinem Vater und meinem Bruder rächen. Aber das darfst du nicht, Agius. Du mußt von dieser Wut ablassen. Es gab nichts, was du hättest tun können. Nichts, was ich hätte tun können.«

»Mein Vater *schwor* vor dem Herdfeuer. Genau wie dein Bruder. Doch der Herr und die Herrin bestraften sie nicht, als sie ihren Schwur rückgängig machten. An diesem Zeichen erkannte ich, daß ihr Versprechen leer gewesen war, daß sie es nur dem Schatten der Wahrheit gegeben hatten. Sie hatten den falschen Worten jener gelauscht, die den Vorsitz beim Konzil von Addai führten, jener, die die Wahrheit unterdrückten. So sprach St. Thekla die Wahrheit über das Ende, das den heiligen Daisan ereilte. Ich habe die Schriftrolle mit ihren Worten gesehen.«

»Wo hast du eine solche Schriftrolle gesehen?«

»Sie ist verborgen, damit die Kirche sie nicht verbrennen und ihre wahre Aussage, die schändlich in Vergessenheit geriet, zerstören kann. ›Dann kam der heilige Daisan vor das Urteil der Kaiserin Thaisannia, Die mit der Maske. Und als er sich nicht vor ihr verbeugen wollte, sondern die Wahrheit über die Mutter des Lebens, die Göttliche Botschaft und das Heilige

Wort sprach, verhängte sie die Todesstrafe über ihn. Freudig trat er ihr entgegen, denn gern empfing er das Versprechen der Kammer des Lichts. Aber seine Schüler und Schülerinnen weinten bitterlich. So wurde er weggeführt und gehäutet, und das Herz wurde ihm aus der Brust gerissen.‹«

Die Stille war so durchdringend und Agius' Stimme so leise, daß Alain glaubte, er könnte hören, wie die Kohlen zu roter Asche verbrannten und dann zu grauer erkalteten.

»›Eine Finsternis überkam das ganze Land, und dann gab der heilige Daisan einen lauten Schrei von sich und starb. Sein Herzblut tropfte zu Boden und erblühte zu Rosen. Ein Licht erfüllte das Land bis an die Enden der Erde, und es war so hell wie die Gewänder der Engel. Das Licht blendete Thekla und die anderen Schüler und Schülerinnen. Und sie lebten sieben mal sieben Tage in Finsternis, denn sie hatten Angst.‹

Aber ich habe keine Angst, Constanze. Ich habe keine Angst davor, die Wahrheit zu verkünden. Sagte nicht der heilige Daisan: ›Seid versichert, daß ich immer bei Euch sein werde, bis ans Ende der Zeit?‹ Opferte nicht die Mutter des Lebens ihren einzigen Sohn für die Vergebung unserer Sünden?«

Constanze seufzte. »Oh, Agius, das ist wirklich Ketzerei. Wie kannst du so etwas sagen? Es ist eine ernste Sache, vor den Presbyter gebracht zu werden, der über die Regeln der Frater wacht. Ist es das, was du willst? Als Ketzer verdammt werden?«

»Es ist besser, die Wahrheit zu sagen und zu sterben, als zu schweigen und zu leben.«

»Du bist verbittert, Agius. Du warst nicht immer so.«

Mit einer plötzlichen Bewegung vergrub er seinen Kopf an ihrer Brust. Als er sprach, klangen seine Worte noch gedämpfter vom Stoff ihrer Gewänder. »Vergib mir, Constanze. Ich tat es, um das Leben meiner Nichte zu retten, um der Liebe willen, die zwischen ihrem Vater und mir bestand.«

»Du hast immer viel zu sehr geliebt, Agius.« Sie seufzte. »Du weißt, daß ich dir vergebe. Wie könnte ich es nicht? Du bist in meinem Herzen das Wichtigste, gleich nach meinem Gelöbnis gegenüber Unserer Herrin und Unserem Herrn.«

»Und dennoch hast du keinen Widerstand geleistet. Du hast nicht rebelliert, als dein Bruder dich der Kirche übergab.«

»Ich kenne meine Pflicht«, sagte sie sanft, während sie ihm über die Haare strich.

Agius weinte still, erkannte Alain. Auch Constanze weinte, und Alain hatte den Eindruck, daß er beinahe die Verbindung ihrer Tränen in der Luft schmecken konnte. Vielleicht liebte Agius wirklich zu sehr. Aber stand nicht geschrieben, daß der heilige Daisan die Welt und all die Menschen auf ihr liebte? War Liebe nicht der größte Segen, der Menschen durch die Gnade und Barmherzigkeit Unserer Herrin und Unseres Herrn widerfahren konnte?

Alain spürte ihre Nähe, konnte die Hitze ihrer Körper schmecken, die sich aneinanderpreßten – und er verspürte Neid. Wie würde es sein, eine Frau so sehr zu lieben? So sehr, daß er sich – sofern Agius' Hinweise stimmten – in dem Augenblick, wenn sich herausstellte, daß er sie nicht würde heiraten können, von der Welt abwenden und sich als bescheidener Frater der Kirche verpflichten würde – weit unterhalb des Standes, den er im Leben eigentlich eingenommen hätte? Würde irgendeine Frau jemals so um Alain weinen? Sich so an ihn pressen?

Oh, es war ja so wahr, dieses alte Sprichwort. Neid ist der Schatten des *Guivre*, die Schwingen des Todes. Alain schämte sich, denn er begehrte, was ihm nicht zustand. Er war zweimal gezeichnet worden, einmal durch die Kirche und einmal von der Herrin der Schlachten, deren Rose er bei sich trug.

Aber er mußte an die Nächte im Langhaus denken, wenn er

als Kind wach gelegen und den leisen Geräuschen gelauscht hatte, die von den anderen Betten zu ihm gedrungen waren, von Stancy und ihrem Ehemann, Tante Bel und Onkel Ado, bevor er gestorben war. Von allen Erwachsenen, die Alain kannte, enthielten sich nur sein Vater Henri und jene, die der Kirche versprochen waren, solcher Vereinigungen. Agius und Constanze aber vereinigten sich in nichts Intimerem als einer Umarmung, und doch war soviel mehr zwischen ihnen, daß es wie ein helles Licht loderte, wie die Hitze der Kohlen in der Kohlenpfanne.

Eine weitere Kohlenpfanne stand im Zelt neben dem Bett, in dem Antonia schlief. Alain warf unwillkürlich einen Blick darauf, ohne sich zu rühren oder anderweitig zu verraten, daß er wach war. Aber es verschlug ihm den Atem, und er unterdrückte ein leises Stöhnen; er biß sich rasch auf die Lippen. Mindestens fünf Herzschläge lang atmete er nicht.

Antonia hatte die Augen geöffnet. Er sah sie im schwachen Licht, glitzernd in der Nacht. Constanze und Agius waren zu sehr mit sich beschäftigt, um es zu bemerken. Er nicht.

Sie beobachtete die beiden lautlos. Sie erschien ihm wie ein gewaltiger, gähnender Schlund, der sämtliches Leben, sämtliche Luft einsaugte. Und er hatte das Gefühl, sie beobachtete sie nicht nur wegen ihrer eigenen Begierden oder weil sie sie ausspionieren wollte und auf Informationen hoffte, sondern weil sie gierig war, weil sie wie eine Katze, die Sahne aufschleckt, oder ein Greif, der das Blut seiner Mutter aufsaugt, von den beiden soviel wie möglich haben wollte. Als wollte sie die ganze Tiefe ihrer Gefühle an sich reißen und horten.

Das Gefühl ihrer Wachsamkeit verursachte ihm Übelkeit.

Er schloß die Augen und lehnte sein Gesicht gegen die warme, sichere Seite von Kummer.

Später, als er kein Flüstern mehr vernahm, schlief er wieder ein.

2

Sie berieten sich in der Morgendämmerung vor Antonias Zelt.

»Ich behaupte weiterhin, daß der Kampf zu früh stattfindet«, protestierte Herzog Rodulf. Offensichtlich dauerte dieser Streit schon mehrere Tage, und er hatte die Hoffnung noch nicht aufgegeben, sich doch noch durchsetzen zu können. »Wir gefährden nur alles, wenn wir jetzt auf Henry treffen.«

»Jetzt auf Henry zu treffen ist genau das, was ich wollte und geplant hatte«, sagte Sabella. Das Merkwürdige an ihrer Stimme – so monoton sie auch klingen mochte – war, daß gerade dieser Mangel an Ausdruck ihr eine hartnäckige Entschiedenheit verlieh. Sie besaß keine besondere Ausstrahlung, war keine große Anführerin; sie besaß nicht einmal jene brüske, ungeduldige Autorität, mit der Lavastin einst sein Land regiert hatte. Wie ein den Abhang hinunterrollender Felsblock machte sie keine großen Worte, versprühte kein großes Feuer, sondern zermalmte einfach jedes Hindernis, das auf ihren Weg lag. »Er hat sich beeilt, mich zu treffen. Er kann heute keine große Streitmacht bei sich haben.«

»Und doch hat er ein größeres Heer als wir, wenn wir den Kundschaftern Glauben schenken können.« Rodulf runzelte die Stirn und schüttelte den Kopf.

»Aber es ist nicht so groß, wie es sein wird, wenn wir ihm Zeit lassen. Das heißt, wenn wir denen, die ihn unterstützen, Zeit lassen, auf ihren Ländereien Truppen auszuheben und sie an Henrys Seite zu schicken. Nein, dieses Heer ist kleiner als jedes andere, mit dem Henry jemals seine Krone verteidigen wird. Und es wird nicht groß genug sein.«

»Ihr seid Euch sehr sicher«, sagte Rodulf. Von allen Edlen in Sabellas Gefolge war er jetzt der einzige, der sie noch kritisierte. Sie erduldete seine Kritik, mußte sie erdulden: Er war ein Herzog und in allen Dingen gleichrangig, abgesehen davon, daß er keinen Goldreif trug. Aber Rodulfs Großmutter war eine Prinzessin von Salia gewesen, und so stammte auch er in gewisser Weise aus einem edlen Geschlecht.

Alain stand hinter Bischöfin Antonia und ihren Geistlichen und sah der Beratung zu. Inzwischen war Willibrod nicht mehr der einzige Geistliche mit Ausschlag und unansehnlichen Wunden an Händen und Lippen – aber er war der einzige, der nervös daran herumzupfte. Nur Heribert, ein Mann, wie Alain keinen pingeligeren kannte, hatte sich seine saubere, unbefleckte Haut bewahrt. Doch als der führende von Antonias Geistlichen war er auch von der eigentlichen Arbeit nicht betroffen; ihm oblag die *Aufsicht* über die Pflege der Kleidung, die Herstellung der Amulette, die Sorge um die Kranken und die übrigen kleinen Aufgaben, die anfielen, wenn eine Bischöfin zugegen war.

»Ich bin mir sicher«, erwiderte Sabella. »Die Zeit zum Handeln ist gekommen. Die Zeit zum Kämpfen ist gekommen.« Sie schaute Bischöfin Antonia an; die Bischöfin nickte zustimmend auf eine unausgesprochene Frage. Manchmal fragte sich Alain, ob Antonia Sabella auf die gleiche Weise kontrollierte wie Lavastin, aber nicht einmal jetzt konnte er einen Hinweis darauf entdecken. Sabella und Antonia arbeiteten Hand in Hand. Welcher Groll es war, der sie zu diesen Taten trieb, wußte er nicht, aber er machte sich viele Gedanken darüber. Sabellas Forderung war offensichtlicher. Sie glaubte, von einem Thron vertrieben worden zu sein, der rechtmäßig ihr zustand. Aber hatte nicht Gott durch sein Nichterscheinen gesprochen, als Sabella sich auf die Nachfolge-Rundreise begeben hatte und ohne schwanger zu sein zurückgekehrt war? Henry dagegen *hatte* auf seiner Nachfolge-Rundreise ein Kind gezeugt, wenn auch mit einer so seltsamen Gefährtin wie einer Aoi-Frau. Wieso konnte Sabella nicht akzeptieren, was das Schicksal – und Gott – für sie entschieden hatten?

Nicht mehr als ich es konnte, dachte er reumütig. Das Schicksal – und der Gott der Einigkeiten – hatten entschieden, daß er als Novize der Kirche beitreten sollte, und doch war er jetzt hier, sah mehr von der Welt, als er zu hoffen gewagt hatte, auch wenn es seinen kühnsten Träumen entsprach.

Schließlich machten sich alle bereit. Herzog Rodulf begab sich zu seinen eigenen Truppen, und Sabella wartete auf ihr Pferd. Wenig später wälzte sich eine gewaltige Kavalkade nach Osten, überquerte den El an einer seichten Furt und marschierte in das Hochland hinauf. Sie befanden sich jetzt auf den Ländereien, deren Loyalität dem Herzog von Fesse galt. Sie waren in Wendar.

Als Sabella das bewaffnete Heer aus Arconia herausgeführt hatte, hatte sie auch eine unsichtbare Linie überschritten. Nun gab es kein Zurück mehr. Alain konnte sich nicht helfen – er verspürte vor Aufregung ein leichtes Kribbeln. Die Männer, neben denen er marschierte – Wachen und Geistliche, die die Bischöfin Antonia und ihre »Gäste«, Constanze und Agius, beschützten –, spürten es ebenfalls. Sie lachten und sangen ausgelassen, erzählten sich Witze und brüsteten sich mit Erklärungen darüber, was sie mit den Kostbarkeiten anfangen würden, die sie Henrys Soldaten wegnehmen wollten: eine Speerspitze, einen guten Dolch, irgendwelche Teile von Rüstungen, einen Schild, einen Metallhelm, einen ledernen Überwurf oder, wenn man besonders viel Glück hatte, ein Kettenhemd oder ein Schwert.

Egal, wer diesen Kampf gewinnen würde, wurde Alain klar, es würde eine große Menge an Reichtum den Besitzer wechseln.

Gegen Mittag trafen sich die Heere, als hätten sie sich verabredet. Sie stellten sich auf einem breiten Feld auf. Henrys Streitmacht hatte die bessere Position. Das Feld stieg auf seiner Seite erst sanft, dann steil an, und Henry hatte seine Truppen so aufgestellt, daß Sabellas Soldaten gezwungen waren, bergan zu kämpfen.

Aber es schien sie nicht zu beunruhigen.

»Ha!« Sie warf Herzog Rodulf einen stürmischen, triumphierenden Blick zu, der sich von seinen berittenen Soldaten zurückgezogen hatte, um sich mit ihr zu beraten. »Was seht Ihr, wenn Ihr die Banner von Henrys Streitkräften betrachtet?«

Auch Alain warf einen Blick auf Henrys Heer. Es war gewaltig; niemals hatte er so viele Leute auf einem Haufen gesehen. Er konnte gar nicht so weit zählen, aber er hörte, wie Heribert der Bischöfin etwas ins Ohr flüsterte.

»Es sind etwas weniger als achthundert, davon ist ungefähr ein Drittel beritten.«

Alain erkannte den Drachen von Saony, doch die Männer, die sich unter dem Banner des Herzogs von Saony versammelt hatten, entsprachen zahlenmäßig etwa denen, die in Graf Lavastins Gefolge marschierten. Da hatte die Truppe, über der der Adler von Fesse wehte, schon ein bedrohlicheres Ausmaß; viele von den Soldaten waren beritten. Ein Teil der Reiter drängte sich um eine Gestalt, die einen Überwurf in Weiß und Gold, den königlichen Farben, trug; das mußte Herzogin Liutgard sein. Auch für Avaria wehte ein Banner, und Alain warf einen Blick auf Agius, der duldsam hinter Constanze stand. Aber es schien ganz so, als schenkte er weder dem Banner des Herzogtums seines Vaters *noch* dem der Frau, die sein Bruder an seiner Stelle geheiratet hatte, besondere Aufmerksamkeit. Agius betete. Constanze stand reglos da, die Hände an die

Brust gepreßt. Ihre Lippen bewegten sich, als würde sie im stillen die Namen der Edlen aufsagen, die sich in Henrys Streitmacht befanden.

Im Zentrum von Henrys Heer flatterte ein riesiges Banner in der kräftigen Frühlingsbrise. Auf der Flagge war eine Säule aus den drei Tieren, die für Henrys Herrschaft standen, mit goldenen Fäden aufgestickt: ein Adler, ein Drache und ein Löwe. Selbst aus dieser Entfernung glaubte Alain den König zu erkennen, den eine stattliche Gruppe von Gefolgsleuten umgab.

Henry trug einen Eisenhelm und Kettenärmel, und seine Brust war zusätzlich zum Kettenhemd mit einer metallenen Brustplatte geschützt. Auch an den Oberschenkeln trug er einen Kettenschutz und Eisenschienen an den Unterschenkeln; tatsächlich besaßen viele seiner berittenen Soldaten solche Schienen – Zeichen ihres Wohlstands und Ranges. In der linken Hand hielt der König eine Lanze, während die rechte frei war, damit er notfalls sofort nach seinem Schwert greifen konnte. Der Schild, der an seinem Sattel hing, war aus Eisen und vollkommen ungeschmückt, ohne jedes Emblem, ohne jede Bemalung.

Wie alle gewöhnlichen Soldaten besaß Alain noch nicht einmal einen Metallhelm, geschweige denn eine solche Rüstung. Er konnte nur ahnen, wie viele Skeattas sie kosten mußte. Nicht einmal Herzog Rodulf trug eine so beeindruckende Rüstung, obwohl auch er sicherlich gut geschützt war.

Es war ein eindrucksvolles Heer. In Sabellas Streitmacht flatterten dagegen nur zwei herzogliche Banner: das *Guivre* von Arconia und der Hengst von Varingia. Doch sie und Rodulf hatten viele Männer ins Feld geschickt, auch wenn weniger beritten und so gut gerüstet waren wie die von Henry.

Es schien ein aussichtsloser Kampf zu werden.

»Conrad der Schwarze hat sich entschieden, nicht zu erscheinen«, meinte Rodulf zu Sabella. Er blinzelte zu den Bannern und Soldaten auf dem Abhang über ihnen.

»Conrad spielt sein eigenes Spiel«, sagte Sabella. »Wenn er mich nicht unterstützen will, kann ich nur froh sein, daß er auch Henry nicht unterstützt. Aber seht Ihr nicht, Rodulf? Seht Ihr nicht, was dort fehlt?« Sie machte eine ausschweifende Geste, die Henrys gesamtes Heer umschloß. »Das Banner der Drachen fehlt. Ich sehe den roten Drachen von Saony, aber nicht den schwarzen. Henrys beste Kämpfer sind nicht auf dem Feld!«

Rodulf stieß einen anerkennenden Pfiff aus. »Tatsächlich. Jetzt mache ich mir keine Sorgen mehr, Sabella.«

»Ihr hättet Euch niemals welche zu machen brauchen. Tragt Ihr Euer Amulett, Rodulf?«

»Ja, aber –«

»Das ist das Wichtigste. Kehrt zu Euren Männern zurück.«

»Wo *sind* dann aber die Drachen? Prinz Sanglant hat sich doch sicherlich nicht gegen seinen Vater gewandt. Ich habe noch nie gehört, daß der Junge auch nur einen einzigen Tropfen rebellisches Blut in sich hätte.« Er lachte, ein bißchen nervös zwar, aber offensichtlich entschlossen, diesen Kampf bis zum Ende durchzustehen. »Ich habe mir oftmals gewünscht, meine eigenen Kinder wären so gehorsam.«

»Sicherlich habt Ihr mitbekommen, als ich erzählte, was meine Kundschafter erfahren haben? Sie sagten, daß die Drachen nach Norden geritten sind, um gegen Aikha-Eindringlinge zu kämpfen, und daß sie somit aus dem Weg sind.«

»Ja, natürlich. Die Schafe anfallen, solange der Wachhund auf der Jagd nach dem Wolf ist, wie?« Er zog eine Grimasse, doch es war mehr ein Grinsen als ein Stirnrunzeln. »Wenn die Drachen heute an Henrys Seite wären, würde ich es für weiser halten, um Vergebung zu bitten als zu kämpfen. So aber –«

»Sie sind aber nicht an seiner Seite. Und Ihr müßt eine solche Entscheidung nicht treffen. Geht also.« Sie gab einem ihrer Soldaten ein Zeichen. Er hatte nur darauf gewartet, denn er drehte sich unverzüglich um und lief zu seiner Einheit zurück.

Rodulf machte kehrt und ritt mit seinem Gefolge zu seinen Soldaten, die die rechte Flanke bildeten – gegenüber dem Banner von Fesse. Lavastin und ein buntgemischter Haufen aus Edlen und Soldaten, die auf klösterlichem Land ausgehoben worden waren, bildeten die linke Flanke und standen dem Löwen von Avaria und dem kleinen Kontingent, das viele Tage von Saony hermarschiert war, gegenüber. Möglicherweise, überlegte Alain, war aber auch nicht genügend Zeit gewesen, um ein richtiges Kontingent aus Saony herzuholen. Vielleicht wehte das Banner von Saony über Leuten, die schon zuvor zu Henrys Gefolge gehört hatten. Vielleicht sollte es auch mehr von Saonys Loyalität künden, statt auf ein großes Aufgebot von Soldaten hinzuweisen.

»Sie wollen verhandeln«, sagte Constanze plötzlich mit klarer Stimme, als sich einige Gestalten aus Henrys Gefolge lösten und auf das freie Feld zwischen den beiden Heeren ritten; sie führten ein blaues Banner mit einem silbernen Baum mit sich. »Das ist Villams Wappen.«

»Natürlich«, sagte Sabella.

Jetzt bewegte sich auch die in Weiß und Gold gekleidete Gestalt unter dem Banner von Fesse und ritt an Villams Seite.

Sabella nickte Bischöfin Antonia zu. »Ihr wißt, was Ihr zu sagen habt.«

Die Bischöfin saß bereits auf ihrem Maultier. Sie gab ihren Geistlichen ein Zeichen, und bis auf Heribert traten alle zurück.

»Tallia«, befahl Sabella kurz angebunden. Ihre Tochter trat zögernd vor. »Begleite Bischöfin Antonia. Es wird Zeit, daß du gesehen wirst.« Das Mädchen nickte gehorsam, sah aber gar nicht glücklich aus; sie wirkte eher wie eine Maus, die in den Krallen einer Eule gefangen war.

Antonia betrachtete die Größe von Villams Gruppe: der Markgraf Villam, Herzogin Liutgard und zwei andere. Sie musterte die Gruppe um Sabella, und ihr Blick fiel schließlich auf Alain. »Komm, Kind«, sagte sie. »Du wirst meinen Maulesel führen.«

Sabella hob eine Augenbraue. »Ein Hundeaufseher?«

»Etwas mehr als das, denke ich. Diese zwei Hunde, die ihn begleiten, sind Lavastins Hunde. Villam wird sie erkennen und wissen, daß Lavastin freiwillig mit uns marschiert.«

Sabella grunzte. »So schicken wir Lavastins Hunde als Stellvertreter? Ich bin amüsiert, aber mein Bruder wird es nicht sein. Es dient meinen Zwecken. Also geh, Junge.«

Alain nahm, da er keine andere Wahl hatte, die Zügel des Maulesels in die Hand und führte das Tier den Hügel hinauf. Kummer und Rage folgten ihm auf den Fersen. Neben Alain ging Heribert, der die Zügel von Tallias Pferd hielt; so ritten die Bischöfin und das Mädchen Seite an Seite, als ob sie von gleichem Rang wären.

Alain musterte beim Gehen die vier Gestalten, die sie gleich treffen würden. Zwei waren Adler; er erkannte sie an ihren scharlachrot gesäumten Umhängen. Beide waren Frauen, eine sicherlich kaum älter als er. Die jüngere hielt Villams Banner in der linken Hand.

Der kräftige ältere Mann mußte Villam sein. Er trug ein Kettenhemd und darüber einen schön gearbeiteten Überwurf mit dem Emblem des silbernen Baums.

Aber Alains Blick wanderte zu dem vierten Mitglied der Gruppe. *Herzogin Liutgard.* Dies also war die Frau, die Agius nicht hatte heiraten wollen. Sie war groß und jünger, als er erwartet hatte. Sie hatte ein hochmütiges Gesicht und einen festen Blick, und ihre Augen blitzten vor Wut.

Sie hielt ihr Banner selbst, was seltsam affektiert wirkte, und ritt auf einem wunderschönen weißen Wallach, dessen Zaumzeug goldverziert war. Ihre Rüstung war kostbarer als Villams, sogar noch feiner gearbeitet als die des Königs. Es überraschte Alain, daß eine Frau von diesem Rang, die mitten im gebährfähigen Alter war, in den Krieg ritt und ihr Leben aufs Spiel setzte. Doch ihrem angespannten Gesichtsausdruck nach zu urteilen besaß Herzogin Liutgard einen starken Willen, über den man sich nicht leicht hinwegsetzen konnte.

Sie bemerkte seinen Blick und, selbst neugierig geworden, betrachtete ihn nun ihrerseits; die Leute, die für Verhandlungen ausgewählt wurden, konnten bereits viel Aufschluß über die Verhandlungen selbst geben. Er hörte im Geist Tante Bels Worte: »*Kämm deine Haare und wasch deine Hände, Junge. Und wenn du neue Leute triffst, schau weder zu mürrisch drein, noch lächle zuviel, denn beidem werden sie kein Vertrauen schenken.*« Er bemühte sich, seinem Gesicht den Ausdruck unbeteiligter Demut zu geben.

Jetzt wanderte sein Blick zu Tallia. Er war der jungen Prinzessin bisher noch nie so nahe gekommen. Sie hatte schöne, saubere Haut mit Sommersprossen, und das Sonnenlicht verlieh ihrem weizenblonden Haar einen roten Stich. Ihre Unterlippe zitterte. Er riskierte einen Blick auf Antonia, aber die Bischöfin sah so freundlich besorgt aus wie gewöhnlich.

Mit einigem Widerstreben stieg Villam vom Pferd und küßte die beringte Hand der Bischöfin als Zeichen seines Respekts vor ihrem Amt. Nach einer bewußten Pause, und nachdem sie ihr Banner dem älteren Adler gegeben hatte, folgte Herzogin Liutgard seinem Beispiel. Die beiden Adler waren nicht wichtig genug, als daß man ihnen diese Ehre hätte zuteil werden lassen; wie Alain und Heribert hielten sie sich im Hintergrund und beobachteten.

»Edle Tallia«, sagte Villam mit einem Nicken zu dem Mädchen, »es ist mir eine Freude, Euch wiederzusehen.«

Sie nickte als Erwiderung, sagte aber nichts. In diesem Augenblick sah sie aus, als hätte sie die Sprache verloren.

»Ist sonst niemand mitgekommen, um mit uns zu verhandeln?« fuhr Villam fort. »Herzog Rodulf beehrt uns nicht mit seiner Gegenwart?«

»Ich denke, Ihr kennt seinen Standpunkt gut genug.«

»Das ist wahr«, sagte Villam. Er konnte ein Lächeln nicht ganz verbergen. »Rodulf ist erfrischend aufrichtig. Aber ich sehe andere Banner, die mich überraschen. Graf Lavastin kennt mich und auch den König, und dennoch begleitet er Euch nicht, um uns seine Meinung mitzuteilen.«

Antonias Lippen zuckten kaum wahrnehmbar. Sie deutete auf die Hunde. Villam folgte ihrem Blick. Seine Reaktion war eine zweifache und eher seltsam. Zuerst blickte er verärgert drein. Antonia legte natürlich nahe, daß Lavastin entweder wie ein Hund hinter Sabella hertrottete oder daß er den König beleidigen wollte, indem er die zwei Hunde als Stellvertreter schickte. Doch dann entdeckte Villam Alain. Er sah den Jungen an, musterte ihn für einen betretenen Augenblick. Etwas in seinem Gesicht verriet ihn, und er mußte wegsehen, um die Gefühlsregung zu verbergen – eine Trauer überkam ihn, die er nicht teilen konnte. Doch Herzogin Liutgard berührte ihn am Ellenbogen, wie man es zu tun pflegt, wenn man jemanden vor dem Stolpern bewahren will.

»Ich möchte mit Sabella sprechen«, fuhr Villam kurz darauf fort.

»Natürlich wird alles, was Ihr hier sagt, zu ihr dringen«, entgegnete Antonia weich. »Ich bin lediglich das Gefäß, durch das Eure Worte reisen. Tatsächlich möchte auch Sabella ihrem Bruder etwas mitteilen.«

»Zweifellos«, meinte Villam trocken. »Doch ich fürchte, wir sprechen jetzt von Taten, nicht von Worten. Weshalb hat Sabella mit ihrem Heer Arconia verlassen, das Gebiet, das sie für ihren Mann Berengar verwaltet?«

Das Maultier bewegte sich, und Alain verstärkte den Griff am Zügel, um es wieder still zu halten. Antonia öffnete eine Hand und wies mit einer eleganten Bewegung auf Henrys Banner aus roter Seide. »Sie ist betrübt, daß ihr Bruder den Platz besetzt, der ihr als rechtmäßiger Königin von Wendar zusteht.«

Villam schüttelte den Kopf. Seine Augen waren dunkel und schwer, als wäre er kürzlich von vielen schlaflosen Nächten geplagt worden. »Dieser Streit wurde vor acht Jahren beigelegt. Sabella schwor auf Euren Ring, Bischöfin Antonia, keinen Groll mehr gegenüber König Henry zu hegen, sich auf ihre eigenen Ländereien zurückzuziehen und eine treue Anhängerin seiner Herrschaft zu werden. Hat sie diesen Schwur gebrochen?«

»Sie leistete diesen Schwur unter Zwang, wie Ihr selbst bezeugen könnt. Nur von jenen, die geschworen haben, Märtyrerkleidung zu tragen, können wir erwarten, daß sie den Tod dem Leben vorziehen, unabhängig vom Preis. So vergibt Unsere Herrin uns die Liebe zum Leben, solange unser Herz rein und unser Verhalten würdevoll ist. Solange wir unsere Pflicht gegenüber Gott nicht vernachlässigen.«

»Ist das die Art, wie Ihr die Schrift auslegt?« mischte sich jetzt Liutgard mit aller Schärfe ein.

»Ich habe nicht vor«, erwiderte Antonia geduldig lächelnd, »hier die Schrift zu diskutieren.« Sie wandte sich wieder an Villam. Er war ein großer, breitschultriger Mann, und obwohl sie noch immer auf ihrem Maultier saß, mußte sie sich nicht zu ihm herabbeugen, wie es bei einem kleineren Mann, einer kleineren Frau der Fall gewesen wäre.

»Sabella ist eine vernünftige Frau. Henry darf seinen Titel als Herzog von Saony behalten und übergibt die Grafschaft Attomar seiner Schwester Rotrudis. Sabella wird die Krone und den Thron von Wendar übernehmen, und Varre wird an Tallia gehen. Sie wird Henry ihre Gunst bezeugen, indem sie seinem Sohn Ekkehard gestattet, Tallia zu heiraten und so – als Gemahl von Tallia – König von Varre zu werden.«

Villam war zu alt und gerissen – und auch zu sehr mit jener anderen Bürde, jener unaussprechlichen Trauer belastet –, um wütend zu werden. »Ich müßte lachen, wenn nicht allein dieses Angebot eine Beleidigung darstellte und so lächerlich wäre. Richtet Sabella von König Henry folgendes aus: Sie darf ihr Herzogtum behalten, wenn sie jetzt kehrtmacht und das Feld verläßt.«

»Es ist nicht ihr Herzogtum, das Ihr ihr wegnehmen könntet, Villam. Berengar ist Herzog von Arconia.«

Villam schnaubte, jetzt war er doch wütend. »Euer Gnaden, bitte behandelt mich nicht so, als wäre ich ein Narr. Berengar ist ein guter und edler Mann, dessen bin ich gewiß, aber er ist – wie soll ich sagen – nicht gerade für seine Intelligenz berühmt. Sabella regiert dieses Herzogtum als Mann und als Frau.« Dann nickte er rasch Tallia zu, deren Wangen jetzt ein sattes Rosa angenommen hatten; sie starrte so angestrengt auf ihre Hände, daß erst Alain, dann auch Heribert und die beiden stummen Adler und schließlich auch die anderen drei – die genauestens Bescheid wußten – auf die Hände des Mädchens blickten, als ob da etwas wüchse. »Ich bitte um Vergebung, Edle Tallia.«

Sie murmelte etwas Unverständliches, doch dem Ton nach klang es wie eine Entschuldigung.

Antonia ergriff wieder das Wort. »Wenn wir uns nicht einigen können, Herzog, brauchen wir nicht weiter zu diskutieren, nicht wahr?«

»Ihr möchtet kämpfen?« Er blickte plötzlich aufrichtig verblüfft drein. Das hatte einen guten Grund: Henrys Streitmacht war deutlich größer und, was wichtiger war, er hatte auch mehr berittene Soldaten. Sie und die Übermacht würden Henry den Sieg sichern.

»Natürlich wollen wir nicht kämpfen«, räumte Antonia mit einem tiefen Seufzer ein. »Natürlich möchten wir Frieden, Herzog. Alle Menschen möchten Frieden, denn ist das nicht der fromme Wunsch Unseres Herrn und Unserer Herrin? Aber ist es richtig, daß Sabella Henry auf einem Thron sitzen läßt, der rechtmäßig ihr zusteht?«

»Sie hat kein –«

»Sie hat kein Kind geboren? Hier ist Tallia, direkt vor Euch. Henry hat nur das Wort einer Ungläubigen, wenn man den Worten einer Aoi überhaupt trauen kann. Heißt es nicht, daß Elfen die Kinder sind, die gefallene Engel mit Menschenfrauen zeugen?«

»Tatsächlich«, mischte Liutgard sich ein, als Antonia eine Pause machte, um Luft zu holen, »wenn man den *Dialog über das Schicksal* studiert, findet man heraus, daß der heilige Daisan die Elfen für –«

»Ich habe nicht vor, hier kirchliche Fragen zu erläutern.« Antonia machte eine schroffe Handbewegung, als wollte sie ihre rechte Hand abschütteln. *Eisiges Schweigen.*

Herzogin Liutgard erbleichte; sie sah sehr wütend aus und preßte die Lippen zusammen. Villam gab ein leises Geräusch von sich, und obwohl es ihr sichtlich Mühe bereitete, blieb die Herzogin still.

»Wie können wir wissen, ob Henry seine Zeugungsfähigkeit wirklich bewiesen hat?« fuhr Antonia fort. »Wie können wir sicher sein, daß Sanglant wirklich sein Sohn ist? Arnulf hat zuerst Sabella auf dem Thron sehen wollen. Nicht Henry. Männer können schwören, soviel sie wollen, daß das Kind von ihnen gezeugt wurde und von ihrem Blut ist, doch nur eine Frau, die vor Zeugen ein Kind gebiert, kann dies auch *beweisen*. Kein Mann vermag das, denn selbst, wenn er die Frau einschließt, könnten sich Wesen von nichtmenschlichem Blut und unirdischer Herkunft immer noch auf andere Weise Zutritt verschaffen.«

»Ihr unterstellt Henry also«, erwiderte Villam ruhig, aber mit wachsender Verärgerung, »daß er gelogen hat, was Sanglant und seine Nachfolge-Rundreise angeht.«

»Ich unterstelle Henry gar nichts. Ich sage nur, daß Henry niemals sicher sein kann und daß wir es daher auch nicht sein können. Was glaubt Ihr denn, Markgraf, weshalb die Kirche die mütterliche Erbschaftslinie fördert? Herzogin Liutgard? Die alten Dariyaner praktizierten Adoptionen, sie holten irgendwelche Personen in ihre Häuser, aber die Kirche hat vor dreihundert Jahren auf dem Konzil von Nisibia solche Praktiken in bezug auf die Erbschaft für unrechtmäßig erklärt. Und so haben es sich heute einige von uns zum Ziel gesetzt, die Vererbung über die männliche Linie zu verbannen.« Antonia hatte sich jetzt in einen wahren Begeisterungssturm hineingeredet. Sonst behielt sie immer eine sanfte Fassade. Alain hatte sie niemals zuvor so leidenschaftlich gesehen. »Wenn Henry weiter Herrscher bleibt, wer wird ihm dann auf dem Thron nachfolgen? Die Kinder von Sophia – und damit Arethusa? Wird der Makel des Ostens unser Königreich beflecken? Stammt die neue Ketzerei, die ihre Fühler nach unserem guten, reinen Glauben ausstreckt, nicht aus den Landen, die von arethusanischen Kaisern regiert werden? Wird es in Zukunft arethusanische Herrscher geben und keine von wendischem Blut?«

»Es werden Henrys Kinder sein«, sagte Villam bestimmt. »Und es werden starke Herrscher sein, trotz Eurer Worte, Bischöfin Antonia.«

»Hütet Euch vor den Geschenken der Arethusaner«, erwiderte sie düster. »Hätte Henry eine gute, wendische Frau von edlem Blut geheiratet, würde ich mein Anliegen nicht so unnachgiebig verfolgen. Aber das tat er nicht. Von zwei Frauen wissen wir, daß er mit ihnen das Lager geteilt hat, und beide sind Fremde, eine ist nicht einmal von menschlichem Blut.« Inzwischen war der gütige, großmütterliche Ausdruck endgültig aus ihrem Gesicht verschwunden. Sie blickte hart und kalt drein. »Ich kann einem solchen Mann nicht trauen. Und ich werde auch seinen Nachkommen nicht trauen. Sanglant! Sein Liebling! Ein Bastardkind, das nicht menschlich ist und womöglich nicht einmal seins, denn wir haben nur die wertlose Aussage der Mutter, daß sie keine Hure ist. Und Henry macht sich selbst zum Narren, wenn er ein solches Kind so bevorzugt – alle wissen das, es ist sattsam bekannt in Wendar. Ich würde das nicht gerade als königliche Tugend bezeichnen. Und ich glaube auch nicht, daß es von starker Urteilsfähigkeit zeugt. Sabella heiratete, wie es ihre Pflicht war, einen Mann ihres eigenen Volkes. Aber Henry kann damit nicht zufrieden sein, nicht wahr? Sein Blick ist auf größere Dinge gerichtet, nicht? Sein Blick ist auf den Stuhl des Kaisers in Darre gerichtet. Er möchte auf den Spuren Taillefers wandeln. Gut! Soll Henry sein eigenes Land versorgen, bevor er sich daran macht, sich um andere zu kümmern. Soll Henry sich erst mit einer Frau seines eigenen Volkes paaren, bevor er mit den Huren von Fremden Kinder zeugt.« Antonia hatte sich jetzt so in Rage geredet, daß ihr Gesicht rot angelaufen war. Alain war beeindruckt und gleichzeitig erschrocken.

Es hatte den Anschein, als wollte Liutgard auf die Bischöfin losgehen und sie tätlich angreifen, aber Villam hielt sie mit einer Geste zurück. »Es reicht, was ich bisher an Beleidigungen gehört habe«, sagte er. »Wir haben genug geredet. Diesen Kampf habt Ihr zu verantworten, Bischöfin Antonia. Es soll von diesem Tag an in allen Chroniken geschrieben stehen, daß Sabella die Nachsicht von König Henry zurückwies und es statt dessen vorzog, sich seinem Zorn zu stellen.« Er stieg auf sein Pferd, wendete es und begann den Hügel hinaufzureiten.

Liutgard warf ihren Kopf zurück wie ein feuriges Pferd; der Blick, den sie Antonia zuwarf, war so hart wie der der Bischöfin. »Ihr seid wie eine Quelle, die vom Gift eines *Guivre* vergiftet wurde.« Sie wandte sich um und folgte Villam, und der Adler mit ihrem Banner tat es ihr gleich.

Der andere Adler, die jüngere der beiden, zögerte noch. Alain starrte sie an. Niemals hatte er jemanden mit solch hellen Haaren – einem lichten Weizenblond – gesehen, außer den Aikha-Prinzen, dessen Haare sogar noch heller waren. Ihre Blicke trafen sich, und für einen Augenblick starrten sie sich einfach nur an. Sie wirkte eher neugierig als feindselig, und sie hatte erstaunlich hellblaue Augen.

»Hanna!« rief ihre Kameradin scharf über die Schulter. Die Frau riß sich von Alains Blick los, schaute kurz zu den Hunden und folgte ihrer Kameradin und den zwei Edlen den Hügel hinauf.

»Stimmt das, Euer Gnaden?« fragte Tallia.

»Stimmt was?« Antonia hatte ihre äußerliche Ruhe wiedererlangt. »Komm, Kind, wir müssen hinter die Linien zurück. Die Schlacht wird bald beginnen.«

»D ... diese Dinge, die Ihr über Henry gesagt habt.«

»Natürlich sind sie wahr. Warum sollte ich so etwas sagen, wenn es nicht wahr wäre?«

»Oh«, meinte Tallia, und das war alles.

Sanftmütig ließ sie sich von Heribert zu ihrer Mutter zurückbringen. Als sie bei Sabellas Banner ankamen, trat Willibrod vor und nahm Alain die Zügel des Maultiers ab. Tallia wurde weggebracht, zum Troß, wo sie mit den anderen, die nicht kämpften, auf den Ausgang der Schlacht warten würde. Ein Wagen aus dem Troß war nach vorn zu den Truppen gebracht worden. Dies allein war schon recht ungewöhnlich, und es wurde noch ungewöhnlicher, als Alain begriff, daß es der mit Tüchern verhängte Käfig mit dem *Guivre* war.

»Ihr habt nichts von den Drachen gesehen?« fragte Sabella.

»Nichts. Und ich habe noch nie gehört, daß Drachen sich verstecken. Sie reiten immer an der Spitze.«

»Sanglant mag zwar ein Bastard und der Balg einer Hure sein«, gestand Sabella widerwillig zu, »aber sein Mut ist nur zu bekannt. Was ist mit den anderen?«

»Ich habe keine gesehen.«

»Keines von Henrys Kindern dabei?«

»Keines.«

Sabella runzelte die Stirn. »Das ist schade. Ich hatte gehofft, eines oder alle als Geiseln nehmen zu können. Es wäre praktisch gewesen, sie in der Hand zu haben.«

Antonia antwortete so leise, daß nur Alain – und möglicherweise noch Heribert – es hören konnte. »Es würde Euch mehr dienen, wenn sie tot wären.«

Sabellas Hauptmann kam zu ihnen geritten; er teilte ihnen mit, daß Rodulfs Leute bereit wären. »Ihr müßt zurück hinter die Linien, Euer Gnaden«, meinte Sabella zu Antonia. Sie setzte den Helm auf die Helmkappe und zurrte den Riemen fest. Das Banner von Arconia flatterte in den Händen eines ihrer Soldaten neben ihr: ein grünes *Guivre* mit ausgebreiteten Schwingen und einem roten Turm in der linken Kralle vor einem goldenen Hintergrund. »Euer Verlust wäre unersetzlich.«

»Was ist mit unseren Gästen?« Die Bischöfin lächelte und blickte auf Constanze und Agius.

»Nehmt sie mit. Sie sind zu wertvoll, um sie den Gefahren der Schlacht auszusetzen.«

Antonia nickte, und Constanze und Agius wurden von Wachen weggeführt. »Kommt«, sagte sie zu ihren Dienerinnen. Sie begannen sich zurückzuziehen. Alain zögerte. »Komm mit, Kind«, sagte Antonia und winkte ihm zu. »Du wirst mich ebenfalls begleiten.«

Sabella bemerkte sein Zögern. »Es ist einer von Lavastins Soldaten, nicht wahr? Es ist Zeit, daß er zu seiner Truppe zurückkehrt.«

»Aber –«

»Tut, was ich gesagt habe«, blaffte Sabella mit der Miene einer Frau, die darüber nicht mit sich reden lassen wollte.

Antonia hielt inne. Ihr Gesicht verwandelte sich in eine starre Maske. Dann, als würde die Sonne hinter den Wolken hervorkriechen, lächelte sie wieder auf ihre gewohnte, wohlwollende Art. »Wie Ihr wünscht, Prinzessin.« Sie verbeugte sich nicht vor ihr, aber sie gab nach. Aha. Sabella tanzte also nicht an Marionettenfäden. Antonia mochte Lavastin kontrollieren, aber nicht die Tochter Arnulfs.

Als Antonia gegangen war, achtete niemand mehr auf Alain, doch einige derbe Soldaten drängten ihn zurück und forderten ihn unfreundlich auf, sich seinen Platz zu suchen. Als die Hunde knurrten, entschuldigten sie sich rasch bei ihm. Und sie machten das Kreiszeichen über der Brust, als wäre etwas Böses an ihm.

Er zog sich in den hinteren Teil der Armee zurück. Sabellas eigene Truppe bestand aus über einhundert gut ausgerüsteten Berittenen und vielleicht doppelt soviel Fußsoldaten; alles in allem befehligte sie – nach Heriberts Rechnung – etwa sechshundert Soldaten. Aber Henrys Heer war größer, und er befehligte mehr Reiter, die das Rückgrat eines jeden Heeres darstellten. Die Löwen, die Fußsoldaten, stellten eine Hundertschaft, doch allen Berichten zufolge schützte der größte Teil der Löwen die Grenze im Osten vor Überfällen qumanischer Plünderer und anderer Barbaren.

Alain trottete hinter den Linien entlang. Er hörte Leder quietschen, als die Männer sich bewegten, erwartungsvoll auf den ersten Schritt harrend. Keiner von Henrys Soldaten auf dem Hügel rührte sich. Alain konnte das rote Seidenbanner vor dem blauen Himmel und den dahinziehenden weißen Wolken flattern sehen, doch zum größten Teil versperrten ihnen die Köpfe – einige behelmt, andere mit harten Lederkappen versehen, andere ganz ohne Kopfbedeckung – von Sabellas Soldaten die Sicht.

Wurde so eine Schlacht geführt? Gab es eine Strategie, oder warteten die beiden Seiten einfach nur darauf, daß ein Befehlshaber die Geduld oder die Nerven verlor und seiner Seite den Befehl zum Angriff gab – oder zum Rückzug?

Dort, wo Sabellas Fußsoldaten neben denen von Graf Lavastin standen, tat sich eine Lücke auf. Die Männer hatten die Arme eng an den Körper gelegt, damit sie das Gewicht der Schilde auf den Hüften abstützen konnten. Die meisten hatten Speere, nur wenige gewöhnliche Soldaten besaßen das nötige Geld, um ein Schwert erwerben zu können.

Als Alain über das freie Geländestück lief und Schutz inmitten von Lavastins Männern suchte, warf er einen Blick auf Henrys Heer. Eine Bewegung lief durch die Reihen. Dann plötzlich verdunkelte sich der Himmel mit Pfeilen. Die meisten schlugen vor Sabellas Heer in den Boden, ohne Schaden anzurichten; ein paar flogen zu weit. Einige wenige trafen ihr Ziel. Doch noch während die Männer fluchten und einer vor

Schmerz aufschrie, zielten die Bogenschützen von Sabellas Heer und schossen.

Sie mußten die Pfeile in einem höheren Bogen schießen, um genug Höhe zu gewinnen, doch, wenn überhaupt, zeitigte diese Salve mehr Wirkung. Eine Welle ging durch Henrys Heer, als hätten viele Pfeile ihr Ziel gefunden. Und dann bewegte es sich.

In kurzen Abständen drängten Pferde nach vorn. Henry hatte seine leichte Reiterei losgeschickt; Männer, die mit Speer und Schild oder auch nur einem Speer bewaffnet waren. Sie rasten vorwärts, schleuderten ihre Speere, drehten ab, um außer Reichweite zu galoppieren, nur um sich erneut umzudrehen …

Alain raste hinter den Linien entlang und sah Lavastins Rücken und das schwarze Fell seiner Hunde genau in dem Augenblick, als die Soldaten um Sabellas Banner einen lauten Schrei ausstießen. Ein Trupp Fußsoldaten marschierte auf das freie Feld zwischen den beiden Heeren. Die Männer zogen den tuchverhängten Käfig hinter sich her.

»Heil! Für Henry!« riefen die gegnerischen Soldaten schräg über ihnen.

Alain drängte sich zwischen den Soldaten hindurch an Lavastins Seite. Der Graf bemerkte den Jungen nicht einmal, so sehr konzentrierte er sich auf den Kampf. Von seiner linken Flanke hatten sich etwa zwanzig seiner eigenen Speerschleuderer gelöst und rannten denen auf der Gegenseite entgegen. Eine Gruppe Reiter verließ das Banner von Saony, verteilte sich in einem weiten Bogen und verschwand im Wald.

Lavastin suchte und fand seinen Hauptmann. »Schickt eine Kompanie hinter ihnen her«, befahl er.

Erneut stieg ein Schrei von Henrys Armee auf. Der König ritt ein paar Schritte vorwärts und hob seine Lanze.

»Die Heilige Lanze von St. Perpetua«, murmelte Lavastin; Alain hatte das Gefühl, daß er nur mit sich selbst sprach.

St. Perpetua. Die Herrin der Schlachten.

Alain faßte sich an den Nacken, fand die Rose. König Henry trug die Lanze von St. Perpetua, eine Reliquie von höchstem Alter und größter Heiligkeit. War es nicht die Herrin der Schlachten selbst gewesen, die ihm, dem Sohn eines einfachen Kaufmanns, an einem stürmischen Tag oberhalb der Meerenge von Osna erschienen war? War es nicht die Herrin der Schlachten gewesen, die sein Schicksal in andere Bahnen gelenkt hatte?

Doch er konnte sich immer noch nicht vorstellen, aus welchem Grund er hierhergeführt worden war – an diesem Tag, zu dieser Stunde und diesem Augenblick.

Henrys Heer kam jetzt den Hügel herunter, wurde immer schneller, um die Linien von Sabella zu durchbrechen. Und die ersten, die auf ihrem Weg lagen, waren die Fußsoldaten, die den verhängten Käfig den Abhang hinaufzogen.

Der Käfig ruckelte und holperte auf und ab, schlingerte. Blieb stecken. Eines der Räder hatte sich festgefahren. Henrys Männer wurden schneller. Sabellas Hauptmann gab einen schrillen Befehl, hob ein weißes Banner und schwenkte es. Auch Sabellas Truppen setzten sich jetzt in Bewegung.

Lavastin hob den Arm. Und dann wurde Alain einfach mitgerissen, als die beiden Heere vorwärtsstürmten, ihrem unausweichlichen Treffen entgegen. Rage und Kummer jaulten. Alain zögerte unschlüssig, wußte nicht, wohin er gehen sollte, an welchen Platz er eilen, was er tun sollte. Er war nicht einmal bewaffnet, abgesehen von seinem Eßmesser. Was sollte er tun?

Er ließ sich zurückfallen, konnte von dort aber außer den Bannern und dem chaotischen Gewimmel auf dem Hügel nichts mehr erkennen.

Und doch wußte er es sofort, als die ersten Reihen sich trafen. Es erklang ein Geschrei, das gänzlich anders war, als alles, was er jemals vernommen hatte – und das um so schrecklicher wurde, als sich das unversöhnliche Klirren von Schwertern und Speeren mit den grauenvollen Schreien verwundeter oder sterbender Männer mischte.

Er dachte an Rodulfs Warnung und Sabellas Antwort: *»Dieses Mal wird es nicht genug sein.«* Wie konnte sie nur auf einen Sieg gegen eine besser ausgerüstete und größere Streitmacht hoffen?

Er wußte nicht, ob der Käfig absichtlich geöffnet oder im Schlachtgetümmel versehentlich umgestoßen worden war. Daß es überhaupt geschehen war, wußte er auch nur, weil in diesem Augenblick von dort, wo der Kampf am heftigsten tobte, Hunderte von Schreien erklangen, die doch nur aus einer einzigen Kehle zu kommen schienen und sein Herz erstarren ließen. Es verschlug ihm so lange den Atem, daß er husten mußte und nach Luft rang, als Rage ihn anstieß und aus seiner Starre riß.

Und er sah, wie sich auf dem Abhang vor ihm die Kreatur aus dem Chaos wiehernder, bockender und sich aufbäumender Pferde und wild auseinanderlaufender, hierhin und dorthin rennender Männer in den hellen Frühlingstag erhob, als würde ein Vogel dem Himmel – und der Freiheit – entgegenfliegen.

Doch die Kreatur wurde hart zurückgerissen, beinahe zu Boden geschleudert, denn das große Eisenband um ihr Bein band sie an die Erde und die Gefangenschaft. Das *Guivre* schrie seinen Zorn hinaus und richtete sich auf, noch immer in der Luft, und der Fallwind seiner gewaltigen Schwingen fegten die Männer von ihren Pferden.

Noch immer den rauhen, adlerähnlichen Schrei ausstoßend,

ließ das *Guivre* seinen Blick über das Schlachtfeld schweifen. Und wer immer seinem Blick durch Zufall oder absichtlich begegnete, erstarrte sofort und war fortan unfähig, sich zu bewegen. Alle, nur nicht die Soldaten in Sabellas Heer, die die so sorgfältig von Antonias Geistlichen gearbeiteten Amulette trugen.

Das Gemetzel begann.

3

König Henry war einer jener Männer, die nichts dem Zufall überließen.

Auf eine seltsame Weise erinnerte er Hanna an ihre Mutter, Meistrin Birta. Der König war einerseits hart und pragmatisch, aber er war auch in der Lage, wie andere Menschen seine Gefühle zu zeigen. Am wichtigsten war Hanna jedoch das, was Hathui an jenem Abend über ihn gesagt hatte, als sie beim Kloster Hersford an seinen Hof gekommen und Mitglieder des persönlichen Haushalts des Königs geworden waren: »Er ist ein guter Herrscher, unser König, und ich bin stolz darauf, ihm dienen zu dürfen.«

Hathui, die wie die meisten Bewohner des Grenzlandes ein starkes Bedürfnis nach Unabhängigkeit besaß, diente nur ungern irgend jemandem. Daß Henry ihre Loyalität so schnell erlangt hatte, mußte nach Hannas Vorstellung ein Zeichen seiner Königlichkeit sein. *Er* war das wahre Herz des Königreichs, nicht irgendeine Stadt, eine heilige Stätte, ein Palast oder eine Festung.

Doch jetzt, da sie auf ihrem Pferd saß, während Villam sich nach den fehlgeschlagenen Verhandlungen mit Henry beriet, machte sie sich Sorgen. Sie war nicht von Natur aus ängstlich, es in den letzten Wochen aber immer mehr geworden, seit Hathui und sie Liath hatten zurücklassen müssen. Es war ja schön und gut, wenn Hathui behauptete, sie würde es wissen, wenn Wulfhere und Manfred etwas geschehen wäre. Dennoch nagte ein ständiger Zweifel an Hanna. Was, wenn Liath etwas zugestoßen war? Hanna hatte geschworen, Liath zu beschützen, und jetzt hatte sie das Versprechen gebrochen.

Nicht durch eigene Schuld. Hätte Birta nicht genau das gesagt? Würde nicht auch Liath das sagen?

Aber Hanna konnte nur an gebrochene Versprechen denken, als sie den Abhang hinunter auf Sabellas Heer starrte, das sich in einer festen Formation unter ihnen ausbreitete. Sie hatte geschworen, Liath zu beschützen, und jetzt befand sie sich weit, weit weg von ihr. Sabella hatte allen Berichten zufolge Henry einen Eid geschworen und stand jetzt kurz davor, ihn zu brechen. *Wenn man nach den Taten urteilt,* dachte Hanna, *gehöre ich eigentlich zu Sabella.*

Dann seufzte sie – wütend auf sich wegen dieser lächerlichen Gedanken – tief und verzweifelt. Es machte keinen Sinn, sich Vorwürfe zu machen. Sie war nicht der Anführer der Aikha, der Gent belagerte. Sie hatte die Aikha nicht darum gebeten, die fünf Adler anzugreifen. Sie war selbst von ihrem Pferd gefallen und hatte sich den Fußknöchel verstaucht, aber die Wahrheit war, daß sie keine erfahrene Reiterin war. Sie und Hathui hatten Henry die Nachricht von der Belagerung so schnell wie möglich überbracht. Sie hatte ihr Bestes gegeben und mußte jetzt mit dem leben, was folgen würde. Es war nicht ihre, sondern Sabellas Schuld, daß Henry nicht sofort nach Gent reiten konnte.

Gewöhnlich war eigentlich *Liath* diejenige, die sich unaufhörlich und grundlos sorgte, die sich immerzu fragte, was sie falsch gemacht hatte, statt zu akzeptieren, daß es Augenblicke gab, in denen man gar nichts tat und einfach kein Glück hatte. So war die Welt, wenn auch Diakonissin Fortensia sagen würde, daß dies die Art der Ungläubigen war, die Dinge zu betrachten.

Aber Hanna und der Rest ihrer Familie legten noch immer Blumen an bestimmten Bäumen im Wald nieder und brachten Girlanden an, wo die Quelle unterhalb des Südkamms dem Fels entsprang. Natürlich glaubte sie an den Herrn und die Herrin und den Kreis der Einigkeit. Aber das bedeutete nicht, daß die alten Geister aufgehört hatten, in der Welt zu existieren. Sie hatten sich nur versteckt.

Die alten Geister – wie dieser Junge, der die Zügel des weißen Maultiers der Bischöfin gehalten und sie so merkwürdig angestarrt hatte. Er hatte etwas Seltsames an sich gehabt. Und diese Hunde! Sie waren nicht so häßlich wie die Aikha-Hunde, die sie gesehen hatte, aber sie sahen genauso tödlich aus: Und doch hatten sie wie süße Welpen zu Seiten des Jungen gesessen. Oh, es gab viele seltsame Dinge auf dieser Welt, wenn man nur die Augen aufmachte und sehen wollte.

»– der junge Adler –«

Sie schüttelte den Kopf und konzentrierte sich wieder auf das, was Henry sagte.

»– wird Sapientia begleiten. Sie weiß, was zu tun ist. Ich werde Constanze wiederhaben, bevor Sabella sich zurückziehen und sie als Gefangene wegführen kann.«

Henry war von seiner Hundertschaft Löwen umgeben. Hanna suchte und fand Karls breiten Rücken irgendwo in der Menge; wenn sie den Hals reckte, konnte sie sogar sein Profil erkennen. Er bemerkte sie nicht. Zusammen mit seinen Kameraden starrte er angestrengt den Abhang hinunter und auf das unruhige Heer von Sabella. Die Löwen waren zum Kampf bereit.

Henry und Villam beendeten ihre Unterredung. Hathui ritt mit einer Nachricht zu Theophanu, die im Schutz des Trosses geblieben war. Henry, stets vorsichtig, hatte den Troß und diejenigen, die nicht kämpften, in der befestigten Stadt Kessal gelassen.

Hanna wurde in den Wald hinter den eigenen Linien geschickt. Henry hatte dieses Feld wegen seiner besonderen Lage für die Schlacht gewählt. Da er davon ausging, daß Sabella ihren Troß eher mitnehmen als in Arconia zurücklassen würde, hatte er etwa achtzig berittene Soldaten im Wald versteckt, die von Sapientia und einem altgedienten Hauptmann an ihrer Seite angeführt wurden. Während alle anderen von dem üblichen Geplänkel abgelenkt wurden, das jeder Schlacht vorausging, würden sie im Schutz der Bäume einen weiten Bogen um Sabellas rechte Flanke schlagen und zum Troß vorstoßen, wo sie Constanze befreien würden.

Oder ihren Tod verursachen würden, dachte Hanna, aber sie nahm an, daß Henry seine Schwester lieber tot sehen wollte denn als Geisel. Schließlich war sie, solange sie in Sabellas Händen blieb, eine Waffe, die gegen den König eingesetzt werden konnte.

So hatte es jedenfalls Hathui erklärt. Doch Hathui war im Hexenkessel des Grenzlandes aufgewachsen, und das bedeutete, sie hatte immerzu in einer Art kriegsähnlichem Zustand gelebt. Und sie hatte erklärt, daß man dort die eigenen Kinder eher tötete, als zuließ, daß sie qumanischen Räubern in die Hände fielen.

Sapientia blickte drein wie ein Windhund, der an einer straffen Leine gehalten wurde – begierig, endlich laufen zu dürfen. Sie war recht klein, und Hanna war überrascht, daß Henry sie überhaupt kämpfen ließ.

Natürlich kämpfte unter den entsprechenden Umständen –

etwa während einer Belagerung oder wenn ein Dorf von Plünderern angegriffen wurde – jede erwachsene Person; es wäre närrisch, auf einen starken Arm zu verzichten. Aber Frauen, die von der Herrin mit dem Geschenk des Gebärens gesegnet worden waren, waren nicht oft in den Reihen der bewaffneten Soldaten zu sehen. Einige, die ihr Leben St. Perpetua oder St. Andrea geweiht hatten, die beide Soldatinnen für Gott gewesen waren, wandten sich vom Heiraten und Kinderkriegen ab, so wie Hathui. Andere dienten aufgrund ihrer ungewöhnlichen Größe oder Stärke ein oder zwei Jahre in den Streitkräften eines Edlen, bevor sie zu ihrem Besitz zurückkehrten und ihr altes Leben wieder aufnahmen.

Aber es war keine Schande für eine Edle, nicht an einer Schlacht teilzunehmen: Dafür hatte man einen Ehemann und Brüder. Ihre vordringlichste Pflicht war es, die Ländereien zu verwalten und Kinder zu gebären, um den Fortbestand des Geschlechts zu sichern. Und Sapientia war so außerordentlich klein, daß Hanna – die zwischen ihrem Gefolge und Henry Nachrichten hin und her brachte – sich fragte, wie schwierig es wohl gewesen sein mochte, ihr eine würdige Rüstung anzupassen.

Doch Sapientia wollte kämpfen, wollte eine eigene Truppe führen. Und Henry erlaubte es ihr, weil – wie Hanna vermutete – er damit etwas beweisen wollte. Das heißt, weil er zulassen wollte, daß sie ihm etwas beweisen konnte. Niemand konnte die Herrschaft übernehmen, ohne in der Lage zu sein, die großen Fürsten und ihre Truppen in den Kampf zu führen.

»Wann brechen wir auf?« wollte Sapientia wissen, und der alte Hauptmann sprach beruhigend auf sie ein.

Hanna hörte vom Feld die Rufe der Soldaten. »Heil! Für Henry!« Das war das Signal.

Sapientia hob die Hand und ritt an der Spitze ihrer Soldaten los, zwischen den Bäumen hindurch. Hanna hielt den Speer fest umklammert. Sie ritt ziemlich am Ende des Trupps, umringt – und beschützt – von den Soldaten; niemand erwartete von einem Adler zu kämpfen – solange sie nicht überwältigt wurden. Trotzdem war sie nervös. Sie starrte zwischen den Bäumen hindurch, zuckte jedesmal beinahe zusammen, wenn ein neuer Stamm in ihr Blickfeld geriet. Glücklicherweise war die Aufmerksamkeit der Soldaten neben ihr viel zu sehr auf das gerichtet, was vor ihnen lag, und so bemerkte niemand, wie schreckhaft sie war. Möglicherweise waren sie es ebenfalls, aber das bezweifelte sie. Henry hatte Sapientia bei ihrem ersten Kommando erfahrene Soldaten zur Seite gestellt, von denen die meisten lange Zeit im Osten gekämpft hatten. Denn wenn der Überfall gutging, könnten sie anschließend Sabellas rechte Flanke aufrollen oder sogar ihre Nachhut überraschen und einkreisen, um so ihren Rückzug zu verhindern.

Die Geräusche, die aus der Ferne vom Schlachtfeld zu ihnen drangen, klangen jetzt anders. Einer der Soldaten neben Hanna grunzte. »Es hat angefangen«, sagte er zu dem Mann neben sich.

Sie ritten weiter, wandten sich nach rechts. Ein schrecklicher Schrei erscholl über dem entfernten Lärm der Schlacht.

»Was war das?« murmelte einer der Soldaten.

Doch dann fielen die Soldaten an der Spitze in Galopp. Sie hatten ihre Beute gesichtet. Ihre Fahnen flatterten rot und golden hinter ihnen her.

Hanna sah vor sich Wagen, die so in zwei Reihen aufgestellt waren, daß sie einen geschützten Innenraum freiließen, wo diejenigen Schutz finden konnten, die sich nicht am Kampf beteiligten. Ein paar Pfeile schwirrten durch die Luft, ihr Surren klang wie eine zu spät gekommene Warnung.

Sapientia erhob ihre Stimme zu einem schrillen Schrei:

»Heil!« Ihre Soldaten schwärmten aus und wurden in vielleicht ein Dutzend kleinerer Gefechte verwickelt, die jedoch schnell vorüber waren.

Hanna blieb zurück, sie beobachtete. Hathui hatte es ihr die ganzen zehn Tage eingetrichtert, die sie gebraucht hatten, um nach Westen zu reiten und Sabella zu treffen.

»Du bist die Augen und Ohren des Königs. Du siehst und merkst dir, was vor sich geht. Du bist nicht für Heldentaten bestimmt. Du mußt leben und Zeugin sein.«

Aber es gab hier ohnehin keine Heldentaten. Sapientias Truppen übernahmen den Troß mit Leichtigkeit und begannen, die Gefangenen zusammenzutreiben und nach Bischöfin Constanze zu suchen. Ein Schrei erscholl von den Bäumen auf der anderen Seite der Wagen. Hanna ritt hin, um nachzusehen.

Da! Zwischen den Bäumen sah sie Reiter, aber sie konnte nicht erkennen, welcher Truppe sie angehörten. Sapientias Hauptmann nahm zwanzig Soldaten und ritt in den Wald, um sie abzufangen.

In diesem Augenblick griff jemand nach ihren Zügeln und riß sie an sich. Sie zuckte zusammen, schwang ihren Speer herum und richtete ihn auf einen –

Einen Frater.

Sie starrte ihn an. Er hatte ein hartes Gesicht. Seine Lippe blutete.

»Gebt mir Euer Pferd!« verlangte er. Dies war kein bescheidener Kirchenmann. Nach beinahe zwanzig Tagen bei der Rundreise des Königs erkannte Hanna die Arroganz eines großen Edlen auf den ersten Blick.

Aber sie zögerte dennoch. Er war immerhin gekleidet wie ein einfacher Frater.

»O Herrin, verleih mir Geduld!« sagte er laut. »Adler! Steigt ab und gebt mir dieses Pferd!«

»Wozu?« fragte sie ihrerseits. »Ihr seid in Sabellas Troß –«

»Ich bin Sabellas Gefangener, nicht ihr Verbündeter.«

»Wie kann ich wissen, ob –?«

Wieder trug der Wind diesen fürchterlichen Schrei aus der Ferne herbei, gefolgt von einem seltsamen Gemurmel, das gleichzeitig nach Triumphrufen und dem Stöhnen der Besiegten klang, als wäre die Schlacht schon zu Ende.

Der Frater brummte wütend, zerrte an ihrem Arm und riß sie vom Pferd. Sie schlug so hart auf dem Boden auf, daß der Aufprall sie einen Augenblick benommen machte. Das Pferd scheute, aber er riß es an den Zügeln zurück, und während Hanna versuchte aufzustehen, schwang er sich in den Sattel. Er trat dem Pferd kräftig in die Flanken, und mit wehenden Gewändern ritt er im Galopp auf das Schlachtfeld zu. Herrin! Er war barfuß!

Keuchend kämpfte Hanna sich auf die Füße. Zwei Truppen waren sich im Wald begegnet und hatten sich vermischt: Sie erhaschte einen Blick auf das rote Banner von Saony. Freunde also, dachte sie, doch im gleichen Moment hörte sie lautes Rufen.

»Lavastins Reiter kommen! Kehrt um! Kehrt um und stellt euch ihnen entgegen!«

Oh, Herrin! Was hatte Hathui gesagt? Ein Adler ohne Pferd ist ein toter Adler. Der Frater und ihr Pferd waren längst weg. Sie umklammerte ihren Speer und rannte auf die Wagen zu, um dort Schutz zu suchen.

4

Darum war es also die ganze Zeit gegangen. Aber natürlich! Alain erkannte dies jetzt mit einer Deutlichkeit, die nur von dem Geschrei und dem Durcheinander gestört wurde, als die Soldaten zu Tode erschreckt durcheinanderrannten und am Ende doch eingeholt und niedergemetzelt wurden.

Henrys Soldaten – diejenigen, die von dem Blick des *Guivre* erfaßt wurden – waren wie festgebundene Schweine, deren Kehlen aufgeschlitzt wurden, während sie quietschten. Dies war nicht die Art von Kampf, wie sie der Herr der Heerscharen segnete, der nicht schwankte, als er aufgefordert wurde, das Schwert der Gerechtigkeit zu führen. Dies war ein Massaker.

Alain wußte tief in seinem Innern, daß es falsch war. Das *Guivre* schrie voller Wut, versuchte sich loszureißen, schlug verzweifelt mit den Schwingen. Sabellas erste Welle von Reitern bewegte sich unaufhörlich den Hügel hoch; sie wurden nur etwas langsamer, weil es so einfach war, Henrys Soldaten zu töten, und sie deshalb über so viele Leichen, Sterbende und zusammengebrochene Pferde steigen mußten. Auf der rechten Flanke war ein Tumult entstanden, aber das Banner von Fesse schwankte und schien langsam zurückzuweichen.

Von oben kam jetzt etwa die Hälfte der Hundertschaft Löwen auf Sabellas Heer zu. Die übrigen konnten oder wollten nicht marschieren. Und hinter ihnen saß Henry auf seinem Pferd – reglos. Wartete und beobachtete er? Oder war er bereits vom Blick des *Guivre* erfaßt?

Die berittenen Soldaten gegenüber von Lavastins Truppen versuchten, dessen Männer zurückzudrängen, damit sie Henrys Soldaten im Zentrum zu Hilfe kommen konnten. Alain rannte, kämpfte sich den ganzen Weg zwischen den letzten Reihen der Bogenschützen und Speerwerfer hindurch, die sich nach dem ersten Gefecht hatten zurückfallen lassen. Er drängte weiter, und Rage und Kummer schnappten und bissen, um ihm den Weg freizumachen – auf Lavastin zu, wo auch die schwarzen Hunde, ihre Schwestern und Brüder, warteten.

Endlich erreichte Alain den Grafen, der sich hinter die vordersten Linien zurückgezogen hatte und von dort den weiteren Verlauf der Schlacht beobachtete. Alain griff nach seinem Steigbügel und zog fest daran. Lavastin starrte zu ihm herunter, aber in seinen Augen war kein Hinweis, daß er Alain erkannte.

Verzweifelte Zeiten erforderten verzweifelte Maßnahmen. Alain schickte ein Stoßgebet an die Gesegnete Herrin, bat um Stärke. Dann griff er nach Lavastins Kettenhemd und zerrte mit aller Kraft daran.

Weil der Graf damit nicht gerechnet hatte, verlor er den Halt. Alain packte den Grafen jetzt am Arm und zog ihn ganz aus dem Sattel. Lavastin fiel schwer zu Boden und blieb reglos liegen.

Ein Speer schlug heftig gegen Alains Rücken. Er fiel auf die Knie und fuhr sich mit der Hand an den Nacken, während er den Kopf drehte und sich umblickte.

Es war Feldwebel Fall. »Ihr kennt mich, Feldwebel!« schrie Alain. »Ihr wißt, daß der Graf sich seltsam benimmt. Das hier ist nicht richtig! Wir sollten nicht hier sein!«

Fall zögerte. Lavastins Hauptmann verließ die vorderste Linie, als er sah, daß der Graf nicht mehr auf seinem Pferd saß. Sofort umkreisten die Hunde Alain, knurrten und trieben jeden zurück. Niemand wagte, sie anzugreifen. Alain fand die Rose und zog sie heraus.

»Ich bitte Euch, Herrin der Schlachten, gewährt mir Eure

Hilfe«, keuchte er atemlos. Und er strich mit den Blütenblättern der Rose über Lavastins blasse Lippen, genau unterhalb des Nasenschutzes seines Helms.

Hinter sich hörte er den Lärm der Schlacht. Hier war er in Sicherheit, geschützt im Innern eines Wirbels, umgeben von einer schwarzen Mauer aus Hunden. Kummer leckte über Lavastins Gesicht, und der Graf öffnete die Augen. Er blinzelte und tastete mit der Hand nach dem Helm, als würde er ihn zum ersten Mal wahrnehmen. Dann setzte er sich auf. Alain griff ihm unter die Achseln, um ihn zu stützen, und die Hunde teilten sich, um Feldwebel Fall hindurchzulassen. Zusammen halfen sie Lavastin auf die Beine.

»Was ist los?« wollte Lavastin wissen, als er auf das Chaos um sich herum starrte und sah, wie die Soldaten seiner vordersten Linie gegen die Männer von Saony kämpften. Das Banner von Fesse wich zurück. In der Mitte stieg Sabellas Flagge höher, immer höher den Hang hinauf, bis es neben dem Banner der Löwen war. Das *Guivre* schrie. Das Banner der Löwen schwankte und verschwand. Henry war jetzt nur noch von seiner Leibwache umgeben; er rührte sich nicht.

Der Hauptmann drängte sein Pferd durch das Knäuel aus Hunden und Männern. Feldwebel Fall ließ den Grafen los und griff nach den Zügeln des Pferdes, bevor es davonschießen konnte. Das *Guivre* machte alle Pferde nervös, und sie scheuten bei jedem seiner Schreie.

»Wir marschieren mit Sabella gegen Henry«, sagte der Hauptmann.

»Das tun wir nicht!« schrie Lavastin. »Alle meine Männer sollen sich aus der Schlacht zurückziehen.«

Dieser Befehl verbreitete sich wie ein Lauffeuer durch die Reihen. Lavastin stieg auf sein Pferd und zog sich zurück, und Schritt für Schritt versuchten auch seine Soldaten, sich aus dem Kampf zu lösen, bis die Hauptleute von Saony begriffen, was da geschah, und sie schließlich ziehen ließen.

Doch Henrys Mitte war zusammengebrochen. Sabella hatte sich zur Hälfte durch die Reihen der Löwen gekämpft, und Henry hatte sich noch immer nicht gerührt. Als Lavastins Soldaten das Feld räumten, blieb Alain stehen und ließ sie vorbeiziehen, bis er nur noch zwischen Toten stand und sah, wie die Reiterei von Saony kehrtmachte und ihrem König zu Hilfe eilte. Er sah, wie das *Guivre* sich hin und her wand, wie seine Schwingen die Luft peitschten und es an seinen Fesseln zerrte, wie sein unheilvoller Blick über die Reihen der Soldaten von Saony schweifte. Und er sah, wie die Hälfte von Sabellas Kompanie sich der neuen Bedrohung zuwandte.

Ein paar Pfeile und Speere flogen aus den Reihen von Fesse durch die Luft, doch sie prallten am schuppenartigen Fell des *Guivre* ab und fielen zu Boden. Die Grasfläche um das *Guivre* war frei; Sabellas Soldaten machten einen großen Bogen darum, obwohl sie gegen den Blick der Kreatur geschützt waren. Nicht eine Menschenseele hielt sich innerhalb der Reichweite seiner Klauen auf, die durch die Länge der Ketten beschränkt war.

Unaufhaltsam wurden Henrys Soldaten niedergemacht oder den Hügel hinauf zum König zurückgedrängt – zum letzten Gefecht.

Die Rose glitt Alain aus den nervösen Fingern. Er konnte nicht länger einfach nur dastehen und weiter zusehen. Er konnte nicht über die Berechtigung von Sabellas Groll gegenüber Henry urteilen. Aber er wußte, daß es nicht recht war, wenn sie mit solch schrecklichen Mitteln gewann. Simplizius hatte sterben müssen, um die Unterstützung Lavastins zu erlangen. Henrys Soldaten konnten nicht kämpfen, also ging es nicht darum, sich in einem ehrlichen Kampf miteinander zu messen. Vielmehr wurden sie einfach wie Weizen niedergemäht.

Er rannte über das Feld, stolperte über Leichen, sprang über Männer, die zuckten oder versuchten, aus der Gefahrenzone zu gelangen. Alain rannte auf das *Guivre* zu und hielt nur einmal inne, um einem toten Edlen das Schwert zu entreißen. Er warf noch nicht einmal einen Blick auf das Gesicht des Mannes.

Doch eine andere Gestalt erreichte das *Guivre* noch vor ihm. Jemand auf einem schwarzbraunen Pferd. Der Mann schwang sich herab und gab dem Pferd einen Klaps auf die Flanke. Es schoß davon.

Und der Frater – denn es war Frater Agius, wie Alain jetzt sah, während er weiterrannte und dabei plötzlich wußte, daß er zu spät kommen würde – trat ohne jede Furcht so nah an das *Guivre* heran, daß er innerhalb der Reichweite der Fänge war.

Der Schrei des Wesens entsprang gleichermaßen seinem Delirium wie seiner Wut, doch es beugte sich vor und ließ sich zu Boden fallen. Halbverhungert und durch die Gefangenschaft und die Qualen seines Körpers rasend geworden, nahm es die Nahrung, die ihm angeboten wurde.

Agius verschwand unter einem Gewirr aus metallharten Flügeln und scharfen Krallen. Das *Guivre* senkte den Kopf zum Fraß.

Jetzt erwachten Henrys Armee – das, was von ihr übrig war – und Henry selbst wieder zum Leben. Unter wütendem Geschrei und beinahe zum Wahnsinn getrieben durch das, was sie hatten mitansehen müssen, ohne eingreifen zu können, griffen sie jetzt Sabellas Reihen an. Diese hatten sich aufgelöst, seit die Soldaten angefangen hatten, den Hügel zu erklimmen und die leichte Beute zu töten. Die Soldaten von Fesse und Avaria gruppierten sich neu und stießen in Herzog

Rodulfs ausgedünnte Linie. Saonys Truppen ließen sich zurückfallen, formierten sich neu und hielten auf Sabellas schwankende Mitte zu.

Alain rannte zum *Guivre*. Schon stolperten die ersten von Sabellas Männern schockiert zurück, ohne die Veränderung der Lage ganz begriffen zu haben. Er ignorierte sie, obwohl Kummer und Rage bellten und nach ihnen schnappten und dafür sorgten, daß keiner ihn aufhalten konnte.

Warum sollte auch jemand versuchen, ihn aufzuhalten? Das *Guivre* war gewaltig, selbst in gebückter Haltung immer noch doppelt so groß wie zwei Menschen, die übereinanderstanden. Seine Schuppen glänzten in der Sonne, und es fraß mit der Gier eines Wesens, dem dieses Vergnügen zu lange versagt worden war. Alain tauchte hinter ihm auf, dachte daran zuzuschlagen und tat es dann doch nicht. Er hörte das Bersten von Knochen und – O Herrin! – ein schreckliches Stöhnen, das sich in ein unterdrücktes Wimmern verwandelte und plötzlich abgeschnitten wurde.

Er ging um die große Bestie herum. Würmer fielen aus dem verwesten Auge zu Boden und glitten davon. Auf dieser Seite konnte es ihn nicht sehen. Außerdem war es ohnehin viel zu sehr damit beschäftigt zu fressen.

Alain hob das Schwert gerade in dem Augenblick, als er zwei Warnschreie hörte, einen hinter sich und einen von weiter her. »Heiiiil!« Hufgetrappel und bestürzte Rufe erklangen, immer wieder Rodulfs Name – und dann der Schrei: »Henry! Für König Henry!«

Er ließ das Schwert mit aller Kraft auf den Nacken der Kreatur hinuntersausen. Sie schrie laut und ohrenbetäubend auf und hob den großen, häßlichen Kopf, ließ ab von dem, was von Agius übriggeblieben war. Sich erhebend warf sich die Bestie zuerst auf die Seite, auf der sie sehen konnte, drehte sich dann zur anderen Seite herum und schlug dabei mit den Flügeln, so daß Alain nach vorn unter sie stürzte. Doch die Flügel waren ungelenk und unbeholfen, nicht gemacht für den Boden.

Das *Guivre* schlug mit den Krallen nach ihm, verfehlte ihn, weil es ihn nicht sehen konnte, schwankte, weil es so krank war und kaum das Gleichgewicht halten konnte. Alain stolperte zurück und zog das Schwert, hielt es so, daß die Spitze nach oben zeigte. Seine Ferse stieß gegen etwas, und er fiel auf ein Knie. Blickte hinter sich zurück.

Das *Guivre* hatte Aigus' Bauch aufgerissen, um sich an den Innereien zu laben. Der Frater sah Alain an und folgte ihm mit den Blicken; er lebte noch.

Das *Guivre* schrie jetzt seine ganze Wut heraus und fand wieder Halt. Sein Schatten fiel auf beide, Alain und den sterbenden Agius.

Doch natürlich hat auch die größte Bestie eine Schwachstelle, wie schon in den alten Geschichten erzählt wurde. Alain zögerte nicht, sondern stieß ihr das Schwert tief in die ungeschützte Brust.

Blut spritzte, ergoß sich in einem riesigen Schwall über ihn. Er ließ den Schwertgriff los und sprang zurück, packte Agius und zerrte ihn mit sich, während das *Guivre* im Todeskampf zuckte. Spuckend und hustend und geblendet von dem scharfen, heißen Blut taumelte er zurück, Agius mit sich schleppend. Das *Guivre* stürzte, und der Aufprall riß Alain von den Füßen. Er fiel auf den Frater. Das *Guivre* erbebte ein letztes Mal und lag dann still.

Agius flüsterte etwas, ein rasselndes Wort, dann noch eins. Alain beugte sich zu ihm hinab, die Augen naß vor Blut, die Hände brennend. Ein Körper prallte gegen ihn; es war Rage, die sein Gesicht und seine Hände leckte. Er versuchte sie wegzuscheuchen. Aber er konnte sie nicht wegscheuchen und sich gleichzeitig auf Agius konzentrieren.

»Befreie das weiße Reh«, flüsterte Agius. »O Herrin, möge ich mich durch dieses Opfer des Beispiels deines Sohnes würdig erweisen.« Sein Blick schweifte ziellos umher, er erbebte einmal – wie das *Guivre* – und starb.

Kummer stieß Alain die Schnauze in die Seite. Der Hund hatte etwas in seinem Maul. Rage leckte das Blut des *Guivre* aus Alains Augen, und er blinzelte in die grelle Helligkeit; zum ersten Mal erkannte er die Bedeutung dessen, was sich auf dem vom Sonnenlicht überfluteten Schlachtfeld abspielte: Sabellas Banner wich immer weiter zurück. Die Gewichte hatten sich verschoben. Mit dem Tod des *Guivre,* ihres Wappentiers, hatten Sabellas Soldaten den Mut verloren. Schon machten sie kehrt und flohen.

Ein Dorn stach Alain in die Wange, ein kleiner Pieks nur. Er fuhr herum und sah, daß Kummer die Rose im Maul hielt, sie von der anderen Seite des Schlachtfelds hergebracht hatte. Die Blütenblätter hatten sich jetzt zu einem tiefen Blutrot verdunkelt, so rot wie Agius' Blut, das noch immer auf den Boden tropfte.

Alain verbarg sein Gesicht in den Händen und weinte.

VII
Die Verheißung der Macht

1

Rosvita konnte sich nicht konzentrieren, während sie wartete; unruhig schritt sie auf und ab. Sie war in der Bankethalle, der Zierde des Palastes, der etwa achtzig Jahre zuvor vom ersten Herzog von Fesse erbaut worden war. Hin und wieder ging sie zu den großen Türen, von wo aus sie einen herrlichen Blick auf Kessal hatte, das am Fuße des Hügels lag, auf dem der Palast errichtet worden war. Ein mächtiger, graublauer Stein krönte den Türsturz der gewaltigen Konstruktion. Als Rosvita zu ihm hochstarrte, entdeckte sie winzige Figuren und Muster in dem Stein, deren Konturen im Laufe der Jahre etwas verblaßt waren.

Unten in der Stadt schmückten noch immer ein paar schmutzige Banner die Straßen. Als Henry mit seinem Heer einmarschiert war, hatte sich Kessal gerade von der Feier zu St. Mikhel erholt, die vier Tage zuvor stattgefunden hatte. Obwohl die Bischöfin sich pflichtbewußt gegen viele der örtlichen Bräuche aussprach, konnte auch sie das traditionelle Fest nicht verhindern, bei dem eine junge Frau mit nichts anderem als ihren Haaren bekleidet durch die Straßen von Kessal ritt – das heißt, in diesem Fall hatte sie ein gazeartiges Unterkleid getragen, um dem Anstand doch etwas Genüge zu tun. Währenddessen verschlossen die Stadtbewohner ihre Fensterläden und gaben vor, nicht hinzusehen, wenn sie vorbeiritt. Nach der Prozession schwärmten dann alle aus ihren Häusern und betranken sich sinnlos. Rosvita war nicht sicher, was in der ursprünglichen Version dieser Geschichte die arme Frau dazu gebracht hatte, in einer solch beschämenden Weise durch die Stadt zu reiten. Aber es hieß, daß St. Mikhel ein Wunder wirkte und die unglückliche Jungfrau in ein so blendendes Licht tauchte, daß sie vor den Blicken der Ungläubigen und Gottlosen geschützt war.

»Es heißt«, meinte Prinzessin Theophanu, die zu Rosvita getreten war und jetzt im hellen Licht stand, »daß diese Feste auf den Ruinen einer dariyanischen Burg ruht, die wiederum auf den Ruinen eines älteren Palastes errichtet wurde. Die großen Steine sollen von den Daemonen der oberen Sphären aufgestellt worden sein.« Sie deutete auf den gewaltigen Türsturz.

»Wie die Steinkreise«, sagte Rosvita und dachte an den jungen Berthold. »Einige behaupten, sie wurden von Riesen aufgestellt.« Das hatte Helmut Villam gesagt, an dem Tag, als sie den alten Steinkreis untersucht hatten; damals war Berthold noch bei ihnen gewesen. O Herrin, sie mußte diese Trauer mit sich tragen. Aber sie durfte sich von ihr nicht überwältigen lassen. »Kommt«, wandte sie sich an Theophanu. »Wir werden in dem Buch lesen, das der Eremit, Bruder Fidelis, mir gegeben hat. Auf diese Weise können wir über das Leben einer heiligen

Frau nachdenken, solange wir auf eine Nachricht von König Henry warten.«

Sie drehte sich zur Halle um, wo die Sonne jetzt ein Muster aus Licht und Schatten zwischen den dicken Holzsäulen und den Dachvorsprüngen schuf. Das Herdfeuer blieb an diesem Tag kalt; es war warm genug, und so mußten nur im Kochhaus Feuer entfacht werden. Bedienstete mit Überwürfen, auf denen der goldene Löwe von Fesse aufgenäht war, warteten nervös zu beiden Seiten der Türen. Einer brachte Wein, aber sie bedeutete ihm, daß er ihn wieder wegbringen sollte. Sie war nicht durstig.

Der junge Ekkehard war auf einer Bank eingeschlafen. Sein sanftes Gesicht mit dem lieblichen Profil erinnerte sie schmerzlich an Berthold Villam, den sie inzwischen verloren hatten. Ekkehard war ein guter Junge, wenn auch etwas zu angetan davon, bis spät in die Nacht zu feiern und mit den Barden zu singen, die von einem großen Hof zum nächsten zogen.

»Es ist gut so«, sagte Theophanu, die wieder neben Rosvita getreten war.

»Was ist gut so?«

Theophanu nickte in Richtung ihres jüngeren Bruders. Von allen Kindern Henrys ähnelte Ekkehard seinem Vater am meisten: goldbraune Haare, rundes Gesicht, eine leicht gebogene, kräftige Nase. Mit dreizehn hatte er noch etwas Schlaksiges an sich und war groß und unbeholfen – außer wenn er die Laute spielte. Aber es hieß, so wäre auch Henry in diesem Alter gewesen, bevor er ins Erwachsenenalter eingetreten war.

»Es ist gut«, sagte Theophanu, »daß Ekkehard Musik und Feste mehr liebt als die Verheißung der Macht.«

Rosvita wußte nicht genau, wie sie auf diese unverblümte Aussage reagieren sollte.

Theophanu sah sie mit ihren dunklen Augen an. »Ist das

nicht die Ursache von Sabellas Rebellion? Daß sie nicht zufrieden damit ist, das Herzogtum ihres Mannes zu verwalten? Daß sie mehr will?«

»Ist Gier nicht die Quelle vieler Sünden?« erwiderte Rosvita.

Theophanu lächelte unschuldig. »So lehrt uns die Kirche, gute Schwester.«

Theophanu war alt genug, um ein eigenes Gefolge haben zu können, und doch behielt ihr Vater sie an seiner Seite, wie er auch Sapientia noch bei sich behielt, statt ihr einen Titel und Ländereien zu geben. Ärgerte Theophanu sich über diese Behandlung? Rosvita wußte es nicht. War sie wütend, daß ihre Schwester Sapientia die Erlaubnis erhalten hatte, Henry aufs Schlachtfeld zu begleiten, daß sie ein eigenes Kommando erhalten hatte? Daß sie hatte zurückbleiben müssen, obwohl sie tatsächlich größer und kräftiger und den Strapazen einer Schlacht körperlich viel besser gewachsen war? Es war unmöglich, Theophanus Miene und ihre Gedanken zu ergründen.

Rosvita wickelte das alte Pergament-Manuskript aus dem Leinentuch und schlug vorsichtig die erste Seite auf. Bruder Fidelis' Handschrift war zart und doch energisch; die Schleifen und Schnörkel, die er sich gelegentlich gegönnt hatte, verrieten, daß die Zeilen schon älter waren. Eine salianische Schrift, dachte Rosvita; sie hatte im Laufe der Jahre viele Manuskripte und Bücher untersucht und konnte die verschiedenen Eigenarten und verräterischen Zeichen bestimmter Schreiber auseinanderhalten, erkannte die Gewohnheiten, die in bestimmten Klosterschulen erlernt wurden.

Sie berührte das vergilbte Papier mit Ehrfurcht, spürte die Tinte unter ihren Fingern, als wäre es das Flüstern von Fidelis' Stimme, das wie durch einen langen Tunnel, durch den Schleier vieler Jahre, zu ihr drang.

Theophanu wartete still neben ihr, die Hände geduldig im Schoß gefaltet. Rosvita las laut vor.

»›Der Herr und die Herrin verleihen Frauen durch ihre Seelenstärke Ruhm und Größe. Der Glaube macht sie stark, und so ist in diesen irdischen Gefäßen ein himmlischer Schatz verborgen. Eine von ihnen ist Radegundis, deren irdisches Leben ich, Fidelis, der demütigste und geringste Diener, jetzt zu preisen versuche, damit alle von ihren Taten hören und ihren glorreichen Namen loben können. Die Welt teilt jene, die einst kein Raum trennte. So endet der Prolog.‹«

Rosvita seufzte, sie glaubte Fidelis in diesen Worten zu hören, als könnte seine Stimme durch die Tinte zu ihr dringen. Sie fuhr fort: »›So beginnt das Leben. Die gesegnete Radegundis war von höchstem irdischen Rang –‹«

Ekkehard schnaubte plötzlich und wachte auf, als er von der Bank auf die Teppiche fiel, die von seinen Dienern vorausschauend dort ausgelegt worden waren. Im selben Augenblick erschien eine von Theophanus Dienerinnen in der Tür.

»Ein Adler«, schrie sie. »Ein Adler kommt!«

Rosvita schloß mit zitternden Händen das Buch und wickelte es wieder in das Leinen. Dann preßte sie es an die Brust, stand auf und eilte zu den großen Türen. Theophanu kam mit ihr, doch die Königstochter war vollkommen ruhig. Hinter ihnen sprach Ekkehard aufgeregt mit sich selbst, und seine Diener beeilten sich, ihm aufzuhelfen. Die Kastellanin und die anderen Bediensteten der Herzogin von Fesse versammelten sich hinter Rosvita und der Prinzessin.

Der Adler war Hathui, die junge Frau, die durch Henry geehrt worden war, als er sie in sein persönliches Gefolge übernommen hatte. Sie übergab das Pferd einem Stallburschen und ging zu Theophanu, vor der sie niederkniete.

»Eure Hoheit, Prinzessin Theophanu«, sagte sie und hob

den Blick, um Theophanu anzusehen. Sie besaß die seltene Gabe, einen gewissen Stolz ausstrahlen zu können, ohne unverschämt zu wirken. »König Henry schickt Euch die Nachricht, daß seine Schwester Sabella jede Möglichkeit einer Verhandlung ablehnt und eine Schlacht stattfinden wird.«

»Was für eine Schlacht wird das sein?« fragte Theophanu.

»Ich weiß es nicht. Ich ritt schnell hierher, ohne mich umzuschauen, wie es meine Pflicht ist.«

»Bringt ihr etwas Met«, sagte Theophanu. Sie starrte über die Stadt. Kessal war wie ein Quadrat errichtet, und zwei breite Hauptstraßen verliefen senkrecht zueinander, teilten die Stadt in vier gleich große Viertel. Eine alte Mauer umgab die Stadt, neben den Bädern der letzte offensichtliche Hinweis, daß dies in den Tagen des alten Kaiserreiches einmal eine dariyanische Stadt gewesen war. Damals war sie vermutlich größer gewesen und sicherlich auch dichter besiedelt. Jetzt war zwischen den letzten Häuserreihen und den Stadttoren Platz für einige Felder – hauptsächlich Gemüse, eine beeindruckende Zahl von Obstbäumen und ein paar Gemeindeweiden für Kühe. Vor der Mauer lagen Felder, auf denen wegen des besonderen Bodens in dieser Gegend – dem roten Ton des Hochlands – überwiegend Roggen und Gerste wuchsen.

Wohin waren all diese Leute gegangen, und was war aus ihren Nachkommen geworden? Waren sie zurück nach Aosta geflohen oder nach Darre, der Stadt, aus der das Kaiserreich entstanden war? Waren sie in den Kriegen, durch die Hungersnöte oder an der Pest gestorben, die das alte Kaiserreich verwüstet und endgültig zerstört hatten? Waren sie einfach nur verschwunden und niemals wieder aufgetaucht, wie der arme Berthold?

Wider Willen wunderte sich Rosvita. »*Das Wissen verführte mich zu sehr*«, hatte Bruder Fidelis gesagt. In Zeiten wie diesen wußte sie, daß sie ebenfalls viel zu neugierig war. Henry konnte tot sein, alles, wofür er gearbeitet hatte, zunichte gemacht. Oder er hatte das schreckliche Verbrechen begangen, seine eigene Verwandte zu töten – genau das gleiche Verbrechen, das, wie einige Chronisten schrieben, das Dariyanische Kaiserreich hatte zusammenbrechen lassen. Und hier stand sie nun und machte sich Gedanken über die Stadt Kessal, während der Friede und die Stabilität des Königreiches auf dem Spiel standen!

»Kommt«, sagte sie zu Theophanu, »setzen wir uns wieder hin und warten weiter.«

Doch Theophanu schüttelte kaum wahrnehmbar den Kopf. »Es ist Zeit, die Pferde zu satteln«, sagte sie ruhig. »Und Heiler zu versammeln. Entweder reiten wir zur Schlacht, um den Verwundeten zu helfen, oder wir reiten weg.«

»Weg?«

Theophanu drehte sich um; ihre dunklen Wimpern umrahmten Augen, die so verblüffend groß waren wie die der Königinnen auf alten Mosaiken. Sie wirkte entschieden zu gefaßt. »Wenn Sabella gewinnt, müssen Ekkehard und ich auf jeden Fall entkommen. Wir müssen uns darauf vorbereiten, zu meiner Tante Scholastika nach Quedlingham zu reiten.«

Rosvita legte eine Hand an die Brust und verneigte sich leicht; ein Zeichen des Respekts vor der jungen Prinzessin. Natürlich hatte Theophanu recht. Sie hatte schon von ihrer Mutter Sophia gelernt, vorausschauend und abwägend zu denken, und diese wiederum hatte es am Hof von Arethusa gelernt, wo genauso gefährliche und verschlungene Intrigen gesponnen wurden wie an jedem anderen Hof.

Diese Wahl also hatte Henry zu treffen, denn es war längst Zeit, eine seiner Töchter auf die Nachfolge-Rundreise zu schicken. Er mußte sich entscheiden – zwischen Sapientia, der

Tochter, die kühn und offen war und doch häufig mangelndes Urteilsvermögen erkennen ließ, und der kühlen, unergründlichen Theophanu, die politischen Instinkt besaß, aber nichts von dem charismatischen Charme hatte, der einen von Gott gewählten Souverän eigentlich auszeichnete. Die eine war zu vertrauensvoll, der anderen vertraute niemand. Kein Wunder, daß Henry davon träumte, seinen Bastard Sanglant auf den Thron zu setzen.

2

Erst der Frater, dann die Diakonissin.

»Besorgt mir ein Pferd!«

Die Frau, die dies von Hanna verlangte, hatte den unverschämten Tonfall einer Edlen, trug aber die Gewänder einer einfachen Diakonissin und hatte ihre geflochtenen Haare noch nicht einmal mit einem Schal bedeckt. Aber Hanna konnte nichts tun. Sie besaß kein Pferd mehr, da der verzweifelte Frater es ihr abgenommen hatte.

»Ich bitte um Vergebung, Diakonissin«, sagte sie und hob den Speer nur für den Fall, daß die Frau zu fliehen versuchen sollte, während Prinzessin Sapientias Soldaten damit beschäftigt waren, den neuen Angriff abzuwehren, »aber alle in diesem Troß sind Gefangene von König Henry.«

Zu ihrer Überraschung lachte die Diakonissin. »Natürlich, Kind. Kennt Ihr mich nicht?«

Hanna konnte nur den Kopf schütteln. Sie starrte auf den Wald, in der Hoffnung, einen Blick auf die Truppen der Prinzessin zu erhaschen. Sie sah ein paar Soldaten. Die meisten Bewaffneten, die beim Troß gewesen waren, lagen verwundet oder tot am Boden, oder sie wanderten ziellos umher, in ihren Gesichtern jene Verwunderung, die von vollkommener Orientierungslosigkeit herrührte. Etwa zehn Schritte hinter der Diakonissin lagen zwei Wachen in den Farben Sabellas; beide waren tot. Vielleicht fünf Wagen hinter ihnen sah Hanna plötzlich eine Frau in den Gewändern einer Bischöfin, die sich auf einen Wagen helfen ließ.

»Oh, Herrin!« stieß sie atemlos hervor. »Das ist Bischöfin Antonia.«

»Sie darf nicht entkommen«, rief die Diakonissin mit harter Stimme. »Besorgt mir ein Pferd oder findet meine Nichte; schafft sie aus dem Wald hierher.«

Meine Nichte. Eine fürchterliche Ahnung beschlich Hanna. Sie riskierte einen direkten Blick auf das Gesicht der Frau und kam zu dem Schluß, daß es wirklich wahr sein könnte, daß durchaus eine Ähnlichkeit vorhanden war – in der Nase, der Kinnpartie, dem durchdringenden Blick.

Sie ließ sich auf ein Knie nieder und neigte rasch den Kopf. »Ich bitte um Vergebung, Euer Gnaden.«

»Das ist jetzt unwichtig!« sagte die Frau energisch. »Antonia darf auf keinen Fall entkommen. Aber ich habe keine Waffen, um sie aufzuhalten.«

Hanna gehorchte. Sie rannte zum Wald, fest davon überzeugt, daß sie im nächsten Augenblick von einem Schwert oder einem Speer durchbohrt werden würde. Aber Sapientias Truppen machten bereits kehrt, flankiert von den Soldaten von Saony. Ihre Gegner hatten sich offensichtlich zurückgezogen. Hanna rief die Prinzessin zu sich, und sie erschien sofort.

»Eure Tante, Bischöfin Constanze, wartet auf Euren Schutz«, schrie Hanna und griff nach den Zügeln von Sapientias Pferd, als es scheute. Hanna verstand genug von Pferden, um zu erkennen, daß dieses nicht nur mit einem nervösen

Temperament und einer ungeschickten Reiterin ausgestattet war, sondern darüber hinaus unfähig, mit all der Aufregung fertig zu werden. »Sie bittet Euch, Bischöfin Antonia an der Flucht zu hindern.«

Sapientias ausdrucksvolle Miene hellte sich auf. »Hauptmann!« schrie sie. »Ihr müßt Constanze finden und beschützen. Die anderen folgen mir!« Sie drängte ihr Reittier so abrupt vorwärts, daß Hanna die Zügel aus den Händen gerissen wurden. Etwa dreißig Soldaten folgten ihr; die anderen blieben zurück, verwirrt und darauf wartend, daß dieser Befehl vom alten Hauptmann bestätigt werden würde. Der brummte irgend etwas leise vor sich hin und erhob dann seine Stimme, damit alle ihn hören konnten.

»Ihr zehn kehrt zu den Wagen zurück und beschützt Bischöfin Constanze. Wir haben mehr als genug Soldaten hier. Die übrigen und ihr von Saony kehrt mit mir auf das Schlachtfeld zu Henry zurück.« Sie formierten sich. Er blickte Hanna an. »Adler! Ihr bleibt bei Bischöfin Constanze.«

Sie nickte, glücklich, daß sie endlich einmal jemandem gehorchen mußte, der wußte, was er tat. Die Männer ritten zum Schlachtfeld zurück, ohne zu wissen, was sie erwartete.

So kam es also, daß Bischöfin Antonia trotz allem und trotz des Durcheinanders, das Sapientias Übereifer gelegentlich anrichtete, zusammen mit ihren Geistlichen gefangengenommen wurde. Auch Herzog Berengar wurde gefunden; er kauerte zusammen mit nur einem treuen Diener unter einem Wagen und war so verängstigt, daß er sich in die Hosen gemacht hatte. Hanna empfand tatsächlich Mitleid für ihn, als er vor die ernste Bischöfin Constanze gebracht wurde, die inzwischen den Befehl über Sapientias vierzig Soldaten übernommen hatte. Doch Constanze zeigte ihm gegenüber kein Mitleid, sondern Gleichgültigkeit. Hanna begriff rasch, wieso: Sie hatte dieses unverschämte Starren, das unangemessene Gelächter im falschen Augenblick schon zuvor gesehen. Berengar war ein Einfaltspinsel und daher nur eine einfache Schachfigur in einem viel größerem Spiel. Er war unwichtig.

Wichtig dagegen war Bischöfin Antonia, die nach Hannas Eindruck eher amüsiert darüber zu sein schien, daß sie sich jetzt in Constanzes Gewalt befand. Antonia war eine freundlich dreinblickende Frau, die nichts von dem Hochmut vieler Hochgeborener hatte, sondern eher eine gutmütige Bescheidenheit ausstrahlte. Und doch, als sie während der Verhandlungen Helmut Villam gegenübergestanden hatte, hatte sie sich auf eine Weise in Rage geredet, die jetzt gar nicht zu ihr zu passen schien.

Es gab noch eine andere Siegesbeute, die sich bei den Geistlichen verbarg.

»Ah«, sagte Constanze. »Komm her, Tallia. Ich werde dir nichts tun, Kind.«

Das Kind wurde zu ihr geführt. Sie weinte; ihre Nase war bereits ganz rot. Es gab nichts, was sie hätte sagen können, außer sich der Gnade Constanzes zu überantworten. Doch Hanna blickte über sie hinweg weiter auf Antonias Geistliche. Es waren die häßlichsten Kirchenleute, die Hanna jemals gesehen hatte; sie alle sahen aus, als hätten sie irgendeine Art von Pocken mit roten Malen im Gesicht und an den Händen und Ausschlag am Kinn. Einige von ihnen husteten schwach, und einer – der am kränksten aussah – hatte Blutflecken auf der Hand, als er sie vom Mund nahm.

O Herrin! dachte Hanna. *Was ist, wenn sie die Pest haben?*

»Trennt sie von den anderen«, sagte Constanze zu Sapientia, als hätte sie den gleichen Gedanken gehabt. »Aber Tallia und Berengar werde ich bei mir behalten.«

»Sind sie krank?« fragte Sapientia, die endlich vom Pferd

gestiegen war, nachdem sie auf der Suche nach weiteren Möglichkeiten zu kämpfen eine Weile im Wald herumgeritten war. Sie war zurückgekommen, um zu erklären, daß sie zum Schlachtfeld reiten würde, doch Constanze hatte dies – mit einem direkten Befehl von der Tante zur Nichte – unterbunden, und selbst die ungestüme Sapientia wagte es nicht, sich einem Befehl der Bischöfin zu widersetzen. Constanze konnte kaum mehr als vier oder fünf Jahre älter sein als Sapientia, aber ihre Autorität überwog die der Tochter ihres Bruders bei weitem.

»Ich weiß nicht, ob sie krank sind«, sagte sie jetzt, »aber wir sollten vorsichtig sein. Ich habe viele Geschichten über die Pest gehört, die vor etwa zwanzig Jahren auch in Autun schwer gewütet hat. Nehmt sie mit und bewacht sie gut, aber niemand soll sie anrühren.«

Bischöfin Antonia hatte keinerlei Anzeichen der Krankheit und auch nicht der junge Geistliche, der gleich neben ihr stand. Doch Constanze sah nicht so aus, als würde sie die Bischöfin aus dem Blick verlieren, krank oder nicht.

»Ihr werdet für das, was Ihr getan habt, zur Rechenschaft gezogen werden, Antonia«, sagte Constanze.

»Wir alle müssen vor Gott Rechenschaft ablegen«, erwiderte Antonia selbstgerecht.

Das Donnern von Hufen schreckte sie auf. Sapientias Hauptmann war mit dem Rest ihrer Truppen zurückgekehrt, aber ohne die Kämpfer von Saony. Sein Gesichtsausdruck war beunruhigend.

»Was ist geschehen?« rief Sapientia. Antonia lächelte wissend.

»Guter Hauptmann«, sagte Constanze mit fester, aber ruhiger Stimme. »Welche Neuigkeiten bringt Ihr uns?«

Er schien sehr niedergeschlagen. »Der Herr hat uns mit dem Sieg gesegnet, Euer Gnaden, aber es mußte ein schrecklicher Preis dafür gezahlt werden.«

Einen Augenblick verschwand Antonias Siegesgewißheit aus ihrem Gesicht und machte etwas Boshafterem Platz, etwas Scheußlicherem, Raffinierterem. Hanna schaute Constanze an, die ernst dreinblickte. Als sie wieder Antonia ansah, hatte die alte Bischöfin ihre alte Miene wieder aufgesetzt und schaute so friedlich drein wie eine Heilige, und Hanna schüttelte verwundert den Kopf und fragte sich im stillen, ob sie sich alles nur eingebildet hatte.

»Erstattet Bericht«, sagte Constanze. Sapientia sah aus, als wollte sie sich jeden Augenblick wieder auf ihr Pferd schwingen und davonreiten, aber nach einem scharfen Blick von Constanze blieb sie, wo sie war.

Der Hauptmann stieg vom Pferd und kniete vor Constanze nieder. »Der Sieg gehört König Henry, aber um einen hohen Preis. Viele liegen tot auf dem Feld, denn Sabella benutzte ...« – er schien nach Worten zu suchen – »sie hat eine Kreatur auf das Feld gebracht, ein schreckliches Wesen, das nur einer teuflischen Saat entsprungen sein kann. Dank seiner Magie konnte Sabellas Heer die Hälfte oder mehr von Henrys Männern abschlachten – in der Tat fast alle Löwen –, während sie regungslos auf dem Feld standen, unfähig, sich aus dem Griff dieses elenden Zaubers zu befreien.«

Sapientia keuchte auf. Soldaten murmelten entsetzt und ungläubig. *Fast alle Löwen.* Hanna schob eine böse Vorahnung beiseite.

Constanze hob eine Hand, und Ruhe kehrte ein.

»Wie hat Henry dann gewinnen können? Wenn sich doch alles so zugetragen hat, wie Ihr berichtet?«

»Ich weiß es nicht. Nur daß ein Mann – ein Frater – sich der Bestie entgegenwarf und sie dadurch abgelenkt wurde und getötet werden konnte.«

Antonia murmelte etwas in sich hinein, aber Hanna konnte

es nicht verstehen. Das Gesicht der Bischöfin blieb freundlich, aber ihre Augen waren jetzt hart.

Constanze wurde blaß. »Ein Frater?« fragte sie. »Was wißt Ihr von ihm?«

»Einige sagen, er wäre der Sohn von Burchard, dem Herzog von Avaria, aber ich kann kaum glauben, daß –« Constanze machte eine scharfe Handbewegung, und er schwieg.

Eine Träne rollte ihre Wange hinab, wurde vom Wind weggeblasen, und es schien, als hätte sie niemals existiert. »Schafft sie mir aus den Augen.« Sie deutete auf Antonia. »Aber bewacht sie gut!« Der Hauptmann fuhr aufgeschreckt in die Höhe und tat, wie ihm befohlen.

»Was ist mit Sabella?« rief Sapientia dem Hauptmann hinterher. »Konnte sie entkommen?«

»Nein«, erwiderte der Hauptmann, während seine Männer Bischöfin Antonia in die Mitte nahmen und zu einem der Wagen führten. »Villam persönlich konnte sie ergreifen, obwohl er schwer verwundet wurde. Einige fürchten, daß er nicht überleben wird. Sie ist jetzt in Henrys Gewahrsam.«

Constanze schloß die Augen und verharrte eine Weile so, während Antonia unter schwerer Bewachung in einem Wagen untergebracht wurde. Schließlich verlor Sapientia die Geduld und rief nach ihrem Pferd.

»Kommt, Adler«, rief die Prinzessin. »Ihr werdet mit mir reiten.«

»Nein«, widersprach Constanze und öffnete die Augen. »Tut, was Ihr wollt, Sapientia, aber ich werde einen Adler hierbehalten, wie es mein Recht ist.« Sie berührte den Goldreif in ihrem Nacken.

»Es ist wahr«, räumte Sapientia nachdenklich ein und warf den Kopf zurück, »es war Euer treuer Adler, der uns vor Autun erreichte. Auf diese Weise hat Vater gewußt, daß er hierherreiten mußte.« Dann verzog ein seltsames Lächeln ihren Mund. »Aber wie soll Vater jetzt ohne Heer nach Gent reiten?«

»Nach Gent reiten?« fragte Constanze. »Warum sollte Henry nach Gent reiten?«

Sapientia führte ihr Pferd zur Seite und ritt, ohne die Frage beantwortet zu haben, zurück zum Schlachtfeld, um ihren siegreichen Vater zu treffen.

»Oh, Herrin«, murmelte Hanna. Denn es stimmte ja. Henry war mit einem großen Heer losmarschiert, mit achthundert oder mehr Soldaten. Es hätten mehr sein können, sicher, aber es würde Monate dauern, Truppen in den abgelegenen Gebieten von Wendar und Varre und den Marklanden auszuheben und dann nach Gent zu bringen. Sabella hatte an diesem Tag ebenfalls viele Soldaten verloren; und wie sollte Henry den Edlen trauen können, die sich gegen ihn erhoben hatten? Es war gut möglich, daß sie sich weigerten, ihm Soldaten zu stellen, nur damit er den Sohn retten konnte, den ohnehin niemand liebte.

Sie würden nicht an die Menschen in Gent denken, daran, was sie erleiden mußten. Sie würden nicht an Liath und die Gefahr denken, in der sie schwebte. Was kümmerten Könige und Fürsten schon das Leben der Adler? Genau wie Schwerter waren sie nur Mittel, um ihre Ziele durchzusetzen.

3

König Henry war schlecht gelaunt. Genauer gesagt war er so wütend, wie Rosvita ihn selten gesehen hatte.

Als die Nachricht vom Sieg in Kessal eingetroffen war, hatten sie und Theophanu sich sofort zum Schlachtfeld aufgemacht. Henry schritt unaufhörlich vor dem hastig errichteten Zelt auf und ab, in dem sich Helmut Villam befand. Es hieß, daß Villam im Sterben lag. Henrys Bedienstete und die verschiedenen Edelleute, die an seiner Rundreise teilnahmen, hielten vor Entsetzen mindestens zwanzig Schritt Abstand zum König. Es war nur zu leicht möglich, daß Henry ohne wirklichen Grund mit unangemessener Schärfe jene zurechtwies, die zufällig in seine Nähe kamen.

Theophanu, die die Situation gleich auf den ersten Blick erfaßte, zog Ekkehard beiseite und führte ihn zu den Unterständen für die Verwundeten, um ihnen zu helfen. Der Adler Hathui, geschickt darin, unauffällig zu bleiben, stellte sich als Wache neben den Zelteingang; sie stand so reglos und unscheinbar vor dem Hintergrund der schlichten Stoffbahnen, daß der König sie gar nicht zu bemerken schien, obwohl sie ihm sehr nah war.

Rosvita fand sich plötzlich von Höflingen umlagert, die sie drängten, den König zur Vernunft zu bringen. Sie schützte sich vor ihnen, indem sie ihnen verschiedene sinnvolle Aufgaben gab. Schließlich fand sie eine Edle, die ihr vielleicht sagen konnte, was geschehen war: Markgräfin Judith.

Die Markgräfin saß auf einem Stuhl und betrachtete die Szene aus sicherer Entfernung. Ihre Bediensteten waren angewiesen, unverschämte Höflinge von ihr fernzuhalten, und so trank sie in scheinbarer Einsamkeit ihren Wein und sah zu, wie Henry auf und ab ging. Diener umschwirrten den König und wurden davongejagt.

Und Rosvita sah das Gemetzel: Das Schlachtfeld war mit Leichen übersät. Die meisten Verwundeten waren bereits weggeschafft worden, aber es waren viel zu viele Tote, die gar nicht alle so schnell begraben werden konnten. Möglicherweise würde man das Feld auch einfach verlassen müssen; so etwas war schon öfter geschehen. Männer und Frauen – gewöhnliche Soldaten und Leute von den benachbarten Höfen – durchsuchten die Toten nach irgendwelchen Kostbarkeiten. Rosvita nahm jedoch an, daß die Bediensteten des Königs oder die Edlen sich die wertvollsten Beutestücke bereits gesichert hatten.

Besonders merkwürdig und am schlimmsten anzusehen war die Kreatur, die in der Mitte des Gemetzels lag – eine große Bestie, die so häßlich war, daß Rosvita selbst aus dieser Entfernung bei ihrem Anblick erschauderte. Der Kopf der Kreatur war so groß wie ein Wagenrad und erinnerte noch am ehesten an einen grotesken Hahnenkopf, aber sie hatte den Schwanz und den geschmeidigen Körper eines Reptils und die Krallen eines riesigen Adlers.

»Das ist das *Guivre*«, erklärte Judith mit der unbeteiligten Kühle eines Menschen, der einer Katastrophe entkommen war, ohne daß ihm etwas Ernsthaftes geschehen wäre.

»Ein *Guivre*!« Rosvita starrte die Kreatur an. »Ich habe von solchen Bestien gelesen, aber niemals damit gerechnet, einmal eins zu sehen.«

Das eine riesige Auge der Kreatur war geöffnet und auf den blauen Himmel gerichtet. Die Schwingen glänzten wie Metall, als ob die Federn aus Kupfer wären. Doch am grauenhaftesten war der halbe Körper des Mannes, der sich ganz in der Nähe des Kadavers befand. Ein besonders schneller Plünderer hatte ihm die Schuhe gestohlen, sofern er nicht barfuß gewesen war. Etwas Kleines, Weißes – vermutlich Maden – krabbelte über den Körper des *Guivre*. Rosvita wandte den Blick rasch ab.

»Was ist geschehen?« wollte sie von Judith wissen.

»Eine große Bestie ist getötet worden, wie Ihr sehen könnt«, erwiderte die Markgräfin. Blut klebte an ihrem Überwurf, und ihr Kettenhemd hatte einen Riß, und ein Fleck in ihrem Gesicht färbte sich langsam violett. Ihr Helm lag einigermaßen verbeult zu ihren Füßen. »O Herr, ich bin zu alt für so etwas. Keine weiteren Kinder, keine weiteren Kämpfe, wie die Heiler immer sagen. Ein Mann kann selbst dann noch kämpfen, wenn sein Haar schon ganz weiß ist – falls er es geschafft hat, so lange am Leben zu bleiben. Mir tun sämtliche Knochen weh. Ab jetzt werden die Ehegatten meiner Töchter mitreiten, wie es sich gehört, und wenn doch eine Frau dabeisein muß, kann es ja eine von ihnen machen!«

Rosvita wußte nicht recht, was sie sagen sollte. Sie hatte natürlich schon häufig Tote gesehen, aber niemals so viele auf einmal. Zwischen den toten Löwen kniete ein Adler und beweinte einen Fußsoldaten.

»Es war ein harter Kampf«, sagte Rosvita schließlich.

»Welcher? Der auf dem Feld oder der, den wir gesehen haben, kurz bevor Ihr hier ankamt?«

»Welchen meint Ihr?«

»Henrys Streit mit Herzogin Liutgard.«

Rosvita kannte Herzogin Liutgard kaum, denn die junge Herzogin kam selten zum Hof. Sie wußte aber, daß Liutgard das berüchtigte Temperament besitzen sollte, das – nach Aussagen der Chronisten – schon die Herrschaft ihrer Urgroßtante Conradina befleckt hatte, einer Frau, die berühmt dafür war, soviel Streitereien wie Liebhaber gehabt zu haben und somit von beidem reichlich. »Wieso sollte der König mit Liutgard streiten?« fragte Rosvita.

Judith fand etwas getrocknetes Blut unter einem Fingernagel und winkte eine Dienerin herbei. Die Frau eilte zu ihr und wusch die Hand der Markgräfin, während diese weiterredete. »Liutgard ritt neben Villam, als Sabellas Leibwache überwältigt wurde. Sie kämpften loyal –«

»Liutgard und Villam?«

Judith lächelte, aber es lag etwas Spöttisches in ihrer Miene. »Das habe ich nicht gemeint. Sabellas Gefolge kämpfte loyal, und viele wurden getötet, bevor sie den Kampf aufgaben. Rodulf ist dabei gestorben.«

»Herzog Rodulf? Das sind traurige Nachrichten.«

»Er kämpfte für Varre, wie er es immer getan hat. Mehr für Varre, wie ich annehmen würde, als für Sabella. Leider war es ihm unmöglich, einen wendischen König anzuerkennen.«

»Vielleicht sind seine Erben vernünftiger.«

»Vielleicht«, echote Judith und verzog die Lippen, eine Geste, die mehr Zweifel als Hoffnung ausdrückte.

»Villam wurde verwundet?« hakte Rosvita nach. Sie begann sich langsam zu fragen, ob Judith sie zur eigenen Belustigung auf den Arm nahm.

»Ja, schwer sogar.« Es war der Markgräfin nicht anzusehen, ob Villams Verletzung sie mitnahm. Rosvita hatte Judith niemals sehr gemocht, aber die Markgräfin war immer loyal gewesen, erst gegenüber Arnulf und dann gegenüber Henry, und sie war kein einziges Mal wankelmütig geworden. Es war nicht leicht, sie zu mögen, aber es war auch nicht möglich, sie wieder wegzuschicken. Dazu war sie viel zu mächtig. »Weil Villam so schwer verwundet war, gelang es Liutgard, Sabella in *ihren* Gewahrsam zu nehmen.«

»Ah.« Das erklärte einiges. »Ich nehme an, das hat Henry ganz und gar nicht gefallen.«

»Allerdings nicht. Deshalb haben sie sich gestritten. Henry verlangte von Liutgard, ihm Sabella zu überlassen. Und Liutgard erkärte, daß sie es erst tun würde, wenn Henry sich etwas beruhigt hätte und wieder klarer denken könnte.«

»Oh, Herrin«, murmelte Rosvita. »Das war unüberlegt gesprochen von ihr. Sie hätte auch diplomatischere Worte finden können.«

»Diplomatie ist etwas für Höflinge und Berater, meine liebe Geistliche, nichts für Prinzessinnen und Prinzen. Ich hatte noch nie den Eindruck, daß Liutgard einen Sinn für Feinheiten oder Raffinesse besitzt. Ihr wißt, daß Burchards Sohn tot ist?«

»Burchards Sohn?« Was hatten der Herzog von Avaria und seine Kinder damit zu tun? Der Gegenstand des Gesprächs wechselte so schnell – und noch ehe Rosvita das bisher Gehörte richtig verarbeitet hatte –, daß sie dem Sprung nicht folgen konnte. Liutgard hatte Frederik, den zweiten Sohn des Herzogs von Avaria geheiratet, aber dieser war bereits vor einigen Jahren gestorben.

Judith seufzte vernehmlich und untersuchte ihre Fingernägel nach weiteren Blutspuren oder anderen Überbleibseln der Schlacht. Dann gestattete sie ihrer Dienerin, ihr die Hände mit einem sauberen Linnen zu trocknen. Mit einer Geste entließ sie die Frau. »Sabella scheint entschlossen, die Männer dieses Geschlechts mit sich in die Niederlage zu reißen, obwohl sie sich kein bißchen um sie schert. Ich spreche von Burchards ältestem Sohn Agius – demjenigen, der in die Kirche eingetreten ist.«

Judith erzählte jetzt eine eher verwirrende Geschichte über das *Guivre*, den Frater und einen Jungen, der Graf Lavastins Hunde geführt hatte.

»Das geht mir alles viel zu schnell«, meinte Rosvita. »Ich weiß nicht, welche Rolle Graf Lavastin in dieser Schlacht gespielt hat. Das letzte, was ich von ihm hörte, war, daß er sich weigerte, an Henrys Rundreise teilzunehmen. Das war vor beinahe einem Jahr.«

»Er tauchte auf Sabellas Seite auf dem Schlachtfeld auf.« Judith hielt inne und fuhr sich mit einem Finger über die Oberlippe, wo feine Härchen wuchsen – Zeichen ihres bevorstehenden Übergangs von der Zeit der Fruchtbarkeit zur Zeit der

Weisheit. »Aber das ist ja das Seltsame: Er zog seine Truppen ungefähr nach der Hälfte der Schlacht zurück.«

»Nachdem das *Guivre* getötet worden war? Als er sah, woher der Wind wehte?«

»Nein, vorher. Als für Henry alles verloren schien und alles darauf hindeutete, daß Sabella gewinnen würde. Niemand kann sich das erklären, und Lavastin und seine Männer sind geflohen.«

Endlich begann Rosvita zu erkennen, wohin dies alles führte. »Was ist mit Henry und Sabella?«

»Wir haben ein Patt, wie es scheint. Liutgard weigert sich, Sabella an Henry zu übergeben, und Henry wütet, wie Ihr seht.«

»Habt Ihr versucht zu vermitteln, Markgräfin?«

»Ich?« Judith lächelte.

Dieses Lächeln. Es war dieses besondere Lächeln, für das Judith berühmt war und weswegen Rosvita sie nicht mochte, obwohl sie sonst keinen Anlaß dazu hatte. Die Markgräfin von Olsatia und Austra war dem Hause Saony gegenüber loyal, hatte ihre Treue erst dem jüngeren Arnulf und dann, nach seinem Tod, Henry gelobt. Doch Rosvita glaubte nicht, daß es irgendeine Art von Zuneigung, ein festeres Band zwischen den beiden gab. Rosvita glaubte, daß Judith gegenüber Henry loyal war, weil sie ihn brauchte, weil er ihr etwas geben konnte: militärische Unterstützung. Die Situation einer Fürstin oder eines Fürsten in den Marklanden – den unsicheren Grenzgebieten – war gefährlich, und Judith hatte mehr als einmal Henrys Unterstützung gefordert und auch erhalten.

Wie viele andere Edle von hohem Rang hatte auch Judith vor ihrer ersten Vermählung bereits ein Kind bekommen, von einem Galan oder irgendeinem gutaussehendem Mann von nicht edler Geburt, der ihre jugendliche Begeisterung entfacht hatte. Diese erste Heirat war, wie es üblich war, von ihrer Familie zum gegenseitigen Vorteil beider Häuser arrangiert worden. Der Galan war längst verschwunden. Aber das Kind hatte gelebt und war aufgewachsen.

Beim Segen der Herrin, was hatte Judith dieses Kind verhätschelt und verwöhnt! Vielleicht wäre der Junge nicht so unausstehlich geworden, wenn er nicht so gut aussehen würde – jene, die bereits länger am Hof weilten als Rosvita, sagten, daß der Junge zumindest äußerlich seinem Vater ähnelte; andere bezogen die Ähnlichkeit auch auf seinen Charme. Er war zu der Zeit, da Rosvita an der Königlichen Schule gelehrt hatte, ein hervorragender Schüler gewesen. Trotzdem hatte es sie nicht unglücklich gestimmt, als er gegangen war. Wie sehr hatte er sich doch von Berthold unterschieden, abgesehen von einem einzigen Bereich, für den gerade *sie* ihn am allerwenigsten verdammen konnte: Neugier.

Aber Hugh war jetzt weg, in der Kirche, und zweifellos beschäftigt mit irgendwelchen Kirchenangelegenheiten und seiner neuen Stellung als Abt von Fiersbarg. Ohne Frage hegte seine Mutter die Hoffnung, ihn eines Tages in den Rang eines Presbyters erheben zu können – eine Ehre, die es ihm ermöglichen würde, Wendar zu verlassen und im Palast der Skopos in Darre zu leben. Er hätte keinen Grund, die Rundreise des Königs mit seiner Gegenwart zu belästigen. Dank der Herrin.

»Ich habe meinen Leibarzt zu Villam geschickt«, sagte Judith. Sie zuckte mit den Achseln und rückte das Kettenhemd etwas bequemer zurecht. »Aber ich habe nicht versucht zu vermitteln. Diese Aufgabe überlasse ich Henrys Beratern.«

Rosvita lächelte ironisch und bescheiden. Mit solchen Aussagen erinnerte Gott sie daran, nicht über andere zu urteilen. Sie nickte der Markgräfin zu und entschuldigte sich. Es war Zeit, den Stier bei den Hörnern zu packen.

»Was habt Ihr zu Eurer Verteidigung zu sagen«, polterte Henry los, kaum daß er sie gesehen hatte. »Warum habt Ihr Sabella nicht zu mir gebracht? Oh, Herrin! Meine idiotische Tochter hat sich vor aller Augen zum Narren gemacht, wenn man den Berichten trauen darf, und sie hat es nicht einmal gemerkt. Oh, Herrin, womit habe ich solche Kinder verdient?«

»Ich bin jetzt hier, Eure Majestät«, sagte sie in dem Bemühen, ruhig zu bleiben. Henry war rot im Gesicht, und seine Adern traten deutlich hervor. Er sah aus, als würde er jeden Augenblick platzen. »Und auch wenn ich einem stolzen Geschlecht entstamme, solltet Ihr wissen, daß ich jemandem wie Herzogin Liutgard keine Befehle erteilen kann.«

Er dachte zumindest zwei Atemzüge darüber nach, die sie nutzte, ihm die Hand auf den Ellenbogen zu legen. Die Berührung verunsicherte ihn. Es stand ihr natürlich nicht zu, den König ohne seine Einwilligung zu berühren, aber die Geste brachte ihn dazu, an etwas anderes als an seine Trauer zu denken.

»Ihr seid verärgert, Eure Majestät«, sagte sie, während er langsam wieder zu Verstand kam.

»*Natürlich* bin ich verärgert! Liutgard enthält mir die Person vor, deren Verrat mich jetzt das einzige Kind kosten kann, das –«

»König Henry!« Sie sagte es laut und scharf. Sie wußte mit sicherem Gespür, daß er kurz davor stand, etwas zu sagen, was er später bereuen würde. Etwas über Sanglant. »Laßt uns hineingehen und nach Villam sehen.«

Hatte niemand daran gedacht, ihn zu beruhigen, indem man an die aufrichtige Zuneigung zu seinem alten Freund und Gefährten anknüpfte? Rosvita konnte nicht glauben, daß alle so viel Angst vor ihm hatten. Sie deutete auf das Zelt. Er runzelte die Stirn und zögerte. Dann schritt er plötzlich hinein und überließ es ihr, ihm zu folgen. Der Adler – Hathui – nickte, als Rosvita hinterherschlich. Billigend? Rosvita schüttelte den Kopf. Sicherlich würde kein Adler von gewöhnlichem Stand es wagen, die Handlungen der Edlen zu billigen oder mißbilligen.

Villam hatte seinen linken Arm knapp oberhalb des Ellenbogens verloren. Rosvita wagte nicht zu fragen, wie es zu dieser Verletzung gekommen war. Der alte Mann schlief anscheinend, und sie fürchtete, ihn aufzuwecken.

Aber Henry schob den Arzt beiseite und legte – trotz der Wut, die noch immer in ihm war – außerordentlich sanft eine Hand auf Villams Stirn.

»Er ist stark«, murmelte er, als wollte er einen guten Ausgang herbeireden. Der Arzt nickte zustimmend.

»Es gibt keine Entzündung?« fragte Rosvita leise.

»Es ist noch zu früh, um das zu sagen«, meinte der Arzt. Er hatte eine helle, ziemlich hohe Stimme und einen starken Akzent. »Er ist, wie Seine Majestät sagen, ein starker Mann. Wenn keine Entzündung einsetzt, wird er überleben. Wenn doch, wird er sterben.«

Henry kniete sich neben die Pritsche. Der Arzt fiel ebenfalls sofort auf die Knie, als wagte er nicht zu stehen, wenn der König kniete. Henry blickte auf und winkte Rosvita zu sich. Sie kniete sich neben den König und sprach ein Gebet, während Henry gleichzeitig zu ihren Worten den Mund bewegte, die rechte Hand an den goldenen Kreis der Einigkeit auf seiner Brust gepreßt.

Als sie ihr Gebet beendet hatte, schaute der König den Arzt an. »Was empfehlt Ihr?«

Rosvita betrachtete den Mann genauer. Sie traute Ärzten nicht. Sie kamen ihr vor wie diese Astrologi, die von Stadt zu Stadt wanderten und den Leuten versprachen, anhand der Position der Sterne ihr Schicksal zu deuten – natürlich gegen eine angemessene Bezahlung. Sie hatten vor allem den Leichtgläubigen und Furchtsamen etwas zu bieten. Aber dieser Mann war bartlos, also war er entweder ein Kirchenmann oder, was genauso möglich war, ein Eunuch aus dem Osten. Sie fragte sich, wo Judith ihn gefunden haben und welchen Handel die Markgräfin mit Arethusa treiben mochte.

Seine Stimme verriet seinen Status, als er wieder sprach. Sie war zu hoch für einen richtigen Mann. »Ich habe aus den Schriften der dariyanischen Ärztin Galene gelernt, einer Frau aus längst vergangenen Zeiten, aber mit großem Wissen. Diesen Schriften folge ich. Ein Mensch mit einer solchen Wunde muß viele Wochen an einem trockenen, warmen Ort ruhen. Die Wunde muß saubergehalten werden. Der Mann muß Brühe und andere gute Nahrung zu sich nehmen. Sein Körper wird heilen, oder er wird nicht heilen. Wir helfen. Gott entscheidet.« Er schlug das Kreiszeichen vor der Brust und verneigte sich, um seine Unterwerfung unter Gottes Willen zu bekunden.

Villams rechter Arm lag auf seiner Brust. Henry nahm ihn jetzt, und die Lider des alten Mannes flatterten, und seine Augen richteten sich auf den König, aber er sprach nicht. Henry wischte sich Tränen aus dem Gesicht.

»Du mußt nach Kessal gehen, Helmut, und dich dort gründlich erholen«, sagte Henry leise. »Ich marschiere nach Autun, um meine Schwester wieder als Bischöfin einzusetzen.« Er beugte sich vor, küßte den Mann vorsichtig auf beide Wangen – der Kuß des Friedens – und stand auf.

Dieses Zwischenspiel hatte ihn zumindest äußerlich etwas beruhigt. Der König nickte dem Arzt zu, der den Boden mit der Stirn berührte, wie es die Menschen im Osten zu tun pflegten.

Draußen wandte sich Henry an Rosvita. »Lassen wir Sabella warten«, sprach er mit leiser, eindringlicher Stimme, die immer noch die in ihm tobende Wut verriet. »Soll sie sich ruhig darüber wundern, daß wir erst einmal nach Autun reiten, statt sie zu sehen.«

Rosvita lächelte leicht. Henry war tatsächlich wieder zur Vernunft gekommen. Wie schnell sich doch das Blatt gewendet hatte! Jetzt sah es viel weniger so aus, als würde Liutgard ihm Sabella vorenthalten; statt dessen würden alle berichten, daß Henrys Wut so groß war, daß er es nicht über sich brachte, seiner Schwester ins Gesicht zu sehen. Das war natürlich viel wirkungsvoller.

Aber es blieb noch eine Frage, die sie stellen mußte, auch wenn sie die Antwort fürchtete. »Ihr werdet nicht nach Gent reiten?«

Seine Kinnpartie spannte sich an. Er verschränkte die Hände hinter dem Rücken, als könnte er sich nur so beherrschen. »Zwei Drittel meiner Männer sind tot oder verwundet. Ich werde Constanze wieder als Bischöfin einsetzen und im Sommer ein Heer ausheben. Gent muß bis zum Herbst durchhalten.« Seine Augen blitzten vor Wut. »Und Sabella wird erfahren, was es heißt, ein zweites Mal die Hand gegen mich zu erheben.«

4

Henry und sein Gefolge mußten drei Tage vor Autun warten, ehe Bischöfin Helvissa genug Mut aufbrachte, die Stadttore zu öffnen und sie hereinzulassen.

Alain konnte von einem Hügel aus sehen, wie die großen Tore aufschwangen und die Stadtbewohner Constanze mit fröhlichen Rufen willkommen hießen.

»Henry wird Helvissa nicht lange in ihrem Amt als Bischöfin belassen«, sagte Lavastin. Er stand neben Alain, und allein das war seltsam genug. Gemeinsam starrten sie auf die Reste von Henrys Heer. Während sie in den letzten Tagen nach Autun marschiert waren und an einer Stelle, wo sie nicht gesehen werden konnten, ein Lager errichtet hatten, hatten sie Männer westwärts fliehen sehen – die Soldaten jener Gebiete, die von Sabella, Herzog Rodulf und anderen unter ihrem Einfluß stehenden Edlen regiert wurden. Die Männer flüchteten zurück in ihre Heimat. Auf den Feldern wartete schließlich Arbeit auf sie. Die Zeit für die Frühjahrssaat war allerdings längst vorüber, und jetzt konnten sie nur noch hoffen, daß der Sommer lang genug werden und die Ernte sich verzögern würde und daß ihre Familien genug angepflanzt hatten, so daß sie im Winter nicht würden Hunger leiden müssen. Jetzt blieb ihnen nur die Hoffnung, daß eine gute Ernte an Winterweizen und -roggen für das nächste Jahr ausreichen würde.

Lavastin hatte Feldwebel Fall mit den Fußsoldaten vorausgeschickt, denn der Graf und seine Leute hatten ebenfalls Felder zu bestellen und einen Winter zu überleben. Wie durch ein Wunder hatte niemand aus seiner Kompanie ernsthafte Verletzungen erlitten, und alle würden zu ihren Familien zurückkehren.

Doch Lavastin selbst war mit seinen zwanzig berittenen Soldaten zurückgeblieben. Er hatte Henrys Marsch nach Autun verfolgt und wartete jetzt hier. Alain wußte nicht, worauf, oder was Lavastin vorhatte. Alles, was Alain wußte, war, daß sich einiges grundlegend geändert hatte. Jetzt schlief er nicht mehr vor, sondern *in* Lavastins Zelt, und zwar auf einer richtigen Pritsche, und er bekam das gleiche zu essen wie der Graf. Man hatte ihm eine schöne Leinentunika gegeben, die er anstelle seiner alten, zerschlissenen und geflickten Wolltunika trug.

»Komm«, meinte Lavastin und wandte sich ab, als Henrys Banner in der Stadt verschwand. »Kehren wir in mein Zelt zurück.«

So schritten sie dahin; um sie herum sprangen die Hunde, die an diesem wunderschönen Tag fast schon übermütig waren. Alain machte sich Sorgen. Er hatte noch immer Alpträume. Hätte er den Frater nur retten können! Aber er hatte es nicht geschafft. Agius hatte sich geopfert – und wofür? Agius liebte König Henry nicht. Er hatte *gegen* Sabella und Antonia gehandelt, nicht *für* Henry, auch wenn diese Tat den König gerettet hatte.

Oh, Herrin. Wenn er nur genügend Mut aufgebracht hätte, aber das hatte er nicht. Er hatte zugesehen, wie Simplizius umgebracht worden war, denn er hatte Antonias Macht gefürchtet. Er hatte geschwiegen, obwohl er gesehen hatte, wie ein armer Unschuldiger an das *Guivre* verfüttert worden war. Er hatte niemanden angeklagt – obwohl die Edlen den Worten eines Freigeborenen ohnehin kaum Aufmerksamkeit geschenkt hätten. Er hatte nicht einmal daran gedacht, sich während der Schlacht selbst dem *Guivre* zum Fraß vorzuwerfen; daß er es hatte töten können, verdankte er nur Agius' Entschlossenheit, sich zum Wohle der anderen zu opfern.

Oder sich an Sabella zu rächen.

Alain seufzte. Das alles war zuviel, zu kompliziert, als daß er einen Sinn darin hätte erkennen können.

»Komm rein«, sagte Lavastin. Es war gleichzeitig ein Befehl und eine Bitte, und doch war die Aufmerksamkeit, die Lavastin ihm entgegenbrachte, wohl das größte Rätsel von allen. Alain folgte dem Grafen ins Innere. Er war einen halben Kopf größer als der Graf, hatte aber niemals das Gefühl, ihn zu überragen, so beherrschend war die Gegenwart Lavastins. Der Bann, mit dem Antonia den Grafen belegt hatte, mußte wirklich außerordentlich stark gewesen sein, um seine achtunggebietende Ausstrahlung so sehr verdecken zu können.

Lavastin saß auf einem Stuhl, den einer seiner Diener gebracht hatte. »Setz dich«, forderte er Alain auf – etwas gereizt, weil Alain nicht sofort Platz genommen hatte.

»Aber –«, begann Alain, während der Hauptmann und die Bediensteten erstaunt dreinblickten. Sie waren ebenso verwundert wie er, daß der Graf ihn, einen gewöhnlichen Jungen, neben sich sitzen haben wollte, als gehörte er zu seiner Familie.

»Setz dich!«

Alain setzte sich.

Lavastin ließ Wein kommen, zwei Becher, dann schickte er alle anderen hinaus. Die Zeltklappe schlug hinter dem letzten Diener zu, und das Innere lag in einem dämmrigen Zwielicht. Dünne Lichtstrahlen fielen durch Risse in den Zeltwänden herein, beleuchteten einen Teil eines Teppichs, das Heft eines Schwerts, das Ohr eines Hundes. Die Hunde hechelten zufrieden. Kummer rollte sich auf den Rücken und rieb sich am Teppich, um sich zu kratzen. Rage knurrte und schnappte nach Furcht, die sich zu dicht an Alain herangeschlichen hatte.

»Alain Henrisson«, sagte der Graf. »So nennst du dich doch?«

»Ja, mein Graf.«

»Du hast auf dem Schlachtfeld mein Leben und meine Ehre gerettet.«

Alain wußte nicht, was er sagen sollte, also senkte er nur den Kopf.

»Ich wollte Sabella nicht unterstützen. Allerdings wollte ich auch König Henry nicht unterstützen. Meine Ländereien sind meine Angelegenheit, wie auch die Sicherheit und das Wohlergehen der Leute, die dort leben. Das ist alles. Ich wollte niemals in diese Verschwörung hineingezogen werden. Aber das hast du nicht wissen können. Warum hast du getan, was du getan hast?«

»W-weil ... ich ...«

»Sprich weiter! Du mußt einen Grund gehabt haben.«

Als Alain begriff, daß der Graf selbst dann, wenn er in freundlicher Stimmung war, durch jede Art von Zögern gereizt wurde, sprach er so schnell wie möglich, in der Hoffnung, daß es irgendwie Sinn machen würde. »I-ich habe gesehen, daß Bischöfin Antonia nicht ... sie hat Simplizius umgebracht. Sie wollte den Aikha-Prinzen umbringen, den Ihr gefangengenommen habt, aber er ... er entkam. Dann tötete sie Simplizius, und ich konnte ihr nicht trauen –«

»Warte, warte, Junge. Wer ist dieser Simplizius?«

»Einer der Stallburschen, mein Graf.«

Lavastin schüttelte den Kopf. Der Name sagte ihm nichts. »Sie hat ihn umgebracht? Warum wurde ich darüber nicht informiert?«

»Sie ließ bei den Ruinen seltsame Wesen erscheinen, und dann wart Ihr so verändert. Ihr standet –«

»Unter einem Bann, ja.« Er spuckte das Wort beinahe aus, als wäre es ihm unerträglich. »Ich nehme an, Bischöfin Antonia hätte alles geleugnet und ihr Wort gegen deins gestellt. Erzähl weiter.«

»Nun ja, mein Graf, danach schien alles falsch. Die Schlacht schien falsch und daß Sabella durch Verrat und Zauberei gewinnen sollte und diese arme, eingesperrte Kreatur –«

»Der Aikha-Prinz? Der ist doch entkommen.«

»Nein. Ich meinte das *Guivre*.«

»Das *Guivre*!« Lavastin brach in bellendes Gelächter aus. »Ich habe kein Mitleid mit solch einer Bestie.« Er tätschelte einem der Hunde neben sich den Kopf; tatsächlich saß das

Tier halb auf seinen Stiefeln. Alain sah, daß es sich um Schrecken handelte; er erkannte ihn an den Spuren von Weiß um die Schnauze herum, die auf das hohe Alter des Tieres hinwiesen. Der Hund hob den Kopf, wollte von Lavastin gekrault werden.

»Nein, mein Graf«, erwiderte Alain, da es die Antwort war, die der Graf von ihm zu erwarten schien. Aber er empfand dennoch Mitleid mit der Bestie, so schrecklich sie auch sein mochte; auch sie hatte gelitten, und er hatte sie nicht nur getötet, um Agius zu retten, sondern auch, um sie von ihrem Leid zu erlösen. »Und Frater Agius –«

»Ja«, sagte Lavastin kurz angebunden. »Frater Agius rettete den König um den Preis seines eigenen Lebens. Und du, welche Belohnung erwartest du dafür, daß du mein Leben gerettet hast?«

»Ich?«

»Da sonst keiner hier ist, nehme ich doch sehr an, daß ich dich meine! Wenn ich eine Frage stelle, möchte ich eine Antwort hören.«

»A-aber ich will keine Belohnung, mein Graf. Ich habe getan, was ich für richtig hielt. Das ist genug Belohnung in den Augen Unseres Herrn und Unserer Herrin, oder nicht? Aber vielleicht etwas für meine Familie –«

»Ah, ja, deine Familie. Dieser Henri, er ist –«

»Ein Kaufmann, mein Graf. Seine Schwester Bel ist eine unabhängige Hausbesitzerin von einigem Ansehen in Osna.«

»Ja. Das ist doch in der Nähe von dem Kloster, das letztes Jahr niedergebrannt wurde. Was sagt Henri, der Kaufmann, über deine Eltern, Alain?«

Alain rutschte unruhig auf dem Stuhl hin und her und nahm einen Schluck Wein, um sein Unbehagen zu verbergen. Der Wein hatte einen feinen, samtigen Geschmack; er hatte niemals zuvor etwas so Gutes probiert. Wein wie dieser hier gelangte normalerweise nicht bis zu den gewöhnlichen Leuten, nicht einmal zu den Freigeborenen.

»Er sagt –« *Er sagt.* Alain erwog einen kurzen Augenblick zu lügen. Aber Henri und Tante Bel hatten ihm beigebracht, nicht zu lügen. Sie hatten ihn behandelt, als wenn er zur Familie gehörte, und er würde sie entehren, wenn er ihre Worte jetzt verdrehte – selbst wenn die Wahrheit ihm in den Augen von Graf Lavastin Schande zufügte. »Meine Mutter war ... eine Dienerin auf Eurer Burg, mein Graf. Mein Vater Henri ... empfand Zuneigung zu ihr. Sie war bekannt dafür –« Er biß sich auf die Lippe. O Herrin, er konnte doch nicht einfach sagen, daß seine Mutter eine Hure war. »– daß sie mit Männern schlief. Sie starb drei Tage, nachdem sie mich zur Welt gebracht hatte. Die Diakonissin überließ mich der Obhut von Henri – gegen sein Versprechen, mich im Alter von sechzehn Jahren der Kirche zu übergeben.«

»Du bist älter als sechzehn, nicht wahr?«

»Siebzehn, mein Graf. Ich hätte letztes Jahr in die Kirche eintreten sollen, aber das Kloster am Drachenschwanz –«

»– wurde gebrandschatzt. Ich weiß. Ist das die ganze Geschichte?«

»Ja, mein Graf.«

Lavastin saß in dem düsteren Licht und spielte mit seinem Becher, drehte ihn in den Händen, bis Alain fürchtete, er würde den Wein verschütten. Von draußen hörte er die Stimme von Lavastins Hauptmann; er sagte etwas von Henry und Autun und der Gnade des Königs, doch selbst mit seinem scharfen Gehör konnte Alain die einzelnen Worte nicht zu sinnvollen Sätzen verbinden. Kummer gähnte ein Hundegähnen, zeigte dabei seine beeindruckenden Zähne und lehnte sich dann so fest gegen Alains Beine, daß der Stuhl umzukippen drohte. Er rückte ihn zurecht, und diese Bewegung brachte den Grafen zu einer Entscheidung.

»Hör mir gut zu, Kind«, sagte er in seiner brüsken, ungeduldigen Art. »Ich werde dir jetzt eine Geschichte erzählen, und du mußt gut achtgeben, denn ich habe sie bisher niemandem erzählt, und ich werde sie bis ans Ende meines Lebens auch niemandem mehr erzählen.«

Alain nickte, und als ihm bewußt wurde, wie dunkel es war, hauchte er: »Ja.« Die Hunde schnüffelten, jaulten und knurrten, acht schöne, schwarze Hunde, wunderbare Geschöpfe, wenn auch bissig.

»Ich war einmal verheiratet«, sagte Lavastin leise. »Aber wie alle wissen, wurden meine Frau und meine Tochter von meinen Hunden getötet.«

»Aber wie war das möglich?« fragte Alain, den die Neugier überwältigte. »Das Kind zumindest –«

»Hör zu!« zischte Lavastin. »Und unterbrich mich nicht.« Furcht war zum Zelteingang gegangen und schob jetzt mit der Schnauze die Zeltklappe ein kleines Stück zur Seite, so daß Alain sehen konnte, wie Lavastin grimmig lächelte. »Wie das möglich war? Selbst ich kenne nicht die ganze Geschichte, wie mein Großvater an die Hunde kam, ob er sie als Gegenleistung für eine Art Pakt – mit wem auch immer – erhalten hat oder als Teil seines Erbes. Aber mein Vater, das einzige überlebende Kind, erbte sie von ihm, und ich – ebenfalls das einzige Kind, das das Erwachsenenalter erreichte – erbte sie wiederum von ihm. So arrangierte mein Vater zu gegebener Zeit auch für mich eine Hochzeit, damit ich Kinder zeugen – mehr als eins, so hoffte man – und damit die Fortführung des Geschlechts sichern würde.«

Er leerte plötzlich seinen Becher Wein in einem Zug und setzte ihn auf dem Teppich ab. »Ich war damals jung und hatte eine Geliebte, eine hübsche Dienerin. Wir trafen uns oft bei den Ruinen, weil ich unsere Treffen geheimhalten wollte. Doch nach einer Weile wurde sie, wie es häufig geschah, schwanger und bat mich, das Kind anzuerkennen, damit sie nicht als gemeine Hure gebrandmarkt würde. Aber meine Braut war stolz und habsüchtig, und als sie nach Lavas kam, erklärte sie, daß sie kein Bastardkind in der Halle dulden würde. Also schob ich diese andere Frau beiseite, leugnete jede Kenntnis von dem Kind, ging zur Diakonissin – möge ihr Andenken gesegnet sein – und beichtete. Die Diakonissin versprach mir, sich um das Kind zu kümmern, und versicherte, ich solle mir keine Sorgen mehr machen. Sie wäre ja nicht einmal eine Freigeborene gewesen.« Er nahm den Becher wieder in die Hand und führte ihn an die Lippen, als hätte er vergessen, daß er bereits ausgetrunken hatte, dann stellte er ihn verärgert ab. »Ich war in dieser Sache sicher nicht ganz unschuldig.«

Alain verschluckte sich. Er hatte beinahe vergessen zu atmen. »Ist sie gestorben? Bei der Geburt, meine ich.«

Lavastin sprang auf und schritt zum Eingang. Er gab Furcht einen leichten Klaps auf die Seite, und der Hund zog sich zurück. Die Zeltklappe fiel wieder zu. »Du sollst schweigen, während ich rede, Alain.«

Alain nickte, aber der Graf drehte ihm den Rücken zu.

»Kein Wein mehr«, murmelte Lavastin. »Ja, sie starb im Kindbett.« Er drehte sich um und sprach knapp und rasch, als wollte er die Geschichte schnell zu ihrem schauerlichen Ende bringen. »Meine Braut war jung, willensstark, ungeduldig und streitsüchtig. Da ich genauso war, paßten wir nicht zueinander. Sie ließ mich nur selten in ihr Bett. Ich sah davon ab, eine Konkubine zu nehmen, aber vermutete schon bald, daß *sie* einen Galan hatte. Ich konnte nichts beweisen, denn ihre Dienerinnen waren loyal und halfen ihr, alles zu vertuschen. Als unser erstes Kind geboren wurde, traute ich ihr nicht. Ich glaubte nicht, daß es mein Kind war, und doch –« Er machte eine scharfe Geste und ging zum Stuhl zurück, setzte sich jedoch nicht. »Es hätte doch sein können. Sie erzog das Kind dazu, mir zu mißtrauen, obwohl ich mich bemühte, mich mit ihm anzufreunden. Es war ein süßes, liebes Mädchen, wie ich oft aus einiger Ferne sehen konnte. Und jetzt, da sie eine Tochter zur Sicherung der Nachfolge geboren hatte, machte meine Frau sich keine Mühe mehr, den Schein zu wahren. Sie verbannte mich endgültig aus ihrem Bett und protzte offen mit einem Liebhaber, einem gewöhnlichen Mann. Es war, als hätte sie mir in aller Öffentlichkeit einen Schlag ins Gesicht versetzt. Aber sie sagte: ›Was du kannst, eine Gewöhnliche in deinem Bett zu haben, das kann ich auch.‹ Sie wurde wieder schwanger, und diesmal *wußte* ich, daß es nicht mein Kind war – nicht mein Kind sein konnte. Ich verlangte, daß sie unsere Tochter der Prüfung unterzog, sie den Hunden zeigte.«

Es verschlug Alain den Atem, und er riß die Hand vor den Mund. Jetzt konnte er natürlich erkennen, was geschehen war.

»Sie versuchte mit dem Kind wegzulaufen. In dieser Nacht rissen sich die Hunde los.«

Selbst die Hunde schwiegen jetzt, als würden sie zuhören. Kummer und Rage waren jung, nicht mehr als drei Jahre alt. Leidenschaft und Schrecken waren die ältesten. Waren sie in jener Nacht dabeigewesen? Hatten sie die fliehende, schwangere Frau und ihr Bastardkind verfolgt? Hatten sie die Flüchtenden als erste erreicht?

Lavastin sprach jetzt so leise, daß Alain sich anstrengen mußte, um noch etwas zu verstehen. »Mit ihrem letzten Atem verfluchte sie mich. ›Du wirst keinen eigenen Erben haben. Jede Frau, die du heiratest, wird eines schrecklichen Todes sterben. Ich schwöre dies bei den alten Göttern, die noch umherwandeln und deren Brut diese Hunde sind.‹ Im nächsten Jahr erfüllte ich meine Pflicht und verlobte mich mit einer jungen Frau aus guter Familie. Eine Woche vor der Hochzeit ertrank sie, als ihr Pferd beim Durchqueren einer Furt auf unerklärliche Weise zusammenbrach. Sie war unterwegs zu unserer Hochzeitsfeier gewesen. Im Jahr darauf heiratete ich eine junge Witwe. Sie erkrankte noch während der Feier und starb zwei Tage später an der Ruhr. – Ich habe danach nie wieder versucht zu heiraten. Ich wollte nicht noch mehr Menschenleben auf dem Gewissen haben. Aber jetzt ...«

Jetzt? Alain sagte nichts, wartete nur.

Lavastin stellte sich vor Alain. Im schwachen Licht ragte er vor ihm auf, mehr Schatten als Mensch. »Ich habe mich schon im letzten Herbst gewundert, als ich von dem Feldzug gegen dic Aikha zurückkehrte, aber unter dem Bann vergaß ich alles wieder. Doch jetzt – ist es für dich nicht ebenso offensichtlich wie für mich?«

Zuerst verstand Alain nicht, was der Graf meinte. Doch dann begriff er, denn überall im Zelt lagen die Hunde herum, einige bei Alain, andere bei Lavastins Stuhl. Alain berührte den Saum seiner neuen, schönen Tunika, deren bestickte Schleifen allein so kostbar waren, daß Tante Bel für eine einzige Elle dieses Stoffes schon ein Kind hätte weggeben müssen.

Lavastin nahm Alains Hände in seine eigenen und zog ihn hoch. Sein Mund bildete jetzt eine dünne, entschlossene Linie, und sein Ton gestattete keinen Widerspruch, als er sagte:

»Du bist mein Sohn.«

5

Liath hatte Alpträume. Jede Nacht kamen die Hunde und gruben ihre Fänge in ihren Körper, zerrten an ihr, rissen ihr die Gliedmaßen ab. Jede Nacht wachte sie schwitzend und mit pochendem Herzen auf, blieb so lange aufrecht sitzen, bis die kühle Nachtluft den Angstschweiß auf ihrer Haut getrocknet hatte. Aber über ihre Trauer vermochte sie ihr nicht hinwegzuhelfen.

Und dann weinte sie.

Wulfhere schlief währenddessen immer, oder er stellte sich zumindest schlafend. Sie wußte es nicht. Sie wollte es auch gar nicht wissen. Er war sehr beschäftigt, sprach nur, wenn man ihn anredete oder wenn es absolut notwendig war, um Vorräte oder neue Pferde zu bekommen. Nur einmal, als er sich unbeobachtet fühlte, hörte sie ihn einen Namen flüstern.

»Manfred.«

Sie ritten viele Tage lang. Liath zählte sie nicht. Obwohl der Himmel klar war, unterließ sie es, den Lauf des Mondes durch die Häuser der Nacht zu verfolgen. Und genausowenig verfolgte sie den Lauf der Planeten durch die gleichen Konstellationen. Sie wiederholte die Lektionen nicht, die Pa sie immer und immer gelehrt hatte. Sie unterließ es, die Stadt des Gedächtnisses zu besuchen, die sie so mühselig errichtet und über so viele Jahre hinweg sorgfältig erhalten hatte.

Sie trauerte und sie träumte.

Manchmal, wenn sie durch Zufall in ein Herdfeuer oder ein Lagerfeuer blickte, hatte sie das plötzliche Gefühl, als würde sie durch ein Schlüsselloch blinzeln und eine Szene beobachten, die sich auf der anderen Seite einer verschlossenen Tür entfaltete.

Geister brennen in der Luft, mit Flügeln aus Flammen, die Augen funkelnd wie Messerschneiden. Sie bewegen sich auf den Winden des Äthers, die über der Sphäre des Mondes wehen, und hin und wieder fallen ihre Blicke wie leuchtende Pfeile, wie Blitzstrahlen auf die Erde hinab, und dort versengen sie alles, was sie berühren, denn sie begreifen die Zerbrechlichkeit irdischen Lebens nicht. Sie entstammen einer älteren Rasse und sind nicht so zerbrechlich. Ihre Stimmen sind wie das Prasseln von Feuer, und ihre Körper sind nicht so, wie wir sie kennen, sondern die Verbindung von Feuer und Wind, der Atem der stürmischen Sonne, verschmolzen zu Geist und Wille.

»Aber sind wir dann nicht ihre Cousins? Sind wir nicht aus Feuer und Licht geboren? Ist unser Platz nicht hier, jenseits der Sphäre des Mondes, wie auch ihrer?«

Der erste Sprecher rührt sich, betrachtet die Flammen, denn auch er starrt in das Feuer, und über eine unmöglich zu berührende Pforte beobachtet er Liath. Er scheint zu wissen, daß sie lauscht, daß sie ihn sehen kann. Aber er spricht zu der Frau, die außerhalb ihres Blickfeldes in den Schatten hinter ihm steht.

»Wir sind nicht so alt, mein Kind. Wir sind nicht aus den Elementen selbst geboren, auch wenn sie sich in unsere Gestalt webten. Wir sind die Kinder der Engel, aber wir können nicht länger vertrieben von der Erde wohnen, die uns geboren hat.«

Er hebt die Hand. Liath erkennt ihn wieder; er ist ihr inzwischen vertraut, aber er macht ihr angst, nicht weil er bedrohlich aussieht, sondern weil er so vollkommen unmenschlich wirkt, so anders als Pa und die anderen Leute, die sie kennt, die wenigen, die sie zu mögen gelernt hat, und selbst anders als Hugh, der ein Greuel, aber doch durchaus menschlich ist.

Er ist ein Aoi, einer der Verlorenen und sicherlich alt – es ist die Autorität seiner Haltung, die ihn alt wirken läßt, denn er ist nicht aufgrund ihr bekannter Maßstäbe alt oder jung zu nennen. Er hat eine gewissse Ähnlichkeit mit Sanglant. Auch das macht ihr angst, daß sie beim Anblick dieser seltsam gekleideten männlichen Gestalt so bitterlich an Sanglant denken muß, den sie nur noch vergessen will. Niemals vergessen will.

»Wer bist du?« fragt er aus simpler Neugier, weder verärgert noch ängstlich und somit ganz anders als sie. »Wer bist du, daß du durch das Feuer beobachtest? Wie hast du diese Pforte gefunden? Wie hast du sie zum Leben erweckt?« Auf seinem bloßen Oberschenkel ruhen ein paar Flachsfäden, die er zu einem Seil verknüpft, das jedesmal, wenn sie ihn durch das Feuer sieht, etwas länger wird. Aber das Seil wächst nur langsam, eine Fingerlänge, eine Handbreite, während sie die Tage damit verbringt, mit Wulfhere nach Südwesten zu reiten und König Henry zu suchen.

Sie kann ihm nicht antworten. Sie kann durch das Feuer nicht sprechen. Sie fürchtet, ihre Stimme könnte entlang unbekannter Gänge hallen und durch gewaltige, verborgene Hallen dröhnen, von Wind und Feuer zu den Ohren jener getragen werden, die immerfort lauschen, sie suchen.

Der Zauberer – denn ein solcher muß er sein, da er Wissen und die Kraft des Scheins besitzt – zupft eine goldene Feder von der breiten Ledermanschette, die seinen rechten Unterarm umhüllt, und wirft sie in die Flammen.

Liath zuckte zusammen, als das Feuer aufloderte und plötzlich verlosch. Sie blinzelte die Tränen weg, die der Rauch ihr in die Augen getrieben hatte, und wischte sich die Nase. Ihr war heiß im Gesicht. Hinter ihr wurde die Tür aufgerissen, und Wulfhere trat ein.

Sie saß in dem kleinen Gästehaus vom Kloster Hersford – Leute wie der Abt gewährten den Adlern nicht die besten Unterkünfte, aber auch nicht die schlechtesten. Das Feuer knisterte und brannte lebhaft, unschuldig. Sie hätte es geträumt haben können ... aber es war kein Traum gewesen. Wenn sie träumte, träumte sie von Aikha-Hunden.

»Was hast du herausgefunden?« fragte sie.

Wulfhere hustete und rieb sich die Hände, als wollte er irgend etwas loswerden, das daran klebte. »Henry und der Hof haben das Fest von St. Susannah noch hier gefeiert, wurden aber dann nach Westen gerufen. Laut Bruder Bardo hat Sabella ein Heer aufgestellt, und Henry mußte nach Westen reiten, um sie daran zu hindern, in Wendar einzumarschieren. Sie enthob Bischöfin Constanze ihres Postens in Autun und setzte eine andere Bischöfin ein. Und sie nahm Constanze gefangen.«

Liath stützte den Ellenbogen auf ihr Knie und den Kopf in die Hand. Sie war jetzt sehr müde und scherte sich nicht um die Sorgen und Intrigen der Edlen. »Sabella hätte besser daran getan, ihr Heer gegen Blutherz zu schicken«, murmelte sie.

»Nun ja«, meinte Wulfhere, »die großen Fürsten und Fürstinnen denken meist mehr an ihren eigenen Vorteil und weniger an andere. Vater Bardo weiß nicht, was weiter geschehen ist, ob es zu einer Schlacht gekommen ist. Komm jetzt, wir wollen schlafen gehen, denn wir müssen gleich bei Morgengrauen weiterreiten.«

Sie hatte Angst vor dem Schlaf, aber schließlich zog die Erschöpfung sie hinab, immer tiefer und tiefer ...

... in die Krypta von Gent, wo Leichen zwischen den bleichen Gräbern der Toten herumlagen und die Hunde sich so ungestüm daran zu schaffen machten, daß sie das Knacken von Knochen hörte ...

Sie wachte schweißgebadet auf; ihr Herz raste. O Herrin!

Wie oft mußte sie dies noch erleiden? Wulfhere schlief auf der anderen Seite des Feuers, das inzwischen erkaltet war, so kalt wie ihr Herz. Nur ein kleiner Rest Hitze war noch übrig, ein bißchen Gold in all dem Grau.

Ohne nachzudenken griff sie zu – und zog eine goldene Feder aus der kalten Asche.

6

Henry hielt in der großen Halle der Bischöfin von Autun hof: Seine drei Kinder saßen ihm zur Rechten, seine Schwester Constanze und andere vertrauenswürdige Berater zu seiner Linken. Zuvor hatte die wieder in ihr Amt eingeführte Bischöfin Constanze die Lucia-Messe gehalten, eine von vier Messen, die jedes Jahr für die vier missionarischen Schüler des heiligen Daisan gefeiert wurden, die die Heilige Botschaft in die vier Teile der Erde gebracht hatten. Rosvita wußte, daß die Mathematiki ihnen auch andere Namen gegeben hatten: die Frühlings- und Herbstäquinoktien und die Sommer- und Wintersonnenwenden. Sie zog es jedoch vor, an sie als die Messen der vier Schüler zu denken: Marianna-Messe, Lucia-Messe, Matthias-Messe und Licht-Meß, den alten Heiden auch bekannt als Dhearc, die dunkle Nacht der Sonne. Dieses letzte Fest war St. Peter gewidmet, dem Schüler, der als Opfer des Feuergottes der Jinna lebendig verbrannt worden war, weil er seinen Glauben an den Gott der Einigkeiten nicht hatte widerrufen wollen.

Nach der Messe waren Henry und sein Hof in die große Halle zurückgekehrt, wo das Fest bis spät in die Nacht weitergehen würde, denn es war Hochsommer, und die Sonne stand lange am Himmel und pries den Triumph der Göttlichen Vernunft, die Heilige Botschaft und das Versprechen, das sie über die Kammer des Lichts gab.

Doch Henry hatte eine Reihe von Aufgaben zu erledigen. Er saß neben seiner Schwester und versammelte seine Leute um sich. Sie warteten in ordentlichen Reihen, und immer mehr drängten von draußen herein – nicht nur die, die mit ihm marschiert waren, denn auch viele der wohlhabenden Stadtbewohner von Autun waren gekommen, um den König zu sehen und ihm die Treue zu schwören.

Zu einem solchen Anlaß war Henry in seine goldenen Gewänder gekleidet und hielt in der linken Hand das Zepter, das Symbol der königlichen Gerechtigkeit, während er an der rechten Hand den Goldring als Zeichen seiner Herrschaft trug. Auf seinen silbergrauen Haaren ruhte die schwere, juwelenbesetzte Krone. Bischöfin Constanze segnete ihn und salbte ihn mit Öl, das die Skopos selbst geweiht und mit Rosenduft angereichert hatte.

So wurde er in den Augen seines Hofes und der Bewohner von Autun als jener König bestätigt, der von der göttlichen Weisheit Unseres Herrn und Unserer Herrin auserwählt und anerkannt worden war.

»Der Gerechtigkeit soll Genüge getan werden«, sprach Henry zu der Menge. Er rief den Sohn von Herzog Rodulf zu sich.

Rosvita verspürte Sympathie für den jungen Mann, der jetzt vortrat; seine Gefolgsleute kauerten wie furchtsame Hunde an seinen Fersen. Er hatte nichts von Rodulfs rauher, aber herzlicher Autorität und war ohnehin noch nicht lange mündig. Der Herzog hatte den Jungen möglicherweise mitgenommen, damit er zum ersten Mal den Geschmack des Krieges spüren konnte, und nun war das arme Kind Zeuge des Todes seines Vaters geworden.

»Wer seid Ihr?« fragte Henry, obgleich er genau wußte, wer der junge Mann war.

»Ich bin Rodulf, Sohn von Rodulf und Ida.« Der Junge hatte ein gerötetes Gesicht, und seine Hände zitterten, aber er machte seiner Familie keine Schande.

»Sprecht Ihr als Erbe von Varingia?«

»Ich ... ich spreche im Namen meiner älteren Schwester Yolande, die von meinem Vater vor fünf Jahren zur Erbin ernannt wurde.«

»Und wo ist sie jetzt?«

»Sie ... sie ist auf Burg Arlanda, der Festung, die mein Vater errichtet hat.« Der junge Rodulf biß sich auf die Lippen und wartete. Auf Verrat stand, natürlich, die Todesstrafe.

»Sie soll vor der Matthias-Messe vor mich treten«, sagte Henry. Er streckte die Hand aus, als wollte er winken, und der junge Mann warf sich vor dem König auf die Knie. »Wenn sie das tut, werde ich von ihr folgende Dinge als Gegenleistung für meine Milde verlangen: fünfzig von Varingias besten Pferden für meine Ställe. Goldgefäße und Kleidung, um die Kathedrale von Autun zu schmücken, als Wiedergutmachung für die Beleidigung, die Bischöfin Constanze widerfahren ist. Ein Stiftskonvent im Namen meiner Mutter, Königin Mathilda. Und Ihr, junger Rodulf, werdet mit zehn jungen Edlen von gutem Charakter meinen Drachen beitreten und mein Königreich beschützen.«

Der Junge begann zu weinen. Die Menge murmelte beeindruckt von der Gerechtigkeit des Königs – und von seiner Barmherzigkeit. Rodulfs Familie war nicht verwandt mit ihm, und so hätte er nur zu leicht ihr Leben als Bezahlung für ihren Verrat fordern können. Rosvita nickte. Dies war der weisere Weg.

»Ich werde ihr die Nachricht überbringen, Eure Majestät«,

sagte der Junge. »Wir werden Euch von jetzt an die Treue halten. Ich schwöre es.« Constanze hielt ihm ein Reliquiar mit einem Oberschenkelknochen und einem Stück Stoff von dem Gewand, das St. Thomas der Apostel einst getragen hatte, entgegen, und der junge Rodulf küßte das juwelenbesetzte Kästchen und den Ring des Königs, um seinen Eid zu besiegeln.

»Bringt Bischöfin Antonia zu mir«, befahl der König.

Unter schwerer Bewachung wurde Bischöfin Antonia vor ihn geführt. Sie hatte die Hände vor dem Bauch gefaltet und strahlte ihn so freundlich an, als wäre er ihr Lieblingsneffe.

Henry seufzte. »Ihr steht unter dem Schutz der Kirche, Euer Gnaden, und so bin ich gezwungen, obwohl Ihr an einer Verschwörung gegen mich teilgenommen habt, Euch nach Darre zu schicken, wo Ihr Euch vor der Skopos verantworten müßt. Soll sie über Euren Verrat urteilen.«

»Ich habe meinen Eid gegenüber der Kirche nicht gebrochen, Eure Majestät«, sagte Antonia zuckersüß. »Ich zweifle nicht daran, daß die Skopos zu meinen Gunsten entscheiden wird.« Sie wurde nur von einem Geistlichen – Heribert – begleitet.

Constanze zog ein grimmiges Gesicht. »Was ist mit Euren Bediensteten, Bischöfin Antonia? Die Hälfte von ihnen ist tot, die anderen werden schon bald an einem Übel sterben, das ausschließlich sie trifft, noch nicht einmal die heiligen Nonnen, die sich um die Sterbenden gekümmert haben.«

»Ich trauere um sie«, sagte Antonia, »aber selbst ich kann der Hand Unseres Herrn nicht entgegentreten, wenn er mit seinem Schwert die Fäden abschneidet, die uns an das Leben binden.«

»Es gibt einige, die Euch der Zauberei beschuldigen«, fuhr Constanze fest entschlossen fort, dies jetzt vorzubringen. Sie unterließ es, Henry mit einem Blick um Erlaubnis zu bitten, und er versuchte auch gar nicht, sie aufzuhalten. Sie war die einzige Person mit dem gleichen geistlichen Rang wie Antonia, und keine weltliche Macht konnte sich da einmischen. »Es gibt einige, die sagen, daß Eure Geistlichen auf Euren Befehl hin Amulette angefertigt haben und daß ihr Leiden das Zeichen dieses grausamen Zaubers ist – desselben Zaubers, der ein *Guivre* auf das Schlachtfeld brachte und Sabellas Soldaten von seinem Blick unbeschadet umhergehen ließ, während Henrys Leute zu Stein erstarren.«

Antonia breitete die Hände aus und hielt sie mit den Handflächen nach oben, eine Geste der Unschuld. »Wenn ihr Leiden ein Zeichen für Zauberei sein soll und ich die Zauberin, die diese Amulette ersonnen hat, wie kommt es dann, daß ich dieses Übel nicht habe? Wie kommt es, daß Heribert …« – sie deutete auf den jungen Geistlichen, der wie immer einen Schritt hinter ihr stand – »ebenfalls unbefleckt ist? Viele Dinge verursachen solche Übel, unter anderem böse Geister. Es tut mir leid, wenn sie leiden, und ich tue alles, was in meiner Macht steht, ihre Qualen zu lindern. Es dauert mich sehr, aber was sie befallen hat, kommt von anderen Händen als meinen.«

»Genug«, mischte sich Henry genau in dem Augenblick ein, als Constanze Luft holte. »Wir sind dies jetzt schon hundertmal durchgegangen, und ich will nicht länger darüber sprechen. Bischöfin Antonia wird unter Bewachung zur Skopos nach Darre gebracht, um dort in einem Prozeß wegen Zauberei von der Art angeklagt zu werden, die von der Kirche beim Konzil von Narvone verurteilt wurde.«

Antonia und ihr einziger Gefolgsmann wurden abgeführt. Doch obwohl Rosvita von ihrem Platz links vom Thron des Königs aus einen guten Blick hatte, konnte sie im Gesicht der alten Bischöfin weder Furcht noch Bedauern noch Reue entdecken. Sie sah tatsächlich so engelhaft aus wie eine gütige Großmutter, die ihre Kinder und Enkelkinder zu Erwachsenen hatte heranwachsen sehen.

Henry saß eine ganze Weile stumm da. Auch die Menge verhielt sich ruhig; tatsächlich rührte sich kaum jemand. Alle Anwesenden wußten, daß er als nächsten sicherlich seine Schwester Sabella vor sich rufen würde.

Schließlich gab er ein Zeichen, und Herzogin Liutgard trat vor. »Ich erkläre mich jetzt bereit, mit der Frau zu sprechen, die sich in Eurem Gewahrsam befindet«, sagte er.

Liutgard nickte zustimmend und warf Rosvita einen Blick zu, als wollte sie ihr danken, daß sie Henry vor einer vorschnellen Handlung bewahrt hatte.

Als Sabella in die Halle gebracht wurde, war die Stille so überwältigend, daß Rosvita glaubte, sie würde in der Ferne Hunde bellen hören. Womöglich bildete sie sich das auch nur ein, oder irgendein Edler besaß in der Nähe Hundezwinger.

Sabella weigerte sich, vor ihrem Bruder niederzuknien, und Henry machte sich nicht die Mühe, vorzutreten und sie zu begrüßen oder ihr die Hand hinzuhalten, um sie sich von ihr küssen zu lassen. Rosvita glaubte auch nicht, daß Sabella ihm eine solche Ehre – eine solche Huldigung – erwiesen hätte.

»Was hast du zu sagen?« fragte er statt dessen, und sein Blick wanderte über sie hinweg zu ihren Gefolgsleuten, in deren Mienen sich eindeutig mehr Reue und Furcht widerspiegelten. Ein Diener wischte Speichel von Herzog Berengars Lippen. Die junge Tallia stand blaß in einem grünen Seidengewand da; sie wirkte eher wie ein gefangenes Reh denn wie eine Prinzessin.

Rosvita warf einen Blick auf die anderen Prinzessinnen, Henrys Töchter. Sapientia benahm sich heute barmherzigerweise umsichtig, beherrschte sich und hielt ihre Zunge im

Zaum. Sie saß so still wie möglich da und verfolgte die Vorgänge mit einem düsteren und gleichzeitig lebhaften Blick, als würde sie alles in sich aufsaugen, als würde sie sich in die Rolle der Königin hineinspielen. Theophanu dagegen war von einer Art kühlen Stille umgeben; ihr Gesicht war ausdruckslos, und sie reagierte auch nicht, wenn Henry ein Urteil verkündete. Selbst der junge Ekkehard, der die Hälfte der Zeit aussah, als würde er einschlafen, war angesichts der Milde, die König Henry gegenüber Herzog Rodulfs Erben gezeigt hatte, vor Überraschung zusammengezuckt. Neben diesen drei gutaussehenden und gesunden Kindern wirkte Tallia wie eine farblose Blume, verloren im Glanz der Ambitionen ihrer Mutter.

»Ich habe nichts zu sagen«, erklärte Sabella.

Henrys Zorn war offensichtlich, auch wenn er seiner Wut jetzt nicht nachgab. »Du hast gegen den rechtmäßigen König von Wendar und Varre, der von deinem Vater Arnulf zum Erben ernannt, von der Hand der Skopos gesalbt und von den großen Fürsten des Reiches bestätigt worden ist, eine Verschwörung angezettelt. Das ist Verrat, und die Strafe für Verrat ist der Tod.«

Ein Keuchen ging durch die Menge, als die Menschen nach Luft schnappten. Alle reckten die Hälse, um zu erfahren, wie es weitergehen würde. Die Luft selbst schien stillzustehen, so reglos verharrten die Anwesenden.

»Aber wir sind verwandt, und du trägst den Goldreif des Königlichen Hauses.« Henry unterließ es, den Reif in seinem Nacken zu berühren, aber Sabella griff unwillkürlich nach ihrem. »Ich werde meine Hände und auch die meiner Kinder nicht mit dem Blut meiner Familie beflecken. Aber folgendes werde ich tun. Dieses Urteil verkünde ich.«

Er stand auf.

»Deine Tochter Tallia werde ich als meinen Schützling zu

mir und in meine Obhut nehmen. Deinen Ehemann Berengar, Herzog von Arconia, erkläre ich hiermit für unfähig zu herrschen und entziehe ihm den Rang des Herzogs. Er wird sich ins Kloster Hersford zurückziehen, wo die heiligen Brüder sich angemessen um ihn kümmern werden. Und du, Sabella –«

Niemand rührte sich. Niemand sprach.

»Auch dir entziehe ich den Titel der Herzogin, und ich entziehe ihn gleichfalls und für alle Zeiten deiner Erbin. Das Herzogtum von Arconia ist somit ohne Herzog, und so scheint es mir nur billig, über diesen Titel und die damit verbundene Autorität zu verfügen. Ich lege das Herzogtum nun in die Hände meiner Schwester Constanze, der Bischöfin von Autun, und auch Euch gebe ich in ihren Gewahrsam, wie Ihr einst sie gegen ihren Willen in Gewahrsam gehalten habt.«

Die Menge konnte ihr Erstaunen nicht länger verbergen. Es wurde so laut, daß Rosvita kaum noch denken konnte. Sapientia, ein Spiegelbild der Menge, sprang auf und setzte sich einen Augenblick später wieder, als ihr Bruder sie vorsichtig am Ärmel zupfte. Theophanu blieb vollkommen reglos, nur ein dünnes Lächeln lag auf ihrem Gesicht.

Sabella sagte nichts; ihre Miene zeigte nur eine tödliche und bittere Wut, aber sie konnte nichts tun. Sie hatte hoch gespielt und verloren. Herzog – nicht länger Herzog! – Berengar schneuzte sich die Nase am Ärmel und wurde sofort von seinen Dienern weggeführt. Der arme Mann. Im Kloster würde man sich besser um ihn kümmern, vermutete Rosvita. Tallia weinte. Die Tränen machten ihre Haut fleckig und ihre Nase rot. Sabella drehte sich zu ihr um und schnaubte sie zornig an, aber es war zu laut, als daß Rosvita die Worte hätte verstehen können.

Gebrüll herrschte jetzt in der Halle, Rufe wie »Henry! König Henry!« wurden laut, hinzu gesellten sich andere, die

Constanze als Herzogin und Bischöfin bejubelten. Noch nie waren zwei Titel in einer Person vereinigt worden. Doch Henry hatte Constanze für ihre Beharrlichkeit und Treue belohnt. Und die Bewohner von Autun waren sichtlich glücklich darüber; sie liebten ihre Bischöfin.

Doch Rosvita begriff nicht, weshalb sie die Hunde so laut hörte und warum die Lobesrufe der Menge plötzlich eine andere Färbung erhielten.

»Macht den Weg frei!« rief jemand.

»Aus dem Weg!« schrie eine Frau.

»Der Herr möge uns beschützen! Die Brut des Teufels!«

Hastig drängten Wachen Sabella und ihr Gefolge beiseite.

Eine höchst erstaunliche Gruppe erschien jetzt in der Halle – der letzte Flüchtling, der einzige, der sich nach dem Kampf nicht gezeigt hatte: Graf Lavastin und seine berühmten schwarzen Hunde. Mit ihm marschierten sein Hauptmann und ein gutgekleideter Junge, der sich gerade an der Schwelle zum Mann befand.

König Henry blinzelte einige Male; das einzige Zeichen, das sein Erstaunen verriet. Der Graf schritt kühn weiter und blieb erst vor dem Podest des Königs stehen. Er kniete nicht nieder.

»Letztes Jahr«, sprach Lavastin, »habt Ihr einen Adler zu mir geschickt, um mich zu Eurer Rundreise zu rufen. Hier bin ich.«

Das war so dreist, daß Henry beinahe lachen mußte. Doch die Situation war viel zu ernst, um zu lachen.

»Es ist spät, ich ließ Euch schon vor langer Zeit zu mir rufen«, sagte Henry. »Und Ihr hattet die ganze Zeit seltsame Reisebegleitung, Graf Lavastin.«

»Das hatte ich, Eure Majestät, aber nicht aus freien Stücken. Ich habe Zeugen, die beweisen können, daß eine andere Hand mich beherrschte und ich nicht mit Prinzessin Sabella marschierte, weil ich es wollte, sondern weil ich dazu gezwungen wurde.«

»Das ist eine gute Ausrede, Graf Lavastin. Wirklich eine sehr raffinierte, nun, da Bischöfin Antonia ohnehin der Zauberei angeklagt ist.«

Diese Worte klangen so schroff, daß Rosvita von Lavastin eine ähnlich harte Antwort erwartete, aber ausnahmsweise enthielt er sich seiner berühmt-berüchtigten Gereiztheit. »Ich werde vor Euren Geistlichen schwören«, sagte der Graf. »Es gibt andere, die zu meinen Gunsten aussagen können, wie – hoffentlich – mein Verwandter, Edelmann Jeoffrey, den ich sehr schlecht behandelt habe, während ich unter diesem Bann stand.«

»Eure Aussage wird mit der Gruppe, die Bischöfin Antonia begleitet, zur Skopos geschickt werden«, sagte Henry. »Um offen mit Euch zu sprechen, Graf Lavastin – ich bin darüber informiert, daß Ihr Eure Truppen bereits zu einem Zeitpunkt vom Schlachtfeld zurückgezogen habt, als Sabella noch die Oberhand besaß. Dies wird zu Euren Gunsten sprechen, wenn ich mein Urteil über Euch fällen werde. Wir alle glaubten, Ihr wärt danach geflohen. Warum seid Ihr jetzt hergekommen? Wie ich weiß, empfindet Ihr keine große Zuneigung für mich.«

»Ich bin kein Verschwörer, Eure Majestät, und ich möchte meinen Namen von diesen Vorwürfen reinigen. Ich habe nichts zu verbergen. Aber ich möchte Euch um einen Gefallen bitten.«

»Oh«, sagte Henry.

»Oh«, flüsterte Theophanu. Ihre Lippen teilten sich, als sie sich, jetzt doch aufmerksam geworden, vorbeugte.

»Er will etwas von ihm«, murmelte Sapientia zu Ekkehard. »Deshalb ist er hierhergekommen, obwohl er doch auf seine Ländereien hätte fliehen können.«

»Still«, sagte Constanze.

Die Menge beruhigte sich wieder, nur das Rascheln der Gewänder war zu hören. Die neben Lavastin sitzenden Hunde – die einzige Gefolgschaft, die er benötigte – knurrten. Einer erhob sich und zeigte einem aufdringlichen Edlen, der sich zu nah herangewagt hatte, die Zähne.

Doch da geschah das Seltsame. Graf Lavastin rührte keinen Finger. Sein Hauptmann dagegen blickte für einen kurzen Augenblick äußerst niedergeschlagen drein. Es hieß, daß Lavastin ein guter und großzügiger Herr sein müsse, da so viele Bedienstete und Soldaten ihm loyal ergeben waren – Leute, die immerhin jederzeit damit rechnen mußten, von den schwarzen Hunden in Stücke gerissen zu werden.

Doch der *Junge* sprach ein leises Wort, und die Hunde gehorchten.

»Knie vor dem König nieder«, sagte Lavastin, und der Junge gehorchte. Er war groß, schlank, hatte schwarze Haare und außergewöhnlich klare Augen; er sah nicht ausgesprochen gut aus, noch war er übermäßig elegant, doch Rosvita wurde auf unerklärliche Weise warm ums Herz, als sie ihn anblickte.

»Ihr wißt, daß ich zweimal verwitwet und ohne Erben bin«, sagte Lavastin, »und daß ich aus Gründen, die ich vor langer Zeit gebeichtet und gesühnt habe, keinen Erben mehr erhalten werde. So trete ich also vor Euch, Eure Majestät, und bitte Euch, diesen Jungen, meinen Bastardsohn Alain, als meinen Erben anzuerkennen, damit er nach meinem Tod meinen Titel und meine Ländereien erbt.«

Herrin im Himmel! Rosvita sackten beinahe die Knie weg. Sie blickte Henry an, wollte seinen Gesichtsausdruck sehen. Dem Kribbeln nach, das ihr über Schultern und Rücken lief, sahen jetzt alle Henry an. Seine Kinder – seine drei rechtmäßigen Kinder – starrten ihn eindringlich an. Constanze hatte eine Hand an die Wange gelegt und hielt die Augen fest geschlossen.

Mitten in die Stille hinein ertönte ein lautes Lachen.

»Was wirst du tun?« rief Sabella spöttisch. »Was wirst du tun, Bruder? Den einen Bastard zum Grafen machen – und den anderen zum König?«

Henry machte eine schroffe und wütende Geste mit der rechten Hand. Die Wachen führten Sabella aus der Halle und zurück zum Turm, wo sie gefangengehalten wurde.

Henry trat vom Podest herunter und legte dem Jungen die Hand mit dem goldenen Ring auf den Kopf. Er sah Lavastin an, ihre Blicke trafen sich; eine kurze Zeit starrten sich die Männer einfach nur stumm an.

»Viele Edle behaupten, einen Bastard zu besitzen, um ihr Land nicht an einen ungeliebten Verwandten zu verlieren. Wie könnt Ihr Eure Behauptung beweisen?«

»Meine Diakonissinnen zeichnen alle Geburten und Todesfälle auf Burg Lavas sorgfältig auf, aber ich glaube, Ihr benötigt keinen besseren Beweis als diesen.« Lavastin pfiff.

Die Hunde drängten zu ihm, und Henry trat rasch auf das Podest zurück. Der Junge sprang auf und rief, die Augen weit aufgerissen, die Hunde zur Ordnung. Wie duckmäuserische Gefolgsleute gehorchten sie sofort und warfen sich vor seinen Füßen nieder. Als Henry einen Schritt nach vorn machte, knurrten sie erneut.

Der Junge schnippte mit den Fingern und jagte sie vom König weg, in sichere Entfernung.

»Und was ist mit dir, Kind?« fragte der König, als er jetzt endlich Alain anblickte. »Wie heißt du?«

»Ich heiße Alain, Eure Majestät.« Er hatte eine klare Stimme, und er sprach weder stockend noch so ordinär wie ein Junge von geringem Stand.

»Ist es wahr?«

Alain neigte bescheiden den Kopf. »Graf Lavastin hat mich als seinen Sohn anerkannt.«

»Was weißt du von deiner Geburt?«

»Ich wurde auf Burg Lavas von einer unverheirateten Frau geboren, die drei Tage nach meiner Geburt starb. Ich wuchs bei Freien in Osna auf und war der Kirche versprochen. Doch –« Rasch erzählte er die Geschichte von den Aikha und dem gebrandschatzten Kloster. »So kam ich nach Burg Lavas, um dort für ein Jahr zu dienen.«

»Und mein Leben zu retten«, unterbrach ihn Lavastin, der während der Geschichte ungeduldig mit dem Fuß auf den Boden getrommelt hatte, »und mich von dem Bann zu befreien, der durch Zauberei auf mir lastete. Ich war tatsächlich nicht der erste, der diese Verbindung bemerkte, Eure Majestät. Frater Agius, der auf meiner Burg diente, erzählte mir einige Monate zuvor davon, aber ich zögerte, ihm zu glauben.«

Constanze nahm die Hand vom Gesicht.

Henry blinzelte mehrere Male und fuhr sich mit der Hand an den Mund. »Dann ist dies der Junge, der das *Guivre* getötet hat!« rief er aus. »Es wurden viele Geschichten erzählt über das, was an jenem Tag geschah, aber trotz eifriger Suche fanden wir den Mann nicht, der mein Königreich gerettet hat. Komm her, Kind, küß mir die Hand.«

Alain warf einen Blick zurück auf Lavastin – seinen Vater – und kniete sich dann vor den König, während ihm die außerordentliche Gunst gewährt wurde, ihm die Hand zu küssen.

»Das kann nicht unbelohnt bleiben«, sagte Henry. Seit dem bitteren Zusammenstoß mit seiner Schwester hatte sich seine Stimmung wieder aufgehellt. Tatsächlich wirkte er sogar erfreut.

Rosvita beschlich plötzlich eine Ahnung, als wollte Henry

eine Handlung vollziehen, deren Auswirkungen ihn noch lange Zeit verfolgen würden. Sie trat vor und hob die Hand, um die Aufmerksamkeit des Königs auf sich zu lenken – aber es war bereits zu spät.

»Bei meiner Macht als König von Wendar und Varre und beim Recht der Gesetze, wie sie in den Kapitularien seit der Zeit von Kaiser Taillefer geschrieben stehen, gewähre ich Euch, Lavastin, Graf von Lavas, das Recht, diesen Jungen als Erben Eures Geschlechts zu benennen, auch wenn er nicht einer rechtmäßigen Vereinigung entstammt. Er mag Euren Titel übernehmen und die Autorität, die mit diesem Titel verbunden ist. Laßt meine Worte Gesetz werden. Sie sollen schriftlich niedergelegt werden.«

Oh, Herrin. Alle wußten, was dies bedeutete, weshalb Henry so triumphierend dreinblickte. Er hatte eine Entscheidung getroffen. Jetzt blieb nichts anderes übrig, als es irgendwie durchzustehen. Sapientia sprang so plötzlich auf, daß ihr Stuhl umkippte; sie setzte zum Sprechen an, hielt inne und stürmte statt dessen aus der Halle. Ekkehard stand vor Staunen der Mund offen. Theophanu wölbte eine Augenbraue, gab aber sonst kein Zeichen von sich.

»Henry«, murmelte Constanze leise genug, daß niemand außer Rosvita und der Handvoll Menschen, die sich auf dem Podest befanden, es hören konnte, »weißt du, was du da tust?«

»Ich weiß, was ich tue«, sagte Henry. »Und es war schon längst Zeit, es zu tun. *Er* ist der einzige, dem ich meinen Platz als Souverän anvertrauen kann, wenn ich von der Erde gehe und durch die Sphären zur Kammer des Lichts aufsteige.«

Constanze drehte den Kreis vor der Brust, als wollte sie ein schlechtes Omen abwenden.

»Und nichts und niemand«, erklärte Henry jetzt lauter, »wird mich von diesem Kurs abbringen.«

Ein Schrei erklang von den Türen her.

»Adler! Macht Platz für die Adler!«

Es waren zwei, und sie kamen hastig herein, mitgenommen und müde von der Reise. Die eine war jung und überraschend dunkelhäutig, als hätte die Sommersonne ihre Haut so tief gebräunt, daß sie so geblieben war. Die Aura des Sommers war auch jetzt um sie, so sehr, daß sie viele Blicke auf sich zog.

Der andere war Wulfhere, der vor vielen Jahren aus Henrys Gegenwart und von seinem Hof verbannt worden war. Aber er schritt so entschlossen vorwärts, als würde – oder wollte – er sich an diesen Bann nicht mehr erinnern. Die junge Frau sah leidgeprüft aus, die ernsten Linien in ihrem Gesicht zeugten von großem Elend und hoffnungsloser Sehnsucht. Wulfhere blickte grimmig drein. Rosvita hörte, wie hinter ihr die beiden anderen Adler – Hathui und ihre junge Kameradin – nach Luft schnappten.

»Nein«, murmelte Hathui zu der jüngeren. »Bleib hier. Wir müssen warten, bis wir an der Reihe sind.«

»Sie trägt das Abzeichen der Adler«, flüsterte die andere. Es klang, als würde sie jeden Augenblick in Tränen ausbrechen.

»O Herrin«, murmelte Hathui. »Sieh dir ihre Gesichter an.« Dann war sie still.

Die beiden Neuankömmlinge blieben vor dem Podest stehen.

»Warum tretet Ihr vor mich«, verlangte der König zu wissen, »wo Ihr doch wißt, daß ich Euch nie mehr in meiner Gegenwart sehen wollte?«

»Wir kommen aus Gent«, erwiderte Wulfhere, »und wir bringen traurige Nachrichten. Gent ist von den Aikha erobert worden, und die Drachen sind vollständig ausgelöscht. Prinz Sanglant ist tot.«

»Herrin«, keuchte Henry und griff sich an die Brust. Nur dieses eine Wort. Mehr konnte er nicht sagen.

Rosvita sah sofort, daß diese schreckliche, diese überaus schreckliche Nachricht ihn vollkommen lähmte. Und weil trotzdem jemand etwas tun mußte, tat sie es, auch wenn sie das Gefühl hatte, daß es jemand anders als sie war. Sie ging zu ihm und nahm seinen Arm, brach beinahe selbst zusammen, als er sich mit seinem ganzen Gewicht auf sie stützte. Er stand kurz davor, die Besinnung zu verlieren, und nur mit Hilfe des anderen Adlers, Hathui, gelang es, ihn aus der Halle und in die private Kapelle zu schaffen, die sich in einen Garten öffnete.

Dort warf er sich in seinen goldenen Prachtgewändern auf die Steinfliesen vor dem Herdfeuer, ungeachtet der Krone, die auf den Boden fiel, und ungeachtet des Zepters, das ihm aus den Fingern glitt. Er faßte sich an die Brust und zog einen alten, von roten Flecken übersäten Stoffetzen hervor.

Er konnte nicht weinen – nicht wie ein König weinen mußte, leicht und als Zeichen seines Mitgefühls mit dem Leid seiner Leute. Dieser Schmerz saß viel zu tief für Tränen.

»Mein Herz«, murmelte er, das Gesicht auf dem harten Stein. »Man hat mir mein Herz herausgerissen.« Er preßte das Stück Stoff an die Lippen.

Hathui weinte, als sie ihn so sah.

Rosvita drehte den Kreis vor der Brust und kniete sich neben den König vor das Herdfeuer; sie stimmte das Gebet für die Seelen der Toten an.

7

Später, als die Halle sich geleert hatte und Liath und Wulfhere Brot und Met erhalten hatten und nachdem einige Edlen, die sie nicht kannte und deren verschiedene Gesichter in dem

Durcheinander zu einem einzigen verschmolzen, gedämpfte Unterhaltungen geführt hatten, wurde Liath zu einer kleinen Kapelle geleitet.

Wulfhere ging nicht mit ihr. Tatsächlich hinderten sie ihn sogar daran und führten ihn in eine andere Halle. Eine vornehme, stolze Frau in der Kleidung einer Bischöfin brachte sie zum König, der mittlerweile in einfachere Gewänder gekleidet und ohne die Regalien auf einer Bank saß. Ein Geistlicher stützte ihn, und einige Bediensteten kümmerten sich um ihn, wischten ihm wiederholt mit einem feuchten Tuch das Gesicht ab. Liath kniete vor ihm nieder. Henrys rechte Hand umklammerte einen blutbefleckten Stoffetzen.

»Erzählt es mir«, forderte er sie mit heiserer Stimme auf.

Sie wollte ihn bitten, ihr das zu ersparen, den Fall von Gent nicht noch einmal durchleben zu müssen. Nicht schon wieder, Herrin, ich bitte Euch. Aber sie konnte nicht. Sie war ein Adler, des Königs Auge, und es war ihre Pflicht, ihm alles zu berichten.

Nicht alles. Einiges konnte – und würde – sie niemandem erzählen: Sanglants Gesicht dicht vor ihrem, das Licht in seinen Augen, der grimmig angespannte Mund, die bittere Ironie in seiner Stimme, als er zu ihr gesagt hatte: *»Verheiratet Euch nie.«* Das Gefühl seiner Haut, als sie ihn unaufgefordert an der Wange berührt hatte. Nein, nicht das. Das waren *ihre* Erinnerungen, die sie nicht mit irgend jemandem teilen wollte. Niemand mußte wissen, daß sie ihn liebte. Niemand würde es erfahren, nicht einmal Sanglant. Schon gar nicht Sanglant.

Die Geschichte zu erzählen wäre so, als würde sie sie noch einmal durchleben. Aber sie hatte keine Wahl. Alle beobachteten sie, warteten. Hathui stand bei den anderen und nickte ihr aufmunternd zu. Die Geste machte ihr Mut. Sie räusperte sich und begann.

Nur mit großer Mühe brachte sie die Worte hervor. Es war schrecklich, die Überbringerin dieser furchtbaren Neuigkeiten zu sein, und noch schlimmer war es, die Geschichte zu erzählen, während der König sie anstarrte, als würde er sie hassen – wen sonst konnte er hassen?

Sie konnte es ihm nicht übelnehmen. Denn auch sie haßte sich auf eine bestimmte Weise dafür zu leben, während so viele gestorben waren. Schließlich hielt sie inne, nachdem sie den letzten und vernichtendsten Teil erzählt hatte, den von der Vision durch das Feuer. Sie erwartete, vernommen zu werden, möglicherweise sogar als Zauberin in Ketten weggeführt zu werden. Der König hob die Hand, doch es war eine schwache Geste, die er nicht zu Ende führte. Zu mehr reichte seine Kraft nicht.

»Kommt«, sagte die Bischöfin. Sie führte Liath weg. Draußen blieb sie mit ihr im Säulengang stehen, der sich zu einem hübschen Garten mit Lilien, Rosen und Ringelblumen öffnete. »Ihr seid Wulfheres Adlatin?« fragte sie. Sie benutzte das dariyanische Wort.

»Ich –? Nein. Ich weiß es nicht. Ich bin noch nicht lange bei den Adlern, erst seit der Marianna-Messe.«

»Und doch tragt Ihr bereits das Adler-Abzeichen.«

Liath bedeckte die Augen mit einer Hand, um ein paar Tränen wegzuwischen.

»Was Ihr im Feuer gesehen habt«, fuhr die Bischöfin in einem Tonfall fort, den sie vermutlich für sanfter hielt, »ist uns bekannt als eine der Fähigkeiten, mit denen einige Adler sehen können. Fürchtet Euch nicht, Kind. Zauberei wird nicht grundsätzlich von der Kirche verdammt. Nur die schädliche.«

Liath wagte es, den Kopf zu heben. Die Bischöfin war noch eine ziemlich junge Frau, sie wirkte blaß und elegant in ihren schönen Kleidern und der mit Troddeln versehenen Mitra.

»Ihr seid Constanze!« rief Liath überrascht aus, als sie sich an die Vorträge ihres Vaters über den Stammbaum des königlichen Geschlechts erinnerte. »Die Bischöfin von Autun.«

»Ja, die bin ich«, erwiderte Bischöfin Constanze. »Und ich bin augenscheinlich nun auch die Herzogin von Arconia.« Sie sagte dies mit einem Hauch von Ironie, vielleicht auch einer Spur von Trauer. »Wo wurdet Ihr erzogen, Kind?«

»Mein Pa hat mir alles beigebracht«, sagte Liath, die das Schicksal dafür verfluchte, daß Wulfhere jetzt nicht bei ihr war. Sie hatte nicht die Kraft, gezielte Fragen über ihre Vergangenheit und ihre Gaben abzuwehren, vor allem nicht, wenn sie von einer Edlen wie Constanze kamen, die hochgebildet und von hohem Rang war. »Ich bitte um Vergebung, Euer Gnaden. Ich bin sehr müde. Wir sind die ganze Zeit geritten und so schnell wie möglich, und –« Beinahe hätte sie geschluchzt, aber sie konnte es noch rechtzeitig unterdrücken.

»Und Ihr habt jemanden verloren, der Euch nahestand«, sagte die Bischöfin, in deren Gesicht Liath überraschenderweise für einen kurzen Augenblick Mitleid erkannte. »Eine meiner Geistlichen wird Euch zu den Unterkünften führen, die für die Adler vorgesehen sind.«

Eine Geistliche führte sie zu den Ställen, und kurz danach fand sie sich auf dem Dachboden darüber wieder. Die Läden waren geöffnet worden, ließen das letzte bißchen Tageslicht herein. Sie warf sich ins Heu, stand dann wieder auf, wischte sich die Nase, schritt auf und ab. Es war, als hätte sie durch das Erzählen der schrecklichen Geschehnisse einen Teil ihrer betäubenden Trauer auf König Henry übertragen. Jetzt war sie zu unruhig, um sich auszuruhen. Unten flüsterten Stallburschen. Sie war ganz allein.

Zum ersten Mal seit Monaten, zum ersten Mal, seit Hugh ihr die Grundbegriffe des Arethusanischen beigebracht hatte –

diese ganzen verfluchten unmöglichen Verben! –, war sie wirklich allein.

Vorsichtig nahm sie *Das Buch der Geheimnisse* aus ihrer Satteltasche und wickelte es aus. Sie öffnete es dort, wo der mittlere Text begann, der alte, zerbrechliche Papyrus, der sich trocken anfühlte, als sie mit dem Finger über die Zeilen des Textes fuhr. Er war in einer Sprache geschrieben, die sie nicht kannte, die aber hier und da in Arethusanisch erklärt wurde. Auch die arethusanischen Buchstaben waren ihr noch fremd, aber wenn sie sich stark konzentrierte, die Türen zu ihrer Stadt des Gedächtnisses in ihrem Innern öffnete und die Halle fand, in der sie das arethusanische Alphabet abgelegt hatte, konnte sie sie im Geiste in die vertrauteren dariyanischen Buchstaben übertragen und so Worte bilden, die sie zum Teil von Hugh gelernt hatte, die zum größten Teil aber keine Bedeutung für sie hatten.

Oben auf der Seite über dem eigentlichen Text stand ein einziges, arethusanisches Wort: *Krypte.*

»Versteckt dies«, flüsterte sie und spürte plötzlich einen stechenden Schmerz in ihrer Brust. *Versteckt dies.*

Sie fuhr mit der Hand zum Mund, atmete tief ein, beruhigte sich und las den Text darunter. Die Buchstaben waren ihr völlig fremd, anders als arethusanische, anders auch als die bekannteren dariyanischen; sie erinnerten schwach an die verschnörkeltere Anmut der Jinna-Buchstaben, auch wenn diese hier insgesamt etwas eckiger wirkten. Sie konnte sie weder lesen, noch sich vorstellen, welche Sprache es war.

Doch in einer anderen Schrift stand der erste lange Satz in arethusanischer Übersetzung darunter, aber nur dieser erste. Auf den anderen Seiten tauchten hier und da Erklärungen auf, Kommentare zum Text. Doch diesen Satz konnte sie zumindest teilweise lesen. Vielleicht gab er einen Hinweis auf das

Thema. Vielleicht hatte der oder die Unbekannte deswegen den ersten Satz vollständig übersetzt.

Mit äußerster Sorgfalt und immer ein Ohr auf die flüsternden Stallburschen gerichtet, erkundete sie den ersten Satz.

Polloi epekheiresan anataxafthai diegesink peri ton peplerophoremenon en hemin teraton, edoxe kamoi parekolouthekoti anothen pasin akribos kathexes, soi grapsai, kratista Theophile, hina epignois peri hon katekhethes logon ten asphaleian.

Das Licht wurde schwächer, zu schwach zum Lesen – es sei denn, man hatte Salamander-Augen.

»Viele Menschen …«, flüsterte sie. Das erste Wort kannte sie, dann sprang sie weiter, zum nächsten, das sie kannte. Ihr Herz klopfte wild, und sie vergaß vor Aufregung beinahe zu atmen. »… über magische Zeichen …« Sie sprang zurück zu dem Verb im Plusquamperfekt, eine solch merkwürdige Vergangenheitsform, daß Hugh sie ihr nur unter großen Schwierigkeiten hatte erklären können. »… magische Zeichen, die sich bei uns erfüllt haben. Es schien mir gut …« Erneut übersprang sie die Wörter, die sie nicht kannte, bis plötzlich wieder ein vertrautes auftauchte. »… alle Dinge von den Himmelssphären … darüber schreiben …« Sie schloß die Augen; in ihr tobte ein solcher Aufruhr – eine Mischung aus Entsetzen und Aufregung –, daß sie einen Augenblick fürchtete, der Überschwang ihrer Gefühle würde sie wie ein Aikha-Hund in Stücke reißen. »Theophilus.« Das war ein Männername. »… damit Ihr über diese – diese Worte? Diese *Beschwörungen?*« Konnte es Beschwörungen heißen? »… in denen Ihr durch mündliche Unterweisung …« Das letzte Wort kannte sie nicht.

Ihre Hände zitterten. Sie atmete keuchend. *Alle Dinge von den Himmelssphären.*

Von unten erklangen Stimmen. Hastig klappte sie das Buch zu und versteckte es rechtzeitig wieder in den Satteltaschen, als jemand die Leiter hochkam. Es waren Wulfhere und Hathui.

Und Hanna war bei ihnen. All die Aufregung, die Trauer, die Tage voller Sehnsucht, Hoffnung und Kummer überwältigten Liath jetzt. Sie warf sich in Hannas Arme, und beide brachen in lautes Schluchzen aus, die Erlösung von so vielen Wochen der Anspannung und Angst.

»Wir müssen für Manfreds Seele beten«, sagte Wulfhere. Er wischte sich eine Träne aus dem faltigen Gesicht. Sie knieten sich nebeneinander und beteten.

Dann erhob sich Wulfhere und schritt auf und ab. »Ich würde dir Manfreds Abzeichen geben, wenn ich könnte, Hanna«, sagte er. »Du hast ihn zwar nicht sterben sehen, aber du kanntest ihn, und das zählt genausoviel. Du hast es dir ohnehin schon zweimal verdient.« Er seufzte. »Aber es ist jetzt unerreichbar. Kannst du warten? Ich werde ein neues herstellen lassen.«

Hanna hielt noch immer Liaths Hand und nickte ernst.

»So soll es also geschehen«, erklärte Wulfhere.

»Ich muß zum König zurückkehren«, sagte Hathui. Sie ging.

»Es ist schon spät, und wir sind lange geritten und haben viel erlebt«, meinte Wulfhere zu den anderen beiden. »Wir sollten schlafen gehen.«

Liath fand eine Pritsche, auf der sie liegen konnte; das beste Bett, seit –

Hugh.

Nein. Sie war jetzt in Sicherheit. Sie brauchte ihn nicht länger zu fürchten.

Sie legte ihr Schwert, ihren guten Freund, neben sich. Griff in den Bogenkasten, um nach dem Holz und dem Horn ihres Bogens zu tasten. *Herzsucherin*. Schließlich legte sie die Satteltaschen ganz nah neben sich. Sie spürte das Buch; es war wie Balsam für ihre Seele, und sie dachte an die ebenfalls versteckte goldene Feder. Sie hatte jetzt die Hoffnung, daß sie im Laufe der Zeit das Geheimnis des mittleren Textes entziffern würde.

Einen kurzen Augenblick fürchtete sie sich vor dem Schlaf, doch sie war so unglaublich müde, daß sie nicht länger dagegen ankämpfen konnte.

Hanna legte sich neben sie und schlang ihre Arme um sie. »Ich fürchtete schon, du wärst tot«, flüsterte sie. »Oh, Liath, ich bin so froh, daß du lebst.«

Liath gab ihr einen Kuß auf die Wange und wischte ihr eine letzte Träne aus dem Gesicht. Sie konnte nichts mehr tun, nicht jetzt jedenfalls, außer schlafen und beten, daß sie am nächsten Morgen deutlicher den Weg erkennen würde, der vor ihr lag. Es gab noch so viel zu lernen, so viel über sich zu erfahren, über das Buch, über all die Dinge, die Pa so viele Jahre vor ihr geheimgehalten hatte.

Krypte. »Versteckt dies.«

»*Traue niemandem.*« Pa hatte sie nicht allein lassen wollen. Er hatte sie beschützen wollen, solange er konnte.

»Ich liebe dich, Pa«, flüsterte sie.

In den Armen ihrer Freundin schlief sie tief und traumlos.

8

Henry verließ die Kapelle die ganze Nacht nicht; vielleicht konnte er es einfach nicht. Schließlich wurde er mit Hilfe einiger Bediensteter zu dem Schlafgemach gebracht, das für ihn hergerichtet worden war. Dort lag er stumm und reglos auf dem Bett, nicht weil er schlief, sondern weil er nicht die Kraft hatte, aufzustehen oder zu knien oder auch nur zu trauern. Seine Kinder kamen zu ihm, Theophanu kümmerte sich um Ekkehard. In ihrem Gesicht waren keine Spuren von Tränen zu sehen, aber sie war blaß. Sapientia schluchzte laut. Als Mädchen, erinnerte sich Rosvita, hatte Sapientia ihren Bruder Sanglant bewundert, war ihm wie ein Hündchen überallhin gefolgt, so daß es manchmal direkt lästig gewesen sein mußte, doch Sanglant hatte niemals die Geduld verloren – nicht daß dies überhaupt möglich gewesen wäre, denn er war immer ein sehr fügsames Kind gewesen. Es mochte sein, daß Sapientia wirklich um ihn trauerte, trotz ihres offensichtlichen Neids, als ihr Vater den Bastard seinem ältesten rechtmäßigen Kind vorgezogen hatte. Rosvita hatte niemals erlebt, daß Sapientia zu irgendeiner Form der Falschheit fähig gewesen wäre.

Markgräfin Judith erschien an der Tür und sprach mit einem Diener, dann wurde sie hereingebeten. Sie ging zu Rosvita. »Neuigkeiten aus Kessal«, murmelte sie und betrachtete den König interessiert und – möglicherweise – voller Mitleid. »Helmut Villam geht es besser. Es sieht so aus, als würde er überleben.«

Henry erwachte aus seiner Starre und richtete sich auf, obwohl jede noch so kleine Bewegung ihn sichtbar überforderte. Sein Gesicht war fahl vor Kummer; er war in einer einzigen Stunde um zehn Jahre gealtert.

»Sprecht Ihr von Villam?« fragte er. »Gibt es Neuigkeiten?«

»Er wird leben«, antwortete Rosvita mit ruhiger Stimme; Ruhe – das war es, was der König in dieser verzweifelten Stunde am dringendsten benötigte.

Sapientia schuchzte wieder laut auf, und erneut begannen ihre Tränen zu fließen.

Henry schloß die Augen. Ganz langsam hob er die Hand und führte das Stück Stoff zum Gesicht. Er murmelte etwas, ein Wort. Nein, einen Namen. »Alia.«

Die Berührung des alten Fetzens schien ihm Kraft zu geben. »Ich möchte, daß er verschwindet!« sagte er. »Verschwindet! Ich will ihn nicht sehen. Schickt ihn mit der Eskorte für Bischöfin Antonia in den Süden nach Darre.«

»Wen, Eure Majestät?«

»Wulfhere! Aber behaltet den anderen Adler hier, diejenige, die ebenfalls Zeugin wurde. Wo ist Hathui?«

Sie trat aus den Schatten an der Tür. »Ich bin hier, Eure Majestät.«

»Ihr bleibt bei mir«, befahl er.

»Ja, Eure Majestät.«

»Es ist Zeit«, fuhr er fort. Seine Stimme versiegte bei diesen Worten. Dann sagte er leise: »Sapientia.« Verblüfft warf sich die junge Frau auf die Knie und nickte, die Hände um die Bettdecke gekrampft. Henry streckte die Hand nach ihr aus, berührte aber ihre Haare nicht. Ihr soviel Zuneigung zu zeigen, war ihm – zumindest jetzt, vielleicht aber auch für immer – unmöglich. »Du wirst morgen zur Nachfolge-Rundreise aufbrechen.«

Sie hörte auf zu schluchzen, wollte etwas sagen.

Er drehte ihr den Rücken zu. »Geh«, sagte er. Das Wort klang gedämpft von dem Stoff, in dem er sein Gesicht vergrub.

Rosvita trat einen Schritt vor, um Sapientia wegzubringen, bevor sie etwas Dummes tun konnte, doch Judith kam ihr zuvor. »Laßt mich das machen«, sagte die Markgräfin. »Ich werde dafür sorgen, daß sie entsprechend ausgerüstet und ordnungsgemäß auf den Weg geschickt wird.«

»Ich danke Euch«, murmelte Rosvita.

Die Markgräfin führte Sapientia aus dem Zimmer. Die Bediensteten warteten nervös, doch Henry rührte sich nicht. Er hatte getan, was notwendig war. Er hatte getan, was er schon Monate zuvor hätte tun sollen, doch das würde sie ihm jetzt nicht sagen. Sanglant war ein mutiger Mann und hatte eine gute Seele – auch wenn er nur zur Hälfte ein Mensch war –, aber er war nicht dafür bestimmt, König zu sein. Rosvita seufzte ergriffen. Diener brachten Wasser und Tücher, um den König das Gesicht zu waschen.

Theophanu blickte Rosvita an; eine Frage stand in ihrem Gesicht. Rosvita schüttelte den Kopf. Es war besser, wenn er die lebenden Kinder nicht sah, damit er nicht an das tote erinnert werden konnte. Mit einem leichten Nicken führte Theophanu ihren Bruder aus dem Zimmer.

Henry reagierte nicht, weder als die Diener ihm Wein anboten, noch als sie sein Gesicht wuschen. Er war wie erstarrt, verloren für die Welt. Zusammen mit dem Adler stand Rosvita bis spät in die Nacht hinein bei ihm Wache.

9

Alain fand keinen Schlaf. Das Bett, das man ihm gegeben hatte, war zu weich, zu warm und zu bequem. Er fand einfach keinen Schlaf. Die Hunde schnarchten leise. Auch Graf Lavastin schnarchte. Anders als die meisten Edlen schlief Lavastin nicht in einem Raum mit seinen Bediensteten; niemand wagte es, in Reichweite der nicht angeketteten Hunde zu schlafen. Vielleicht war es das Fehlen all dieser Körper, weshalb Alain immer wieder aus dem Schlaf schreckte. Er hatte niemals so *allein* geschlafen. In Tante Bels Langhaus hatten dreißig Leute des Nachts in einem Raum geschlafen, und in den Ställen –

Nicht länger meine Tante Bel.

Er saß wohl schon zum zehnten Mal aufrecht da, und auch Kummer erwachte jetzt und jaulte leise, suchte seine Hand und leckte sie.

Lavastins Erbe. In seinen wildesten Träumen hätte er sich das nicht vorstellen können. Er wußte in diesem Augenblick, daß er in dieser Nacht kein Auge mehr zutun würde, also stand er auf, kleidete sich leise an und schlich hinaus. Kummer folgte ihm auf den Fersen. Rage schlief friedlich weiter und rührte sich nicht.

Draußen erwachte sofort ein Diener. »Edler Herr, darf ich Euch begleiten?«

Wie schnell er anders behandelt wurde. Aber er war jetzt Lavastins Erbe, vom König höchstpersönlich anerkannt. In zehn oder zwanzig Jahren würde er über ihr Schicksal und ihre Familien bestimmen. Aus seiner früheren Zeit im Haushalt des Grafen hatte er gelernt, daß es sinnlos war, irgendwohin allein gehen zu wollen. Es würde ihm niemals gestattet werden.

»Gibt es eine Kapelle in der Nähe?« fragte er. »Ich möchte beten.«

Ein Geistlicher der Bischöfin begleitete Alain zu einer winzigen Kapelle, wo auf dem polierten Holz des Herdfeuers ein juwelenbesetztes Reliquienbehältnis erstrahlte. Die Kapelle war nicht leer. Ein Dienstmädchen kniete auf den Steinen vor dem Herdfeuer und polierte den Boden mit ihrem eigenen Kleid.

Einen kleinen Augenblick später, noch bevor sie – mit dem Blick einer Maus, die dabei erwischt wurde, wie sie an einem Stück Käse knabberte – aufschaute, erkannte er sie.

»Edle Herrin!« sagte er entsetzt darüber, Tallia auf den Knien vorzufinden, mit ihrem feinen Seidengewand den Boden schrubbend. Ihre Hände waren gerötet, von der ungewohnten Arbeit beinahe wund gescheuert.

Sie starrte ihn mit weit aufgerissenen und erschreckten Augen an. »Ich bitte Euch«, flehte sie flüsternd, »schickt mich nicht weg. Laßt mich auf diese Weise vor Unserer Herrin Buße tun, mit der Arbeit meiner Hände, so unwürdig es Ihrer Achtung auch sein mag.«

»Aber sicher wollt Ihr Eure schönen Gewänder nicht ruinieren?« Alain konnte sich vorstellen, was seine Tante Bel dazu sagen würde, daß Seide von dieser Qualität als Putztuch mißbraucht wurde – mochte der Boden, den Tallia damit polierte, auch noch so heilig sein.

»Die Reichtümer der Erde sind Staub im Angesicht der Himmel und der Kammer des Lichts. So predigte Frater Agius.«

»Ihr habt Agius predigen gehört?«

»Habt Ihr ihn denn nicht auch gehört?« fragte sie scheu. Sie rutschte ihm auf den Knien entgegen und nahm Alains Hände in ihre, beinahe flehentlich. »Ihr wart sein Kamerad. Er sah lange vor allen anderen, daß Ihr von edler Geburt wart, stimmt das nicht? War seine Erkenntnis nicht ein Geschenk der Herrin? Predigte er nicht die wahre Botschaft von dem Opfer und der Erlösung des heiligen Daisan?«

»Das ist Ketzerei«, flüsterte Alain und blickte sich rasch um, aber sie waren nach wie vor allein in der Kapelle. Kummer wartete hechelnd an der Tür, weswegen ohnehin niemand wagte einzutreten.

»Es ist keine Ketzerei«, fuhr sie fort. Ihr Gesicht rötete sich, als sie Mut faßte bei der Erinnerung an das, was Agius gepredigt hatte. »Ihr müßt es zugeben. Ihr habt ihn gehört. Ihr müßt wissen, daß es die Wahrheit ist.«

»Ich –« Es bereitete ihm tiefes Unbehagen, eine Edle mit

dem Goldreif als Zeichen ihrer königlichen Abstammung vor sich auf dem Boden knien zu sehen – und dann noch in dem Palast der Bischöfin von Ketzerei sprechen zu hören. »Ihr müßt aufstehen, Prinzessin.« Er versuchte sie hochzuziehen, aber sie war entweder stärker, als sie aussah, oder sie war fest entschlossen. Ihre Hände fühlten sich warm in den seinen an, wärmten seine, und er sah ihr ins Gesicht und verstand nicht, was er da sah.

»Ich bete, daß König Henry mich in die Kirche steckt«, sagte sie und starrte ihn dabei unverwandt an.

Oder sie mit mir verheiratet. Ganz plötzlich, ungebeten, war dieser Gedanke aufgetaucht. Alain war so verwirrt darüber, daß er ihre Hände losließ und sich auf die nächste Bank setzte. O Herr und Herrin! Er war jetzt ein Edler, Erbe des Grafen von Lavas. Er konnte an Heirat denken.

»Und dann, wenn ich Diakonissin bin, werde ich predigen«, flüsterte sie eindringlich. »Ich werde die Heilige Botschaft predigen, die Agius mich gelehrt hat, auch wenn die Skopos es Ketzerei nennt. Wenn ich dafür verdammt werde, bin ich eine Märtyrerin – genau wie er – und steige in die Kammer des Lichts auf, wo die Heiligen und Märtyrer im strahlenden Licht des Blickes Unserer Herrin und des süßen Ruhmes ihres Sohnes leben.«

Alain hätte beinahe gelacht, nicht über sie, sondern über das seltsame Schicksal, das ihn in dieser Nacht in diese Kapelle geführt hatte.

Diene mir, hatte die Herrin der Schlachten zu ihm gesagt, und dann hatte sie ihm eine blutrote Rose als Zeichen gegeben, als Zeichen ihrer Gunst. Er hatte ihr gedient, so gut es ihm möglich war. Er war in den Krieg gezogen. Er hatte den Bann gebrochen, der durch Zauberei auf Lavastin gelegen hatte, und er hatte das *Guivre* getötet, wenn auch nur mit Hilfe von

Agius' Opfer. Er hatte sich immer bemüht, das Richtige zu tun, auch wenn er manchmal gefehlt hatte. Er hatte Simplizius nicht gerettet, aber den Aikha-Prinzen, obwohl das Leben des Wilden möglicherweise nicht soviel wert war wie das des armen, einfältigen Jungen. Aber es war nicht an ihm, über den Wert ihrer Seelen zu urteilen.

Und Alain wußte, der Aufstieg vom Sohn Freigeborener zum Erben eines Grafen – immerhin ein gewaltiger Schritt in der Welt der Menschen – war ein Schicksal, das er nur göttlicher Gunst zu verdanken hatte.

»Kommt, Tallia«, sagte er, mutig genug, sie mit ihrem Namen anzusprechen. Er hoffte, sie würde ihn deswegen nicht für stolz oder unverschämt halten. »Es ist nicht recht, daß Ihr auf dem Boden kniet. Setzt Euch neben mich, ich bitte Euch.« Er reichte ihr die Hand und half ihr auf, und nach kurzem Zögern fand sie sich bereit, sich neben ihm niederzulassen.

Sie warf an ihm vorbei einen Blick zum Tor und erschauderte.

»Was ist los?«

»Der Hund. Er macht mir angst.«

»Ich werde nicht zulassen, daß er Euch etwas tut.« Er schnippte mit den Fingern. »Kummer, komm her.« Kummer trottete gehorsam zu ihm, und als würde er an einer Schnur hinterhergezogen, kam jetzt auch der verwirrte Diener in die Kapelle. Er wartete in sicherer Entfernung. Tallia zuckte vor dem riesigen Tier zurück, aber Alain befahl dem Hund, sich hinzulegen, und nahm dann ihre Hand in seine und ließ sie den Kopf des Hundes streicheln. »Ihr seht«, sagte er, »sie sind wie alle Seelen und wollen nur mit Anteilnahme berührt werden, nicht mit Haß oder Furcht.«

»Ihr seid sehr weise«, sagte Tallia, doch nach einer Weile zog sie ihre Hand von Kummer zurück, obwohl der Hund Alain gehorchte und sich weder rührte noch nach ihr schnappte oder knurrte.

Alain lächelte trocken. »Ich bin nicht weise. Ich wiederhole lediglich, was mein Va-« Aber Henri war nicht sein Vater. Lavastin war sein Vater. Und doch schien das in diesem Augenblick keine Rolle zu spielen. Henri hatte ihn erzogen, so gut es ihm möglich gewesen war. »Ich wiederhole lediglich, was andere mich gelehrt haben.«

Eine leichte Unruhe entstand an der Tür. Rage schoß herein, gefolgt von Lavastin. Tallia wurde noch kleiner, doch Rage ließ sich zu Alains Füßen nieder, als wollte sie sicherstellen, daß er nicht weglief, und beachtete das Mädchen gar nicht.

Lavastin fuhr sich mit einer Hand durch die zerzausten Haare und warf einen Blick auf Alain.

»Was hat das zu bedeuten?« verlangte er von ihm zu wissen.

»Ich … mein Herr –«

»Nun! Heraus damit!«

»Ich konnte nicht schlafen. Ich bin hergekommen, um –« Er machte eine unbeholfene Handbewegung, halb erschreckt, daß er Lavastin gekränkt hatte, halb verwirrt über den Gesichtsausdruck des Grafen, den er nicht deuten konnte.

Lavastin fing sich wieder und verneigte sich kurz. »Prinzessin Tallia, ich bitte um Vergebung.« Er rief einen Diener zu sich. »Geleitet die Prinzessin zurück zu ihrem Zimmer.«

Tallia blieb keine andere Wahl, als zu gehen, aber sie warf Alain einen letzten Blick zu – ob bittend oder dankbar, konnte er nicht sagen. Dann wurde sie weggeführt.

»Sie ist in Ungnade gefallen«, sagte Lavastin, während er sich neben Alain auf die Bank setzte und sich abwesend von Kummer die Hand lecken ließ. »Und ihre Mutter erst recht.« Er rieb sich den Bart und fingerte dann an dem silbernen Einigkeitskreis herum, der an einer Goldkette um seinen Hals hing. »Henry wird sie vielleicht verheiraten, wenn er ein passendes Angebot erhält. Jedes Geschlecht gewinnt durch königliches Blut.« Er starrte einige Augenblicke das Herdfeuer an, obwohl er ganz sicher nicht das Reliquiar betrachtete oder gar über seinen heiligen Inhalt nachdachte. Dann schüttelte er sich; mehr Reglosigkeit konnte er an einem Tag nicht ertragen. »Komm, Junge. Es dämmert schon beinahe, hast du das nicht gemerkt?«

Alain hatte es nicht bemerkt, aber jetzt sah er durch das Glas einen schwachen Lichtschimmer. Er schüttelte den Kopf.

»Ich habe einen fürchterlichen Schreck bekommen, als ich aufgewacht bin und du nicht im Zimmer warst. Ich dachte, ich hätte alles geträumt – den Aikha-Prinzen, Sabella, den Feldzug und dich, mein Sohn.« Lavastin stand auf und winkte seine Diener zu sich. »Also los! Ich sehe keinen Grund, weshalb wir warten müßten. Henry hat uns vergeben, und ich für meinen Teil habe nicht vor, in diesem dunklen Palast zu warten und ihn in seiner Trauer zu stören. Oder ihn daran zu erinnern, daß ich erhalten habe, was er verloren hat.« Er nahm Alains Handgelenk und drückte es so fest, als wollte er ihn nie wieder loslassen.

»Komm, *Sohn*«, sagte er, und das Wort schien ihm auf der Zunge zu zergehen.

»Wohin gehen wir?« fragte Alain. Durch die Glasfenster der Kapelle sah er in den Garten, wo sich Blumen und Hecken aus der Düsternis dem Licht eines neuen und schönen Tages entgegenreckten. In der Ferne hörte er eine Frauenstimme die Messe für die Toten anstimmen.

Lavastin lächelte. »Wir gehen nach Hause.«

Epilog

Zuerst begriff er gar nicht, daß er noch lebte. Mitten in einem Wachschlaf – der Geist war wach, die Glieder so schwer wie Blei – traf ihn die Erkenntnis, daß er halb auf den kalten Steinplatten und halb auf einem anderen Körper lag. Sein Rückgrat brannte grauenhaft, aber noch während der Schmerz in ihm aufloderte, begann er auch schon zu einem dumpfen Pochen zu verblassen.

Er schaffte es nicht ganz, die Augen zu öffnen. Aber er wußte, er lag inmitten von Männern und Frauen, die wie Abfall um ihn herum verstreut waren. Ein paar lebten noch. Er hörte das gedämpfte Pochen ihres Herzschlags, spürte ihren flachen Atem in der Luft, auch wenn er sie nicht berührte. Der Körper, auf dem er lag, war allerdings schon tot, wenn auch noch nicht lange. Er verströmte noch etwas Wärme und erkaltete während seiner mühsamen Versuche, ganz zu Bewußtsein zu gelangen.

Es war so schwer, aufzuwachen. Und vielleicht war es auch besser, es nicht zu tun.

Nein. Niemals sollte man sagen können, er hätte nicht bis zum letzten Atemzug gekämpft.

Er hörte die Hunde schnüffeln. In diesem Augenblick begann Furcht an ihm zu nagen: daß die Hunde ihn erreichen könnten, bevor er sich bewegen und sich verteidigen konnte. Es gab kaum ein Schicksal, das schlimmer war, als von Hunden in Stücke gerissen zu werden, wie irgendein dumpfes, teilnahmsloses Tier, das seinen Stall verlassen hat.

Er hörte ihr Knurren und spürte, wie sie mit ihren Schnauzen an Kleidung, Haut und Metall stießen, um jene auszumachen, die noch lebten. Er hörte in der Ferne das schwache Grollen von Stimmen, doch er kannte die Worte nicht, die sie sprachen. Aber er erkannte ihre gutturale Sprache – die Sprache der Wilden, der Aikha. Hin und wieder lachten diese unsichtbaren Sprecher, und er hörte einen Mann stöhnen oder schreien. Dann riß der Schrei ab, und er – hier verfluchte er sein scharfes Gehör – hörte, wie Blut floß und Fleisch von den Knochen gerissen wurde. Einmal erkannte er, wenn auch nur sehr kurz, die Stimme eines Mannes, der zu ihm gehört hatte.

Doch er konnte sich noch immer nicht rühren.

Eine Schnauze stieß gegen seine schlaffe linke Hand, und harte Fänge tasteten sich den Ärmel seines Kettenhemdes entlang. Der Hund knurrte. Heißer, nach frischem Blut stinkender Atem wehte gegen seine Wange.

Er schlug zu.

Wie durch ein Wunder brachte er ein Zucken zustande. Seine rechte Hand bewegte sich. Und dann, als er sich auf die Seite warf, rammte er mit voller Wucht den Panzerhandschuh in die Schnauze des Hundes. Der Hund taumelte zurück, während er versuchte, auf die Beine zu kommen. Er war schon auf den Knien, als ihn zwei weitere Hunde knurrend und beißend von hinten anfielen. Er schleuderte einen über seinen Kopf und stieß dem anderen seinen Ellenbogen in die Rippen, griff nach dem Messer an seinem Gürtel, aber es war nicht mehr da.

Seine linke Hand trug keinen Handschuh mehr. Einer der Hunde schnappte nach ihr und vergrub seine Zähne im Fleisch. Er hämmerte den Kiefer der Kreatur gegen den Steinboden. Stechende Schmerzen fuhren durch seinen linken Arm, aber er schaffte es, seine Hand aus den Fängen der Bestie zu zerren, den benommenen Körper hochzuwuchten und den anderen beiden entgegenzuwerfen.

Jetzt kamen immer mehr. Sie kamen näher, umkreisten ihn. Er wartete keuchend und leckte sich das Blut von der übel zugerichteten Hand.

Ein Hund sprang auf ihn zu und schnappte nach seinem Kettenhemd. Er wirbelte herum, traf ihn, und der Hund sprang zurück, aber jetzt war bereits ein anderer mit seinen Fersen beschäftigt. Er trat zu. Der Hund heulte auf und schoß zurück.

Er fuhr herum, starrte sie an. Aber sie warteten nur, testeten ihn, wollten sehen, wie schnell, wie stark, wie entschlossen er war.

Hinter den Hunden gewahrte er andere Gestalten, aber der Kampf mit diesen Bestien war ein Kampf auf Leben und Tod, und er hatte keine Zeit hinzusehen. Er hatte keinen Helm, keinen Überwurf, keinen Schutz für seine blutende und zerrissene linke Hand, doch er besaß noch den Panzerhandschuh an der rechten Hand und das gute Kettenhemd, das seinen Torso und die Arme bedeckte. Dann waren da noch die Hunde, und so schrecklich sie auch anzusehen waren – Feuer blitzte in ihren Augen, die Zungen hingen heraus, Speichel troff von ihren Fängen –, so waren es doch geistlose, wutentbrannte Bestien; er war um einiges klüger als sie.

Er trat zurück, stolperte über die Toten und fand schließlich eine Wand. Er lehnte sich mit dem Rücken dagegen und starrte die Hunde an. Einige saßen auf den Hinterbeinen und knurrten, inzwischen etwas unsicher geworden. Er wählte den größten und häßlichsten von ihnen aus, war mit einem Riesensatz bei ihm, bevor auch nur einer der anderen ihn anspringen konnte, packte die Bestie mit beiden Händen an dem dicken Nacken, nahm seine ganze Kraft zusammen und schleuderte das Tier gegen die Wand. Es fiel schlaff zu Boden.

Die anderen brachen in ein ohrenbetäubendes Geheul aus und gingen alle gleichzeitig auf ihn los. Ihr Gewicht riß ihn zu

Boden; er lag unter ihren Körpern und konnte kein Glied mehr rühren. Er war hilflos. Jetzt würde er also sterben.

Einer – der größte – wühlte sich durch die Meute und stellte sich auf seine Brust. Den Kopf zurückgelegt und die Schnauze weit aufgerissen, heulte der Hund laut seinen Triumph hinaus, bevor er den tödlichen Schlag anbrachte.

Und er sah seine Chance.

In dem Augenblick, als die Bestie die Schnauze senkte, stieß er seinen Kopf unter ihr Kinn, suchte die Kehle. Biß sich in ihr fest.

O Herrin! Er konnte dem Tier nicht die Kehle herausreißen, aber beim Herrn, er konnte die Luftröhre zerquetschen, bis es erstickte. Der große Hund wälzte sich hin und her, doch er lockerte seinen Biß nicht. Das eisengraue Fell schmeckte wie Metall. Blut strömte seine eigene Kehle hinab. Der Hund kratzte mit den Pfoten nach ihm, wurde langsamer, wurde schlaff. Er spürte die Luftröhre krachen, und schließlich ließ er los. Seine Kiefer schmerzten.

Die Bestie brach über ihm zusammen.

Die anderen Hunde, die sich an seinen Armen und Beinen zu schaffen gemacht hatten, wichen zurück. Sie knurrten ihn an, als er sich auf die Beine kämpfte. Er spuckte Hundehaare aus und wischte sich über die Zähne. Alles tat ihm weg. Aber er hatte den Hund getötet.

Bewegung breitete sich in dem weitläufigen Raum aus, und kurz bevor der Aikha bei ihm war, begriff er endlich, daß er sich in der großen Kathedrale von Gent befand. Hatten sie alle seine Drachen hierhergezerrt? Er wußte nicht einmal, wieviel Zeit seit dem Fall von Gent vergangen war. Es mochte eine Stunde sein oder ein Tag, vielleicht hatte der Zauberer aber auch noch andere Fähigkeiten, außer Illusionen zu erschaffen. Vielleicht konnte er gar den Lauf der Sterne ändern.

»Was haben wir denn hier?« Ein riesiger Aikha trat in sein Blickfeld und schob die Hunde zur Seite, indem er mit der mit Klauen versehenen Hand nach ihnen schlug.

»Blutherz«, flüsterte er, denn er nannte seinen Feind schon länger bei diesem Namen.

Der Aikha-Zauberer lachte, ein krächzendes Geräusch, als würde man ein Messer wetzen. »Ein Prinz unter den Hunden! Das ist eine schöne Beute. Besser noch als dies –« Und Blutherz klopfte leicht auf seinen linken Arm. Dort hing, wie ein Armreif um den Oberarm, der Goldreif, das Zeichen der königlichen Familie.

Sanglant konnte nicht anders. Ein tiefes Knurren entrang sich seiner Kehle, als er sah, wie das Geschenk seines Vaters verspottet wurde. Er sprang vor und warf sich auf den Aikha-Anführer.

Blutherz war stark, aber Sanglant war schneller, und er hatte bereits die Scheide entdeckt, in der Blutherz seinen Dolch stecken hatte. Er fand den Griff, riß die Waffe heraus, und während Blutherz nach hinten taumelte, bohrte er ihm den Dolch in die harte Haut, stieß ihn dem Aikha bis zum goldenen, juwelenbesetzten Heft ins Herz.

Blutherz warf den Kopf zurück und heulte auf vor Schmerz. Dann ergriff er Sanglant am Nacken und schüttelte ihn hin und her, schleuderte ihn zu Boden. Die Hunde jagten zu ihm hin, doch Sanglant fuchtelte wild mit den Fäusten und trieb sie mit seinem verzweifelten Zorn zurück. Dieser Zorn war jetzt sein einziger Kamerad, wo alle anderen gestorben waren oder im Sterben lagen. Die Hunde setzten sich – abgesehen von zwei weiteren, die reglos liegenblieben – wieder hin, und Speichel troff von ihren Zungen. Sie hatten ihn eingekreist, so daß er sich nicht bewegen konnte, ohne in Reichweite ihrer Fänge zu geraten.

Mit einem Grunzen riß sich Blutherz den Dolch aus der Brust. Er fluchte und spuckte in Sanglants Richtung, lachte dann wieder dieses rasselnde Lachen. Er reichte den Dolch einem kleineren Aikha, der bis auf einen schmutzigen Lendenschurz nackt war – eine verhutzelte Kreatur, die um so grotesker wirkte, als der Körper, der bis auf die glänzenden Schuppen einem menschlichen nicht unähnlich war, seltsam anzusehen und voller merkwürdiger Muster war. Der kleine Aikha spuckte auf die Klinge und leckte sie sauber, wobei das Blut zischte und schäumte, und dann preßte er die Klinge gegen die Wunde auf Blutherz' Brust. Unsichtbare Zauberkräfte wirkten und verschlossen die Wunde.

Der beißende Geruch ließ Sanglant zusammenzucken, aber das brachte nur einen der Hunde dazu, nach seinen Beinen zu schnappen. Er versetzte ihm einen kräftigen Hieb, beinahe geistesabwesend, und der Hund jaulte auf und schlich zurück. Sanglant starrte verwundert drein, als jetzt das Messer wieder weggenommen wurde und eine dünne, weiße Narbe auf Blutherz' Brust zu sehen war.

»Du wirst dir schon etwas Besseres einfallen lassen müssen«, sagte Blutherz, holte tief Luft und plusterte sich auf. Der Beckengürtel aus winzigen goldenen Kettengliedern, die zu einem Tuch von unübertroffener Schönheit und Feinheit verknüpft waren, rutschte auf seiner Hüfte und den Oberschenkeln hin und her, wenn er sich bewegte; das erzeugte ein leises Geräusch, das so seltsam wirkte wie die Verbindung des elfenbeinweißen Haares mit dem Blut auf seinen Armen, Knien und der nackten Brust.

Er grunzte, packte den größten der toten Hunde und zog ihn zurück. Dann bleckte er mit einem Blick auf Sanglant die Zähne; Juwelen blitzten auf, winzige Smaragde, Rubine und Saphire. »Du kannst mich auf diese Weise nicht töten,

Prinz der Hunde. Ich trage mein Herz nicht in meinem Körper.«

Sanglant fühlte etwas Warmes an seinem rechten Auge hinabrinnen. Erst jetzt spürte er die tiefe Schnittwunde, aber er konnte sich nicht mehr erinnern, ob sie von Blutherz' Krallen oder einem der Hunde stammte. Er hoffte nur, daß sie nicht zu sehr bluten und seine Sicht behindern würde.

Jetzt traten einige Aikha-Krieger vor, deuteten grunzend auf ihn, krächzten Worte in ihrer schroffen Sprache. Er konnte erraten, was sie sagten: »Sollen wir ihn jetzt töten? Wird mir die Ehre zuteil?«

Er machte sich bereit. Er würde nur schwer zu töten sein und mindestens einen von ihnen mit sich in den Tod nehmen, als Bezahlung für das, was die Aikha seinen geliebten Drachen angetan hatten. Er konnte sonst nichts mehr für sie tun. Aus den Stimmen der murmelnden Aikha war kein schwaches Atmen mehr herauszuhören, auch kein Schnappen nach Luft, kein hingehauchter Name eines geliebten Wesens. Er riskierte einen Blick und ließ ihn dann durch das riesige Mittelschiff der Kathedrale schweifen. Das von draußen hereinfallende Licht wurde durch die gewaltigen Glasfenster in Hunderte von Lichtscherben zerteilt, die sich über das Gemetzel ergossen.

Da lag Storm, wie im Leben so auch im Tod von seiner Kompanie umgeben. Da war Adela, eine Frau, die auf ihre eigene Weise wilder gewesen war als die Aikha, aber jetzt war sie tot, ihre Leiche – er mußte den Blick abwenden – von den Hunden zerfetzt. Dort, wo er zur Besinnung gekommen war, lag der Adler, der bis zum bitteren Ende an ihrer Seite gestanden hatte – eine gute, mutige Seele. Sie alle waren tot. Warum lebte er noch?

Mit seinen anderen Sinnen gewahrte er sorgfältig jede kleine Bewegung der Hundemeute, ob sie mit den Schultern zuckten oder ihr Gewicht verlagerten, die Schnauzen öffneten oder die Zähne in einem bedrohlichen Grinsen bleckten, das dem von Bluthherz sehr ähnelte. Besser noch, er fiel im Kampf gegen Menschen, selbst wenn sie Aikha waren, als daß er den Hunden vorgeworfen wurde. Bei den Hunden gab es keine Ehre.

»Sollen wir ihn töten?« wollten die Aikha wissen, zumindest schloß er das aus der Art, wie sie auf ihn deuteten und ihre Streitäxte und Speere hoben, begierig darauf wartend, ihn niedermachen zu können – ihn, den letzten, die Siegesbeute der Schlacht.

»Nein, nein«, sagte Blutherz in der Sprache der Wendaner. »Wir machen es auf unsere Weise, nicht wahr? Seht, wie die Hunde ihm gehorchen. Seht, wie sie warten, wohl wissend, daß er stärker und klüger ist als sie. Er ist jetzt Erster Bruder des Rudels, unser Prinz. Er hat sich dieses Recht verdient.« Er bückte sich und löste ein eisernes Halsband von einem der toten Hunde. Beim Aufstehen brüllte er Worte in seiner eigenen Sprache.

Die Aikha-Soldaten brachen in wildes Gelächter aus, und ihre schroffen Stimmen hallten durch das Mittelschiff wie einst die Hymnen. Dann legten sie ihre Waffen nieder und umkreisten Sanglant. Weil sie klüger als die Hunde und stärker als er waren, konnten sie ihn schließlich am Boden festnageln, auch wenn er zuvor noch einigen Schaden unter ihnen anrichtete.

Sie befestigten das Eisenhalsband um seinen Nacken, zogen ihn das Mittelschiff entlang und fesselten ihn mit einer langen Kette am Herdfeuer, das so massiv und schwer war, daß er es beim besten Willen nicht bewegen konnte. Die Hunde sprangen zu ihm. Ein paar machten sich an seinen Füßen zu schaffen, doch weniger feindselig als neugierig. Einer schnappte nach ihm, und er versetzte ihm einen kräftigen Schlag auf die

Schnauze. Er jaulte auf und verzog sich, wurde sofort von einem anderen angegriffen; sie kämpften eine Weile, bis einer dem anderen seine Kehle bot.

»Aufhören!« befahl Sanglant, und dieses Mal gab es keine Toten.

Der seltsame, alte Aikha stimmte einen leisen Gesang an; er hockte auf den Fersen und schaukelte vor und zurück. Er hielt einen kleinen Lederbecher in seinen Händen, schüttelte ihn, so daß irgendwelche weißen Teile herausrollten: Würfel oder Knochen. Dann ließ er eine Hand darüber kreisen, betrachtete die Gegenstände, sang erneut und sammelte sie wieder ein. Er verstaute den Becher in einem Beutel an seinem Gürtel. Zu seinen Füßen stand eine kleine Holzkiste neben ihm.

Noch mehr Aikha schwärmten jetzt in die Kathedrale und begannen die Leichen in die Krypta zu zerren. Andere trugen einen großen Thron, der aus einem einzigen Baumstamm geschnitzt war. Der gewaltige Stuhl war golden, rot und schwarz bemalt und mit raffiniertem Flechtwerk geschmückt, Hunden und Drachen, die sich in einem ewigen Kreislauf – Maul am Schwanz – ineinander verbissen hatten. Sie stellten den Stuhl neben das Herdfeuer – als wollten sie den Sitz der Bischöfin verhöhnen.

Auf diesem Thron ließ Blutherz sich jetzt nieder und betrachtete seine neue Domäne voller Befriedigung. Besitzergreifend rieb er den Goldreif an seinem Arm. Sanglant griff sich unwillkürlich an den Hals und berührte das Eisenhalsband, das er jetzt anstelle des Goldes trug.

Die Bewegung zog Blutherz' Aufmerksamkeit auf sich. Er beugte sich zu Sanglant – aber nicht zu nah. Nicht näher, als er seinen eigenen Hunden kommen würde.

»Warum lebst du noch«, fragte Blutherz, »wo doch alle anderen tot sind?«

»Laß mich kämpfen«, sagte Sanglant. Plötzlich fürchtete er, daß es wie eine Bitte geklungen haben konnte. Oh, Herrin, er wollte keinen solch unehrenhaften Tod sterben. Seinem ärgsten Feind würde er nicht wünschen, wie ein Hund zu sterben, bei den Hunden zu sterben. »Gewähre mir einen ehrenvollen Tod, Blutherz. Laß deinen kühnsten Krieger die Waffen wählen, und dann tragen wir es aus, er und ich.«

»Nein, nein.« Blutherz bleckte die Zähne zu einem Grinsen. Die Juwelen glänzten in seinem Mund. »Bin ich nicht König unter den Aikha der Westküste? Habe ich nicht alle anderen Stämme bekämpft, bis sie mir ihre Kehlen darboten? Kann ich mich nicht damit rühmen, den Sohn eines Königs in meiner Hundemeute zu haben?« Er lachte, zufrieden über seinen Triumph. »Ich glaube nicht, mein Prinz. Du bist die Beute meines Rudels, ein edler Herr mit einem eindrucksvollen Gefolge. Denn meine Hunde sind wie das Königreich von Wendar, nicht wahr? Und *du* beherrscht sie.« Sein Grinsen wurde zu einem Knurren. »Beherrsche sie, so lange du kannst. Denn du wirst schwächer werden, und dann werden sie dich töten.«

Hinter ihnen beraubten die Aikha die Toten und zerrten die Leichen dann in die Krypta. Einer durchwühlte den toten Adler, riß das Adler-Abzeichen vom Umhang und warf es Blutherz vor die Füße. Der nahm es in seine Klauen, biß darauf und spuckte.

»Messing! Ah!« Er schleuderte es auf den Boden, und Sanglant verscheuchte die Hunde, um es an sich zu nehmen. Doch diese Unruhe brachte die Hunde erneut dazu, nach ihm zu schnappen und ihn anzuknurren. Er hatte Verwendung für das Abzeichen: Es hatte eine glatte, runde Kante und eignete sich gut zum Zustechen. Die Hunde zogen sich wieder zurück und hockten sich hin. Einer der großen knurrte, aber auf eine knappe Geste von Sanglant hob er den Kopf und streckte ihm unterwürfig in fatalistischer Demutshaltung die Kehle entgegen.

Sanglant wischte sich Hundehaare von den Lippen und versuchte, den fürchterlichen Geschmack in seinem Mund loszuwerden. Seine linke Hand pochte. Blut tropfte, wurde langsamer, versiegte – wie bei der Wunde an seinem Kopf, die bereits zu bluten aufgehört hatte. Das war das Geheimnis des Zaubers, den seine Mutter über ihn gesprochen hatte, als er noch ein Säugling gewesen war – am gleichen Tag, als sie aus den Ländern der Menschen verschwunden war. Das war es, was ihr Blut ihm gegeben hatte: ein überaus scharfes Gehör und unnatürliche Heilkräfte.

Ein Aikha packte den toten Adler an den Füßen und zog ihn zur Krypta. Sanglant preßte das Adler-Abzeichen gegen seine Wange.

Die Erinnerung an den jungen Adler – *Liath* – überwältigte ihn plötzlich ... wie sie in der stillen, traulichen Stimmung in der Krypta seine Wange berührt hatte. Die Erinnerung ließ ihn einen Augenblick ganz schwindlig werden.

Die Hunde, die auf das geringste Anzeichen von Schwäche achteten, wurden unruhig und knurrten. Er konzentrierte sich wieder; sie wurden still.

Bei der Herrin, er würde und durfte Blutherz nicht siegen lassen. Zumindest war er überzeugt, daß Liath noch lebte, denn bevor er und die Drachen überwältigt worden waren, hatte er ihr den Befehl gegeben, die Kinder von Gent in Sicherheit zu bringen.

»Bist du sprachlos, Prinz?« fragte Blutherz. »Bist du schon zur Hälfte Hund? Hast du deine Sprache verloren?«

»Ich bin wie du, Blutherz«, sagte er mit rauher Stimme; aber seine Stimme war immer rauh, denn er hatte schlimmere Verletzungen überlebt als diese. Das Eisenhalsband und die

Ketten lasteten schwer auf seinem Nacken. »Mein Herz ist nicht bei mir, sondern bei einer anderen, und die ist weit weg. Deshalb wirst du mich niemals besiegen können.«

Doch die Hunde – immerzu wachsam – knurrten leise. Sie würden warten.

Anhang

Die Monate eines Jahres:	Die Wochentage:
Yanu	Mondtag
Avril	Sekuntag
Sormas	Herrintag
Quadrii	Sonnentag
Cinter	Jedutag
Aogoste	Herrtag
Setenter	Himmelstag
Octumber	
Novarian	
Dezial	
Askulavre	
Fevrua	

Die kanonischen Stunden:

Vigilien (etwa 3 Uhr morgens)
Laudes (bei Sonnenaufgang)
Prim (bei Tagesanbruch)
Terz (dritte Stunde, etwa 9 Uhr)
Sext (sechste Stunde, etwa gegen Mittag)
None (neunte Stunde, etwa um 3 Uhr nachmittags)
Vesper (Abendgebet)
Komplet (Sonnenuntergang)

Die Häuser der Nacht (der Zodiak:)

der Falke	die Waage
das Kind	die Schlange
die Schwestern	der Bogenschütze
der Hund	das Einhorn
der Löwe	der Heiler
der Drache	der Büßer

DIE GROSSEN FÜRSTENTÜMER VON WENDAR UND VARRE:

Herzogtümer von Wendar:	*Herzogtümer von Varre:*
Saony	Arconia
Fesse	Varingia
Avaria	Wayland

Markgrafschaften der östlichen Gebiete:

die Mark der Villams
Olsatia und Austra
Westfall
Ostfall